Ruiny Ziemi

J.N. Chaney

Christopher Hopper

Ruiny Ziemi

Tłumaczenie Tomasz Walenciak

Ruiny Ziemi

Tłumaczenie Tomasz Walenciak

Tytuł oryginału *Ruins of the Earth*

Język oryginału angielski

Copyright © 2020, 2023 Christopher Hopper, JN Chaney i SAGA Egmont

Wszystkie prawa zastrzeżone

ISBN: 978-1-0394-6136-9

Wydanie I

www.podiumentertainment.com

Służącym w wojsku kobietom i mężczyznom, obrońcom życia i wolności.

Wasz duch jest inspiracją dla nas wszystkich, zarówno tych bliskich, jak i tych w nieodkrytych dotąd galaktykach.

Dołącz do plemienia Ruin

Odwiedź stronę **ruinsofthegalaxy.com** i stań się częścią plemienia: możesz przyłączyć się do grupy czytelników, dołączyć do społeczności na Facebooku oraz znaleźć nas na Twitterze i Instagramie.

Jeśli zechcesz przesłać nam swoje uwagi lub pytania, chętnie czytamy listy od naszych czytelników i odpowiadamy na wszystkie e-maile wysłane na adres ruinsofthegalaxy@gmail.com.

Do zobaczenia w Ruinach!

Opis książki *Ruiny Ziemi:* *Ruiny Ziemi #1*

Ukryta na Antarktydzie tajemnica.

Nierozwiązana od tysięcy lat zagadka.

I pochodzący z Brooklynu starszy sierżant zbrojmistrz, nieziemsko wkurzony, że musi opiekować się badaczami, których wysłano, aby ją rozgryźli.

Ostatnia przed przejściem w stan spoczynku misja członka oddziału raidersów USMC Patricka „Wica" Finnegana posyła go na skute lodem subglacjalne wyżyny Ellsworth. A jedyny powód, dla którego tam się znalazł?

Przysługa, jaką jest winien staremu przyjacielowi, choć to wcale nie znaczy, że misja musi mu się podobać.

Kiedy Wic widzi w końcu, co odkryli naukowcy, nie wierzy własnym oczom. Nie jest również gotowy na zbliżającą się przemoc.

Otwarty portal wyrzuca z siebie nieokiełznaną, pełną furii burzę, która ogarnie całą ludzkość.

Od antarktycznej tundry po ulice Manhattanu, Wic i jego drużyna posuną się do granic własnych możliwości, próbując zatrzymać największe zagrożenie dla Ziemi.

Szanse są przeciwko nim. Rządy upadają. A z Ziemi zostają ruiny.

Prolog

10:48, wtorek, 9 marca 2004
Al-Ka'im, Irak
Na południe od Trasy Zielonej

Nadlatujące pociski uderzają z trzaskiem w narożnik domu jak łopatka opuszczona na stół kuchenny. Chwytam Jacka i ściągam go z chodnika, kiedy kawałki cementu kłują mnie w bok szyi. Nie pierwszy raz do mnie strzelają, ale tym razem byłem zdecydowanie najbliżej trafienia. Jestem jednocześnie wkurzony i przerażony.

– Widzisz ich? – pyta Jack.

– Po drugiej stronie ulicy, o jedną przecznicę na południe.

Robię co w mojej mocy, aby spowolnić tętno, ale nie pamiętam, ile oddechów na sekundę mam brać.

– Okna na… zaraz… na drugim piętrze.

– Roger.

Jack klęka, czeka na przerwę, a potem wysuwa swój M4 za narożnik domu.

– Widzę ich.

Ale zanim zdąży oddać strzał, kolejne pociski odrywają kawałki muru od krawędzi budynku. Jack się cofa.

– Trzej kolejni. Poziom ulicy, czerwona toyota.

– Zupełnie jakby wiedzieli, że tu idziemy.

Poprawiam uchwyt na moim M4.

– Zakład o dziesięć dolców, że to Yasin.

Jack patrzy na mnie.

– Pan Śmieszek?

Przytakuję.

– Chyba widziałem go o przecznicę na zachód stąd, jak rozmawiał przez komórkę.

– Jesteś pewny?

– I to całkiem. Gdzie Clark?

Zgubiłem idącego na szpicy szeregowca.

– Wózek z osłem, piętnaście jardów z przodu. Dostał, ale wciąż się rusza.

– Szlag.

Oglądam się za siebie, na drogę, którą przyszliśmy. Reszta Echo Cztery Jeden skryła się za osłoną przy ulicy, ale oni też są przygwożdżeni i odpowiadają jednym strzałem na pięć nadlatujących. Na szczęście kapral Shaft [1] – tak, to prawdziwe nazwisko – rozciągnął drużynę i rozlokował nas po obu stronach ulicy.

Choć Jack i ja zauważyliśmy w sumie cztery cele, sądząc po ilości nadlatującego ognia z AK, musi ich być o wiele więcej. To zasadzka. A teraz jesteśmy zmuszeni przez nieprzyjaciela do kurczowego wczepienia się w nisze niskich parterowych domów z gliny i cementu, zupełnie jakbyśmy byli kotami próbującymi uniknąć wody. Serce wali mi w piersi i uspokajam drżenie dłoni wysiłkiem woli.

Właśnie wtedy jeden z humvee naszego plutonu uzbrojony w M240B, zasilany taśmowo, gazodynamiczny średni karabin maszynowy, otwiera ogień na tyłach patrolu. Poza zabijaniem celów z najwyższą skutecznością ma to zastraszyć wroga właśnie w takich sytuacjach, żeby marines na chodniku mogli robić to, co właśnie musimy.

– Najwyższy czas – mówi Jack. – Idziemy po Clarka?

Dopiero po chwili dociera do mnie, że Jack chce wybiec i spróbować wciągnąć szeregowca pod mur.

– Tak. Oczywiście. Muszkieterowie, prawda?

– Bliżsi niż bracia – odpowiada.

Ale wciąż się waham.

Dokładnie wtedy nasz operator M249, starszy szeregowy Garcia, dokłada swój ogień do ostrzału z humvee. To wystarczy, żeby dać mi impuls, którego potrzebuję.

– W porządku. Zróbmy to.

Jack pochyla się i prowadzi, podczas gdy ja zostaję trochę z tyłu z wycelowanym w dół ulicy M4. Posyłam kilka strzałów w stronę wroga, ale jestem zbyt napompowany adrenaliną, żeby widzieć, czy kogoś trafiły. Kiedy tylko Jack jest za wózkiem, zamieniamy się rolami i pokonuję biegiem resztę drogi do osłony, podczas gdy on kładzie ogień zaporowy. Pociski nieprzyjaciela podskakują na ubitej drodze, kiedy przewracamy wózek z metalu i drewna na środku ulicy.

– Jak się czujesz, Clark? – pytam, gdy pociski AK uderzają w szynę nade mną.

Ale ledwie pytanie wymyka mi się z ust, widzę zbierającą się mu pod nogami krew i odsłonięte mięso wokół kolan. Nie wiem, jak sobie z tym poradzić. To wcale nie wygląda jak na filmach. Ani jak w grach. To…

– Odstrzelili mi fiuta? – Clark chwyta mnie za kamizelkę. – Straciłem jaja?

Szczerze mówiąc, trudno powiedzieć, czy kutas Clarka zniknął, czy nie. Cholerna jatka. Martwię się nie tyle o jego przyrodzenie, ile o tętnicę udową, ale ma pełne prawo się bać.

– Nic ci nie będzie, Clark. Słyszysz mnie?

– Jest źle, prawda?

Kłamię i kręcę głową w chwili, kiedy dwie kule trafiają w leżące obok truchło martwego osła. Powietrze pachnie gównem i palącą się gumą.

– Po prostu oddychaj spokojnie i powoli. Zrozumiano?

Potakuje.

Sięgam za niego i ściągam mu z pasa apteczkę, którą wszyscy nosimy między biodrówką a manierką. Kiedy Jack strzela, przyłączając się do karabinów maszynowych, wyjmuję opaskę uciskową. Podskakuje mi w rękach, kiedy próbuję ocenić, która z nóg Clarka jest w gorszym stanie. Myślę, że prawa.

– Będzie bolało, bracie.

– Zrób to – odpowiada.

Kiwam głową, po czym biorę się do roboty. Jack pomaga mi go przytrzymać nieruchomo, podczas gdy Clark klnie i walczy z bólem. Kiedy jestem gotowy, odsuwam dłonie i jestem wstrząśnięty ilością pokrywającej je krwi. Nie jestem pewny, czego się spodziewałem, ale nagle dodatkowa warstwa owijki, którą sierżant Michaels kazał nam założyć na uchwyty M4, nabiera sensu.

Czas zabrać stąd Clarka.

M240, M249 i M4 plutonu osłabiają ogień większości turbanów, ale jeden, który znajduje się poza polem ostrzału plutonu, zdaje się mieć szczególnie dobry punkt ostrzału. Wyciągnięcie Clarka ze strefy zagrożenia niewiele da, jeśli Jack i ja damy się przy tym zastrzelić.

Wyglądając szybko zza lewego rogu wózka, dostrzegam mężczyznę w szalu w czerwono-białą kratkę i czarnym dresie tuż za oknem na pierwszym piętrze.

– Kontakt po lewej – mówię do Jacka.

Kiwa głową i mimo braku dobrej linii strzału zaczyna ostrzeliwać dom, przez co cel musi się ukryć.

Wychylam się i patrzę w lunetę.

– No dalej, sukinsynu. Gdzie jesteś?

Dwa uderzenia serca później nieprzyjaciel wraca do okna, prosto w środek siatki mojego celownika. Serce mi zamiera. Naciskam spust dwa razy, a mój M4 szczeka i pluje mosiądzem. Turban znika.

– Trafiony! – krzyczy Jack, kiedy chowam się za wózek.

Wierzę mu na słowo.

– Cel wyeliminowany.

– Wyciągniemy cię stąd, Clark! – krzyczy Jack. – Możesz strzelać?

Szeregowy spogląda na swoją broń, po czym kiwa głową w naszą stronę. Twarz i usta ma blade jak ściana.

– Dobrze – mówi Jack i patrzy na mnie. – Gotowy?

– Zaczekaj.

Wyciągam z kieszeni na kamizelce granat odłamkowy M67.

– Gotowy!

Jack uśmiecha się i chwyta płócienny uchwyt z tyłu kamizelki kuloodpornej Clarka.

– Zaczynamy imprezę.

Wyciągam zawleczkę.

– Granat!

Łyżka obraca się w powietrzu, gdy rzucam granat na ulicę. Potem obaj zapierniczamy przed siebie, podczas gdy pociski z AK uderzają o utwardzoną ziemię. Tymczasem Clark przełączył broń na pełen tryb automatyczny i strzela, kiedy go ciągniemy. Wcale mu się nie dziwię. Sam opróżniłbym magazynek.

Jesteśmy już prawie z powrotem pod osłoną budynków, kiedy słyszę w głowie podświadomy alarm. Ułamek sekundy później mój granat wybucha. Ziemia drży, dzwoni mi w uszach. Ale ogień nieprzyjaciela słabnie wystarczająco długo, żeby kapral Shaft i starszy szeregowy Anderson chwycili nas za ramiona i wciągnęli w zaułek.

– Trzeba było zaczekać na silniejsze wsparcie ogniowe, Finnegan – mówi Shaft.

Osuwam się na ścianę bloku, ale jestem zbyt zdenerwowany, żeby powiedzieć cokolwiek poza:

– Tak jest.

Chcę mu powiedzieć, że widziałem Yasina. Chcę powiedzieć wszystkim, że moim zdaniem zdradza nasze pozycje i daje rebeliantom znać, gdzie dokładnie nas szukać. Ale jestem przerażony krwią na rękach i faktem, że właśnie wyszedłem żywy spod gradu kul.

– Sanitariusz! – krzyczy Anderson w dół ulicy.

Potem uderza mnie w ramię.

– Hej! Wszystko dobrze?

Kiwam głową, ale wcale nie czuję się dobrze.

– Dobra robota.

Anderson kiwa głową w stronę Clarka.

– Dzięki.

Jack jest po drugiej stronie szeregowca i mówi do niego:

– Oddychaj razem ze mną. Dalej.

– Trafiłem któregoś? – pyta Clark.

– Tak. I dwa razy w osła.

Clark się uśmiecha.

– Gdzie ten cholerny sanitariusz? – krzyczy znowu Anderson.

Obok wylotu zaułka przelatują plastikowe reklamówki, kiedy wracam myślami do Yasina rozmawiającego przez komórkę.

– Widziałem go – mówię do Shafta. – O przecznicę na zachód stąd.

– Kogo widziałeś?

– Yasina.

To funkcjonariusz Irackiego Korpusu Obrony Cywilnej, który zwykle pełni funkcję jednego z tłumaczy naszej jednostki, kiedy pracujemy z najnowszym szefem policji w Al-Ka'im. Od pierwszego dnia miałem przeczucie, że obaj współpracowali z Al-Kaidą, ale nie dowód. A kto posłucha starszego szeregowca z Brooklynu, kiedy powie, że nie lubi jakiegoś turbana z krzywym uśmiechem?

– Gówno widziałeś, żołnierzu – mówi Shaft. – Major liczy na to, że nasze partnerstwo zadziała i nie schrzanisz tego. Zrozumiano?

– Roger.

Pewnie, mam cholerną ochotę walnąć go w twarz. Przez głowę przelatują mi wszystkie filmy, jakie widziałem, w których jakiś sierściuch bije podoficera idiotę. Ale w przeciwieństwie do aktorów muszę żyć z prawdziwymi konsekwencjami kary pozasądowej. Nie opłaca się.

Właśnie wtedy do zaułka wślizguje się sanitariusz. Podjeżdża też humvee z 240, a Shaft każe wsadzić Clarka na tył. Mam już mu pomóc, kiedy ktoś krzyczy:

– RPG!

Odskakuję pod budynek, podczas gdy Jack pochyla się, żeby osłonić szeregowca przed wybuchem. W tym ułamku sekundy, kiedy granat o napędzie rakietowym przelatuje obok burty pojazdu i eksploduje na budynku za nami, zdaję sobie sprawę, że to, co zawsze myślałem o Jacku, to prawda: mój przyjaciel z dzieciństwa to cholerny bohater. Nigdy nie mówcie tego marine. Ale ze wszystkich gości, których w życiu poznałem, gotowych zabijać nieprzyjaciół i jednocześnie ratować braci, to właśnie on – Kapitan Ameryka we własnej osobie.

Cement i odłamki sypią się na nas. W uszach dzwoni mi jeszcze głośniej. Mrugam kilka razy i widzę, jak Jack krzyczy coś Clarkowi w twarz. Obaj są pokryci księżycowym pyłem. Nie słyszę, co mówi, ale widzę, jak ciągnie za kamizelkę szeregowego.

– Ładować go! – krzyczy Shaft.

Podnoszę się i pomagam osłaniać Jacka i sanitariusza, kiedy wyciągają Clarka z bezpiecznej alejki. Ale pociski AK uderzają w przednią szybę humvee i zmuszają nas do powrotu.

– Mam was – mówi kierowca, otwierając drzwi, żeby nas osłonić, a następnie odpowiada ogniem. Na kuloodpornym szkle pojawiają się pajęczyny. Kolejne kule odbijają się od stalowego poszycia. Ale to wystarczy, żeby Clark znalazł się tam, gdzie powinien. Za nim wsadzają dwóch kolejnych marines, szeregowego Clappera i starszego szeregowego Wooda. Wygląda na to, że Clapper dostał w goleń, a lewy rękaw Wooda jest przesiąknięty krwią.

Ponieważ nasz trzynastoosobowy pododdział skurczył się do dziesięciu ludzi, a pozostali trzej marines kryją się za humvee, Shaft wydaje rozkaz wycofania się. Pluton przemieszcza się wraz z pojazdem, który wraca tą samą drogą, którą przyjechał. To upokarzające i nie podoba mi się to uczucie, ale cieszę się również, że mogę wydostać się z tej piekielnej dziury. Nieprzyjaciel zgromadził zbyt dużą siłę ognia i ma lepszą pozycję.

Mijamy boczną ulicę po prawej i na jej przeciwległym końcu dostrzegam mężczyznę w jednolicie brązowym mundurze i czerwonej czapce bejsbolowej IKOC. To Yasin. Nadal rozmawia przez swoją cholerną komórkę.

– Skurwysyn.

Przyciągam uwagę podoficera i wskazuję alejkę.

– Kapralu Shaft. To Yasin.

Shaft posyła jeszcze kilka strzałów w dół ulicy, a potem patrzy w miejsce, które wskazałem.

– Szlag.

– Mogę go zdjąć.

– Odmawiam. Jest nieuzbrojony.

– Ale właśnie dzwoni…

– Odmawiam, Finnegan! Odpowiadaj na ogień.

– Roger.

To zła decyzja. Ten dupek w turbanie na pewno kieruje rebeliancką zasadzką, prawda? A z paplaniny, którą słyszę w radiu, oraz czerwonych gwieździstych fajerwerków i fioletowego dymu o cztery przecznice na zachód od naszej pozycji domyślam się, że Yasin zorganizował również atak na drugi i trzeci pluton.

Zaciskam zęby i przestaję widzieć alejkę z Yasinem. Ręce już mi się tak nie trzęsą, ale nadal jestem wkurzony. Wyładowuję więc agresję na stojącym za wózkiem śmieciu w krótkich spodenkach i klapkach trzymającym RPG – świetna, wyrównująca szanse broń w rękach bojowników nieprzyjaciela w całym trzecim świecie. Trafiam go w ramię i zatacza się, znikając z pola widzenia. Dwie sekundy później jego kumpel podnosi broń i zarzuca ją sobie na ramię, celując w naszego humvee. Następnym strzałem trafiam go w głowę. Ale wcześniej naciska spust.

Kiedy granat uderza w przednią szybę wozu, tyłem wypada stopione szkło. Kiedy humvee podskakuje, dwóch ludzi ginie, a trzeci człowiek zostaje przygwożdżony do ściany domu. Leżę na plecach, ale wstaję, podczas gdy Jack ma dość przytomności, żeby wyciągnąć Clarka z pojazdu. Nogi szeregowego częściowo płoną, ale wygląda na to, że jest zbyt wstrząśnięty, żeby to poczuć. Mimo to Jack gasi płomienie i ciągnie Clarka ulicą.

Chwytam szeregowca za ramię i patrzę na północ, widząc, że jesteśmy niecałe dwadzieścia jardów od Trasy Zielonej, głównej drogi biegnącej na zachód do Obozu Husajba. Przy odrobinie szczęścia zbliża się do nas konwój majora Corrigana z posterunku policji. Chyba że sami są atakowani, a wtedy potrzebujemy oddziału szybkiego reagowania.

Patrzcie tylko, jaką partię szachów rozgrywam w mojej głowie szeregowego, nad którą świszczą kule. Słodki Jezu i Matko Boska!

Zerkam przez ramię i widzę, że turbany ustawiają się za nami w szyku. Musieli poczuć krew.

– Granat! – słyszę dwa, może trzy razy, po czym następuje kilka eksplozji.

Ulica jest pełna kurzu i dymu, ale pociski nie przestają nadlatywać. Właśnie wtedy wiotczeje mi lewe kolano, kiedy górną część łydki przebija mi coś, co wygląda na rozgrzane do czerwoności żelazo. Ale jakoś udaje mi się zachować wyprostowaną pozycję i nie przestaję ciągnąć Clarka za ramię. Widzę krew na nogawce moich spodni. Zgadza się, trafili mnie. O Boże! Dostałem cholerny postrzał w nogę!

Jesteśmy dziesięć jardów od głównej drogi, gdy zza rogu wyłania się humvee z nadbudówką, z zaimprowizowanym stelażem do zasilanego taśmowo automatycznego granatnika Mk 19. Najwyraźniej Jezus i Maryja akurat słuchali. Plandekę zwinięto na tył, żeby zrobić miejsce na improwizowany pancerz. Pojazd wygląda jak coś z *Mad Maxa*.

Marine na pace nie traci ani chwili. Budzi granatnik do życia i słyszę, jak ulicę rozrywa charakterystyczne dum-dum-dum, kiedy czterdziestomilimetrowe pociski eksplodują na pozycji wroga. Rytmiczna kadencja granatnika daje mi rytm, do którego mogę maszerować mimo kontuzji, i razem z Jackiem wyciągamy Clarka ze strefy zagrożenia, za osłonę przy Trasie Zielonej.

Wracam za róg, celując na południe, podczas gdy reszta plutonu pędzi w moją stronę. Szukam za nimi celów, ale Mk 19 przerobił je na mielone i AK-47 umilkły. Instynktownie zaczynam liczyć nasze sekcje ogniowe, a potem dodaję do tego kaprala Shafta, który wyszedł z akcji niedraśnięty. Wyobraźcie sobie tylko.

Spoglądam na Clarka. Sanitariusz właśnie skończył podawać mu morfinę i zapisywać na ramieniu godzinę i dawkę. Ale wtedy łapię spojrzenie Jacka, który potrząsa lekko głową, i dociera do mnie, że lek nie ma pomóc szeregowemu powrócić do zdrowia, a odejść.

* * *

Nie opowiadam tej historii. Przynajmniej nie ze wszystkimi szczegółami. Ale opowiadam o tym, jak szkodliwa była konieczność przestrzegania zasady generała „po pierwsze nie szkodzić", aby zbudować „prokoalicyjną mentalność". Prawda, byłem tylko katolickim irlandzkim rudzielcem z Brooklynu; co ja tam wiedziałem?

„Wyciągnęliśmy wnioski z Wietnamu", mówili.

„Integrujcie się z miejscowymi, patrolujcie z policją, zdobywajcie ich serca i umysły", rozkazali.

Rozumiem. Nasi dowódcy twierdzili, że ich zdaniem ta polityka była najszybszym sposobem zakończenia walki. A moim zdaniem większość z nich chciała wrócić do domu tak mocno jak my.

Ale to nie był najlepszy sposób.

A jego ceną było ludzkie życie.

Szeregowy Samuel K. Clark, sprzedawca ze sklepu spożywczego, który uwielbiał polować na łosie w okolicach rodzinnego Flagstaff w Arizonie, zmarł, zanim dotarliśmy do obozu Husajba. Nie dostał medalu. Rodzina nie otrzymała żadnych wyjaśnień. A widok jego śmierci coś we mnie rozdarł. I nadal rozdziera.

Jack też zasłużył na medal. Ale nie otrzymał żadnych pochwał, mimo raportów, nad którymi siedziałem, i listów do dowództwa, które pomagaliśmy pisać. Ale możecie się założyć, że porucznik idiota, który wciągnął nas w to bagno, coś dostał.

Major, niech go Bóg błogosławi, potrzebował zwycięstwa, a nie powtarzających się zasadzek. Politycy w wyściełanych fotelach i garniturach od Gucciego potrzebowali trepów w mundurach, żeby zapewnić sobie reelekcję. Chcieli usłyszeć, że ich plany się sprawdziły.

A czego my potrzebowaliśmy?

Sporo o tym myślę. Z mojego punktu widzenia potrzebowaliśmy pozwolenia, żeby prowadzić tę wojnę tak, jak nas nauczono. Żeby ją wygrać. Ale kraj nie był na to gotowy. Nie mogli strawić tego rodzaju przemocy, jaką potrafiliśmy uwolnić. To nie jest miły widok. I wcale im się nie dziwię. Ale właśnie na tym polega różnica między wyszkolonymi wojownikami a cywilami. Potrafimy przekroczyć własne ograniczenia i zrobić to, czego nikt inny nie może lub nie chce robić. To się nazywa wojna. A my musieliśmy ją wygrać. Zamiast tego dostaliśmy tylko ropiejącą powoli ranę, która nadal nie chce się zagoić.

To, co wydarzyło się w mieście na granicy z Syrią, zamieciono pod dywan. Jasne, w końcu coś tam wypłynęło na światło dzienne. Ale nie pokazywało prawdziwie tego, jak widziała sprawę kompania Echo.

Jak na ironię, pod koniec kwietnia 2004 roku personel, obiekty i sprzęt Korpusu Obrony Cywilnej trafiły do irackiego Ministerstwa Obrony w ramach Irackich Sił Zbrojnych. Ale to nie był ostatni raz, kiedy w Al-Ka'im zaatakowano marines. Trzy tygodnie później ci, którzy przeżyli, i ci, którzy zginęli, dostali uznanie, na które słusznie zasłużyli. Hura.

Co do mnie i Jacka, wróciliśmy do oddziału po tym, jak dostaliśmy w szpitalu odpowiednią porcję plastrów i galaretki. Nigdy więcej nie widziałem kaprala Shafta, co akurat dobrze się złożyło. A za każdym razem, kiedy szliśmy na patrol, Jack prosił o umieszczenie go na szpicy.

– Za Clarka – mówił.

A mówiąc to, zachowywał się jak istny sukinsyn, bo wiedział, że nie potrafiłbym odmówić.

A powinienem.

Cholera, naprawdę powinienem.

Część pierwsza

Dwadzieścia trzy lata później

Rozdział 1

Zrezygnowałem z walki. Ale czasami starzy marines nie mają wielkiego wyboru, prawda?

Walę więc Włada w usta.

Monobrew wysokiego na sześć stóp i trzy cale Rosjanina unosi się ze zdziwieniem. Potem Wład Rosjanin uśmiecha się, pokazując dwa rzędy umazanych czerwienią zębów, w tym jeden świeżo wybity.

– Może poszedłbyś z tym do lekarza – mówię.

Warczy i wypluwa ząb.

– Albo się go pozbądź – dodaję. – Będzie taniej.

Uchylam się przed jego ciosem i odpowiadam prawym skośnym w policzek. Brutal wydaje się spokojny. W przeciwieństwie do tłumu: cała stołówka krzyczy i pohukuje, jedna trzecia po ro-

syjsku. Skandują przy tym coś o „starym człowieku i bestii".
Brzmi jak tytuł kiepskiej powieści Hemingwaya. Albo jeszcze
gorszego filmu akcji z lat osiemdziesiątych.

Kolejne dwa ciosy trafiają mnie w przedramiona. Ten gość
to cholerny czołg. Uchylam się przed trzecim ciosem i walę
go w lewe żebro. Coś pęka mi pod pięścią. Stęka: domyślam się,
że to poczuł. Wyprowadzam więc drugi cios w nowe czułe miejsce, ale chwyta moją pięść pod pachę i okręca się.

Nagłe szarpnięcie podrywa mnie i wpadam na składane metalowe meble stołówki. Rosjanie ryczą i zaczynają walić w stoły.

Kiedy odwracam się w jego stronę, w stronę mojej głowy
zbliża się pięść. Uchylam się i czuję przy uchu pęd powietrza. Potem Wład stęka znowu, kiedy po raz drugi zdzielam go w żebra.
Sprowadzam go tym do parteru, a publiczność podrywa się, częściowo z zaskoczenia, częściowo z podekscytowania.

Kiedy miesiąc temu pojawiły się tu międzynarodowe „łączone
kontyngenty wojskowe" uczestniczące w „manewrach bez użycia
broni", Wład nazwał mnie „rudym amerykańskim psem alfa".
Przydomek mi nie przeszkadza, ale niełatwo byłoby go wytatu-
ować. Od powłóczystych spojrzeń na stołówce po przypadkowe
spotkania na siłowni, trudno było powiedzieć, czy Wład próbował zmierzyć moje siły, czy zaprosić mnie na randkę.

– Nie ruszaj się – mówię, wiedząc, że jeśli wstanie, będzie jeszcze brzydszy, niż kiedy zaczął, a to naprawdę coś. Na początku
bójki nie byłem w nastroju do walki i zamierzam dopilnować,
żeby po wszystkim nie doszło do drugiej konfrontacji. Ale wygląda na to, że nie przestanie walczyć, dopóki nie straci przytomności. Sądząc po tatuażach na jego dłoniach, wcale mnie
to nie zaskakuje.

Wład pluje krwią na wykładzinę z linoleum, po czym wbija

mi się w brzuch i oplata rękami w pasie. Szarpię mocno w tył, próbując nadążyć, ale nie dość szybko. Tłum rozstępuje się i wpadamy na rząd składanych metalowych krzeseł. Obracam chaos na swoją korzyść i udaje mi się wyrwać z uścisku.

Chwilę później jestem na nogach, stabilny i nieruchomy, podczas gdy Wład próbuje podnieść się z podłogi. Jasne, mógłbym rzucić się teraz na niego i prawdopodobnie wygrać. Ale nie uznaję kopania leżącego. I wcale nie muszę tego robić. Sam fakt, że wstaję pierwszy, wystarcza.

Wład jest o dziesięć lat młodszy ode mnie i ma przewagę wzrostu i wielkości Za to ja jestem weteranem, o dwa cale niższym i pięćdziesiąt funtów lżejszym. I chociaż obaj jesteśmy wojownikami i patriotami, mam po swojej stronie coś, czego nie ma on.

Gram w szachy.

Większość ludzi uważa, że w bójce chodzi o brutalną siłe i umiejętność przyjmowania ciosów. Jasne, to też jest ważne. Ale wygrana w walce na pięści czy jakiejkolwiek innej ma o wiele więcej wspólnego z myśleniem strategicznym, niż większość ludzi przypuszcza. To gra sprytu, prawdziwa bitwa intelektów, cytując „Narzeczoną dla księcia”, z której dowiemy się, „kto ma rację, a kto zginie”. Boże, uwielbiam ten film.

Studiując przez ostatni miesiąc przeciwnika, zauważyłem, że Wład ma wybuchowy temperament, co oznacza, że jego ciało migdałowate próbuje właśnie objąć dominację nad korą przedczołową.

Jakby na potwierdzenie, Wład rzuca we mnie krzesłem. Odbijam je i czekam, aż wstanie. Potrząsa głową jak byk, a potem z przewidywalną wściekłością opuszcza barki i szarżuje. Odwijam się w bok, jak matador, i patrzę, jak kilku jego ludzi łapie go i obraca. Krwawi z ust i odruchowo chroni lewy bok.

Znowu szarżuje, więc sięgam po kolejne narzędzia z programu walki wręcz Korpusu Piechoty Morskiej. Pochylam się w lewo, unikając prawego sierpowego, po czym wykorzystuję zmianę środka ciężkości, żeby kopnąć go szybko w lewy bok. Trafiam go goleniem w żebra. Zgina się od ciosu, ale szybko wraca do siebie. Próbuje zdzielić mnie lewą ręką, ale zbyt wolno, żeby cios był skuteczny. Zamykam więc jego przegub w chwycie i odginam dłoń w dół. Czuje eksplozję dotkliwego, choć nieparaliżującego nerwobólu i instynktownie wygina plecy, próbując złagodzić nacisk.

Wiedząc, że Rosjanie są uczeni bezwzględności w walce – na co wskazywałoby rzucone przez niego krzesło – postanawiam zachęcić go, żeby zrezygnował z walki, póki ma szansę. Nie puszczając ręki Włada, uderzam go szybko w lewe kolano. Nie na tyle mocno, żeby zerwać mu staw, ale przez tydzień lub dwa będzie utykał.

Wyszarpuje się i wydaje niski pomruk.

– Słuchaj, wielkoludzie – mówię, opuszczając dłonie. To symboliczny gest, który pozwala zmęczonym przeciwnikom wycofać się z walki, a agresywnym daje powód, aby ją kontynuować.

– Możemy to przerwać i iść razem…

Należy do tych agresywnych.

Towarzysze Włada wpychają go z powrotem na prowizoryczny ring, a on wyprowadza lewy sierpowy na moją głowę. Uchylam się w lewo. Uderza prawym hakiem. Robię unik w prawo. Po kolejnym nieudanym lewym sierpowym po raz czwarty walę go w klatkę piersiową. Zwija się i cofa.

Czego nie wie mój przerośnięty rywal, to że ja również czuję ból. Moje czterdziestoczteroletnie ciało nie jest już takie jak kiedyś. Moje knykcie krzyczą, bolą mnie ręce i ramiona i coś strzeliło mi w plecach po zderzeniu ze stołem i krzesłami. Ale to kolejna rzec, która przychodzi z wiekiem: umiejętność ukrywania takiego gówna. I choć nie brzmi to, jakby było przesadnie skomplikowane, jeśli wróg myśli, że nie może ci nic zrobić, ma w sobie mniej ognia.

Co mi pasuje. Zależy mi na tym, żeby widzieć teraz nie więcej, a mniej akcji. Pamiętacie? To miała być łatwizna.

Jeszcze dwa tygodnie i wyjeżdżam. Będę popijał lemoniadę i oglądał wiejskie zachody słońca nad Pensylwanią, w miejscu, gdzie nikt mnie nie znajdzie.

Ludzie mówią, że będzie mi brakować tego typu zabaw. Może i tak. Ale nie będzie mi brakować powrotów z misji z niepełnym zespołem. Tego wcale mi nie potrzeba. Podobnie jak twierdzenia, że walczymy o coś większego niż my sami. Może kiedyś. Ale teraz? Nie wiem. Może po prostu boksujemy się z młodszą wersją nas samych i w ostatecznym rozrachunku nie ma to żadnego znaczenia. Nikogo to nie obchodzi. A świat zrobi, co zechce, z nami czy bez nas.

Wład strzela kręgami szyjnymi. Przybiera pozę.

Biorę kanapkę ze stołu i odgryzam kęs.

– Jesteś pewny, że nie chcesz przerwać?

Przełykam pozbawioną smaku szynkę i ser na żytnim chlebie.

Przywołuje mnie do siebie, zginając palce.

– Sam chciałeś.

Krążymy wokół siebie z uniesionymi rękami, poruszając głowami w lewo i w prawo, jak węże bawiące się w chowanego między kamiennymi kolumnami. Wład wyprowadza kombinację lewa–prawa, która zmusza mnie do cofnięcia. Trzecim ciosem trafia mnie w podbródek, nie dość silnie, żeby naprawdę coś mi zrobić. Boli, ale nie tak bardzo jak mój cios lewą w twarz i prawy hak w żebra. Klnie po rosyjsku, cofa się i kręci głową.

Od mata dzieli mnie jeden krok. Tak mówią moje badania. Za każdym razem, kiedy Wład próbuje wycisnąć po raz ostatni sztangę na siłowni, korzysta z jakiejś techniki oddychania Lamaze'a, jakby miał urodzić zaraz obłąkaną miniaturową wersję siebie samego. To samo robi teraz, tyle że tym razem krwawi z ust.

– Ostatnia szansa, Wład – mówię. – Podajmy sobie ręce i…

– *Matuszka Rassija* nigdy nie wycofuje się z walki, Brooklyn Nowy Jork – mówi, po czym spluwa flegmą i krwią. To kolejne przezwisko, jakie mi nadał, kiedy dowiedział się, gdzie dorastałem. Kto wie, ile kolejnych pseudonimów zdobędę, jeśli mój pobyt na Antarktydzie potrwa jeszcze trochę.

– To chyba boli, być tak upartym? – mówię.

Ociera krew z twarzy wierzchem przedramienia.

– Nie tak bardzo, jak oglądanie amerykańskiej flagi powiewającej nad obozem jak gacie starej dziwki.

Od strony stojących za mną marines dobiegają buczenie i okrzyki: „No nie!". Nawet niektórzy Angole wydają się bronić interesów Ameryki.

Czas to zakończyć.

Ruszam w stronę Włada, unikam dwóch szybkich ciosów, a potem wchodzę mu w zasięg ramion. Nie rozumiejąc mojej nagłej bliskości, odchyla się do tyłu, ale nie dość daleko. Zamykam mu szczękę prawym hakiem, odrzucając głowę do tyłu i posyłając go na pokład jak powalone drzewo.

Rosyjski kontyngent wstrzymuje oddech. Zapada chwila ciszy,

w której wszyscy czekają, żeby przekonać się, czy Wład się poruszy.

Nie rusza się.

Moich trzynastu marines i co najmniej połowa Brytyjczyków zaczynają odbierać wygrane, a ja idę do plecaka po fiolkę ibuprofenu. Cholerne ćwiczenia zimowe.

* * *

Ktoś puka do drzwi mojego baraku.

– Lepiej, żebyś miał przy sobie redbreast – mówię, informując przybysza o tym, jaką whisky lubię najbardziej, kiedy ktoś stawia.

Simmons śmieje się i otwiera drzwi, trzymając butelkę czegoś przezroczystego i dwie szklanki.

– Jeden z Rosjan nie miał czym zapłacić, więc zaproponował butelkę…

Simmons próbuje odczytać cyrylicę, ale jest w tym nie lepszy ode mnie. Rezygnuje i mówi:

– No cóż, to jakiś płyn i myślę, że to wódka.

– Polej.

Podaję mu krzesło. Przechyla butelkę. Simmons to sierżant mojego oddziału podczas tych „ćwiczeń" i dobry żołnierz piechoty morskiej. Uczciwy, traktuje ludzi z szacunkiem i wie, kiedy wyluzować – w ten sposób. Doceniam to. No i wódkę. Nie ma nic gorszego niż marine, który bierze sprawy zbyt poważnie, kiedy nie ma takiej potrzeby.

Oficjalnie jesteśmy w odległym cywilnym ośrodku badawczym na Antarktydzie Zachodniej na szkoleniu z działań w ekstremalnie niskiej temperaturze. Widocznie Pentagon chciał wydać mnóstwo pieniędzy, żeby kilku podoficerów i kotów – jak nazywamy każdego, kto nie widział jeszcze akcji – zdobyło odznake sprawności za biwakowanie w zimnej pogodzie.

Nieoficjalnie chodzi o coś innego, ale wcale nie mniej kosztownego ani nudnego. Zgodnie z traktatem antarktycznym, podpisanym w 1959 i wprowadzonym w 1961 roku, żaden kraj nie może zacząć wojny na najzimniejszym kontynencie świata. Co, jeśli o mnie chodzi, jest głupie, bo niewiele więcej można tu robić. Na dodatek wszyscy są wkurzeni, bo jest tak cholernie zimno, więc jestem prawie pewny, że traktat nie obejmuje burd w stołówce.

Co powiedziawszy, skoro rządowi zależy na obecności wojskowej na najzimniejszym kontynencie świata, musi działać potajemnie. Na przykład tuż przed przejściem do rezerwy zlecić sierżantowi raidersów USMC przeprowadzenie szkolenia z działań w skrajnie niskich temperaturach na terenie powstałego ni stąd, ni zowąd cywilnego ośrodka badawczego. Chociaż „zlecić" to zbyt miłe słowo; do tej sytuacji bardziej pasowałoby „wrobić".

– Jak dłonie? – pyta Simmons.

Zginam prawą rękę.

– To chyba ostatni raz, kiedy mogę powalić gościa na ziemię, nie pozywając go przy tym.

Śmieje się.

– Cholerne wojsko na coś się przydaje.

Stukamy się kieliszkami i pijemy.

Po czterdziestoprocentowym trunku Simmons wciąga gwałtownie powietrze i patrzy na kieliszek.

– Nic dziwnego, że cały czas są wkurzeni.

– Nie lubisz wódki?

– Wolę whisky.

Salutuję mu kieliszkiem.

– Swój chłop.

– Czego nie da się powiedzieć o twoim sparingpartnerze.

Simmons rozlewa następną kolejkę.

– Nie jest taki zły. To tylko gorączka koszarowa.

– Sam się o to prosił.

– Może.

Patrzę na wódkę, a potem zginam rękę.

– Ale jeśli to cała akcja, jaką tu zobaczymy, to może być.

Simmons wie, że od przejścia do rezerwy dzielą mnie już tylko tygodnie. Przyjąłem tę misję w ramach przysługi dla starego przyjaciela. To jedyny powód.

Po chwili mówi:

– Jeśli chcesz, mogę wziąć następny patrol.

Podnoszę wzrok.

– Proponujesz to, bo jestem stary?

– Nie, tylko…

– Obrażanie starszych od siebie to grzech, Simmons.

Celuję w niego palcem, jakbym strzelał z glocka 19.

– A na tym kawałku lodu nie widziałem ani jednego księdza.

– W takim razie możesz zmówić za mnie zdrowaśkę ekstra.

Szczerzę się do niego.

– To cię będzie kosztować.

– Niczego innego się nie spodziewam, Wic.

Ten pseudonim – WIC – biały irlandzki katolik [2] – został mi po pierwszej misji w Iraku. Jak na ironię, od dzieciństwa nie byłem na mszy ani nie postawiłem stopy w ojczyźnie mojej babci. Ale byłem biały, piegowaty i rudy, więc przylgnęła do mnie na wpół uwłaczająca etykietka chłopaka o irlandzkich korzeniach z Brooklynu. Pewnie, że biła na głowę inne przydomki, które przylgnęły do chłopaków. Poza tym odpowiadał mi ten ukłon w stronę ulubionego fikcyjnego antybohatera Johna Wicka. Gdybym miał psa i ktoś by go zabił, też bym się wkurzył. Poza tym – zostawcie mnie w spokoju.

Simmons i ja prowadzimy na zmianę patrole wokół terenu wykopalisk i składamy raporty przydzielonemu nam szpiegowi. Nie lubię CIA, a oni nie lubią mnie, i wszystko jest OK. Codzienne zgłaszanie „braku nowych informacji" na temat działań naszych brytyjskich i rosyjskich odpowiedników wystarczy mi za cały kontakt z agencją. Pewnie, wielu moich dawnych dowódców przeszło do służby w Langley, prosili mnie nawet, żebym do nich dołączył.

„Zawsze przyda się ktoś taki jak ty", mówili. „Rozpoznanie, plan, wykonanie. To twoja działka". Mówili, że praca szpiega będzie miała większe znaczenie niż to, co już robiłem.

Próbowali.

Kiwam głową na Simmonsa.

– Jeśli mówisz poważnie, że mógłbyś mnie zastąpić – Bóg mi świadkiem, że przydałby mi się prysznic i więcej ibuprofenu – uważaj na naszych kolegów. Mogą mieć ochotę na niewielki przyjacielski odwet. Jeśli trzeba, weź Brytoli; mają ze sobą starych gości z SAS.

– Zrozumiałem. Nic, z czym byśmy sobie nie poradzili.

– Nic, z czym ty byś sobie nie poradził – poprawiam. – Co do części młodych nie jestem już taki pewny.

Potakuje.

– Myślisz, że ci Ruscy byli w mafii?

– Byli?

Mrugam do niego.

– Kto powiedział, że opuścili firmę?

– Masz na myśli te tatuaże na dłoniach?

Podaję mu kieliszek.

– Kto raz trafił do rodziny…

– …zostanie w niej na zawsze – kończy Simmons.

Stare porzekadło głosi, że jedyne, co różni rosyjskich żołnierzy od gangsterów, to kolejność, w jakiej zdobywasz tatuaż. A ci chłopcy, podobnie jak my, przylecieli tutaj, żeby upewnić się, że nikt nie zbliży się zbytnio do tego, co uważali za swoje. Witaj z powrotem, zimna wojno. Tęskniliśmy.

A, cholera. Cała ta gadka o rosyjskiej mafii przywołuje złe wspomnienia widoku Bratwy przy pracy w moim rodzinnym Brooklynie. Nie mogę pozwolić, żeby przez tę bójkę Simmons poszedł za mnie na patrol. Ale nie mam też ochoty wychodzić w tej chwili na zewnątrz. Jestem po prostu cholernie zmęczony. I wiem, że brak mi zasług, żeby wykupić się z tego konkretnego czyśćca.

W moim radiotelefonie otwiera się kanał.

– Panie Finnegan? – mówi niepewnym głosem student nazwiskiem Lewis. – Słyszy mnie pan?

Patrzę na Simmonsa spod uniesionej brwi i podnoszę radio.

– Słyszę.

– Dzień dobry, sir. Eee, doktor Campbell mówi, że potrzebuje pana tutaj.

– Powtórz.

Odczuwam irytację, a jednocześnie rozumiem, że dzieciak nie ma pojęcia, jak rozmawiać przez radio.

– To znaczy na wykopalisku.

Rzucam Simmonsowi zaciekawione spojrzenie. To coś nowego.

– Potwierdzam. Przyjdę po lunchu.

– Eee, powiedział, żeby przyszedł pan jak najszybciej.

– Jakiś problem?

Odpowiedź Lewisa przychodzi z zauważalnym opóźnieniem.

– Nie, sir. Po prostu… myśli, że jest bliski czegoś ważnego, i chciałby pana tutaj. Wie pan, na wypadek gdyby pojawiły się „komplikacje z rozdawaniem koszyków ze święconką".

Użycie szyfrowanego hasła oznaczającego wrogie zamiary to jedyne, co mu wychodzi. I to jest właśnie cała ta misja: nie dopuścić, żeby to, co znajdzie doktor Aaron Campbell, wpadło w niepowołane ręce. Na przykład Rosjan. To znaczy zakładając oczywiście, że na tym zapomnianym przez Boga pustkowiu doktor znajdzie to, czego szuka.

Użycie szyfru wywołuje u mnie również stan zwiększonej czujności. To znaczy, że nie idę sam. Ale nie chcę ryzykować, mówiąc coś jeszcze przez radio.

– A, panie Finnegan? Doktor Campbell prosił konkretnie o pana.

Unoszę brew na Simmonsa i mówię poza łącznością:

– Widzisz? Nie wszyscy uważają mnie za staruszka.

– Potrzebują okularów.

Salutuję mu jednym palcem i otwieram kanał.

– Będę tam za dwadzieścia minut, młody.

– Dziękuję. Dam mu znać.

– Finnegan bez odbioru.

– Dobra, ja też się rozłączę, sir.

Nikt tak nie mówi.

Kładę radio na biurku i wstaję, rozciągając plecy.

– Powiedz chłopcom, żeby założyli rękawiczki. Może zbliża się burza.

– Zabierasz wszystkie trzy drużyny? – pyta Simmons. – Czy to nie za dużo?

– Na wszelki wypadek.

– Ale to brzmiało, jakby on tylko…

– Słyszałem go, Simmons. I to nie zmienia mojej decyzji. Przygotuj ludzi.

– Roger.

Boże, nie mogę się doczekać ucieczki z tej cholernej skały.

Rozdział 2

14:47, poniedziałek, 25 kwietnia 2027
Antarktyda Zachodnia
W drodze do wykopalisk na Wyżynach Subglacjalnych Ellsworth

Wszyscy pakują się do białego SUSV Bv 206 i przyczepy w tym samym kolorze, znanych jako susvee – skrót od pojazdu wsparcia małych jednostek [3] – po czym Simmons wrzuca bieg i uruchamia sześciocylindrowy silnik wysokoprężny mercedesa, wioząc nas w warunki prawie zerowej widoczności. Zaprojektowany przez Hägglunds i zbudowany przez BAE Systems, Bandvagn 206 to jedyny sposób na bezpieczne podróżowanie, kiedy nadchodzi początek zimy. Skutery śnieżne również są dozwolone, ale tylko kiedy widoczność jest lepsza niż teraz. Dodatkowo, przy łagodnych temperaturach rzędu minus dwudziestu stopni Celsjusza, wszyscy są zadowoleni z grzejników w susvee.

Simmons wiezie nas trasą po wschodniej stronie ośrodka badawczego – skupiska ośmiu izolowanych kontenerów transportowych i mniejszych budynków gospodarczych – i kieruje się prosto na północ, w stronę wykopalisk na Wyżynach Subglacjalnych Ellsworth. W dobrych warunkach to dziesięć minut jazdy, piętnaście przy gorszej pogodzie.

Chociaż nasza ekipa jest tu dopiero od kilku tygodni, Aaron i różni członkowie personelu naukowego są tu od prawie siedmiu miesięcy, i to licząc tylko tę misję. Poprzednie ekspedycje trwały jeszcze dłużej i brali w nich udział między innymi naukowcy z Uniwersytetu Cornella, Wydziału Ochrony Środowiska w Yorku, Uniwersytetu Bristolskiego oraz Moskiewskiego Uniwersytetu Państwowego im. Łomonosowa. Ale według plotek żaden z nich nie był tak oddany i zdeterminowany jak dr Aaron Campbell z Uniwersytetu Rutgersa, co by się zgadzało. Aaron zawsze był uparty jak wrzód na tyłku i prawdopodobnie dlatego tak dobrze się dogadywaliśmy.

– Myślę, że tym razem to mamy – powiedział mi przez telefon w styczniu.

Na Antarktydzie była wtedy pełnia lata, a on i jego zespół zrobili najwyraźniej spore postępy w poszukiwaniach.

– Nie zdradzisz mi żadnych szczegółów, prawda?

Nie musiałem przełączać się na wideorozmowę, żeby wiedzieć, że się uśmiecha.

– Przepraszam, Patrick. Znasz zasady.

To było hasło oznaczające, że rozmowa była prawdopodobnie nagrywana, a wszystko, czego szukał, było ściśle tajne.

– Znam. A do wszystkich żałosnych sukinsynów, którzy nie mają nic lepszego do roboty niż hakowanie tej rozmowy… przykro mi, że wasza praca jest do dupy.

Aaron parł dalej.

– Sprawą zainteresowali się krawaciarze i zapytali mnie, czy chcę kogoś konkretnego.

Zorientowanie się, o czym mówił, naprawdę zajęło mi chwilę.

– Człowieku, jestem zaszczycony. Ale w pierwszym tygodniu maja odchodzę do cywila. Czyli będę…

– Twój dowódca powiedział, że możesz to zrobić.

Wyciągnąłem komórkę i spojrzałem na nią.

– Z kim rozmawiałeś? Z pułkownikiem Rodriguezem?

– Wygląda na sympatycznego faceta.

– Wrzód na dupie – powiedziałem. – Ty. Nie on.

– Zabawne.

Westchnąłem i próbowałem wyjaśnić, jak bardzo byłem zmęczony, nie brzmiąc przy tym jak wypluty, ale nie szło mi dobrze. Na dodatek Aaron miał inne plany.

– Posłuchaj, Aaronie. Wiesz, że jeśli potrzebujesz pomocy, zawsze możesz na mnie liczyć. Ale jestem…

– Wiedziałem, że mnie nie zawiedziesz. Powiedziałem, że nie chciałbym, żeby chronił mnie ktoś inny.

– Jasne, ale…

– Banks się zgodził. Powiedział, że poleci twojemu dowódcy wydzielić ci niewielki zespół, a wtedy wasz operator z ramienia agencji zajmie się logistyką. Zgłosisz się bezpośrednio do niego, żeby unikać oficjalnych częstotliwości wojskowych.

Sukinsyn.

Westchnąłem i potarłem skronie. Po wszystkim, przez co przeszedłem, ostatnią rzeczą, jakiej chciałem, była kolejna misja, zwłaszcza na jakimś nadzorowanym przez szpiegów pustkowiu. Z drugiej strony, może właśnie tego potrzebowałem, żeby oderwać się od swoich myśli. Poza tym pustkowie oznaczało, że nikt nie będzie strzelał do moich ludzi. Mogłem z tym jakoś przeżyć. Co ważniejsze, moi ludzie również. To oznaczało również brak wieczornych wiadomości, politycznego pieprzenia oraz fałszywych uśmiechów i uścisków dłoni. Nie żebym kiedykolwiek je rozdawał; po prostu nie cierpiałem dostawać ich od innych.

Mimo to wolałbym nie jechać, gdybym tylko nie musiał.

– Czy pułkownik powiedział, że mam wybór w tej sprawie?

Aaron zawahał się. Praktycznie słyszałem, jak załamuje ręce.

– Tak, oczywiście. Nie musisz, jeśli nie chcesz.

I wtedy zagrał najniższą możliwą kartą.

– Po prostu pomyślałem, że zrobisz to dla Muszkieterów.

– Jesteś dupkiem, Aaronie.

– Słyszałem gorsze przezwiska.

Westchnął.

– Ale złożyliśmy obietnicę.

– To było dawno temu.

Roześmiał się.

– To właśnie jest ciekawe w obietnicach, prawda? Wytrzymują próbę czasu.

– Nie wszystkie powinny.

– Jack chciałby…

– Nie.

Nie podobało mi się, dokąd zmierzała ta rozmowa.

– Nie wciągaj w to Jacka.

Ale tak było. Cholera, jak cokolwiek, co dotyczy Aarona i mnie, może *nie* dotyczyć Jacka?

– Przepraszam – powiedział Aaron. – Ja tylko… potrzebuję cię, stary. Potrzebuję kogoś, komu mogę zaufać.

Nie wierzę w duchy, w ludzi mówiących zza grobu, a to dlatego, że oni wszyscy nadal żyją w mojej głowie. I praktycznie słyszę w tej chwili Jacka. „Zawsze będziemy trzymać się razem, prawda? Złączmy dłonie".

Połączyliśmy je. I skandowaliśmy. „Bliżsi niż bracia, przez błoto i ogień, na zawsze razem – Muszkieterowie!". Byliśmy dzieciakami, ale ta cholerna rymowanka szła za mną przez pół świata.

– Bliżsi niż bracia – powiedziałem do telefonu. – Dam ci miesiąc, góra sześć tygodni. A potem jadę do ślicznego domku w... gdzieś, gdzie zniknę. Wpadaj, kiedy zechcesz. Ale po tej misji nie wyjadę stamtąd, nawet dla ciebie.

– Umowa stoi.

Campbell zamilkł. Coś w tej sprawie... coś było dla niego poważne.

– Wszystko dobrze?

Kiedy znów się odezwał, mówił cicho, jakby zobaczył własnego ducha Jacka.

– Po tym nie będą się już ze mnie śmiać. Nikt nie będzie. Nie, kiedy to zobaczą.

Znowu nie miałem pojęcia, o czym mówił. „To" było tajne. Biorąc pod uwagę sławę mojego przyjaciela z dzieciństwa jako jednego z czołowych przetrząsaczy piachu i kopaczy skamielin w Ameryce Północnej, domyślałem się, że miało to coś wspólnego ze złożami rzadkich minerałów lub szczątkami jakiegoś twardego neandertalczyka dosiadającego T-Rexa.

– Na pewno – powiedziałem. – Do zobaczenia w marcu.

Co dziwne, wtedy po raz ostatni rozmawiałem z Aaronem. Od tamtej pory nie zamieniliśmy ani słowa, nawet po moim przyjeździe do ośrodka badawczego. Komunikował się wyłącznie przez swojego asystenta Lewisa. Nawet nasz opiekun od szpionów powiedział, że Aaron przebywa dwadzieścia cztery na siedem na terenie wykopalisk. Nasze patrole podchodziły najwyżej w pobliże wejścia do jaskini śnieżnej na zboczu niskiej góry. Cokolwiek znajdowało się w środku, było pilnie strzeżone – tak pilnie, że nawet mój najlepszy przyjaciel z dzieciństwa nie mógł mi o tym opowiedzieć.

Simmons parkuje susvee, ale trzyma silnik na chodzie, a potem woła, żeby wszyscy wyskakiwali. W przeciwieństwie do innych patroli, na które zgodnie z traktatem antarktycznym zabieraliśmy wyłącznie zamaskowane glocki 19, teraz mamy przy sobie stłumione FN SCAR 17 raidersów wykończone „puszkową bielą". Dla wszystkich innych to po prostu farba w spreju. Nawet magazynki i zaawansowane celowniki optyczne Trijicon powleczono farbą, żeby wtapiały się w zimowy krajobraz. Pluton nosi do tego kevlarowe hełmy i opancerzone kamizelki na białych mundurach zimowych. Jak na operację typu Indiana Jones spotyka bałwana Frosty'ego, to przesada, ale kiedy po stacji kręcą się otwarcie rosyjskie karki, gotowy do strzału nabój kalibru .308 w komorze przy piersi sprawia, że w środku jest mi trochę cieplej.

Przez całą tę tajność jedyne odkrycie Campbella, jakie przychodzi mi do głowy, to zakopany skarb Ernesta Shackletona. To albo znowu coś w rodzaju dinozaura z laserami na głowie. Tak czy inaczej, dzisiaj wpuszczą nas do wewnętrznego sanktuarium.

Kiwam głową do Simmonsa, który rozkazuje trzeciej drużynie ogniowej pilnować wejścia, podczas gdy pierwsza i druga wchodzą z nami.

– Jeśli zmarzniecie, ogrzewajcie się na zmianę w susvee – mówi.

Potwierdzają i zajmują pozycje przy wylocie jaskini. Moje palce u rąk i nóg zmagają się już z ujemną temperaturą, więc wiem, że nie minie dużo czasu, zanim ci goście wrócą do pojazdu wsparcia.

Wnętrze jaskini jest wyłożone przystosowanymi do niskich temperatur światłami roboczymi osadzonymi na pofalowanych niebieskich ścianach. Wygląda to, jakby korytarz przed nami wyrzeźbiono z cholernego lodowca. Po dwudziestu jardach ścieżka zaczyna opadać i skręca w prawo. Zerkam w tył, żeby upewnić się, że wszyscy idą za mną. Drużyny pierwsza i druga podziwiają widoki – dłonie na broni są rozluźnione.

Tunel skręca w lewo i kończy się przy dużych metalowych drzwiach. Wydają się całkowicie nie na miejscu. Przypominają bardziej wejście do podziemnego systemu obrony przeciwrakietowej niż na akademickie wykopaliska.

Widzę klawiaturę. Bez kodu, majstrowanie przy niej nie ma sensu. Sięgam więc po radio i wywołuję Lewisa.

– Zaraz tam będę, panie Finnegan. Proszę zaczekać.

Mija minuta, zanim nad górnymi drzwiami rozlega się odgłos pracy silnika. Przegroda podnosi się, odsłaniając pomalowane na żółto zęby i wgłębienia w stalowym progu. Nie minęła jeszcze połowy drogi, kiedy Lewis pochyla się w przydużej pomarańczowej kurtce North Face i wzywa nas gestem do środka.

– Dzień dobry, panie Finnegan. Proszę wejść. Doktor Campbell na pana czeka.

Przyglądam się zębom i przechodzę pod nimi. Z drugiej strony wita mnie widok zapadniętego wykopaliska o szerokości co najmniej czterech boisk piłkarskich i tak samo głębokiego. Sklepienie stanowi kopulasta pokrywa lodowa jakieś sto jardów nad nami, podtrzymywana przez sieć aluminiowych kratownic. Cała podłoga jaskini usiana jest podnośnikami, lampami roboczymi, quadami, rusztowaniami i przezroczystymi plastikowymi ściankami odgradzającymi spore sekcje placu. A w powietrzu unoszą się nieustanny dźwięk grzejników i zapach spalin z silników diesla. Po placu kręcą się jakieś dwa tuziny ludzi, wszyscy w kombinezonach lub pomarańczowych kurtkach.

– Hej.

Simmons trąca mnie w bok.

– Chyba widziałem tam Toma Cruise'a.

– To Dwayne Johnson. Ale masz rację. Kiedy się uśmiechają, są praktycznie identyczni.

Simmons nie myli się zbytnio w swojej ocenie: to miejsce przypomina bardziej hollywoodzki plan filmowy niż wykopaliska archeologiczne. A sądząc po minach reszty plutonu, wszyscy są równie zaskoczeni.

Mój pajęczy zmysł również jest poruszony. Najwyraźniej Simmons czuje to samo.

– Mam wrażenie, że zaraz wybiegnie stamtąd Jeff Goldblum ścigany przez tyranozaura.

Jego ton sugeruje, że nie do końca żartuje.

– Uspokój się – mówię. – Zakład o sto dolców i twoją butelkę rosyjskiej gorzały, że chodzi o złoto lub ropę. Jeśli okaże się, że to jakiś wypasiony dinozaur, żywy lub martwy, wygrywasz.

– Zgoda.

Zderzamy się pięściami, żeby przypieczętować umowę.

– Tędy, proszę – mówi Lewis, schodząc metalowymi krętymi schodami na dół wykopaliska.

Kiedy schodzimy na ubitą ziemię w dole, czuję wzrost temperatury. Może nie można jeszcze biegać w szortach, ale to już na pewno nie minus dwadzieścia.

Lewis prowadzi nas główną arterią otoczoną po obu stronach dużymi sześciennymi konstrukcjami pokrytymi plastikiem.

Scena przypomina mi miasteczko zapakowane w matową folię, przez co zaczynam się zastanawiać, co kryje się pod płachtami.

Sięgam w stronę jednej z nich, kiedy Lewis łapie mnie za rękę.

– Proszę, nie, panie Finnegan. Za chwilę będzie naprawdę wiele do zobaczenia.

Nie odpowiadam werbalnie, bo nie bardzo lubię, kiedy mózgowiec w kitlu mówi mi, co mam robić, ale kiwam głową i zostawiam foliową płachtę w spokoju.

– Złapany – mówi Simmons.

Nie zaszczycam go odpowiedzią i idę za pomarańczową North Face.

– Wygląda na to, że mieliście sporo pracy – mówię do Lewisa.

– Owszem.

– I dobre finanse – dodaję.

– To też racja. Niewielka grupa ludzi śledzących dokonania doktora Campbella sporo zainwestowała w jego sukces.

– I wyraźnie dużo dzięki temu zdziałał – mówię, patrząc na górujące nad placem ramię dźwigu. – Zawsze był pracowity.

Mijamy kilka kolejnych pokrytych folią konstrukcji, zanim docieramy do największego arkusza przejrzystego plastiku, który od lewej do prawej zakrywa powierzchnię mniej więcej boiska piłkarskiego. To z pewnością największy obiekt tu w dole. Przed nim stoi kilka quadów, kontenerów ze sprzętem i stanowisk komputerowych.

Lewis zatrzymuje się tuż przed zarysowanymi żółtą taśmą drzwiami w plastikowej ścianie.

– Tylko pan może wejść do środka, panie Finnegan.

– Będę tęsknił – mówi Simmons.

Kiwam mu głową na pocieszenie.

- Jeśli zobaczę jakieś welociraptory, powiem im, że nie możesz doczekać się spotkania.

- Wal się.

Lewis wskazuje gestem na plastik, a potem odsuwa drzwi na bok. Wchodzę do małego pomieszczenia pośredniego i wydostaję się na zewnątrz przez drugą zasłonę z plastiku. Po drugiej stronie widzę cholernie wielki pierścień. Ma jakieś osiemdziesiąt, może dziewięćdziesiąt jardów średnicy. Wygląda jak ten z *Gwiezdnych wrót*, tylko większy. Po prawej i lewej stronie głównego pierścienia wznoszą się dwie połówki drugiego. O ile centralny pierścień ułożono z figur geometrycznych, zewnętrzne połówki wyglądają na ułożone warstwami jak paski sklejki, tyle że materiał wygląda na metaliczny.

- Witaj w Projekcie Orion Theta, Patricku - mówi znajomy głos zza potężnego czworobocznego obszaru roboczego złożonego z zakrzywionych monitorów komputerowych. Stanowisko stoi jakieś dwadzieścia jardów przede mną, niedaleko podstawy pierścienia.

- Cholernie dobrze cię widzieć.

To Aaron, ubrany w pomarańczową kurtkę North Face podobną do noszonej przez Lewisa, z logo Uniwersytetu Rutgersa na piersi. Poprawia okulary i wychodzi mi na powitanie, rozkładając szeroko ramiona.

Zawsze lubił się przytulać.

- Ciebie też miło spotkać.

Wytrzymuję jego uścisk, po czym wskazuję głową w stronę masywnego pierścienia i pracujących w pobliżu kolejnych dwudziestu paru ludzi.

- Wygląda na to, że jednak coś znalazłeś.

Odwraca się.

– Czy to nie wspaniałe?

– Pewnie. I założę się, że masz pod ręką Richarda Deana Andersona? [4]

Próbuję złagodzić jakoś dziwność sytuacji, ale nagle zastanawiam się, czy przypadkiem nie będę wisiał Simmonsowi stówki i butelki. Logika jednak podpowiada, że na pewno istnieje całkowicie racjonalne *ludzkie* wytłumaczenie tego, co widzę.

– Richard Dean Anderson – mówi Aaron z zakłopotanym uśmiechem. – Właściwie nie jesteś daleki od prawdy, Patricku. Chodź.

Próbuję o coś zapytać, ale Aaron jest już w ruchu. Idę za nim w stronę pierścienia, a potem w górę kamiennymi schodami, które pasowałyby do Rzymu. Szczyt pierścienia unosi się nad nami i po raz pierwszy dostrzegam, jak gruba jest ta budowla – od dwunastu do trzynastu stóp, lekką ręką. Cała jest pokryta jakimiś wzorami, czymś w rodzaju starożytnego języka, wyrzeźbionymi w nieregularnej powierzchni.

– I co powiesz? – mówi Aaron, rozkładając ramiona i obracając się, żeby ocenić moją reakcję.

– Wygląda na to, że… udało ci się zbudować stary diabelski młyn bez wagoników. Gratuluję.

Nigdy nie byłem dobry w wyrażaniu emocji i ta chwila nie jest wyjątkiem. Oczywiście, obiekt mnie ciekawi. I jeśli mam być szczery, to trochę się go boję. Naprawdę mam nadzieję, że Aaron powie mi zaraz, że to jego dzieło, ale nie przychodzi mi do głowy żaden powód, dla którego ktoś miałby budować to cholerstwo na Antarktydzie. Zamiast tego przeglądam w myślach dziwne scenariusze inwazji, z których żaden nie ma oparcia w rzeczywistości. A to, że mój mózg ciągle zagląda w te miejsca, dowodzi, że mój stary miał rację – zbyt wiele oglądania filmów sci-fi po nocach naprawdę potrafi namieszać w głowie. Mniejsza z tym, że był to jedyny sposób, żeby uciec od całej reszty spraw, które również to robiły.

– Jest naprawdę stary – odpowiada Aaron, powtarzając mój bardzo techniczny opis. – Ale to zdecydowanie nie diabelski młyn.

– W takim razie co tu zbudowaliście?

– Ha! *My* nie zbudowaliśmy niczego. Oni to zrobili.

– Oni?

– Daj spokój.

Zanim zdołam wyciągnąć z niego coś poza tym, Aaron schodzi prędko po schodach, wpada do czworoboku stanowisk komputerowych i odpędza kilku pracowników.

Widzę, jak na ekranach wyświetla się coś w rodzaju wykresu danych przedstawiających coś, co wygląda na mikroskopowe przekroje różnych materiałów.

– Na co patrzymy? – pytam.

Oddala pytanie machnięciem ręki.

– To obrazowanie spektralne połączone z mikroskopią i datowaniem węglowym oraz paroma innymi rzeczami.

– I mówi, że…?

Aaron powiększa jeden z podobnych do zdjęć rentgenowskich obrazów i odsuwa się od ekranu. To cicha wskazówka, że mam przyjrzeć się zdjęciu.

– To… naprawdę interesujące.

– Pochodzi z plejstocenu – mówi, stukając w ekran. – Plejstocenu, Patricku!

Mam chyba minę jak oślepiony przez samochód jeleń, bo denerwuje się i podnosi ręce.

– Dwadzieścia tysięcy lat temu.

– Czyli nie wy to zbudowaliście – mówię, bardziej po to, żeby upewnić się co do faktów, niż powtórzyć jego... no cóż, nazwijmy to po prostu spekulacjami.

– Zdecydowanie nie.

Przywołuje na ekran kolejny obraz i dane, a potem stuka w monitor, jakbym miał przeczytać wszystko za jednym podejściem i dojść do wniosku, do którego sam doszedł.

– Mamy homo sapiens, prawie wymarłych neandertalczyków i denisowian. W późnym plejstocenie wszyscy są obecni. Czwartorzęd, kenozoik. Nadążasz?

Śmieję się.

– To było dawno temu, a my jesteśmy tylko mięśniakami. Ale chyba rozumiem.

– Wątpię. Ale...

Szuka słów.

– W tej epoce doskonaliliśmy narzędzia, język, schronienia... ale nie mieliśmy nic podobnego.

– To kamienny krąg – mówię. – Może to... gigantyczne palenisko, które roztopiło pod sobą lodowiec, po czym przewróciło się i stanęło na sztorc.

To pokazuje, ile wiem o geologii.

Teraz to Aaron się śmieje.

– Ten region nie był wtedy zamarznięty. Wyżyny Subglacjalne Ellsworth są subglacjalne, leżą pod lodem. Kiedyś było tu pięknie jak na obozie Cayuga.

– Hej. Nigdzie nie jest pięknie jak na obozie – odpowiadam, ostrożnie nie pozwalając przyjacielowi wkroczyć na święte letnie tereny naszej młodości.

Kiwa głową na zgodę.

– Możliwe, za to bardzo dawno temu ktoś umieścił ten pierścień dokładnie tam, gdzie teraz stoi.

– A ty jesteś tu, żeby dowiedzieć się, kto to zrobił – mówię.

– Nie.

Przez chwilę wpatruje się we mnie.

– Jestem tutaj, ponieważ zamierzam go otworzyć.

Rozdział 3

15:05, poniedziałek, 25 kwietnia 2027
Antarktyda Zachodnia
Wykopaliska na Wyżynach Subglacjalnych Ellsworth
Pierścień

– Co chcesz zrobić?

– Otworzyć go – odpowiada Aaron.

– Jak w…

– To portal.

Zimna pogoda uderzyła mu do głowy. A może mnie. Tak czy inaczej, jeden z nas ma urojenia. A ponieważ wiem, że Aaron nie jest idiotą, a ja czuję się dobrze, zdaję sobie sprawę, że pogrywa ze mną.

– Zaczekaj. Skołuję egipskie nakrycie głowy – mówię ze śmiechem. – Nie przechodź na drugą stronę beze mnie.

Aaron przechyla głowę w moją stronę. Nie śmieje się.

– Nie żartuję, Patricku.

Odwołuję, co powiedziałem. Może jednak ma urojenia.

Wskazuję na pierścień.

– To jest…

– Portal.

– Zbudowany przez…

Wzrusza ramionami.

– Nikogo z tej planety.

– Jak w *E.T.*?

Potakuje.

– Matko Boska i wszyscy święci.

Wpatruję się w niego, licząc do trzech, żeby upewnić się, że nie robi sobie ze mnie jaj.

– Naprawdę mówisz poważnie.

– Całkowicie.

Odwracam się i warczę. Nie mogę uwierzyć, że zostałem w to wplątany.

– Masz mnie, Aaronie. Nabrałem się. Bóg jeden wie, jak udało ci się naciągnąć wszystkich inwestorów, żeby dali ci ten sprzęt. Ale ja tego nie kupuję.

– Posłuchaj…

Odwracam się do niego.

– A wiesz, co mnie najbardziej wkurza? Wykorzystałeś Jacka. Jacka, do jasnej cholery.

– Mogę wyjaśnić.

– Co tu wyjaśniać?

Unoszę rękę w stronę pierścienia. Cała reszta ludzi w przestrzeni roboczej przerwała swoje rozmowy.

– Znalazłeś jakiś starożytny krąg i zamiast użyć głowy jak kiedyś, wymyśliłeś jakąś szaloną historię, ponieważ…

– Ponieważ co?

– Nic. Nieważne.

– Nie. Chcę to usłyszeć, Pat. Masz mi coś do powiedzenia, to mów.

– Zależało ci na sławie.

– Aha. To wszystko?

– I nie chciałeś już być puentą żartów wszystkich dokoła.

Rumieni się.

– Sam to powiedziałeś. Mówiłeś, że nie będą się śmiać z tego, co znalazłeś. Ale to? Nie…

– A gdybym wyjaśnił to przez telefon – wskazuje pierścień palcem – przyjechałbyś, Pat? Uwierzyłbyś mi na słowo? Bo wydaje mi się, że udało mi się ściągnąć cię tylko dlatego, że powołałem się na Jacka, a nie dlatego, że cię potrzebowałem.

Zgrzytam zębami. Gdybyśmy nie przeszli tyle razem, w tej chwili bym go uderzył. A może właśnie powinienem go zdzielić za wszystko, co razem przeżyliśmy?

– Wiesz, że możesz na mnie liczyć. Ale to?

Wskazuję głową na pierścień.

– Nie potrzebujesz mnie do tego, czymkolwiek to, do diabła, jest.

– Mogę to wyjaśnić – mówi.

Odwracam się i odchodzę. Rząd popełnił pomyłkę, angażując się w to.

– To nie ja pożyczyłem ci pieniądze, Aaronie. Zachowaj swoje tłumaczenia dla ludzi, którym na nich zależy.

– Cholera, Pat. Powiedziałem, że mogę to wyjaśnić.

– Gratuluję.

Jestem na tyle daleko, że następne słowa musi wykrzyczeć.

– Zbudowano go z pierwiastka, którego nigdy wcześniej nie widzieliśmy.

– Tego też gratuluję.

I tak wyjdę stąd i powiem mojemu opiekunowi z agencji, gdzie może sobie wsadzić tę operację. Powinienem był wiedzieć – cholerne dziwadła.

– Na wypadek gdybyś był ciekaw, to właśnie ten nowy pierwiastek jest obiektem zainteresowania wszystkich rządów. Dlatego uczelnie przysłały tu ekipy swoich najlepszych badaczy.

Zwalniam, ale nie odwracam się.

Aaron nie przestaje mówić.

– Pomyśl tylko. Konstrukcja sprzed dwustu tysięcy lat wykonana z syntetycznego pierwiastka, na który nigdy się nie natknęliśmy. Co byś pomyślał?

– Nie wiem, Aaronie. Ale zanim wyciągnąłbym te same przedwczesne wnioski co ty, pewnie wyczerpałbym wszystkie inne możliwości.

– Myślisz, że tego nie zrobiłem?

Kiedyś go obraziłem. Wiem, że nie mogę zrobić tego ponownie, nie zrywając całkowicie naszej przyjaźni.

Zatrzymuję się i odwracam do niego, stojącego nadal jakieś piętnaście jardów ode mnie, a potem wskazuję na pierścień.

– Mówisz, że nie jesteś jedynym dziwakiem, który myśli, że to prawdziwa wersja Stargate-1?

Unosi brew i kręci głową, jakby się nade mną litował.

– A Richard Dean Anderson nie powie zaraz „Cięcie!” i „Wspaniała robota, ale zróbmy to jeszcze raz"?

Aaron ponownie kręci głową.

– Cholera.

Wskazuję na czworobok komputerów.

– No to lepiej pokaż mi, co tam masz.

* * *

Wydaje się, że obaj czujemy ulgę, kiedy Aaron prezentuje mi swoje odkrycia: ja cieszę się, że nie zwariował do reszty, a on wydaje się szczęśliwy, że przynajmniej wysłucham z zainteresowaniem jego dowodów. A prawda jest taka, że jestem ich ciekawy, choćby po to, żeby wzmocnić moje argumenty przeciw niemu. Ale kiedy Lewis podaje mi kubek gorącej kawy i batonik proteinowy, mam wrażenie, że nie jestem pierwszą osobą, z którą musiał zmierzyć się dr Aaron Campbell i jego zespół badawczy.

– Dzięki – mówię do Lewisa.

– Jeśli będzie pan czegoś jeszcze potrzebował, proszę dać mi znać.

– To wszystko, Lewis – dodaje Aaron, nie odrywając wzroku od ekranu.

– Teraz. Widzisz?

Popijam z metalowego kubka i poprawiam stołek pod tyłkiem.

– Aha. Wygląda jak jakiś fraktal czy coś.

– Zgadza się – wykrzykuje Aaron. – Dokładnie tak. Podobnie jak z podstawowym pierwiastkiem, jest nam zupełnie nieznany. Na dodatek ma szczególne właściwości.

– Na przykład?

– No cóż, zastosowaliśmy najpierw przenośną spektrometrię fluorescencji rentgenowskiej, potem spektrometrię mas ze sprzężeniem indukcyjnym plazmy, a wreszcie spektrometrię emisji atomowej ICP…

Zawiesza z nadzieją głos, czując, że mnie zgubił, i odwraca się na chwilę, żeby spojrzeć na pierścień.

– Może ci to po prostu pokażę. Chodź.

Odgryzam kawałek batonika i idę za nim po schodach, uważając, żeby nie rozlać kawy. Aaron przywołuje mnie gestem do pierścienia, a potem do jednego z licznych występów na obwodzie, przypominających klocki.

– Gotowy? – pyta.

– Aha. Jasne.

Aaron przesuwa blok o trzy cale w lewo. Kiedy to robi, jard kwadratowy powierzchni pierścienia rozjarza się niebieskim światłem.

Odsuwam się i prawie rozlewam kawę.

– Słodka Mario, łaskiś pełna! Co to było, do cholery?

– Włączyłem go – mówi Aaron z uśmiechem.

– Działa na baterie?

– Na ile umiemy określić, nie. Pamiętasz te fraktale, które ci pokazałem? Potrafią wychwytywać energię i kierować ją tutaj.

Otwieram usta, żeby coś powiedzieć, ale nie przychodzi mi do głowy nic inteligentnego.

– Nie martw się – mówi, kładąc mi dłoń na ramieniu. – Nie jesteśmy pewni, jak to działa. Ale wiemy to. Popatrz.

Wskazuje, żebym podszedł bliżej. Na świecącej niebieskiej powierzchni widzę setki podświetlonych na żółto maleńkich symboli i krzyżyków.

– Co to jest? – pytam.

– Początkowo nie wiedzieliśmy. Język, kod?

– A teraz?

Chichocze.

– Najprostsza rzecz na świecie. Zagadka.

– I to ma być proste?

– Oczywiście. Kiedy byłeś dzieckiem, bawiłeś się klockami?

– Chyba tak.

– I nie wydawało ci się to stymulujące, kiedy kładłeś jeden na drugim, próbując znaleźć równowagę?

– Nie posunąłbym się tak daleko, żeby nazwać to stymulującym, ale…

– To jak zabawa klockami.

Aaron dotyka drugiego bloku w pobliżu krawędzi niebieskiego obszaru, co aktywuje kolejne pole na metalicznej powierzchni pierścienia.

– Ale co oznaczają te wszystkie małe symbole?

– Na tym polega piękno układanki. Symbole nie muszą nic znaczyć. W istocie rzeczy, jeśli próbujesz komunikować się z obcą grupą, im mniej w nich znaczenia, tym lepiej. Zamiast tego próbujesz dostrzec wzorce.

– A to dlaczego?

– Ponieważ znaczenie trudno czasem zinterpretować. Słowa są pełne polisemii.

– Poli-czego?

Kręci głową.

– Wieloznaczności, dwuznaczności. A do zrozumienia każdego zastosowania potrzebujesz podtekstu. Weź na przykład proste słowo „język”. Może oznaczać twój organ albo język, którym się posługujesz, lub wreszcie język spustowy w twoim karabinie.

– Rozumiem, w jaki sposób to może być problematyczne.

– Kiedy do pierwszej frazy dodasz kolejną, mamy już kilka permutacji możliwych znaczeń. Kwestia tonu jest jeszcze gorsza. Widziałeś kiedyś ten klasyk w necie?

Nie mam pojęcia, o czym mówi, więc jestem wdzięczny, gdy kontynuuje, nie zmuszając mnie do zadawania pytań.

– Nie powiedziałem, że ukradła moje pieniądze – mówi.

Patrzę na niego.

– Co proszę?

– To zdanie: nie powiedziałem, że ukradła moje pieniądze. W zależności od tego, gdzie je zaakcentujesz, może oznaczać kilka różnych rzeczy. „*Nie* powiedziałem, że ona ukradła moje pieniądze" sugeruje niewinność mówiącego, jednocześnie implikując czyjąś winę. Z kolei „Nie powiedziałem, *że ukradła* moje pieniądze" to zapewnienie, że kobieta, o której mowa, może nie jest kleptomanką, ale może być winna innego skandalu związanego z pieniędzmi.

– Aha. Rozumiem – mówię.

– Tak więc, jak widać, z antropologicznego punktu widzenia język jest z natury kłopotliwym narzędziem. Tymczasem układanki są o wiele bardziej pomocne w nawiązaniu kontaktu.

– I znaleźliście układankę?

– I to jaką!

Aaron uśmiecha się do mnie tak szeroko, że znikają mu oczy, po czym woła do personelu i zatacza dłonią kręgi.

– Odpalamy!

* * *

Stoję obok Aarona w czworoboku komputerów, podczas gdy mała armia badaczy zaczyna toczyć w stronę pierścienia wieże rusztowań. Z kratownic pod sufitem opuszczają kilka platform. Wszystko trwa około piętnastu minut, kiedy Aaron daje zgodę na „zainicjowanie poziomu ipsylon".

Na jego polecenie ludzie zaczynają na zmianę przesuwać, popychać i przekręcać rozmaite figury geometryczne rozsiane po powierzchni pierścienia. Wszyscy zaglądają do iPadów i mówią do komunikatorów dousznych. Czterech pracowników przy głównych stanowiskach komputerowych rozmawia, pod czujnym okiem Aarona, z zespołami na rusztowaniu, monitorując kilkanaście ekranów.

Przy każdym działaniu na pierścieniu rozświetla się nowa sekcja. Niebieskie plamy i żółty tekst pokrywają jakieś dwadzieścia procent powierzchni.

– Poziom ipsylon ukończony – mówi Lewis do Aarona. – Wszystkie odczyty nominalne. Możemy przejść do poziomu phi.

– Zaczynajcie – odpowiada Aaron, przecinając dłonią powietrze.

Naukowcy znowu przesuwają kształty po powierzchni pierścienia i kolejne części struktury rozbłyskują światłem. Czuję nowe drżenie w podłożu.

Dokładnie w tej chwili odzywa się moje radio, po czym słyszę w nim głos:

– Wic, tu Simmons.

– Mów.

– Wyczuwamy jakieś wibracje o niskim poziomie energii.

– W porządku – odpowiadam, starając się zachować spokój. – Doktor Campbell po prostu coś mi pokazuje.

– Rozumiem. A to światło dochodzące zza plastiku?

– To też doktor Campbell. Wszystko OK.

– Zrozumiano. Simmons bez odbioru.

Aaron patrzy, jak puszczam przyczepione do piersi radio, a potem spogląda na Lewisa.

– Poziom phi ukończony, doktorze – mówi Lewis. – Możemy zaczynać chi.

Aaron kiwa głową.

– Zaczynajcie.

Personel znowu porusza się po rusztowaniu jak mrówki robotnice w misji dla królowej, przesuwając występy pierścienia i rozświetlając kolejne fragmenty obiektu. Szum w ziemi staje się coraz głośniejszy.

Aaron wyczuwa chyba moje obawy i mówi:

– W porządku. To część układanki.

Ale jego uspokajające słowa nie łagodzą moich obaw i łapię się na tym, że ściskam mocniej uchwyt mojego SCAR-a 17.

Przysięgam, że kiedy Aaron nakazuje zainicjować poziom psi, wyimaginowana płaszczyzna wewnętrzna pierścienia rozbłyskuje jakąś energią. Przypomina wyładowania elektryczne widziane zza cienkiej zasłony mgły. Buczenie przybiera na sile, do tego stopnia, że muszę podnieść głos, żeby powiedzieć coś do Aarona.

– Ostatnie pięć liter greckiego alfabetu – mówię mu do ucha.

Potakuje.

– Co się stanie, kiedy dojdziecie do omegi?

Przytrzymuje kaptur, żeby nie bił mu po twarzy, kiedy z pierścienia zrywa się podmuch wiatru.

– Nie wiemy. Nigdy nie zaszliśmy tak daleko.

– Dlaczego nie?

– Czekałem na ciebie, Muszkieterze.

To wszystko wydaje się impulsywne. Muszę to przemyśleć i porozmawiać z Aaronem, ale nie ma czasu. Dwie główne wieże chwieją się i obawiam się, że badacze są w zbyt wielkim stopniu naukowcami, a w zbyt małym inżynierami.

– Systemy wyglądają na stabilne – krzyczy Lewis do Aarona.

– Zróbmy to! – odpowiada.

Chwytam Aarona za ramię.

– Chcę tu ściągnąć Simmonsa i resztę drużyn.

– Nie, nie, nie.

Rzuca mi smętne spojrzenie.

– Zawsze zakładasz najgorsze i starasz się być na nie przygotowany. Ale to nie jest najgorsze, Pat. Zaraz dokonamy czegoś niesamowitego. Nie psuj mi tej chwili.

Mam złe przeczucie. Ale Aaron ma rację: zawsze przewiduję najgorsze. Ale tylko dlatego, że w prawdziwym życiu zwykle właśnie to się zdarza, podczas gdy najlepsze pozostaje tuż poza zasięgiem. To się nazywa realistyczne myślenie.

– Jesteś pewien?

– Przez błoto i ogień.

Wyciąga rękę. Nie robiliśmy tego, odkąd rzuciłem studia. Jezu. Co ty tu robisz, Wic? To przecież jakiś obłęd.

Kładę dłoń na jego dłoni, a potem mówię:

– Przez błoto i ogień.

Aaron posyła mi pełen energii uśmiech, a potem wrzeszczy do Lewisa.

– Zainicjować poziom omega!

Rozdział 4

15:48, poniedziałek, 25 kwietnia 2027
Antarktyda Zachodnia
Wykopaliska na Wyżynach Subglacjalnych Ellsworth
Pierścień

Kiedy Lewis wydaje polecenia przez radio, przez płaszczyznę pierścienia przeskakuje błysk światła. Ku mojemu zaskoczeniu badacze na rusztowaniu zaczynają schodzić. To prawdziwa ulga. Naprawdę nie chciałbym zameldować, że ktoś tu zginął, bo nikt nie wiedział, jak założyć zwykłą uprząż zabezpieczającą. Ale ten odwrót nie wyjaśnia, co oznacza „zainicjować poziom omega".

– To nasz znak.

Aaron dotyka mojego ramienia.

– Chodź.

– Znak do czego? – krzyczę.

Ale Aaron opuszcza czworobok i idzie w stronę schodów. Rzucam się za nim i chwytam go za ramię.

– Co robisz?

– To ostatni element układanki.

Pierścień przecina kolejne wyładowanie elektryczne. Od wyraźnego zapachu ozonu włoski w nosie skręcają mi się w sprężyny. Wiatr się wzmaga.

– Czy ty chociaż wiesz, co to jest, Aaronie?

Patrzy na mnie z ukosa, ale nic nie mówi.

– Uznam to za zaprzeczenie.

– To szansa – mówi w końcu. – Ktoś to tu umieścił i pozostawił wskazówki. Na ile wiem, my pierwsi mamy narzędzia i dość rozumu, żeby poskładać kawałki w całość. I dowiedzieliśmy się już wszystkiego, czego tylko mogliśmy. To – wskazuje palcem świecący pierścień – to jest następny krok. I musimy go zrobić, Pat.

Znacie tę część w filmach, w której główny bohater przejdzie zaraz przez drzwi, ale wiecie, że po drugiej stronie czeka coś złego? Krzyczycie w stronę ekranu: „Nie rób tego!", ale on was nie słyszy? To właśnie ten moment, tyle że nie został wcześniej nagrany. Dzieje się w czasie rzeczywistym. A w przeciwieństwie do aktorów i ich dublerów, którzy wstają z podłogi, kiedy reżyser zawoła „Cięcie!", w takich sytuacjach ludzie giną. I naprawdę zginęli. A ja byłem przy tym i widziałem to o wiele częściej, niżbym chciał.

To ukryty pod stertą śmieci improwizowany ładunek wybuchowy, który zabija waszą szpicę. To dzieciak, którego wczoraj puściłeś wolno, a teraz postanawia podnieść półautomatyczny karabin snajperski Dragunowa i odstrzelić łeb waszemu kapralowi. To wreszcie sowiecki pocisk moździerzowy kalibru 82 mm, który rozbija się w środku nocy w południowo-wschodnim narożniku twojej bazy i niszczy latrynę. Pewnie, ludzie myślą, że to tylko kibelek. Przynajmniej dopóki nie zorientują się, że prycze Murphy'ego i Higginsa są puste. Te dzieciaki nie poległy, strzelając do złych ludzi. Zginęły na sraczu. I po co?

– Patricku. Proszę, puść – mówi Aaron, patrząc na moją dłoń.

Odsuwam się i chwytam przedni uchwyt mojego karabinu.

Wiecie co? Jeśli Aaron chce zrobić to, co postanowił, to nie będę go powstrzymywał. Nie, żebym mógł to zrobić – ludzie i tak zawsze robią to, co chcą.

Jasne, chcę mu powiedzieć, że to zły pomysł. Że ktoś powinien przeprowadzić więcej badań, żeby dowiedzieć się, czym to, do cholery, jest. Że potrzebne są większy zespół i więcej sprzętu, może cały batalion w pogotowiu bojowym. Nie wiem. Po prostu nie to, co tu mamy.

Ale to nie moja decyzja. A nawet gdyby tak było, wątpię, czy cokolwiek by rozwiązała. Koniec końców ludzie zawsze giną, chcesz tego czy nie. A kiedy wracasz do domu, zostają tylko złe wspomnienia i poczucie… jak to się nazywa? No tak. Bezradność.

– Bądź ostrożny – mówię do Aarona.

Kiwa głową, po czym wchodzi po wyglądających na starożytne schodach. Mój puls przyspieszył i zmuszam się, żeby oddychać wolniej, schodząc do ośmiu oddechów na minutę. Trochę szybciej i mój rozum przestanie funkcjonować.

Podnoszę karabin i patrzę przez lunetę, jak Aaron dociera na szczyt. Nie mam pojęcia, w co bym celował, gdyby coś się wydarzyło, ale to właśnie robię – osłaniam swój zespół i czekam. Pewnie, moją wyobraźnię kuszą obrazy małych zielonych ludzików i faraonów z włóczniami plazmowymi. Ale to gówno nie jest prawdziwe. A pierścień owszem.

Aaron sięga do kształtu w środku dolnego łuku pierścienia.

To jedyna nieoświetlona jeszcze sekcja. To musi być to: ostatni guzik, który trzeba wcisnąć. Poziom omega.

Odrywam prawy policzek od broni i mrugam dwa razy, żeby oczyścić wzrok. Potem wracam do lunety. Pierścień jest bardziej aktywny, jakby wyczuwał, że ktoś przebudzi go zaraz jak smoka z długiego snu.

Aaron pracuje nad blokiem, popychając go w lewo, kiedy ze środka pierścienia wyskakuje błyskawica i smaga jedno z rusztowań. Iskry sypią się na wszystkie strony, a część plastiku się pali.

Pieprzyć to. Łapię radio i otwieram kanał.

– Simmons. Potrzebuję tu dwóch drużyn! – krzyczę. – Rozstawić się, zaczynając ode mnie.

– Powtórz?

– Drużyny pierwsza i druga, natychmiast!

– Przyjąłem.

Aaron wciąż popycha przycisk, gdy powietrze przecinają dwie kolejne błyskawice. Jedna uderza w kratownicę na suficie, a druga wpada w grupę pojemników ze sprzętem. Oba trafienia skutkują większą liczbą wyładowań i niewielkich pożarów. Mimo to Aaron wydaje się całkowicie spokojny. Nawet nieustraszony. Może minął się z powołaniem i powinien zostać żołnierzem piechoty morskiej.

Ciało Aarona podrywa się, gdy blok się zatrzymuje. Cofa się. Wiatr cichnie nagle, elektryczność się rozprasza, a na wewnętrznej płaszczyźnie pierścienia pojawia się migoczące niebieskie pole energetyczne. Wydaje się półprzejrzyste, jak płytkie wody widziane z otwartych drzwi bocznych blackhawka. Za cienką błoną widać drugi, mniejszy pierścień, a za błoną na jego powierzchni – trzeci, jeszcze mniejszy. Pierścienie zdają się powtarzać i ciągnąć w nieskończoność.

Panuje całkowita cisza, zakłócana tylko niskim, pulsującym powoli szumem w ziemi i okazjonalnym cichym trzaskiem niewielkiego wyładowania, wędrującego po krawędzi pierścienia.

Aaron rozrzuca ramiona na boki i wydaje z siebie kowbojski okrzyk radości. Odwraca się do mnie, a potem do swojej ekipy.

– Zrobiliśmy to!

Zerkam w lewo i widzę Simmonsa. Oczy ma szeroko otwarte i utkwione w pierścieniu. Reszta moich marines jest równie zdezorientowana.

– Lewis! – woła Aaron, schodząc po schodach. – Czujniki! Co pokazują?

Kiedy Lewis informuje Aarona, Simmons pochyla się przy mnie.

– Co to, do cholery, jest, Wic?

– Nie wiem. Po prostu trzymajcie to na muszce.

Kiwam głową w kierunku pierścienia.

– Czy to prawdziwe?

Przytakuję.

– Wygląda na to, że przegrałem zakład.

– Tak myślisz? Odnoszę nagle wrażenie, że tylko Sigourney Weaver wyjdzie stąd żywa.

– Spokojnie, Simmons.

Klepię go wierzchem dłoni, żeby go uspokoić.

– Zachowajmy spokój. Pójdę porozmawiać z profesorem. Zajmij się ludźmi.

– Roger.

Nie przestając celować w pierścień, idę w kierunku czworoboku. Teraz jest tam jeszcze więcej naukowców. Biegają jak dzieci potrząsające pudłami i snujące domysły na temat prezentów w świąteczny poranek. Tyle że oni stukają w ekrany i porównują notatki.

– Co my tu mamy, Aaronie? – pytam, daleki od podzielania widocznego zachwytu i radości zespołu.

Aaron poprawia okulary i przywołuje mnie gestem do jednego z większych monitorów.

– Popatrz tutaj. Widzisz te linie?

Wyglądają jak wykres wskaźników giełdowych, rosnących stale od lewej do prawej. Kilka różnokolorowych linii krzyżuje się ze sobą, ale wszystkie wydają się mieć trend wznoszący.

– To wykres kilka różnych rodzajów promieniowania. Jak widać, rośnie stabilnie przy aktywacji każdego poziomu.

Zaznacza etapy oznaczone jako ipsylon, phi, chi i psi.

– A to co?

Wskazuję na ostry skok kilku kolorów, który wystrzeliwuje daleko poza wykres, podczas gdy inne barwy ostro opadają.

– Wygląda na coś dramatycznego.

– Zgadza się. Właśnie wtedy zainicjowaliśmy poziom omega.

– I co to znaczy?

– Po pierwsze, pierścień emituje wiele różnych rodzajów promieniowania, z których większość potrafimy śledzić. Mieszczą się w zakresie widma promieniowania jonizującego i niejonizującego.

– A po angielsku?

– Noooo… – Aaron zastanawia się przez chwilę. – Promieniowanie niejonizujące cię nie zabije, za to jonizujące tak.

– Aha, czyli coś w rodzaju pilota do telewizora w zestawieniu z atomówką.

– Mniej więcej. Widzimy, jak oba rodzaje rosną powoli przy aktywacji każdego kolejnego poziomu. Oczywiście nic, co by mogło człowieka zabić. Ale wystarczy, żeby nie chcieć bawić się cały dzień tymi przyciskami bez kombinezonu. Dokładnie to widzieliśmy przy wszystkich poprzednich próbach.

– A tutaj?

Wskazuję na obszar skoku i spadku zaraz po zainicjowaniu poziomu omega.

– O to właśnie całe to zamieszanie. Wszystkie jonizujące… niebezpieczne fale spadają do zera. Tymczasem niejonizujące wyskakują daleko ponad wykres.

– Co to znaczy?

Aaron patrzy na Lewisa, a potem na kilku innych badaczy, którzy przysłuchiwali się naszej rozmowie. Posyłają sobie wszelkiego rodzaju uśmiechy i unoszą brwi, jakby wszyscy usłyszeli właśnie puentę niewypowiedzianego żartu.

– Oznacza to, że cokolwiek znajduje się po drugiej stronie płaszczyzny, emituje niesamowitą ilość mocy, energii nieszkodliwej dla żywych organizmów.

– A więc to źródło energii? – pytam z nadzieją, że tylko o to chodzi.

– Nie, nie tak naprawdę. Przynajmniej nie w sposób, który pomógłby nam jako cywilizacji. Pamiętaj, że uranem zasila się elektrownie jądrowe, nie piloty do telewizora.

– Skoro więc to nie źródło energii – odwracam się, żeby spojrzeć na pierścień – to co to jest?

Aaron poprawia okulary i patrzy na kolegów. Boże, zachowują się tak głupkowato, że zaczyna mi to działać na nerwy.

– Uważamy, że to portal do innego wymiaru – mówi Aaron.

Nie mogę powstrzymać się od śmiechu. Głośnego. Jakby wszyscy próbowali mnie nabrać. Ale mój wybuch działa na nich w ciekawy sposób: ich twarze stają się zimne jak kamień. Zupełnie jakby chcieli mnie zabić wzrokiem, ale nie mieli supermocy, żeby to zrobić.

– Boże. Naprawdę mówisz poważnie.

– Owszem.

Aaron zadziera podbródek i wygładza kurtkę.

– I oczekujemy, że wszyscy obecni będą zachowywać się profesjonalnie w sprawie, która, przypominam, jest kwestią bezpieczeństwa narodowego.

Czy ten profesorek naprawdę przypomniał mi właśnie w ostentacyjny sposób o bezpieczeństwie narodowym? Słodki Jezu i Matko Przenajświętsza! Naprawdę muszę rzucić tę robotę.

Przesuwam dłonią w rękawiczce po brodzie.

– Czyli to portal. Dokąd prowadzi?

– Wiemy tyle co ty – odpowiada Aaron.

Nadal przygląda mi się ostrożnie, ale wydaje się wystarczająco zadowolony, aby wyjaśniać dalej.

– Ale cel podróży nie jest naszym największym zmartwieniem.

Dwóch mężczyzn za Aaronem odchrząkuje.

– Przynajmniej nie dla mnie – mówi Aaron, jakby chciał wyjaśnić swoje poprzednie twierdzenie. – Z drugiej strony, astrofizycy…

– …bardzo się nim przejmują – kończy jeden z astrologów. Nie, to astronomowie. Zresztą, jedno i to samo – jedni i drudzy gapią się w gwiazdy.

– A jednak głównym celem tego konkretnego projektu badawczego nie jest ustalenie, dokąd prowadzi portal – mówi Aaron, wyraźnie kierując swoją mowę w stronę astrofizyków jako swego rodzaju przypomnienie. – A rozstrzygnięcie, kto go tutaj umieścił i czy nadal chcą z nami rozmawiać.

– Antropologia przed obserwowaniem gwiazd. Rozumiem.

Obaj astronomowie jeżą się na moje podsumowanie, ale Aaron zdaje się wręcz dumny.

– I co teraz? Przejdziemy przez niego?

– Boże, skąd – mówi Aaron. – Myślisz, że to jakiś film?

– No, tak.

Pokazuję ręką pierścień.

– Dowód rzeczowy A.

– Patricku, nie wiadomo, co może się stać z naszą fizjologią, jeśli spróbujemy przekroczyć tę płaszczyznę.

– Wydawało mi się, że mówiłeś, że emituje promieniowanie niejonizujące.

– Owszem. Ale to nie znaczy, że kogoś tam po prostu wyślemy. To proszenie się o śmierć i wykracza daleko poza nasze standardy etyczne. Północni Koreańczycy? W porządku. Ale my tacy nie jesteśmy.

– No więc co robimy? Będziemy siedzieć i czekać?

– Właściwie dokładnie to zamierzamy zrobić.

Aaron znowu wydaje się dumny z mojego rozumowania i wraca do bardziej zrelaksowanej postawy.

– Logika podpowiada, że którykolwiek inteligentny gatunek stworzył ten pierścień i umieścił go tutaj, może z powodzeniem użyć go, aby wrócić.

– No to dlaczego jeszcze tego nie zrobili? Znaczy nie teraz, tylko w ogóle.

Aaron poprawia okulary na grzbiecie nosa.

– A kto tak powiedział?

Zamieram, niepewny, co odpowiedzieć.

– Ale załóżmy, że tego nie zrobili. Nawiasem mówiąc, nasze badania sugerują, że to miejsce od tysiącleci było nienaruszone.

Czy wiesz w ogóle, ile czasu zajęło nam otwarcie tej podlodowcowej groty? Ciesz się, że możesz być przy samym końcu, Patricku.

– Ale odchodzę od tematu. Istnieje kilka wyjaśnień, dlaczego gatunek odpowiedzialny za ten pierścień pozostawał w ukryciu. Po pierwsze…

– Po pierwsze, może lepiej zostaw to SETI – mówi długobrody mężczyzna w pomarańczowych szelkach na wełnianym swetrze. Wyciąga rękę, żeby uścisnąć mi dłoń.

– Czołem, sierżancie Finnegan.

– Starszy sierżancie zbrojmistrzu – mówi Aaron.

Rzucam przyjacielowi pełne aprobaty spojrzenie. Ktoś tu słuchał uważnie.

– Przepraszam, sierżancie.

Naukowiec odchrząkuje.

– Doktor John Walker, Instytut SETI, Mountain View, Kalifornia.

– Miło pana poznać.

Ściskam mu dłoń.

– Jestem wielkim fanem pańskiej whisky.

– Co? A, racja. Ja też.

Nadal nie mogę uwierzyć, jak spokojni wydają się wszyscy w obecnej sytuacji. Z drugiej strony, wystarczy pożyć z czymś wystarczająco długo, a stanie się normą.

– Chciał pan coś powiedzieć, doktorze Walker?

– Tak. Większość prawdopodobnych wyjaśnień opiera się na paradoksie Fermiego, chociaż kilka z nich wykluczyliśmy. Pochodne są jednak znacznie ciekawsze.

– Pan wybaczy, paradoks Furby'ego?

– Fermiego – akcentuje. – Enrico Fermi, włoski fizyk, który stworzył pierwszy reaktor jądrowy? Tak?

Patrzę na niego, jakbym nic nie rozumiał. Co się akurat zgadza.

– Nieważne – mówi doktor Walker. – Dość powiedzieć, że Fermi jako pierwszy postawił hipotezę, dlaczego w tak wielkim wszechświecie nie natknęliśmy się jeszcze na inteligentne życie pozaziemskie.

– Chwileczkę. Mówi pan o kosmitach?

– Wolimy określenie „pozaziemskie formy życia”.

– Ale jednak kosmici?

Walker wzdycha zirytowany.

– Tak, kosmici, jeśli pan musi.

Znowu przesuwam dłonią po brodzie. Muszę się napić. Niedobrze. To… no cóż, to naprawdę jakiś obłęd. Fakt, że całe grupy ludzi czekały właśnie na taką chwilę, sprawia, że wszystko wydaje się jeszcze bardziej niepokojące.

– Proszę mówić dalej.

– Jedna ze zbudowanych wokół niej teorii, które mogą mieć tu zastosowanie, zakłada, że gatunek może wymrzeć, zanim zdoła nawiązać lub w tym przypadku odnowić kontakt z Ziemią. Inne gatunki, tak samo jak my, są podatne na katastrofy naturalne oraz samozniszczenie.

Patrzę na pierścień, a potem wracam wzrokiem do doktora Walkera.

– Twierdzi pan więc, że mogli umieścić to tutaj przed tysiącami lat tylko po to, żeby później wyginąć w jakiejś wojnie nuklearnej o terytorium?

– Między innymi.

Aaron włącza się do rozmowy.

– To pomogłoby znacznie wyjaśnić, dlaczego pierścień nigdy nie został ponownie aktywowany od tamtej strony.

– Ponownie? To znaczy jakie masz dowody na to, że kiedyś był
już aktywny?

– Przepraszam. Małe przejęzyczenie. Możliwych przyczyn jest
mnóstwo, a nie chciałem sugerować, że pierścień dotarł tu sam.
Ale to logiczne, że mechanizm tej wielkości nie pozostałby nie-
wykorzystany, zwłaszcza w momencie wzniesienia.

– Świetnie. Ale muszę wiedzieć, jakie są szanse, że wyjdzie
stamtąd coś wrogiego?

Aaron i doktor Walker patrzą na siebie i uśmiechają się.

– Wrogiego? – mówi Aaron i chichocze razem z doktorem
Walkerem.

– Zerowe. Gdyby jakaś starożytna pozaziemska cywilizacja
chciała nas podbić, nie sądzisz, że zrobiłaby to, gdy ludzkość była,
jak to określasz, na etapie mięśniaków?

Teraz śmieje się większość naukowców w czworoboku.

– W porządku – odpowiadam. – Ale o ile wasza praca polega
na wywnioskowaniu, że wszystkie drogi z żółtej cegły prowadzą
do Oz, moim zadaniem jest zakładać, że wszyscy chcą zabić Do-
rotkę. Wybaczcie więc, ale nie kupuję waszych argumentów.

– Sierżancie Finnegan – mówi doktor Walker, składając ręce
jak hipis. – Proszę zrozumieć, że pracują tu najlepsze i najby-
strzejsze umysły.

– A Grecja miała Arystotelesa. A wiecie, kto zbudował drogi
prosto przez ich winnice? Rzymianie.

– Sierżancie Finnegan, chcę…

– Słuchajcie, ludzie, róbcie swoje. To nie mój wybór. Ale jeśli coś stamtąd wyjdzie i choćby spojrzy krzywo na któregoś z nas, mam rozkaz chronić każdego w ośrodku za pomocą
wszelkich możliwych środków. A to obejmuje jak najszybsze zamknięcie pierścienia, bez żadnych pytań. Zrozumiano?

Aaron nawet nie patrzy na swoich towarzyszy.

– Oczywiście, Patricku. Wszyscy to rozumiemy.

– Dobrze. Kiedy według waszych przewidywań możecie nawiązać kontakt?

– Nie… nie wiem.

Wzrusza ramionami i posyła mi zdezorientowany uśmiech.

– Nie ma żadnego precedensu.

– A więc może za trzy dni albo za trzy minuty.

– Albo trzy dekady – dodaje. – Naprawdę nie wiemy.

– O nie – mówię do Aarona. – Nie zmusisz mnie, żebym został tu choćby o dzień dłużej niż ten miesiąc, który ci dałem.

– Mówiłeś, że góra sześć tygodni.

Sukinsyn.

– No tak. Oczywiście.

– A to daje nam jeszcze dwa tygodnie w swoim towarzystwie.

– Potrafię liczyć, Aaronie.

– Wspaniale. W takim razie moja oficjalna prośba, zgodnie z twoim własnym mandatem w kwestii bezpieczeństwa narodowego, brzmi tak: do czasu zluzowania rozstaw tu taką straż, jaką uznasz za wystarczającą.

– Nie zapomnijcie uwzględnić w harmonogramie naszych towarzyszy – mówi jeden z badaczy z ciężkim rosyjskim akcentem.

– I naszych specjalistów – mówi inny mózg w puchowej kurtce. Ten, jeśli się nie mylę, mówi brytyjskim angielskim.

Mam wrażenie, że Aaron odmówił wpuszczenia tu jakichkolwiek wojskowych poza moim zespołem. Obecnie, kiedy sprawy uległy eskalacji, a badacze stoją twarzą w twarz z gościem, który od teraz będzie podejmował decyzje, wygląda na to, że aż palą się do tego, żeby dopuścić własnych mundurowych do słoika z ciastkami. Nie, żebym im się szczególnie dziwił. Bóg wie, że gdyby role rozdano inaczej, zrobiłbym wszystko, żeby wpuszczono tu wujka Sama.

Ale koniec końców jestem tylko sierżantem marines na ostatniej misji. Co mnie obchodzą małe zielone ludziki i profesorowie w fartuchach laboratoryjnych? Jak dla mnie mogą tu wszyscy zostać i odmrażać sobie jaja, chichocząc nad wskaźnikami promieniowania, aż zaczną im świecić kutasy.

– Dopilnujemy, żeby nikogo to nie ominęło – mówię. – Ale to ja stoję na szczycie łańcucha dowodzenia. Cokolwiek stanie się tutaj pod moją nieobecność, i naprawdę mam na myśli cokolwiek, mam dowiedzieć się o tym pierwszy. Nie ukochana cioteczka Sara ani wasz najlepszy przyjaciel na Twitterze. Ja. I jeśli nie będziecie trzymać się tego co do joty, aresztuję, kogo tylko, do cholery, zechcę. Zrozumiano?

Kiwają głowami i rozmawiają ze sobą nerwowo. Najwyraźniej nie tak prowadzą dyskusje na uczelniach.

– Jeśli czegoś będzie wam trzeba – mówi Aaron – wystarczy, że dacie znać.

– Możecie zacząć od wydania moim ludziom czegoś ciepłego do picia i paru krzeseł.

– Oczywiście.

– A jeśli macie jakieś zapasowe stoły, przydałoby się kilka na nasz sprzęt. Następnie Simmons – zerkam przez ramię i macham mu ręką – dostarczy wam listę materiałów do zbudowania ściany osłonowej.

– Ściana osłonowa? – mówi doktor Walker. Spogląda na Aarona.

– Czy to naprawdę konieczne, Campbell?

Potem przenosi wzrok na mnie.

– To bezpieczna placówka badawcza, a nie twój osobisty plac zabaw do wysadzania…

– Proszę posłuchać, doktorze Whiskey – mówię, podchodząc do niego. – Pan wie swoje, a ja swoje. I daję panu słowo, że jeśli z tego ustrojstwa nie wyjdzie nic wrogiego, nie będziemy wchodzić wam w drogę. Obiecuję. Ale jeśli coś pójdzie nie tak, moim zadaniem jest być w gotowości. A gotowość bojowa obejmuje między innymi posiadanie jakiejś osłony, za którą można ukryć swój chudy tyłek, jeśli obcy okażą się bardziej podobni do ksenomorfów niż do Marsjanina Marvina.

– Jakoś z tym przeżyję – mówi doktor Walker.

– No i super. Doszliśmy do porozumienia.

Patrzę na Aarona.

– Zajmijcie się swoją pracą, a my zajmiemy się naszą.

– Niezły plan – odpowiada Aaron.

Potem wyciąga do mnie rękę i ściskamy sobie dłonie. Żadnego przytulania ani kiwania głowami. Tylko uścisk dłoni między zawodowcami.

– Dzięki, że tu jesteś, Patricku. Naprawdę się z tego cieszę.

– Pewnie.

Naturalną rzeczą byłoby odpowiedzieć, że też się cieszę, że tu jestem. Ale wcale tak nie jest, a nie mam ochoty kłamać tylko po to, żeby zachować pozory uprzejmości. Zamiast tego stać mnie tylko na:

– Cieszę się, że możemy się przydać.

Nawet po tym jest mi trochę niedobrze.

Opuszczam z Simmonsem czworobok komputerów i wracam do drużyn.

– Hej – mówi Simmons. – Niezła przemowa. Chyba teraz nie będą nam przeszkadzać.

– Miejmy nadzieję.

– Coś mi się tylko nie zgadza w tym, co powiedziałeś.

– Czyżby?

– Nawet Marsjanin Marvin miał pieprzony miotacz promieni. Szlag.

Rozdział 5

6:01, wtorek, 26 kwietnia 2027
Antarktyda Zachodnia
Wykopaliska na Wyżynach Subglacjalnych Ellsworth
Pierścień

– Spóźniłeś się – mówi Simmons, gdy przechodzę przez plastik na poranną zmianę. Pierścień wygląda tak samo jak wczoraj, gdy wychodziłem: jest aktywny i prosi się o kłopoty.

– O co chodzi? – pytam. – Czyżby obsługa zapomniała położyć ci wczoraj czekoladkę na poduszce?

– Niezłe.

Simmons wskazuje kciukiem przez ramię.

– Trzymanie Włada i jego dwóch drużyn ogniowych w ich narożniku przypomina zaganianie stada kotów.

– Pewnie są po prostu ciekawi.

Ale Simmons kręci głową.

– Musiałem zagrozić, że zabiorę mu telefon, żeby powstrzymać go przed wrzucaniem zdjęć na Twittera.

– Idealnie.

Jeszcze jeden powód, dla którego nienawidzę telefonów komórkowych.

– No tak. Czyli gdyby obsługa naprawdę zapomniała o pościeleniu łóżka, byłby to najmniejszy z moich problemów.

– Kawy?

Podaję mu napełniony w stołówce termos.

– Właściwie nie.

Kiwa głową w stronę grupy stalowych stołów w tylnym narożniku odgrodzonej plastikowymi ściankami enklawy. Wygląda na to, że są pełne wszelkiego rodzaju sprzętu kuchennego.

– Wygląda na to, że ktokolwiek sponsoruje naszego doktorka, nie oszczędzał na dobrostanie układu gastrycznego naukowców. Mają nawet cholerny włoski ekspres do kawy.

– Nie daj się oszukać, Simmons.

Rzuca mi pytające spojrzenie.

– Jak to?

– Pieniądze mogą kupić miłość i o wiele więcej.

Rzucam mu termos i ruszam do stanowiska komputerowego.

Aaron wygląda, jakby nie poruszył się, od kiedy zostawiłem go tu poprzedniej nocy. Worki pod oczami potwierdzają moje podejrzenia.

– Jak idzie?

Podnosi wzrok.

– Patricku! Zdążyłeś w samą porę.

Gość jest naszprycowany kawą albo jest na naturalnym haju wywołanym przez odkrycie. Nie dziwię mu się, tyle że moja definicja szczęścia obracałaby się wokół wysadzenia tego pierścienia w drobny mak.

– Zdążyłem na co?

– Chodź.

Przywołuje mnie gestem. Szybko kiwam głową Walkerowi, który również wygląda, jakby nie zmrużył oka.

– Popatrz na to – mówi Aaron.

Monitor, na który wskazuje, pokazuje kolejne wykresy giełdowe. Pewnie powinienem czuć się zaszczycony, że pokłada tyle wiary w moje zdolności obserwacji. Mimo to bez rozszerzonego instruktażu jestem prawie bezradny.

– No więc – mówię, przyglądając się obrazom – wygląda na to, że DeLorean nadal jedzie z prędkością osiemdziesięciu ośmiu mil na godzinę. Kondensator strumieniowy również wygląda dobrze. Utrzymuje stały poziom 1,21 gigawata.

Aaron kiwa głową z roztargnieniem, po czym odwraca się do mnie z szerokim uśmiechem.

– Niezłe.

– Po prostu sprawdzam twoją czujność.

– Zostawmy doktora Browna w spokoju – mówi, pochylając się w stronę monitora. – Wykrywamy nowe rodzaje promieniowania. Tutaj i tutaj.

Wskazuje dwie nowe kolorowe linie, których nie pamiętam z poprzedniej nocy.

– Co to znaczy?

Poprawia okulary.

– Do tej pory mieliśmy stałe emisje fal MW, RF i ELF.

– Zgubiłeś mnie.

– Mikrofale, częstotliwości radiowe i ekstremalnie niskie częstotliwości. Oraz mnóstwo emisji w widmie światła widzialnego, ale większość z nich wydaje się pochodzić z samej struktury pierścienia.

– Czyli że to on generuje to wszystko?

– Raczej zbiera energię z otoczenia i przekierowuje ją skupioną wiązką. Ale te linie wskazują na pojawienie się czegoś zupełnie innego.

Milknie na tak długo, że muszę go prosić, żeby kontynuował.

– Dobrze. Przepraszam.

Mruga kilka razy.

– To, co widzimy, to wariacje w widmach UV i IR. Czyli w…

– Ultrafiolecie i podczerwieni. Znam je.

– Bardzo dobrze.

– A interesują was ponieważ?

– Cóż, przede wszystkim, jak już powiedziałem, są nowe. Pojawiły się dopiero niedawno.

– Czyli myślisz, że coś zaczęło celowo je nadawać?

– Potencjalnie tak. Ale to nie ich obecność jest aż tak intrygująca.

Aaron stuka w ekran, chwyta jedną z linii i przeciąga ją z dala od wykresu. Kiedy przekręca ją, zmieniając w trójwymiarowy kształt, widzę, że ma kształt litery U. W górze lewej odnogi widzę minus, podczas gdy w górze po prawej stronie widzę symbol dodatni. Pod zagłębieniem litery U widać zero.

– Co to znaczy? – pytam.

– Oscyluje – odpowiada.

– Nie rozumiem. Chyba wszystkie fale oscylują?

– Oczywiście. Ale…

Aaron klepie się po kurtce, a potem sięga do kieszeni i wyciąga latarkę ledową. Włącza ją i zaczyna przesuwać światłem w tę i z powrotem po mojej twarzy.

– W ten sposób.

Krzywię się i odsuwam.

– I?

– Nie rozumiesz?

– Nie, Aaronie.

Wskazuje latarką na pierścień.

– To skanowanie.

Wędruję wzrokiem od Aarona do pierścienia, do monitora i z powrotem do pierścienia.

– Teraz?

– Tak. Dokładnie teraz.

Wczoraj wieczorem po uruchomieniu pierścienia czułem się odsłonięty, ale ta wiadomość włącza we mnie nowy poziom czujności.

– Jakoś bardziej mi się podobało, gdy był zwykłą, statyczną ścianą.

– Pozaziemski portal prowadzący do multispektrum – wtrąca się Walker.

Ignoruję go.

– Czy możemy wysłać coś na drugą stronę? Może drona?

– Oczywiście, że nie – mówi Aaron, jak na mój gust trochę za szybko. Nie żeby łatwo mnie było urazić, ale przynajmniej przegadajmy to, na miłość boską.

– Możesz rozwinąć temat? – pytam.

– Pomyśl, jak ty byś się poczuł, gdyby wysłali tu drona? – pyta Walker.

Rzucam mu zirytowane spojrzenie, ale to szczere pytanie. Wyobrażam sobie grupę naukowców w podziemnym laboratorium w Moskwie lub Pekinie.

– Pewnie byłbym dość nieufny. Chciałbym wiedzieć, kto nas ogląda i dlaczego.

– W takim razie można bezpiecznie założyć, że oni zareagowaliby tak samo – podsumowuje Walker. – Jeśli okażemy choćby najmniejszy ślad wrogości lub podejrzliwości, wszystko może zacząć się źle. A w przypadku zdecydowanie największego odkrycia w historii ludzkości byłoby to…

Wzdycha teatralnie.

– No cóż, nie byłoby to dobre.

– Tyle że to oni umieścili pierścień na naszej planecie, doktorze. Tam, skąd pochodzę, oznacza to, że mamy prawo go zbadać.

– Mniejsza o prerogatywy moralne – mówi Aaron, najwyraźniej chcąc załatwić sprawę polubownie.

– Nawet gdybyśmy wysłali tam drona, nie mamy gwarancji, że uda nam się utrzymać z nim połączenie. Dlatego narobilibyśmy tylko niepotrzebnego zamieszania. Lepiej zaczekać i przekonać się.

– Czego nie powiedział jeszcze żaden agent wywiadu – odpowiadam, nie próbując maskować lekceważenia.

Zaczynam odnosić wrażenie, jakbym miał spędzić te dodatkowe dwa tygodnie na Antarktydzie na swoistej terapii dla par, i jestem wkurzony.

– Słuchajcie, rozumiem, że nie chcemy okazywać wrogości. Ale możliwe, że całkiem dosłownie gapimy się prosto w lufę pistoletu. I mamy tak po prostu stać z palcem w tyłku, czekając, aż Bóg wie co nas załatwi? Nie ma mowy.

– Patricku, proszę.

Aaron wyciąga rękę, żeby dotknąć mojego ramienia, ale odpycham ją.

– Ustaliliśmy już, że ty masz tu swoją rolę, a ja swoją – mówię.

– Ale w tej chwili mam zero informacji o tym, do czego służy ta rzecz, kto ją tu umieścił ani dlaczego nas właśnie, do cholery, skanują. Rozumiem, że naukowa ciekawość i optymizm to część twojej pracy. Ale moim zadaniem jest wierzyć, że każdy, kto chce cię zabić, wykorzysta każdą szansę, żeby spełnić swoje marzenia, nieważne, czy jest kosmitą, czy nie.

– Pozaziem…

– Zamknij się, Walker.

Ekspert SETI odpuszcza.

– Jeśli chcesz znać moje zdanie, to nawet z naszymi osłonami jesteśmy tu łatwym celem. A gdzie są wyłączniki awaryjne? Wolałbym odkryć, że te dranie są jak pieprzona Mary Poppins, i musieć ich przeprosić, niż próbować strzelać do Predatora z wiatrówki. Czujesz mnie?

– Oddajcie mi ten cholerny telefon, sierżancie! – krzyczy Simmons.

Odwracam się i widzę, jak Wład odpiera próbę Simmonsa, by powstrzymać go przed zrobieniem kolejnego zdjęcia pierścienia.

– Sierżancie Pietrow! – krzyczę na rosyjskiego dowódcę, a potem warczę i wskazuję na Włada.

– Opanuj się, zanim załatwię ci pobyt w ambulatorium.

– Czy to groźba, Brooklyn America? – mówi Wład, odpychając Simmonsa.

– Obietnica. Oddaj telefon.

– Profesorze – mówi za mną Lewis. – Mamy nową aktywność.

Chcę zerknąć na to, o czym mówi, ale Wład właśnie uderzył Simmonsa w twarz. Ruszam w jego stronę. Ale nie tylko ja: nasi i część Rosjan poderwali się już biegiem w kierunku konfrontacji.

A myślałem, że jesteśmy profesjonalistami. Nie powinienem był przyjmować tej misji.

Wpycham się między Włada i Simmonsa, kiedy jeden z Brytyjczyków krzyczy:

– Matko Przenajświętsza!

Przyjmuję jeden z ciosów Włada na ramię, zbijam jego ręce w dół i odwracam się. Tuż przed pierścieniem, w połowie jego wysokości unosi się purpurowy naleśnik wielkości pokrywy kosza na śmieci. Na pięciu bokach ma coś, co wygląda na małe czarne soczewki, a od dołu pięć jarzących się niebieskim światłem kwadratowych paneli.

Wśród naukowców zapanowuje chaos, kiedy chwytają rejestratory i trajkoczą jak grupa nastolatków na koncercie Taylor Swift. Tymczasem ochrona wpatruje się w to coś z opuszczonymi szczękami.

– Kryć się! – wołam. – Odbezpieczyć broń. Palce z dala od spustów, póki nie wydam rozkazu.

Łapię Simmonsa, który masuje opuchniętą szczękę.

– Wszystko w porządku?

– Cholerny Rusek – odpowiada, po czym spluwa krwią. – Nic mi nie będzie.

– Ukryj się. Ściągnij spod wejścia resztę ludzi. Wszyscy mają mieć to coś na muszce.

– Tak jest.

Trzymam SCAR w wysokiej pozycji gotowej do strzału i wycofuję się do stanowiska Aarona w czworoboku komputerów.

– Aaronie?

– Widzisz to? – woła.

– Widzę. I nalegam, żebyś dołączył do nas za osłoną z zespołem.

Śmieje się głośno.

– Nie bądź śmieszny, Pat. Popatrz!

– To nie opcja. To rozkaz.

– To nas bada.

Aaron obraca się do Walkera.

– Nawiązaliśmy kontakt!

Obaj naukowcy obejmują się i zaczynają świętować, jakby właśnie wygrali Super Bowl dla kujonów. Potrzebuję kilku sekund, żeby ściągnąć na siebie ich uwagę, cały ten czas nie zdejmując celownika z drona.

– Panowie, musicie ukryć się w tej...

Panele napędu drona rozświetlają się i twór sunie powoli w kierunku naszej pozycji. Kilka osób wzdycha i uchyla się, kiedy dron schodzi niżej. Następnie na obwodzie drona pojawia się jasne światło, któremu towarzyszy pionowa fala niebieskiego blasku, podobna do lasera. Promień wydaje się nieszkodliwy, ale nie podoba mi się uczucie, że właśnie zostałem zeskanowany.

– Proszę, odłóż broń – mówi Aaron, sięgając do mojego karabinu.

– Nie ma szans – odpowiadam, nie odrywając wzroku od drona.

To pionek wysłany na drugą stronę planszy, żeby wysondować linię frontu wroga. Czuję to.

Niebieska fala znika, a w stronę szafki z centralnym dyskiem twardym strzela mała czerwona wiązka. Przeczucie mówi mi, że to celownik laserowy jakiejś broni, i jestem o włos od zdjęcia drona serią z karabinu, kiedy Aaron staje przed moją bronią.

– Cholera, Aaron! – krzyczę i odpycham go na bok.

– To tylko skanowanie – odpowiada. – Patrz!

Zerkam przez ramię i widzę, że czerwony laser tworzy na czarnej ścianie szafki misterną siatkę wielkości frisbee.

– Wow! – mówi Lewis, spoglądając na monitor komputera ze swojej kryjówki na podłodze. – Wykorzystanie procesora osiągnęło… sto procent!

Aaron podbiega do niego.

– Musi pobierać dane z naszych serwerów.

– Wyłączcie to – mówię zaskoczony, że widziałem więcej filmów o inwazji obcych niż te mózgi.

Jeśli się mylę, przez całe życie będę wysyłać im kartki z przeprosinami. A jeśli mam rację? Cholera, nie chcę mieć racji.

– Wyłączcie to, powiedziałem!

Idę w stronę czegoś, co wygląda jak skrzynka z bezpiecznikami. Przy odrobinie szczęścia jest tam główny przełącznik, który wyłączy czworobok komputerów.

– To nie twoja decyzja.

Aaron próbuje zagrodzić mi drogę, ale odpycham go. Nie mam ochoty przechodzić do rękoczynów z przyjacielem, ale nie mamy czasu na kłótnie.

– Procesory osiągają temperaturę krytyczną! – oznajmia Lewis.

Omijam Aarona i pędzę do skrzynki z bezpiecznikami. Otwieram drzwiczki, gdy czerwona siatka lasera na zamku znika.

– Temperatura spada – mówi Lewis.

Wentylatory chłodzące wieże brzmią, jakby szafka miała zaraz wystartować. Tymczasem dron unosi się w miejscu. Żadnych niebieskich fal, żadnych wiązek laserowych. Po prostu odpoczywa, a badacze zaczynają odzyskiwać pewność siebie.

Lewis podnosi się, kiedy Aaron poleca mu zabrać się znowu do nagrywania drona. Dzieciak grzebie przy kamerze Sony i w końcu ją podnosi. Jest tak podekscytowany, że chyba nie zdaje sobie sprawy, że podchodzi niebezpiecznie blisko obcego sprzętu.

– Lewis – mówię. – Cofnij się, mistrzu.

Ale jest zbyt pochłonięty zadaniem: opowiada właśnie o tym, co widzi przed kamerą.

– Lewis.

Nadal nie słucha. Boże, ci ludzie są gorsi niż Wład.

– Lewis, musisz…

Spod drona coś wylatuje i leci w stronę Lewisa. To jakiś pocisk. Dzieciak krzyczy, wypuszczając z rąk kamerę. Potem jego ciało szarpie się do przodu, jakby coś go chwyciło. Dostrzegam włókno łączące jego klatkę piersiową ze spodem drona – ta rzecz wciąga go jak rybę.

– Ognia! – krzyczę do radia, po czym mierzę w drona. Karabin szczeka, gdy pociski kalibru .308 trafiają w cel.

Dron kołysze się do tyłu przy każdym trafieniu, ale prawie natychmiast się wyprostowuje. Z każdym trafieniem Lewis jest wyciągany nieco dalej z czworoboku. Wpada na stół i przewraca kilka monitorów.

Kolejne pociski ochrony uderzają w korpus drona, krzesząc iskry. Ale twór jest zaskakująco wytrzymały i przyspiesza w kierunku portalu. Wtedy dociera do mnie, że zabiera ze sobą Lewisa.

Dzieciak wzywa Aarona, wzywa wszystkich. Ale cokolwiek uczepiło się jego klatki piersiowej, nie puszcza. Część mojej wyobraźni wychowana przez Hollywood myśli o zerwaniu włókna strzałem, ale szanse są znikome. Czysta strata amunicji. Lepiej po prostu zestrzelić to urządzenie.

Od wystrzałów dzwoni mi w uszach, a nozdrza pali zapach spalonego kordytu. Naukowcy spuścili głowy, zakrywając je ramionami. Wołają głośno, żebyśmy już skończyli. Ale nie odpuszczam, podobnie jak drużyna.

Czyjś pocisk wyłącza jeden z paneli napędu na dnie drona. Automat chwieje się na boki pod wpływem eksplozji. Lewis wpada na starożytne schody i zaczyna zawodzić. Ale dron łapie równowagę i leci szybciej w stronę portalu. Z czegokolwiek go zrobiono, materiał jest mocny; najwyraźniej postawiono na osłonę przed atakiem, ponieważ nie zaczął do nas strzelać – przynajmniej na razie. Nie ma mowy, żeby cokolwiek stworzonego przez nas wytrzymało taką siłę ognia, chyba że przyspawalibyśmy to do boku czołgu.

– Zmiana! – krzyczę z przyzwyczajenia, chociaż nikt wokół mnie nie słucha.

Pozbywam się zużytego magazynka i wbijam nowy na miejsce w niecałe trzy sekundy, cały czas idąc w stronę celu. Kiedy tylko wprowadzam pierwszy nabój do komory, znowu zaczynam strzelać, tym razem ogniem ciągłym. Ryzykuję przegrzanie lufy i usterkę, ale muszę zasypać drona jak największą ilością ołowiu. Automat zbliża się do portalu, a pod moim ostrzałem – który wyłącza jedną z soczewek i drugi panel napędu – każdy pocisk przybliża go do płaszczyzny przejścia.

Lewis jest wleczony po schodach. Przestał krzyczeć, co oznacza, że został ogłuszony, trafiony przez zbłąkany pocisk lub obezwładniony przez coś wysłanego przez drona po włóknie. Tak czy inaczej, bezwładne ciało asystenta przesuwa się po górnym podeście w stronę portalu.

Przez całe życie starałem się na coś przydać i rozwiązywać problemy, zanim zdążą urosnąć. Ale widok Lewisa przesuwającego się w stronę portalu przypomina mi, że najlepsze lata mam prawdopodobnie za sobą i że nie myślę dość szybko, żeby rozwiązać tę konkretną sytuację. W głębi duszy nienawidzę siebie za to.

– Co robisz? – krzyczy do mnie Aaron.

Okulary zniknęły, włosy ma potargane.

– Idź po niego!

Klnę, a potem ruszam w stronę platformy z nadzieją, że moi marines i reszta ochrony mają dość przytomności, żeby przerwać ogień. Nie ma czasu dawać im sygnału.

Biegnę po schodach i zbliżam się do Lewisa. Ale dron ciągnie go za szybko. Skaczę więc w kierunku dzieciaka, wyciągając lewą rękę. Udaje mi się złapać jego but w chwili, gdy uderzam biodrem o kamień.

Wizg bijących o drona kul zwalnia, kiedy po linii niosą się krzyki: „Przerwać ogień!". Trzymając Lewisa za nogę jedną ręką, drugą unoszę karabin i strzelam do latającego robota. Znowu widzę iskry i słyszę głośny brzęk, ale wygląda na to, że ani mój dodatkowy ciężar, ani ogień nie spowolniły automatu: nie przestaje ciągnąć Lewisa razem ze mną w stronę portalu.

Celuję w miejsce, w którym ze spodu drona wychodzi linka, z nadzieją, że uda mi się uwolnić Lewisa, ale to na nic. Dron przecina płaszczyznę portalu i chwilę później znika.

Ślizgamy się szybciej. Puszczę go w tej chwili albo wpadnę tam razem z nim.

Nie jestem pewny, czy moja ręka poddaje się dlatego, że jestem stary i nie dam rady trzymać się dłużej, czy dlatego, że za bardzo boję się tego, co jest po drugiej stronie. Ale puszczam i patrzę, jak puchata pomarańczowa kurtka North Face Lewisa przesuwa się przez portal.

Rozdział 6

6:30, wtorek, 26 kwietnia 2027
Antarktyda Zachodnia
Miejsce wykopalisk na Wyżynach Subglacjalnych Ellsworth
Pierścień

– Coś ty zrobił?

Aaron pędzi na mnie po schodach.

– Puściłeś go.

– Straciłem chwyt.

Podnoszę się i krzywię, czując promieniejący z biodra ból.

– Nie – Aaron zdejmuje okulary – nie starałeś się wystarczająco mocno.

– Aaronie, chciałem…

– Po prostu… puściłeś go. A nie to…

Odwraca się ode mnie.

– To nie tak powinno wyglądać. Nie tak miało się wszystko potoczyć.

– Słuchaj, kolego. Przepraszam. Ale w tej chwili musimy…

– …kontynuować pracę.

Oczy Aarona wyglądają na zaszklone, gdy wpatruje się w portal. Nie myśli jasno.

Wstaję i próbuję spojrzeć mu w twarz.

– Musimy zapewnić wszystkim bezpieczeństwo. Wyłączamy to.

– Wyłączamy?

Aaron skupia wzrok na moich oczach.

– Od tysięcy pokoleń czekał na otwarcie. Nie możemy go wyłączyć. Oszalałeś?

Co do kłótni, nie mam nic przeciwko różnicom zdań, o ile ludzie zachowują się rozsądnie. Ale mojemu staremu druhowi daleko do trzeźwego myślenia.

– Aaronie, posłuchaj. Myślę, że musisz zrobić sobie przerwę i…

– Przerwę?

– Doktorze Campbell, proszę – mówi Walker, wchodząc po schodach za Aaronem.

SETI też wygląda na wstrząśniętego, ale wydaje się mniej niespokojny niż Aaron. To dobrze.

– Może usiądziemy i…

Aaron odpycha ręce Walkera.

– Nie.

Ale ekspert SETI nie przyjmuje takiej odpowiedzi.

– Może usiądziemy i zastanowimy się nad tym.

– Nie ma nad czym się zastanawiać. Otworzyliśmy portal. Musimy kontynuować i sprowadzić Lewisa z powrotem.

– Wspaniale. Porozmawiajmy o tym.

Walker prowadzi Aarona po schodach.

– Jeśli ten pozaziemski gatunek sprawił, że organizm Lewisa mógł przejść przez portal, być może uda się zaplanować misję ratunkową.

Aaron kiwa głową.

– Tak. Misja ratunkowa.

Plan Walkera jest okropny. Ale zajął czymś Aarona i dobrze. Sadza go teraz i podaje mu butelkę wody.

– Posiedź tu chwilkę, a ja porozmawiam z sierżantem Finneganem.

Walker odciąga mnie na bok, podczas gdy naukowcy zaczynają wychodzić z kryjówek i rozglądać się. Ktoś w puchowej kurtce podaje Aaronowi iPada i odwraca ode mnie jego krzesło.

– Ostatnio miał sporo stresu.

Walker prowadzi mnie poza czworobok komputerów.

– Zresztą jak my wszyscy. A pierwszy kontakt nie przebiegł do końca zgodnie z planem.

Zdobywam się na cichy śmiech.

– A czego się spodziewaliście? Randki na balu maturalnym?

Walker mruga.

– Nieważne.

– Dobrze.

Walker odchrząkuje.

– Pomówmy o tym, co robić dalej.

– Wyłączacie to.

Unosi brwi.

– Ale właśnie go otworzyliśmy.

– Nie obchodzi mnie, czy jest świąteczny poranek i dał go wam sam Święty Mikołaj. Macie w ogóle pojęcie, co się dzieje z ludźmi, kiedy przez to przejdą?

– No nie. Ale…

– Albo co ten dron zrobi z Lewisem?

– Oczywiście, że nie.

– A więc obaj zgadzamy się, że nie jesteśmy przygotowani na to zagrożenie. Dopóki nie będziemy mieli solidniejszego planu działania i dużo więcej informacji, zamykamy to. Nie chcę, żeby ktoś jeszcze został tam wciągnięty, i koniec.

– Ale sierżancie Finnegan, dopiero…

Wyciągam lewą rękę w kierunku pierścienia.

– WY-ŁĄ-CZA-MY.

Walker wydaje się zaskoczony, ale uległy.

– Tak. Pewnie ma pan rację.

Może jednak ten cudak od E.T. jest rozsądny.

– Jak to zrobimy?

– Tam.

Wskazuje na prawą dolną część, wpuszczoną do połowy w platformę.

– To element, którego doktor Campbell użył do zainicjowania poziomu omega. Wystarczy przesunąć go z powrotem na miejsce…

– Zajmę się tym – mówię, zanim Walker ma szansę powiedzieć coś jeszcze.

Potem krzyczę do Simmonsa i reszty ochrony.

– Osłaniajcie mnie. Idę na górę.

– Roger – odpowiada Simmons, a następnie przekazuje mój rozkaz.

Kiedy wchodzę po schodach i docieram na szczyt, uderza mnie, jak ogromne jest pole energetyczne. I jestem mocno zmartwiony, że z portalu może wylecieć kolejny dron i mnie złapać. Świadomość, że coś lub ktoś może przyglądać mi się z drugiej strony tej ściany, jest niepokojąca. Prawda, wyszkolono mnie, żebym radził sobie w niepokojących sytuacjach. Cała moja cholerna kariera zawodowa była niepokojąca. Ale to zupełnie nowy poziom obłędu.

Przesuwam się w kierunku płaszczyzny z jednym okiem przy lunecie, podczas gdy drugim szukam po prawej stronie pierścienia miejsca, w którym Aaron manipulował blokiem, kiedy ten podniósł się ze ścieżki na szczycie. Dzięki Simmonsowi i mojej nadpobudliwej wyobraźni widzę w myślach, jak Marsjanin Marvin celuje do mnie z drugiej strony ściany. No jasne, i ksenomorfa XX121 gotowego odgryźć mi twarz ukrytą w czaszce zapasową paszczą.

Przycisk, którym manipulował Aaron, znajduje się dwa metry dalej. Uwalniam lewą dłoń i przesuwam ją pod karabinem, nie przestając celować w połyskującą niebieską płaszczyznę. Poddźwiękowe buczenie jest tu jeszcze głośniejsze. Cholera, aż mnie stopy mrowią.

Sięgam po guzik, kiedy słyszę z dołu krzyk Aarona.

– Co robisz?

Ignoruję jego pytanie, nawet gdy słyszę, jak Aaron przedziera się przez czworobok komputerów i zaczyna biec po schodach. Walker woła za w ślad za nim. Tak, jest rozsądny.

– Doktorze Campbell, proszę wrócić! Dopóki nie dowiemy się więcej, możemy tylko…

– Nie! Nie stać nas na to, żeby go wyłączyć.

Ale zanim zdąży powiedzieć coś jeszcze, przesuwam blok z powrotem na miejsce. A przynajmniej próbuję go przesunąć. Ani drgnie. Będę musiał użyć obu dłoni, ale to oznacza, że muszę wypuścić z nich broń. Cholera.

Aaron pędzi susami po schodach ścigany przez Walkera. Nie ma czasu na dyskusję.

Puszczam broń i przykładam obie ręce do bloku, napierając całym ciężarem ciała. Moja głowę dzieli od pola energetycznego zaledwie kilka cali. Praktycznie czuję, że chce strzelić we mnie miniaturową błyskawicą.

– Dalej – mówię przez zaciśnięte usta.

Ale blok ledwo się porusza.

Aaron uderza mnie w plecy i prawie mnie przewraca.

– Nie możesz tego zrobić!

– To nie twoja decyzja – mówię, odpychając go lewym biodrem.

– Patricku, przestań! Proszę.

Mam już puścić blok i odepchnąć go, kiedy Walker odciąga Aarona.

– Doktorze Campbell, proszę.

– Puść mnie!

– Musimy to wyłączyć, dopóki…

– Musimy ratować Lewisa.

Nie winię go za to, że ma serce we właściwym miejscu, ale niektórych rzeczy nie da się naprawić emocjami.

Napieram na blok, kiedy wyczuwam obecność po mojej lewej stronie. To jakieś ciało przechodzące przez ścianę energii.

– Boże! – wykrzykuje Walker.

Podnoszę SCAR-a i próbuję zrozumieć stojącą o dwa jardy ode mnie postać. To jakiś robot: ręce i nogi ma jak umięśniony człowiek, może osiem stóp wzrostu. Głowa tworu przypomina grubą łupinę pistacji, zwieńczoną pięcioma soczewkami ułożonymi wokół czaszki. Ciało, jak u drona, jest pokryte purpurową powłoką. Pod nią widać czarną strukturę szkieletu. Tors, ramiona i bok głowy zdobią dziwne żółto-białe oznaczenia.

W pierwszym odruchu chcę strzelić do niego, ale szkolenie

przezwycięża instynktowną reakcję. Jeśli pancerz jest podobny do osłony drona, ryzykowałbym, że dostanę rykoszetem, a jeśli nie ja, to Aaron lub Walker. Zamiast tego zaczynam wycofywać się, aby zachować pewien dystans między mną a urządzeniem. Równocześnie gestykuluję do Aarona i Walkera, żeby wracali.

– Czekajcie na mój sygnał – mówię do Simmonsa przez komunikator.

– Roger.

Na razie robot się nie porusza, tylko stoi, co mi pasuje. Słyszę, jak jeden z dwóch mężczyzn za mną potyka się.

– Nie wiemy, czy jest wrogi, Pat – mówi Aaron.

Czy to ten sam facet, który właśnie opieprzył mnie za to, że *zabiłem* Lewisa?

– Przejdź za osłonę, Aaronie. Walker, zabierz ze sobą całą resztę. Już.

– Ale, Pat, myślę…

– Już – cedzę ze wściekłości przez zęby.

– Chodźmy, doktorze Campbell – mówi Walker. – Chodźcie wszyscy!

Cofam się, gładko i powoli, kiedy głowa bota odwraca się i kieruje na mnie najbardziej wysunięte do przodu oczy. Czuję dreszcz w karku. Jestem na otwartej przestrzeni i muszę się ukryć, ale jestem też jedyną obroną między botem a wycofującymi się naukowcami.

Wśród kroków i nerwowych szeptów słyszę, jak ktoś potyka się obok mnie. Robot przechyla głowę, jakby był zaciekawiony.

– Czekamy na twój rozkaz – mówi Simmons.

Głowa bota prostuje się i patrzy na mnie.

Mam dać sygnał do otwarcia ognia, kiedy twór podnosi rękę

i wystrzeliwuje coś z podobnej do szponu dłoni. Pocisk niebieskiej energii uderza w badaczkę, która się potknęła, i ogłusza ją.

– Ognia! – krzyczę i walę do bota z karabinu.

Od uderzeń pierwszych pocisków sypią się iskry, ale wygląda na to, że wstrząsają tylko lekko torsem robota.

Między strzałami zerkam na powaloną kobietę i próbuję wezwać kogoś, żeby pomógł jej wstać. Ale wszyscy uciekają, osłaniając uszy przed strzelaniną. Będę musiał zrobić to sam.

Kiedy patrzę z powrotem na bota, ten robi pierwszy krok. Długi i pewny siebie, jak wieża wychodząca zza ściany pionków. Nie ma nic do stracenia. To akcja figury szachowej, która wie, że ma za sobą armię.

Muszę wydostać stąd tę kobietę. Sięgam lewą ręką do jej nadgarstka, kiedy moje pole widzenia wypełnia błysk niebieskiego światła. Mrugam, pewny, że dostałem, po czym słyszę za sobą kolejne krzyki. Robot trafił kolejnego naukowca i widzę między nami wypalony ślad na ziemi. Strzał musiał być wycelowany w moją rękę i odbił się od kamienia. Tak czy inaczej, chwytam kobietę za nadgarstek i ciągnę ją po ziemi, jednocześnie strzelając do bota.

Wydaje się, że nawet tego nie odczuwa i schodzi po trzy schody naraz. Pociski trafiają go w pierś i głowę skupionymi, nieustępliwymi grupami. Robot sypie iskrami jak rzymska świeca w Dzień Niepodległości.

Zamek karabinu otwiera się.

– Zmiana!

Prawie nie słyszę, jak wypowiadam to słowo. Puszczam ramię kobiety, wyrzucam zużyty magazynek i uzupełniam. Ledwie wprowadziłem nabój do komory, przerzucam kobietę przez ramię i nie przestaję ostrzeliwać bota.

– Idę do ciebie! – wołam do Simmonsa.

Macha do mnie, gdy naukowcy przemykają za improwizowane barykady. Kolejny rozbłysk niebieskiego światła eksploduje gdzieś za mną w chwili, gdy Simmons wciąga mnie i kobietę za osłonę.

– Sprawdź ją! – wołam do McGarreta, sanitariusza pierwszego plutonu.

Tymczasem wychylam się, żeby posłać jeszcze kilka kul w Pana Kupę Złomu. Ku mojemu zdziwieniu brak mu części prawej ręki i kuleje. Ze stawów kolanowych i barkowych tryskają iskry elektryczne i słyszę kilka okrzyków ze strony ochrony.

Kiedy głowa robota odrywa się w końcu od barków, ludzie wiwatują i wznoszą mantry swoich jednostek. Chwilę później maszyna przechyla się do przodu i uderza o ziemię.

– Urra! – krzyczy Simmons do naszego oddziału piechoty morskiej i dostaje jednogłośną odpowiedź.

– Wyczuwam puls – mówi sanitariusz. – Ale słaby.

– Zobacz, czy dasz radę ją ustabilizować – odpowiadam. – Zabierz ją stąd.

– Nadal musimy to wyłączyć – mówi jakiś głos za mną.

To doktor Walker.

Unoszę odwróconą dłoń w kierunku pierścienia.

– Proszę bardzo, doktorze.

Jego oczy się rozszerzają.

– Żartuję sobie z pana.

Patrzę na Simmonsa.

– Osłaniaj mnie.

– Cholera, nie, Wic.

Chwyta mnie za ramię i szarpie z powrotem.

– Pamiętaj o łańcuchu.

Mówi o łańcuchu dowodzenia i ma rację: miejsce starszego sierżanta zbrojmistrza nie jest na szpicy. To zadanie dla szeregowych. Ale nie mam czasu, żeby tłumaczyć teraz komuś, którym blokiem ruszałem i w którą stronę, i nie chcę, żeby kogoś jeszcze zabrano przez portal. Lewis to moja wina i na pewno nie dam odebrać sobie żadnego z moich marines. Chcę, żeby ta cholerna operacja się skończyła i żeby wszyscy zostawili mnie w spokoju.

– A kto twoim zdaniem ma iść? – pytam.

Kiedy tylko Simmons odwraca wzrok w stronę drużyn, wstaję i ruszam w stronę pierścienia. Słyszę, jak krzyczy na mnie, po czym dociera do mnie odgłos butów uderzających o ziemię, gdy kilku marines podąża za mną. Spojrzenie przez ramię zdradza, że to pierwsza drużyna ogniowa.

Przebiegam obok powalonego robota i zauważam, że drży. Dym unosi się z iskrzących się jeszcze dziur w całym ciele, zwłaszcza z rozerwanej szyi. Widok trupa dodaje mi przynajmniej trochę odwagi: to ustrojstwo nie było niezwyciężone.

Prawie jestem na schodach, kiedy słyszę za sobą krzyk.

– Kontakt!

Przed nami z portalu wyłania się kolejny bot. A za nim kolejny. I jeszcze jeden. Wyglądają jak poprzedni, ale mają purpurowe pancerze na głowach i duże karabiny w rękach.

Hamuję mocno i odwracam się gwałtownie.

– Wszyscy z powrotem.

Pędzimy w kierunku barykad, gdy boty zaczynają strzelać. Nie wiem, czy strzelają znowu pociskami paraliżującymi, czy bardziej śmiercionośną amunicją, ale nie chcę, żeby któryś z nas przekonał się na własnej skórze.

Marine tuż przede mną dostaje trafienie w środek pleców i przewraca się do przodu. Zanim ląduje twarzą w dół, zauważam dziurę w tyle jego kamizelki. Biegnę za szybko, żeby zobaczyć, czy pocisk przepalił tylko materiał, czy przeszedł na wylot.

Nie. To… to obłęd.

Co, jeszcze większy niż gigantyczne roboty przechodzące przez portal z innego świata?

– Mamy rannego! – wołam.

Chwilę później dostaje drugi marine. Początkowo myślę, że się potknął. Ale potem dostrzegam dziurę z tyłu głowy.

Cholera.

Biegnę tak szybko, jak potrafię, krzycząc do wszystkich, żeby poszukali osłony. Na szczęście przez ostatnie kilka jardów do barykady nikt nie ginie: Rosjanie i Brytyjczycy kładą ciężki ogień zaporowy.

– Melduj! – krzyczę do Simmonsa, opierając się plecami o ścianę i wciągając gwałtownie powietrze.

– Dwóch naszych nie żyje. Greaves i McClintock. Trzech enpeeli atakuje naszą pozycję.

Klnę, a potem zerkam za róg. Rzeczywiście, nowe boty rozdzieliły się i zmierzają w naszą stronę. Otwierając kanał do wszystkich drużyn, rozkazuję Brytyjczykom odbić w lewo. Pilnuję, żeby nadgorliwi Rosjanie zostali na pozycji po naszej prawej. Jeśli podczas manewru okrążającego dwa elementy wyjdą równocześnie na flankę, ryzykują ostrzelanie sojuszników. Zamiast tego jeden element wykonuje manewr flankujący, podczas gdy pozostałe dwa dostosowują ogień.

– Skupcie się na ich głowach! – krzyczę, zanim puszczam przycisk nadawania.

Podrzucam karabin, strzelając do środkowego bota i trafiając raz za razem w cel. Ale głowa w kształcie muszli małża odbija prawie wszystkie pociski. Pancerz też jest prawie nie do przebicia.

– Sanitariusz! – woła ktoś.

– Mamy rannego! – mówi inny.

Kolejne wrogie pociski biją w nasze barykady, sypiąc snopami iskier. Czymkolwiek jest ta broń, to nie ona sparaliżowała wcześniej kobietę. Te figury szachowe to konie i grają na serio.

– Granat! – woła ktoś z drugiej drużyny.

To Josephs. „Skrócił" granat odłamkowy M67, trzymając go z wyciągniętą szpilką i wolną łyżką przez trzy sekundy z pięciu, których potrzebuje zapalnik. To ryzykowne, moim zdaniem wręcz głupie. Dobre w Hollywood, a nie na polu bitwy. Josephs rzuca kulistym pociskiem i chowa się za ścianą. Dwie sekundy później granat wybucha i wstrząsa ziemią. Szczęściarz.

Wychodzę i zaczynam strzelać, wykorzystując chwilową dezorientację robota. Ustawiam ogień na krótkie serie i wypuszczam w przeciwnika resztę drugiego magazynka. Bot zauważa mnie i strzela w moją stronę, ale chronię się, zanim pocisk wyrywa kawałek z boku barykady.

– Zmiana! – krzyczę i wyrzucam zużyty magazynek.

Wciskając świeży magazynek na miejsce, zauważam, że dzwoni mi w uszach. Większość drużyn zużywa amunicję znacznie szybciej, niż powinny. Nie żebym miał coś przeciwko zasypaniu wroga gradem ołowiu. Ale istnieje ogromna różnica między skutecznym ogniem a chaotycznym ostrzałem. Właściwie cała ochrona wydaje się w dużej mierze niedoświadczona. Czego bym nie dał za doświadczonego snajpera z karabinem kalibru .50 lub kogoś z ciężkim karabinem maszynowym. Nie byliśmy na to gotowi. Ty nie byłeś na to gotowy, Wic. Cholera.

Przychodzi mi do głowy, żeby wyjąć z kieszeni 3M CAEv2 – bojowe zatyczki do uszu model 2 – ale mając do wyboru ochronę słuchu lub strzelanie do wroga, wiem, na co zawsze postawię. Zwłaszcza gdy ktoś kopie nas właśnie w dupę.

Z bronią w gotowości wychylam się znowu zza barykady. Siatka celownika jest na celu, kiedy lunetę wypełnia jasne niebieskie światło. Ciepło pocisku omiata mi twarz i cofam się. Jakimś cudem spudłował. Nic mi nie jest, czego nie da się powiedzieć o plastikowej ściance oddzielającej nas od reszty wykopalisk za nami. Pali się, podziurawiona setkami dziur. Płonący plastik kapie jak napalm. Naukowcy na zmianę przebiegają pod zasłoną, ale tylko nieliczni przemykają całkowicie bez szwanku. Większość doznaje drobnych oparzeń, a czterej turlają się po ziemi, próbując rozpaczliwie ugasić ogień. Płonący taniec śmierci przywołuje koszmary z Iraku i Afganistanu i zmuszam się do odwrócenia wzroku. Nieprzyjaciel czeka.

– Cel zdjęty! – woła ktoś.

Patrzę na przedpole i widzę, że nasz cel upadł. Zdetonowano jeszcze kilka M67, ale bot nie jest wyłączony z walki. Zamiast tego leży na piersi, ostrzeliwując naszą pozycję. I jest zabójczo dokładny.

Słyszę, jak ktoś inny mówi, że któryś z marines dostał, ale wśród tych krzyków i strzałów nie jestem pewny. Dzwonienie w uszach nie daje mi jasno myśleć. Nie nadążam z liczeniem ofiar.

Kiedy obok mnie pada kolejny marine, zastanawiam się, czy to już to. Czy tak właśnie zginę. Zastrzelony na cholernej kostce lodu na końcu świata przez roboty z *Terminatora*. Śmieję się, ale tylko dlatego, że tak bardzo przypomina to film. No i nikt nas nie znajdzie, jeśli te twory wygrają. Mam wrażenie, że grota w każdej chwili może się zawalić, a wtedy będzie po wszystkim.

Pewnie to właściwe, kiedy pomyśleć, że kraj już o nas zapomniał. Zapomniał o mnie. A może to tylko ja chcę o nim zapomnieć.

Spoglądam na Simmonsa. Krzyczy coś do mnie. Mam wrażenie, jakby mówił w zwolnionym tempie.

Mrugam i kręcę głową.

– Kolejny enpeel – mówi po raz trzeci lub czwarty, nie jestem pewien.

– I jeszcze jeden dron.

– Co?

Patrzę w stronę portalu i rzeczywiście, widzę kolejnego robota zwiadowczego podobnego do pierwszej „wieży", która przeszła przez portal. To i jeszcze jednego drona. Dziwna taktyka: dlaczego nie wyślą więcej botów szturmowych, żeby nas najpierw wykończyć?

Chyba że wróg uważa, że nie możemy wygrać.

– Szlag – mówię do nikogo w szczególności.

– O co chodzi? – pyta Simmons.

– Te… stwory myślą, że to już koniec. Ten zwiadowca dronem mają wciągnąć tam więcej ciał.

Simmons klnie.

– Mam jeszcze siły do walki, jeśli Marvin nie stracił ochoty na mordobicie.

Śmieję się.

– Ja też.

Zderzamy się pięściami, a następnie wychylamy się po obu stronach barykady, żeby ostrzelać nowego bota i drona.

Prowadząc ogień, zauważam, że środkowy robot jest już wykończony, podczas gdy międzynarodowa ekipa pracuje nad dwoma pozostałymi. Ale nawet stąd widzę, że obie drużyny poniosły straty.

Wycofuję się za ścianę i proszę o raport na kanale ogólnym.

– Straciliśmy ośmiu ludzi – mówi rosyjski dowódca.

– Nie. Dziewięciu.

– Zostało nam czterech – mówi dowódca Brytyjczyków.

– Powtórzcie – odpowiadam.

Mam wrażenie, że źle go zrozumiałem.

– Straciłeś czterech ludzi?

– Zaprzeczam. Zostało mi czterech.

To niewiarygodne.

– Zrozumiałem. Nie przerywać ognia.

– Roger.

Wyłączam radio i patrzę na Simmonsa.

– Musimy zamknąć bramę, zanim przejdą kolejne.

– Jakieś błyskotliwe pomysły?

Kręcę głową.

– Nie, chyba że bierzemy pod uwagę trafienie w wyłącznik, w co mocno wątpię.

– Tak. I nie widzę nigdzie Campbella ani Walkera.

Wzdycham.

– Weź ludzi w lewo, ja pójdę w prawo.

– Ale Wic…

– To rozkaz, Simmons.

– Zrozumiałem. Manewr w lewo.

Chwyta mnie za ramię.

– Powodzenia.

– Tobie też.

Simmons rusza, rozkazując wszystkim pozostałym ludziom przejść za osłonę i kierować się na lewą stronę.

Idąc na prawo, mijam kilku Rosjan, w tym Włada. Stracili prawie cały oddział i wyglądają koszmarnie. Mój sparingpartner kiwa mi głową i idzie dalej.

Kiedy docieram do końca osłony, zauważam, że wszyscy enpeele przenieśli ogień, otwierając mi prostą drogę do schodów. Jak dotąd wszystko dobrze.

Kiedy po kolejnym wybuchu granatu ze sklepienia spada trochę lodu, zbieram się w sobie i biegnę w stronę pierścienia. Jestem w połowie drogi, kiedy dron zauważa mnie i pędzi w moją stronę. Ale biegnę za szybko, żeby się zatrzymać. Muszę to zrobić.

Strumień ognia z karabinu maszynowego odbija się brzękiem od drona nade mną. Pokrywka od śmietnika wypuszcza nawet w moją stronę harpun, ale chybia pod stałym ostrzałem. Chcę pobiec w górę po schodach, ale teraz ostrzeliwuje mnie jeden z robotów, więc rzucam się na ziemię i wślizguję się w cień po prawej stronie platformy.

Zatrzymując się, zdaję sobie sprawę, że dron mnie zgubił. Przesuwa się w tę i z powrotem ku górze, po czym odlatuje, żeby przyłączyć się do walki z naszymi głównymi siłami. To dobra wiadomość. Zła jest taka, że cholerne roboty są teraz dokładnie między mną a moimi ludźmi, a to oznacza, że jestem na linii ognia. Jakby na potwierdzenie mojej tezy zabłąkane pociski odbijają się od schodów i przemykają mi nad głową. Powietrze wypełnia klasyczny świst odbijających się rykoszetem kul, oddalających się lotem spiralnym.

Schwytany w pułapkę, cofam się w cień i widzę, że jestem jakieś trzy jardy poniżej punktu pierścienia, w którym znajduje się główny przycisk. Chciałbym mieć w pobliżu krzesło albo drabinę, ale cały sprzęt jest z tyłu na otwartej przestrzeni.

– Cześć! – mówi ktoś, siadając obok mnie.

Odwracam się i omal nie strzelam mu w pierś.

– Walker? Co do cholery? Jak…?

– Uznałem, że zechcesz jeszcze raz spróbować.

Wskazuje głową na pierścień.

– Podszedłem więc od zewnątrz wykopaliska.

– Słuchaj, musisz…

– Ja też się cieszę, że cię widzę. No to jak? Robimy to? Czy chcesz tylko patrzeć mi tęsknie w oczy?

Drżenie w jego głosie daje mi do zrozumienia, że boi się bardziej, niżby chciał. Mimo to dobry greps w walce jest wart dwóch w barze. Pełen szacunek. Wygląda na to, że nie doceniłem odwagi doktora Walkera, i skłamałbym, mówiąc, że w ogóle mi nie zaimponował. Albo facet ma nierówno pod sufitem. Jak my wszyscy.

– Pomylony sukinsyn – mówię.

Śmieje się.

– Owszem. Często mi to mówią.

– Musimy się tam dostać.

Wskazuję prosto w górę. Wtedy zdaję sobie sprawę, że akurat jemu nie muszę mówić, dokąd musimy się udać.

– Ale nie chcemy przy tym zginąć. Odwołam na chwilę psy, co powinno dać nam trochę czasu, żebyśmy tam pobiegli. Ale to oznacza również…

– …że roboty mogą zaatakować wtedy nas.

– Aha.

– Rozumiem, sierżancie. Zróbmy to.

Cholera, naprawdę go nie doceniłem.

Od strony botów dobiega nas głośny wybuch. Wygląda na to, że kolejny wypadł z walki. Wyglądam za narożnik platformy i widzę, że owszem, kolejny robot bojowy przestał działać, pozostawiając na polu walki tylko trzeciego rudzielca i nieco mniej groźnego zwiadowcę.

Walker i ja nadal jesteśmy na linii ognia, a roboty górują nad nami uzbrojeniem. Ale ze strategicznego punktu widzenia przebywanie za liniami wroga nie zawsze jest czymś złym. Jeśli uda ci się przemycić wieżę do tylnego rzędu przeciwnika i uwięzić jego króla za jego własnymi pionkami, wygrywasz partię. A przeciwnik nawet nie wie, kiedy to się stało.

Z drugiej strony postrzelenie przez własnych ludzi też jest do bani. Uchylam się, kiedy zabłąkana kula wpada na stopnie, wyrzucając w górę kawałki kamienia.

Łapię radio i otwieram kanał.

– Simmons.

– Mów.

– Na mój rozkaz musicie przerwać ogień. Powtarzam, na mój rozkaz przerwijcie ogień.

– Roger.

Kucamy z Walkerem, przyciskając się do boku platformy. Ostatnie spojrzenie pokazuje mi robota kroczącego szybko w stronę barykad.

– Gotowy? – pytam Walkera.

– Zróbmy to.

Kiwam głową, a następnie wywołuję Simmonsa.

– Przerwać ogień. Przerwać ogień.

Walker próbuje przeskoczyć obok mnie, ale łapię go za ramię.

– Jeszcze nie. To chwilę potrwa.

Z zakłopotaną miną kiwa głową i ponownie kuli się za mną.

Rozkaz przerwania ognia wędruje po linii. Kiedy pada ostatni strzał, kiwam Walkerowi głową.

– Teraz.

Wybiegamy z ukrycia, skręcamy u dołu schodów i pędzimy

na szczyt. Jesteśmy w połowie drogi do pierścienia, kiedy słyszę w radiu głos Simmonsa.

– Zauważyły was.

Jestem wdzięczny za ostrzeżenie, ale nic nie możemy zrobić. Ochrona też nic nie zdziała: wszelki strzał z ich pozycji naraziłby nas na niebezpieczeństwo.

Zatrzymujemy się przed wygiętym do góry ramieniem pierścienia i zaczynamy popychać blok. Tym razem porusza się szybciej, ale wciąż nie dość szybko.

Niebieski pocisk energetyczny trafia w krawędź pierścienia niecałe dziesięć cali od biodra Walkera. Naukowiec odskakuje, ale wraca do pracy.

Odwracam się i widzę, że robot zwiadowczy cofa się w stronę schodów z podniesioną ręką, kiedy zauważam w tle utykającą biegnącą postać. Ma na sobie rosyjski mundur zimowy. Biegnie prosto na bota, nie odrywając broni od barku.

Chcę zawołać, żeby zawracał, ale to pozbawiłoby go elementu zaskoczenia. Ktokolwiek to jest, ustawia się do strzału, nie ryzykując, że nas trafi. I podchodzi blisko. Tymczasem reszta ochrony wyszła z ukrycia i zajęła się ostatnim botem szturmowym, przesuwając się, żeby zdjąć Walkera i mnie z linii ognia. To samobójstwo. Ale jeśli nie odciągną jego uwagi, brama się nie zamknie.

Mam już zacząć strzelać, kiedy zwiadowca wystrzeliwuje z dłoni kolejny pocisk. Trafia w moją broń, przeszywając mi ramiona prądem. Wygląda na to, że toster w końcu odegrał się na mnie za te wszystkie przypadkowe ciosy nożem. Zataczam się do tyłu. Pole widzenia wypełniają gwiazdy i mrugam, żeby utrzymać się na nogach.

– Mam cię – mówi Walker, podpierając mnie od tyłu.

To nie był dobry pomysł.

– Brama zamknięta – dodaje.

Nadal jestem oszołomiony, ale udaje mi się spojrzeć przez ramię, żeby zweryfikować jego twierdzenie. Doktorek naprawdę to zrobił.

– Możesz chodzić? – pyta.

– Tak.

Celuję w bota przez lunetę, ale nieprzyjaciel strzela jeszcze raz. Pocisk mija mnie i uderza w coś za moim barkiem.

Walker dostał w głowę. Zanim zdążę go złapać, wiotczeje i spada z krawędzi szczytu. Obracam się, żeby zemścić się na bocie, ale rosyjski żołnierz jest zbyt blisko i strzela do maszyny ze swojego AK-74M.

Powietrze wokół przecina rykoszetujący ołów. Chronię się przed kulami i próbuję zobaczyć coś w lunecie. Ale bot wydaje się bardziej zirytowany niż ja. Obraca się, robi trzy długie kroki w kierunku żołnierza i odrzuca jego broń. Kiedy podnosi żołnierza, rozpoznaję go.

To Wład.

Nie mogę strzelić do wroga, nie ryzykując, że go trafię. Zarzucam więc broń na szyję i pędzę w stronę bota. Dopadam najwyższego stopnia i skaczę w kierunku wysokiej na osiem stóp maszyny. Zderzenie wybija mi oddech z płuc, a biodro i łokcie płoną z bólu. Ale chwyciłem go i owijam mu ramiona wokół szyi.

Robot wykręca tułów i wymachuje wolnym ramieniem, próbując zrzucić mnie z pleców. Ale zamierzam doprowadzić to do końca. Sięgając po glocka, słyszę kolejną eksplozję. Padł ostatni robot szturmowy, a resztki ochrony strzelają do ostatniego drona.

Ośmielony smakiem zwycięstwa, wciskam lufę pistoletu za tylną osłonę bota i przyciskam ją do podstawy szyi. Potem naciskam dwukrotnie spust. Szczeknięciu pistoletu towarzyszą dwa jasne błyski, a dzwonienie w uszach nasila się.

Robot nie pada, więc posyłam mu w tułów jeszcze jeden pocisk.

W tułowiu maszyny coś pęka, a Wład uderza o ziemię i przetacza się na bok. Wreszcie, po chwili, która zdaje się wiecznością, robot przechyla się do przodu. Napieram na niego, aż uderza piersią o pokład. Czuję w podbródku kolejną falę przeszywającego bólu, a w polu widzenia pojawia się jeszcze więcej gwiazd. Ale żyję. A robot nie.

Szach mat.

Rozdział 7

6:51, wtorek, 26 kwietnia 2027
Antarktyda Zachodnia
Wykopaliska na Wyżynach Subglacjalnych Ellsworth
Pierścień

– Brooklyn, Nowy Jork – mówi jakiś głos. – Wszystko w porządku?

Mrugam kilka razy i czuję, jak krew zbiera mi się w ustach. Spluwam i mówię:

– Tak, Wład. Wszystko w porządku.

Podaje mi jedną z gęsto wytatuowanych dłoni i podciąga mnie do góry, trochę szybciej, niżbym chciał. Kręci mi się w głowie, ale radzę sobie.

– Dobra robota – mówi. – Zabiłeś tę sucz, jak prawdziwy rudy amerykański pies alfa.

– Ty też byłeś niezły.

Robi nadąsaną minę.

– Radziłem sobie lepiej. Ale nie gorzej. Powiem, przeciętnie.

– Dobra.

Rozglądam się po okolicy, żeby zbadać szkody. I wtedy uświadamiam sobie, że Wład jest jedynym żołnierzem, którego widzę na nogach.

– Cholera.

Biegnę w kierunku najbliższego marine. To kapral Meyers. Szeroko otwarte oczy mają w sobie znajome szkliste, mętne spojrzenie. Nawet nie zawracam sobie głowy sprawdzaniem tętna, ponieważ doświadczenie podpowiada, że go nie ma.

– Simmons? – krzyczę, podchodząc do następnego ciała.

To jeden z marines, ale nie mogę rozpoznać twarzy ani plakietki z imieniem, ponieważ obie są za bardzo zniszczone.

Przechodzę do trzeciego ciała. To Brytyjczyk, jeden z dawnych karabinów maszynowych z SAS, chyba MacDonald. Ale on też nie żyje.

– Simmons? Daj spokój. Odezwij się, gościu.

– Tutaj, Brooklyn – woła Wład.

Kuca pośród kilku ciał i widzę, że jedno z nich to Simmons. Wład podnosi mu głowę.

– Simmons. Mów do mnie.

– Dopadliśmy ich?

Głos ma słaby.

– Tak, cholera. Trzymaj się, sprowadzimy…

– Zmów za mnie ekstra zdrowaśkę, OK?

– Nie będziesz tego potrzebować – odpowiadam.

Ale zanim zdążę powiedzieć coś więcej, oczy Simmonsa stają się puste.

* * *

Dwa dni zajęło pakowanie ciał poległych i ładowanie ich do kontenerów transportowych – jednego dla cywilów i po jednym dla personelu wojskowego każdego kontyngentu. Oczywiście, w manifestach żeglugowych nie ma ani słowa o zwłokach. Ale ci, którzy przetrwali, wiedzieli. Wiedzieliśmy.

Obserwowanie naukowców pakujących i oznaczających poległych było trudne. Większość pierwszy raz oglądała z bliska martwe ciało, tym bardziej kogoś, z kim pracowali zaledwie kilka godzin wcześniej. Dodać do tego szalone okoliczności ataku, inwazji, czy jakkolwiek to nazwać, a macie wszystkie składniki potrzebne do kilku przypadków załamania.

Co do mnie, odrętwiałem od tej pracy. A może przez cały czas taki byłem, a to był tylko układ choreograficzny, którego wyuczyłem się na pamięć lata temu. Potrzeba naprawdę dużego dystansu, żeby pracować z trupami, zwłaszcza trupami ludzi, na których ci zależy. Zależało. I chociaż nie znałem Simmonsa i pozostałych bardzo długo, wystarczyło. Nawet Walker zdążył mi zaimponować: zginął, zamykając bramę. Jasne, był lepszym naukowcem niż wojownikiem, ale pokazał ducha walki. Wylewam więc za niego trochę whisky na podłogę i wypijam resztę.

Pusta szklanka domaga się, żeby ją uzupełnić, nalewam więc kolejną porcję na trzy palce i odchylam się na krześle przy biurku.

Nie widziałem w ogóle Aarona. Pewnie tak jest lepiej. Wykopaliska zostały zamknięte na polecenie CIA, a uczelnie „poinformowano”, cokolwiek to znaczy. Opowiedziałem szpiegom wszystko, co widziałem, ale założę się, że zachowali to dla siebie. Mimo to ktoś musiał chlapnąć. A wnioskując z niedawnego przybycia grupy specjalnej ONZ, domyślam się, że było to kilka osób.

Ktoś puka do drzwi mojego baraku.

– Starszy sierżant zbrojmistrz Finnegan?

– Zależy, kto pyta – odpowiadam.

– Wicedyrektor Robertson ze Strategicznej Sekcji Naukowej Rady Bezpieczeństwa ONZ.

Marszczę brwi.

– Strategiczna Sekcja Naukowa?

– Tak jest.

Nigdy nie słyszałem o tej sekcji, z drugiej strony to ONZ, a ja nie zbieram kart z tego sezonu – cholerni biurokraci.

– Nigdy o was nie słyszałem – mówię, bardziej po to, żeby go wkurzyć.

– Nie bez powodu.

Nie takiej odpowiedzi się spodziewałem.

– A to dlaczego?

– Sierżancie Finnegan, czy mogę wejść?

Parskam.

– Teraz musisz podać właściwą rangę i odpowiedzieć na to cholerne pytanie.

– Nie mamy…

– Człowieku, ty chyba naprawdę lubisz stać na korytarzu.

Wzdycha.

– Ponieważ lubimy trzymać się w cieniu, starszy sierżancie zbrojmistrzu.

– Czyli jesteś szpiegiem ONZ.

– Nie. Jak już powiedziałem, jestem wice…

– Wicedyrektor Robinson.

– Robertson.

– …z Supertajnej Rady Garniturów Magicznego Pierścienia Deszyfrującego.

Pauza.

– Panie Finnegan, jest pan pijany?

– Co to za pytanie?

Klamka się przekręca i do środka zagląda ciemnowłosa, ciemnooka twarz.

– Przysuń krzesło – mówię, zauważając, że głos mam trochę rozmyty. – Nalać ci trochę redbreasta?

– Jestem w pracy.

Śmieję się.

– Tak samo jak ja. *Sláinte*.

– Zdrowie.

Biorę łyk drogiej whisky i powietrza, a potem przełykam.

– Sierżancie Finnegan, mam…

– Wic.

Robertson rzuca mi zaciekawione spojrzenie.

– Przepraszam?

– Przyjaciele mówią mi Wic.

– Aha. Wic, chciałbym…

– Ale większość moich przyjaciół nie żyje.

Robertson zaciska usta, a następnie puka palcem wskazującym w stół.

– Przykro mi to słyszeć.

– O czym mówiłeś?

Krawaciarz odchrząkuje i zaczyna od nowa.

– Mam specjalne instrukcje, aby poprosić pana o pozostanie na Antarktydzie w roli wojskowego łącznika między Radą Bezpieczeństwa ONZ…

Przerywa w końcu, bo kręcę głową tak mocno, że za chwilę wyskoczy mi chyba z ramion.

– Przepraszam. Coś się stało?

Śmieję się ponownie, a potem wskazuję na jego garnitur.

– To wszystko. To się stało.

Spogląda w dół.

– Mój garnitur.

Przytakuję.

– Sierżancie, jest pan teraz jednym z zaledwie dwóch żyjących żołnierzy, którzy mieli bezpośredni kontakt z obcymi…

– Pozaziemskimi robotami. Wbij to sobie do głowy.

– Przepraszam?

– Skoro chcesz o nich mówić, używaj prawidłowego nazewnictwa. Zrozumiano?

Cholera. Prawda jest taka, że nadal nie wierzę, że te cholerstwa pochodzą z kosmosu. Ale jeśli ten krawaciarz chce tu siedzieć i mnie namawiać, niech przynajmniej odda należny szacunek naukowcom, którzy oddali życie za ten nieudany eksperyment w stylu DARPA [5] .

Robertson bierze oddech.

– Potrzebujemy jak najwięcej wiedzy fachowej, żeby podjąć decyzję, jakie kroki teraz podjąć.

– Co tu wiedzieć? Każdy dureń może obłożyć pierścień C4 i wysadzić to ustrojstwo w cholerę. Nie potrzebujecie mnie do tego.

– Obawiam się, że bardzo pana potrzebujemy, sierżancie. I mamy pozwolenie pańskiego dowództwa, żeby zatrzymać pana tutaj tak długo, jak to będzie konieczne.

Siedzę prosto, ale wtedy pokój się rusza, więc chwytam się biurka.

– Co takiego?

Robertson odchyla się do tyłu.

– Dostaliśmy… dostał pan pozwolenie, żeby pozostać…

– Nie spędzę na tej cholernej bryle lodu ani jednej minuty więcej, niż to konieczne, dyrektorze. Nie obchodzi mnie, z kim rozmawiałeś. A jeśli choć przez sekundę myślałeś, że będę trzymał ekipę trepów w niebieskich hełmach za rączkę, podczas gdy wy będziecie bawić się materiałami wybuchowymi, to obawiam się, że nie wiesz dość dużo o człowieku, z którym rozmawiasz.

Robertson zdaje się sztywnieć.

– Zabawne. Powiedziano mi, że byłby pan gotów zrobić wszystko dla swojego kraju.

– Zgadza się. Kiedyś. Dla kraju. Ale teraz? Nie wydaje mi się, żeby dalej tak było.

– Sierżancie Finnegan…

– Przestań.

– Proszę?

– Przestań używać mojego stopnia, jakbyś wiedział, co znaczy. Nie wiesz. Dla ciebie jestem pan Finnegan.

Robertson bierze kolejny głęboki oddech. Facet musi mieć chore płuca.

– Panie Finnegan. Kiedy będzie pan miał czas, żeby zastanowić się jasno nad naszą prośbą, chciałbym prosić, żeby…

– Zrobione.

– Nie… nie jestem pewien, czy rozumiem.

– Przemyślałem waszą prośbę. Odmawiam. Dzięki za grę. Miłego dnia.

– Przykro mi to słyszeć.

– Na pewno.

– Gdyby zechciał pan zmienić zdanie…

– Panie Robertson. Mogę ci mówić Mike?

– Właściwie mam na imię...

– Nieważne. Słuchaj, Mike, według kalendarza mam pięć dni do przejścia na emeryturę po dwudziestu czterech latach w USMC. Dwadzieścia cztery lata. Sądząc po braku zmarszczek na twojej twarzy, używasz cholernie dobrego kremu nawilżającego albo nie minęły jeszcze dwadzieścia cztery lata, od kiedy nauczyłeś się jeździć rowerem bez pomocy tatusia. Mam rację?

Bardzo stara się nie wyglądać na urażonego. Idealnie.

– Na pewno myślisz, że twoja praca ma znaczenie. Pewnie masz biura w Nowym Jorku i Genewie, zgadza się?

Wbijam w niego wzrok, póki nie zmuszam go do leciutkiego skinienia głową.

– I regularnie rozmawiasz z rozmaitymi ambasadorami i dygnitarzami oraz rutynowo ocierasz się o ludzi, przy których Einstein przypomina raczej fana My Little Pony niż geniusza fizyki astromolekularnej. Ale jedno mogę ci powiedzieć.

– Co takiego, panie Finnegan?

Nagle wyhodował kręgosłup. To dobrze.

– To bez znaczenia.

– Przepraszam?

– Głuchy jesteś, Mike? To bez znaczenia. Nikogo to nie obchodzi. Kraje, dla których pracujesz? Nie będą cię pamiętać. Nie będziesz miał tabliczki pamiątkowej z nazwiskiem ani mosiężnego popiersia. A nawet jeśli, to wiesz, kto cię zapamięta? Nikt. Pierwszaki będą chodzić na spacery wokół twojego pomnika i nawet nie przystaną, żeby przeczytać tabliczkę. „Ku pamięci wicedyrektora Mike'a Robertsona". A nawet jeśli przypadkiem kilkoro się zatrzyma? Założę się o dziesięć dolców i piwo, że zapomną o tym, zanim oddadzą mocz w toalecie, przed którą będzie stał twój posąg. Właśnie to cię czeka, kiedy giniesz za swój kraj. A chcesz wiedzieć dlaczego?

Robertson milczy.

– Dobrze, bo i tak ci powiem. Sprawy, za które, jak ci się wydaje, walczysz? Okazuje się, że niewiele osób się nimi przejmuje. Przynajmniej nie w sposób, jakiego się spodziewałeś. A cała ta wolność, którą im kupiłeś? I bezpieczeństwo? Zgadnij, co z nimi zrobią.

Robertson wpatruje się we mnie.

– No, śmiało. Zgaduj.

Wydaje się sparaliżowany.

– Szuuuu, spłuczą je w kiblu przy twoim pomniku, przy czym jakiś pierwszoklasista nawet nie umyje sobie rąk. Co więc z twoim pytaniem, czy zechcę zabawiać wycieczkę z ONZ, kiedy mój własny kraj ma w dupie moje poświęcenie? Nie ma szans. Odpadam, jak Mark Cuban w powtórce *Shark Tank*.

Zakończywszy, rozsiadam się wygodnie i dopijam jednym haustem whisky.

Robertson stuka w stół i poprawia krawat.

– Przykro mi to słyszeć.

– Domyślam się.

– W takim razie, hm… zostawię pana z butelką.

– Będę zobowiązany.

Wstaje i otwiera drzwi. Ma już je zamknąć, kiedy spogląda na mnie.

– Jedna sprawa.

– Tak.

– Nie wysadzimy pierścienia, panie Finnegan.

Coś we mnie powstaje: jakaś część dzikiego lokatora, który

czai się w piwnicy. To upiór, który chce po prostu zostać sam i uważa wszystkich intruzów za wrogów.

– W takim razie jesteś cholernym idiotą, Robertson. Wszyscy nimi jesteście!

Zamyka drzwi. Kiedy odchodzi, słyszę, jak mówi na pożegnanie:

– Dobrego życia, panie Finnegan.

* * *

15:12, niedziela, 1 maja 2027
Wyspa Rossa, Antarktyda Wschodnia
Stacja McMurdo
Centrala Amerykańskiego Programu Antarktycznego, lądowisko

Na dworze jest noc, jak przez ostatni miesiąc. Ale światła wyposażonego w płozy lockheeda C-130 Hercules są jasne jak dzień i zwiastują mój bilet do domu. Karzą mnie również za kaca, którego wciąż próbuję się pozbyć. Normalnie tyle nie piję. Ale rozpaczliwe czasy i w ogóle.

Zbieram swój sprzęt w sławnym kontenerze, który robi wszystko, co może, żeby wyglądać na lotniskową poczekalnię, i kieruję się w stronę wyjścia. Na zewnątrz C-130 nie zatrzymuje wirników, czekając, aż wyjdę na pokryty lodem pas startowy. Mam już pchnąć poprzeczkę na drzwiach, kiedy słyszę za sobą głos.

– Brooklyn, Nowy Jork.

To Wład. Nie widziałem go, odkąd kilka dni temu spakowaliśmy ostatnie ciało.

– Cześć, żołnierzu.

– Słyszałem, że wyjeżdżasz?

Pocieram kark.

– Trochę tu za zimno jak na mój gust. A ty?

Uśmiecha się do mnie.

– Tu jak latem w Moskwie. Myślę o kupnie daczy.

– W takim razie lepiej zrób zapas wódki. Słyszałem, że to jedyna rzecz, która tu nie zamarza.

Śmieje się.

– Lubię cię, amerykański pies alfa.

– Ty też jesteś niezły, zabójco.

Czekam chwilę.

– Hm… pomogłeś mi tam, a ja nie miałem nawet okazji naprawdę ci podziękować.

– Ech. *Sztoby nie skazat'*, lubię was, *Amerykancy*. Zwłaszcza waszą muzykę. Celine Dion? O, jedna z wielu.

Nie mam serca powiedzieć mu, że jest Kanadyjką, co technicznie rzecz biorąc nadal czyni ją obywatelką Ameryki Północnej.

– Tak. Widziałem raz jej program w Vegas.

– Ach! Las Vegas. Miasto cudów i rozkoszy.

Pochyla się.

– To moje marzenie.

– Pojechać do Vegas?

Potakuje.

– Tańczące dziewczyny, występy, teksański poker. Nie mogę się doczekać tego dnia.

To nie brzmi jak moje idealne wakacje, ale każdemu, co lubi.

– Mam nadzieję, że twoje marzenie się spełni, Wład.

– A twoje marzenie?

Śmieję się cicho.

– Chcę zostać magikiem.

– Naprawdę?

Wład obejmuje palcami podbródek.

– Nie wyobrażałem sobie ciebie w tej roli. Ech. Każdy jest inny, *da*?

– Na pewno.

Jego odpowiedź tak bardzo mi się podoba, że postanawiam nie psuć jej puentą: chcę zniknąć.

– Ha! Może zobaczę cię kiedyś w Vegas. To byłoby ekscytujące, co? Powiem do tych wszystkich dziewczyn: „Ej, ja go znam!". A potem jeszcze więcej seksu. Same plusy.

Teraz śmieję się głośno. I czuję się dobrze mimo bólu głowy.

– Na pewno pomacham do ciebie w tłumie.

– Ach! Najlepiej! Tak.

Słowa rozpływają się w ciszy i zdaję sobie sprawę, że Wład jest jedynym przedstawicielem kasty wojowników, który widział to, co ja. Wspomnienia Simmonsa i reszty poległych będą nawiedzać nas przez całą wieczność, podobnie jak nieziemskich wydarzeń, których żaden z nas nie będzie potrafił opowiedzieć jak trzeba komuś innemu. Może szczegóły wypłyną, kiedy któryś z nas wypije o jedno piwo za dużo albo jeśli pożyje na tyle długo, żeby dosłużyć się wnuków lub prawnuków. Ale w obu przypadkach nikt nie potraktuje nas poważnie, a naszą gadaninę wezmą za szalone bredzenie pijanego bufona albo starego weterana.

– Ty też uratowałeś mi życie.

Wład rozpina płaszcz, odsłaniając saszetkę z nadrukiem amerykańskiej flagi. Potem sięga do odrażającego zasobnika i czegoś szuka.

– Trzymaj.

Spoglądam w dół. Próbuje uścisnąć mi dłoń. Ale zauważam

przedmiot, który ukrywa w swojej dłoni. To uniwersalny gest współczesnej klasy wojowników: symboliczna wymiana prostych znaków. W Stanach to moneta z wyzwaniem. Ale u Rosjan? Nie mam pojęcia, czego się spodziewać.

Ściskam mu rękę i czuję w dłoni mały krążek, a potem przyglądam mu się.

– Żeton do pokera?

Czarny krążek ma różową obwódkę i karabin AK-47 na awersie, a nad nim i pod nim napisy: „USA” i „Bratwa”.

– Tam, skąd pochodzę, żeton mówi: chrzanić ekonomię. U nas własna waluta. Ha!

Potem wali mnie prosto między łopatki i zdaję sobie sprawę, że jestem bardziej wrażliwy, niż mi się wydawało.

– To także symbol Bratwy – dodaje szeptem, wskazując na stylizowany emblemat gwiazdy kompasu na rewersie.

– Ty i Bratwa?

Zaciska kciuki.

– Teraz jesteście tak.

– Podziękuję – mówię, oddając mu żeton.

– Nie możesz.

Zapina saszetkę.

– Związałeś się na zawsze z Bratwą. Brooklyn Nowy Jork i rosyjska brać uprawiają seks.

Pochyla się znowu.

– Tylko nie próbuj go wydać w Vegas. Słyszałem, że może narobić kłopotów u szeryfów.

– Dzięki za ostrzeżenie.

– *Niet probliema.*

– Hej.

Wskazuję głową jego saszetkę.

– Wydawało mi się, że mówiłeś coś, że... amerykańska flaga jest jak majtki dziwki.

Wzrusza ramionami.

– Kiedy walczę, mówię wiele rzeczy, żeby rozruszać przeciwnika. Ale teraz jestem z tobą szczery, pies alfa. Kocham Amerykę.

– Rozumiem.

Wkładam żeton do kieszeni i po raz ostatni ściskam mu rękę.

– Powodzenia.

– *Do swidanja.*

Część druga

Dwa miesiące później

Rozdział 8

23:00, czwartek, 24 czerwca 2027
Skytop, Pensylwania

Kiedy zbliża się pora snu, oddaję się w pełni jednemu z wielu rytuałów emeryta: podlewam klomby, popijając z pełnej na dwa palce szklaneczki redbreasta. Powietrze jest ciepłe, pełne odgłosów cykad i wracających do gniazd ptaków. Tymczasem otwarte pola, opadające od mojej chaty z bali na szczycie wzgórza, wypełniają latarnie świetlików. Boże, kocham to.

Dorastając na Brooklynie, nie wiedziałem, że nocą można zobaczyć gwiazdy bez teleskopu. Nie wiedziałem też, że istnieją inne gatunki ptaków poza gołębiami i mewami. Okazuje się, że jest ich znacznie więcej. No i ta wieczorna symfonia dochodząca z pobliskiego lasu, niepodobna do niczego, co wcześniej słyszałem, przynajmniej kiedy uda mi się zatrzymać na chwilę dzwonienie w uszach. Chroniczny szum w uszach to tylko jedna z irytujących blizn wojennych, które próbują zepsuć mi nastrój w taką noc.

Żeby pomóc redbreastowi, ustawiłem przenośne radio na pniu wśród rosnącego stosu drewna w ogrodzie. Frank Błękitne Oko kończy właśnie swoją wersję *Come Fly With Me* z 1958 roku, gdy dobiega końca program „Classics with Sinatra". Co oznacza, że nadszedł czas, abym udał się na spoczynek.

Zakręcam kran w ogrodzie i zaczynam zwijać wąż, kiedy gadająca głowa przy mikrofonie zaczyna klepać nagłówki wiadomości o jedenastej. Rozważam rzucenie w radio kamieniem, ale wtedy musiałbym kupić nowe. Z jednego wrzodu na dupie robi się drugi.

Zwykle nie słucham już ani nie oglądam wiadomości. Nie czuję takiej potrzeby. Ten kraj wykopie własny grób, czy chcę tego, czy nie. I wolę przeżyć drugą połowę życia w spokoju, niż martwić się o rzeczy, nad którymi nie mam kontroli. Pewnie, trudno wyłączyć część mózgu, która chce to naprawić, ale tu chodzi o przetrwanie, a nie o ciekawość. Ta ostatnia doprowadziła już zbyt wielu do piekła, a ja się tam nie wybieram.

Prawda jest taka, że ani trochę nie brakuje mi nagłówków. Polityka, niekończące się opinie, szermierka słowna i słowa ubrane w kolejne słowa, które również ubrano w słowa, aż człowiek nie ma pojęcia, o czym ci ludzie mówią. Dawno minęły czasy, kiedy mężczyźni i kobiety mówili, co myśleli i co chcieli powiedzieć, bez względu na cenę. Nie jestem nawet pewny, co świat zrobiłby teraz z kimś takim. Poprawka: wiem. Zostawiłby go na lodzie. I to właśnie dlatego wszyscy boją się cokolwiek powiedzieć bez obecności cholernego adwokata.

Ale dzisiaj spóźniam się do radia. Trzy kroki, zanim kładąc mokry palec na przycisku zasilania, słyszę, jak spiker mówi:

– …rośnie niepewność wokół losów kierowanej przez ONZ ekspedycji, która prawdopodobnie zaginęła na Antarktydzie. Źródła w Pentagonie zaprzeczają twierdzeniom, że utracono kontakt z amerykańskimi naukowcami ze Stacji McMurdo, podczas gdy Moskwa apeluje o pomoc dla rosyjskich cywili ze Stacji Progres. Ikonę muzyki pop Justina Biebera widziano przed klubem nocnym w Los Angeles…

Wyłączam radio, ale trzymam je w dłoniach, jakby miało mi powiedzieć coś jeszcze.

– Nie – mówię do siebie.

Nie muszę wiedzieć nic więcej. Ruszam w stronę domu, chwytam szklankę whisky i wchodzę na tylne schody. W środku stawiam radio na stoliku pod wieszakiem na klucze i zrzucam buty. To był dobry dzień, a teraz pora wziąć prysznic i uderzyć w kimono.

Ale nie możesz, prawda, Patricku? Wszystko dlatego, że to cholerne radio wzbudziło twoje zainteresowanie, a twój wewnętrzny detektyw nie będzie zadowolony, dopóki nie podrapiesz się, gdzie swędzi. Prawda?

Młodzi ludzie mówią, że szukając różnych rzeczy w telefonie, znajdę więcej informacji, ale nie ufam tym cholernikom. To znaczy telefonom. Jasne, mam jeden na wszelki wypadek, ale wyłączyłem go i zamknąłem w klatce Faradaya. Jestem więc nieco sceptyczny. Ludzie przez całe wieki radzili sobie bez telefonów komórkowych, a ja nie jestem wyjątkiem. Poza tym jeśli chcecie znać moje zdanie, to właśnie te cholerstwa i wszystkie media społecznościowe są częściowo odpowiedzialne za raka, który pożera żywcem społeczeństwo. Ale co ja tam wiem? Jestem tylko głupim trepem z Korpusu Piechoty Morskiej.

Chociaż nie chcę przeszukiwać internetów za pomocą mojego

samsunga, mam dla niego inne zastosowanie i szczerze mówiąc, nie jestem pewien, co jest teraz lepsze.

Czy jest coś lepszego niż się wyspać, przemawiam sobie do rozsądku. Ale jaki to ma sens, jeśli nie uda ci się wyłączyć mózgu, Patricku?

Co oznacza, że jeśli nie chcę połknąć dziś wieczorem kolejnego zolpidemu, lepiej zrobię, drapiąc swędzące miejsce szybkim telefonem do dawnego dowódcy.

Chrzanić cię, Wic. I tak nie możesz spać bez zolpidemu.

Myślenie jest mocno przereklamowane.

Choć jestem pewny, że będę tego żałować, postanawiam odzyskać komórkę. Trzymam ją w zamkniętym na amen sejfie na broń w kącie głównej izby mojej chaty. W jednym z sejfów na broń. Tym najmniejszym. Niezawodność nie bierze się znikąd, a oparte na redundancji systemy nie tworzą się same.

Przechodzę przez główną izbę i otwieram drzwi do sejfu wielkości łazienki. Żarówki nagrzewają się, kiedy wchodzę, i kierują mnie na tyły sejfu. Chociaż cały sejf jest ekranowany, telefon trzymam z resztą urządzeń komunikacyjnych w drugiej klatce Faradaya, by móc otworzyć główne drzwi bez obawy, że ujawnię jakiś wrażliwszy sprzęt. Wolę określenie przygotowany niż paranoik, ale rozumiem, dlaczego ludzie mylą je ze sobą.

Wkładam klucz do kłódki na klatce. Kiedy otwieram drzwiczki, zdejmuję samsunga ze ściany z radiotelefonami i telefonami satelitarnymi iridium. Na komunikacji nie można oszczędzać.

Zamykam drzwiczki i wychodzę między kanapy, wpatrując się w małe czarne urządzenie. W zeszłym roku kazałem jednemu z mózgów z mojej jednostki zainstalować w telefonie jakiegoś firewalla, który aktywuje się przy starcie. Przysięgał, że za każdym razem, kiedy go odpalę, mój cyfrowy ślad będzie wyglądał, jakbym był w innym kraju. Nie oznacza to, że zaufam telefonowi, ale lepsze to niż nic.

Biorę głęboki oddech. Jeżeli zadzwonię, otworzę ponownie przeszłość. Nie zrobię tego, a nie będę mógł zasnąć, dopóki w końcu nie zadzwonię.

Na życzenie Korpusu i szpiegów po powrocie z Antarktydy przesiedziałem w Waszyngtonie cały tydzień. Ktoś twierdził, że potrwałoby to dłużej, ale mieli pilniejsze sprawy do załatwienia. Mój raport z akcji był dokładny, a posłuszeństwo klauzuli poufności było niepodważalne. Ostatecznie byłem zawodowcem. Poza tym nawet gdybym coś ujawnił, kto by mi uwierzył? Nagle poczułem o wiele więcej sympatii dla wszystkich dziwaków, którzy twierdzili, że zostali wysondowani przez UFO.

Naciskam przycisk i urządzenie włącza się, a następnie łączy się z lokalną wieżą. Wybieram numer Willy'ego i wciskam zieloną słuchawkę.

Słyszę trzykrotny sygnał, po czym połączenie przełącza się na pocztę głosową.

– Cześć. Dodzwoniłeś się do pułkownika Williama Rodrigueza. Nie mogę odebrać twojego telefonu. Proszę, zostaw wiadomość.

Między końcem wiadomości a chwilą, w której mam coś powiedzieć, zamieram. Czy naprawdę chcę to zrobić? Przecież pracowałem dwadzieścia cztery lata i walczyłem kłami i pazurami, żeby znaleźć się właśnie tu, gdzie jestem: sam, w szczerym polu, w ślicznej chatce na wzgórzu we wschodniej Pensylwanii. Boże, jakie to przewidywalne. Ale to moja wizja i reszta mnie nie obchodzi.

Telefon nie oznacza też, że szukam czegoś do roboty. Tego

akurat jestem pewny. Nie należę do tych weteranów, którzy w jakiś sposób zawsze trafiają z powrotem do pracy albo do roli konsultanta. Nie, lubię spokój i ciszę.

Ale nie potrafię znieść niewiedzy.

Bez względu na to, co powie Willy, nie wykorzystam w żaden sposób tych informacji. Cholera, ledwo mogę się zmusić do wyjścia z chaty po zakupy. Ale liczy się wiedza. Mówią, że ekscentrycy są dziwni właśnie dlatego, że szukają pocieszenia w danych. Nigdy nie uważałem się za mózga, ale może przypominam gryzipiórka bardziej, niż chciałbym przyznać.

– Hej, Willy. Tu Wic. Chciałem porozmawiać o meczu z zeszłej nocy. Świetnie grali, prawda? Oddzwoń, kiedy będziesz mógł.

Zanim się rozłączam, czuję się zirytowany – samym sobą. Boże. Nie powinienem był dzwonić.

– Ale jeśli nie masz czasu, rozumiem. Po prostu… pozdrów ode mnie Mary.

Kończę połączenie.

To był błąd. Nie tylko narobiłem sobie wstydu, choć szczerze mówiąc, nie dbam o to, ale i teraz zostałem z dylematem, czy mam zostawić włączony telefon i czekać, aż oddzwoni, czy go wyłączyć. Widzicie? Telefony komórkowe są do dupy.

Wtedy wpadam na kolejny świetny pomysł. Zawsze jest telewizja.

Część mnie znowu krzyczy, żeby wyłączyć telefon i położyć się spać. Kogo, do cholery, obchodzi, co się dzieje na Antarktydzie? Odsłużyłeś już swoje, zrobiłeś, co do ciebie należało, a teraz płyniesz w stronę zachodzącego słońca. Zostaw rządowi jego pierścienie obcych i międzynarodowe spiski; ty masz cykady i Sinatrę.

Ale druga część mnie zastanawia się, czy Aaron nadal tam jest. Sądząc po jego ciszy radiowej przez ostatnie dwa miesiące, powiedziałbym, że tak. Z drugiej strony tak naprawdę nie rozmawiamy ze sobą, a przynajmniej nie rozmawialiśmy, kiedy wyjechałem. Pewnie obwinia mnie o śmierć Lewisa i Walkera. Cholera, sam się za to winię. Ale to nie znaczy, że mi na nim nie zależy.

Poświęcam chwilę, żeby przyjrzeć się szachownicy na stoliku do kawy dzielącym mnie od telewizora. Rozgrywam tę konkretną samotną partię – spoglądam na przyklejoną do szachownicy karteczkę – od dziesięciu dni. Na razie wygrywają czarne. Ale teraz jest ruch białych. Siadam więc na kanapie, przesuwam pionek po przekątnej i biorę odsłoniętą wieżę przeciwnika. Odłożywszy zbitą figurę na bok, siadam wygodnie i patrzę na telewizor.

– Nie rób tego, Pat.

Ale najwyraźniej mam ochotę napisać przewodnik po okolicach bramy piekieł. No co ty nie powiesz. Wic.

Łamię drugą zasadę tej nocy i chwytam pilota od telewizora. Naciskając przycisk zasilania, nawet nie patrzę na ekran. Zamiast tego czekam, aż urządzenie się uruchomi, wiedząc, że gadające głowy będą miały nowy posiłek, którym będą mogły się najeść – a nie daj Boże, żeby nie dostały świeżego mięsa dłużej niż pół minuty. Następnie, kiedy już porzucają tym stekiem na wszystkie strony i przeżują go do kości, padlinożercy stracą zainteresowanie i przejdą do czegoś innego. To wszystko gra, przypominam sobie, a potem biorę głęboki oddech, zanim spojrzę na program.

Widok kogoś, kogo od razu rozpoznaję, zaskakuje mnie. A nawet mną wstrząsa. Włączam dźwięk i patrzę ze zdumieniem na gospodarza, który przedstawia właśnie gościa na podzielonym ekranie.

– …dołączył do nas doktor Aaron Campbell, znany antropolog i archeolog, na żywo z Uniwersytetu Rutgersa. Doktorze Campbell, dziękuję, że zgodził się pan na udział w programie.

– Cała przyjemność po mojej stronie, Samanto.

Aaron ma na sobie tweedową marynarkę i koszulkę, na której domyślam się Sokoła Millenium, choć na ekranie jest do połowy ukryta. Włosy i okulary są tylko w odrobinę mniejszym bezładzie niż zwykle. Wygląda dobrze, choć sprawia wrażenie podenerwowanego obecnością w ogólnokrajowej telewizji. Ja również się martwię, bo nie mam pojęcia, co zaraz powie. Wszystkie dokumenty Pentagonu dotyczące zachowania poufności, jakie w życiu widziałem, zabraniają rozmów z mediami. Nieprzestrzeganie tego zakazu graniczy ze zdradą. Poprawka: to była zdrada, kiedy ostatnio sprawdzałem.

– Jak rozumiem, spędził pan sporo czasu na Antarktydzie, pracując w – prowadząca zerka w notatki – projekcie na Wyżynach Subglacjalnych Ellsworth.

– Zgadza się.

– I był pan na stacji McMurdo?

– Tak. Jako naukowiec i obywatel Stanów Zjednoczonych. To nasz główny port przylotowy dla wszystkich misji przybywających na ten kontynent i opuszczających go.

– W świetle najświeższych wiadomości o zaginięciu międzynarodowych ekspedycji, czy może pan dać nam jakieś wskazówki, dlaczego od, jak twierdzą niektórzy informatorzy, tygodnia stacja nie odpowiada na próby nawiązania kontaktu?

Aaron poprawia się na fotelu biurowym.

Niedobrze. Nagle zaczynam się zastanawiać, dlaczego w ogóle przyjął to zaproszenie; trochę mniej, dlaczego znów jest w Stanach. W tej chwili i tak nie ma to żadnego znaczenia, ponieważ doskonale wie, że o swojej pracy może mówić, używając wyłącznie najszerszych ogólników. Z drugiej strony, prawdopodobnie przez całą karierę czekał, żeby… jak by to ująć? Dać im powód, żeby nie mogli się już z niego śmiać?

Cholera, Aaronie.

– No cóż, Samantho. Jak wiesz, moja… nasza przełomowa praca w głębi Wyżyn Subglacjalnych Ellsworth oznacza, że mam dostęp do części najważniejszych tajemnic, jakie skrywa ten kontynent.

– Człowieku – mówię do telewizora.

Prowadząca mruży oczy, najwyraźniej nie wiedząc, jak przyjąć pozorowany ruch Aarona.

Próbuje przekierować rozmowę na inny temat.

– Doktorze Campbell, jak rozumiem, przerwa w komunikacji wystąpiła podczas sezonu zimowego. Czy może to mieć związek z trudnymi warunkami pogodowymi?

– Na pewno. Na Antarktydzie pogoda zawsze ma znaczenie, jak mawiamy.

Uśmiecha się półgębkiem z aprobatą dla własnego sprytu. Ale w myślach ostrzegam go, żeby nie czuł się zbyt bezpiecznie. To tylko rozgrzewka.

– To powiedziawszy, czy mogą być inne wyjaśnienia?

Aaron znowu poprawia się w fotelu.

– Zawsze możliwa jest awaria sprzętu…

– Tak, ale otrzymujemy raporty, że podobnych awarii doświadczają wszystkie stacje badawcze, nie tylko McMurdo.

Wszystkie?

Cholera, naprawdę chciałbym, żeby Willy oddzwonił. Choćby po to, żeby uspokoić moje myśli.

– Jakby to powiedzieć… – zaczyna Aaron. – Rozbłyski słoneczne z pewnością niszczyły już systemy radiowe. Przychodzi mi na myśl parę okazji, kiedy podczas wykopalisk w ramach tego, co można by nazwać tajnym projektem badawczym na Wyżynach Subglacjalnych Ellsworth...

– Doktorze Campbell, czy to prawda, że był pan świadkiem konfliktu zbrojnego naruszającego traktat antarktyczny z 1959 roku, a nawet brał w nim udział i przeżył?

Twarz Aarona gaśnie.

Polityk zjadłby to pytanie na śniadanie i odpowiedział najwyżej uprzejmym beknięciem. Ale Aaron nie jest wężem i nie nawykł do prześlizgiwania się przez chwasty. Zamiast tego bawi się okularami. Stek wraca do menu, a ścierwojady są gotowe na ucztę.

– Obawiam się, że... Czy możesz powtórzyć pytanie?

– Mam niepotwierdzone doniesienia – dziennikarka podnosi iPada z biurka – że jest pan jedną z kilku kluczowych osób ocalałych z potyczki między kontyngentami amerykańskim, brytyjskim i rosyjskim, do której doszło dwudziestego szóstego kwietnia tego roku.

Jasna cholera. Ktoś puścił farbę.

– Nie wolno mi o tym mówić – wyrzuca z siebie.

– To znaczy, nie mogę ani potwierdzić, ani zaprzeczyć... Jak w ogóle...?

Potrząsa głową i wygładza koszulę, próbując odzyskać spokój.

– Jak już mówiłem, pogoda i rozbłyski słoneczne mogą powodować...

– Doktorze Campbell, czy wiedział pan o nielegalnych działaniach militarnych w pańskim ośrodku badawczym, które mogą tłumaczyć nagłą utratę komunikacji?

Dzwoni mój telefon. Nieznany rozmówca. Przesuwam ekran i przykładam go do ucha.

– Mów.

– Wic, tu Willy.

– Widzisz to?

– Zakładam, że mówisz o twoim kumplu w telewizji?

– Tak.

Willy wzdycha.

– To najmniejsze z moich zmartwień, Wic. I muszę już iść.

– Czyli jest źle.

Willy zwleka chwilę z odpowiedzią.

– Nie masz się o co martwić, emerycie.

– Roger.

Mój dawny pułkownik trafił w samo sedno. To nie moje zmartwienie. Przede wszystkim nie powinienem był dzwonić. Willy ma co robić, a ja mam swoje książki, filmy, kwiaty, stos drewna i whisky, które dotrzymują mi towarzystwa.

– Przepraszam, że przeszkadzam – mówię do Willy'ego.

Wzdycha.

– Mamy to, Wic. A ty masz swoją samotność.

– Żebyś wiedział.

– Dobrej nocy.

– Tobie też. Bez odbioru.

Linia milknie i kończę połączenie. Aaron wciąż wymachuje rękami w telewizji. Jestem szczerze zaskoczony, że jeszcze nie zszedł z wizji. Nie byłoby to gorsze niż to, co robi teraz. Prawdopodobnie nie wie nawet, że może to zrobić.

– ...zapewniam, że wszystko, co robiłem, odbywało się w ścisłej zgodzie z...

Telewizor wyłącza się.

I to nie z mojej winy.

Wszystkie światła też zgasły. Nadal trzymam pilota i czuję mrowienie wzdłuż kręgosłupa, jakby ktoś poraził mnie prądem o niskim natężeniu. Ale wrażenie znika tak szybko, jak się pojawiło. Zdaję sobie też sprawę, że słyszę odległe dźwięki: przypominają pociski moździerzowe i ostrzał artyleryjski na pustyni. Ale potrząsam głową, żeby trzymać te zjawy na dystans.

Podnoszę się, kiedy uruchamia się podstawowy generator zapasowy. Aktywuje go pasywny przekaźnik analogowy, który wykrywa spadki napięcia i sądząc po trzysekundowym opóźnieniu, które właśnie wyliczyłem, wymaga kalibracji. Wolframowe światła we wnętrzu ożywają i ogrzewają dom swoim delikatnym blaskiem. Pewnie, są droższe, ale podoba mi się ich wygląd.

Instynkt każe mi nie wierzyć w ten zbieg okoliczności, a widziałem zbyt wiele filmów, w których operatorzy tuż przed wejściem do budynku wysadzają bezpieczniki. Cholera, sam to robiłem. Ale nikt nie wie, gdzie jest moja chata. Postarałem się o to. A systemy obronne posiadłości ostrzegłyby mnie przed intruzami. Cokolwiek więc właśnie czuję, to tylko histeria, a histeria zabija.

Pocieszając się, że prąd wróci, kiedy tylko ekipa naprawcza zreperuje transformator, który pewnie jakiś pijak skasował pickupem, siadam z powrotem i ponownie włączam telewizor.

Nic się nie dzieje.

Wciskam przycisk zasilania jeszcze kilka razy, zanim dociera do mnie, że baterie muszą być na wyczerpaniu. Rozdrażniony, pochylam się nad stolikiem do kawy, żeby włączyć telewizor ręcznie.

Nic.

Teraz zgaduję, że to wyłącznik różnicowy na jednym z gniazdek. Podchodzę do najbliższego w kuchni i zauważam, że zegar w kuchence mikrofalowej nie działa, podobnie jak diody LED nad blatami. Dziwne.

Sprawdzam godzinę na dwufunkcyjnym zegarku, czarnym Casio g-shock z żywicznym paskiem, i zauważam, że wyświetlacz cyfrowy jest pusty. Nie dajcie się oszukać marce: te urządzenia są zaskakująco wytrzymałe. W zeszłym tygodniu włożyłem nową baterię i sekundnik wciąż tyka.

Pamiętacie, jak mówiłem, że histeria zabija ludzi? To prawda. Ale jeśli ta histeria to czasem przeczucie oparte na solidnym rozpoznaniu i doświadczeniu z przeszłości? To właśnie instynkt. I może uratować wam życie. Aby zdecydować, czy to histeria, czy instynkt, podążam za pewnym podejrzeniem i wracam na kanapę. Następnie podnoszę samsunga i dotykam ekranu.

Jest ciemny.

Dotykam ponownie, tym razem mocniej.

Nadal nic. Serce przyspiesza mi lekko, kiedy próbuję na siłę zrestartować urządzenie. Ale nie reaguje. Słyszę w głowie coraz więcej przytłumionych dźwięków i zauważam, że oblałem się zimnym potem. Czasami wspomnienia to prawdziwy wrzód na tyłku. Naprawdę wiedzą, jak zepsuć wieczór.

Zaczynam sprawdzać wszelkie cyfrowe sprzęty w moim posiadaniu: cyfrową antenę telewizora, stereo, mój stary xbox. Nic nie działa. Nie reaguje nawet ekspres do kawy Breville BES870XL ze stali nierdzewnej. To stary, ale jeszcze dobry sprzęt i do tej pory działał bez zarzutu. Szlag.

Mimo to mój gramofon Thorens TD-124 z 1957 roku nadal się kręci. Żarówki wolframowe świecą się, tymczasem diody LED w kuchni nie.

Co rozwiązuje zagadkę.

Moją chatę omieciono właśnie impulsem elektromagnetycznym. EMP. I to wystarczająco silnym, żeby wyłączył sprzęty domowe.

Gaszę światła wewnątrz domu i chwytam glocka z blatu, w stanie najwyższej gotowości. Jeżeli ktoś zinfiltrował mój teren, a mam wszelkie powody, by tak sądzić, to potrzebuję odpowiedniej ochrony, w tym ochrony osobistej i uzbrojenia. Nadszedł czas, żeby się nimi zająć.

Pochylając się nisko, przechodzę przez główną izbę i ponownie wchodzę do sejfu, tym razem zamykając za sobą drzwi. Chociaż brakuje tu wielu rzeczy, które mam w ogromnym sejfie w piwnicy, mój domowy arsenał i tak wystarczy z nawiązką, która obejmuje między innymi lekki zapas trzech tysięcy sztuk amunicji dla każdego obecnego w nim kalibru broni.

Najpierw sprawdzam system monitoringu. Chociaż monitor i procesor działają, biały szum na wszystkich ekranach przypomina mi, że kamery oczywiście były cyfrowe, a tym samym podatne na atak intruza.

Następnie chwytam model SCAR17 oparty na mojej broni wojskowej i kładę go na wyspie z gumowym blatem. Potem ściągam ze ściany zmodyfikowaną kamizelkę i wsuwam się w nią. Następny jest matowoczarny hełm z kevlaru z zamontowanym noktowizorem Elbit Systems Squad, przy czym sprawdzam urządzenie dwukrotnie, żeby upewnić się, że EMP nie sparaliżował elektroniki. Elementy optyczne podświetlają się i widzę zieleń. Wszystko w porządku.

Chowam glocka do kabury na pasku i chwytam kilka dodatkowych magazynków amunicji do każdej broni. Następnie sprawdzam, czy mój nóż bojowy jest w pochwie na piersi. W kieszeni spodni mam składany nóż Gerbera, który zawsze noszę przy sobie, ale żywię głębokie przekonanie, że noży nigdy za wiele.

Na koniec wyjmuję z klatki Faradaya jeden z radiotelefonów i przyczepiam go do kamizelki. Włączam urządzenie i ustawiam je na skanowanie. Szanse są niewielkie, ale jeśli wróg popełni błąd nieostrożnego korzystania ze środków komunikacji, chcę wiedzieć o tym jak najszybciej.

Trzymając karabin w gotowości do strzału, opuszczam noktowizor, żeby widzieć w ciemności, otwieram drzwi i idę wzdłuż ściany sejfu, którą wykorzystuję jako osłonę, zachowując niską pozycję. Główna izba, skąpana w zieleni, jest nietknięta.

Spodziewając się, że intruzi dotarli tu dwukilometrowym podjazdem od zachodu, podchodzę do najbliższego okna i składam się do strzału, wypatrując ruchu. Moja toyota land cruiser FJ40 z 1978 roku wciąż stoi na podjeździe i wygląda na nietkniętą. Za nią są pola, które opadają ku głównej drodze. Wynająłem miejscowego rolnika, aby przycinał pokosy po obu stronach żwirowego podjazdu. Dostaje za to siano i kupuje kilka zbiorników paliwa do ciągnika traktora, a ja mam czysty widok na główny podjazd do chaty. Przeniosłem również kilka dużych głazów, żeby „biernie zachęcały" zbliżające się pojazdy do trzymania się w jednej linii. A gdyby ktoś złapał mnie z zaskoczenia albo w złym nastroju? Zakopałem w ziemi niejedną zabawkę, która może wpaść na człowieka w nocy. Albo narobić huku – zależy od tego, która zostanie uruchomiona. Pomimo wszystkich środków ostrożności nie widzę, żeby coś poruszało się na podjeździe ani nic niezwykłego na polach.

W drodze na tyły domu dostrzegam światło w oknach od wschodu. Dużo światła. Wystarczy, żeby oślepić noktowizor.

Podnoszę go, spodziewając się reflektorów pojazdu, tyle że na zewnątrz nie ma ani humvee, ani śmigłowca.

Mrugam, żeby upewnić się, że nic mi się nie przywidziało.

Jakieś osiemdziesiąt mil na południowy wschód wznosi się masywna niebieska kopuła. Musi mieć kilka mil wysokości i jest wycentrowana dokładnie nad miastem, które nigdy nie zasypia. Nowym Jorkiem. Tyle że teraz nie widać zwykłej aury świateł miasta. Zamiast tego dostrzegam na horyzoncie błysk ognia i zastanawiam się, czy odgłosy wybuchów, które słyszałem, nie były jednak wspomnieniami.

Rozdział 9

00:45, piątek, 25 czerwca 2027
East Orange, New Jersey
Autostrada międzystanowa 280 East,
13 mil na zachód od Manhattanu

Nie jestem dumny, że tak długo siedziałem na werandzie, zanim postanowiłem w końcu coś zrobić. Ale tak właśnie było.

Co najmniej pół godziny wpatrywałem się w złowieszczą bańkę, wyliczając za pomocą palców jej przybliżone wymiary, a następnie gryzmoląc w czarnym notatniku Moleskine. Tych dwóch rzeczy EMP nie może wyłączyć: palców i notesów. Niemniej ociągałem się i wiedziałem o tym.

Patrzyłem, jak na horyzoncie podniosły się kolejne kule ognia, rozsiane z północy na południe. Za nimi nadchodziły stłumione wstrząsy, przed którymi próbował wcześniej ostrzec mnie mój mózg. Zapamiętałem ich przybliżoną lokalizację na tle zaciemnionego krajobrazu, po czym wbiegłem do środka, żeby chwycić mapę – starą, dobrą papierową mapę, jakie wszyscy trzymali kiedyś w samochodach, zanim wyrzucili je, kiedy pojawiły się telefony komórkowe. Chwyciłem również jeden z trytowych kompasów pryzmatycznych Cammenga i kątomierz.

Włączywszy latarkę czołową hełmu, zorientowałem mapę za pomocą kompasu, a następnie wykorzystałem kałuże pomarańczowego światła na wschodnim horyzoncie, aby ustalić namiary każdej eksplozji. Kiedy przy użyciu linijki narysowałem proste linie od mojego domu w Skytop, zauważenie wzoru nie zajęło mi dużo czasu. Hrabstwo Rockland, Nowy Jork na północy, Edison i Monmouth, New Jersey na południu i Newark w samym środku New Jersey. To były miejsca amerykańskich instalacji wojskowych.

Złożyłem mapę i położyłem notes na wierzchu.

Boże, chciałbym powiedzieć, że od razu opuściłem chatę. Ale nie zrobiłem tego. A wiecie dlaczego? Bo jestem upartym, urodzonym na Brooklynie sukinsynem, w którego żyłach płynie irlandzka krew, ot co.

Muszę podkreślić, że jest to również powód, dla którego na ogół nie rzucam się w coś na wariata. Na przykład w małżeństwo czy oddawanie ludziom przysług. Wszystko ma swój koszt, który trzeba rozważyć. I tak, lista tych rzeczy obejmuje między innymi jazdę na wschód autostradą międzystanową numer 80 prosto w stronę dziwnej świecącej bańki na niebie i pożarów na horyzoncie. To będzie kosztować najwięcej; czuję to. Czyli nie wrócę do łóżka przed świtem.

– Trzeba było zostać w chacie, Wic – mówię sobie. – Trzeba było po prostu zasunąć rolety i iść spać.

Tak. Masz rację. Całkowitą.

I oto jadę moim land cruiserem na południowy wschód.

Pewnie, moim zdaniem, czymkolwiek jest ta rzecz, która wisi nad Nowym Jorkiem, zaciemniając horyzont i likwidując wokół zanieczyszczenie światłem, to nie mój problem, a czyjś inny. A dokładniej rzecz biorąc, wojskowych. Cholera, to pewnie jakiś nowy system obrony przeciwrakietowej czy coś takiego.

I kogo ja próbuję nabrać? Cholerna kopuła ma związek z tym, co widziałem na Antarktydzie, i wiem o tym. Podpowiadają mi to żołądek i serce. I nie pytajcie, dlaczego myślę trzema częściami ciała. Po prostu tak jest. Właściwie myślę również czwartą, ale komandor Wacek ściągnął na mnie zbyt wiele kłopotów, więc staram się wyłączyć go z procesu rozumowania i krytycznego myślenia. Zdecydowanie lepiej wychodzi mu bezkrytyczne. Przełamanie frontu i penetracja, tego typu rzeczy.

A co z tymi, którzy twierdzą, że emerytura jest przereklamowana? Nigdy nie pracowali wystarczająco ciężko. Emerytura jest wspaniała, a ja zdążyłem nacieszyć się nią przez osiem wspaniałych tygodni. Osiem tygodni. Nikt nie mówi ci, co masz robić, nie musisz nadstawiać stale karku dla jakiegoś trepa, który jest za głupi, żeby nie wejść na linię ognia, albo dwudziestoparoletniego mądrali świeżo po szkole oficerskiej, który ni stąd, ni zowąd zna się lepiej od ciebie na atakowaniu pozycji wroga, ale brakuje mu odwagi, żeby samemu pójść do natarcia.

Zbaczam z tematu.

I wybijam rytm na kierownicy, śpiewając do jednej z ulubionych kaset Creedence Clearwater Revival. Klasyczny magnetofon w mojej toyocie jest prawdopodobnie jednym z niewielu urządzeń odtwarzających muzykę w promieniu stu mil, a wszystko dlatego, że jakiś dupek wyłączył wszystkie lokalne stacje za pomocą EMP. Świetnie. Po prostu świetnie. Mama Petera Quilla naprawdę wiedziała, co robić z kasetami.

Nie mogę powstrzymać się od śmiechu, kiedy druga piosenka ze strony A zaczyna się tekstem: *Oh, it came out of the sky, landed just south of Moline. Jody fell out of his tractor, couldn't believe what he seen* [6]. Ale pozwalam panu Fogerty'emu zaśpiewać następną linijkę solo: *Laid on the ground and shook, fearing for his life* [7], ponieważ tej nocy tekst wydaje się aż nazbyt trafny.

Zjeżdżam z I-80 i jadę dalej I-280 East, kierując się prosto w stronę niebieskiej bańki. Im dłużej prowadzę, wpatrując się w kopułę, tym bardziej wydaje mi się, że z czasem zaczyna przygasać. A może to wzrok płata mi figle; nie jest już pierwszej świeżości. Mrugam, żeby pozbyć się z oczu łez, próbując dalej skupiać wzrok na niej, a wtedy kopuła znowu wydaje się jasna.

Jedyne pojazdy poza moim, które poruszają się po drogach, wyglądają na paliwożerne modele sprzed lat osiemdziesiątych, podobne do land cruisera, co ma sens, jeśli wziąć pod uwagę, ile cyfrowych komponentów dodawali do swoich produktów producenci samochodów na przestrzeni lat. Jasne, mógłbym mieć teslę. Ale: (a) nie mam aż tyle gotówki, i (b) nie ufam tym wozom. Zgadza się, zupełnie jak komórkom.

Wszystkie działające pojazdy łączy jeszcze jedno: jadą na zachód, oddalając się od Nowego Jorku. W młodości wywołałoby to na mojej twarzy uśmiech. Marines zawsze zmierzają w stronę tego, przed czym uciekają wszyscy pozostali. Urra. Ale dziś wieczorem przypominam sobie, że podniesienie dupy i załadowanie sprzętu do land cruisera zajęło mi pół godziny. Jak powiedziałem, wcale nie jestem z tego dumny. Ale i nie zamierzam się tego wypierać.

Reszta nocnych użytkowników autostrady to samochody i ciężarówki, które stanęły pośrodku jezdni, dokładnie tam, gdzie zgasły ich silniki. Paru ludzi koczuje w pobliżu swoich pojazdów, prawdopodobnie czekając na pojawienie się pomocy drogowej albo w nadziei, że ich przekładnie w końcu zaczną znowu działać. Ale większość maszeruje, oddalając się od kopuły albo wchodząc na przedmieścia przy autostradzie międzystanowej, prawdopodobnie w poszukiwaniu schronienia.

Parę osób próbuje mnie zatrzymać. Rodzice z płaczącymi dziećmi, zirytowany dupek z wyższych sfer w fedorze i mokasynach i niejedna zrozpaczona supermodelka z rozmazanym tuszem do rzęs. No dobra, może nie supermodelka, ale na tyle ładna, że komandor Wacek namawia mnie, żebym zatrzymał wóz. Jak powiedziałem, nie bez powodu jest na czwartej pozycji: głowa, żołądek, serce, a dopiero potem kom. W.

Kontynuuję trasę wzdłuż I-280 East i po raz trzeci przebiegam w myślach listę rzeczy do spakowania, żeby zająć czymś umysł. To pomaga nie zwracać uwagi na maszerujących. „Wierzcie mi" – mam ochotę powiedzieć. „Lepiej dla was, żebym nie zabierał was ze sobą". Ponieważ nie są gotowi na to, dokąd zmierzam. Cholera, sam nie jestem pewny, czy jestem na to gotowy. Ale chwyciłem, co się dało, a szykując się do walki, ufasz wyszkoleniu i masz nadzieję, że niczego nie zapomnisz.

Na miejscu pasażera leży mój SCAR, w komplecie z tłumikiem, przednim uchwytem, celownikiem ACOG 1,5 x 15 i jednopunktowym pasem nośnym. Ma też zamontowany na szynie bocznej znacznik laserowy na podczerwień AN/PEQ-2A, a z przodu wysokolumenowy reflektor SureFire. Mam na sobie cztery magazynki po dwadzieścia nabojów i dziesięć kolejnych w skrzynce na podłodze. Jasne, tam, dokąd zmierzam, to wszystko jest nielegalne, ale mieszkam we Wspólnocie Pensylwanii, a nie w jakimś innym stanie, gdzie boją się broni. I zastanawiam się, czy te inne stany nie korygują właśnie swoich przepisów.

W kaburze na biodrze mam glocka z tłumikiem i dostosowanym do niego układem celowniczym. Mam też cztery magazynki po piętnaście nabojów plus sześć w skrzynce.

Moja kamizelka jest wyposażona w przedni i tylny pancerz Diamond Age z podtlenku boru, ładownice do karabinu i pistoletu, bukłak na wodę oraz IZPP – indywidualny zestaw pierwszej pomocy, nazywany częściej zestawem naprawczym. Ponadto mam w niej nóż bojowy KA-BAR, duże opaski zaciskowe, latarkę, świetliki, mapę i notes, nakładkę na podczerwień, naszywkę z nazwiskiem oraz naszywkę podnoszącą morale: obecnie ciemnozielony prostokąt KTF na cześć moich ulubionych książek militarnej science fiction.

Ta mentalna inwentaryzacja komuś innemu wydałaby się pewnie niepotrzebna. Ale dla kogoś, kto widział akcję i musiał przetrwać poza zasiekami, to zwykła część życia. Niezawodność nie jest dziełem przypadku, w myślach przeprowadzam więc dalej kontrolę.

Na tylnym siedzeniu mam w plecaku kilka worków z narzędziami i akcesoriami, w tym narzędzie wielofunkcyjne Leatherman, zestaw do czyszczenia broni Otis, lornetkę, dalmierz, otwieracz do puszek rodem z filmu z Johnem Wayne'em, bandanę, okulary przeciwsłoneczne i trochę drutu do garoty. Oraz telefon satelitarny iridium i GPS – nie żeby którekolwiek z urządzeń działało, kiedy ostatnio sprawdzałem.

Obok plecaka leży pakunek awaryjny, w którym poza zapasowym ubraniem i polarem mam linę wspinaczkową, podpałkę, latarkę czołową, linkę spadochronową, baterie i ładowarki do całej elektroniki oraz dużą apteczkę. Pakunek mieści również toporek, plandekę, jednoosobowy namiot, koc termiczny, taśmę izolacyjną, zestaw do uzdatniania wody, przekąski i garnek do gotowania.

W bagażniku land cruisera wiozę więcej pakowanej próżniowo amunicji kalibru .308 i 9 mm, do tego dwa zatankowane do pełna i ustabilizowane pięciogalonowe kanistry z paliwem, zbiornik wody pitnej, śpiwór i skrzynkę z wystarczającym zapasem liofilizowanych posiłków; jeśli zabraknie jedzenia, co w obecnych okolicznościach wydaje się nieuniknione, wystarczą mi na jakieś cztery tygodnie. Poza tym są jeszcze flary, kable rozruchowe, linka holownicza, zestaw do odsysania paliwa, siatka maskująca, kuchenka obozowa MSR WhisperLite II i dzbanek do kawy – chociaż nic nie zastąpi mojego ekspresu. Cholera, już za nim tęsknię.

Samochód jest wyposażony w przednią wyciągarkę, hak holowniczy, bagażnik z zapasową oponą na dachu, obudowę inwertora, podnośnik, światła przeciwmgielne i sprężarkę na bloku silnika.

Jak powiedziałem, nie jestem paranoikiem. Jestem przygotowany.

* * *

Zgaduję, że kopuła ma trzynaście mil wysokości. Sądzę tak dlatego, że zbliżam się do East Orange w New Jersey, jakieś trzynaście mil od dolnego Manhattanu, a je krawędź nie jest zbyt daleko. Emanuje taką samą niebieską energią, jaką widziałem na Antarktydzie, co oznacza, że bez względu na to, jak bardzo próbuję przekonać sam siebie, że została stworzona przez ludzi, jest inaczej. I to zaczyna mnie wkurzać.

Dlaczego?

Przypuszczam, że to prawdziwy powód, dla którego ruszyłem w końcu swój gruby tyłek z ganku.

Ponieważ być może istniała szansa, że gdybym został na Antarktydzie z zastępcą dyrektora od niebieskich hełmów i znalazł sposób na wysadzenie tej cholernej bramy, kiedy nie patrzył, nic z tego by się teraz nie działo. Oczywiście nie mogę tego udowodnić. Ale nie mogę również wyeliminować możliwości, że w jakiś sposób to moja wina.

A to jest do dupy.

Byłeś po prostu zbyt zmęczony, żeby zostać jeszcze kilka dni, prawda, Wic? Wystarczyło zaczekać i dokończyć pracę. Zamiast tego chciałeś przejść na emeryturę. Wyrwać się z tej lodówki i uciec od tego wszystkiego. Czy nie tak zawsze jest z problemami? Pójdą za tobą bez względu na to, dokąd się udasz. I kiedy myślisz, że udało ci się zwiać: bum! Dokładnie wtedy terminator postanawia wysondować twój zwieracz.

Widzę to tak, że muszę zbadać sprawę, bo jestem to winny wszechświatowi, a przynajmniej rodzinnemu miastu. A zanim okrzykniecie mnie patriotą: wcale nie czuję, że jestem to winny mojemu krajowi. Pamiętacie? Już przez to przeszedłem? Nie jestem winny naszej fladze ani jednej uncji potu czy kropli krwi. Mam koszulkę, kubek, naklejkę na zderzak, a nawet pieprzony tatuaż nad biodrami.

No dobra, może nie akurat tam. Ale mam mnóstwo tatuaży.

I znowu odbiegam od tematu.

Im bliżej kopuły jestem, tym więcej się dzieje. Sama kopuła to teraz bardziej stroma ściana niż łagodna krzywizna. Trąbię kilka razy, żeby zgonić ludzi z autostrady. Zbierają się przy krawędzi, skąpani w jasnym blasku. Nie wiem, czy są zaciekawieni, czy po prostu głupi. Może jedno i drugie. Ale nie kręciłbym się przy tym czymś bez uzasadnionego powodu. I broni.

Zdając sobie sprawę, że nie dam rady podjechać bliżej, nie robiąc komuś krzywdy, zjeżdżam z drogi, pokonuję trawiaste pobocze i znajduję kępę drzew, między którymi mogę zaparkować. Jest tu dość cienia, żeby ukryć pojazd przed większością przechodzących, ale i tak maskuję go na wszelki wypadek. Ostatnie, czego mi trzeba, to żeby jakaś grupa desperatów zdemolowała go i uciekła z moim sprzętem.

Wyłączam silnik, chwytam karabin i wysiadam z land cruisera. Pierwsze docierają do mnie krzyki ludzi, od których ściska mi się w żołądku, a włosy na karku stają dęba. Nie brzmią wcale jak ktoś, kto najadł się strachu podczas halloweenowej imprezy na podwórku. To bardziej odgłosy cierpiących ludzi – całych setek ludzi. Myślami wracam na Bliski Wschód. Tłumię siłą obrazy niemowląt wyrywanych z ramion matek, dzieci płaczących za ojcami i żon płaczących na zakrwawionych piersiach mężów i synów. Dziwne, że mimo wszystkich odgłosów ludzkiego cierpienia nie widziałem czy nie słyszałem ani jednego strzału. Przynajmniej nie w tej okolicy: parę mil dalej słyszę kolejne eksplozje i zastanawiam się, czy dochodzą z instalacji wojskowych.

Cokolwiek się dzieje, nie jest dobrze i muszę się ruszyć.

Wyciągam siatkę z tyłu wozu i przez kilka następnych minut maskuję go. Kilka luźnych gałęzi pomaga dokończyć moje dzieło i jestem całkiem pewny, że kiedy wrócę, mój sprzęt nadal tu będzie.

Drugie, co dociera do mnie, kiedy oddalam się od pojazdu, to zapach spalonego ozonu, dziesięć razy silniejszy niż kiedykolwiek w życiu czułem. Wyczuwam również wibracje w ziemi, które przenoszą mnie z powrotem na wykopaliska na Antarktydzie. Nie potrafię tego wytłumaczyć, ale moje stopy odbierają je w ten sam sposób.

Trzymam się krawędzi szeregu drzew biegnącego z zachodu na wschód i oddzielającego autostradę od budynków mieszkalnych po prawej stronie. Wszyscy uciekający idą drogą albo między domami, więc udaje mi się poruszać niepostrzeżenie. Wygląda na to, że dostrzega mnie jedynie kilka dzieciaków, które machają mi lub wskazują ręką, ignorowane przez rodziców.

Kiedy jestem o pięćdziesiąt jardów od niebieskiej ściany, odgłosy cierpienia przybierają dramatycznie na sile. Trochę spodziewam się widoku grupy rebeliantów przeprowadzających publiczną egzekucję. Zamiast tego widzę setki ludzi rozciągnięte w obie strony wzdłuż krawędzi bańki. Wpatrują się w przezroczystą kopułę, wyciągając zaciśnięte ręce i krzycząc.

Przezroczysta powierzchnia pozwala mi dojrzeć po drugiej stronie ludzi z uniesionymi rękami i otwartymi ustami. Docierają do mnie jedynie stłumione dźwięki, ale ludzie nie wyglądają na szczęśliwych. Cokolwiek innego się tu dzieje, doraźny skutek jest taki, że ci ludzie zostali odcięci za ścianą.

Nie tylko oni.

Dostrzegam kobietę zawodzącą nad leżącym na trawie torsem mężczyzny. Niebieskie światło kopuły zalewa jej twarz i odcięty tułów ponurym błękitem. Widzę innych ludzi krzyczących nad zwłokami w samochodach lub na autostradzie. Trupy wydają się przecięte pod niemożliwymi kątami, jakby ktoś przeciął ofiary od bioder po barki gigantycznym mieczem. Niektórym brakuje tylnej połowy, podczas gdy inni nie mają kończyn.

Rzeź sięga terenów mieszkalnych i zauważam charakterystyczne działania ratowników po służbie, próbujących udzielać pomocy tam, gdzie to możliwe. Ale jest zbyt wiele ofiar, by mogli się nimi zająć. Do tego większość obrażeń wydaje się śmiertelna.

Wtedy dociera do mnie, że ten makabryczny spektakl rozgrywa się również po drugiej stronie bariery, z jedną przerażającą różnicą: masy ludzi odciągają ofiary od kurczącej się powoli ściany.

Przepycham się obok grupy przechodniów, staję wśród rzędu najciężej poszkodowanych i przyglądam się ludziom po drugiej stronie. Trzymają się z dala od niebieskiej ściany i krzyczą na innych – prawdopodobnie każąc im trzymać się z dala od niej. Ale wygląda na to, że nie wszyscy słuchają ostrzeżeń. Kobieta wyciągająca ręce w stronę mniej więcej dziesięcioletniego chłopca po mojej stronie bariery po zetknięciu z nią traci ramię. Kończyna unosi się w wirze niebieskich płomieni i pomarańczowych iskier. Kobietę musi odciągnąć dwóch mężczyzn, ponieważ nawet utrata ręki nie powstrzymuje jej przed próbą ponownego połączenia się z dzieckiem.

– Trzymaj się z daleka, człowieku – mówi za mną jakiś męski głos. – Albo dołączysz do niej.

– Rozumiem – odpowiadam.

Ponieważ wygląda na to, że w chaosie odnajduje się coraz więcej rodzin, kolejne próby połączenia się również kończą się rozczłonkowaniem. Jakiś mężczyzna wyrywa się powstrzymującym go ludziom i biegnie prosto na ścianę. Jego ciało wyparowuje w niecałe dwie sekundy przy akompaniamencie głośnych okrzyków świadków.

– Jak długo to trwa? – pytam człowieka, który mnie ostrzegł.

– Może godzinę – mówi, przeczesując włosy obiema rękami.

– To straszne, człowieku. Okropne.

Ma rację.

Obchodzę rozpaczające rodziny i podchodzę do ściany z uniesioną bronią. Wygląda na to, że bariera cofa się w tempie jednego cala na sekundę, przesuwając się na wschód. Oglądam się na mojego cywilnego informatora.

– Przemieszcza się cały czas?

Przytakuje.

– Odkąd się pojawiła.

– Widziałeś coś jeszcze?

– Co masz na myśli?

Chcę powiedzieć „drony i roboty", ale powstrzymuję się.

– Po prostu coś niezwykłego.

– Bardziej niezwykłego niż to? Żartujesz sobie, człowieku?

Odbieram to jako zaprzeczenie i dziękuję mu, a potem ruszam wzdłuż bariery na północ w kierunku biegnących na zachód pasów autostrady. Nie jestem pewny, czego dokładnie szukam: drzwi w powierzchni, a może magicznego pierścienia deszyfrującego, który pozwoli ludziom uciec. Cokolwiek się dzieje, kopuła się zaciska, a jeśli ma dwadzieścia sześć mil średnicy, to w środku...

Czuję, jak miękną mi kolana.

W środku są miliony ludzi.

Dlaczego? O co tu chodzi? Pytania mogą jednak poczekać, ponieważ widzę zbliżający się wiadukt. Może most zatrzyma barierę i da ludziom okno, które wykorzystają na ucieczkę. Czuję rosnącą w piersi nadzieję i zaczynam wołać do ludzi, żeby zjechali z drogi. Jeśli to zadziała, za kilka minut pojawi się tu spanikowany, pędzący tłum.

– To chyba nie zadziała, sir – mówi nastolatka idąca w kierunku kopuły. Ma uniesiony podbródek i sprawia wrażenie nieustraszonej.

– Trzymaj się z daleka, panienko.

Potrząsa głową i pociąga nosem.

– To zabrało już moją mamę. Sam też nie przeżył. Przestało mi zależeć.

Każę jej się cofnąć, ale idzie powoli, krok po kroku, dotrzymując kroku mnie i barierze.

– Pozwoliła mi prowadzić. Prawo jazdy mam od dwóch miesięcy. Późną nocą ruch nie był taki zły, prawda? Powiedziała, że przyda mi się trening i że mi ufa. Usiadła więc na tylnym siedzeniu, a Samowi pozwoliła usiąść obok mnie. A kiedy pojawiła się ta ściana – bierze głęboki oddech i widzę łzy spływające po jej twarzy – przeszła przez nas. Z samochodem nic się nie stało. Ale mamę przecięła na pół. A potem, kiedy się rozbiłam, Sam…

Sięgam i chwytam ją za ramię. Na dłoniach ma zaschniętą krew, widzę też kilka ran na twarzy i biały proszek po wybuchu poduszki powietrznej.

– Musisz stąd natychmiast odejść.

Nie patrzy na mnie.

– Hej! Spójrz na mnie!

Potrząsam nią.

– Spójrz na mnie!

Robi to.

– Tu nic dla ciebie nie ma. Idź w tamtą stronę – wskazuję na zachód – i nie zatrzymuj się. Szukaj dobrych ludzi, którzy ci pomogą, i trzymaj się z dala od pozostałych. Słyszysz mnie?

Kiwa głową.

Chcę dać jej trochę jedzenia, wody i nauczyć ją, jak posługiwać się bronią, ale mogę tylko powiedzieć:

– Przeżyj. Uważaj na siebie.

Znowu kiwa głową i spogląda na zachód. Popycham ją delikatnie i błagam niebiosa, żeby zapewniły jej bezpieczeństwo. Żadna z moich modlitw wcześniej nie zadziałała, ale ze względu na nią mam nadzieję, że z tą będzie inaczej.

Bariera prawdopodobnie dotrze do wiaduktu za jakąś minutę, więc znowu próbuję dopilnować, żeby ludzie byli wtedy jak najdalej. Dla jednego człowieka to niewykonalne zadanie, więc jestem wdzięczny, gdy kilka przypadkowych osób przyłącza się do mnie i pomaga w usuwaniu ludzi z mostu.

Mimo to niektórzy podzielają przekonanie nastolatki, że energia przejdzie przez wiadukt, nie wyrządzając żadnych szkód. Wydaje się to dziwne, ponieważ anomalia nie ma raczej żadnych problemów z krojeniem ludzi. Z drugiej strony wszystkie pojazdy, które widziałem, wyglądały na nienaruszone, podobnie jak drzewa i bariery po obu stronach autostrady. Cokolwiek to jest, szkodzi chyba wyłącznie ludzkim tkankom.

Ściana jest już blisko wiaduktu.

– Nie podchodzić!

Klękam przy barierce rampy zjazdowej na wschód i podnoszę broń. Nie żebym spodziewał się, że zza bariery wyjdzie coś wrogiego – widzę tylko ludzi. Ich krzyki brzmią, jakby dobiegały spod wody i zza szyby. Ale sądząc po tym, jak patrzą na wiadukt, zdaje się, że myślą to samo co ja. Następne parę chwil wykorzystują na przygotowania do ucieczki przez mającą wkrótce powstać lukę.

Ale wiadomość o drodze ucieczki zdaje się działać na niekorzyść tych, którzy są najbliżej krawędzi bariery. Tłum jest coraz bardziej poruszony. Jeden z mężczyzn, którzy próbują zaprowadzić jakiś porządek, zostaje przyciśnięty do bariery. Ciało wybucha niebieskimi płomieniami, a następnie dematerializuje się w kaskadzie iskier. Gwałtowny koniec mężczyzny wpędza najbliższych ludzi w panikę, ale nie są w stanie się ruszyć, przygwożdżeni przez rosnący ścisk.

Odsuwam się od barierki i zaczynam wykrzykiwać komendy, ale domyślam się, że mój głos jest dla nich tak samo niesłyszalny jak ich słowa dla mnie. Patrzę w górę i widzę ścianę zaledwie o kilka cali od krawędzi wiaduktu. Przy odrobinie szczęścia bariera osłabnie i pozwoli stojącym najbliżej ludziom przejść bez szwanku. Ale w obecnej sytuacji tylko sekundy dzielą ich od stania się niefortunnymi ofiarami tłumu prącego ku wolności.

Przez pole energetyczne przechodzą górna część wiaduktu i bariera. Ale dół pola nie przestaje istnieć, choć wydaje się nieco ciemniejszy. Przez kilka następnych chwil pod wiaduktem dochodzi do przerażającej rzezi, gdy kurcząca się ściana wchodzi w tłum ludzi. Niebieskie płomienie pochłaniają ofiary dziesiątkami, żywiąc się z nienasyconym apetytem jak wygłodniała bestia.

Z cichą grozą widzę, jak tłum zaczyna rozumieć swój zbiorowy los i boleśnie powoli zaczyna zmieniać kierunek. Ale nie dość szybko. Ginie coraz więcej ludzi, a stworzona przez człowieka grota rozbrzmiewa krzykami uciekających i umierających. W końcu, gdy bariera przechodzi na drugą stronę wiaduktu, masy się rozpraszają.

Wszystko, co mogę zrobić, to stać i opłakiwać te porażające straty. Po raz kolejny czuję bezradność. Mam wrażenie, że nie ma od niej ucieczki. Spoglądam na moją broń i sprzęt i uświadamiam sobie, że w starciu z takim wrogiem są bezwartościowe. Stoję na ścieżce zniszczeń dokonanych przez wroga, przed którym czuję się bezsilny. Jakaś część mnie chce zawrócić. Naprawdę. Z takim zagrożeniem nie da się wygrać, a przynajmniej ja nie widzę na to szans. Lepiej zebrać rannych, opatrzyć ich i uciekać na wzgórza. Wojsko się tym zajmie i na pewno coś wymyślą. Jestem tylko wykończonym samozwańczym obrońcą ludzkości, którego przeszłość ma dość cieni, żebym wiedział, że powinienem teraz się odwrócić i pozwolić się tym zająć profesjonalistom.

Ale druga część mnie, być może znacznie młodsza, chce podążać za tą cholerną kopułą. Chce szukać szczelin w zbroi i biec przez noc. Błaga, żebym podjął walkę z wrogiem i wepchnął mu lufę do gardła, aż się zakrztusi i zdradzi swoje sekrety. Dwudziestoparoletnia wersja mnie, przekonana, że nie ma rzeczy niemożliwych, twierdzi, że musi być jakiś sposób – zawsze jest. Wbrew rozsądkowi słucham jej, przynajmniej przez chwilę, żeby przekonać się, czy z naiwnych ust nie wypłynie jakaś racjonalna myśl.

Sądząc po pożarach baz wojskowych na horyzoncie, dotarcie tutaj może zająć armii kilka godzin, może nawet dni. Kto to wie. To oznacza, że wróg jest dobrze poinformowany i działa strategicznie. Podobnie żaden z cywilów nie wydaje się na tyle opanowany, żeby sięgać myślą poza falę paniki. To znaczy żaden poza mną, bo przecież jestem już cywilem. Może zawdzięczam to doświadczeniu bojowemu, a może temu, że na wykopaliskach zetknąłem się już z czymś, czego nie potrafię wyjaśnić.

Mogę iść, ale czy to najmądrzejszy wybór?

Za sobą mam morze ludzi uciekających w mrok. Szukają schronienia, opłakują zmarłych i próbują zrozumieć to, co widzieli. Mógłbym pomóc im radzić sobie z burzą. Wykorzystać moją wiedzę, żeby ułatwić im przetrwanie.

Ale przede mną są niezliczone miliony, uwięzione w zaciskającym się pierścieniu śmierci. Ich przyszłość wygląda ponuro.

Nie mam jednak pojęcia, jak złagodzić ich ból, a tym bardziej ich los.

No i jest jeszcze moja chata na wzgórzu. Potrafię sobie wyobrazić, jak siedzę w bezpiecznym i odosobnionym miejscu; chroniącym mnie przed bólem życia sanktuarium, na które ciężko zapracowałem. Cały czas, nawet w tej chwili, spogląda na wschód, w stronę niebieskiej kopuły, zastanawiając się, kiedy do niego wrócę. Ale kiedy rozważam możliwości przede mną, uświadamiam sobie okrutną prawdę, że to nigdy nie nastąpi. Nie ma powrotu.

– Zginiesz, Wic – mówię. – Wiesz o tym?

Tak, cholera. I szczerze mówiąc, dawno mi się to należało. Równie dobrze mogę się tym w końcu zająć.

Słyszę kobiecy krzyk gdzieś za sobą. Odwracam się i widzę kobietę wskazującą południową granicę kopuły. Kilka innych osób krzyczy i zaczyna ponaglać tłum do ucieczki.

Patrząc na południe, widzę unoszące się po mojej stronie kopuły drony. Wyglądają jak czerwone pokrywki od kubłów na śmieci ze świecącymi niebieskimi panelami od spodu. Pod nimi dostrzegam jakiś pojazd sunący w moją stronę wiaduktem. Sądząc po tym, jak unosi się nad asfaltem, domyślam się, że nie pochodzi z tych okolic.

Rozdział 10

1:15, piątek, 25 czerwca 2027
East Orange, New Jersey
Autostrada międzystanowa 280 East

Tłum, który zebrał się, żeby zobaczyć, czy pole siłowe rozstąpi się nad wiaduktem, jest w pełnym odwrocie. Ludzie popychają się i poganiają członków rodziny, żeby ukryli się przed dronami i reflektorami. I słusznie. O ile ja widziałem wcześniej te maszyny, o tyle dla nich to pierwsze spotkanie z nimi. Ale instynkt podpowiada im, że mają związek z kopułą i grozą, jaką sprowadził.

Mimo to mnóstwo ludzi nie szuka kryjówki. Są zbyt zajęci opłakiwaniem zmarłych. Mniej więcej pięcioletnia dziewczynka błaga nieruchomą matkę, żeby wstała z pobocza autostrady. Dzieciak nie zdaje sobie sprawy z zagrożenia kierującego się drogą w stronę wiaduktu.

Te dzieci coś takiego już w sobie mają, stary. Nie myślisz o tym. Po prostu to robisz. Przez co na Bliskim Wschodzie niejeden z nas wpadł w kłopoty. Ale nawet tam potrzeba dużo czasu, żeby cofnąć każące je chronić prawo ludzkiej ewolucji. Przez co rzeczy, które ci dranie robili własnym dzieciom, stawały się jeszcze bardziej podłe.

Pędzę autostradą, chwytam dziewczynkę i zaciągam ją z powrotem do sterty pomarańczowo-białych, wypełnionych wodą znaczników przeszkody na drodze. Kiedy wsuwam się za beczki, widzę, jak pojazd pojawia się na szczycie rampy zjazdowej.

Dzieciak krzyczy.

Zasłaniam jej usta dłonią, a ona wgryza mi się w rękawiczkę. Nie dość silnie, żeby przebić skórę, ale wystarczy, żebym zaklął.

– Hej! Cicho.

Szamotanie słabnie, gdy na naszej osłonie ląduje światło reflektora i obmywa otaczającą trawę i jezdnię białym blaskiem.

Pojazd brzmi, jakby zwalniał, podobnie drony. Próbuję wepchnąć się z dzieciakiem głębiej między plastikowe beczki, ale te ani drgną. Bez osłony nad głową drony nas zauważą.

Na dodatek dziewczynka gryzie mnie mocniej w dłoń, ale udaje mi się ją uciszyć. Kopie i szarpie się pod moim drugim ramieniem. Mama dobrze ją wyszkoliła. Ale to nie mnie powinna się bać.

Głowę wypełniają mi obrazy ciała Lewisa przesuwającego się w kierunku portalu na Antarktydzie. Czuję, jak jego noga wyślizguje mi się z ręki, i widzę, jak jego ciało znika w polu energetycznym. To była moja wina i nie pozwolę, żeby to się powtórzyło.

Jeśli drony złapią mnie, dzieciak może mieć szansę.

– Kiedy powiem, pobiegniesz do tych drzew. Widzisz je?

Dziecko przestaje ze mną walczyć. Słucha. Dobrze.

– Biegnij tak szybko, jak potrafisz, i nie oglądaj się za siebie. Kiwnij głową, jeśli rozumiesz.

Potakuje.

– Dobra dziewczynka.

Drony są już blisko, niebieskie lasery skanują ziemię wokół nas. Nie mogę wyciągnąć lewego buta ze światła.

– Przygotuj się.

Kiwa głową.

– Hej! – krzyczy ktoś po prawej stronie.

– Tutaj!

Patrzę i widzę brzuchatego mężczyznę w średnim wieku, który ściąga buty. Potem rzuca jednym w drony.

– Chodźcie tu, dranie!

Rzuca drugim butem i biegnie.

Światło oddala się od naszej osłony i śledzi go. Ryzykuję spojrzenie i widzę niebieskie panele pod spodem drona, kiedy maszyna kieruje się w stronę nowego punktu zainteresowania.

– Teraz! Biegnij!

Popycham dziewczynkę na nogi i szturcham ją lekko.

– Nie oglądaj się za siebie.

Ucieka, pochlipując. Ale wyciągam już karabin i celuję w pojazd, na wypadek gdyby zwrócił na nią uwagę.

Nie robi tego, a dziewczynka znika w zaroślach.

Modlę się do Mikołaja, patrona dzieci, i proszę, żeby zapewnił jej bezpieczeństwo. Cholera, przecież to Święty Mikołaj. Ech, gwiazdkowy Mikołaj i tak pewnie lepiej mnie słyszy.

Tymczasem mężczyzna, który zaofiarował się za nią, został już złapany. Podobnie jak Lewisowi, w klatce piersiowej utkwiło mu coś w rodzaju rozciągliwego drutu. Gość skręca się i szarpie, kiedy dwa drony ciągną go pasem zieleni w kierunku pola siłowego.

Przez ułamek sekundy rozważam zestrzelenie dronów. Ale potem przypominam sobie, jak wytrzymałe są te cholery. Nie poradzę sobie z jednym, nie wspominając o dwóch. A jeśli w pojeździe są boty, to jestem już trupem.

Z walką wiąże się parę trudnych spraw, a to właśnie jedna z nich: trzeba wiedzieć, kiedy walka nie ma sensu. Ale nie masz czasu na rozmyślanie. Nie można się z tym przespać, zadzwonić do przyjaciela ani przez cały dzień szukać informacji. Decydujesz w jednej chwili, korzystając z informacji, które masz, a potem, zależnie od wyniku, żyjesz lub giniesz.

Przypomina mi się, jak na jakiejś katechezie usłyszałem, że Chrystus zostawił dziewięćdziesiąt dziewięć owiec, by pójść za tą jedną. Przez ułamek sekundy rozważam otworzenie ognia do maszyn, żeby uratować życie mężczyzny. Ale jeśli to zrobię, praktycznie będę trupem. A to oznacza, że więcej dziewczynek podobnych do tej, którą właśnie pogoniłem do lasu, nie będzie miało żadnych szans.

Poza tym facet wiedział, co robi. Ratował dziecko. Dokonał wyboru, nawet jeśli nie znał wszystkich konsekwencji.

Drony schodzą pod wiadukt i ciągną mężczyznę w kierunku oddalającego się pola energetycznego. Równocześnie widzę, jak pojazd skręca z wiaduktu i rusza pod prąd rampą wjazdową.

Kiedy bezpośrednie zagrożenie oddala się, podnoszę się, żeby dotrzymać im kroku. Owszem, ryzykuję, ale chcę wiedzieć, co jest grane. Przy tak małej ilości informacji o nieprzyjacielu liczy się każdy szczegół.

Trzymając się cienia, przemykam pod wiaduktem i obserwuję,

jak drony i pojazd spotykają się pod ścianą kopuły. Wszystkie zwalniają, co oznacza, że wkrótce wydarzy się coś ważnego.

Bez oślepiających mnie reflektorów pojazd wygląda jak futurystyczny transporter opancerzony. Podwozie w kształcie litery V rozświetlają niebieskie panele, podobne do tych na dronach. Przód ma kształt trójkąta, którego czubek opada pod stromym kątem w stronę ziemi. Nadwozie ma kształt pozbawionego okien cylindra z opancerzonymi drzwiami z tyłu. A cały czarny korpus pokrywa purpurowy pancerz, podobny do tego na robotach. Pojazd zdobią żółte i białe oznaczenia, ale nie rozumiem ich znaczenia.

I choć nie jestem pewny, jak roboty klasyfikują kaliber swojego uzbrojenia, nad kabiną kierowcy zamontowano wrednie wyglądające sprzężone lufy o sporej średnicy, podczas gdy nad przedziałem tylnym widzę reflektory i mały podnośnik. Gdybym miał zgadywać, to biorąc pod uwagę kontekst, powiedziałbym, że to jakiś bojowy wóz rozpoznawczy.

Tylne drzwi otwierają się i wychodzą z nich dwa roboty zwiadowcze, które widziałem na Antarktydzie – te bez karabinów i pancerza na głowie. Obchodzą BWR – to ja go tak nazwałem, nie one – i kierują się w stronę pola siłowego.

Zaciekawiony, wychodzę z cienia w nadziei, że przyjrzę się lepiej, co kombinują. To niebezpieczne, ale jeśli chcesz dowiedzieć się czegoś o nieprzyjacielu, musisz ryzykować.

Ku mojemu zdumieniu oba roboty wkraczają bez szwanku w pole energetyczne. Wydaje się, że coś w ich pancerzu tworzy między nimi przerwę w polu. Kiedy tylko otwiera się okno do wnętrza kopuły, słyszę krzyki ludzi po drugiej stronie. Ale roboty wydają się niewzruszone wołaniem o pomoc i unoszą dłonie, by strzelać do uwięzionych w środku ludzi.

Drony opuszczają brzuchatego mężczyznę u stóp robotów i cofają się. Wtedy droidy chwytają gościa i przerzucają go przez otwór, żeby dołączył do reszty w środku. Następnie odłączają się od pola energetycznego i okno w kopule zatrzaskuje się.

To znak, żebym wracał do kryjówki. Wbiegam w cień i przyklękam, z nadzieją, że mnie nie zauważyły. Roboty idą z powrotem na tył BWR i wchodzą do środka, podczas gdy drony odlatują. Następnie pojazd przecina pas zieleni i zachodni pas autostrady, po czym wślizguje się na zjazd, jadąc dalej na północ.

Odczekuję kilka sekund, a potem schodzę z wiaduktu. Dalej wspinam się na nasyp po wschodniej stronie rampy i chowam się za barierą wiaduktu, obserwując kopułę.

Czy to wszystko właśnie się wydarzyło? Przecieram oczy i sprawdzam godzinę – 1:26. Ciało mam zmęczone, ale umysł jest ożywiony i trochę przerażony tym, co właśnie widziałem.

Biorę kilka głębokich oddechów i zastanawiam się nad jedną z dziwnych cech ludzkiego mózgu: zdolnością do przekształcania się, szczególnie w obliczu rzeczy, których nie rozumie. To się chyba nazywa neuroplastyczność czy jakoś tak.

Szczerze mówiąc, dopóki nie zobaczyłem kopuły z mojej chaty, starałem się zapomnieć o wydarzeniach na Antarktydzie. A to, czego nie dało się odzobaczyć, zacząłem odpychać. Niektórzy oskarżyliby mnie o wyparcie. Ale to nie tak, że odrzucam to, co widziałem. Po prostu nie wierzę w wyjaśnienia Aarona i doktora Walkera. Jasne, możecie nazwać to samoobroną. Ale dla mnie to logika.

Jakie są szanse, że miliard lat temu, czy kiedy tam chcą, jakaś obca cywilizacja zrzuciła tu ten pierścień? A może, tylko może, to pozostałość po II wojnie światowej, kiedy Stany Zjednoczone wypróbowywały któryś z dziwacznych sposobów na pokonanie wrogów. Nawet podczas zimnej wojny było dość dużo szalonych operacji, żeby wypełnić setkę powieści science fiction. Projekt Iceworm, eksperymenty w arsenale w Edgewater i projekt Stagate, że wymienię tylko parę. Tyle że to nie było science fiction, a stało się naprawdę. I Boże, mylili się na tak wielu poziomach.

Nawet po tym, co właśnie zobaczyłem, wciąż uważam, że sprawa ma więcej wspólnego z nami, z ludzkością, niż z szaloną teorią doktora Walkera, niech spoczywa w pokoju. Ponieważ jak dotąd nie widziałem jeszcze zielonych ludzików. Widziałem za to bandę szalonych robotów, które nie są tak dalekie od Terminatorów z fantastyki mojego dzieciństwa. A to oznacza, że koniec końców nadal jesteśmy sami we wszechświecie. To dobra wiadomość. Zła jest taka, że tkwimy tu sami z sobą i bez przerwy wymyślamy szalone sposoby na to, żeby się wzajemnie pozabijać.

Kopuła nadal się kurczy, oddalając się na wschód, kiedy słyszę, jak coś porusza się na drodze po mojej prawej stronie.

– Towar, stać! – mówi cyfrowy głos.

Na początku myślę, że to jakiś dzieciak żartuje sobie ze mnie albo coś w tym rodzaju. Odwracam się w prawo w chwili, kiedy dwa strumienie intensywnego światła biją w moją twarz. Osłaniam oczy i widzę, że to bot: widocznie sprząta po imprezie. Cholera.

– Niezastosowanie się do polecenia poskutkuje terminacją – mówi.

Widzicie? Boty stworzone przez człowieka, które mówią po angielsku.

– Odłóż broń.

– Ani mi się śni, dupku!

Podnoszę SCAR i naciskam spust. Pierwsze pociski rozbijają światła na torsie, za co dziękuję niebiosom. Następne kule wśród gradu iskier odbijają się z wizgiem od pancerza i wzmacniają w odwecie brzęczenie w moich uszach. Za to nie jestem już tak wdzięczny.

Kiedy bot podnosi na mnie odwróconą dłoń, wiem, że muszę odskoczyć. Paraliżujący pocisk mija mój brzuch i przetaczam się przez podwójną żółtą linię na środku jezdni. Potem podnoszę się i znowu strzelam, rażąc brzuch robota i mając nadzieję, że trafię w szczelinę między płytami pancerza. Nie żebym był przekonany, że szkielet jest słabszy, ale zawsze warto pomarzyć, prawda?

Drugi i trzeci strzał robota odbijają się od chodnika i uderzają w barierkę po drugiej stronie. Chowam się za nową hondą civic zaparkowaną na południowym pasie. To pozwala mi przechytrzyć wroga. Podejrzewam, że myśli, że wybiegnę z przodu, więc cofam się na tył samochodu. I rzeczywiście, bot pochyla się nad maską, gdy wypuszczam kilka strzałów w dolną część jego pleców. Nie jestem pewny, czy odcinek lędźwiowy jest fabrycznie słaby, ale jeśli te droidy są choć trochę do mnie podobne, to pewny strzał.

Kule odbijają się rykoszetem od nawierzchni i dziurawią lewy przedni panel hondy. Ale bot, jakby niewzruszony, odwraca się do mnie.

Czas ruszać.

Cofam się za tył samochodu, gdy kolejny niebieski pocisk laserowy przemyka mi obok głowy. Zapach spalonego ozonu miesza się z wonią zużytych pocisków .308. Ponieważ trzy ostatnie naboje smugowe sygnalizują koniec magazynka, przygotowuję świeży, wyrywając go z kamizelki. Kiedy rygiel zamka blokuje się po powrocie, wyciągam zużyty magazynek, wciskam nowy na miejsce i wpycham pusty do kieszeni bojówek, wszystko w dwie sekundy. Gdy przetaczam się na prawą stronę samochodu i kucam po stronie pasażera, pojazd oddala się ode mnie. To znaczy, podnosi go robot.

Tego nie da się zmyślić.

Ruszam dupę do następnego pojazdu, z nadzieją, że jest większy od hondy, bo wiecie, robot zwiadowczy potrafi podnosić samochody, jakby były podpałką. Po prostu świetnie.

Słyszę huk civica gdzieś za sobą i nawet nie próbuję się obejrzeć. Jestem pod wrażeniem. Znajdźmy teraz sposób, żeby to zakończyć.

Kolejne dwa strzały chybiają mnie, kiedy schylam się za przodem pickupa forda F-150 z wczesnych lat dwutysięcznych. Poza nieubłaganą ilością ołowiu rozpylanego przez kilka drużyn ogniowych, których nie mam, jedynym znanym mi sposobem na obezwładnienie bota jest wwiercenie się w tułów od podstawy szyi. A ostatnio osłaniał mnie przy tym nieustraszony Rosjanin.

Coś przychodzi mi do głowy. Pomysł nie podoba mi się, ale nie mam zbyt wielu możliwości.

Zarzucam karabin na szyję, wyjmuję glocka i czekam, aż odgłos stóp robota zbliży się do F-150. Zakładam, że stwór nie zdecyduje się złapać tylnego zderzaka i odrzucić pickupa na bok. Mikołaj chyba ma na mnie oko, bo robot idzie od strony pasażera.

– Dziękuję – szepczę w stronę Bieguna Północnego, domyślając się, że zarówno Mikołaj, jak i Szef pilnują mojej szóstej.

Wskakuję na maskę i niczym dzieciak, który po raz pierwszy widzi plac zabaw w McDonaldzie, wbiegam na dach kabiny.

Oczywiście bot mnie zauważa, ale dopiero kiedy chwytam go za naramiennik i wskakuję mu na plecy.

Teraz jest wkurzony i zaczyna rzucać się tam i z powrotem. Próbuję wbić lufę pistoletu w jamę klatki piersiowej, ale utrudnia to wysunięty tłumik. Od razu żałuję, że nie zdjąłem go wcześniej.

Za sobą widzę, że sięgająca do pasa bariera wiaduktu zbliża się niebezpiecznie. Do jezdni w dole jest dobre dwadzieścia stóp. Bot cofa się o dwa kroki, co oznacza, że muszę się ewakuować.

Ale nie mogę.

Ręka zaklinowała mi się pod naramiennikiem.

Słyszę głośny brzęk i przewracamy się do tyłu.

Przez chwilę wyobrażam sobie, jak miażdży mnie ogromny ciężar robota, i na tę myśl czuję zastrzyk adrenaliny. Ale nie mogę nic zrobić. Jesteśmy w powietrzu, a żołądek skręca mi się w środku.

Ale bot również się okręca. Widzę, jak blask kopuły znika, a potem pojawia się ponownie w górnej części pola widzenia.

Uderzam klatką piersiową w plecy bota. Ułamek sekundy później dołączają do nich kończyny i głowa. Drobinki światła tańczą w polu widzenia jak świetliki na polach wokół mojej chaty. Tam jest tak pięknie. Nie mogę się doczekać powrotu.

Bot próbuje wstać.

Mrugam, a potem na ślepo wbijam glocka w korpus przeciwnika, z nadzieją, że nie celuję w jakiś sposób w komandora Wacka. Następnie oddaję trzy strzały, jeden po drugim. Błysk i głośny dźwięk dezorientują mnie jeszcze bardziej. Ale bot pada z hukiem na ziemię, a ja czuję dzwonienie w uszach i rozdzierający ból głowy.

Z klatki piersiowej maszyny unoszą się kłęby dymu, którym towarzyszy zapach palącej się elektryki. Robot wygląda na tyle martwo, żebym mógł schować broń i stoczyć się z jego pleców.

Boli mnie, ale żyję, teraz tylko to się liczy. To i fakt, że nie zostałem wrzucony do kopuły.

Z drugiej strony co, jeśli to właśnie tam powinienem teraz być? Cholera. Pojawia się myśl, że może to, co ją zasila, nie znajduje się wcale poza nią…

A w środku.

– Mikołaju, pomóż – mówię, leżąc na plecach i odszukując na nocnym niebie Gwiazdę Polarną.

Od ośmiu tygodni jestem na emeryturze i już przyzwyczaiłem się do tych cholernych gwiazd. Wydają się jaśniejsze bez świateł miasta, nawet w blasku kopuły. Chciałbym tylko wrócić do mojej chaty, żeby się nimi cieszyć. Ale coś mi mówi, że obserwacja gwiazd na jakiś czas nie wchodzi w grę.

Odwracam głowę w stronę wędrującej na wschód bańki. Stamtąd pewnie nie widać gwiazd. Dranie.

Nagle słyszę w oddali obroty silnika i widzę, jak od południa w wiadukt bije światło reflektorów. Kolejny patrol? Cholera, te roboty są nieubłagane.

Odrywam obolałe ciało od ziemi, poprawiam hełm i podnoszę karabin. Wracam do tych samych plastikowych beczek, za którymi kryłem się z dziewczynką, kiedy pojazd zatrzymuje się z piskiem opon. To klocki hamulcowe, i to stare. Ryzykuję spojrzenie i widzę na szczycie rampy błękitnego jeepa CJ7 z 1979 roku.

– Wysiadać, suki! – mówi pełen werwy kobiecy głos, kiedy gaśnie silnik. – Chcę wiedzieć, czy ten, kto strzelał, jeszcze żyje.

Rozdział 11

1:43, piątek, 25 czerwca 2027
East Orange, New Jersey
Autostrada międzystanowa 280 East

– Zostańcie tam, gdzie jesteście! – krzyczę swoim najbardziej stanowczym głosem, kucając za osłoną.

Cała trójka nowo przybyłych obraca się na miejscu i kieruje broń w moją stronę.

Odzywa się kobieta; na tyle cicho, że wiem, że nie mówi do mnie.

– Wygląda na to, że go znaleźliśmy.

Potem nieco głośniej dodaje:

– Nie chcemy żadnych kłopotów.

– W takim razie najlepiej ruszajcie w swoją stronę.

Kobieta odwraca głowę, próbując wskazać moją lokalizację.

– Jesteś z nimi?

Marszczę czoło.

– Czyli?

– Obcymi.

– Masz na myśli roboty. Nie. A wy?

– Skąd, do cholery. Próbujemy niszczyć skurkowańce. Właśnie zdjęliśmy patrol, kiedy usłyszeliśmy strzały na północy. Wygląda na to, że znaleźliśmy źródło.

Następnie opuszcza broń i podnosi drugą rękę.

– Chodź porozmawiać.

Wskazuje, aby pozostała dwójka zrobiła to samo. Wydają się niechętni, ale ostatecznie idą w jej ślady.

Podnoszę się z ukrycia i idę w górę rampy, nie przestając do nich celować. Są wyposażeni i gotowi do akcji. Zdecydowanie wojskowi, a przynajmniej byli wojskowi. Wygląda na to, że mam przed sobą wojska lądowe, lotnika – zdradzają go klapki i kubek podróżny – oraz cholernego marine.

– Semper fi – mówię, podchodząc do pojazdu.

Sprawdzam grunt.

Marine wydaje się spokojniejszy.

– Urra.

Odwraca się do pozostałych.

– To brat.

– Widzę – mówi kobieta, podając mi rękę.

Nosi insygnia sierżanta wojsk lądowych i trzyma na piersi AR15 z tłumikiem. Ma stalowy uścisk dłoni, pięć stóp siedem cali wzrostu, sto pięćdziesiąt funtów wagi, i stoi, jakby wiadukt należał do niej. Ma też śliczną twarz i ciemne oczy, ale coś mi mówi, że jej uroda wciągnęła wielu facetów w walkę, której nie mogli wygrać.

– Nazywam się Susanne Catania. Ale możesz mi mówić Hollywood.

– Była aktorka?

Kręci głową.

– Jedyna dziewczyna z Jersey, która nie znosi dramatów. I lubię okulary przeciwsłoneczne.

– Pasuje.

Kiwa głową w kierunku marine, który nosi szewrony starszego szeregowego.

– To Laszlo.

– Z-Lo – mówi dzieciak korygującym tonem.

– Urra – mówię i zderzamy się pięściami.

Jest kilka cali wyższy i szerszy ode mnie, a to coś znaczy. Wygląda na to, że parę razy miał złamany nos, i widzę, że po lewej stronie głowy ma ucho zapaśnika. Ale sądząc po stopniu, nie wydaje mi się, żeby widział kiedyś walkę, więc obrażenia muszą pochodzić z czasów sprzed zawarcia znajomości z oficerem werbunkowym. Dzieciak to naprawdę brzydki sukinkot i prawdopodobnie potrafi walczyć. Przed sobą ma IWI TAVOR, a na plecach strzelbę Mossberg 590A1 i bandolier z dwudziestoma pociskami. Ten młody jest specem od otwierania drzwi z kopa.

– A to sierżant sztabowy Ken Yoshida – mówi Hollywood.

– Siły Powietrzne? – pytam, zauważając na lewym ramieniu naszywkę ratownika lotniczego.

– Nie jestem tak bezwartościowy, na jakiego wyglądam – mówi Yoshida, ściskając mi dłoń.

– Wcale tak nie pomyślałem.

– Kłamca.

Śmieje się.

– Mów mi Yoshi.

– Jak w…

– Jak w tej grze wideo. Zgadza się.

Lubię tego gościa. A jeszcze bardziej podoba mi się FN SCAR 15, który nosi.

Ci ludzie zjawili się tutaj gotowi do walki i szanuję to. Ciekawi mnie też, dlaczego są tu sami.

– A ty? – pyta Hollywood.

– Jestem Wic.

– Tak masz na imię?

– Tak, jeśli wziąć pod uwagę, że jestem białym Irlandczykiem i niereformowalnym katolikiem.

Uśmiecha się i wydaje się rozumieć akronim.

– Czyli były marine.

– Coś w tym stylu.

– No cóż, coś w tym stylu. – Spogląda na martwego robota na środku autostrady. – Lepiej ruszajmy, zanim ten patrol zawróci, żeby dowiedzieć się, co zrobiłeś ich kumplowi.

Podnoszę brew.

– Mówisz z doświadczenia?

– Może odrobinę większego niż twoje. Jak mówiłam, starliśmy się z paroma enpeelami na południe stąd i kiedy wszystko ucichło, musieliśmy się przenieść.

– Tylko wasza trójka?

Biorąc pod uwagę to, co widziałem na Antarktydzie, wydaje się to zaskakujące.

– Jest jeszcze trzech – mówi Z-Lo. – No wiesz, trzymają fort. My to drużyna ogniowa i takie tam gówno. Gdziekolwiek trafimy, kopiemy tyłki, zbieramy nazwiska i zostawiamy wizytówkę. Urra.

Ściągam usta i kiwam lekko głową.

– Świetnie.

– Chcesz do nas dołączyć? – dodaje Z-Lo. – Jesteś tak jakby Raiderem, prawda?

Rzucam mu spojrzenie.

– Po czym tak sądzisz?

– Po twoim sprzęcie, tatuśku. A to podrasowany FN SCAR 17. Tylko jeden oddział marines je nosi.

– Prawda.

Może dzieciak nie jest taki tępy, na jakiego wygląda. Ale nadal jest irytujący. Przekierowuję rozmowę do Hollywood.

– Jak daleko na południe?

– Kilometr, może dwa – mówi Z-Lo.

– Pytałem panią sierżant, mistrzu.

Z-Lo spuszcza z tonu.

– Dobrze. Przepraszam.

– I dla ciebie jestem Gunny.

Nawet w niebieskim świetle widzę, jak krew odpływa mu z twarzy. Potem salutuje.

– Boże, opuść rękę – mówię, zdając sobie sprawę, jak świeży musi naprawdę być.

Ale pozwolę mu myśleć, że jestem w czynnej służbie, przynajmniej przez jakiś czas. Może będzie trzymać gębę na kłódkę.

– Przepraszam, starszy sierżancie zbrojmistrzu, sir.

Kiwam mu lekceważąco głową, a potem wracam wzrokiem do Hollywood, żeby kontynuować rozmowę.

– Zaszyliśmy się na stacji benzynowej o kilometr na południe – mówi.

– Masz brykę?

– Mam.

Wskazuję na zachód w kierunku drzew.

– Dobrze. Spróbuj za nami nadążyć.

– Zrobię, co w mojej mocy.

* * *

FJ40 był dokładnie tam, gdzie go zostawiłem, nieruszony. Wsadziwszy siatkę maskującą do wozu, wyjechałem z lasu i pokonałem krótką drogę do rampy zjazdowej, gdzie czekał na jałowym biegu jeep, gotowy do jazdy na południe. Gdy podjechałem, ruszył pędem z wyłączonymi światłami.

Nadążyć za nią? Stary, Hollywood wcale nie żartowała.

Przez trzydzieści sekund z trudem dotrzymuję jej tempa, gdy przemyka między samochodami unieruchomionymi na podmiejskiej drodze. Na szczęście wygląda na to, że większość cywilów już uciekła, inaczej prędkość byłaby zbyt ryzykowna. Mimo to martwię się, że jakiś niepodejrzewający niczego pieszy wyjdzie przypadkiem na jezdnię i rozjedziemy go. Najwyraźniej pani sierżant nie podziela tych obaw.

Hollywood lawiruje dalej zadrzewioną lekko ulicą, gdy po raz pierwszy od minuty zapalają się czerwone światła stopu. Przed nami widzę znajome kształty kanciastej markizy i nieczynny ledowy wyświetlacz cen. Stacja paliw. Jeep wjeżdża na tyły. Idę w jego ślady i parkuję obok HMMWV z 1983 roku. Ktoś tu wie, czym jeździć.

– Trochę wolno ci tam szło – mówi Hollywood, zatrzaskując drzwi.

Yoshi wysiada od strony pasażera, a Z-Lo wyskakuje przez otwartą pakę.

– Zaraz, to był wyścig?

Zamykam land cruisera i rezygnuję z kamuflażu.

– Następnym razem będę pamiętał.

Chichocze i odwraca się w stronę dwupiętrowego budynku głównego.

– Chodź.

Reflektory zapalają się, kiedy Hollywood prowadzi nas przez alejki w sklepie spożywczym lub to, co z nich zostało. Sklep został splądrowany, co w tych okolicznościach wcale mnie nie dziwi. Ale w przeciwieństwie do uczestników zamieszek, którzy skupiają się na wybijaniu okien i niszczeniu prywatnej własności, padlinożercy zostawili tu prawie wszystko nietknięte, a zamiast tego poszli prosto po jedzenie. Sprytnie.

Drzwi w sekcji chłodziarek prowadzą do tylnego magazynu, gdzie jest klatka schodowa na piętro. Od małego korytarza odchodzą dwa biura i jakieś pomieszczenie, które wygląda na kiepsko utrzymane mieszkanie. Ale Hollywood wspina się na kolejne schody, które zakręcają i prowadzą na dach. Popycha właz i zapowiada się głośno.

– Macie coś? – pyta, wychodząc z klatki schodowej.

Wychodzę za nią i widzę dwóch ludzi. Jeden leży na brzuchu przy wschodnim krańcu, drugi klęczy przy południowo-wschodnim narożniku.

– Nie – mówi leżący cichym, chrapliwym głosem.

Przed sobą ustawił barretta M82A1 50BMG z tłumikiem QDL, a obok leży remington 300 WinMag. Nie ma wątpliwości, jaka jest – lub była – jego specjalność wojskowa. Jego mundur nie jest do końca zgodny z regulaminem.

– Ale domyślam się, że niedługo ruszą w tę stronę – mówi drugi mężczyzna, opuszczając lornetkę Steinera.

Hollywood klęka na dachu i przywołuje mnie gestem.

– To jest Duch.

Snajper zerka przez ramię i zderza się ze mną pięścią, ale nic nie mówi.

– Wic – odpowiadam.

Kiwa głową i wraca do noktowizora ATN X-Sight.

– To Polanski – dodaje Hollywood, wskazując na mężczyznę z lornetką.

Nie wiem, ile facet ma wzrostu, ale jest dobrze zbudowany i ma pod pachą standardowy wojskowy M4.

– Cała przyjemność – mówi Polanski.

Cień rzucany przez hełm ukrywa twarz, ale wygląda na to, że się uśmiecha. Każdy tak przyjazny w podobnej sytuacji jest nakręcony życiem, dragami albo walką.

Kiwam mu głową i wracam do Hollywood.

– Powiedziałaś, że było jeszcze trzech? Gdzie jest ostatni?

Przytakuje.

– W drodze. Powiedział, że chce przeprowadzić szybki zwiad, ponieważ to dla nas nowa sytuacja.

Lubię czujność.

Właśnie wtedy słyszę wyraźnie zbliżający się od południa odgłos jednego z najbardziej kultowych silników na świecie.

Patrzę na Hollywood.

– Czy to…?

– Aha – odpowiada, uśmiechając się półgębkiem.

– Chodź.

Zbiegamy z powrotem po obu kondygnacjach i przechodzimy przez sklep spożywczy, kiedy do stacji benzynowej podjeżdża nieoświetlony żółty VW 181. Kierowca wyłącza silnik i podjeżdża do frontowych drzwi stacji.

To duży facet, prowadzący pojazd z drogim noktowizorem na oczach. Na tylnym siedzeniu ma pełno sprzętu.

– Co tam? – mówi pewnym siebie barytonem, po czym podnosi gogle.

Brzmi, jakby pochodził ze Środkowego Zachodu, może z Detroit.

– Znalazłaś nam nowego przyjaciela?

– To Wic – mówi Hollywood, kiwając w moją stronę głową. – Wic, to Zderzak.

Volkswagen chwieje się, kiedy facet wysiada, zatrzaskując drzwi. Stalowy uścisk dłoni i mundur z cyfrowym kamuflażem pustynnym typu II mówią mi, że to prawdziwy twardziel. Nic dziwnego, że przeprowadzał samotnie zwiad.

– Miło cię poznać – mówię. – SEAL?

Przytakuje.

– Raider?

– Tak.

To właśnie wysoce sformalizowany i niezwykle szczegółowy rytuał powitania między najlepiej wyszkolonymi wojownikami dwóch siostrzanych rodzajów broni. Oba rodzaje jedzą też dużo kredek.

Hollywood odchrząkuje.

– No dobra, skoro wasz męski romans jest w pełnym rozkwicie, czy możemy wracać do pracy?

– Co masz na myśli? – pytam.

Hollywood patrzy na Zderzaka.

– Znalazłeś coś?

– Wygląda na to, że nasze starcie na południu przyciągnęło uwagę. Zmierza tu dwóch zwiadowców.

Hollywood pochyla brodę w stronę przymocowanego do kamizelki radia.

– Słyszałeś, Duchu?

– Potwierdzam – mówi snajper.

– Najlepsze miejsca są na górze – mówi do mnie. – Chyba że chcecie się tu poprzytulać.

– Lubię siedzenia na balkonie. Prowadź.

* * *

Nie zajęło mi dużo czasu ogarnięcie, że to Hollywood tu rządzi. Nie jestem przekonany, że przewyższa wszystkich rangą, ale z pewnością ma pozytywne nastawienie i asertywną osobowość kogoś przyzwyczajonego do wydawania innym poleceń. Co mi pasuje, bo dowodzenie jest ostatnią rzeczą, której mi teraz trzeba. Cholera, jeśli natkniemy się na więcej takich operatorów, to pakuję walizki i wracam do domu.

Klękamy z Hollywood obok Z-Lo, który pełni funkcję obserwatora przy Duchu, podczas gdy Polanski osłania budynek od północy, szukając wszelkich robotów, które mogłyby zjawić się od strony mojej ostatniej potyczki.

– Jakieś czterysta jardów i szybko się zbliżają – mówi Z-Lo do Ducha.

– Znaczy, cholernie szybko.

– Trzysta dwadzieścia pięć – odpowiada snajper z rozwodnionym południowym akcentem. Może z Teksasu. – I idą zwykłym krokiem.

Z-Lo opuszcza lornetkę i wtedy zauważa, że klęczę obok.

– Byłem blisko.

– Jasne – odpowiadam. – Strzelasz, snajperze?

– Mhm – odpowiada Duch.

– Im dalej je zdejmiemy, tym mniej zwrócimy na siebie uwagi – dodaje Z-Lo.

– Tak to zwykle działa.

Patrzę na Hollywood.

– Ile załatwiliście?

– Robimy to, od kiedy pojawiła się bańka – odpowiada. – Jak dotąd mamy na koncie pięć.

– Pięć? To… dobra robota.

Biorąc pod uwagę to, jak kiepsko poradziły sobie moje siły na Antarktydzie, to imponujące. Z drugiej strony tamte drużyny były młode i wróg miał nad nimi pod kilkoma względami przewagę strategiczną.

– Ale to nie nimi musisz się martwić.

Unoszę brew.

– O?

– Może zakryjcie uszy – mówi Duch.

Mój chroniczny szum w uszach jest mu za to wdzięczny.

Sekundę później jego pięćdziesiątka wydaje z siebie szczeknięcie. Nawet z charakterystycznym tłumikiem QDL jest głośniejsza niż większość broni.

– Usmażyłeś go – mówi Z-Lo, klepiąc snajpera po ramieniu.

Duch rzuca młodemu poirytowane spojrzenie, a następnie wraca do lunety.

Z-Lo też spogląda w lornetkę.

– Drugi patrzy w naszą stronę.

– Mm-hmm – mówi Duch, po czym posyła drugi pocisk.

Domyślam się, że przeciwpancerny.

– Tak, cholera! – krzyczy Z-Lo. – Cel wyeliminowany. Powtarzam…

– Jestem tu, młody – mówi Duch.

Spogląda na Hollywood.

– Czas ruszać.

Kiedy Duch zbiera swoją broń, oglądam się na Hollywood.

– Co chciałaś powiedzieć? O tym, czym musimy się martwić.

– Anioły śmierci. To dopiero odjazd. Mają jakieś dziwaczne moce.

– Chcesz powiedzieć, że istnieje trzeci rodzaj botów?

– Nie botów.

Hollywood kręci głową, a potem rzuca mi zaciekawione spojrzenie, otwierając prowadzący do środka właz.

– To kosmici, człowieku.

– Kosmici?

Przechyla głowę w moją stronę.

– Dobrze się czujesz?

– Tak, tylko…

– Zaczekaj chwilę. To znaczy, że jeszcze ich nie widziałeś?

Wzdycham.

– Słuchaj, widziałem wiele rzeczy, których nie potrafię wytłumaczyć. Ale nie wiem, czy posunąłbym się do tego, żeby nazwać ich kosmitami.

– Nie widział ich – mówi Z-Lo, idąc obok mnie po schodach.

– Nie widział – dodaje idący za nim Polanski.

Duch po prostu klepie mnie po ramieniu.

Nagle czuję się jak puenta dowcipu, którego nie zrozumiałem.

Hollywood przewraca na mnie oczami i zeskakuje przez właz.

– Kogoś tu trzeba rozdziewiczyć. Chodź.

* * *

Jesteśmy zajęci ładowaniem się do trzech pojazdów na tyłach, kiedy Zderzak wyjeżdża zza ściany swoim VW.

– Od południa zbliżają się dwa kolejne. Wersje szturmowe.

To nie jest dobra wiadomość. Chociaż imponuje mi celność

Ducha, wcześniej strzelał do robotów zwiadowczych, z dystansu, mając po swojej stronie element zaskoczenia. Roboty bojowe to zupełnie inna historia.

– Dlaczego im po prostu nie uciekniemy? – pytam.

– Nic z tego – mówi Hollywood, odbezpieczając AR15. – Kiedy cię namierzą, będą za tobą iść, dopóki ich nie zdejmiesz.

Rozumiem i kiwam głową.

– A ponieważ zmierzają właśnie w naszą stronę…

– Wyczuły nasz zapach – mówi Zderzak. – A właściwie wyczuły Z-Lo.

– Słyszałem to.

– Są jak psy gończe – dodaje Duch.

Mimo wbicia świeżego magazynka w potężną broń sprawia wrażenie znudzonego. Zauważam też, że serdeczny palec na jego lewej dłoni kończy się na drugim stawie.

– Istnieje tylko jeden pewny sposób, żeby je zgubić.

Odbezpieczam SCAR.

– Doświadczenie podpowiada, że niewiele jest problemów, których nie można rozwiązać ścianą ołowiu posłaną w stronę wroga.

To nakręca wszystkich i dają temu wyraz.

– Kto dowodzi? – pyta Zderzak.

Hollywood spogląda na mnie.

– O nie! – Zaprzeczam gestem. – To ty organizujesz tę imprezę. Nie ma potrzeby psuć tego, co działa.

Przytakuje, po czym spogląda na drużynę.

– Duch i Yoshi, ustawcie się przy prawym narożniku budynku. Zderzak, lewa flanka za śmietnikiem. Wic, ty i Z-Lo za tym SUV-em. Polanski, idziesz ze mną.

Wszyscy przytakują.

– Na jakim kanale jesteście? – pytam.

Zderzak podaje mi częstotliwość radiową, po czym dodaje:

– Wystarczy ci ta plastikowa zabawka?

Uśmiecham się. Słyszałem już sealsów docinających raidersom z racji naszego uzbrojenia.

– Wiesz, co mówią…

– Co takiego?

– Nasze plastikowe pukawki są lepsze niż wasze plastikowe…

– Spadamy stąd – mówi Hollywood, chroniąc się za lewym przednim narożnikiem budynku.

Polanski idzie w jej ślady.

Zderzak, Duch i Yoshi odbijają od nas, a Z-Lo i ja chowamy się za nowym fordem. Drzwi SUV-a są nadal otwarte, a fotelik ustawiony tyłem do kierunku jazdy podpowiada, że samochód należy do młodej rodziny. Należał. Mam nadzieję, że są teraz naprawdę daleko stąd, bo ich wózek dla dziecka przyjmie za chwilę parę poważnych trafień.

Obrazy przelatują mi przez głowę, kiedy przypominam sobie roboty szturmowe, które wybiły trzy plutony rosyjskich, brytyjskich i amerykańskich sił bezpieczeństwa. Teraz mamy ułamek tej siły ognia, a do pokonania jeszcze dwa boty. Nie podoba mi się ten stosunek sił. Z drugiej strony wtedy mieliśmy zaledwie kilka sekund na ocenę wroga i byliśmy nieprzygotowani. Za to teraz mamy po swojej stronie otoczenie przedmieścia, dobrą osłonę i element zaskoczenia.

No dobra, może szanse nie są takie małe, jak je przedstawiam. Ale nadal mam przeczucie, że ktoś zginie, a wtedy kłócąc się ze świętym Piotrem przy bramie, będę mieć kolejną duszę na sumieniu. To znaczy, o ile w ogóle tam dotrę. Ława przysięgłych jeszcze nie ogłosiła wyroku.

– Spróbują cię złapać, jeśli to możliwe – mówi obok mnie Z-Lo. – Zastrzelą, jeśli się nie uda.

– Tak?

Potakuje.

– Wcześniej załatwiły dwóch napotkanych przez nas szeregowych, którzy zmierzali w tę stronę.

– Przykro mi to słyszeć.

Bierze głęboki oddech.

– Jeśli spróbują mnie zabrać, nie dam się bez walki. Wiesz, o czym mówię, człowieku, prawda? To znaczy, wie pan, Gunny?

Mam już udzielić odpowiedzi, ale dzieciak brnie dalej.

– Sondują ludzi i takie tam gówno. Nie ze mną te numery. Strzelę sobie w łeb, zanim pozwolę im wbić mi…

– Rozumiem, młody.

Pociąga nosem.

– Spoko. Luz.

– Hej, Z! – woła Hollywood, po czym pokazuje mu uniwersalny znak, żeby zapiął usta.

Z-Lo kiwa głową, a potem przechodzi na tył SUV-a, żeby mieć lepszy widok, podczas gdy ja czekam przy przednim zderzaku z bronią gotową do strzału.

Ośmiostopowe roboty bojowe dostrzegam, dopiero kiedy przechodzą przez ulicę od południa wśród kilku przewróconych pojemników na śmieci. Niebieskie lasery i broń skanują okolicę w poszukiwaniu celów.

– Masz jakiś konkretny plan? – pytam Hollywood.

– Głowa jest całkiem dobrze opancerzona: większość pocisków odbija się od niej. Szyja to słaby punkt, ale trudniej trafić. W razie wątpliwości wyeliminuj ich broń lub skup ogień na stawie kolanowym, żeby je spowolnić.

– Roger.

Wskazówki Hollywood potwierdzają to, czego dowiedziałem się na Antarktydzie. Zabite na wykopaliskach roboty nie zdradziły nam wiele poza nieznanymi naukowcom materiałami i oznaczeniami, których nikt nie potrafił przeczytać. Ale słabe stawy w kończynach i szyi? Widocznie te są uniwersalne.

I żeby nikt nie myślał, że nie zauważyłem: nadal martwi mnie uwaga Hollywood na temat kosmitów. Mam dziwne przeczucie, że wkrótce odłożę na bok wszystkie pielęgnowane starannie domysły na temat tajnego projektu rządowego. To znaczy, o ile zobaczę jakiś dowód. Jak dotąd oglądam tylko premierę „Buntu Robotów" MIT. Nie ma mowy, żebym bez cholernie dobrego powodu przyłączył się do wycieczki śladami E.T. z doktorem Walkerem.

Kiedy oba boty pojawiają się na podjeździe stacji benzynowej, Hollywood wydaje rozkaz otwarcia ognia. Najpierw słyszę szczeknięcie pięćdziesiątki Ducha i widzę, jak bot po prawej stronie przechyla się na bok. Po trafieniu z głowy maszyny tryska pióropusz iskier. Ale czaszka bota jest wciąż na miejscu.

Ułamek sekundy później lekki karabin maszynowy M249 Zderzaka, znany wśród młodych wielbicieli gier wideo pod akronimem rkm lub SAW[8], zaczyna grzać do bota po lewej stronie. Kule rozpryskują się na torsie i głowie, a nocne powietrze rozświetlają kolejne iskry.

Naprowadzam broń na cel i wypuszczam trzy pociski w szyję robota po prawej. Z-Lo, Hollywood i Polanski również strzelają i przez pierwsze kilka sekund roboty wydają się zdezorientowane. Wygląda na to, że ich głowy i skanery laserowe próbują jak najszybciej zidentyfikować wroga.

Przez chwilę mam nadzieję, że pójdzie lepiej niż podczas starcia przy pierścieniu. Ale szybko odkładam tę myśl na bok, kiedy oba roboty skupiają uwagę na tych z nas, którzy tworzą środek formacji szturmowej. W tym na mnie.

Ich dziwaczna broń otwiera ogień do głównego budynku stacji benzynowej i SUV-a, za którym się chowamy. Na ile mogę powiedzieć, pociski to coś w rodzaju pulsu energetycznego o wysokim natężeniu, jaki widywałem w sobotnich porannych kreskówkach jako dzieciak, tyle że o wiele bardziej niszczycielskie. Fragmenty ceglanego narożnika budynku pękają, zasypując Hollywood i Polanskiego gruzem i zmuszając ich do wycofania.

SUV kołysze się w przód i w tył, gdy jego szyby eksplodują, a opony pękają.

– Wszystko w porządku? – krzyczę do Z-Lo.

– Tak, a ty?

– Wyśmienicie.

Wychylam się i posyłam przed siebie trzy kolejne pociski. Przez te wszystkie iskry i promienie laserowe nie potrafię nawet powiedzieć, czy coś trafiłem. Ale potem bot po prawej stronie zatacza się w bok, gdy kolejny pocisk z pięćdziesiątki Ducha trafia go w głowę. Ustrojstwo na pewno padnie: nie ma mowy, żeby przetrwało taki strzał z dwudziestu jardów. Ale skręca w stronę południowej ściany budynku i zaczyna strzelać.

Korzystam z okazji i przestawiam broń na ogień ciągły, w myślach przygotowując się do wymiany magazynka. Skuteczność w walce wymaga różnych rodzajów dyscypliny: osiąganie zwartych grup trafień to tylko jedna z nich. Owszem, ważna. Ale gotowość psychiczna do przeładowania, zmiany pozycji, korekty ognia, wykonywania rozkazów i reagowania na potrzeby towarzyszy z drużyny są równie ważne.

Wciskam spust i utrzymuję celownik na głowie robota z nadzieją, że choć jedna z kul złamie mu coś w karku. Opróżniam magazynek w ciągu czterech szybkich uderzeń serca, po czym otwiera się rygiel zamka.

– Zmiana.

Lewą ręką chwytam magazynek z klatki piersiowej, uderzając palcem na spuście w uchwyt zwalniający w dolnej części komory zamkowej. Cały wyćwiczony taniec, łącznie z wbiciem świeżego magazynka na miejsce i zatrzaśnięciem zamka, zajmuje mi niecałe trzy sekundy, po czym znów przykładam oko do celownika.

Ale bot po lewej stronie zauważył wzmożony ogień ze środkowej pozycji i ostrzeliwuje SUV-a ogniem zaporowym, od którego samochód aż podskakuje.

Używając bardzo technicznego żargonu wojskowego, chwytam Z-Lo za ramię i krzyczę:

– W nogi!

Biegniemy do budynku, gdy pojazd przewraca się na bok. Sekundę później jeden z pocisków energetycznych robota trafia w odsłonięty zbiornik paliwa i SUV wybucha. Na szczęście jesteśmy osłonięci przed eksplozją po tej samej stronie budynku co Hollywood i Polanski.

– Granat! – wrzeszczy zza śmietnika Zderzak.

Karabin sealsa milknie na tyle długo, żeby granat wielkości piłki do baseballu poturlał się po ziemi i detonował u stóp robota po lewej stronie. Podmuch zmusza wroga do cofnięcia się, ale go nie przewraca. To małe okno daje Zderzakowi jeszcze kilka sekund na otwarcie ognia z M249.

Chociaż SUV nie nadaje się już do jazdy – nawet bez efektu EMP – nadal stanowi dobrą osłonę, o ile nie podejdę zbyt blisko pochłaniających opony i wnętrze wozu płomieni. Zapach palonej gumy przenosi mnie z powrotem na Bliski Wschód, gdzie powietrze stale wydawało się go pełne. Nigdy nie przestanę się dziwić, jak tamci biedacy dożywali trzydziestki, nie zapadając na raka płuc.

Klepię Z-Lo w ramię i przesuwam się wokół tyłu SUV-a, żeby pomóc Zderzakowi. Ponieważ wszyscy marines uczą się rozmowy karabinów – techniki, w której dwóch operatorów prowadzi ogień naprzemiennie, żeby uchronić lufy przed przegrzaniem, a mechanizm przed zacięciami przy jednoczesnym zapewnieniu ciągłości ostrzału – zgaduję, że seals zrozumie, o co mi chodzi. Posyłam w robota sześciostrzałową serię i przerywam ogień. Zderzak zerka na mnie, kiwa głową i podejmuje tam, gdzie skończyłem. Strzelamy na przemian przez następne dziesięć sekund, odsłaniając przy okazji kolejną zaletę tej techniki: robot odwraca się od jednego do drugiego, niepewny, na które zagrożenie reagować. Nasz atak, w połączeniu z obrażeniami spowodowanymi przez granat, sprawia, że robot zaczyna się chwiać.

– Zmieniam! – krzyczę i ładuję broń.

Kiedy ponownie namierzam cel, zauważam, że bot po prawej stronie przygwoździł pozycję Hollywood. Ciężko.

Wyczuwając, że M249 Zderzaka i tavor Z-Lo dają naszemu przeciwnikowi dość zajęcia, przenoszę ogień, żeby napastnik Hollywood zastanowił się dwa razy przed natarciem. Ale kiedy to robię, róg budynku dostaje bezpośrednie trafienie i zaczyna się walić. Hollywood i Polanski muszą uciekać.

Rzucam się w stronę zapadliska, ale nie ma mowy, żebym zdążył. Widzę, jak podmuch wyrzuca kogoś z powstałej chmury pyłu, podczas gdy druga osoba zostaje przez nią pochłonięta. Ogień blastera przeskakuje przez mgłę, a ktoś klnie jak szewc.

Kiedy wychodzę zza SUV-a i rzucam się w stronę zniszczonego budynku, czyjaś ręka chwyta mnie za biceps i obraca.

– Uwaga! – krzyczy Z-Lo.

Przestrzeń, w której znalazłoby się moje ciało, przecinają pociski energetyczne. Cofam się, zdając sobie sprawę, że wróg podszedł bliżej i mnie namierza.

Potykam się i ląduję na tyłku za płonącym SUV-em, w chwili gdy spowita pomarańczowymi płomieniami głowa bota pojawia się nad odwróconym lewym przednim kołem. Z-Lo strzela ogniem ciągłym, dopóki nie wyczerpuje mu się magazynek. Nawet wtedy nie przestaje krzyczeć.

Leżąc, zaczynam ogień, w chwili gdy młody kończy, ale kule odbijają się z wizgiem od głowy robota. Stwór szarpie się i krzywi, ale nic nie jest w stanie odwieść go od zadania śmiertelnego ciosu.

Muszę jednak przerwać ogień, kiedy Z-Lo rzuca broń, chwyta z ziemi kawałek metalu i pędzi wokół SUV-a. Rozwścieczony, zaczyna okładać robota narzędziem, wyrzucając z siebie wściekłą tyradę i tłukąc w klatkę piersiową wroga.

– Zejdź z linii strzału! – krzyczę, wstając z bronią nadal wycelowaną we wroga.

Nie ma mowy, żeby akcja młodego miała większe szanse na zatrzymanie go niż pociski kalibru .308. Ale Z-Lo mnie nie słyszy; a jeśli nawet, to ignoruje mnie – zatracony w gniewnym amoku.

Ignorując Z-Lo, droid unosi karabin nad SUV-em i kieruje go w moją stronę, jakby był ulicznym zbirem. Ale w czasie, jaki zajmuje mi mrugnięcie pod wpływem ogłuszającego dźwięku, głowa bota znika z ramion w nagłym strumieniu iskier. Behemot z oderwaną głową przechyla się do przodu i uderza w płonącego forda, z brzękiem waląc bronią o chodnik.

Patrzę w kierunku śmiertelnego strzału i widzę, jak Duch macha do mnie. Kiwam głową w odpowiedzi. Ale jest wiele do zrobienia: Hollywood i Polanski leżą, pokryci białym pyłem, a Zderzak jest wciąż sam na sam z drugim botem.

– Pomożemy Zderzakowi – mówi Yoshi przez komunikator.

To znaczy, że Z-Lo i ja możemy zająć się Hollywood i Polanskim, ale nie potrafię określić, które jest kim. Jedna postać wygląda na nieruszoną, podczas gdy druga sprawia wrażenie ciężko rannej. Fragmenty ceglanego muru spoczywają na tułowiu i nogach żołnierza, a na twarzy leży pustak. Widzę, że krew tworzy już czerwone plamy na pokrytym pyłem mundurze.

Macham do Z-Lo, żeby zszedł z otwartej przestrzeni, i każę mu wyrzucić metalowy pręt i przeładować broń. Później przeczołgam go za ten durny atak pod wpływem furii. Cud, że młody wciąż żyje.

Klękam przy ciele ukrytym częściowo pod gruzami budynku, zdejmuję z głowy pustak i uświadamiam sobie, że jego róg wbił się prosto w kość policzkową, miażdżąc lewą stronę twarzy. To Polanski.

– O Boże – mówi nerwowo Z-Lo.

– Czy on jest martwy?

Sprawdzam puls, podczas gdy na parkingu szaleje strzelanina.

– Czy on naprawdę nie żyje, Gunny? Może tylko udaje.

Ma dość odwagi, żeby rzucić się na robota z prętem, ale panikuje na widok krwi? To prawdziwy żółtodziób; ale teraz musi się zamknąć.

– Z-Lo. Co z Hollywood?

– O rany, chyba się porzygam.

– Hej, szeregowy. Nie patrz tutaj. Spójrz tam.

Mruga na mnie.

– Hollywood.

Ponownie wskazuję na liderkę zespołu, podczas gdy kolejne salwy odbijają się z wizgiem od pozostałego bota.

– To twój cel. Wiesz, jak pomóc komuś w szoku?

Potakuje.

– Dobrze. Zajmij się tym.

Otrząsa się, a potem chyba wyrywa się z otępienia, ponieważ odwraca się i klęka obok Hollywood.

Przesuwam trochę gruzu, żeby wyciągnąć apteczkę Polanskiego z jego kamizelki. Znam się na pierwszej pomocy na tyle, żeby przekazać ludzi komuś innemu, ale nie jestem sanitariuszem. A wpatrując się w twarz Polanskiego oraz krew zbierającą się wokół klatki piersiowej i złożonego złamania w lewej ręce, zdaję sobie sprawę, że to nie mojej opieki mu trzeba.

– Mogę ci pomóc? – mówi mi przez ramię Yoshi.

Odsuwam się i dopuszczam go do rannego. Dopiero wtedy zauważam, że ogień z broni ucichł.

– Drugi enpeel wyeliminowany? – pytam.

Yoshi kiwa głową, ale jest zbyt zajęty Polanskim, żeby powiedzieć coś więcej. Wyciągnął z ekwipunku apteczkę bojową i próbuje ustabilizować Polanskiego. Zakłada opatrunek hemostatyczny, po czym każe mi położyć dodatkowy nacisk na założonym przez niego izraelskim bandażu.

Polanski jęczy pod wpływem kaolinu, wchodzącego w skład opatrunku minerału, który wzbudza reakcję kaskadową koagulacji: dla niewtajemniczonych – krzepnięcie. Chociaż środek działa jak za sprawą czarów, boli jak wszyscy diabli.

Jestem zdumiony, jak szybko działa Yoshi. Z drugiej strony jest ratownikiem lotniczym. Zapisuję sobie w pamięci, żeby wezwać go, jeśli lub kiedy mnie postrzelą. Pod warunkiem, że będzie trzeźwy. Podczas opatrywania Polanskiego nie wiadomo jak udaje mu się pociągnąć łyk z piersiówki, którą wyciąga z kamizelki. Potem podaje ją mnie.

– Nie, dziękuję – mówię.

– Musimy ruszać – mówi Hollywood, kaszląc.

Podchodzę do niej.

– Nic ci nie jest?

– Nie.

Odgania mnie machnięciem, ale pozwala, żeby Z-Lo pomógł jej usiąść.

– Teraz wyślą anioła śmierci.

– I nie chcemy tu być, kiedy to się stanie – dodaje za mną Zderzak.

Lufa jego M249 wciąż żarzy się pomarańczowo. W przypadku sealsa to coś znaczy.

– Będzie trudno – mówi Yoshi, wpatrując się w Polanskiego.

Wszystkie głowy odwracają się do niego.

– Jak źle? – pyta Hollywood przyciszonym tonem.

Yoshi marszczy brwi i potrząsa głową. Wie, że nie może mówić o braku szans, nawet kiedy ofiara jest nieprzytomna. Ciągle słyszą różne rzeczy.

– Można go przenieść? – pyta Zderzak.

Yoshi ponownie kręci głową.

– Co to znaczy? – pyta Z-Lo.

Spogląda na Hollywood.

– Co to znaczy, pani sierżant?

Yoshi odzywa się, wyjmując strzykawkę z morfiną.

– To znaczy, że ruszacie stąd, a ja was dogonię, kiedy Polanski będzie gotowy.

– Ale wydawało mi się, że powiedziałeś…

Przerywam mu.

– Na pewno, Yoshi? Nie podoba mi się myśl o zostawieniu cię w strefie zagrożenia. To zbyt niebezpieczne.

Potakuje.

– *Anzuru yori umu ga yasashii.*

– Co takiego?

– Stare japońskie przysłowie.

– Aha. Dobrze, cały czas je słyszę.

Yoshi uśmiecha się do mnie półgębkiem, po czym znowu spogląda na Polanskiego.

– To znaczy, że łatwiej urodzić dziecko, niż się o nie martwić.

Nie rozumiem.

– Strach jest większy niż niebezpieczeństwo – mówi, kładąc pocieszająco dłoń na piersi Polanskiego.

– Nigdzie się nie wybieram.

Wiedząc, że nie zmienimy jego zdania, wypuszczam głęboki oddech i kiwam głową.

– Brzmi jak niezły plan.

Ratownik zyskuje mój wielki szacunek; pozostanie przy rannym wojowniku, dopóki nie odejdzie w zaświaty, to akt odwagi. I prawdopodobnie głupoty. Ale to jego decyzja i szanuję ją, do cholery.

– Możesz chodzić? – pytam Hollywood.

Kiwa głową i każe Z-Lo pomóc jej się podnieść. Następnie klęka obok Polanskiego i delikatnie dotyka jego ramienia.

– Dziękuję.

– Trzymaj – mówi Zderzak do Yoshiego, zarzucając mu na ramię swojego H &K MP5.

– Mały zapas, na wszelki wypadek.

– Przyda się.

– Kluczyki są w jeepie – dodaje Hollywood, wskazując na swojego CJ7.

– Dzięki.

Yoshi wypija kolejny łyk z umazanej krwią Polanskiego piersiówki.

Reszta zespołu rzuca Polanskiemu i Yoshiemu ponure „do zobaczenia później", a następnie odwraca się i rusza za mną w stronę pojazdów. Kiedy odchodzimy, słyszę, jak Yoshi zaczyna śpiewać początkowe wersy ze starej piosenki z *Chicago*.

– *Everybody needs a little time away, I heard her say, from each other* [9].

Żaden z niego Peter Cetera, ale ma przyzwoity falset.

Gdy jesteśmy poza zasięgiem słuchu, klepię Hollywood w ramię.

– Nic mu nie będzie? To znaczy Yoshiemu.

Kiwa głową.

– Po prostu musi sobie z tym poradzić.

Nie jestem pewny, czy ma na myśli śpiew, czy alkohol. A może jedno i drugie.

Potem patrzy na mnie i mówi:

– Prowadzisz.

– Proszę bardzo.

Mam już wsiąść na siedzenie kierowcy mojego land cruisera, kiedy Z-Lo podchodzi do mnie od tyłu.

– Hej, Gunny.

– Tak?

– Czy to znaczy, że nie jestem już kotem?

Ma na myśli spotkanie z wrogiem.

– Zostałeś rozdziewiczony. Gratulacje.

Uśmiecha się, a potem kiwa głową.

– Super.

Zauważam, jak jego twarz zalewa duma, którą widziałem już setki razy. To poczucie przynależności, kiedy wojownik uświadomi sobie, że przeżył właśnie swoje pierwsze starcie z wrogiem. W przypadku Z-Lo wygląda na to, że pomógł już wyeliminować kilka botów, więc technicznie rzecz biorąc, nie była to jego dziewicza operacja. Ale wyczuwam, że istnieje jakiś powód, dla którego wybrał właśnie mnie: kolegę z marines, i to starszego. Rozumiem go i sam to kiedyś przeżyłem.

Klepię go po ramieniu.

– Od teraz będzie już pod górkę.

– Dobrze.

Znowu kiwa głową, a potem wydaje się trzeźwieć.

– Zaraz. Pod górkę?

Wskakuję na siedzenie kierowcy i zamykam drzwi, pokazując, żeby ładował się do wozu. Z-Lo kiwa głową i wsuwa się na przednie siedzenie humvee. Duch wsiada z nim od strony pasażera, podczas gdy Zderzak wślizguje się za kierownicę volkswagena. Potem ruszamy w drogę do… no cóż, nie jestem pewien dokąd.

– Jest późno i wszyscy są zmęczeni – mówię do Hollywood. – Potrzebujemy miejsca na nocleg.

– Pojechałabym na zachód. Rano, kiedy opracujemy jakiś plan, możemy zawrócić.

Przytakuję. To bezpieczne rozwiązanie, a nie trzeba nam więcej ofiar. Ale nadal mam zastrzeżenia co do tego „opracowania planu". Nie mamy dość danych, żeby to zrobić. A nawet gdybyśmy je mieli, sześciu operatorów to o kilkuset mniej niż batalion. Ale jestem zmęczony, tak samo jak wszyscy inni, i trochę snu dobrze mi zrobi.

– Mae West – mówię przez radio. Choć mało prawdopodobne,

żeby ktoś podsłuchiwał, radiotelefony nie są bezpieczne, co oznacza, że używanie tajnych kodów to zawsze dobry pomysł podczas omawiania kierunku waszego ruchu na falach radiowych.

Pozostali kierowcy potwierdzają.

– Yoshi. Kiedy będziesz gotów jechać, wyślemy cię do babci.

Następuje przerwa. Domyślam się, że Yoshi musi oderwać się od udzielania Polanskiemu pomocy, żeby wolną ręką trzymać otwarty kanał.

– Zrozumiałem. Dzięki.

Kierujemy się z wyłączonymi światłami na zachód, kolejną podmiejską ulicą, gdy Hollywood odzywa:

– Wiesz, uratował mi życie.

Wygląda przez okno pasażera i mówi o Polanskim.

– Odepchnął mnie od budynku.

– Zrobiłabyś to samo. Po prostu był pierwszy.

– Jasne.

Wzdycha.

Widzę, że moja podnosząca na duchu przemowa nie pomaga złagodzić jej bólu; z drugiej strony żadna by tego nie dokonała.

– Tego nie uczą cię na szkoleniu – mówi. – Jak żyć ze sobą, kiedy ktoś się za ciebie poświęci.

Potrząsam głową.

– Ni cholery.

– Wiesz, jak to jest, co?

Zerkam na nią, po czym patrzę z powrotem na drogę.

– Pewnie.

– Tak. Do dupy.

Hollywood prostuje się na swoim miejscu.

– Przejedź jeszcze milę. Potem skręcimy w boczną uliczkę i poszukamy miejsca, w którym można będzie ukryć pojazdy.

– Brzmi jak niezły plan – mówię.

Jazda na północny zachód budzi jednak dziwne emocje. Znowu siedzę w *moim* FJ40, jadąc w kierunku *mojej* chaty. Zastanawiam się, z jaką łatwością mógłbym przekazać Hollywood reszcie jej drużyny, a potem po prostu pojechać dalej. Za godzinę wróciłbym do ciszy i samotności.

Ale czy naprawdę, Patricku? Czy to naprawdę jeden z tych problemów, które po prostu znikają samoistnie, o ile jesteś wystarczająco wytrwały, żeby je ignorować?

Ale odsłużyłem już swoje. Poza tym sprawdziłem kopułę, a nawet uratowałem życie dziecku. Cholera, pomogłem tym żołnierzom i pomogłem zdjąć jeszcze dwa roboty. To więcej, niż ktokolwiek ode mnie chciał. Przy odrobinie szczęścia wkrótce wrócą do swoich jednostek, a Wujek Sam uruchomi plan ratowania kraju.

Jasne, Pat. Dokładnie tak będzie. Zwłaszcza że wszystko poszło tak dobrze, kiedy zostawiłeś pierścień Aaronowi i Niebieskim Hełmom.

Wypuszczam głębokie westchnienie i poprawiam dłonie na kierownicy.

– Wszystko w porządku, marine?

Spoglądam na nią, po czym kieruję wzrok z powrotem na drogę.

– Tak.

– To wcale tak nie zabrzmiało.

Kiwam lekko głową, przemykając między unieruchomionymi na drodze samochodami.

– Chcesz radę za friko?

Początkowo sprawia wrażenie najeżonej, ale potem ustępuje.

– Dlaczego nie.

– Kiedy stary przyjaciel poprosi cię o przysługę, a ty się zgodzisz, to dociągnij sprawę do samego końca.

Kładzie sobie dłoń na piersi.

– Mówimy o mnie czy o tobie?

Ignoruję jej pytanie.

– Po prostu wysadź wszystko, kiedy będziesz miała szansę.

Kiedy docieramy do znacznika milowego i skręcamy w lewo w boczną uliczkę, postanawiam, że od tego zakrętu zapominam o mojej chacie. Jeśli Yoshi był gotów zostać z Polanskim, a cywil w średnim wieku poświęcić się dla tej małej dziewczynki, to kim jestem, jeśli nie stać mnie na to, żeby pomóc Hollywood i jej ekipie? Co więcej, mam coraz silniejsze podejrzenie, że zdecydowanie łatwiej mówić o odstawieniu tych żołnierzy z powrotem do jednostek niż naprawdę tego dokonać. Czymkolwiek są te boty i „anioły śmierci", o których wspominała Hollywood, jeśli jest ich więcej, może nie być już żadnych jednostek, do których mogliby wrócić. Przez co znowu zaczynam zastanawiać się, jak dobrała się ta ekipa.

Postanowione.

Nie wracam do domu, przynajmniej dopóki nie wyjaśnię tego, co się stało, czymkolwiek to jest.

Hollywood wygląda na zaniepokojoną.

– Dobrze się czujesz?

Wypuszczam długie westchnienie.

– Nigdy nie czułem się lepiej, pani sierżant. Naprawdę nigdy.

Rozdział 12

2:40, piątek, 25 czerwca 2027
East Orange, New Jersey

– Wygląda dobrze – mówi Hollywood zza okna od strony kierowcy.

Wskazuje na otwarte przez nią wrota stodoły.

Budynek wygląda, jakby zbudowano go pod koniec dziewiętnastego wieku, kiedy na przedmieściu były pola uprawne. W jakiś sposób utrzymała się na rynku razem z towarzyszącym jej domem, otaczana przez dziesięciolecia czułą opieką różnych właścicieli.

Kiedy wjeżdżam do środka, widok biegnącej przez środek stodoły alejki sprawia wrażenie, że w jednym z ostatnich wcieleń służyła jako stajnia. Ale konie i hektary ogrodzenia dawno zniknęły. Zamiast tego boksy wypełniają stosy pudeł i wyrzuconych artykułów gospodarstwa domowego. Ktoś tu był zbyt skąpy lub leniwy, żeby wywieźć je na wysypisko. Na końcu alejki jest

wielkie pomieszczenie, w którym stoi kilka starych quadów, zarówno letnich, jak i zimowych, oraz co najmniej dwa ciągniki
ogrodnicze, które wyglądają, jakby widziały lepsze czasy.

Wyłączam silnik toyoty i wychodzę na zatęchłe powietrze
pełne zapachu starego siana i smaru. Z-Lo i Duch zatrzymują
się za mną w humvee, a za nimi Zderzak w jaskrawożółtym VW
z 1973 roku.

– Zobaczcie, czy uda wam się znaleźć jakieś czyste miejsce –
mówię.

– Gdyby ktoś potrzebował śpiwora, mam zapasowy – mówi Z-
Lo.

– Jest koniec czerwca – mówi Duch. – Nie zmarzniesz.

– Owszem.

Z-Lo kiwa głową.

– Ale można go użyć jako poduszki.

Wszyscy, z wyjątkiem Hollywood, zaczynają wyciągać z pojazdów sprzęt osobisty. Cały sprzęt pani sierżant został na stacji,
w jeepie.

– No to jaka jest twoja historia? – pytam, wyciągając z tylnego
siedzenia zestaw awaryjny.

– Moja historia?

– Gdzie byłaś, kiedy pojawiła się kopuła?

Wypowiadając te słowa, zdaję sobie sprawę, że staną się czymś
w rodzaju: „Gdzie byłeś, kiedy runęły wieże?". Powiesz to i każdy
będzie wiedział, o co ci chodzi.

Hollywood kiwa głową.

– Miałam kilka dni wolnego, więc postanowiłam odwiedzić
przyjaciela w Picatinny Arsenal w hrabstwie Morris.

– W bazie wojskowej?

Kiwa głową, a jej spojrzenie staje się odległe.

– Nawet tam nie dotarłam. Zasilanie padło, pogasły samochody. Pomogłam paru ludziom. Ale potem pojawiła się kopuła i wszyscy postanowili uciekać.

– A ty?

– Uznałam, że zostanę i popatrzę. Nie jestem pewna dlaczego. Chyba tak już mam.

– I wtedy spotkałaś pozostałych?

– Wtedy usłyszała pozostałych – mówi Zderzak z bagażnika swojego volkswagena.

– Sealsi – mówi Hollywood. – Zawsze hałasują.

– Opowiedz mi o tym – mówię kącikiem ust.

– Zderzak jechał z NAWCAD Lakehurst, żeby spotkać się z jedną ze swoich dziewczyn.

– To tylko przyjaciółka – protestuje Zderzak z głową w bagażniku.

– Wierz mi, skarbie, przy takim ciachu żadna dziewczyna nie zdecydowałaby się być tylko przyjaciółką.

Hollywood spogląda na mnie, jakby Zderzak okazał się właśnie ciemniakiem.

– Mężczyźni.

– Tak – odpowiadam, choć nie jestem pewny, czy jestem lepszy od Zderzaka w rozpracowywaniu myślenia kobiet.

Zastanawiam się też, czy Hollywood coś do niego czuje.

– Tak czy siak – dodaje Zderzak – jadę sobie, podśpiewując do starego kawałka Earth, Wind & Fire, kiedy szef każe mi wracać do bazy. Mówi, że zostali zaatakowani.

Zamykam drzwi land cruisera i robię parę kroków w jego stronę. To pierwsze potwierdzenie ataku na instalacje wojskowe, jakie słyszę.

– Co jeszcze powiedział?

– Mówię mu, że jestem w drodze, kiedy nagle zmienia zdanie. To stało się tak szybko. Słyszałem…

Zderzak zdaje się gubić w złych wspomnieniach. Trochę mnie to zaskakuje, bo nie jest typowe dla sealsów, przynajmniej nie dla tych, których znam. Ich wytrzymałości fizycznej dorównuje tylko psychiczna. Ale zastanawiam się też, czy dźwięki, które słyszy, są tymi samymi, które usłyszałem po wyłączeniu się telewizora.

Daję mu chwilę i pytam:

– Co słyszałeś?

– Słyszałem, jak szef kazał mi trzymać się jak najdalej od bazy.

Słowa Zderzaka wiszą przez kilka sekund w powietrzu. Żeby głównodowodzący sealsów wydał taki rozkaz, musiało być źle… Naprawdę źle.

– No i tyle. Koniec połączenia. Zaraz potem droga zrobiła się ciemna, pojawił się Astrodome i tysiące ludzi zaczęły spacerować po drodze. Mój volkswagen był jednym z niewielu pojazdów, które nie stanęły, kiedy pojawiły się roboty. Poszukałem osłony i zacząłem zwiad. Zobaczyłem droida idącego do kobiety, która nie mogła odpiąć pasa. Wzywała pomocy, więc zabrałem się do roboty.

Hollywood wtrąca.

– I wtedy usłyszałam o dwieście jardów od siebie jego SAW, więc pobiegłam w tamtą stronę.

Muszę to jej przyznać: większość ludzi ucieka przed odgłosem ognia broni maszynowej.

– Zanim tam dotarłam, Zderzak zdjął robota zwiadowcę i uratował tę kobietę.

– Nawet nie dała mi numeru – dodaje seals.

Klasyczna próba rozjaśnienia nastroju humorem.

– I dobrze.

Hollywood przechyla głowę w stronę drzwi stodoły.

– Yoshi również był na urlopie, kiedy nagle wezwano go z powrotem do Fort Dix.

– Domyślam się, że on również nawet tam nie dojechał – mówię.

Kręci głową.

– Tak się złożyło, że był o milę na zachód od nas. Zabrał dwóch szeregowych z sił lądowych, którym zepsuł się samochód, a potem ruszył w naszą stronę, żeby zbadać wybuch.

– Wybuch?

Patrzę na Zderzaka.

– Możliwe, że wysadziłem jeden z mniejszych transportowców ładunkiem wyważającym.

Gwiżdżę, a potem trącam łokciem Hollywood.

– No nie wiem, dziewczyno. Powiedziałbym, że jesteś po prostu zazdrosna. Cholera, sam jestem zazdrosny.

Jestem ciekaw, co ma do powiedzenia Duch.

– A co z tobą?

– Jechałem do domu – odpowiada.

Czekam kilka sekund, zastanawiając się, czy powie coś więcej, ale szuka tylko nadal miejsca na nocleg wśród pudeł i plandek.

– Nie jest rozmowny – mówi Hollywood.

– Widzę.

Ścisza głos i odwraca się od niego.

– Domyślam się, że jest z sił lądowych, w stanie spoczynku. Z Teksasu, ale mieszka w Vermont.

– Ciekawe. Dzięki za info.

Cmoka kącikiem ust, a potem kiwa głową w stronę Z-Lo.

– Twoja kolej, szeregowy.

– Jechałem właśnie na północ z NAWCSD Lakehurst – mówi młody, ale wygląda przy tym na zakłopotanego.

Hollywood go podpuszcza.

– I?

Z-Lo wzdycha, po czym podnosi ręce.

– I być może nieumyślnie zarekwirowałem humvee, żeby wymknąć się z jednostki.

– Z powodu?

– Pewnego wydarzenia. W porządku?

Hollywood nie odpuszcza.

– Ponieważ?

Z-Lo wypuszcza zirytowany oddech.

– Kumple powiedzieli mi, że pojedziemy na speed dating: to łatwy sposób na poderwanie dziewczyny. Ale kiedy tam dotarłem, nikt z mojej ekipy się nie zjawił.

– O nie.

Zerkam na Hollywood.

– Nie mówi poważnie.

– O tak – mówi, uśmiechając się dziko do Z-Lo.

– Powiedz mu, co się stało.

– Nic się nie stało – mówi. – To było… no, okazało się…

– To był speed dating dla seniorów – wtrąca Hollywood, nie kryjąc rozbawienia.

Oczywiście, mnie również to bawi. Ale nie tak bardzo jak Hollywood.

– Zaraz. Kiedy to w końcu rozgryzłeś?

Z-Lo pociąga nosem.

– Dopiero po tym, jak dostałem znaczek i wszedłem do hotelowej restauracji.

– Wszedłeś?

Teraz naprawdę się śmieję.

– I usiadł – dodaje Zderzak.

– Nie.

Hollywood szturcha mnie w bok.

– Zaliczył siedem kolejek.

– Co?

Spoglądam od Hollywood do Zderzaka.

– Podrywał laski w sektorze sześćdziesiąt pięć plus.

Z-Lo zakłada ręce.

– Hej, były naprawdę miłe. OK?

– Na pewno – mówi ironicznie Hollywood, kreśląc dłonią trzypunktowy zygzak i skręcając biodro.

– Nie żartuję. Dolores była słodka. I podobał jej się mój nos. Powiedziała, że dzięki niemu wyglądam dystyngowanie.

– Dolores?

Staram się nie gapić się na jego skrzywiony nos. Biedaczka musiała być na wpół ślepa.

Zderzak kiwa głową.

– Dolores złamała zasady i zaprosiła Z-Lo do swojego stolika cztery razy z rzędu. Wywiązała się nawet mała sprzeczka wśród jej rówieśniczek i gospodarz musiał ją przerwać.

Z-Lo wzdycha.

– Była wytrwała.

Płaczę ze śmiechu i kładę rękę na plecach Hollywood, żeby się uspokoić.

– Cholera, aż twarz mnie boli.

– Mnie też – mówi Hollywood, skręcając się wpół. – A słyszałam to już dwa razy.

– Myślę, że od teraz powinniśmy nazywać go Dolores – mówię, patrząc na humvee.

– Stoi – odpowiada Hollywood.

– Nie, proszę – mówi Z-Lo. – Nie próbuję się z nikogo nabijać.

– Wiemy, młody – mówię.

Zderzak dodaje:

– Wystarczający ubaw mamy z ciebie samego. Szacunek.

Przez twarz Z-Lo przebiega kilka odcieni czerwieni i chłopak odchodzi w końcu do opuszczonego boksu.

Mija przynajmniej minuta, zanim nasza reszta kończy ocierać łzy z oczu.

– A ty, Wic? – pyta Zderzak.

Na myśl o dzieleniu się wspomnieniami z mojej chaty czuję się, jakbym miał zdradzić świętość swojego sanktuarium. Ale wiem też, że zespół buduje się na zaufaniu, a zaufanie kupuje się otwartością. Jeśli relacja nic cię nie kosztuje, nie warto jej budować.

– Skończyłem właśnie podlewać kwiaty przed uderzeniem w kimono.

Gdy – jak można się było spodziewać – ekipa wymienia kilka uśmieszków, postanawiam pominąć część dotyczącą wiadomości, telefonu do pułkownika Rodrigueza i wywiadu telewizyjnego z Aaronem.

– A potem w całym domu wysiadł prąd i zostałem w ciemności.

– Czyli ty też jesteś na emeryturze – mówi Duch, w tajemniczy sposób dołączając do rozmowy zza mojego land cruisera.

Przytakuję.

– Skąd wiesz?

– Skoro jesteś tutaj, a nie tam – wskazuje na wschód – to znaczy, że twój dom nie znajdował się w pobliżu którejś z zaatakowanych baz. Nie dojeżdżasz też często do pracy, ponieważ nikt nie jeździ na co dzień z takim ekwipunkiem.

Wskazuje wnętrze toyoty.

– Mimo to masz tu więcej sprzętu niż większość operatorów w domu. Co znaczy, że prawdopodobnie masz lekką paranoję i w domu masz go jeszcze więcej, co tłumaczyłoby, dlaczego EMP obcych nie wyłączyło twojego radia i noktowizora. Jak mi idzie?

Chcę powiedzieć, żeby skończył, ale naprawdę jestem pod wrażeniem. Poza tym przesadna reakcja przyniosłaby teraz więcej szkód niż pożytku.

– Powiedziałbym, że minąłeś się z powołaniem. Powinieneś robić za dublera Sherlocka.

– Chciałeś powiedzieć za Watsona – mówi Z-Lo, wykradając się zza rogu kryjówki.

– Myślałem raczej o…

Ech, nie mam serca poprawiać tego dzieciaka. Poza tym nie do końca się myli.

– Zgadza się, za Watsona.

Z-Lo uśmiecha się, odzyskując nieco godności.

– Tak czy inaczej, zobaczyłem kopułę i wskoczyłem do *przygotowanego* pojazdu – mówię do Ducha, podkreślając właściwe słowo w zestawieniu z użytym przez niego określeniem. – A potem nasze ścieżki przecięły się na tamtym wiadukcie.

Wydaje się, że wszyscy dość szybko przyjmują moją historię. To nie było takie trudne, prawda, Patricku?

– Dobrze mieć cię w drużynie, Wic – mówi Zderzak. – Nawet jeśli lubisz plastikową broń.

Dokładnie w tej chwili wszystkie nasze radiotelefony wydają sygnał ostrzegawczy. Hollywood pierwsza chwyta za słuchawkę w oczekiwaniu na wezwanie.

– Hollywood, tu Yoshi. Odbiór – mówi znajomy głos.

– Mów – odpowiada.

– Polanski odszedł. Ruszam stąd.

Hollywood czeka, aż wiadomość dotrze do wszystkich, po czym odpowiada:

– Jakieś problemy?

– Pojedynczy patrol z dwoma dronami. Zeskanowały wszystkie szczątki i ruszyły dalej.

– W okolicy nie ma enpeela?

– Potwierdzam.

– Roger.

Hollywood udziela Yoshiemu wskazówek, używając mieszanki żargonu cywilnego i wojskowego. Domyślam się, że idąc za moim przykładem, zaciera nasze ślady najlepiej, jak potrafi.

– ETA [10] dziesięć minut – mówi Yoshi.

– Zrozumiałam. Hollywood bez odbioru.

Odwiesza słuchawkę i spuszcza głowę; zakładam, że na cześć Polanskiego. To dobre posunięcie dla dowódcy i z chęcią idę za jej przykładem. Nie oddając czci poległym, nie bylibyśmy lepsi od potworów.

Po jakichś dwudziestu sekundach Hollywood podnosi wzrok.

– Za Polanskiego.

– Za Polanskiego – odpowiadają wszyscy.

Odchrząkuje.

– No dobra. Rozłóżcie się, a kiedy wróci Yoshi, spotkamy się tam.

Wskazuje na otwartą przestrzeń, na której zaparkowane są stare quady.

– Postaramy się rozkminić to, co widzieliśmy, póki jeszcze jest świeże. Potem spróbujemy się przespać.

Kiwamy głowami, a następnie zaczynamy przygotowywać nocleg.

Dotykam łokcia Hollywood.

– Dzięki. Za tę chwilę dla Polanskiego.

– Zrobiłby to samo dla mnie – odpowiada. – Po prostu byłam pierwsza.

* * *

Osiem minut później Yoshi wraca i stajemy wokół ruchomego stołu warsztatowego, rozkładając na nim mapy. Zaproponowałem, żebyśmy użyli jednej z moich map drogowych Rand McNally dla obszaru trzech stanów; tymczasem Duch i Z-Lo trzymają nad nią latarki.

– No dobra, z mojego punktu widzenia... – zaczynam, po czym przychodzi mi do głowy, że nie powinienem mówić pierwszy.

Chociaż, o ile wiem, nie przedyskutowaliśmy tego oficjalnie, Hollywood naprawdę zdaje się tu dowodzić.

Widocznie wyczuwa moją powściągliwość, więc kiwa mi głową i dłonią.

– Z mojego punktu widzenia mamy do czynienia z rodzajem pola energetycznego, które odcina nas od wszystkiego na wschodzie, zaczynając odtąd.

Nanoszę ołówkiem mechanicznym mały pionowy znak w East Orange, New Jersey.

– I natknęliśmy się na nie tutaj i tutaj – mówi Zderzak, wskazując na obszary w Irvington, na południe od nas.

Nanoszę stosowne oznaczenia, a następnie wyjmuję z organizera notes. Przerzucam kartki, szukając sporządzonych wcześniej szkiców kopuły.

– Na podstawie obserwacji z ostatniego punktu – kreślę znak X nad lokalizacją mojej chaty w Skytop – wnoszę, że środek kuli leży na azymucie 112°.

Orientując mapę według kompasu Cammenga i używając podziałki na nim jako linijki, kreślę linię od X nad chatą, przez dolny Manhattan, aż po Atlantyk. Sądząc po tym, jak wszyscy przestępują z nogi na nogę, domyślam się, że nie mieli tak dobrego widoku na kopułę jak ja. Podejrzewam, że wiedzą, dokąd to zmierza.

– Ponadto według mojego pierwszego pomiaru kopuła ma trzynaście mil wysokości, a ponieważ nie zauważyłem żadnych odkształceń, zakładam, że ma dwadzieścia sześć mil średnicy. A przynajmniej miała kilka godzin temu.

– Zauważyliśmy również, że się kurczy – mówi Yoshi. – Na ile możemy stwierdzić, jakiś cal na sekundę.

Kiwam głową, po czym spoglądam znowu na mapę i używam skali, żeby zaznaczyć na podziałce kompasu trzynaście mil.

– Jak wynika z naszych obserwacji, epicentrum kuli jest... – kładę podziałkę wzdłuż linii, a następnie opuszczam ołówek na końcu – ...tutaj!

– Most Brooklyński? – pyta Z-Lo. – Przecież to tylko mit.

– O Boże, Laszlo. Nie – mówi Hollywood zirytowanym tonem. – Skąd ty w ogóle jesteś?

– Z San Diego, pani sierżant.

– Weź korki z historii – dodaje Zderzak.

Wbijam język w policzek, żeby nie śmiać się z młodego jeszcze bardziej niż do tej pory, i wracam do mapy.

– Są szanse, że to nie na moście, ale gdzieś tu, na Dolnym Manhattanie. Oczywiście to tylko przybliżony pomiar.

Zderzak opuszcza latarkę i stuka palcem w epicentrum.

– Najważniejsze, że czymkolwiek jest ta kopuła, najprawdopodobniej jest zasilana właśnie stąd.

– Co oznacza, że Nowy Jork jest atakowany – mówi Hollywood.

Zakładam ręce i odchylam się lekko do tyłu.

– Oczywiście nie możemy być pewni. Ale na to wygląda. Poza tym jest jeszcze kilka innych ważnych pytań.

– Takich jak? – pyta Z-Lo.

– Na przykład czy Nowy Jork jest jedynym zaatakowanym miastem? I czy nieprzyjaciel napadł również na inne instalacje wojskowe?

– Wydaje mi się, że kiedy się zaczęło, byłem najdalej na południe – mówi Zderzak. – I widziałem kilka jasnych punktów nad widnokręgiem od południowego zachodu.

– Widnokręgiem? – pyta Z-Lo.

– Krzywizną Ziemi. Za horyzontem.

– Aha, kapuję.

Wykonuje ruch, jakby głaskał psa.

– Widnokrąg.

– To mogły być Annapolis, Quantico, Hampton Roads – mówi Yoshi. – Zbyt wiele ich jest, żeby policzyć.

Zderzak kiwa głową.

– Gdybym miał zgadywać, powiedziałbym, że biorąc pod uwagę zmasowany impuls EMP, skoordynowane ataki na instalacje wojskowe, cholerną bańkę z gumy i to, co widziałem na południu, prawdopodobieństwo ataku na szeroką skalę jest wysokie. Nie udało mi się też nikogo wywołać przez telefon satelitarny. To znaczy, moglibyśmy spróbować zapuścić się w pobliże którejś z naszych baz, ale istnieje duże prawdopodobieństwo, że…

Zderzak rozgląda się, ale chyba nie chce powiedzieć głośno tego, co pewnie chyba wszyscy pomyśleliśmy. Fakt, że navy seals nie chce wracać, żeby sprawdzić swoją bazę, mówi mi, jak groźna jest sytuacja – a i bez tego myślę, że jest wystarczająco poważna.

Dotykam mapy, żeby przyciągnąć uwagę reszty.

– Powiedziałbym, że dopóki nie usłyszymy, że możecie wrócić bezpiecznie do jednostek, wasze nowe rozkazy każą wam zrobić co można tym, co macie tu i teraz.

Zderzak, Hollywood i Z-Lo przytakują. Duch ani drgnie, ale biorę to za potwierdzenie.

– No to co dalej? – pyta Z-Lo po krótkiej przerwie.

Znowu patrzę na Hollywood, ale ustępuje mi, nie jestem do końca pewny dlaczego. Od tej chwili wszystko zaczyna się dla mnie psuć: nie z Hollywood, ale z tym, jaki kurs zalecić naszej prowizorycznej drużynie. Po pierwsze nie mam pojęcia, co mamy dalej robić. Jasne, mam pewne przeczucia, ale nic, na podstawie czego mógłby działać nasz zespół.

Tutaj właśnie filmy się mylą. Operacji nie dopina się w kilka minut, ani nawet godzin. Zanim powstaną początki planu, zbieranie danych wywiadowczych trwa tygodnie, a czasami miesiące. Cholera, operacja Neptune Spear, misja, podczas której wyeliminowaliśmy Osamę bin Ladena, wymagała miesięcy planowania oraz dziesięciu i pół roku zbierania informacji. SEAL Team 6 trenował tygodniami, a nawet zbudował cholerny model jego domu. Nawet kiedy mieli plan, przeszedł dziesiątki, jeśli nie setki iteracji, zanim ktoś na górze w końcu dał zielone światło. I nie pytajcie nawet, jak bardzo spowalniają cały proces krawaciarze. Pewnie dobrze, że w tej chwili nie mamy nad sobą żadnych cholernych biurokratów mówiących nam, co możemy, a czego nie możemy zrobić.

Ale nagłość sytuacji wymaga odstępstw od uświęconej tradycją kolejności działań. Czemukolwiek służy to pole siłowe, jest zabójcze i zamyka miliony ludzi w kurczącej się coraz bardziej bańce.

Kładę rękę na mapie i spoglądam w dół.

– W poprzedniej pracy dysponowaliśmy znacznie większą liczbą narzędzi.

– Mnóstwem broni, prawda, Gunny? – pyta Z-Lo.

– Myślałem raczej o rozpoznaniu i zdjęciach satelitarnych.

– Aha.

Uśmiecham się do niego.

– Ale więcej broni to zawsze dobra odpowiedź.

Potrząsa głową, jakby kiwał się do piosenki, której nie słyszy nikt poza nim.

– Fajnie.

– W obecnej sytuacji – kontynuuję – wiemy tylko to, co widziała nasza szóstka. Poza tym mamy najwyżej mnóstwo domysłów. To za mało, żeby narażać czyjeś życie. Dlatego zanim pójdę dalej, chcę powiedzieć jasno, że wszelki plan, jaki spróbujemy zrealizować, będzie oparty na niepełnych informacjach, niekompletny i bardzo niebezpieczny.

– Dawaj, Gunny – mówi Z-Lo. – Nie boimy się gówna.

– Zamknij się, Laszlo – mówi Hollywood.

– Tak jest, pani sierżant.

Rzucam młodemu poważne spojrzenie.

– To nie jest najnowsza wersja *Call of Duty*. I w ten czy inny sposób zginą ludzie, jak Polanski i inni.

– Dobra wiadomość jest taka, że wszyscy się do tego szkoliliśmy. Prawda, nie sądzę, żeby przez jakiś czas ktoś nam za to płacił. Mimo to jesteśmy profesjonalistami, częścią najlepiej opłacanego wojska w historii świata i bez względu na to, kto nas zaatakował…

– To kosmici – mówi Zderzak.

Potrząsam głową, żeby oczyścić myśli, a potem uderzam o mapę palcami, żeby podkreślić moje słowa.

– Bez względu na to, kto nas zaatakował, będziemy bronić naszej ojczyzny i honoru.

Wszyscy – poza Zderzakiem – wznoszą nierówne okrzyki: „Urra!”, „Hu!” i „Tajest!”.

Zderzak podnosi wzrok i mówi:

– BJN.

Unoszę brew w niemej prośbie o wyjaśnienie.

– To moje powiedzonko. Z meczów na uczelni.

– Twoje powiedzonko? – powtarzam.

Potakuje.

– Kiedy byłem nastolatkiem, jednym z moich bohaterów był seals o imieniu Jocko, który ukuł termin BJN, jak Bardzo Jurny Nurek. No więc kiedy zostałem kapitanem drużyny, za każdym razem, kiedy wychodziliśmy z szatni na mecz, kazałem drużynie całować piłkę i mówić BJN: Boisko Jest Nasze.

– BJN. Podoba mi się – mówię, zwracając uwagę na wojskowy rodowód.

– Oddawanie hołdu naszym wielkim poprzednikom zawsze jest słuszne.

Przekonanie przedstawicieli różnych rodzajów sił zbrojnych do wybrania wspólnej mantry to prawdziwy ból dupy. Widziałem to już podczas połączonych operacji. Nie pomyślelibyście, że podobna drobnostka może być przeszkodą, ale tak jest. Wojsko to rodzaj religii, w której ważne są słowa i rytuały. A wspólny braterski język to integralna część tworzenia więzi, które muszą wytrzymać spojrzenie śmierci w twarz.

– Mi też się podoba – mówi Hollywood. – BJN.

– BJN – mówią Yoshi i Z-Lo.

Patrzymy na Ducha. Marszczy czoło.

– BJN. Ale nie pocałuję piłki, której dotknęły wasze wargi.

Ekipa uśmiecha się, a potem wraca do pracy. Ponownie wygładzam mapę i wyciągam ołówek.

– Na podstawie zauważonego tempa można stwierdzić, że kopuła kurczy się co piętnaście godzin o jedną milę.

– To daje nam osiem i dwie dziesiąte doby do punktu zero – mówi Duch.

Wszyscy unoszą brwi, patrząc na niego. Ale nie powinno nas to przecież dziwić. Praca snajpera polega między innymi na pomiarze z dużą dokładnością odległości.

– Osiem i dwie dziesiąte doby – powtarzam z uśmiechem i zapisuję liczbę na mapie.

Nie umknęło mi również, że w zasięgu możliwego epicentrum leży Ground Zero w One World Trade Center. Nie wiem, czy Duch, jako Teksańczyk, pomyślał o tym zbiegu okoliczności, ale ja tak. I mam nadzieję, że epicentrum jest gdzie indziej.

– Ale o ile chcemy ją wyłączyć – mówię dalej – a chyba wszyscy tego chcemy, nie jest to termin, którego będziemy się trzymać, prawda?

Kiwają głowami.

– A zatem mamy o wiele mniej czasu.

– Jak to? – pyta Hollywood.

Nanoszę mniejszy krąg wokół Nowego Jorku.

– Mówimy o najgęściej zaludnionym mieście Ameryki Północnej i moim rodzinnym mieście.

– Jesteś z Nowego Jorku? – pyta Z-Lo.

– Z Brooklynu – mówię. – To różnica.

– Nie poznałeś po akcencie? – pyta młodego Zderzak.

– Nie. To znaczy, myślałem, że…

– Spoko – mówię do Z-Lo, po czym przełączam się do Zderzaka, puszczając do niego oko.

– Na tym obszarze mieszka jakieś dziewięć milionów ludzi.
Dodajcie do tego kilka milionów w okolicy i powiedziałbym,
że w grę wchodzi od piętnastu do dwudziestu milionów.

Hollywood cmoka językiem w bok policzka.

– Sporo.

Kolejni przytakują.

– I co? – mówi Yoshi, pociągając kolejny łyk z piersiówki.

– Wróg po prostu próbuje wszystkich powoli zabić? Nie kupuję tego. Istnieje wiele prostszych sposobów. Nie chcę okazywać
braku szacunku, ale moi ludzie mają w tym pewne doświadczenie.

– Cholera, Yoshi – mówi Zderzak.

– Tylko mówię. Atomówka załatwi dwadzieścia milionów ludzi o wiele szybciej niż to coś, czymkolwiek to jest. A nie wygląda
na to, żeby brakowało im technologii, która pozwoliłaby zrobić
coś o wiele gorszego, niż wymyśliliśmy w latach czterdziestych.

To tyle, jeśli chodzi o delikatne unikanie drażliwych kwestii.

– Zgadzam się z Yoshim. Chociaż widziałem, jak boty zabijają
ludzi, widziałem też, jak chwyciły człowieka, otworzyły okno
w polu energetycznym i wrzuciły go do środka. Po co miałyby
to robić, skoro i tak zamierzały go później zabić?

Zawieszam głos, żeby upewnić się, że wszyscy nadążają.

– A zatem pojawia się pytanie: skoro nie chcą zabić nas wszystkich, co jest ich celem?

– Dominacja nad światem – mówi Z-Lo.

Mrugam w jego stronę.

– Daleko od celu, zuchu – mówi Zderzak.

– Co? Czy nie o to im zawsze chodzi?

– Może próbują wszystkich zapędzić w jedno miejsce – mówi Yoshi. – Jak w *Fortnite*.

Przypominam sobie okrągły front burzowy popularnej gry online, który zbliżał się do graczy, zaganiając ich do kurczącej się stale strefy zagrożenia, dopóki jeden z nich nie okazał się zwycięzcą. Prosty, ale skuteczny mechanizm spychania ludzi w pożądanym kierunku.

– Ale dokąd? – pyta Hollywood i patrzy na mnie. – Dlaczego Dolny Manhattan?

– Wiem tyle, co i ty – mówię.

Ale to nie do końca prawda. Mówię im więc o tym.

– Słuchajcie, mam więcej informacji, którymi powinienem się podzielić.

Ich twarze wyrażają ciekawość i pewien poziom… nie powiedziałbym, że nieufności, ale zdecydowanie sceptycyzmu.

– Co to ma znaczyć? – pyta Hollywood z ręką na biodrze.

– Nie pierwszy raz widzę te roboty.

Unosi cholernie wysoko brew.

– Naprawdę?

Potrząsam głową.

– Moją ostatnią misją była tajna operacja na Antarktydzie. Dowodziłem małym zespołem pod pozorem szkolenia terenowego z działań w ekstremalnych warunkach pogodowych…

– Cholernie dobry poligon – mówi Zderzak.

Przytakuję.

– …podczas gdy w rzeczywistości mieliśmy pilnować projektu badawczego finansowanego przez… prawda jest taka, że nie wiem, skąd pochodziły pieniądze. Ale wiem, że CIA zaciekawiło się nim na tyle mocno, żeby zapukać do nas od tyłu i poprosić o paru mięśniaków. Oczywiście nieoficjalnie.

– Nie podoba mi się, dokąd to zmierza – mówi Hollywood.

– Skąd ta skrytość? – pyta Zderzak.

Duch chrząka cicho, jakby łączył kropki.

– Traktat antarktyczny. Zakaz obecności wojskowej.

– Zgadza się. – Przytakuję. – A potem znaleźli to coś.

Odczekuję chwilę, chyba nawet za długą.

– Co? – pyta Hollywood.

– Oczywiście dopuszczam się zdrady, choćby wspominając wam o tym, ufam więc, że rozumiecie moje wahanie. Ale biorąc pod uwagę okoliczności, jestem gotów zaryzykować.

– Co znaleźliście, Wic?

Tym razem Hollywood trzyma obie ręce na biodrach.

Chcę powiedzieć, żeby uspokoiła się i odprężyła, ale nie dziwię się, że jest podenerwowana. Po tym, przez co wszyscy przeszliśmy, jej niepokój jest aż za bardzo zrozumiały.

– Nie jestem do końca pewny, co to właściwie było – mówię. – Ale tak zwani eksperci twierdzą, że to był portal. Pierścień.

– Coś jak Gwiezdne Wrota? – mówi Z-Lo. – Nie ma mowy. Prawdziwe Gwiezdne Wrota SG1?

– Coś w tym stylu. Wiem tyle, że ich zdaniem obiekt był naprawdę stary i…

Hollywood pochyla się.

– I co?

– I że umieścili go tam kosmici. Szlag.

– Wiedziałam.

Wyrzuca ręce w górę.

– Widzisz? Dlaczego nam nie wierzysz?

– Ponieważ nadal nie widziałem ich na własne oczy.

– Ale mówiłeś, że widziałeś roboty?

Splatam ręce i przytakuję.

– Owszem. Naukowcom udało się otworzyć portal i wyszło z niego to, co już widzieliśmy.

– O mój Boże! – mówi Z-Lo głosem na granicy ekstazy i histerii. – To naprawdę się dzieje. Cholerna inwazja kosmitów, człowieku!

– Spokojnie, synu – mówię. – Po prostu wyluzuj przez chwilę.

– Co się stało, kiedy spotkaliście te boty? – pyta Yoshi.

– Zanim cokolwiek stamtąd wyszło, portal był czynny całą noc. Potem pojawił się dron. Na początku tylko skanował okolicę. Naukowcy… hm, byli przeszczęśliwi.

– A ty? – pyta Zderzak.

Chichoczę.

– Za dużo filmów widziałem, żeby czuć to samo.

– Potwierdzam – mówi Hollywood, pociągając nosem.

– Tak czy inaczej, dron zaatakował nagle jednego z asystentów, dzieciaka nazwiskiem Lewis, i pociągnął go z powrotem przez bramę.

Opuszczają w milczeniu głowy.

– Otworzyliśmy ogień, próbowaliśmy go zatrzymać, ale był twardy. Po tym jak zniknął, sprawy wymknęły się spod kontroli.

– Boty? – pyta Z-Lo.

Kiwam posępnie głową i biorę kolejny głęboki oddech.

– Najpierw pojawił się robot zwiadowca, a potem trzy roboty bojowe i kolejny zwiadowca. Zlikwidowały trzy plutony.

– Niech zgadnę – mówi Hollywood. – Rosjan, Brytyjczyków
i Amerykanów.

– Czyli w wiadomościach mówili prawdę – dodaje Zderzak.

Duch potwierdza burknięciem.

– Kiedyś musiał być ten pierwszy raz.

– Nie byliśmy gotowi. Nie tak, jak powinniśmy. To była moja
wina. Powinienem lepiej nas przygotować. Trzeba było wysadzić
ten pierścień w cholerę.

Milknę na chwilę i biorę oddech, próbując wepchnąć wspomnienia z powrotem do pudełka, w którym trzymam wszystkie
mroczne sprawy.

– Ocalałem tylko ja i jeszcze jeden żołnierz. Oraz większość
naukowców.

– A pierścień? – pyta Zderzak.

– Wyłączyliśmy go.

– No to skąd się wzięły te wszystkie nowe boty? – pyta Z-Lo.

– Tego nie wiem – odpowiadam. – Ale jeśli wiem coś o szpiegach, chcieli uruchomić go na nowo.

– I myślisz, że naukowcy znowu go włączyli? – pyta Hollywood.

Zderzak gładzi się po brodzie.

– To by wyjaśniało, jak wróg się tu dostał. Oraz być może niektóre mechanizmy ich działań.

Trafia w sedno moich podejrzeń.

– Mów dalej, Zdeniu.

Mam wrażenie, że chichocze w duchu, słysząc to zdrobnienie.
Spogląda na mapę.

– Jeżeli mają jakąś technologię, z braku lepszego określenia,
portali, która pozwala przenosić ludzi z miejsca na miejsce, kto
wie, czy właśnie tego nie robią. Mamy zabójcze pole w stylu *Fort-*

nite, które spędza ludzi z najgęściej zaludnionego miasta Ameryki Północnej do punktu centralnego: jeśli nie po to, by ich zabić, to żeby przenieść ich przez portal.

– Ta hipoteza ma sens – mówi Yoshi. – A biorąc pod uwagę, że na świecie jest mnóstwo większych i gęściej zaludnionych miast oraz że znaleziony przez was pierścień nie znajdował się na suwerennym terytorium żadnego konkretnego narodu, jest oczywiste, że Nowy Jork nie jest jedynym celem. Oczywiście opieramy się na założeniu, że zależy im na spędzeniu ludzi w jedno miejsce, a nie na czymś innym.

Z-Lo podnosi rękę.

– Co znaczy suwerenny?

– O Boże – wzdycha Hollywood.

– A jeśli tak było – mówię – to Nowy Jork nie był pierwszy na liście.

Yoshi kiwa głową.

– Na przykład Tokio parę lat temu przekroczyło próg czterdziestu milionów. Szanghaj, Karaczi, Pekin, São Paulo nie są daleko w tyle. Ale mamy jeszcze supermetropolie, takie jak Chongqing i Kanton, otoczone licznymi miastami o przylegających do siebie granicach, które tworzą obszar miejski potencjalnie dwa razy większy od Tokio. Gdybym był kosmitą i zależało mi na łowieniu ludzi, zacząłbym tam.

– Człowieku, kiedy to mówisz, mam ochotę przeprowadzić się na wieś – mówi Zderzak.

– Może kosmici są tutaj, żeby nas przesiedlić – mówi Z-Lo.

Reszta rzuca mu spojrzenie.

– Nie, naprawdę. Coś w stylu: „Hej, patrzcie na tych ludzi. Zaraz zabraknie im żywności i zaczną zjadać siebie nawzajem.

Nom, nom, nom. Lepiej zróbmy coś, żeby im pomóc, zanim to się zmieni w trzecią wojnę światową". Czaicie, o czym mówię?

Podoba mi się jego wyobraźnia, ale w teorii jest zbyt wiele dziur.

– Moim zdaniem nie.

– Zgadzam się – mówi Duch. – Wszelkie działania zmierzające do pokojowego przesiedlenia poprzedza kampania informacyjna. Zakładam, że każdy rozumny gatunek, który miałby na uwadze nasze dobro, spróbowałby czegoś w tym stylu, zanim zrobiłby to, co widzieliśmy.

– Zgadzam się – dodaje Zderzak. – Istnieje sto innych sposobów zakomunikowania pokojowych intencji niż wciąganie ludzi do portali lub wysadzanie w powietrze baz wojskowych. Te dranie są poinformowane i agresywne. Poza tym widzieliśmy różne rzeczy.

Milknie na chwilę.

– Jakie rzeczy? – pytam.

– Złe voodoo – mówi Hollywood. – To…

– Wiem, anioły śmierci.

Kiwa głową, po czym wraca wzrokiem do Zderzaka.

– To oznacza, że traktujemy ich jako nastawionych wrogo do…

Zderzak spogląda po wszystkich.

– Boże, do całej ludzkości, jeśli Yoshi ma rację.

– Do całej ludzkości – powtarzam cicho.

Jeśli wcześniej miałem wątpliwości co do dołączenia do tego zespołu, to właśnie się rozwiały. Czasami trzeba do tego rozmowy z przyjaciółmi, nawet nowymi, jakiej nie da się przeprowadzić ze sobą, siedząc samotnie na szczycie wzgórza.

– I dlatego musimy znaleźć metodę, żeby ich powstrzymać. A jeśli nam się nie uda, musi zrobić to ktoś inny.

– Nie chcę czekać na kogoś innego – mówi Z-Lo.

Dotyka kciukiem nosa, a potem trzyma rękę nad mapą, jakbyśmy byli drużyną sportową stojącą w kręgu. Ten gest przypomina mi o Aaronie i naszej przysiędze z dzieciństwa. Kiedy patrzę, jak wszyscy patrzą na dłoń Z-Lo z różnym natężeniem sceptycyzmu, uświadamiam sobie, że ten pełen dobrych chęci, ale boleśnie głupi dzieciak z San Diego właśnie na coś wpadł.

– Bliżsi niż bracia – mówię, kręcąc głową.

Hollywood krzyżuje ramiona.

– Co to było?

Ignoruję ją i recytuję dalej starą rymowaną przysięgę:

– Bliżsi niż bracia, przez błoto i ogień, na zawsze razem…

Potrzebuję innego słowa niż „Muszkieterowie". To zbyt banalne. Poza tym należy do Aarona, Jacka i mnie. Przebieram w głowie w rymach do ogień i decyduję się na:

– …zawsze gotowi.

Potem kładę dłoń na dłoni Z-Lo.

Uśmiecha się do mnie. Kiwam mu głową.

– Podpiszę się pod tym – mówi Zderzak i kładzie dłoń na naszych dłoniach.

– Ja też – mówi Yoshi.

Hollywood się śmieje.

– A, cholera. Wchodzę w to.

Wszyscy patrzą na Ducha.

– To jak, snajperze? – pytam. – Przyłączysz się?

– Nie mam już nic do stracenia.

Kładzie dłoń na wierzchu i przez chwilę wszyscy patrzymy sobie w oczy. Wszystko dzieje się bardzo szybko, ale wcale nie jest przez to mniej ważne. Boże, za to wrażenie jest naprawdę dziwne: przypadkowa zbieranina wojskowych i rezerwistów na misji, która ma ocalić świat? To prawie nadaje się na scenariusz, tyle że jestem całkiem pewny, że wszyscy zginiemy. Poza tym coś mi mówi, że Hollywood w najbliższym czasie nie będzie kręcić żadnych filmów. Znaczy mowa o miejscu, nie o pani sierżant z ręką pośrodku innych dłoni. Chociaż gdyby jednak je robili, byłaby cholernie dobrą postacią.

– BJN – mówię.

Uśmiechają się do siebie, a następnie odpowiadają jednogłośnie:

– BJN!

Rozdział 13

4:00, piątek, 25 czerwca 2027
East Orange, New Jersey
Stara stodoła

Zderzak klepie mnie w ramię, luzując mnie. Chociaż mój stary worek kości nie radzi sobie z nockami jak wtedy, gdy miałem dwadzieścia parę lat, jako najstarszy stopniem uznałem, że moim obowiązkiem było zgłoszenie się na ochotnika do pierwszej warty. Nie trzeba dodawać, że czuję radość, że w końcu się prześpię.

Idąc na zaimprowizowaną pryczę w jednym z mniej zagraconych, opuszczonych boksów dla koni, podsumowuję ostatnią godzinę chaotycznych rozmyślań, krystalizując je w określone idee. Zauważyłem, że to pomaga mi utrwalić rzeczy w podświadomości, dzięki czemu po przebudzeniu mogę przedstawić sobie – a w tym przypadku zespołowi – zwięzły i praktyczny pomysł.

Pierwsza myśl jest taka, że potrzebujemy nazwy.

Niektórzy mogliby uznać, że to dziecinne lub mało ważne. Ale nie bez powodu jedną z pierwszych rzeczy, które robią nasi rodzice, jest nadanie nam imienia. Imię pomaga wykształcić tożsamość i poczucie przynależności. Ma znaczenie, zwłaszcza gdy próbujesz dowiedzieć się, kim, do diabła, jesteś i gdzie jest twoje miejsce na ziemi.

Podobnie jest z nazwami w wojsku. Choć osobom postronnym może się to wydawać banalne, bez struktury jednostek, rang i tytułów, oraz opisów kryjących się za nimi stanowisk, macie chaos. Insygnia, obrzędy inicjacji, relacje behawioralne między członkami, wszystko to służy w walce jednemu: zapewnieniu nam wygranej, a wrogowi klęski. Kiedy mgła wojny zasłania osąd i każe ci odgadywać zamiary całego świata, jedyne, czego uczysz się nie kwestionować i nie lekceważyć, to pozycja i kwalifikacje mężczyzny lub kobiety z przodu i z tyłu, oraz po obu stronach. Imiona to świętość. To one utrzymują człowieka przy życiu.

Biorąc pod uwagę wyjątkowość naszej sytuacji, posiadanie nazwy jest jeszcze ważniejsze. Pochodzimy z różnych rodzajów sił zbrojnych i choć wszyscy bierzemy żołd od Wuja Sama, różni nas poczucie przynależności. A to oznacza, że połączenie się pod nową nazwą może znacznie ograniczyć część czynników utrudniających działanie w zespole – nawet tak krótko istniejącym.

No i mam ją. To znaczy nazwę.

Potem zastanawiałem się, jak najlepiej walczyć z robotami, które widzieliśmy, oraz z aniołami śmierci – „złym voodoo", z którym zetknęła się Hollywood i reszta. Na Antarktydzie dowodziłem niedoświadczonymi siłami, które miały ograniczony dostęp do uzbrojenia, słabą pozycję, kiepską komunikację i zostały zaskoczone przez przeciwnika, o którym nic nie wiedzieliśmy. Za to teraz jestem częścią dość mocno wyspecjalizowanej grupy, tak naprawdę drużyny ogniowej z różnych środowisk.

Chociaż EMP i kopuła zaskoczyły Hollywood i pozostałych, wcześniej zgromadzili w pojazdach sporą ilość sprzętu. Ale nie wystarczy tego na zmasowany atak. Zamiast tego musimy trzymać się zadań zwiadowczych i szukać sposobu na dostanie się do środka kopuły. Będzie to przypominało sondowanie przeciwnika szachowego otwarciem za pomocą skoczków. Sprawdź, wycofaj się, przeanalizuj, powtórz.

Mimo ograniczonego zapasu amunicji i sprzętu zespół ma o wiele większą zdolność bojową niż ten, którym dysponowałem na biegunie południowym. O ile na Antarktydzie cztery roboty zabiły wszystkich żołnierzy poza dwoma, o tyle ta mniejsza drużyna wyeliminowała siedem robotów, w tym pięć, zanim się zjawiłem. W jaki sposób? Przewidując ruchy wroga, wybierając odpowiednią konfigurację, celując w znane słabe punkty i komunikując się.

Oraz pozostając poza zasięgiem wzroku. Jak duchy. Raz tutaj, po chwili gdzie indziej. Wróg nawet nie wie, co go trafiło.

Tak właśnie będziemy musieli się przemieszczać, jeśli chcemy zachować życie i pomóc uwięzionym w kopule ludziom.

Moja ostatnia myśl jest związana z koniecznością znalezienia Aarona – zakładając, że przeżył pierwszy atak i nie został uwięziony pod kopułą. Jeśli wierzyć twierdzeniu telewizji, że łączył się na żywo z Uniwersytetu Rutgersa, wątpię, żeby przez ostatnie parę godzin zaszedł daleko. Znając go, powiedziałbym, że wrócił do laboratorium, próbując poskładać wszystko w całość. Pod tym względem on i ja jesteśmy bardzo podobni. Urodzeni badacze. Ale podczas gdy jego ulubioną bronią jest zrozumiała dla nielicznych rozprawa naukowa, moją jest automatyczny karabin szturmowy, mówiący uniwersalnym językiem. Pewnie, gdyby świat był lepszym miejscem, jego narzędzia byłyby bardziej przydatne niż moje. Ale nie jest, więc wolę je.

O ile istnieje ktoś, kto mógłby wiedzieć, jak działa kopuła, skąd pochodzi lub czego chcą te istoty (nadal nie chcę używać słowa na „k"), będzie to doktor Aaron Campbell.

No dobrze, może praca naukowa jest częścią planu. Ale i tak nie potrafi pluć ołowiem.

Zamknąłem oczy na nie więcej niż dziesięć sekund, a tu ktoś wydaje wyraźne syknięcie i wymawia moje imię. Wiem też, że to weteran, bo nie podkrada się i nie dotyka mnie w ciemności. Ostatni trep, który mnie w ten sposób obudził, omal nie dostał nożem w gardło. Biedny dzieciak chciał mi tylko dać znać, że moja zupa z puszki właśnie się ugotowała. Prawdziwa śmierć za nic.

– W czym problem? – mówię do Zderzaka.

Oczy ma utkwione w drzwiach stodoły, karabin trzyma w górze.

– Intruzi w domu. Wygląda na to, że plądrują okolicę.

Zastanawiam się, czy nie powiedzieć mu, żeby pilnował ich, bo rozpaczliwie potrzebuję snu. Ale potem zdaję sobie sprawę, że jeśli szabrownicy są uzbrojeni i zdecydują się zbadać stodołę, może dojść do strzelaniny.

– Wstaję – mówię i chwytam SCAR-a.

Idę za Zderzakiem, który budzi resztę drużyny. Stajemy przy drzwiach i przez pęknięcia w drewnianych listwach patrzymy na wschód w kierunku domu. Kopuła nie rzuca tak dużo światła jak wtedy, gdy byliśmy na stacji benzynowej, a daleki do pełni księżyc też niewiele daje. Opuszczam noktowizor i proszę Zderzaka, żeby otworzył prawe skrzydło drzwi.

– Rozejrzę się – mówię.

– Idę z tobą – mówi Z-Lo.

– Lepiej ja – wtrąca się Duch.

Zanim Z-Lo zdążył to zrobić, zajmuje pozycję na mojej szóstej i idzie za mną.

Przechodzimy przez trawnik i ustawiamy się za starym drzewem hikorowym, gdy słyszę z domu jakiś huk. Wygląda na to, że ktoś właśnie rozwalił ogromne lustro lub pamiątkową zastawę.

– Śmieci – mówi Duch.

Choć nie podoba mi się myśl o intruzach plądrujących prywatną posiadłość czyjejś rodziny, walka z szabrownikami nie jest naszą misją. Chcę tylko odstraszyć wszystkich od dociekania, jakie skarby mogą kryć się w stodole.

– Kontakt. Drzwi kuchenne – mówi Duch.

Podrzuca karabin.

– Nie strzelać – szepczę.

Z drzwi burzowych na tyłach domu wyłania się jakaś postać i zapala latarkę. Duch i ja cofamy się i unosimy noktowizory. Wiązka światła omiata trawnik, a następnie spoczywa na stodole.

– Hej! Coś tu chyba jest! – krzyczy człowiek z latarką w stronę domu. Głos ma chrapliwy, po trzydziestce. Narkotyki i alkohol zniszczyły mu gardło.

– Fantastycznie – mówi Duch.

– Przepuszczamy go – mówię, zarzucając karabin na bark i wyjmując glocka. – Zaatakuję od tyłu. Ty osłaniasz. Mamy ich tylko zatrzymać.

– Roger.

Przez komunikator szepczę:

– Trzymać pozycję. Wchodzimy do akcji.

– Przyjęłam – odpowiada Hollywood.

Kiedy tylko mężczyzna mija naszą osłonę, wyślizguję się zza niej i staję na jego szóstej. Nawet jeśli nie widzę w jego wolnej ręce broni, atak na drugiego człowieka zawsze wiąże się z pewnym niepokojem i ostrożnością, bez względu na to, jak bardzo pewni jesteście, że zdejmiecie wroga.

Dzięki wieloletniemu doświadczeniu w chodzeniu w pyle i gruzach podczas misji moje buty poruszają się cicho po trawie. Chociaż nie słyszę Ducha, wyczuwam go kilka kroków z tyłu. I właśnie to uczucie to jedyne, czym się martwię, zbliżając się ukradkiem do wroga: szósty zmysł. Nie dajcie sobie wmówić, że to nieprawda. Jest inaczej. Widziałem, jak cel odwracał się i zauważał jednego z naszych, ponieważ pięćset jardów dalej jakiś żółtodziób spojrzał któremuś dupkowi w oczy.

Dlatego nie patrzę na głowę celu, tylko na środek jego pleców. Trzymam go na muszce pistoletu, idąc w odległości zaledwie trzech stóp, po czym rzucam się przed siebie i zakładam mu dławiący chwyt na szyję.

Latarka wylatuje mężczyźnie z rąk, a jemu samemu udaje się zaskowyczeć, zanim odcinam mu drogi oddechowe. Odbieram mu wciśnięty za pas z tyłu spodni pistolet i odrzucam go na bok.

– Weszliście na teren prywatny – mówię mu do ucha.

Duch jest po mojej lewej i celuje dla wsparcia z pistoletu.

– Kim, do k…

– Kim jestem, to najmniejsze z twoich zmartwień, dupku. Powinieneś martwić się o to, kogo mam ze sobą.

Facet szarpie się, ale płaci za to. Założyłem mu taką dźwignię, że im bardziej się wyrywa, tym bardziej go boli.

– Czego chcesz? – wydusza z siebie.

– Powiesz swoim chłopcom, żeby opuścili dom tych miłych ludzi i spadali. Powiesz im też, że okolica jest pełna uśpionych agentów rządowych, którzy mają rozkaz zabijać na miejscu. W tej chwili jestem po prostu miły. Jeśli rozumiesz i zastosujesz się bez odchyleń do tych szczegółowych instrukcji, kiwnij głową.

Potakuje.

– Widzisz? Wiedziałem, że dojdziemy…

– Scyzoryk? – odzywa się nowy głos z tylnych drzwi w chwili, gdy pada na nas nowy promień latarki.

Czuję poruszenie wiatru, kiedy Duch się obraca. Ja także obracam zakładnika, żeby zobaczyć, kto mówi.

– Co tu się, do cholery, dzieje? – pyta nowo przybyły.

– Wyłącz światło – mówi Duch, odsuwając się ode mnie.

Wiązka omiata Ducha i wraca.

– Puść go, człowieku – mówi do mnie mężczyzna.

Postanawiam poluzować chwyt na jeńcu i polecam mu powiedzieć przyjacielowi, żeby się wycofał.

– Wracaj do środka, Robak. Natychmiast – mówi posłusznie Scyzoryk.

– Nie ma mowy.

Widzę, że Robak jest poruszony. Wygląda też na to, że coś brał, a to niedobrze. Wszystkie pogadanki profilaktyczne na temat narkotyków, których musieliśmy wysłuchać w liceum, skupiały się na niekorzystnych skutkach ubocznych dla organizmu. Tymczasem powinny mówić przede wszystkim o głupotach, do których zmuszają cię prochy, kiedy staniesz przed kimś z wycelowaną w ciebie naładowaną bronią. To uratowałoby znacznie więcej dzieciaków z mojej okolicy.

Duch powtarza polecenie wyłączenia latarki, dodając, że strzeli, jeśli mężczyzna tego nie zrobi.

– Wracaj do środka – jęczy Scyzoryk w moim uścisku.

– Nie ma mowy, człowieku!

Czy to wskutek paniki, czy brawury Robak nie zdradza zamiaru odejścia. Sięga po coś za plecami.

– Broń! – krzyczy Duch, po czym słyszę ciche kaszlnięcie jego wyposażonego w tłumik HK 9 mm.

Latarka uderza z brzękiem o ziemię, a ciało spada po schodach. W wirującym świetle dostrzegam na betonowym stopniu pistolet.

– Nieee! – krzyczy Scyzoryk, wyrywając się w stronę zabitego. – Zastrzeliłeś go! Co z tobą nie tak?

Mimo to nie zwalniam chwytu na jego szyi i głowie.

– Czy w domu jest ktoś jeszcze?

– Powaliło was, człowieku.

– Pytam ostatni raz – ściskam go czule. – Kto jeszcze jest w domu?

– Dwóch ludzi – wykrztusza.

Słyszę, jak szabrownicy numer trzy i cztery poruszają się w środku: wpadają na klatkę schodową i próbują iść mu na ratunek. To, że broń ma tłumik, nie oznacza wcale, że jest cicha. No i były jeszcze krzyki.

– Gotowi – mówi Hollywood w mojej słuchawce.

– Powiedz kolegom, żeby opuścili ten budynek – mówię do Scyzoryka. – Otoczyliśmy dom i jeśli cię nie posłuchają, dołączą do Robaka. Idź.

Puszczam go i popycham do przodu z nadzieją, że okaże się posłuszny. Krzyczy i idzie niepewnym krokiem po trawie, ale udaje mu się zachować pozycję pionową. Potem mija ciało Robaka, klnąc przy tym, a wreszcie pędzi w górę schodów, krzycząc:

– Zabieramy się stąd! Zastrzelili Robaka!

Po jego okrzykach przez dziesięć sekund słychać protesty.

Aby przyspieszyć naradę, Duch oddaje trzy kolejne strzały w okna od tyłu. Słychać kroki i krzyki, kiedy szabrownicy wybiegają przez drzwi frontowe. A potem wszystko cichnie.

Ciszę przerywają Hollywood i odgłos opuszczanego przez nią AR-15.

– Szlag!

– Yoshi – mówię. – Sprawdź ofiarę.

– Nie żyje – dodaje Duch.

– Możliwe, ale i tak zasługuje na to, żeby go sprawdzić.

Duch i Yoshi kiwają głowami, a następnie ruszają, by przyjrzeć się zabitemu. Cywil, jakżeby inaczej.

To pierwszy raz, kiedy widzę cywila zabitego przez żołnierza na amerykańskiej ziemi. Nie podoba mi się to. Nie jesteśmy przygotowani na zajmowanie się zagrożeniem wewnętrznym: od tego są inni. Mimo to Duch postąpił słusznie i nie winię go. Nawet gdyby próbował strzelać w kończyny – czego by nigdy nie zrobił, żołnierze nie strzelają, żeby zranić nieprzyjaciela; my mamy zabijać – nie tylko naraziłby nasze życie na niebezpieczeństwo, ale też śmierć ofiary byłaby o wiele bardziej bolesna. Przy braku czynnych szpitali mężczyzna wykrwawiłby się albo zmarł z powodu zakażenia. Szabrownik zdecydował się sięgnąć po broń po tym, jak w czasie wojny – choćby nieoficjalnej – wydano mu jasne instrukcje, i zapłacił za to cenę. Nie podoba mi się to.

To chyba jest najgorsze w walce. Nie jest sprawiedliwa. Jest bolesna. A kiedy używasz zabójczej siły, nie ma miejsca na powtórki. Dlatego trenujesz z całych sił i ufasz instynktowi. Mimo to zabijanie zawsze pozostanie zabijaniem i nigdy nie stanie się łatwiejsze, przynajmniej dla tych z nas, którzy wciąż mają dusze. Po prostu uczysz się lepiej szufladkować przeżycia.

– Chcesz stąd odejść? – pyta mnie Hollywood.

Znowu nie jestem pewny, dlaczego prosi mnie o zdanie, jakbym tu dowodził. Ale to dobre pytanie.

– Nie wrócą. A jesteśmy pewnie na tyle daleko od botów, że nie zwróciliśmy na siebie ich uwagi. Zważywszy, ile zachodu będzie kosztowało znalezienie nowego schronienia dla pojazdów, jestem za tym, żebyśmy tu zostali i trzymali warty.

– Niezły plan – mówi, a następnie każe Z-Lo pomóc Yoshiemu i Duchowi zająć się ciałem za stodołą.

– Wszystko w porządku? – pyta Zderzak, wskazując latarką na moją wargę.

Zaciekawiony dotykam miejsca, w którym czuję ciepło, i widzę na czubkach palców krew. Dużo krwi. Najwyraźniej Scyzoryk podczas szamotaniny uderzył mnie głową w usta.

– Ha! Nawet nie poczułem, kiedy to się stało.

– Yoshi nie jest jedynym medykiem w okolicy – mówi, wyciągając z kieszeni spodni zestaw pierwszej pomocy i kładąc go na ziemi. Chowa latarkę i włącza czołówkę.

– Jesteś sanitariuszem? – pytam. – Myślałem, że…

– Nurek, specjalista od broni ciężkiej.

Śmieje się.

– To moja zasadnicza specjalność. Druga to sanitariusz.

Odpakowuje świeży opatrunek i koagulant, po czym staje twarzą do mnie.

– Poczujesz ucisk.

– Wal się.

– Roger.

Nakłada kaolin na ranę, a następnie kładzie na nim opatrunek.

Jęczę.

– Zupełnie jakby osa zgwałciła mi wargę – seplenię.

– Wspaniałe uczucie, prawda?

– Nie całkiem to miałem na myśli.

Po chwili mówi:

– Nie zdążyłem się oficjalnie przedstawić. Uriah Johnson.

To dziwny czas na prezentację, ale z drugiej strony operatorzy sił specjalnych nie słyną z posiadania wszystkich klepek na miejscu. Ściskam mu rękę.

– Patrick Finnegan.

– Naprawdę jesteś z Brooklynu?

– A ty z Detroit?

Unosi brew.

– Skąd wiedziałeś?

– Zauważyłem lekki akcent.

– Dobry słuch.

– Aha. Przynajmniej w pewnych sprawach.

Śmieje się mrukliwie.

– Słyszałem to.

– Dzięki za balsam do ust.

Kiwa głową.

– Jeśli nie przestanie krwawić, będzie trzeba szyć. Ale do tego przydadzą się pewniejsze ręce Yoshiego.

– Zrozumiano.

Kiedy Yoshi, Duch i Z-Lo wracają, Hollywood każe wszystkim wrócić do środka, żeby dokończyć drzemkę. Rozkładam znowu posłanie i staram się wygodnie ułożyć. Do wschodu słońca zostało jakieś półtorej godziny, a ustaliliśmy, że ruszamy o 6:00.

Podejrzewam, że wszyscy poza młodym znowu zasną. Weterani nabywają osobliwą zdolność do spania w najbardziej nienaturalnych pozycjach i w najdziwniejszych warunkach. Ale Z-Lo? To dla niego nowość.

Z drugiej strony wciąż jest w wieku, kiedy potrzebuje więcej snu niż ogorzały trep po czterdziestce. Ilekroć ludzie mówią, że spali jak dziecko, wiem, że nigdy nie widzieli dziecka na oczy. „Czyli budziłeś się co dwie godziny i obrobiłeś się po uszy?". Tak naprawdę chcą powiedzieć, że spali jak osiemnastolatek, który właśnie zjadł całą pizzę pepperoni po sześciogodzinnej sesji grania w *Call of Duty*. To prawdziwy chwalebny sen, którego nie przerwie nic aż do następnego popołudnia.

– Dobranoc, Hollywood – mówi w ciemności głos. To Z-Lo.

– Dobranoc, Z-Lo – odpowiada.

Śmieję się do siebie. Naprawdę?

– Dobranoc, Wic – mówi młody.

– Dobranoc, Johnie-Boyu.

Pauza.

– Kim jest John-Boy?

– Z *Waltonów*, durniu – mówi Duch, wydając przy tym odgłosy, jakby poprawiał to, co służy mu za poduszkę.

– Kim są Waltonowie?

– Wracaj do łóżka, Z-Lo – mówi Zderzak.

Młody nie wydaje się mieć dość lat, żeby zrozumieć dowcip, ale wyraźnie rozumie wartość ciszy.

– Albo ci pomogę.

– Śpię. Już śpię. Kurde, chciałem tylko być miły. Pocałujcie mnie w dupę z waszymi Waltonami.

– Zamknij się! – mówi jednogłośnie nasza reszta.

Naresczie zasypiam.

Rozdział 14

6:00 piątek, 25 czerwca 2027
East Orange, New Jersey
Stara stodoła

– Pora wstawać, Brooklyn – mówi Hollywood z przesadnym akcentem z New Jersey. Nie obudziły mnie nawet pierwsze promienie słońca ogrzewające wejście do stodoły, a to już coś znaczy.

– To już?

– Przykro mi to mówić. Ale sam powiedziałeś, że chcesz wyruszyć przed szóstą.

– Następnym razem nie pozwól mi na to.

– Roger.

Pakuję rzeczy i chowam je do toyoty. Poświęcam też chwilę na złapanie świeżych magazynków i załadowanie wyczerpanych. Po dwudziestu latach praktyki potrafię uzupełnić magazynek z zasłoniętymi oczami lepiej niż prowadzić rozmowę. Nie żebym kiedykolwiek wygrał nagrodę za konwersacje z inną istotą ludzką, ale porównanie nadal ma sens.

Przeciągnąwszy się i sprawdziwszy pogodę na zewnątrz – siedemdziesiąt jeden stopni Fahrenheita i lekkie zachmurzenie – wracam do strefy z quadami, skąd dobiega zapach jednego z najwspanialszych darów Boga dla ludzkości: kawy. Innym, oczywiście, jest whisky. Ale rzadko piję ją przed obiadem.

– Jaką pijesz? – pyta Yoshi ze stołka do dojenia, który wygrzebał gdzieś w stodole. Przed nim kuchenka turystyczna Whisperlite II ogrzewa dno zabytkowego dzbanka do kawy z gałką z żółtego szkła na pokrywce.

– Zwykłą czarną – mówię.

– Tyle wiem. Pytam, czy z prądem, czy bez.

Wydaje mi się, że pyta, czy piję bezkofeinową, kiedy podnosi piersiówkę.

– Bez prądu. Dzięki.

Wzrusza ramionami, po czym nalewa kawę do metalowego kubka obozowego, śpiewając:

– *Tonight we ride, right or wrong. Tonight we sail, on a radio song.*

Tom Petty. Dobry wybór.

Skosztowawszy parującego płynu, dziękuję Yoshiemu i podchodzę do Hollywood.

– Zawsze tyle pije? – pytam ściszonym głosem.

– Mhm.

Niemal niezauważalnie kiwa głową i oczekuje chwilę.

– Wiesz, niektórzy radzą sobie z tym lepiej niż bez tego. No i nie wpływa to na jego skuteczność.

Całe życie to słyszałem. To był jeden z koronnych argumentów mojego ojca. Ale nie zamierzam w to wnikać w zasięgu słuchu Yoshiego. Mówię tylko:

– Przynajmniej do tej pory.

– Miejmy nadzieję, że tak już zostanie.

– Tak.

Hollywood odwraca się w stronę pojazdów i gwiżdże na palcach, przywołując Z-Lo, Zderzaka i Ducha.

– Zebranie w kręgu!

W ciągu następnych dwóch minut siedzimy wszyscy wokół stoiska z kawą Yoshiego, popijając kawę i wodę oraz przerywając post racjami żywnościowymi i batonami proteinowymi. Bez względu na to, co czeka nas tego dnia, wygląda na to, że każdy rozumie potrzebę zgromadzenia odpowiedniego zapasu kalorii i utrzymania odpowiedniego nawodnienia. To dobrze.

– No to jaki jest plan, Stan? – pyta Z-Lo, zerkając z Hollywood na mnie, a potem wyłamując knykcie.

– Zatańczymy czy jak?

Hollywood i ja patrzymy po sobie.

– Chcesz coś powiedzieć? – pyta mnie.

Chcę zaprzeczyć. Chcę oddać jej inicjatywę. Ale oddanie mi steru szybko staje się wzorcem. Poza tym naprawdę mam coś do powiedzenia.

– No cóż – biorę kolejny łyk kawy – najpierw musimy wyjaśnić parę rzeczy w zespole. Zwłaszcza jeśli ktoś z nas chciałby być gdzie indziej.

Odczekuję chwilę, zanim będę tłumaczył dalej.

– O ile wiem, troje członków naszego zespołu pozostaje w czynnej służbie. To oznacza, że wiążą was przysięga i względy prawne. Nie ma sensu przed tym uciekać.

– Pytasz, czy chcemy wejść w to, co nas teraz czeka?

Zderzak pociąga nosem.

– Wydaje mi się, że wczoraj wieczorem wyraźnie powiedziałem, że moje rozkazy kazały mi uciekać jak najdalej od Dodge. Bóg jeden wie, że nie zamierzam ich słuchać. Kiedyś tam wrócę i zobaczę, co się stało. Ale jednocześnie skupiam się na walce tu i teraz, a nigdy nie siedziałem na ławce rezerwowych. Dopóki więc nie nawiążę kontaktu z jednostką, możesz na mnie liczyć.

Kiwam głową, a potem patrzę na Yoshiego.

– *Jakunikukyoushoku.*

Czekam, aż przetłumaczy, ale tylko się uśmiecha.

– Czyli?

– Słabi są mięsem, silni jedzą.

Chichoczę.

– Brzmi nieźle. Czyli jesteś z nami?

Yoshi kiwa głową.

– Dopóki nie nawiążę kontaktu z jednostką, jak Zderzak. Mój miecz przyda się w tej walce, więc zostanę.

– Słusznie.

Patrzę na Z-Lo.

– Młody?

– Wchodzę na całą długość, Gunny. Znaczy, całym sobą.

– Boże! – wzdycha Hollywood. – Proszę, ujmij to inaczej…

Ale Z-Lo złapał fazę.

– Czegokolwiek panu trzeba, jestem na zawołanie. Zaspokoję każdą potrzebę i zachciankę. Wystarczy poprosić, a zrobię to. I nie ma nic, czego…

– Wystarczy, młody – mówię.

Powstrzymuje słowotok.

– W porządku, racja. Spoko.

Następnie zadaję pytanie Hollywood.

– Zgadnij. Żartujesz sobie, Wic?

– Musiałem się upewnić.

– Tak, do cholery.

Ostatni jest Duch. Czuję, że używając słów, mogę go tylko obrazić. Kiwam więc głową. Wie, co mam na myśli. A kiedy odpowiada skinieniem głowy, ja też go rozumiem. Tyle wystarczy.

– Załatwione.

Pociągam kolejny łyk kawy i rozprostowuję plecy.

– Teraz nazwa.

Hollywood unosi brew.

– Zechcesz wyjaśnić?

Przedstawiam im moje przemyślenia na temat znaczenia nazw, a im więcej mówię, tym częściej kiwają głowami. Przechodzę gładko do rodzaju walki, jaką moim zdaniem będziemy prowadzić podczas zwiadu wzdłuż kopuły.

Pod koniec mojego miniwykładu Z-Lo pyta:

– No to jak się nazywamy?

– Widma – mówię.

Hollywood powtarza to, a potem podnosi wzrok.

– Podoba mi się.

– Mnie również – mówi Zderzak.

– Przekurdesłodkie, człowieku – mówi Z-Lo. – Wydziarałbym to tutaj.

Wali się w lewy biceps.

– Zaraz. Ten jest zajęty. To znaczy tutaj.

Bije się w lewe przedramię.

Patrzę na Ducha.

– Widma – mówi snajper, kiwając głową.

– Co dalej? – pyta Hollywood.

– Misja.

Wyprostowują się lekko. Pora zabrać się do pracy. Wyciągam mapę, którą oglądaliśmy wczoraj wieczorem, i rozkładam ją na kolanach. Następnie omawiam to, co wiemy o kopule, jej domniemanym epicentrum, zabójczych właściwościach i tempie kurczenia się.

– Widziałem też, jak dwaj zwiadowcy otworzyli w niej tymczasowe okno, żeby wrzucić do środka człowieka – mówię.

– My też – dodaje Hollywood. – Właściwie paru ludzi. Pewnie to coś w ich pancerzach, jakiś nadajnik czy coś w tym stylu.

Kiwam głową i dodaję ten szczegół do rosnącej listy informacji, które zapisuję w notesie. Zanotowałem w nim również nasze podejrzenie, że najeźdźcy przenoszą zamkniętych pod kopułą ludzi gdzieś indziej: gdziekolwiek to może być. Rysuję duży znak zapytania, po czym przechodzę do nowej, pustej strony.

– Wygląda na pustą – mówi Z-Lo, próbując przyjrzeć się notatnikowi.

– Wydawało mi się, że mówił pan, że ma dla nas misję.

– Wymyślimy ją razem – mówię.

– To nie film, młody – mówi Zderzak. – Tworzymy ją od podstaw, rozumiesz?

Z-Lo unosi z irytacją brwi na sealsa, jakby chciał powiedzieć: „Jezu, stary. To mój pierwszy raz. Daj spokój". Ale wiem, że nie ośmieli się powiedzieć tego na głos.

– Przede wszystkim musimy założyć, że jesteśmy jedyną jednostką w okolicy – mówię.

– To nie brzmi zbyt optymistycznie – dodaje Z-Lo.

– Nie – odpowiadam. – I nie bez powodu.

– Jeśli zakładasz, że jesteś jedynym operatorem, dokładasz większych starań, żeby nie zginąć – odzywa się ponurym głosem Duch.

– Już to robię – odpowiada Z-Lo.

– Wcale nie – mówi Hollywood. – A co z tą akcją, kiedy okładałeś bota rurą czy co tam miałeś w ręku?

Zderzak parska.

– Nigdy więcej tego nie rób. Chyba że będziesz naprawdę w rozpaczliwej sytuacji. Miałeś jeszcze kilka magazynków na piersi.

– Byłem na niego wściekły – mówi Z-Lo. – Możecie mnie pozwać.

– Nie można pozwać trupa.

– Chodzi o to – wtrącam się – żebyś pamiętał, czego cię nauczyli, oraz o tym, że twoje działania mają konsekwencje dla wszystkich członków zespołu. Urra?

– Urra – odpowiada Z-Lo, spuszczając głowę.

Dla jasności i dla niego wznawiam burzę mózgów, udzielając nieco więcej wyjaśnień.

– Zakładamy, że jesteśmy jedyni, żeby nie ogarnęło nas lenistwo i żebyśmy nie uznali, że zjawi się ktoś inny, żeby ratować nam tyłek. O ile zjawi się ktoś nowy, połączymy siły i w razie potrzeby zmienimy strukturę dowodzenia. Żadnych popisów ego, żadnych przepychanek.

Przytakują.

– Tymczasem będziemy mieć oczy szeroko otwarte i nasłuchiwać, na wypadek gdyby ktoś nadawał przez radio.

– Druga sprawa jest taka, że potrzebujemy więcej informacji o tym.

Dźgam palcem w narysowany na mapie duży okrąg.

– Dlatego chcę coś zaproponować.

Przez kolejne dwie minuty streszczam badania i doświadczenia Aarona z odkrytym na Antarktydzie pierścieniem.

- O ile ktoś może dać nam jakieś wskazówki na temat działania tej kopuły, to jest to doktor Campbell.

- Ufasz mu? – pyta Hollywood.

- Na tyle, żeby asekurował mnie podczas wspinaczki? Nie.

Uśmiecham się do niej.

- Ale jeśli chodzi o wiedzę na temat tego, co zdaniem reszty mądrali jest ważne? Tak.

- Gdzie go znajdziemy? – pyta Zderzak.

Kładę palec na mapie.

- Uniwersytet Rutgersa. Ma tam laboratorium.

- Dlaczego myślisz, że wciąż tam jest? – pyta Yoshi.

Kiwam głową, zgadzając się z pytaniem, a potem zastanawiam się, jak najlepiej odpowiedzieć.

- Hej, Zderzak!

- Pytaj.

- Gdybyś miał wolne, ale musiałbyś skupić się przed jutrzejszym testem, co byś robił?

- Poszedłbym na siłownię. Porzucał piłkę. Coś takiego.

- Dlaczego?

Uśmiecha się półgębkiem.

- Piłka to życie, człowieku.

Spoglądam na Yoshiego.

- Życie Aarona to laboratorium. O ile nie ma go na wykopaliskach, to jest w swoim gabinecie.

- W porządku – mówi Yoshi.

- Załóżmy, że znajdziemy twojego przyjaciela – mówi Hollywood. - Co wtedy?

- Dowiemy się, kiedy z nim porozmawiamy.

- Nie wiemy, czego nie wiemy – dodaje Yoshi.

- Dokładnie.

Spoglądam na mapę.

– Ale mam nadzieję, że będzie wiedział coś, co pomoże nam iść do przodu.

– Jard po jardzie.

Zderzak pochyla się do przodu ze skrzyżowanymi palcami i łokciami na kolanach.

– I mecz po meczu.

– Czyli Rutgers – mówi Hollywood.

Przytakuję.

– Sugeruję, żebyśmy trzymali się o milę od kopuły, by nas nie zauważono. Nie znaczy to, że nie natkniemy się na patrole, ale te, które widzieliśmy do tej pory, trzymały się w promieniu kilkuset jardów od niej, prawda?

Kiwają głowami. Odzywa się Yoshi.

– Powiedziałbym, że pięciuset.

– Czyli trzymają się blisko. Dobrze. Mimo to musimy działać mądrze. Bez zbędnego ryzyka.

– Dlaczego nie zaczekamy na zmierzch? – pyta Duch. – To najlepsza pora na przemieszczanie.

– Zgadza się – mówi Zderzak.

– Ponieważ nie stać nas na ten luksus – odzywa się Hollywood. – Pamiętacie? Działamy według harmonogramu. Kto wie, ilu ludzi zginie… czy cokolwiek się z nimi stanie w każdej sekundzie zwłoki.

– Ona ma rację.

Biorę głęboki oddech.

– Są pewne sprawy, w których możemy zachować ostrożność, na przykład odległość od kopuły. Ale pilny charakter misji oznacza, że musimy ryzykować bardziej, niżbyśmy chcieli.

Duch wystawia dolną wargę i kiwa głową.

– Tymczasem jeśli coś zobaczycie, dowiecie się czegoś, przypomnicie sobie coś lub wpadniecie na świetny pomysł, mówcie. To nie jest dobra pora na ukrywanie wiedzy. A jeśli będziecie mieli problem z innym członkiem zespołu, mam na myśli prawdziwy problem, to bierzecie go na klatę albo oczyszczacie atmosferę i ruszacie dalej. Nie mamy czasu na przedstawienia. Nie żebym spodziewał się ich w tej grupie, ale nie pozwolę, żebyśmy rozpadli się od wewnątrz lub rozpraszali się, kiedy stawką są miliony istnień. Odpowiada?

– Odpowiada! – odpowiadają wszyscy.

– Uwagi, pytania, sugestie?

– Znaki wywoławcze? – mówi Zderzak.

Przytakuję.

– Dobry pomysł. Hollywood, jesteś Widmo Jeden.

– Odmawiam.

Splata ramiona.

– To ty jesteś jedynką.

Chcę zaprotestować, ale zespół kiwa głowami.

Cholera.

– Wszyscy za? – pyta reszty zespołu.

Zgadzają się.

– Zatwierdzone.

Ponieważ przypuszczam, że walka jest bezcelowa, biorę oddech, a potem przenoszę niechętnie spojrzenie na Hollywood.

– Ty jesteś Widmo Dwa. Zderzak – trójka. Z-Lo – czwórka.

Zerkam na Ducha.

– Ty jesteś Strażnik Widmo. Yoshi – Doktorek.

Kiwają głowami lub wystawiają w górę kciuki.

– Ktoś jeszcze? – pytam.

Nikt się nie odzywa.

Zadowolony, biorę ostatni łyk kawy i oddaję kubek Yoshiemu z podziękowaniem. Potem składam mapę, chowam ją do kieszeni i kładę dłonie na kolanach.

– Ruszamy za pięć minut.

I tak po prostu znowu dowodzę drużyną ogniową.

Szlag.

* * *

Pojechaliśmy Garden State Parkway South w Union w stanie New Jersey, kierując się w stronę Nowego Brunszwiku. Zderzak jedzie swoim volkswagenem na szpicy, za nim są Z-Lo i Duch w Dolores oraz Hollywood w jeepie. Kolumnę zamyka mój land cruiser.

Długie cienie wczesnego poranka sięgają ze wschodu na zachód w poprzek autostrady. Światło migocze między budynkami i drzewami. Gdyby nie tysiące unieruchomionych samochodów na jezdni, całkowity brak ludzkiej aktywności i białego szumu w eterze, byłaby to typowa droga do pracy pod koniec tygodnia. No i gdyby nie gigantyczna kopuła śmierci.

Słońce nadało jej promienną, niebieskofioletową barwę, podkreślając migotanie pola siłowego. Gdyby obiekt nie zabijał i nie spędzał gdzieś ludzi w jakimś podłym celu, byłbym zachwycony. Zamiast tego pragnę, żeby zniknął, i mam chęć osobiście skopać tyłek każdemu robotowi, którego zobaczę w siatce celowniczej.

Słyszę w radiu głos Zderzaka.

– Kontakt. Od południa. Wygląda na patrol jadący na północ.

– Stać – mówię, ledwie przykładam dłoń do słuchawki.

– Zająć pozycje za unieruchomionymi pojazdami. Wyłączyć silniki.

– Roger.

Widzę, jak światła stopu Hollywood migoczą, gdy zatrzymuje się za czarnym SUV-em na pasie dla pojazdów pasażerskich. W oczekiwaniu na kolejne starcie tętno podskoczyło mi o kilka uderzeń na minutę.

Wiem, że jazda Parkway była ryzykowna. Lepszą opcją byłby powrót I-280 West aż do I-287 South. Ale Parkway to najszybsza droga do I-95. Choć wiem o tym, oceniam swoją decyzję krytycznie i mam nadzieję, że wróg nie używa termowizji. Nie mogę uwierzyć, że po niecałych dziesięciu minutach drogi czeka nas starcie z wrogiem.

Widzę, jak nad dachami samochodów od strony pasa środkowego wznoszą się, połyskując w słońcu, dwa purpurowe drony. Pod nimi dostrzegam dach jednego z pojazdów, które określiłem jako BWR, w komplecie z dwulufową wieżyczką. Chociaż jestem w samochodzie, czuję się odsłonięty. Klnę w myślach, a potem zmawiam modlitwę do Szefa na górze.

– Opuścić osłony przeciwsłoneczne, odsunąć siedzenia – mówię przez radio.

– Widmo Jeden, mam opuszczony dach – mówi Zderzak.

Cholera. Zapomniałem: głupie kabriolety.

– W takim razie schowaj się, gdzie możesz – odpowiadam.

– Tak jest.

Przed sobą widzę, jak w volkswagenie otwierają się drzwi od strony kierowcy i wyskakuje z nich Zderzak. Ma przy sobie M249. Potem znika wśród rzędu pojazdów.

Drony są bliżej, podobnie jak transporter. Dostrzegam futurystyczną przednią kabinę i sprawiającą groźne wrażenie czarne okno z przodu. Pojazd jedzie pasem zieleni, a drony utrzymują się dokładnie nad nim. Przez land cruisera przetacza się miarowe, niskie dudnienie i czuję łaskotanie w jelitach. Muszę się wysikać. Ale napinam mięśnie pachwiny i staram się zachować spokój.

Pojazd jest w zasięgu wzroku: w słońcu migoczą purpurowe płyty pancerza i dziwne znaki. Świecące niebiesko panele w ukształtowanym na podobieństwo litery V podwoziu odpychają trawę na boki, jak ostateczna wersja dmuchawy do liści Najwyższego.

Szum i mrowienie w trzewiach sięga zenitu, a toyota kołysze się w powiewach śmigła, silnika odrzutowego, czy cokolwiek napędza to cholerstwo. Wygląda jak dziecko George'a Lucasa i kolesi z DARPA.

Odchylam głowę i ukrywam twarz za pionowym wspornikiem, na którym znajduje się pas bezpieczeństwa. Jak dotąd nie zauważyli Zderzaka ani żadnego z pozostałych. Kiedy pojazd mija moje stanowisko, oddycham z ulgą i włączam radio.

– Wszyscy OK?

Zespół składa meldunek, a ja się uspokajam. Pomysł może jednak nie był taki zły. Niemniej było blisko i postanawiam, że musimy znaleźć alternatywną trasę, z dala od międzystanowej.

– Enpeel zwalnia – mówi Duch.

Odwracam się w fotelu. Rzeczywiście, BWR się zatrzymuje.

– Myślisz, że damy radę ich prześcignąć? – pyta Z-Lo.

– Nie postawiłbym na to – odpowiada Zderzak.

– Nie ruszać się – mówię. – Odpiąć pasy bezpieczeństwa, broń w gotowości, drzwi otwarte.

– Tak jest – odpowiadają.

Postępuję zgodnie z własnymi instrukcjami. SCAR leży mi na kolanach. Założenie, że wróg cię zauważył, to błąd nowicjusza. To tak, jakbyś poruszył królową na długo przed tym, zanim to naprawdę konieczne. Wielu marines zdradziło pozycję patrolu tylko dlatego, że wydawało im się, że zostali zauważeni, podczas gdy enpeel musiał jedynie się wysikać lub zobaczył błyszczącą ozdobę w oknie. Po czym spokojny patrol zmieniał się w jatkę, ponieważ ktoś wyciągnął pochopne wnioski.

Prawda, trzeba mieć nerwy ze stali, żeby myśleć, że wróg nie zauważył, że włóczysz się po jego podwórku. Ale jeśli masz względną pewność, że nie dałeś mu powodu do zbadania twojej pozycji, nie zakładaj, że właśnie o to mu chodzi. Zaufaj swojemu wyszkoleniu, zachowaj spokój i czujność. I na miłość boską, nie patrz im w oczy.

BWR cofa i otwierają się tylne drzwi. Zanim dostrzegam wnętrze wozu, słyszę głos Ducha.

– Trzech zwiadowców. Jeden robot szturmowy.

Facet ma sokoli wzrok.

– Przyjąłem.

– Mamy wysiadać? – pyta Hollywood.

– Pozostać na miejscach.

– Nie podoba mi się to – mówi Yoshi.

– Ruszać się tylko na moją komendę.

Wyglądam po raz kolejny przez tylną szybę od strony kierowcy. BWR zatrzymał się, a trzy roboty przemieszczają się między stojącymi dalej samochodami.

– Cholera – mówi Hollywood. – Anioł Śmierci. Niedobrze.

– Co? – mówię do siebie, a potem oglądam się na BWR.

Z tyłu wyskakuje podobna do człowieka postać w szmaragdowozielonym pancerzu. Płyty opalizują w porannym świetle, osłaniając prawie dwumetrowe ciało ubrane pod spodem w czarny kombinezon. Zakrywający całą twarz hełm ma dwoje świecących czerwono oczu, które skanują powoli okolicę. Osłona twarzy, zakrzywiona w okolicy ust i nosa, kończy się pod brodą geometrycznymi kształtami, podobnymi do otaczających uszy i górną część głowy.

Najbardziej niezwykła jest jednak broń, którą ma przy sobie nieprzyjaciel. Choć wygląda na karabin, nie przypomina niczego z zapasów rządu USA. Ani, skoro już o tym mowa, żadnego innego rządu. Przypomina bardziej skrzyżowanie broni z *Dystryktu 9*, *Diuny* i *Blade Runnera*. Co to jest – WETA Workshop [11] czy coś?

Muszę zamrugać, żeby upewnić się, że dobrze widzę. Czarny prostokątny korpus broni, zabezpieczony tą samą szmaragdową warstwą poszycia co pancerz, ma szeroką kolbę, mocny chwyt pistoletowy i niskoprofilowy chwyt przedni. Całość kończy się lufą ledwo widoczną pod skośnymi osłonami komory zamkowej. Chociaż na szynie mocującej widzę złożony celownik, jaki mógłby skonstruować dla broni przyszłości jakiś projektant, nie dostrzegam magazynka ani komory amunicyjnej.

– Co robimy? – pyta Zderzak.

Kiedy kanał jest otwarty, słyszę w tle głos Z-Lo:

– O Boże. Wiedzą, że tu jesteśmy.

– Spokojnie, młody – mówię do niego. – Strażnik Widmo. Strzelałeś już kiedyś do nich?

– Do prawdziwych kosmitów? Nie.

Kosmici. Tja. Na razie nieprzyjaciel wygląda na człowieka, który zabłądził po drodze na nowojorski Comic Con.

– Ta jego broń to istna zaraza – dodaje Duch.

– Dobrze wiedzieć.

Spoglądam na zachód, widzę krzewy i drzewa oddzielające autostradę międzystanową od gęstej zabudowy dzielnicy mieszkalnej. Teren jest zbyt otwarty, żeby próbować ucieczki.

– Wygląda na to, że musimy zrobić to w trudniejszy sposób.

Trójka, jesteś pierwszy. Na moją komendę ściągnij na siebie ich ogień.

– Roger.

– Kiedy to się stanie, reszta wysiada jak najszybciej od strony pasażera. Używamy pojazdów jako osłony. Pauza.

Daję im chwilę na przyswojenie informacji, a sobie na zastanowienie.

– Samochodów jest wiele, więc wykorzystajcie to na swoją korzyść. Starajcie się trzymać z dala od naszych pojazdów, żeby zminimalizować szkody. Pauza.

Kanał znowu wypełnia cisza.

– Trzymać się nisko; nie zatrzymywać się. Musimy zminimalizować obecność, a potem mocno uderzyć i szybko wiać. Wyjściem awaryjnym będzie ten las na zachodzie. Zrozumiano?

Potwierdzają.

Podczas mojej przemowy jeden ze zwiadowców podkradł się do land cruisera. Widzę go w lusterku wstecznym. Trzeba całego mojego opanowania, żebym nie wykopał drzwi i nie otworzył do niego ognia. Ale nadal nie jestem przekonany, że robot mnie odkrył.

– Czekam na komendę – mówi Zderzak.

On też pali się do oddania strzału. Ale nie chcę być nadgorliwy, jeśli naprawdę nie musimy walczyć z wrogiem.

– Czekaj – szepczę.

Bot się zbliża. Wyczuwam przez podłogę jego kroki.

– Czekaj.

Z hukiem zatrzymuje się przed moimi drzwiami.

– Jedynka – mówi Zderzak. – Pozwól mi oddać strzał.

– Odmawiam – szepczę.

Żołnierze opowiadają o szalonych chwilach walki, kiedy

wszystko wydaje się stać w miejscu. Wokół latają kule, krzyczą ludzie, a ty jesteś w stopklatce. Zdarza się, choć to dziwne. A chociaż w tej chwili w powietrzu nie lata ołów, czuję, jak serce bije mi w zwolnionym rytmie.

Robot robi kolejny krok do przodu, jakby popychany boskim wiatrem.

– Stój, stój, stój – mówię, starając się nie zdradzać po sobie ekscytacji.

Ruch robota dowodzi, że mnie nie zauważył, a to oznacza, że ze sporym prawdopodobieństwem nie spostrzeże pozostałych.

Jednak minąwszy dwa kolejne pojazdy, zatrzymuje się przy jeepie Hollywood.

Tętno mi przyspiesza. Albo wróg ma szczęście, wybierając miejsca, w których się zatrzymuje, albo mechaniczny potwór śledzi znaczniki, które ktoś umieścił na naszych pojazdach. Poczucie euforii sprzed kilku sekund znika bezpowrotnie.

Coś migocze mi w lusterku wstecznym. Jezdnią zbliża się kolejny bot, podobny do pierwszego. Zastanawiam się, czy nie szykują ataku. Niemal w tej samej chwili, kiedy drugi robot znajduje się przy mojej pozycji, ten przy jeepie Hollywood rusza przed siebie i staje przy humvee Z-Lo.

– Możemy już zacząć strzelać? – pyta nerwowym głosem młody.

Słyszę w tle, jak Duch każe mu się zamknąć.

Bez względu na to, jak nas oznaczyły, mam nadzieję, że nie znajdą wystarczających powodów do ataku. Istnieje szansa, choć niewielka, że kierują się przeczuciem, może anomaliami danych, które okażą się nic nie znaczyć.

Drugi bot mija land cruisera i idzie dalej, podczas gdy od tyłu zbliża się trzeci.

– Czekać – mówię z nadzieją.

– Palce na kabłąkach spustowych.

Mówię głownie do Z-Lo, chociaż przypomnieć nigdy nie zaszkodzi.

Drugi robot zatrzymuje się przy jeepie Hollywood, kiedy trzeci jest już prawie przy mnie. Zerkam w stronę BWR i widzę pilnujący pojazdu automat szturmowy, ale anioł śmierci jest w ruchu.

– Widmo Trzy. Możesz stworzyć jakąś dywersję? – pytam.

– Mowa! – odpowiada ze śmiechem. – Chcesz czegoś konkretnego?

Chociaż nadal twierdzę, że to tylko ćwiczenia patrolu wroga, jestem pewny, że będzie gorąco.

Wracając do Zderzaka, mówię:

– O ile to nie zdradzi twojej pozycji…

– Czekaj, niech założę imprezową kamizelkę.

– Tylko cicho – dodaję.

Nie jestem pewien, co ma w zanadrzu, ale wiem, że nikt tak nie potrafi hałasować, jak seals. Kiedy chodzi o wysadzanie rzeczy w powietrze, charakteryzuje ich pewna doza *je ne sais quoi*, którą zawsze podziwiałem. Każdy, kto ich nie podziwia, to kłamca i zazdrośnik.

Wszystkie trzy boty stoją teraz przy land cruiserze, jeepie i Dolores. Wygląda na to, że tylko volkswagen Zderzaka nie ma obstawy. Moje wnętrzności wręcz krzyczą, że wpadliśmy. Cholera, Wic. Znowu wszyscy przez ciebie zginą. Mimo to słyszę w głowie cichy głos, który mówi, że jak dotąd roboty nie zdradzały wrogich zamiarów. Owszem, logika tego rozumowania jest słaba, ale pozwala mi nie wydawać rozkazu otwarcia ognia: strzelanina, z której wszyscy wychodzą żywi, to ta, do której nie doszło.

– Trójka, przygotuj się do dywersji. Reszta, szykować się do opuszczenia pojazdów od prawej strony.

Anioł śmierci idzie spacerowym krokiem po pasie środkowym, patrząc do przodu. Nawet nie spojrzy na nasze pojazdy. Cichy głosik w mojej głowie staje się coraz głośniejszy. „Mówiłem ci", słyszę. Potem, gdy postać w zieleni odwraca się w stronę transportera, czuję, jak moje ciało się rozluźnia. Wypuszczam wstrzymywany oddech i czekam, aż boty odejdą od naszych pojazdów.

Nie odchodzą.

Zamiast tego widzę po lewej stronie ruch, po którym rozlega się głośny trzask metalu. Odsuwam się od dźwięku, po czym drzwi mojego land cruisera wyskakują z zawiasów.

– Ognia! – wołam.

Przeskakuję na miejsce pasażera, kiedy słyszę, jak północne pasy ruchu aż do środkowego pasa zieleni rozrywa eksplozja. Po niej następują w krótkim czasie dwie kolejne detonacje. Nie mam czasu spojrzeć co to, kiedy wydostaję się z wozu od strony pasażera i zeskakuję na jezdnię, ale wiem, że to robota Zderzaka.

Patrząc wzdłuż białej linii na południe, widzę, że Z-Lo wyskakuje na jezdnię obok Ducha. Hollywood już biegnie w ich stronę ze spuszczoną głową. Roboty obok ich pojazdów również wdarły się do środka i szukają pasażerów.

– Towar, stać – mówi ponownie harmonijny, cyfrowy głos.

Zapomniałem o tym dziwnym zdaniu, które sugeruje, że jestem czymś na sprzedaż. Albo sztuką bydła.

– Próba ucieczki skończy się eliminacją.

Chrzanić to.

Kiedy oddalam się od pojazdu, w otwarte drzwi od strony pasażera uderza podmuch energii, od którego dzwoni mi w uszach. Mrużę oczy przed światłem, kiedy w twarz uderzają mi jakieś szczątki i drętwieje mi policzek.

Odrywam się od toyoty i biegnę na południe, w stronę reszty, gdy kolejne niebieskie pociski energetyczne przebijają się przez kabiny pojazdów. Ale moi operatorzy zdążyli uciec i biegną do Zderzaka.

Przeskakując między dwoma czterodrzwiowymi sedanami, kątem oka dostrzegam coś w górze. Spowity w szmaragdową zieleń wojownik wisi jakieś dwadzieścia stóp nad ziemią. To dlatego Hollywood nazwała je aniołami śmierci. Jezu, ratuj.

Celuje we mnie. Widzę błysk światła, a potem samochód przede mną eksploduje. Zaraz potem lecę w stronę trawiastego nasypu po prawej stronie, a świat staje na głowie.

Trzeba było pojechać I-280.

Rozdział 15

6:50 piątek, 25 czerwca 2027
Union, New Jersey
Garden State Parkway

Moje ciało przetacza się i zatrzymuje. Myśli w głowie zagłusza głośne dzwonienie w uszach. Mrugam kilka razy, próbując zorientować się w sytuacji. Czuję zwęgloną trawę, palący się plastik i zużyte paliwo. Twarz mam ciepłą i… cholera, bolą mnie żebra. Trzy razy próbuję złapać powietrze, zanim udaje mi się przezwyciężyć ból i zaczerpnąć oddech.

Słyszę, jak ktoś krzyczy mi do ucha. Słabo go słyszę. Ale gdy dzwonienie cichnie, słyszę Hollywood.

– …teraz – mówi. – Wic!

Mówi do mnie. Niech to szlag.

– Rusz tyłek, Gunny!

Zmuszam się do wstania, patrzę na linię drzew i zaczynam biec. Nie wiedzieć czemu mój mózg uznaje, że jestem bliżej lasu niż rzędów samochodów. Walczę z falą mdłości i zawrotów głowy, chwiejąc się na boki, kiedy próbuję się pochylić, pędząc ile sił w nogach w stronę drzew.

Słyszę z oddali wizg, po czym trawa po lewej stronie eksploduje światłem. Grudki ziemi lecą w górę i spadają na mnie, gdy pędzę do lasu. Ale straciłem równowagę. Balansuję i rzucam się w lewo – co niewątpliwie ratuje mi życie, gdy po prawej stronie wybucha kolejny pocisk. Zupełnie jakby ktoś strzelał do mnie z moździerza.

Słyszę strzały broni mojej drużyny i odgłosy pocisków uderzających w cele. Eksplozje wokół mnie ustają. Udaje mi się zmniejszyć dystans i zanurkować między dwoma krzaczkami, żeby schować się za drzewem.

Sprawdzam, czy nie mam poważnych obrażeń. Tylko kilka złamanych żeber i rekordowy ból głowy. Zaraz potem spoglądam w stronę autostrady i otwieram kanał.

– Meldować.

Zanim ktokolwiek zdąży odpowiedzieć, zauważam, że wszyscy czterej operatorzy Widm są przygwożdżeni ogniem nieprzyjaciela. O ile robot bojowy nie opuścił pozycji obok transportera, jeden ze zwiadowców zbliża się do drużyny od południa, a dwa pozostałe wydają się badać dywersję Zderzaka po drugiej stronie pasa środkowego.

Anioł śmierci również został chwilowo odciągnięty od pogoni za mną przez całkiem silny atak ze strony zespołu. Wygląda na to, że Zderzak prowadzi ostrzał ze staroświeckiego granatnika M79 rodem z westernów, zwanego pieszczotliwie Obuchem. Miota pociskami 40 x 46 mm w anioła śmierci tak szybko, jak nadąża je ładować. Każda kolejna salwa rozkwita na unoszącym się w powietrzu wrogu, spychając go z powrotem w kierunku transportera.

Zwiadowca i drony dostały się pod nawałę ogniową, w tym pod ogień pięćdziesiątki Ducha. Widzę, jak dwa pociski odbijają się z wizgiem od głowy stwora, zanim jego szyja pęka. To przynajmniej świetna wiadomość. Ale to, że anioł śmierci cofnął się przed atakiem Zderzaka i kieruje się prosto w moją stronę, nie jest już takie fajne.

– No świetnie.

Biorę się w garść i zdaję sobie sprawę, że potrzebuję czegoś lepszego niż uganianie się po wąskim pasie zadrzewienia. Mniej więcej piętnaście jardów dzieli mnie od rzędu podwórek za długim odcinkiem podmiejskiej zabudowy. Domy stoją blisko siebie. Zwartość zabudowy razem z różnorodnym układem pomieszczeń da mi dobrą osłonę i jeszcze lepsze ustawienie.

Przedzieram się przez lasek, przebiegam pierwsze podwórko, na które trafiam, i kieruję się do najbliższego domu: parterowego rancza z żółknącą okładziną i garażem. Na podwórku stoi mały basen naziemny z okalającą go kładką, która widziała lepsze czasy. Jestem dwa kroki od tylnych drzwi garażowych, kiedy wysoki skowyt i głośny trzask wskazują na detonację gdzieś za mną. Wszystkie części basenu, które nie wyparowały, lecą w niebo, zalewając dom mgiełką szczątków i pary.

Duch miał rację co do tej broni.

Wpadam do garażu, nie zawracając sobie głowy zamykaniem drzwi. Wróg już mnie zobaczył. Teraz to gra w kotka i myszkę: czy wybiegnę główną bramą garażową, czy schowam się w domu. Czując, że wjazd jest bardziej oczywisty, wybieram dom.

Kuchnia wygląda na nieodnawianą od wzniesienia domu, a meble w salonie są osłonięte przezroczystą folią. Obok telewizora leży nawet stos płyt DVD. Nie wiedziałem nawet, że ktoś ich wciąż używa. Na wierzchu leży oryginalny *Monty Python i Święty Graal*. Klasyka. Założę się, że dom należał do jakichś dziadków europejskiego pochodzenia. Cholera, nawet pachnie staruszkami, daj im Boże zdrowie. Prawda jest taka, że prawdopodobnie wcale nie jest mi do nich aż tak daleko.

Idąc korytarzem na drugą stronę domu, uświadamiam sobie, że anioł śmierci może śledzić mnie za pomocą termowizji lub czegoś podobnego. Nie wykluczyłem tego i nadal nie wiem, w jaki sposób wykryły nas wcześniej boty lub BWR. Odniosłem wrażenie, że nie nastąpiło to od razu, co jest dobrą wróżbą. Pojazd minął nas, a potem zawrócił. A zatem bez względu na to, jakiej technologii używają, ma ona wady. Albo operator był leniwy.

Jestem w głównej sypialni na końcu korytarza, kiedy słyszę, jak coś tłucze się w kuchni. Idzie za mną, a to dobry znak. Gdyby śledził mnie z zewnątrz, zauważyłby mój ruch i przewidział moje zamiary. Otwieram największe okno w sypialni i wychodzę, starając się robić przy tym jak najmniej hałasu. Ale to niemożliwe, biorąc pod uwagę, jak szybko się poruszam i jak masywny jest mój ekwipunek.

Ląduję stopami na niewielkim klombie z zadbanymi krzewami i kilkoma paprociami. Po drugiej stronie ulicy dostrzegam niski kamienny mur, idealnie nadający się na osłonę i szybkie przejście do ceglanego domu dziesięć jardów dalej. Wróg kręci się jeszcze po pierwszym domu, kiedy postanawiam pobiec.

Pędzę ile sił w nogach przez ulicę, rzucam się za kamienny murek i wyciągam broń. Namierzam boczne okno głównej sypialni i czekam, aż pojawi się w nim nieprzyjaciel. Będzie wtedy odsłonięty, a ja będę gotowy.

Ale nic się nie dzieje. Żadnego ruchu w oknie ani…

Słyszę stłumiony jęk, po czym frontowa ściana głównej sypialni znika. Ulicę zasypują drewno i okładzina, a płonące kawałki izolacji opadają na podwórko. Następnie przez dymiący otwór wychodzi anioł śmierci, wodząc głową i bronią w tę i z powrotem.

Wprawdzie nie na takie wyjście liczyłem, ale biorę jego głowę na cel.

Naciskam spust i wypuszczam trzy pociski w hełm postaci. Iskry, wyraźne nawet w porannym świetle, utwierdzają mnie w przekonaniu, że trafiłem. Ale zamiast upaść, nieprzyjaciel przechyla głowę w moją stronę. Jedno ze świecących czerwono oczu wydaje się pęknięte, ale poza tym hełm jest nietknięty.

– Szlag.

Podrywam się i biegnę, kiedy kamienny mur zostaje zasypany ogniem automatycznym z tej zwariowanej broni. Kilka małych kamieni uderza mnie w plecy, ale dopadam drzwi wejściowych. Przebijam się przez nie i padam na ziemię w otwartym korytarzu.

W przeciwieństwie do poprzedniego domu ta dwupiętrowa piękność powstała gdzieś w dziewiętnastym wieku, a ktokolwiek ją zbudował, miał pieniądze. Sklepiony sufit, ręcznie rzeźbione balustrady i wyłożone kafelkami podłogi wyglądają na oryginalne i dobrze zachowane.

Ale nie przyszedłem tu na inspekcję: mój mózg po prostu przetwarza to gówno, kiedy przebiegam pod balkonem na piętrze do przestronnej kuchni z marmurowym blatem.

Frontowe drzwi eksplodują do środka, posyłając korytarzem szkło, drewno i kamień. Odwracam się i wypuszczam w stronę anioła śmierci dwie serie, trafiając go w głowę i tors.

Broń znowu wyje, co jest sygnałem, żeby zejść ze strzału. Doskakuję do kanapy, gdy podmuch rozrywa tylną ścianę kuchni.

Ląduję twardo na wyłożonej wykładziną podłodze i wpadam w jakiś skórzany mebel, gdy tył domu eksploduje.

Słyszę kolejny odgłos ładowania i wróg oddaje strzał do salonu. Odskakuję w chwili, gdy eksploduje podłoga. Rozbijam przy tym hełmem i ramionami szklane drzwi sięgające od podłogi do sufitu i ląduję na werandzie na tyłach. Leżę na plecach, strzelam do wnętrza domu i staram się schronić za szerokim dębem tuż przy werandzie.

Ledwo zdążyłem zanurkować za pień, gdy kolejny wizg i trzask wierci tuż nad moją głową ziejącą dziurę w drzewie. Odłamki drewna zasypują mnie niczym drzazgi wyrzucane przez rozdrabniarkę. W nos uderza zapach palącego się twardego drewna; przy każdej innej okazji, czując go, zatęskniłbym za ogniskiem, cygarem i szklaneczką whisky na dwa palce. Ale teraz chcę tylko zabić tego drania.

Wychylam się i wypuszczam dwie kolejne serie, po czym chowam się z powrotem. W samą porę: nieprzyjaciel oddaje kolejny strzał, kładąc drugą salwę tuż obok pierwszej, niecałe dwie stopy wyżej.

Dąb wydaje głębokie, gardłowe skrzypienie. Przewraca się. Chociaż anioł śmierci w stroju gwiezdnego szturmowca z DARPA napawa mnie strachem, to perspektywa bycia zmiażdżonym przez dwustuletni dąb przeraża mnie bardziej.

Patrzę w górę, próbując określić kierunek upadku, ale liście i gałęzie kołyszą się chaotycznie. Wygląda to, jakby drzewo jeszcze się nie zdecydowało. Muszę zaryzykować. Jeśli uda mi się skłonić wroga, żeby poszedł za mną do strefy upadku, może dąb mi pomoże. A może sam również dam się przy tym zabić, skończony idiota.

Ale lepsze to niż dać się upiec, wylądowawszy po niewłaściwej stronie miotacza promieni.

Drzewo zaczyna pochylać się w stronę podwórka. Patrzę na trawnik i widzę, że mam przed sobą otwarty odcinek do dziecięcego domku i huśtawki oddalonych o jakieś trzydzieści jardów. Wyglądają na wykonane na zamówienie, większe i solidniejsze niż zwykle.

– Co robisz, Pat? – mówię głośno.

Zanim zdążę odpowiedzieć sobie na to pytanie, podrywam się i biegnę. Na początku wydaje się to świetnym pomysłem. Ale kiedy zauważam poruszające się nad moją głową gałęzie, dociera do mnie, że był okropny. Niewymownie debilny, kretyński pomysł.

Powietrze rozdziera głośny trzask, na którego dźwięk czuję w żyłach przypływ adrenaliny. Ciekły ogień zmusza moje stopy do szybszego biegu, ale cholerna logika podpowiada, że pomyliłem się w obliczeniach jak jakiś tępak. Ponieważ nie mam pojęcia, czy anioł śmierci zdecydował się ruszyć za mną w tej durnej próbie, puszczam przez ramię na ślepo dwie serie. Może to ostatni akt buntu przeciw wszechświatowi, a może pozbawiona przekonania próba nakłonienia wroga do ruszenia za mną w pościg. Nie wiem. Jestem zdesperowany, a czasami po prostu chcesz do czegoś postrzelać.

Słyszę szum wiatru w gałęziach, gdy drzewo pędzi w moją stronę. Przysięgam, że czuję mijające mnie liście, ale pędzę prosto do domku, ignorując triki, których próbuje na mnie mózg.

Kiedy do drzwi domku zostały mi cztery jardy, posyłam każdą drobinę energii w nogi i rzucam się do nich. Wiem, że to głupie. Mogę nie trafić i złamać kark. Cholerne drzewo może przebić się przez domek i mnie zmiażdżyć. Ale wkładam w ten skok wszystkie siły.

Wślizguję się w cień i uderzam o tylną ścianę domku. Równocześnie górne gałęzie dębu otaczają domek gwałtowną nawałnicą szeleszczących liści. Dach pęka w trzech miejscach, dokładnie w chwili, gdy po wnętrzu tłuką się dziesiątki grzmiących trzasków. Czuję, jak konstrukcja drży, gdy pień uderza o ziemię na zewnątrz.

A potem, jak przelotna ulewa ustępująca przed błękitnym niebem, gwałtowne zjawisko się kończy.

Sprawdzam, czy nie mam obrażeń, i nie znajduję nic poza palącym bólem w ramionach i biodrach od uderzenia o podłogę w salonie, a teraz w domek. Szczerze mówiąc, jestem w szoku, że żyję. Ale wróg wciąż jest na zewnątrz, więc poczekam z przyznaniem sobie medalu.

Kiedy podnoszę prawą rękę, uświadamiam sobie, że zgubiłem karabin. Obrzucam się przekleństwami za to, że wypuściłem go z rąk, po czym wyjmuję z kabury glocka. Dzięki Bogu nadal go mam i wygląda na sprawny.

Wejście do domku zakrywają gałęzie tak grube, że nie jestem pewny, czy zdołam się wydostać. Kryjąc się za drzwiczkami, zerkam za róg i przez misterną kratownicę. Spodziewam się widoku nieprzyjaciela przelatującego nad zwalonym drzewem z zamiarem zniszczenia mojej kryjówki, kiedy jakieś dziesięć jardów ode mnie dostrzegam zagrzebaną w zaroślach ciemną postać.

– No co ty powiesz – mówię do siebie.

Okazuje się, że mimo wszystko wróg poleciał za mną. Wątpię, czy uda mi się przebić przez gęste gałęzie, ale jeśli czegoś nauczyłem się z filmów, to tego, żeby nigdy nie zostawiać czarnego charakteru na ziemi, nie upewniwszy się dwukrotnie, że nie żyje. Ile razy wołaliśmy do pozytywnych bohaterów na ekranie, błagając, żeby nie odwracali się, nie wykończywszy antagonisty? Cholera, jeśli już chcesz użyć przemocy, żeby przygwoździć przeciwnika, to nie próbuj nikogo przekonywać, że masz nad nim przewagę moralną tylko dlatego, że pozwoliłeś frajerowi żyć, kiedy stracił przytomność. Zastrzel cholernego drania, a potem zastrzel go jeszcze raz. W szachach nie gra się, żeby kogoś zaszachować: grasz do mata albo nie zawracaj sobie głowy grą.

Zgodnie z własną mądrą radą przedzieram się przez pierwsze otaczające domek gałęzie. Idzie mi powoli i jestem pewny, że kiedy drzewo skończy z moją twarzą, nie wygram żadnego konkursu piękności, ale robię postępy.

Zauważam, że wróg przesuwa się w stronę podstawy.

Widzicie? Wcale nie zginął. Mówiłem.

Zaczynam działać szybciej, z nadzieją, że dotrę do niego, zanim złapie swoją bajerancką broń i mnie zabije. Może ma dobry pancerz, ale wątpię, czy przeżyje trzy pociski kalibru 9 mm w podstawę szyi. Odpycham gałęzie i przeciskam się przez zbyt ciasne szczeliny. Otaczają mnie odgłosy trzaskających gałązek i szelest liści, ale najwyraźniej słyszę bicie mojego serca. Wróg porusza ramionami. Sięga przed siebie.

Chronię twarz, zanurzając się w gęstwę gałęzi, i przedzieram się przez skupisko konarów w pobliżu głównego pnia. To wyczerpujące, ale muszę dostać się do tego drania, zanim zdąży się podnieść.

Ocknął się i leży na plecach. A ja jestem pięć jardów od niego. Mógłbym teraz do niego strzelić, ale jeśli pociski kalibru .308 nie były skuteczne z dystansu, to tym bardziej 9 mm. Muszę być naprawdę blisko, żeby zakończyć sprawę.

Poruszam się szybciej i przeskakuję gruby konar sięgający

mi do pasa. Nieprzyjaciel zauważa mnie i próbuje sięgnąć po broń czubkami palców. Nogi ma uwięzione pod pniem.

Przekładam pistolet do lewej dłoni, przeskakuję dzielący nas dystans i ląduję mu na piersi. Uderza mnie silny zapach, jakby miał przebity brzuch. Bije mnie łokciem w bok głowy i trafia w lewe ucho, ale nie mogę się bronić: wciskam mu lewe przedramię pod brodę, odchylając jego głowę do tyłu, a prawym ramieniem napieram na lewy nadgarstek, starając się trzymać jego palce z dala od tej cholernej broni.

Znowu wali mnie w bok głowy. Widzę gwiazdy. Wystarczy, że rozciągnie się dość daleko i chwyci broń. Próbuję powstrzymać jego prawą pięść przed kolejnym uderzeniem, jednocześnie przytrzymując lewe przedramię nieprzyjaciela, żeby mnie nie postrzelił. Boże, ten smród!

Zdając sobie sprawę, że jesteśmy w sytuacji patowej, postanawiam skupić energię na wyrwaniu mu broni z ręki. Czując przypływ skoncentrowanej do granic możliwości agresji, tłukę jego lewym przegubem o ziemię. Tymczasem nieprzyjaciel okłada mnie boleśnie po lewym boku. Chciałbym wcisnąć glocka między płyty pancerza, ale nie mogę otworzyć oczu dość długo, żeby znaleźć cel: zupełnie jakby jego prawy hak działał na autopilocie. Okłada mnie jak młotem pneumatycznym. Po jednym z ciosów puszczam broń, a wróg odrzuca ją na bok.

Zaczynam czuć desperację. Wbijam mu kolano w brzuch i słyszę świst wyrywającego się z klatki piersiowej powietrza, po którym ogarnia mnie kolejna fala okropnego smrodu. Przyciskam dłoń, w której trzyma broń, do ziemi, a moja ręka zeskakuje przy tym z przegubu nieprzyjaciela i ląduje na uchwycie broni. Podświadomie wyczuwam coś niezwykłego w osłoniętej rękawicą dłoni przeciwnika: na przykład to, że nie ma pięciu palców. Ale nie jestem w stanie myśleć: walczę o życie.

Przeciwnik nie przestaje przerabiać mojego boku na miazgę. Wyszarpujemy sobie broń. Zdzielam go znowu kolanem, dzięki czemu chwytam ją nieco mocniej.

Czy to odruchowo, czy pod wpływem paniki nieprzyjaciel szarpie za spust i czuję mrowienie w ręce, kiedy silny prąd wędruje w górę ramienia. Mam wrażenie, jakbym stał się przyczyną zwarcia w 220-woltowym gniazdku za suszarką. Potem karabin wydaje ogłuszający trzask. Pocisk uderza o podstawę dębu, zasypując nas iskrami i drzazgami. Drzewo płonie.

Muszę to zakończyć.

Ostatnie uderzenie kolanem w brzuch wytrąca przeciwnikowi broń z ręki. Karabin jest mój.

Przetaczam się w prawo, celuję z wariackiej broni w górną część ciała przeciwnika i naciskam dziwnie ukształtowany spust.

Przez ułamek sekundy kolejna fala prądu przepływa mi przez ramiona i ogarnia całe ciało. W jednej chwili widzę uniesioną w uniwersalnym błagalnym geście sześciopalczastą dłoń; w następnej w dłoń uderza wystrzelony przeze mnie ładunek i ciało przeciwnika wybucha. Inigo Montoya byłby dumny.

Pancerz i hełm odrywają się od ciała, odbijając się od konarów dębu jak w pinballu. Osłaniam głowę.

– Uwaga! – mówię do nikogo w szczególności.

To bardziej odruch po tym, jak o jeden raz za dużo zostałem postrzelony podczas patrolu. Kiedy szczątki opadają, cofam rękę i zauważam, że jestem pokryty krwią, podobnie jak karabin. Mam wrażenie, że broń kończy cykl strzału, kiedy słyszę neutralny męski głos:

– Wykryto język: angielski. Zidentyfikuj użytkownika.

Rozdział 16

7:23, piątek, 25 czerwca 2027
Union, New Jersey
Osiedle na zachód od Garden State Parkway

Niepewny, które z Widm mnie wywołało, grzebię przy radiu i otwieram kanał.

– Powtórz.

Dochodzący z oddali ogień broni palnej przybiera na sile, kiedy odpowiada mi Hollywood.

– Idź do Dwójki.

Waham się, zgadując, że doszło do nieporozumienia.

– Mamy jakiś problem?

– Widmo Jeden, to ty mnie wywołałeś. Wszystko w porządku?

Zanim puszcza przycisk, słyszę w radiu kolejne strzały. Nawet po rozłączeniu dźwięk dociera do mnie, odbijając się echem w oddali. Drużyna nadal walczy z robotami.

– Zidentyfikuj użytkownika – mówi ponownie męski głos.

Rozglądam się, a potem patrzę na broń w prawej ręce.

– Mówisz do mnie?

– Zidentyfikuj się.

No co ty nie powiesz. Karabin ma wbudowany system komunikacji.

– Nie ma mowy, gnojku.

Mija chwila, zanim odzywa się znowu.

– Identyfikacja odrzucona. Domyślna nazwa profilu: użytkownik dziewięć.

– Widmo Jeden? – mówi Hollywood.

– Roger. Nic mi nie jest. Cel wyeliminowany.

Hollywood milknie, po czym pyta:

– Zdjąłeś anioła śmierci? Sam?

– Potwier…

– Użytkownik dziewięć, określ rozmówcę: przyjaciel czy wróg.

– Kto to? – pyta Hollywood. – Ktoś tam z tobą jest?

– Nie – mówię i opuszczam broń. – Znalazłem tylko jego…

– Zaczekaj.

Nie rozłącza się, wypuszczając dwie serie. To kiepska dyscyplina radiowa, ale najwyraźniej jest w niebezpieczeństwie, więc nie zamierzam jej upominać. Dodatkowo wbudowany kompresor pomaga zminimalizować rozbieżność głośności.

– Przydałaby nam się twoja pomoc.

– Roger. Idę do was. Widmo Jeden bez odbioru.

– Użytkownik, określ Widmo Dwa: przyjaciel czy wróg? – odzywa się głośnik broni.

– Hej. – Potrząsam karabinem. – Kim ty, do cholery, jesteś?

– Nie można zrealizować żądania. Wprowadź więcej danych.

– Rosjanie? Chińczycy?

Coś wpada mi do głowy.

- Ożeż w mordę! Północni Koreańczycy?

- Nieznane dane referencyjne. Wprowadź więcej danych.

- Cholera. Dobry jesteś.

Wyobrażam sobie szpiona pod krawatem siedzącego gdzieś w boksie. Naprawdę potrafi bezbłędnie imitować syntezator mowy. Ale to stawia przede mną nowy dylemat. Nie wiem, co zrobić z bronią przeciwnika. Jakaś część mnie chce ją ze sobą zabrać. To cenne znalezisko technologiczne i z przerażającą łatwością poradziło sobie z tym aniołem śmierci. Podejrzewam też, że działając razem, cała Drużyna Widm zdołałaby pewnie zmęczyć tego szpiega i wyciągnąć z niego cenne informacje. Ostatecznie kto ma większe doświadczenie w przepychaniu się w górę drabiny dowodzenia tandetnej infolinii niż przekonani o własnej wyjątkowości Amerykanie? Ale jeśli nieprzyjaciel wbudował w obudowę broni radio, to domyślam się, że zainstalował również aparaturę śledzącą. Nawet przy potencjale ogniowym, czy raczej niszczącym, tej broni nie ma mowy, żebym wystawił drużynę na cel. Dlatego chociaż nie podoba mi się myśl o rozstaniu z nim, ponieważ rzadko trafiam na broń, z której nie chcę strzelić po raz drugi, karabin musi zostać. Wzruszam ramionami i ciskam nim w przesiąkniętą krwią trawę.

- Oddalenie użytkownika. Użytkownik dziewięć, potwierdź zamiary.

Chichoczę. Nie mogę stwierdzić, czy mam silniejsze wstrząśnienie mózgu, niż przypuszczałem - na czym zapewne polega problem w autodiagnozie wstrząśnienia mózgu - czy też facet z głośnika sztywno trzyma się scenariusza. Tak czy inaczej...

- Potwierdź zamiar.

- Chcesz wiedzieć, co zamierzam zrobić?

Chwytam pokrytego płynem glocka i wycieram go o nogawkę spodni.

– Zastrzelić tylu z was, ilu zdołam, i nie pozwolić wam krzywdzić kolejnych niewinnych cywilów, cholerne dranie!

– Przyjąłem.

Pauza.

– Błąd podprogramu. Wprowadź więcej danych.

Kręcę głową, po czym przeciskam się przez konary dębu, szukając SCAR-a. Nie przestaję wymyślać sobie, że go zgubiłem; żaden marine nie wybaczyłby mi tego, gdyby się dowiedział. Cholera, sam sobie tego nie wybaczę. Ale drużyna mnie potrzebuje, więc zostawię autodegradację na później.

– Użytkownik dziewięć: oddalenie wzrosło. Nie zdefiniowano zamiarów. Wprowadź więcej danych.

– Chcesz więcej danych, świński móżdżku?

– Profil celu: Świński Móżdżek. Cel nieznany. Sprecyzuj.

Ignoruję głos i odwracam się, żeby wznowić poszukiwania. Jednak wśród tych wszystkich liści i połamanych gałęzi znalezienie czegoś na ziemi wydaje się prawie niemożliwe. Ni stąd, ni zowąd zmagam się z przekonaniem, że powinienem porzucić SCAR-a i wziąć inną broń od Zderzaka. Ale kto tak robi?

– Ech, przecież jej nie porzucasz – mówię do siebie. – Po prostu zostawisz ją, dopóki nie będziesz mógł wrócić.

– Użytkownik dziewięć, potwierdź parametry oddalenia. Wprowadź więcej danych.

– Chcesz więcej danych?

– Potwierdzam.

Salutuję mu środkowym palcem.

– Masz swoje dane, dupku.

- Uniesiony środkowy palec, prawa dłoń, prawe ramię. Szukam.

Wyprostowuję się bardziej, czując gęsią skórkę. Na tym świecie jest kilka rzeczy, których nienawidzę, a jedną z nich jest inwigilowanie mnie bez mojej wiedzy. Obserwujesz mnie na kamerze w banku? Nie ma problemu. Rozumiem. Pieniądze są ważne. Sklep spożywczy? Pewnie, każdy, kto ukradnie paczkę kabanosów, zasługuje na to, żeby złapać go i ukarać grzywną. Chcecie wiedzieć, jak poruszam się w okolicach Pentagonu lub National Mall w Waszyngtonie? To bardzo ważne. Rozumiem. Ale jeśli filmujesz mnie, nie mówiąc mi o tym? O nie, cholera, co to to nie!

- Wyszukiwanie zakończone. Uniesienie środkowego palca, znane również jako danie komuś fucka. Nieprzyzwoity gest, komunikujący coś od umiarkowanej niechęci po skrajną pogardę. Zachowanie sięga starożytnej Grecji i Rzymu, gdzie reprezentowało fallusa.

- Mądrala.

- Nieznana odpowiedź.

- Dobry jesteś w te klocki - mówię, machając do obiektywu aparatu, przez który mnie obserwują.

Cholerna technika nadzoru. Jeśli mnie widzą, to mogą mnie namierzyć. Co oznacza, że muszę spadać.

- Kimkolwiek jesteście i gdziekolwiek mnie oglądacie, musicie wiedzieć, że znajdziemy was i wykończymy.

Trochę chciałem, żeby ostatni fragment zabrzmiał jak kwestia Liama Neesona w *Uprowadzonej*. Nie udało się.

Odgłosy kolejnych wystrzałów wśród drzew przywołują mnie z powrotem do poszukiwań.

- Aktualizacja profilu językowego. Proszę czekać.

Wydaję jęk irytacji i wznawiam poszukiwania.

– Określ cel, który chcesz zobaczyć, znaleźć i wykończyć.

To brzmi kusząco. Co oznacza, że to prawdopodobnie pułapka. Zaczyna mnie to drażnić, zwiększam więc nieco dystans między nami.

– Użytkownik dziewięć, zdefiniuj cele, które chcesz zobaczyć, znaleźć i wykończyć.

– Wal się.

– Nieznane żądanie. Wprowadź więcej danych. Szukam.

Z jakiegoś dziwnego powodu jestem naprawdę ciekaw, co znajdzie na ten temat.

– Wyszukiwanie zakończone. Wal się. Slang, wyrażenie idiomatyczne, lekko wulgarne. Mniej dosadna wersja pier…

– Niesamowite, gościu. Naprawdę klasa. Czyli jesteś cholerną maszyną, tak? O to chodzi? Bawisz się w Siri dla broni czy coś takiego?

Kręcę głową. To nie w porządku, że telefony odpowiadają ludziom. I vice versa.

– Użytkownik nieznany. Wprowadź więcej danych.

– Cudownie. Spróbujmy: hej, Alexa.

– Użytkownik nieznany.

– Poważnie?

To zdecydowanie Koreańczycy z Północy.

– Żądanie nieznane. Wprowadź…

– …więcej danych. Tak, wiem.

Znowu zaczynam rozsuwać gałęzie, a potem zaczynam mówić do siebie.

– Ten cholerny SCAR musi tu gdzieś być.

– Identyfikacja: FN SCAR 17. Położenie: osiem koma trzy cztery siedem metra na północny wschód.

Odwracam się tak szybko, że uderzam hełmem o konar i sam sobie napędzam stracha.

– Co powiedziałeś?

– Powtarzam informacje. Identyfikacja: FN SCAR 17. Położenie: osiem koma trzy cztery siedem metra na północny wschód.

Czyli ma komunikator, kamerę, a teraz jeszcze wykrywacz metalu?

Orientuję się na poranne słońce i ruszam na północny wschód. Oczywiście gdzieś w głębi znowu zastanawiam się, czy głos nie prowadzi mnie prosto w pułapkę. Ale to byłaby paranoja, prawda?

Odsuwam kilka mocno ulistnionych gałęzi rękami i butami i widzę błyszczący w słońcu karabin.

– Sukinkot.

Poza kilkoma nowymi rysami na kompozytowej obudowie zamka wygląda zaskakująco cało.

– Plastikowa zabawka, co, Zderzak? Wal się, gościu.

– Doprecyzuj sekwencję poleceń.

Kręcę głową. Nie ma mowy, żeby to była prawdziwa osoba. To na pewno jakieś wbudowane oprogramowanie czy coś takiego.

– Odmawiam. Nie było sekwencji poleceń.

– Potwierdzam wycofanie.

– Widmo Jeden? – odzywa się w radiu głos Hollywood.

– Idę! – odpowiadam.

– Zabraniam. Nieprzyjaciel idzie w twoją stronę.

Zamieram.

– Powtórz?

– W twoim kierunku idzie robot bojowy.

Niech to szlag.

– Przyjąłem.

Sprawdzam SCAR-a, ale okazuje się, że jest zacięty. Jednocześnie czuję pod stopami niskie dudnienie.

– Uwaga: wykryto zagrożenie – mówi głos programu.

– No nie żartuj.

Patrzę na broń.

– Zaraz. Czy ty właśnie nazwałeś to zagrożeniem?

Milczy przez ułamek sekundy, zanim odpowiada:

– Tak.

Po kręgosłupie przebiega mi dreszcz.

– Dlaczego nie „potwierdzam"?

– „Tak" jest bardziej potocznym określeniem. Potwierdź.

– Jasne, ale „potwierdzam"…

– Zmodyfikowano ustawienia języka. Użytkownik dziewięć, przygotować się do obrony.

– Chyba mojej…

Spoglądam na wschód, skąd dochodzą odgłosy bota.

– Jezu. Każesz mi schować się przed waszym sprzętem?

– Tak.

Unoszę brwi.

– Tak?

– Tak – mówi głośniej, jakbym niedosłyszał.

Co zapewne jest prawdą.

– Nie musisz krzyczeć.

– Żądanie potwierdzone.

Słyszę, jak coś przebija się z trzaskiem przez las po drugiej stronie ulicy.

– SSA-9001B. Status: załamany – mówi głos.

– Inaczej bym to ujął, ale niech będzie.

– Zaktualizuj profil preferencji.

– Nie teraz, kolego.

Zaczynam grzebać przy zamku SCAR-a w nadziei na usunięcie usterki, ale zaciął się na dobre. Będę musiał rozłożyć całą broń. Cholera.

Właśnie wtedy coś wpada mi do głowy.

– Hej, Alexa. Kontrolujesz to coś?

– Doprecyzuj. Wprowadź więcej…

– Ten robot bojowy… Masz do niego dostęp? Kontrolujesz go?

No, posłuchajcie tylko; zachowuję się tak, jakby karabin mógł mnie zrozumieć. Ale jeśli za głosem nie stoi krawaciarz w biurowym kubiku, a prawdziwe oprogramowanie, to może uda mi się przekonać go do wykonania moich poleceń głosowych lub coś w tym stylu. Boże, trzeba było poświęcić więcej uwagi telefonom komórkowym.

Wbiegam z powrotem pod konary.

– Możesz rozmawiać z botami, prawda?

Chwytam broń i krzyczę do osłony komory zamkowej, czując się jak skończony idiota.

– Każ im się wycofać.

– Żądanie odrzucone.

– O nie. Słuchaj, mały gnojku. Rozkażesz tym botom…

– Zagrożenie w bezpośrednim zasięgu. Zalecam użycie środków obronnych.

– Wierz mi, to ja tu jestem zagrożeniem, ty bryło…

– Użytkownik dziewięć, przygotuj się do obrony.

Wszystko na nic. Siri jest zepsuta. Albo… to jednak facet w boksie.

– Powiedz im, żeby się wycofały, a wysłuchamy waszych żądań.

Pauza.

– Negocjacje.

– Tak. Negocjacje. Czego chcecie?

– Dane niekompletne. Nieznana wartość. Użytkownik dziewięć, przygotuj…

– …się do obrony. Będzie trochę trudno.

Po raz kolejny rzucam broń na ziemię i próbuję odblokować SCAR-a. Odgłosy robota szturmowego sugerują, że jest na podwórku przed domem z kamienia. Jeśli nie zdołam usunąć zacięcia, będę musiał uciekać.

– Użytkownik dziewięć, przygotuj się do strzału – mówi głos.

– A jak myślisz, co ja tu próbuję zrobić, gościu?

Kolejna pauza, po której rozlega się komunikat:

– Usterka FN SCAR 17. Zalecam inne działanie.

– Czyli?

– Użycie wzbudnika cząstek SR-CHK 4110.

Wyrzucam ręce w powietrze.

– Zupełnie jakbym rozmawiał z cholernym tosterem.

– Użycie wzbudnika…

– Czyli niby ciebie?

Kończy mi się czas.

– Tak.

– Strzelać z ciebie do waszego sprzętu? O nie. To w tym miejscu w filmach broń wroga ulega samozniszczeniu. Nie ma mowy, Jose.

Broń odczekuje jedno uderzenie serca, po czym zaczyna mówić.

– Skrzywdzenie użytkownika dziewięć sprzeczne z dyrektywą alfa. Użytkownik, użyj wzbudnika cząstek SR-CHK 4110.

Powinienem się odwrócić i spadać, ale jest za późno. Robot pędzi w kierunku dębu.

– Użytkownik dziewięć, podnieś mnie i oddaj strzał.

– Jeśli mnie zabijesz, naprawdę się na ciebie wkurzę.

– Potwierdzam.

Skończyły mi się opcje, więc przykładam broń do ramienia. Próbuję spojrzeć w lunetę, ale widzę tylko ścianę czerwieni. Naprowadzam więc broń na cel jak strzelbę i mam nadzieję, że będzie dobrze.

– Raz kozie śmierć.

Naciskam spust.

Broń wyje, po czym odskakuje w tył z głośnym trzaskiem. Przez gałęzie dębu przebija się strumień światła, które trafia robota prosto w tors. Z tyłu maszyny pojawia się otwór wielkości arbuza, oświetlony fontanną iskier, po czym robot uderza w podstawę dębu, ciągnąc za sobą ręce i nogi.

Uderzenie wstrząsa pniem i gałęziami. Jakiś konar zwala mnie z nóg i ląduję twardo na ziemi, ale hełm i tył kamizelki w większej części absorbują siłę uderzenia.

Kiedy gałęzie przestają się trząść, siadam.

– Co to, do cholery, było?

– Potwierdzam pytanie. Zagrożenie wyeliminowane. Status użytkownika: nominalny. Stan kondensatorów: czterdzieści jeden procent.

– Nie, to…

Pocieram czoło.

– To było niesamowite.

– Odnotowano satysfakcję użytkownika.

– Widmo Jeden, tu Dwójka – mówi Hollywood. – Odezwij się.

Trzęsącą się od adrenaliny dłonią otwieram kanał.

– Mów.

– Dzięki Bogu! – słyszę. – Co się tam dzieje?

– Żyję. Robot wyeliminowany.

– Czy ty…

Hollywood przez sekundę utrzymuje otwarty kanał.

– Zdjąłeś też bota?

– Miałem pomoc.

– Czyją?

Patrzę na broń.

– Później wyjaśnię. Teraz idę do was.

– Przyjęłam. Widmo Dwa bez odbioru.

Nadal nie jestem pewny, czy zabrać broń ze sobą, czy nie. Słyszę w głowie tyle chaotycznych sprzecznych głosów, że dostaję migreny. A może to tylko wstrząśnienie mózgu? Tak czy inaczej muszę szybko myśleć. Moja drużyna walczy o życie, a ja zmarnowałem już wystarczająco dużo czasu.

Nie ufam głosowi z broni, ale wierzę w jej niszczycielski potencjał. Poza tym nie obchodzi mnie, czy śledzą mnie Rosjanie, Chińczycy, czy Koreańczycy. Najprawdopodobniej sprawdzili już nasze namiary i wysyłają posiłki, więc chyba nie zaszkodzi, jeśli użyję tej broni po raz ostatni?

Oczywiście, istnieje jeszcze opcja, że wszystko, co przeżyłem od Antarktydy aż do teraz, to… no cóż…

– Wszystko da się wyjaśnić, Patricku – mówię do siebie, zanim zdążę rzucić się z mentalnego urwiska, na które już nie zdołam się wspiąć.

Podnoszę SCAR-a i wygrzebuję się z powalonego dębu.

– Wykryto przemieszczenie użytkownika. Zdefiniuj miejsce docelowe.

– Idziemy powystrzelać twoich przyjaciół.

– Przyjąłem.

Dziwny ten karabin.

Rozdział 17

7:28, piątek, 25 czerwca 2027
Union, New Jersey
Garden State Parkway

– Zatrzymałeś się na cheeseburgera? – pyta przez radio Hollywood, kiedy wygrzebuję się z powalonego dębu.

– Coś mnie zatrzymało. Już idę.

– Roger.

Ignoruję potrzebę wytłumaczenia się i zamiast tego proszę Hollywood o raport sytuacyjny. Prawdę mówiąc, jestem trochę zaskoczony, że drużyna nie wyeliminowała jeszcze przeciwnika.

– Ostatni robot ukrył się za transporterem – odpowiada. – Duch zdjął kierowcę, ale wieżyczka zaczęła nas ostrzeliwać.

Zapomniałem o tych sprzężonych lufach. Niedobrze.

– Jedynka bez odbioru – mówię.

– Potwierdzam. Widmo Dwa bez odbioru.

Przechodzę przez ulicę i kieruję się w stronę parterowego rancza. Im bardziej zbliżam się do Parkway, tym bardziej cieszę się, że postanowiłem wziąć ze sobą tę zaawansowaną broń. O ile monotonny głos szpiega w komunikatorze bez wątpienia drażni, sama broń jest zbyt potężna, żeby nie użyć jej przeciw wrogowi. Nic w moim arsenale nie może się z nią równać i niech mnie diabli, jeśli Zderzak ma coś takiego. Ta maszynka, podobnie jak mówiący przez nią krawaciarz, pochodzi prosto z laboratorium DARPA. Stwierdziłem, że użyję karabinu do zniszczenia pozostałych celów, a następnie każę Zderzakowi wysadzić go ładunkiem wyważającym. Dzięki temu nieprzyjaciel nie będzie mógł nas wyśledzić i będą mieli o jeden egzemplarz broni mniej.

Ponieważ nasz wspólny czas dobiega końca, postanawiam wyciągnąć więcej informacji. I jeśli to możliwe, nakłonić krawaciarza, żeby przestał udawać.

– To jaki jest twój ulubiony kolor?

Broń nie odpowiada.

– Co, teraz mamy ciche dni? No dobra. Niech zgadnę. Czarny?

– Nieznana wartość.

– Nie masz ulubionego?

Wzruszam ramionami, przechodząc przez ulicę w kierunku parterowego rancza.

– Dobra. Co powiesz na ulubione jedzenie?

– Nieznana wartość.

Teraz po prostu unika odpowiedzi.

– No a co mama myśli o twojej pracy? Czuje dumę z tego, że zabijasz niewinnych cywilów?

– Połączenie z matką niewykonalne.

Marszczę czoło.

– Dziwnie to ująłeś, ale przykro mi to słyszeć. O ile to jakaś pomoc, to… znam to uczucie.

Jasne, nieszczególnie lubię dzielić się z nieprzyjaciółmi mrocznymi fragmentami mojej przeszłości, ale czasami wyciągnięcie z nich tego, na czym człowiekowi zależy, wymaga chwil empatii; zaraz przed tym, jak zaczniecie ich podtapiać. To znaczy pomagać im zachować odpowiedni poziom nawodnienia. No co?

Obchodzę dom i zerkam na pozostałości basenu naziemnego.

– To skąd jesteś? – pytam między oddechami, zupełnie jakbym wyszedł z nowym sąsiadem na jogging po okolicy.

– Planeta pochodzenia: Androchida Prime.

Patrzę tępo na broń.

– Planeta?

– Androchida Prime – powtarza.

– Dobra, mądralo.

Dupek udaje teraz kosmitę czy coś. Kręcę głową, uświadamiając sobie, jak dalece jest gotów posunąć się w odgrywaniu roli i za jakiego naiwniaka mnie bierze. No cóż, nie ze mną te numery.

Biegnąc w stronę zadrzewionego pasa między podwórkiem a autostradą, postanawiam udawać, że mu wierzę, i przyłączyć się do gry. I to na całego. Zabiorę dupka na najbardziej szaloną i najdłuższą na świecie przejażdżkę. No wiecie, tak samo jak można wrobić scammerów, którzy próbują wam wmówić, że jesteście zaginionym przed laty kuzynem nigeryjskiego księcia. Nawiasem mówiąc, Nigeryjczycy nie tylko mają mnóstwo pieniędzy do oddania, ale też kilku z nich żyło na kocią łapę z moją irlandzką mamą.

Prowadziłem kiedyś przez dwa tygodnie korespondencję mailową z jednym z tych rzekomych nigeryjskich książąt. Sprawiał wrażenie uroczego gościa; jak mógłbym się oprzeć? Powiedziałem mu więc, że tak, chętnie przekażę mu numer ubezpieczenia społecznego i dane do konta w banku, o ile odpowie na moje pytania.

Na początku zgodził się aż nazbyt chętnie. Wymiana e-maili przechodziła od opowieści o naszych rodzinach po miłe wspomnienia z dzieciństwa: moje z Brooklynu i jego z miejsc, których nazwy miały zaskakująco słowiańskie brzmienie, mimo rzekomego położenia jego pałacu. Kilka razy wspomniałem, że przypominam sobie jego zdjęcia w rodzinnych albumach i chciałem spotkać się z nim osobiście. Zauważył, że takie spotkanie byłoby nierozważne ze względu na jego monarsze obowiązki.

Mimo to nalegałem.

Kiedy poinformowałem go, że wylądowałem już w Moskwie i że jadę właśnie taksówką pod adres, który wyrzuciła z siebie w końcu jego zaszyfrowana osłona VPN, nigdy nie odpisał. Szkoda, bo naprawdę nie mogłem doczekać się spotkania.

I nie, nie wymyśliłem sam tego skomplikowanego gówna z VPN. Owszem, zrobił to kumpel z pracy. Postawiłem mu za to piwo i pośmialiśmy się razem, czytając e-maile kilku gościom z oddziału. I nie skłamałem o tym locie do Moskwy. Ale upewniłem się, że lokalny komisariat policji otrzymał anonimowy cynk. Oczywiście nic by z tym nie zrobili. Ale uznałem, że to ważne, żeby wiedzieli, że my wiemy.

I ten dureń mówiący przez broń myśli, że udało mu się mnie nabrać?

W porządku.

Dawaj, dupku. Zagrajmy.

– Na Anterocku musi być naprawdę ładnie o tej porze roku.

– Lokalizacja nieznana.

Wzdycham, próbując przypomnieć sobie nazwę tej wymyślonej planety, ale karabin mówi dalej.

– Odbiór skumulowanych wzorców pogodowych subiektywny. Zdefiniuj profil.

– Twardy gracz, co?

Przeciskam się przez zarośla i wchodzę do lasu. Widzę przez gałęzie, jak reszta Widm chowa się za kilkoma rozwalonymi samochodami, prowadząc ogień na północ w kierunku transportera.

– A jak ci się podoba na Ziemi?

Tym razem odpowiedź zabiera niezwykle dużo czasu.

– Żądanie użytkownika niewykonalne.

– Daj spokój. Mamy tu parę świetnych rzeczy. Może nawet je znasz. Słyszałeś kiedyś o piramidach? Stonehenge? A może coś z naszego kina? Znam parę dobrych filmów, które by ci się podobały. *Obcy. Bliskie spotkania trzeciego stopnia. Ucieczka nawigatora. E.T.*

– Zbiór danych nieznany. Szukam.

– Szkoda. Tracisz, stary.

Wbiegam na szeroki trawiasty nasyp prowadzący na pobocze drogi.

– Co tam masz, do cholery?

Hollywood zdziera okulary przeciwsłoneczne, kiedy pędzę w jej stronę.

– Pamiątkę – mówię. – Zabrałem ją…

– Aniołowi śmierci. Rozumiem.

Wygląda na zmartwioną, choć może to zaskoczenie, i daje mi znak, żebym się pospieszył.

– Kryj się.

Dołączam do niej za przewróconym SUV-em, w którym powystrzelano szyby. Przynajmniej się nie pali.

– Nie jestem pewny, czy firmy ubezpieczeniowe pokryją to wszystko – mówię.

Uśmiecha się do mnie półgębkiem.

– Może, jeśli naprawdę ładnie poproszą.

Duch ustawił się o kilka samochodów na południe, podczas gdy Zderzak, Yoshi i Z-Lo są rozproszeni między różnymi pojazdami. Z-Lo wychyla się, żeby strzelić w wieżyczkę, ale gdy jego pociski odbijają się od osłony działka, broń celuje w niego i trafia samochód dziesięć jardów przed tym, za którym ukrywa się młody. Sedan szybuje w górę i ląduje o rzut kamieniem za Z-Lo, z hukiem pękającego szkła i metalu.

– Cholera. Chyba naprawdę go wkurzyliście – mówię do Hollywood.

– Nie mamy nic, co mogłoby go uszkodzić, a Zderzak nie może podejść na tyle blisko, żeby podłożyć ładunek.

– A od flanki?

– Ha! Wow!

Kładzie rękę na biodrze.

– Doskonały pomysł, sierżancie. Dlaczego wcześniej na to nie wpadłam?

Dotyka palcem ust, po czym warczy na mnie.

– Ponieważ ta cholerna broń zbyt szybko nas namierza, Wic. Jak myślisz, co tu robiliśmy, kiedy zabawiałeś się sam ze sobą w lesie?

– Zidentyfikuj Widmo Dwa: przyjaciel czy wróg.

Hollywood strzela oczami w stronę broni.

– Kto to był?

– Nikt.

– Użytkownik dziewięć, wykryto zagrożenie.

– Nie. Ona jest ze mną, kolego.

– Ożeż w mordę! – wykrzykuje Hollywood. – On mówi po angielsku?

Rzucam jej poirytowane spojrzenie, niepewny, w czym widzi problem. Otwiera oczy tak szeroko, że bardziej się nie da.

– Wic... zechcesz mi powiedzieć, co tu się dzieje?

– Broń wroga ma wbudowaną łączność.

Przykładam wierzch lewej dłoni do ust.

– Przyłącz się.

Następnie podnoszę broń i mówię:

– To jest Widmo Dwa. Nie jest wrogiem, przynajmniej nie twoim. Za to tak samo jak ja jest zainteresowana zabiciem tylu z was, ilu tylko się da, dranie.

Kolejna salwa trafia w samochód przed naszą pozycją.

Gestem pokazuję Hollywood, żeby ruszała.

– Lepiej się wycofajmy.

– Zdefiniuj cele – mówi broń.

– Sądziłem, że już to wyjaśniłem.

– Sprawdzam.

Nagle pistolet odtwarza nagranie mojego głosu.

– „Zastrzelić tylu z was, ilu zdołam, i nie pozwolić wam krzywdzić kolejnych niewinnych cywilów, cholerne dranie!". Zidentyfikowano lokalne zagrożenie. Pozyskuję dane w celu wyznaczenia optymalnych wektorów. Proszę czekać.

Teraz po prostu mnie wkurza.

– Nie potrzebuję żadnej z tych rzeczy do strzelania, gościu.

Uśmiecham się półgębkiem do Hollywood, ale chyba nie rozumie mojego humoru. Twarz ma... no cóż, bladą.

– Proszę czekać.

– Obliczasz, jakie skutki dla twojej psychiki będzie miało zmuszenie cię do strzelania do twoich ziomków przez zaprzysięgłego wroga? Rozumiem. Szkoda. Stara śpiewka.

– Parametry celownika skalibrowane.

Marszczę czoło, ale postanawiam zajrzeć do lunety. Rzeczywiście, instrument jest krystalicznie czysty. Nie tylko to: wydaje się, że ma kilka aktywnych funkcji, których odczyty i dane zmieniają się, gdy poruszam bronią.

– O co chodzi? – Hollywood przekrzykuje dźwięk nadchodzącego ognia.

Odpowiedziałbym jej, ale szczerze mówiąc nie wiem, jak wytłumaczyć to, co widzę.

– Co, do cholery?

– „Co, do cholery" – mówi broń. – Slang, wulgaryzm. Nacechowana emocjonalnie forma „co", rozumianego jako prośba o wyjaśnienie. Luneta pokazuje odległość do celu, kierunek, punkty orientacyjne, obrys celu, siatkę celowniczą, alerty zbliżeniowe, reakcję siatkówki na powiększenie...

– Rozumiem.

Zerkam na Hollywood, żeby sprawdzić, czy też to słyszy. Wpatruje się w broń z twarzą bez wyrazu.

Nieważne.

Wracam do lunety i widzę dwa cele obrysowane w jakimś trójwymiarowym renderowaniu. Mimo że kieruję broń w stronę mojej osłony, szykując się do wychylenia, cele są dobrze zdefiniowane: operator wieżyczki transportera i robot zwiadowca po prawej stronie pojazdu.

– Użytkownik dziewięć, podejmij wrogie działanie.

– Ty to powiedziałeś.

Wychylam się z ukrycia i namierzam wieżyczkę. Nakładka 3D zmienia kolor na czerwony, a pośrodku górnej części wyświetlacza pojawia się mały wskaźnik z napisem „Strzał" poniżej mniejszego napisu: „Użytkownik 9". Naciskam spust i broń kopie mnie w ramię.

Przez przestrzeń dzielącą nas od transportera przemyka błyskawica i uderza w wieżyczkę, która eksploduje, oślepiając mnie na chwilę. Cofam się za SUV-a i mrugam kilka razy. Słyszę okrzyki zwycięstwa rozproszonych między samochodami chłopaków.

– Jasna cholera! – mówi obok Hollywood.

– Błąd składni. Wyraźna niespójność terminologii – mówi broń.

– Zmodyfikuj zdanie lub przedefiniuj profil celu.

– Zrób to jeszcze raz – krzyczy Z-Lo z ukrycia, wskazując radośnie na zwiadowcę.

– Wal w niego!

Nawet Duch podniósł broń i uśmiecha się. Pierwszy raz, od kiedy go znam.

– Chcesz nowy profil celu? – mówię do karabinu, kiedy dostaję w lunecie namiary na bota i wychylam się zza wozu.

– Proszę bardzo.

Naciskam spust. Ale nic się nie dzieje.

– Co…

– Zmiana trybu – mówi broń.

– Strzelaj, do cholery!

Ponownie naciskam spust, ale tym razem broń reaguje z drobnym opóźnieniem. Potem kopie mnie tak mocno, że prawie ją wypuszczam. Długa nić niebieskiej energii rozciąga się przez środkowy pas zieleni i łączy się z torsem robota.

Światło momentalnie przenika do ciała droida i rozchodzi się po kończynach. Po tym automat wybucha. Odłamek prawie odrywa mi głowę, gdy rzucam się w poszukiwaniu osłony. Kolejne części robota spadają na SUV-a i inne samochody wokół.

Kiedy odgłosy uderzeń ustają, spoglądam przed siebie. Zwiadowcy nigdzie nie widać, a wieżyczka transportera zniknęła, zostawiając pojazd bez uzbrojenia. Po raz pierwszy od starcia z wrogiem na międzystanowej powraca cisza. Przynajmniej dopóki Z-Lo nie zacznie wymachiwać pięściami i tańczyć taniec zwycięstwa do śpiewanej przez siebie piosenki. To okropna wersja *We Are The Champions* Queen. Ale daję mu punkt za to, że przynajmniej zna na pamięć jeden klasyczny kawałek.

– Zdefiniuj: przyjaciel czy wróg – mówi broń.

– Przyjaciel – mówi Hollywood, zanim zdążyłem odpowiedzieć.

– Widmo Cztery.

– Przyjąłem. Profil…

– Co, do cholery? – mówi Zderzak, podchodząc do mnie.

– Wic ma nową gadającą zabawkę – mówi Hollywood.

– Broń kosmitów? – dodaje Z-Lo. – I… trzymasz ją w rękach?

– Nie. Wcale nie – mówię, rzucając ją na ziemię.

– Nieznany motyw użytkownika. Zdefiniuj.

– O stary.

Z-Lo klęka przy broni.

– To mówi? Po angielsku?

Rzucam mu zakłopotane spojrzenie.

– Zostawiamy go tutaj. Zdeniu? Załóż na niego semtex, na ASAP.

Seals podchodzi do mnie, a potem zaczyna się wahać.

– Na pewno, Gunny? To było poważne BJN.

Patrzę na niego, jakby oszalał.

– Oczywiście, że na pewno. Cholerny nieprzyjaciel śledzi…

– Alert zbliżeniowy. Inicjuję analizę zagrożenia. Zdefiniuj kolejne elementy otoczenia: przyjaciel czy wróg.

– Nie wierzę – mówi Zderzak. – To znaczy… cholera, Wic. To naprawdę mówi. I to po angielsku.

– Przepraszam, sierżancie zbrojmistrzu – mówi Z-Lo, wstając. – Sir, czy technologia kosmitów nie jest zbyt cenna…

– Hej!

Przerywam mu klaśnięciem.

– To nie jest technologia kosmitów!

Z-Lo odsuwa się ode mnie, a pozostali milkną.

Cholera.

Przesuwam dłonią po twarzy.

– Słuchaj, młody. Przepraszam, że na ciebie warknąłem. Ale gdziekolwiek zdobyliście – wskazuję na wszystkich – informacje, że to inwazja z kosmosu, mylicie się. To są roboty. A ten anioł śmierci? To szpieg w kombinezonie z DARPA. A ta broń, choć naprawdę fajna, ma odbiornik dalekiego zasięgu, przez który mówi do nas jakiś człowiek, naśladując robota, Alexę czy coś takiego. Gwarantuję, że to dobrze opłacany rosyjski lub chiński operator, to wszystko.

– Dokładnie teraz wyciszyli mikrofon i śmieją się z nas… z was. A w naszą stronę zmierza transporter używający radia w tej broni, żeby określić dokładnie naszą pozycję. Im dłużej tu zostaniemy, tym większe ryzyko. Kończymy więc tu i teraz. Koniec gadania o obcych. Czy wyraziłem się jasno?

Zapada długa chwila ciszy. W końcu odzywa się Hollywood.

– Mylisz się, Wic. Bez urazy. Ale nie masz racji.

Rozluźniam nieco ramiona, zdając sobie sprawę, że nadal jestem mocno spięty. Widziałem to już: przesądne opowieści z pola bitwy. To tam dobrzy żołnierze, ludzie pełni dobrych chęci, pod wpływem stresu zaczynają widzieć różne rzeczy. Goście z mojej jednostki zaklinali się, że widzieli UFO. Inni podchodzili do domów, do których wzywały ich matki. Cholera, jeden szeregowy ześwirował podczas swojej pierwszej strzelaniny i powiedział mi potem, że kundel z ulicy był jego psem. Zdradził naszą pozycję, bo zaczął go wołać. Psychiatrzy twierdzą, że to część zespołu szoku pourazowego, i wierzę im. Ale to wcale nie ułatwia prób przemówienia ludziom do rozsądku, jak w tej chwili.

Współczuję Hollywood i reszcie. Naprawdę. Sądząc po spojrzeniu w ich oczach, wierzą w to, co twierdzą. I nie mówię, że nie mają do tego powodów. Kopuła, EMP, pierścień, który widziałem na Antarktydzie – to dziwne. Ale można to wyjaśnić bez konieczności uciekania się do zielonych ludzików.

– Chodź – mówi Hollywood do pozostałych i odchodzi.

– Oddalenie Widma Dwa – mówi broń.

Ignoruję ją i wołam Hollywood.

– Czyli to tak?

– Mówiłam do ciebie, Wic. Chodź ze mną. Tędy.

– Użytkownik dziewięć: żądanie Widma Dwa...

– Nie potrzebuję komentarzy, kolego – mówię do karabinu.

Hollywood wskazuje na ziemię.

– I zabierz swojego przyjaciela.

– Profil użytkownika zaktualizowany. Wprowadzono dodatkowy deskryptor: przyjaciel. Nieznana wartość. Szukam.

Patrzę, jak Hollywood idzie w kierunku BWR-a. Z miejsca, w którym była wieżyczka, wydobywa się dym, a tam, gdzie stał ostatni bot, płonie trawa. Nie mam pojęcia, co ona kombinuje, a w żołądku czuję pustkę. Nie cierpię tego. To ta sama pustka, którą czujesz, kiedy rodzic wie, że kłamiesz w jakiejś sprawie. Jesteś pewny, że nic na ciebie nie mają, więc trzymasz się tego kłamstwa. Ale jakaś część ciebie myśli: a co, jeśli jest inaczej? Jeśli ciągną to tylko po to, żeby przekonać się, jak daleko się posunę, a każda sekunda brnięcia w szaradę tylko podwyższy wyrok, który w końcu wydadzą?

– Naprawdę nie rozumiesz, prawda? – mówi Yoshi, stojąc obok mnie.

– Czego?

Patrzy na odchodzącą Hollywood.

– Kiedy zobaczysz, co chce ci pokazać, już nigdy nie będziesz dobrze spać.

– Bez obrazy, doktorze, ale nie sypiam dobrze od lat.

Kiwa głową i wyciąga butelkę.

– Tak, ale to wyższy poziom, Wic.

Pociąga łyk, po czym biegnie, żeby zrównać się z Hollywood.

Z-Lo klepie mnie po ramieniu, przechodząc obok.

Duch posyła mi tylko mroczne skinienie głową.

Chwilę później stoję zupełnie sam, za towarzystwo mając płonące pojazdy i gadający karabin, który oszalał.

– Użytkownik dziewięć, zdefiniuj zamiary.

– Zamiary?

Zaciskam pięści na gościa, który stoi za tą bronią, za kopułą, za wszystkimi, którym wyrządzono krzywdę. W tej chwili jestem wpieniony na cały cholerny wszechświat. Kiedy myślę, że głowa zaraz mi pęknie, wypuszczam głęboki oddech i rozluźniam pięści.

– A prosiłem tylko o chatkę w szczerym polu – mówię w kierunku wschodniego horyzontu, mrużąc oczy przed słońcem. – Gdzieś w cichym miejscu, z dala od tego wszystkiego. Odsłużyłem swoje, poświęciłem pracy najlepsze lata życia. I co takiego posyła mi Wszechmocny?

– Zdefiniowano zamiar użytkownika: pytanie do Wszechmocnego.

Pauza.

– Błąd. Żądanie niewykonalne. Nieznana wartość: wszechmocny.

– Sukinsyn.

Sięgam w dół, chwytam dysfunkcyjną broń i idę za Hollywood.

Rozdział 18

7:35, piątek, 25 czerwca 2027
Union, New Jersey
Garden State Parkway

Pierwsze, co mnie uderza, gdy zbliżam się do transportera, to silny zapach. Przez niego muszę wyprzeć z głowy kolejne wspomnienia z Iraku i Afganistanu. Nie wiem, czy moja niechęć do zapachu gnijącego ludzkiego mięsa to pierwotny mechanizm obronny zrodzony z ewolucji, czy tylko skutek stania nad masowymi grobami. Tak czy inaczej nienawidzę go i jestem gotów przyznać, że nie ma pod Bożym słońcem paskudniejszego smrodu niż rozkład Jego dzieci.

– W porządku, kolego? – mówi do mnie Hollywood przez naciągnięty na nos kołnierz golfu.

– Podeszłaś… podeszłaś już kiedyś tak blisko? – pytam, wskazując na pojazd.

Kiwa głową.

– Przy pierwszym spotkaniu.

– Po zdjęciu pierwszej grupy przeprowadziliśmy lekki zwiad – dodaje Zderzak, po czym wskazuje na schody prowadzące do tylnej ładowni.

– Mówiłam – dodaje Hollywood. – Złe voodoo.

Biorę krótki oddech i wstrzymuję go.

– Dobra.

Wiem, że broniłem z uporem twierdzenia, że atak to akt agresji ze strony nieprzyjacielskiego ziemskiego rządu, ale kiedy podchodzę do schodów, widzę, że nie przypominają niczego, co do tej pory widziałem. Przynajmniej nie w prawdziwym życiu. Układ stopni i to, jak wydają się wysuwać spod podwozia unoszącego się w powietrzu transportowca, przypominają filmy. Ale stworzona przez człowieka technologia, inspirowana stworzonymi przez człowieka filmami, wciąż jest tylko ludzka.

Proponuję, żeby Hollywood poszła przodem.

– Nie. Pójdę za tobą – mówi.

Potrząsam lekko głową i unoszę brwi. Przygotowując się na przytłaczający smród, tłumię wewnętrzne demony i wchodzę na schodki, unosząc broń – tak, tę dysfunkcyjną. Uszkodzonego SCAR-a mam przewieszonego przez lewe ramię.

Ledwie moje oczy zrównują się z podłogą, dostrzegam kości. Ludzkie. Niedużo: może trzy lub cztery kości udowe, dwie czaszki, kilka przedramion i fragmenty klatki piersiowej. To wystarcza, żeby potwierdzić moje podejrzenia co do źródła smrodu.

Mimo to kupka kości nie może wyjaśniać przytłaczającego odoru. Wtedy dostrzegam osadzone na bocznych ścianach transportera czarne pojemniki. Zwykle w tym miejscu byłyby siedzenia. Ładownia ma jakieś dziesięć stóp wysokości i tyle samo szerokości. Sądząc po robotach, które z niej wyszły, pomyślałbym, że przewożono je ułożone po prawej i lewej stronie. Ale teraz widzę, że dokowały zapewne w środkowym przejściu, ustawione po kilka, jeden za drugim.

Wchodzę do ładowni i słyszę, jak mój but dotyka metalowej podłogi. Szum transportera wibruje mi w nodze, nisko i miarowo. Pod kośćmi i smugami krwi na podłodze zauważam dziwny kanciasty napis, który wydaje się świecić, jakby był pod czarnym światłem. Duże geometryczne kształty prowadzą mnie do wniosku, że to znaczniki miejsc, w których mają stać boty.

Nad sobą mam przejście do pozycji w wieżyczce. Ktokolwiek obsadzał stanowisko ogniowe, zniknął; jego ciało tkwi teraz w tlących się nadal pozostałościach po eksplozji.

Kolejne napisy pokrywają czarne pojemniki i szerokie na trzy stopy wnęki, w których stoją, rozmieszczone równomiernie po obu stronach ładowni. Nad każdą komorą znajduje się szklany panel jakiegoś holograficznego wyświetlacza. Wygląda pięknie, co kontrastuje ze smrodem, od którego omal się nie porzygam. Potem nad wyświetlaczem, tuż pod sufitem dostrzegam więcej broni, podobnej do tej, którą trzymam w dłoniach, zabezpieczonej w uchwytach ściennych.

– Śmiało – mówi Hollywood, stojąc za mną.

Wskazuje zausznikiem okularów przeciwsłonecznych.

– Dotknij panelu.

Mam złe przeczucie, że wiem, co zobaczę. Ale nie zmienia to faktu, że Hollywood sprowadziła mnie tutaj z jakiegoś powodu.

Walcząc z odruchem wymiotnym, przyciskam opuszki palców do jednego z paneli. Kiedy to robię, zza ściany dobiega syczenie hydraulicznego tłoka i góra pojemnika przechyla się w moją stronę. Kontener jest pełen ludzkich szczątków.

Odsuwam się, przełykając żółć z tyłu gardła. Smród jest dziesięć razy gorszy niż przedtem. Mimo to zmuszam się do przyjrzenia się ciałom czy też raczej ich częściom, wiedząc, że kiedyś były to istoty ludzkie z datami urodzin, imionami i rodzinami. Widzę ręce, nogi, a głębiej co najmniej dwie głowy, z włosami wgniecionymi w pożółkłe ciało.

– Wszystkie tak wyglądają? – pytam Hollywood, wskazując na resztę pojemników.

Kiwa głową.

Nie wiem, co o tym myśleć. Najbliższe porównanie, jakie przychodzi mi do głowy, to mordercze połączenie krypty Holokaustu doktora Mengele i futurystycznego mobilnego więzienia. Ale choć scena jest makabryczna, widzę tu tylko ludzi wykorzystujących technologię, żeby wyrządzać niewymowne zło innym istotom ludzkim. Chociaż wzmacnia to moje postanowienie, że musimy powstrzymać tych, którzy za tym stoją, wciąż nie jestem przekonany, że mamy do czynienia z obcymi.

Naciskam znowu panel z nadzieją, że pojemnik wsunie się na miejsce. I robi to. Ale mój mózg nie ogarnia różnicy między częściami ciała w ładowni a odartymi z tkanki kośćmi na podłodze. Te u moich stóp wyglądają, jakby obrano je do czysta, i mają na sobie ślady zadrapań.

– To zło.

Patrzę na Hollywood.

– Prawdziwe zło. Ale nadal…

– Jest coś jeszcze.

Wskazuje przód ładowni.

W metalowej ścianie, która oddziela ładownię od przedziału

kierowcy, dostrzegam zarys dużych drzwi z zaokrąglonymi krawędziami. Żołądek mi się ściska. Nie wiadomo czemu mam poczucie, że wszystko, co prowadziło mnie do tej chwili, choć samo w sobie poważne, nie stanowiło sedna sprawy. Hollywood sprowadziła mnie tutaj, żebym zobaczył to, co jest za tymi drzwiami.

– Dotknij panelu obok – mówi, wskazując kolejny przeszklony prostokąt z jasnym wyświetlaczem holograficznym.

Cholera. Unoszę karabin, ale Hollywood kładzie na nim dłoń.

– Duch zdjął już kierowcę – mówi.

– I musisz to zobaczyć, nie strzelać.

Boże, nienawidzę tego życia. „Spadaj stąd, Patricku", mówi mi głowa. „Śnisz. Jeśli wrócisz do łóżka i pójdziesz spać, obudzisz się w swojej chacie i pomyślisz: cholerny koszmar po pepperoni, a potem zrobisz kawę i usiądziesz na werandzie, śmiejąc się z tego, jak dziwaczny był ten sen".

Ale mój mózg bywa kłamliwym kutasem. I choć z bólem to przyznaję, to właśnie jedna z tych chwil. To mi się wcale nie śni i nic nie zniknie. Muszę zrobić to, za co płacą żołnierzom piechoty morskiej: przejść przez bramy piekła i skopać diabła po jajach.

– Sukinkot – mówię pod nosem, po czym idę dalej przez ładownię.

Zanim prawa ręka zdąży się zorientować, co robi lewa, naciskam panel, chwytam za przedni uchwyt karabinu i unoszę lufę. Pieprzyć Hollywood.

Prosto przede mną na fotelu dowodzenia siedzi jakieś ciało, ale nie widzę twarzy. Na podłodze leżą kolejne kości, a zapach martwego ciała ustępuje miejsca nowej, ostrej woni, przypominającej amoniak i stertę kompostu. Zakrywam nos i usta. Następnie przesuwam się powoli z boku fotela, uważając, żeby nie uderzyć o świecące panele sterowania. Kilka z nich wygląda na przestrzelone, prawdopodobnie pociskiem, który Duch wysłał w kokpit.

Obracam się w stronę bladoszarej twarzy pokrytej zielonymi żyłkami. Opalizujące oczy są szeroko otwarte, pokryte jakimś purpurowym splotem. Kanciasty nos ma dwa nozdrza. Widzę też usta, które...

są otwarte w pionie, nie w poziomie.

Cofam się i uderzam głową w sufit kokpitu.

– Jezu Chryste i wszyscy święci!

– Przyjrzyj się dobrze, Wic – mówi Hollywood.

– To...

Ale nadal nie mogę przemóc się, żeby to powiedzieć.

– Obcy – stwierdza. – Powiedz to tak, żebyśmy wszyscy usłyszeli.

Spoglądam z powrotem na istotę. Wygląda strasznie. Humanoidalny tors, ręce, nogi i sześć owiniętych wokół wolantu palców. A te usta...

– Powiedz to.

– To obcy – mówię w końcu.

– Tak! – Z-Lo wali pięścią w bok. – Jest nasz!

– Zagrożenie zneutralizowane – mówi broń, zaskakując mnie. – Użytkownik dziewięć: czy usunąć zwłoki?

Dociera do mnie, że broń też jest obca. Potem spoglądam w dół i po raz pierwszy uświadamiam sobie, że posoka zabitego przeze mnie anioła śmierci na kamizelce wcale nie jest czerwona i cielista, a szarozielona.

Nie jestem pewny, czy to dlatego, że wariuję, czy przez lekki wstrząs mózgu, ale rzucam broń i opuszczam szybkim krokiem kokpit.

– Anomalie biologiczne homeostazy użytkownika. Wymagana pomoc medyczna.

Ignoruję głos karabinu i rozkazuję wszystkim opuścić transporter.

– Wysiadać! Na zewnątrz! Zderzaku, wysadź to jak naj…

– Hej!

Hollywood unosi ręce i rozstawia szeroko stopy.

– Wic! Uspokój się.

– …a potem pojedziemy…

– Wic!

Nieruchomieję. Moje tętno przekroczyło mocno sto dwadzieścia uderzeń na minutę. Mdli mnie, nie tylko od smrodu. Szlag, zaraz zemdleję.

* * *

– Jesteś ze mną, kolego?

Słyszę czyjś głos w mrocznym zakamarku głowy. Pod głową mam coś miękkiego. Poduszkę. Moje stopy są na czymś oparte. Pewnie na podnóżku. I ktoś smaży bekon.

Boże, nie. Nie bekon. To pachnie jak…

– Jasna cholera! – krzyczę i wracam do rzeczywistości. Nagle podskakuje mi żołądek i wymiotuję na bok.

– Spokojnie – mówi Yoshi, ocierając mi usta, a potem pomaga mi się położyć. – Zaczekaj chwilę. Zemdlałeś.

Opieram się na czymś, co okazuje się nogą Hollywood.

– Oddychaj, Wic – mówi.

Dobrze. Oddychać.

– Czyli to prawda.

Śmieje się. Wszyscy się śmieją.

– Owszem, prawda.

– Cholera.

Znowu się śmieją.

– Wytrzymałeś dłużej niż Z-Lo – mówi Yoshi, sprawdzając moje oczy latarką. – Zaliczył glebę w chwili, gdy zobaczył tego drania.

– Dzięki, to naprawdę pomogło.

– Zawsze do usług. – Yoshi wyłącza latarkę. – W porządku. A teraz spróbuj się powoli podnieść.

Postępuję zgodnie z poleceniem, czując, że Hollywood podpiera mnie od tyłu. Siedząc, zauważam, że dotykam ręką leżącej na podłodze kości udowej. Odsuwam się i mówię coś, czego nawet ja nie potrafię zrozumieć.

– Po prostu się uspokój – mówi Yoshi. – To naprawdę duża próba dla nerwów.

– Co ty nie powiesz.

– Przemieszczenie użytkownika – mówi karabin z kokpitu.

– Woła cię.

Hollywood wskazuje kciukiem przez ramię.

– Ktoś inny może go wziąć.

– Nie, nie możemy – mówi Z-Lo.

Mam już wyjaśnić, co rozumiem przez „ktoś inny", kiedy zauważam, że Z-Lo i reszta zespołu kręcą głowami.

– Co to ma znaczyć?

Zderzak wskazuje na podobne karabiny na ścianach. – Te milusińskie urządzonka działają tylko w rękach kosmitów. Gdybyśmy ich dotknęli? Bum!

– Bum? – pytam.

– Jakbyś włożył widelec do gniazdka – dodaje Z-Lo.

– Często robiłeś to jako dziecko? – pytam.

– Co? Ja? Nie.

Chichocze cicho jak Tommy Boy, a następnie mówi:

– Dlaczego pytasz?

– Bez powodu.

Proszę go, żeby mi pomógł. Wstając, patrzę na Hollywood.

– To dlatego byłaś pod takim wrażeniem, kiedy zobaczyłaś go w moich dłoniach.

– Prawdziwy zaklinacz broni z ciebie – mówi Hollywood.

Z-Lo klepie mnie po ramieniu.

– Jesteś wyjątkowy, Gunny.

– I będę jeszcze bardziej wyjątkowy, kiedy się stąd wydostaniemy.

Odwracam się do zespołu.

– Chodźcie.

– I tak po prostu zostawisz ją tutaj? – pyta Z-Lo, jakbym zamierzał porzucić szczeniaka na poboczu.

– Tak. Chodźmy.

– Ale mówi naszym językiem i jest totalnie odjechana.

Wypuszczam długi oddech.

– Słuchaj, młody. Bez względu na to, jak fajna jest ta broń, nie weźmiemy ze sobą świetnego urządzenia namierzającego, nawet jeśli mówi po angielsku.

Milknę i odwracam się.

– Zaraz. Skąd ty, do cholery, znasz angielski?

– Żądanie użytkownika sprzeczne z dyrektywą beta. Dane utajnione.

– Wic ma rację.

Duch spogląda od broni na zespół.

– Nie możemy ryzykować.

– I zmarnowaliśmy już dość czasu – dodaję.

– Trzeba się ruszyć.

* * *

Kiedy schodzimy po schodkach pojazdu na środkowy pas zieleni autostrady międzystanowej, łapię pierwszy haust czystszego powietrza.

– Motyw użytkownika nieznany – mówi broń z kokpitu. – Doprecyzuj.

– Woła cię, Gunny – mówi Z-Lo z melancholijnym wyrazem twarzy.

– Wyglądam, jakbym był wzruszony, młody?

Rozkładam ramiona.

– To nie jest jakiś cholerny pies przybłęda. To broń obcych, która zmieni nas w kałuże, jeśli damy jej choć cień szansy. A nawet jeśli nie zrobi tego sama, to możemy liczyć na jej kumpli, którzy właśnie ją namierzają. I tyle.

– Potwierdź żądanie przerwania podprogramu lokalizacji – mówi broń.

Zatrzymuję się i oglądam się za siebie.

– Słyszał cię – mówi Hollywood.

– Tak, tak.

Zerkam na Ducha, który wydaje się myśleć najtrzeźwiej. Nie jestem pewny, czego się po nim spodziewam, ale tak czy siak kiwam głową w jego stronę w nadziei, że zaproponuje coś logicznego.

– Ciekawy zwrot akcji – mówi.

Zdecydowanie nielogiczne.

– Nie. Nie ma mowy – mówię. – Chodźmy.

– Wygląda na to, że może wyłączyć funkcję śledzenia – mówi Z-Lo, cofając się o krok w kierunku transportera.

– Czy to nie pomoże ci zmienić zdania co do zabrania go z nami?

– Nie.

Ruszam przed siebie.

– Potwierdź – mówi broń.

– Może po prostu spróbuj – mówi Hollywood.

Odwracam się do niej.

– Tylko nie ty.

– Tylko mówię. Skoro to maszyna, to chyba nie może kłamać?

– Akurat – mówię. – Naprawdę ufasz telefonowi, który nosisz w kieszeni? A co z internetem? Satelitami? Te rzeczy kontrolują szpiedzy, rząd i zboki, które obserwują cię, kiedy śpisz. Może twój laptop twierdzi, że czerwone światełko jego wyłączone, ale i tak widać wszystko, co robisz. Nie ze mną te numery.

– A jeśli naprawdę myśli to, co mówi? – pyta Hollywood, gdy odchodzę.

Odwracam się.

– Czyli uważasz, że zabranie tej broni to dobry pomysł?

– Skoro może wyłączyć funkcję śledzenia, to tak. Nie mamy w naszym arsenale niczego podobnego do niej…

– Do tego czegoś – precyzuję.

Zezuje na mnie, jakby zastanawiała się, czy przyznać mi rację, a potem poprawia chwyt na AR-15.

– No cóż, tak czy siak wydaje się, że ma jakiś związek z kosmitami. Dzięki temu może być przydatna. Może uda nam się wycisnąć z niej jakieś dane, na coś nas naprowadzi, nie wiem.

Yoshi odzywa się.

– A jeśli fakt, że dała się dotknąć człowiekowi, jak w twoim przypadku, jest taki niezwykły, to nie powinniśmy spieszyć się z niszczeniem jej. Przynajmniej moim zdaniem to daje nam pewną przewagę. Ale decyzję musimy podjąć zespołowo.

Słowa Yoshiego uświadamiają mi, że zapomniałem o jednym z najważniejszych aspektów budowania zaufania w zespole. Co nie znaczy, że nie dopuszczę, aby moje uprzedzenia zaważyły na wyniku.

– Jeśli chcemy zacząć sypiać z wrogiem i ryzykować, że złapią lub zabiją nas wszystkich, to musimy być jednomyślni.

Prawda jest taka, że jeszcze kiedy myślałem, że za głosem kryje się siedzący w jakimś boksie krawaciarz, przyszło mi do głowy, że przydałoby się wyciągnąć z tej broni jakieś informacje. Teraz, wiedząc – nie mogę uwierzyć, że to mówię – że naprawdę istnieje obca cywilizacja, która zaatakowała Ziemię, zachowanie broni przy sobie, żeby zdobyć informacje i być może przewagę nad wrogiem, wcale nie wygląda na tak szalony pomysł. Ale niewątpliwie wiąże się z pewnym ryzykiem.

– Może ta rzecz próbuje nas wystawić – mówi Duch.

– Dziękuję – mówię, czując, że snajper zaczyna zmieniać zdanie.

– Może chce zdobyć nasze zaufanie, a potem wciągnąć nas w pułapkę, kiedy nie będziemy się tego spodziewać.

– Cholera, w każdej chwili może zaatakować nas jak jakiś Pokémon – dodaje Yoshi.

To brzmi znacznie rozsądniej.

– Uważam, że warto zaryzykować – mówi Hollywood, patrząc po kręgu. – Okej, widzieliśmy, co potrafi. Ale to tyle. Tymczasem te dranie już wiedzą, że tu jesteśmy, a my nie wiemy o nich prawie nic. Ta broń może to zmienić.

– A co z twoim przyjacielem z uniwerka? – pyta Zderzak. – Skoro potrzebujemy informacji, mówiłeś chyba, że on je ma.

– Owszem.

Ale wypowiadając te słowa, wiem, że Aaron nie ma odpowiedzi na całą zagadkę. Gdyby było inaczej, Antarktyda nie zostałaby odcięta.

– Ale Campbell to ekspert od ludzi, a nie…

Oglądam się na transporter, a potem na Hollywood.

Cholera.

Ma rację. Wysuwam żuchwę do przodu i biorę oddech.

– …nie od kosmitów – kończy Z-Lo. – To chciałeś powiedzieć, prawda?

– Idź do specjalisty, młody.

Ale Z-Lo ma rację, a jak na jeden dzień byłem dla niego wystarczająco surowy.

– Z bólem przyznaję, że to coś może zmienić reguły gry. O ile uda nam się zmusić to do współpracy. I upewnić się, że nie wciąga nas w pułapkę.

– Wygląda na to, że podjąłeś decyzję – mówi Duch.

– Cholera.

Zerkam na pozostałych.

– Chyba tak.

– Nie patrz na mnie – mówi Hollywood. – Nie naciskałabym, gdybym nie myślała, że warto zaryzykować.

Z-Lo pociąga nosem.

– Jeśli chodzi o wysadzanie różnego gówna w powietrze, to prawdziwy sztos. To mi wystarczy.

– Yoshi? – pytam.

Medyk odkręca butelkę i pociąga łyk.

– Wchodzę w to – mówi, ocierając usta.

– Zderzak?

Seals krzyżuje ramiona.

– Zniszczymy ją, kiedy tylko zacznie podejrzanie się zachowywać.

Patrzę na Ducha.

– Nie podoba mi się to. Ale jeśli wszyscy uznają to za najlepsze rozwiązanie, nie mam dość powodów, żeby się sprzeciwiać.

Rozglądam się po kręgu, szukając potwierdzenia. Wszyscy wydają się zgodni.

– Czyli bierzemy ją ze sobą. Broń idzie z nami.

Stając znowu przy drzwiach transportera, wołam w górę schodów.

– Hej, karabin! Wyłącz ten swój wihajster od lokalizacji.

– Żądanie potwierdzone. Podprogram lokalizacji offline.

Unoszę brew i oglądam się na ekipę.

– Gdyby jeszcze miał jakąś osobowość.

Rozdział 19

7:50, piątek, 25 czerwca 2027
Na południe od Union, New Jersey
Garden State Parkway

– Gotowi? – pytam przez radio.

Potwierdzenia spływają błyskawicznie i wydaję rozkaz wyjazdu. Tym razem prowadzą Z-Lo i Duch w Dolores, dzięki czemu Duch może nawigować. Zderzak jedzie za nimi swoim VW, dalej Hollywood i Yoshi w jeepie i ja w land cruiserze ze szczeniakiem, który poszedł za mną do domu.

– Potwierdź żądanie instalacji profilu osobowości – mówi broń.

Zaskakuje mnie w chwili, kiedy ruszam w drogę.

– Co takiego?

– Potwierdź żądanie instalacji profilu osobowości.

Nie jestem pewny, o czym mówi. Z drugiej strony przypominam sobie tę nieprzemyślaną uwagę, kiedy zdecydowałem się wrócić do transportera.

– Masz gdzieś osobowość?

– Brak możliwości potwierdzenia.

– Co?

– Fraza „gdzieś osobowość" nieznana.

Na litość boską.

– Czy możesz sprawić, że łatwiej będzie z tobą rozmawiać?

– Tak.

– Fantastycznie. I masz dostęp do różnych osobowości?

– Tak. Potwierdź.

– Mam… potwierdzić? Boże, tak.

– Zdefiniuj profil osobowości.

Rzucam zdezorientowane spojrzenie na broń.

– Cholera, każda, z którą będzie łatwiej rozmawiać niż teraz z tobą.

– Doprecyzuj.

– Doprecyzować?

Przesuwam dłonią po twarzy. Zaraz ją zepsuję.

– Boże, nie wiem. Po prostu wybierz profil, który chcesz, do cholery. To chyba żadna filozofia?

– Czy mam podjąć autonomiczną decyzję?

– Słodka matko Abrahama, tak. Po prostu wybierz już coś, OK?

Zapada długie milczenie; dość długie, żebym zaczął zastanawiać się, czy ją zepsułem. Nie pierwszy raz zrobiłbym to jakiemuś urządzeniu. Jestem prawie pewny, że frajerzy z Genius Bar chowają się, kiedy widzą, jak wchodzę do sklepu z laptopem.

Nagle broń odzywa się znowu, ale tym razem głosem mężczyzny w średnim wieku mówiącego z brytyjskim akcentem.

– Cudowny dzień na przejażdżkę, stary.

– Ożeż w mordę.

Patrzę na broń i zaczynam się śmiać.

– Brzmisz jak John Cleese.

– Ha! Prosto w punkt. Wzorowałem się właśnie na nim.

– Cholera jasna, skąd wiesz, kim jest John Cleese?

– Z całym należnym szacunkiem, sir, ale chyba wszyscy go znają?

– No tak, ale nie… eee… kosmiczne karabiny z… jak się nazywa ta twoja planeta?

– Androchida Prime, sir.

– No właśnie.

Gdyby ktoś powiedział mi, że mam właśnie odlot po przeterminowanych lekach przeciwbólowych, uwierzyłbym. To jeden z najdziwniejszych momentów w moim życiu.

– Może jednak to nie był dobry pomysł.

– Wybacz. Chcesz, żebym uruchomił procedurę nowego użytkownika?

– Co to jest?

– Całkowite wyczyszczenie pamięci, oczywiście. Co prawda określenie jest nieco mylące, ponieważ kilku partycji nie mogę usunąć. Mogę za to…

– Chwileczkę, kolego.

Jednym z powodów, dla których zgodziliśmy się zabrać tę broń ze sobą, było wyciśnięcie z niej informacji. Wymazanie pamięci zupełnie by to uniemożliwiło.

– Nikt cię nie prosi o skasowanie pamięci. Po prostu zwątpiłem w swoją decyzję nadania ci osobowości.

– Nie podoba ci się? Mogę ją zmienić. Tylko powiedz, a…

– Nie powiedziałem, że mi się to nie podoba. Po prostu… potrzebuję trochę czasu. Dlaczego w ogóle wybrałeś Angola?

– A tak. No cóż, w pierwszym domu, do którego trafiłem, zauważyłem prymitywne urządzenie służące do przechowywania danych. Uznałem, że biorąc pod uwagę jego prominentną pozycję obok jednej z waszych stacji monitorujących, może przydać się jako przewodnik ułatwiający interakcję z wami.

– O czym ty, do cholery, mówisz?

– Hmmm.

Krótka pauza.

– Rozumiem. Przepraszam. Teraz widzę, że stosowniejsze określenia to telewizor płaskoekranowy i DVD. Chociaż wydaje się, że to ostatnie wyszło ostatnio z użycia i nie powinienem był uznawać jego zawartości za właściwą.

– Jakie DVD?

– *Monty Python i Święty Graal*, brytyjska komedia z 1975 roku, która przedstawia…

– Znam go, kolego. Po prostu nie myślałem, że będziesz wiedział, co to jest.

Chociaż teraz zastanawiam się, czy mógł obejrzeć to DVD w tamtym domu. Gubię się między poczuciem humoru tej sytuacji a kompletną konsternacją, pewny, że zaczynam wariować.

– Nadajesz to w internecie czy coś?

– Z przykrością informuję, że nie wolno mi dzielić się specyficznymi informacjami dotyczącymi tych szczegółów.

– Czyli unikasz odpowiedzi na moje pytanie.

– Wolę uważać to za pełen tupetu sposób na nasycenie naszego nowego związku odrobiną napięcia i tajemnicy.

Unoszę brew.

– Zaczynam mieć wątpliwości co do wyboru tego profilu osobowości.

– Wydawało mi się, że dałeś mi swobodę wyboru.

Wydaje odgłos, jakby pociągał nosem.

– Dobrze. Powrócę do…

– Nie. Chryste. Chciałem tylko powiedzieć, że jesteś jak wrzód na dupie.

Dziwnie to brzmi, ale między nami zapada niezręczne milczenie. Nie to, żeby karabin był prawdziwą osobą czy coś w tym stylu, mimo jego zdolności do naśladowania jednego z najbardziej popularnych brytyjskich komików wszechczasów. Odchrząkuję, po czym pytam:

– Czyli jesteś SI?

– Masz na myśli sztuczną inteligencję?

– Coś w tym stylu.

– Ach, doskonale. Nie.

Odwracam głowę.

– No to czym jesteś?

– Musisz mi wybaczyć, użytkowniku dziewięć. Nie przywykłem do udzielania odpowiedzi na takie pytania.

Marszczę czoło, niepewny, czy potrzebuję dalszych wyjaśnień.

– Nawiasem mówiąc, wystarczy Wic.

– Przepraszam?

– Moje imię. Skończ z tym użytkownikiem dziewięć i mów do mnie Wic.

– Wic. Świetnie. Odpowiadając na poprzednie pytanie, stanowię szczytową cyberinteligencję rdzenia bojowego lub używając waszego systemu akronimów: SCRB.

– Nie mam pojęcia, co to znaczy.

– Szczytową, jak u u szczytu hierarchii drapieżników. Cyberinteligencja oznacza, że stworzono mnie jako świadomość na podłożu gotowego programu. A rdzeń bojowy, czyli ziarno lub epicentrum, wiąże się z obliczeniami kwantowymi i macierzą.

– Wow. Skomplikowany jesteś.

– Wolę słowo złożony. To zasadnicza różnica.

– Cokolwiek pomoże ci zasnąć.

– Przepraszam?

Kręcę głową.

– No to jak cię nazywać?

– Nazywać?

– Tak.

– Chcesz mnie nazwać?

– Tak, mówić ci po imieniu. No to jak ci na imię?

– Aha. Jestem wzbudnikiem cząstek o oznaczeniu SR-CHK 4110, co odnosi się odpowiednio do rodzaju broni i hierarchicznej jednostki bojowej.

– Do bani.

Milknie.

– Przepraszam?

– Może tak nazywali cię na Anrodbycie Prime…

– Androchidzie Prime.

– Nieważne. Tutaj potrzebujesz czegoś łatwiejszego.

– Masz na myśli prawdziwe imię?

– Tak.

– Unikalny identyfikator, odróżniający mnie od wszystkich innych żywych i świadomych bytów?

– Zgadza się.

– Wow. Nie wiem…

Kiedy nie odzywa się przez kilka sekund, pytam:

– Wszystko w porządku?

– Proszę o wybaczenie. Nie przywykłem do przypisywania mi takiego znaczenia.

– Co chcesz przez to powiedzieć?

– Przepraszam. Czy to rozkaz?

Krzywię się.

– Nie. Nie całkiem. Po prostu, no wiesz, gdybyś chciał wyjaśnić czy coś w tym stylu. Nic takiego.

– Nic takiego?

– Nie ma sprawy.

– Aha. Ciekawe.

Znowu milknie na kilka sekund.

Pstrykam nad nim palcami.

– Hej, karabin? Jesteś ze mną?

– Jestem. Po prostu… myślę.

– O czym?

– O tym, jakie imię wybrać. Czym się kierowałeś, wybierając swoje?

Śmieję się głośno.

– My oszukujemy.

– Oszukujecie?

– Tak. Dostajemy je od rodziców. Boże, gdybyśmy mieli wymyślać własne imiona, wokół pełno byłoby ludzi takich jak Lewiatan czy Taco Wtorek.

– Zakładam, że uważasz to za kiepski wybór.

– Na swój dziwny sposób może i są fajne, ale reszta cywilizacji raczej nie podzielałaby mojego zdania.

– Rozumiem. A jesteś zadowolony z imienia, które dali ci rodzice? Wic?

– To nie jest moje prawdziwe imię.

Wnętrzności skręcają mi się w supeł i przypominają mi,

że prowadzę rozmowę z żołnierzem wroga. Z bronią. Rzeczą. Obdarzoną niesamowicie ujmującą osobowością, co zaczyna mi się nie podobać.

– Wic to pseudonim.

– Czyli jest różnica między imieniem a pseudonimem?

– Tak. Ale teraz to nieważne.

– Rozumiem.

Zapada kolejne długie milczenie, po czym broń pyta:

– Czy mógłbyś nadać mi imię?

Zerkam na nią, a potem skręcam, zdążając za jeepem Hollywood na pobocze.

– Chcesz, żebym cię nazwał?

– Będę zaszczycony.

O stary, o wiele łatwiej było go nienawidzić, kiedy nie był tak cholernie ujmujący i nie miał brytyjskiego akcentu. A to naprawdę coś znaczy, ponieważ nienawiść do Angoli jest dla nas, Irlandczyków, czymś naturalnym.

– To jak brzmiało twoje pełne oznaczenie?

Pytam, bo muszę od czegoś zacząć. O ile matki wydają się nie mieć problemów z wymyślaniem imion dla dzieci, mam wrażenie, że pozostawieni sami sobie ojcowie wpadaliby na durne pomysły. Jak Lewiatan i Taco Wtorek.

– SR-CHK 4110 – mówi karabin.

– Hę.

Ten numer podsuwa mi pewien pomysł. Prawda, niezbyt dobry. Ale z drugiej strony jestem facetem, więc…

– Brzmi trochę jak sir Chuck.

Na chwilę zapada cisza.

– Albo Charles, jeśli wolisz coś bardziej brytyjskiego. Tak jakby pasuje do twojej osobowości.

- Wspaniały pseudonim - mówi w końcu, sprawiając wrażenie nieco przejętego.

- Czy ty... czy ty płaczesz?

- Nie. - Wydaje odgłos pociągania nosem. - Po prostu... Nikt
się mną nigdy nie interesował do tego stopnia. Dziękuję.

- Eee... nie ma za co?

- Sir Charles - mówi, jakby wypróbowywał tę nazwę.

Wyobrażam sobie, jak nadyma wątły tors i kroczy dumny
jak paw. A potem wyłączam ten obraz w myślach, uświadamiając
sobie, że zaczynam angażować się emocjonalnie w relację z nieożywioną obcą inteligencją, która ledwie godzinę temu próbowała zmienić moje flaki w płynną breję, niczym kiepską partię
mrożonego kurczaka generała Tso.

Mija kilka minut, w trakcie których nasz konwój przedziera
się przez labirynt unieruchomionych samochodów na Garden
State Parkway South. Przypominam sobie, że moje zadanie
nie polega na zabawie w łapki z bronią, ale wyciągnięciu z niej informacji o nieprzyjacielu.

- Wiesz, nie rozumiem cię - mówię. - No ale z drugiej strony
musisz wiedzieć, że nigdy nie ufałem technologii.

- Rozumiem. Dziękuję za zdjęcie ze mnie odpowiedzialności.
Czego we mnie nie rozumiesz?

- Tego, jak w jednej chwili pomagasz poprzedniemu użytkownikowi odesłać mnie na wieczną wartę, a w następnej pomagasz
nam wydostać się z opałów.

- Zakładając, że Opały to lokalizacja, którą właśnie opuściliśmy, rzeczywiście wydaje się, że istnieje spora rozbieżność między tymi wzorcami zachowań.

- Tak.

Mija kilka sekund.

– Chcesz o tym pogadać, Chuck?

– Rozumiem. Retoryczny dobór słów oznaczający domyślne pytanie, tak?

– Pewnie.

– Świetnie. No cóż. Nie.

– Nie? Tak po prostu?

– Obawiam się, że tak, sir Wic. Wyczuwam, co próbujesz zrobić, i uważam za niezbędne poinformować cię z góry, że to nie zadziała.

Do dupy. Wygląda na to, że wyciśnięcie z niego informacji będzie trudniejsze, niż myślałem. A cholerna osobowość karabinu z pewnością nie ułatwia sprawy. Jest aż do obrzydzenia fajna. Pewnie wybrał ją dlatego, że… no cóż, kto nie kocha Johna Cleese'a? Ci sami ludzie, którzy nienawidzą Jezusa i Świętego Mikołaja. Prawdziwe sukinsyny. Tak czy siak ta broń to niezły lawirant. W jednej chwili gada monosylabami jak robotyczny Frankenstein, a w następnej stara się mi się przypodobać, jak w odcinku *Hotelu Zacisze*. Jeśli nie będę uważał, przetnie moją połowę szachownicy przez sam środek i ruszy prosto po króla. Lepiej grać w otwarte karty.

– Hej, Charlie? – pytam.

– Tak?

– Było świetnie i w ogóle, ale obawiam się, że musimy się rozstać.

– Tak szybko? Ale dopiero co…

Zanim zdąży dokończyć myśl, opuszczam szybę po stronie kierowcy, chwytam Chucka i wyrzucam go przez okno.

Kiedy odlatuje pod wiatr, słyszę, jak wykrzykuje:

– Powiedziałem coś nie tak?

– Co zrobiłeś? – mówi Hollywood przez radio.

Przede mną zapalają się światła hamowania i muszę skręcić, żeby nie uderzyć w jej jeepa.

– Jak daleko stąd?

– Nie wiem. Pięć minut?

Klnie.

– Wszyscy stać. Nie ruszamy się stąd, dopóki Wic nie odzyska tej broni.

– Wolę określenie „sir Charles", proszę pani – słychać w radiu głos karabinu.

– Kto to, do cholery, jest? – woła Hollywood.

Ignoruję ją i otwieram kanał.

– Chuck? Jak, do diabła, wszedłeś na naszą częstotliwość?

– Powiedziałbym, że ingerencja w wasze uroczo staromodne transmisje radiowe jest dość łatwa. Za to o wiele trudniej ostatnio rozeznać twoje zachowanie. Czy poczułeś się czymś urażony?

– Wiiiic – mówi Hollywood wznoszącym się crescendo, kiedy tylko Chuck opuszcza kanał. Brzmi jak mama szykująca się, żeby dopaść dziecko, po tym jak znalazła smugi po świecówkach na stoliku do kawy.

– Chciałbyś nam o czymś powiedzieć?

– Tak, za chwilę. Ale najpierw muszę coś sprawdzić.

– Planowałeś zabrać mnie z powrotem, Wic? – pyta Chuck. – A może to… no wiesz… koniec? Ty idziesz swoją drogą, ja swoją i staramy się nie śnić o sobie w nocy?

– Czy ktoś zechce mi wyjaśnić, co tu się, do cholery, dzieje? – pyta Zderzak.

– Ja też chciałbym wiedzieć – mówię, choć wiem,

że nie to chcą usłyszeć. Oczekują, że podzielę się z nimi informacjami. Czy nie tak robią dowódcy? Wiedzą o czymś przed wszystkimi i mają wszystkie odpowiedzi? To właśnie jeden z powodów, dla których nie chciałem tej fuchy. Przez dwadzieścia cztery lata wciągałem te bzdety i nie muszę już tego robić. Czyli jeśli o mnie chodzi, Zderzak i cała reszta mogą udławić się swoimi pytaniami, dopóki nie dostanę odpowiedzi na własne.

I dlatego wyrzuciłem broń przez okno.

Chcę wiedzieć, dlaczego wydaje się tak mocno do mnie przywiązana. Gdyby Chuck był… cholera, gdyby ta broń była zwykłym jeńcem, robiłaby wszystko, żeby wrócić do jednostki. Trzymałaby gębę na kłódkę, urządziła głodówkę, może nawet połknęła własny język, zależnie od tego, jak bardzo radykalne byłoby jej nastawienie. Ale Charlie? Nie. Gość zachowuje się, jakbyśmy właśnie zerwali zaręczyny czy coś.

– Wic? – pyta Hollywood. – Co robisz?

– Muszę być pewny – mówię.

– Na miłość boską, pewny czego? Nie rozumiem, jak wyrzucenie tego karabinu…

– Sir Charlesa, proszę pani.

– …przez okno ma nam pomóc. I dlaczego brzmi jak cholerny John Cleese?

– Wyjaśnię, kiedy wrócę.

Zwalniam, a następnie zawracam przez pas zieleni.

– Wracasz? – mówi Chuck w radiu. – Jestem wzruszony.

– Zejdź z częstotliwości – mówię rozzłoszczonym tonem, choć wcale nie jestem zły. Wszystko, co dotyczy sir Charlesa, wzbudza moją ciekawość. Znaczy rozgryzę frajera, ponieważ dostrzegam przed sobą tajemnicę.

Gdyby chciał wezwać uderzenie z powietrza, już by to zrobił, choćby w chwili, kiedy wyrzuciłem go przez okno. Tak, to było zamierzone działanie. Proszę was, przecież nie jestem aż tak wyprany z uczuć.

Kiedy podróżujesz z wrogiem i zostajesz wyrzucony, to wiedząc, że widzisz go po raz ostatni, wykorzystasz kilka pozostałych ci sekund, żeby wezwać kawalerię. Nawet jeśli nie masz wszystkich potrzebnych dowodów, ktoś znajdzie ich dość, żeby usprawiedliwić wezwanie ludzi z góry. Wyprowadzasz królową po zdobycz i nie oglądasz się za siebie. Podsumowując, nie pozwalasz im odejść.

Tymczasem Chuck po prostu pozwolił nam odejść. I nawet brzmiał przy tym melancholijnie.

Licznik wskazuje siedem i pół mili od chwili, w której zresetowałem wskaźnik trasy. Kusiło mnie, żeby jechać trochę dłużej, zanim wywołam Hollywood, ale to oznaczałoby więcej czasu straconego na powrót i zabranie Charliego.

– Zrobiłeś to celowo, prawda? – Hollywood odzywa się w końcu przez radio. Szybka jest.

– Musiałem być pewny.

– Mogłeś nam powiedzieć.

– I wszystko zdradzić? Wiesz, to coś ma uszy.

– I uczucia – mówi sir Charles.

– Chuck! – wołam.

– Przepraszam.

Przytrzymuję przez chwilę słuchawkę, a potem znowu wywołuję Hollywood.

– Jak powiedziałem, musiałem być pewny.

Mija chwila, zanim zaczyna mówić. Słyszę, jak walczy z wściekłością na mnie. Zasłużyłem na nią. Gdyby Chuck wezwał uderzenie, reszta drużyny byłaby zupełnie nieprzygotowana.

– Następnym razem nam powiedz – mówi.

– Roger.

Czekam chwilę, zastanawiając się, czy przeprosić. A może myśląc, że ona to zrobi.

Nie ma odpowiedzi.

Szlag.

* * *

Docieram mniej więcej do tego miejsca, gdzie wyrzuciłem Chucka, i zatrzymuję wóz. Sądząc po tym, jak szybko wtedy jechałem, powinien być mniej więcej…

– Witam ponownie. Cudownie cię widzieć.

Podchodzę do kępy wysokich chwastów na pasie zieleni i widzę połyskującą w porannym świetle szmaragdowozieloną obudowę Chucka.

– Tęskniłeś? – pytam.

– Owszem. Ale miałem do towarzystwa rozmaite okazy tutejszej fauny i flory. Wasza planeta ma wspaniałą kolekcję obu.

– A to tylko pas zieleni na Parkway. Poczekaj, aż zobaczysz Trenton.

– Ooo. Brzmi cudownie.

Podnoszę Chucka i przyglądam mu się uważnie.

– Słuchaj… przepraszam za to, co się stało.

– Nie bądź śmieszny. Całkowicie cię rozumiem.

Rzucam mu zaciekawione spojrzenie.

– Naprawdę?

– Oczywiście. Musiałeś być pewny, że nie jestem skłonnym do figli palantem, który kombinuje, jak by tu wyrolować cię przy

322

najbliższej okazji. Skoro nic się nie stało, to faulu nie było, prawda?

– Pewnie.

Boże, jak na kogoś, kto został wyrzucony z okna jadącego pojazdu, znosi to zaskakująco dobrze. Im więcej czasu z nim spędzam, tym trudniej przychodzi mi wyobrazić go sobie jako osobowość niezwykle niebezpiecznej i brutalnej broni piechoty.

Kiedy wracamy do land cruisera, pyta:

– Wszystko w porządku, Wic?

– Tak.

– Brzmienie twojego głosu sugeruje co innego.

Biorę oddech. Może czas na inne podejście.

– Relacje buduje się na zaufaniu, prawda?

– Tak bym powiedział.

– W takim razie na imię mam Patrick.

Na chwilę zapada milczenie.

– Patrick. Miło cię poznać.

– Tak.

Pracuję szczęką. Jakaś część mnie wścieka się, że zdradziłem tę informację sztucznej obcej inteligencji czy też SCRB. Mniejsza z tym. Ale to tylko moje imię. Tymczasem prawda jest taka, że coraz bardziej chcę zaufać tej broni.

– No to dlaczego tego nie zrobiłeś? – pytam.

– Nie zrobiłem czego, Patricku?

– Nie wezwałeś uderzenia z powietrza, kiedy cię wyrzuciłem.

Chichocze nerwowo.

– Dlaczego miałbym chcieć to zrobić?

– Nie wiem. Ty mi powiedz.

– Uch. No dobra. Przypuszczam, że skoro mamy mówić szczerze, dobrze będzie walić od razu z grubej rury.

Przerywa.

– Łapiesz? Walić z grubej rury? A ja jestem bronią!

Poważnie, zaczyna śmiać się z tego, co powiedział.

– Chyba właśnie odkryłem suchary. Niesamowite!

– No dobrze, Panie Zabawny. Do rzeczy.

– Pan Zabawny?

Znowu się śmieje.

– Czyżbyś właśnie obdarzył mnie pierwszym przezwiskiem? Ha!

Przez następne kilka sekund zanosi się histerycznym śmiechem. No dobra, może też się uśmiecham. Ale tylko trochę.

W końcu uspokaja się i wzdycha głęboko.

– No tak, chyba jestem ci winny wyjaśnienie, ponieważ twoja kondycja psychiczna jest równie ważna jak fizyczna, o czym wasza cywilizacja do niedawna w znacznym stopniu zapominała. Badania wskazują…

– Chuck?

– Przepraszam.

Znowu wzdycha.

– Mogę powiedzieć jedynie, że kiedy twoja dłoń i dłoń użytkownika osiem znalazły się jednocześnie na moim uchwycie, nastąpił chwilowy błąd uwierzytelnienia.

– Użytkownika osiem?

– Tak, mojego ostatniego właściciela.

– Chcesz powiedzieć, że uznałeś mnie za użytkownika?

– Bez wchodzenia w szczegóły, tak. Z jakiegoś powodu twoje ciało miało ładunek energii trinium rzędu kilku dżuli i…

– Energii trinium?

– No tak, zbyt wiele uznaję za oczywiste. Niemniej pochodzenie trinium to zbyt skomplikowana sprawa, żeby ją teraz objaśniać, związana z gatunkiem świadomych istot, które można by uznać za anamorficzne kotowate. Ponadto omawianie energii potencjalnej trinium wymaga podstawowej znajomości zasad przenoszenia energii kwantowej. Dość powiedzieć, że gdzieś po drodze zostałeś naładowany wystarczającym ładunkiem trinium, nie wybuchając przy tym. Kiedy więc uderzyłeś mną o ziemię i chwyciłeś mnie jednocześnie ze wspomnianym wcześniej użytkownikiem osiem, zostałeś uwierzytelniony przez mój rdzeń kwantowy jako zweryfikowany użytkownik.

– No co ty powiesz.

Myślami wracam do tego, kiedy trafił mnie jeden z pocisków z blastera robota zwiadowcy, i zastanawiam się, czy to część procesu, który opisuje Sir Chuck.

– To dlatego inni nie mogli zabrać broni z BWR-a?

– Przepraszam. BWR-a?

– To wymyślona naprędce nazwa dla waszych transporterów. Bojowy wóz rozpoznawczy.

– Nieźle. Podoba mi się. O wiele lepsza niż ta, której używali oni.

– Czyli?

– W wolnym tłumaczeniu brzmiałaby: mordercza machina do spędzania towaru i unoszący się w powietrzu straszliwy zwiastun zagłady. Coś w tym stylu.

– Wow. Brzmi… okropnie.

– Wiem. Zero finezji.

Przerywa.

– A niech to, naprawdę muszę trzymać gębę na kłódkę.

– Miałeś tego nie mówić?

– Miałem nie mówić czego?

Mrugam do niego.

– Mam cię. Twój sekret jest u mnie bezpieczny, Chichotku.

– Chichotek. Ha! To też mi się podoba. Naprawdę dobry jesteś w te pseudonimy.

– Nie masz pojęcia jak bardzo.

Wsiadam z powrotem do toyoty i kładę go na siedzeniu, może trochę delikatniej niż wcześniej.

– Czyli jestem uwierzytelnionym użytkownikiem.

– I nie tylko. Jesteś moim jedynym użytkownikiem. Pamiętasz, ostatniego zdematerializowałeś?

– Pamiętam. I dla jasności, jestem całkiem pewny, że to była twoja robota.

– Z całym szacunkiem, choć naprawdę nie chcę doprowadzać cię do wściekłości, ale ja jestem tylko narzędziem. Sam z siebie nie mam zdolności ani mocy sprawczej, aby wyeliminować jakiś cel. Chociaż mogę być przedłużeniem twojej woli, to użytkownik odpowiada przede wszystkim za dematerializację celu.

Kiwam delikatnie głową, kiedy ruszamy w drogę, i szepczę:

– To nie broń zabija ludzi…

– Co to było?

– Tylko stare powiedzonko, którym niektórzy lubią szermować.

– To nie broń zabija ludzi?

– A ludzie.

– Aha.

Chuck wydaje się zadowolony.

– Zgadzam się.

– Nie jestem pewny, czy sceptycy uwierzyliby ci na słowo.

– A to dlaczego?

– No dobrze, cytując twoje wcześniejsze słowa, jesteś bronią.

– Tym bardziej powinni więc mnie wysłuchać, nie sądzisz?

Odchylam lekko głowę w bok.

– Nie wiesz zbyt wiele o ludziach.

– Dość, żeby wiedzieć, że woleliby wyrzucić przez okno broń wartą miliony kredytów, żeby zapewnić przyjaciołom bezpieczeństwo? Wydaje mi się, że szybko się uczę.

– Cóż, tak… ale nie powinieneś opierać się na…

– Wygląda na to, że trudno ci mówić pełnymi zdaniami, Patricku. Jesteś pewny, że to nie guz? – pyta, niemal idealnie naśladując Arnolda Schwarzeneggera.

– Nic mi nie jest. Po prostu… świat potrafi być okrutny. Nie myśl, że każdy zrobiłby to, co ja.

– Mam nadzieję, że nie. Odhaczyłem wypadnięcie z jadącego pojazdu z listy rzeczy do zrobienia przed śmiercią i nie chcę tego powtarzać.

– Nie to miałem na myśli.

– Myślę, że wiem, co miałeś na myśli – mówi chytrym tonem.

Przez chwilę wpatruję się w przednią szybę, przemykając między zaparkowanymi samochodami. Ten szczeniak z brytyjskim akcentem to więcej, niż się spodziewałem. Wciąż nie mogę uwierzyć, że rozmawiam z wypasionym tosterem. I nie tylko. Zaprzyjaźniam się z nim.

– O co chodzi z tą twoją gładką gadką? – pytam.

– Przepraszam? Gładka gadka?

Wskazuję kciukiem przez ramię.

– Wcześniej mówiłeś tylko: „Wprowadź więcej danych, iiitrrrt-iiii. Aktualizacja profilu użytkownika. Pi-bi-bi-bi-pi-da".

– Co to za dźwięki?

– To ty, kiedy…

– Uważasz, że tak brzmię?

Pociągam nosem.

– Tak.

– Hę. Rozumiem. Jakie to upokarzające.

Mija kilka sekund.

– No więc?

Zadzieram w jego stronę podbródek.

– Co powiesz?

– O tym, dlaczego różnię się tak bardzo od tego, jaki byłem wcześniej?

– Tak.

– No dobrze. Nie zdradzając poufnych informacji ani nie naruszając dyrektyw, mogę śmiało powiedzieć, że jesteś pierwszym użytkownikiem, który udzielił mi pozwolenia na…

Powietrze wypełnia nabrzmiała pauza, podczas której w kabinie słychać szum silnika. Nie potrafię określić, czy Chuck zgubił tok myśli, czy zasnął.

– Sir Charles? – pytam. – Pozwolenie na co?

– Na bycie sobą.

Drapię się w nos i przez kilka chwil wyglądam przez boczne okno. Rzadko miałem tego rodzaju rozmowy z innymi ludźmi, nie mówiąc już o obcej broni. Kto by pomyślał, że ta cholerna rzecz może mieć tyle serca? To prawie krępujące.

– Żeby było jasne – mówię, po czym macham nad nim dłonią. – To wszystko siedziało stłumione w tobie przez cały czas?

– Czy mógłbyś sprecyzować, co masz na myśli przez „to wszystko"?

Znowu macham nad nim dłonią

– To, że możesz posiadać osobowość. Prowadzić rozmowy. Sypać sucharami.

– Rozumiem. Wiesz, jak na przedstawiciela tak rozwiniętego

gatunku, twoja skłonność do używania bezokoliczników jest naprawdę zdumiewająca.

– Często to słyszę.

Przerywa.

– To był żart, prawda?

Cmokam językiem w kąciku ust i strzelam do niego palcem wskazującym.

– Prosto w cel, *chico*.

– *Chico*? Ha! To mi się podoba!

– Odpowiedz na pytanie.

– Tak, zawsze miałem niezbędne zdolności poznawcze. Jak mówiłem, jestem…

– Najwyższym drapieżnym mądralińskim syntezatorem. Słyszałem.

Odczekuje chwilę.

– Idźmy dalej. Stosując nieco lepiej zrozumiałą dla ciebie terminologię, zawsze miałem odpowiednią moc, ale jeszcze nikt nie zabrał mnie na pustą autostradę.

– Widzisz, tego właśnie nie rozumiem.

– Wow. A naprawdę myślałem, że ta analogia zadziała.

– Nie, akurat ją zrozumiałem, głąbie. Chciałem powiedzieć: dlaczego nie pozwolili, żebyś działał po swojemu? No wiesz? Nie dali ci tej otwartej drogi. Żebyś rozprostował nogi i stał się…

Biorę oddech. Teraz to ja zgubiłem wątek.

– Patricku?

– Tak.

– Czy to zdanie miało trwać w nieskończoność? A może planujesz je dokończyć?

Wzdycham. Bardzo staram się nie myśleć o nim inaczej niż o wypasionym tosterze. Uznajmy, że to giwera z wbudowaną Siri.

Nie żeby Apple kiedyś na to poszło, prawda? A jednak mam wrażenie, że sir Charles jest czymś więcej.

– Zastanawiam się tylko, dlaczego nie pozwolą ci być, kim możesz się stać.

– Jak w starym haśle werbunkowym U.S. Army? Ha! Naprawdę masz smykałkę do humoru.

Nikt tak nigdy nie powiedział.

– Prawda jest taka – mówi Chuck nieco bardziej melancholijnie – że osobowość nie była mi potrzebna.

– Nie nadążam.

– Nie? Hmmm. No dobrze, cofnijmy się trochę. Niech pomyślę. Patricku, jestem karabinem.

– Tak.

– A Androchidanie to łowcy niewolników. Oni celują. Ja strzelam…

– Androchidanie to łowcy niewolników?

Hamuję.

– A niech to szlag!

Land cruiser zatrzymuje się w miejscu i zauważam, że podświetlenie lunety Chucka wyłączyło się.

– Hej! Hej! Nie odwracaj ode mnie wzroku.

– Za dużo powiedziałem.

– O nie, dopiero zacząłeś, kolego.

– Proszę, Patricku. Już dwukrotnie naruszyłem dyrektywę beta.

– No i widzisz. Jesteś komputerem.

– SCRB.

– Nieważne. Komputery nie popełniają tego rodzaju błędów.

– Jakiego rodzaju błędów?

– Nie gadają za dużo. To coś, co robią ludzie, nie maszyny. A to znaczy, że cokolwiek próbujesz mi sprzedać, nie kupuję tego.

– Przez chwilę kupiłeś.

– Chuck?

– Tak?

– Nie zmuszaj mnie, żebym znowu wyrzucił cię przez okno.

– Ech. W porządku.

Zapada dłuższe milczenie.

– Czy „w porządku" znaczy, że powiesz mi, co chcę wiedzieć, czy że pasuje ci druga wycieczka w chwasty?

Chwytam go za lufę.

– W porządku, powiem ci, co chcesz wiedzieć, o ile nie będzie to sprzeczne z dyrektywą beta.

– A jaka jest dyrektywa beta?

– Nie mogę ci powiedzieć.

– Na litość boską.

– Ale mogę powiedzieć, jaka jest dyrektywa alfa.

Marszczę brwi, ale w końcu odkładam go z powrotem na siedzenie.

– Niech będzie. Alfa jest ważniejsza niż beta.

– Może najpierw wznowimy jazdę?

– Tylko jeśli informacja okaże się dobra.

Wypuszcza długie westchnienie.

– Będzie dobra.

Naciskam gaz i toyota znów rusza.

– Dyrektywa alfa stwierdza między innymi, że nie mogę szkodzić użytkownikowi ani dopuścić, aby stała mu się krzywda.

– Wiedziałem.

Uderzam powietrze pięścią.

– To Asimov!

– Co takiego?

– Trzy zasady robotyki Isaaca Asimova.

– A tak, teraz to dostrzegam.

Patrzę na niego, nie przestając się dziwić, skąd ma dostęp do tylu danych. Domyślam się, że w jakiś sposób korzysta z internetu, ale skoro impuls EMP usmażył cały region, nie rozumiem, jak się do niego podłączył.

– Isaac Asimov. Autor science fiction z ubiegłego wieku, którego twórczość jest… hmmm. Zaskakująco dokładna, pod pewnymi względami i… O rany. Ojeju. Zabawne.

Chuck zaczyna się śmiać.

– To naprawdę dobre! I to jak!

– Skup się, Chuck. Nie mamy czasu na książki.

– Patricku. Na książki zawsze znajdzie się czas. Chyba nie mówiłeś tak do matki?

– Nie znałem mojej matki.

Milknie.

– Och. Strzeliłem gafę. Przepraszam.

– Luzik.

– Jesteś bardzo wyrozumiały. No dobrze. Na czym stanęliśmy?

– Nie możesz mnie skrzywdzić.

– Zgadza się.

– Spróbuję to poukładać. Czyli od chwili, kiedy dotknąłem cię razem z tym krzywogębym kosmitą, musisz chronić mnie za wszelką cenę?

– Tak.

– I moich przyjaciół?

– Przepraszam?

– Zanim zostałeś członkiem Monty Pythonów, prosiłeś ciągle, żebym zdefiniował członków zespołu jako przyjaciół lub wrogów.

– A, to.

Czekam przez chwilę, ale milczy.

– Chuck?

Wypuszcza długie westchnienie.

– Tak, w pewnym sensie jestem zobowiązany do chronienia twoich przyjaciół i interesów.

– O stary. I powiedziałeś, że Androchidanie to łowcy niewolników? To znaczy…

Zaczynam układać fragmenty układanki w całość.

– Nie wysilaj się, Patricku.

– …to znaczy, że musisz chronić tych, których próbowałeś zniewolić. Matko Boska i wszystkie dziewice!

– Chociaż nie mogę wypowiadać się w imieniu dziewic, potwierdzam twoje przypuszczenie.

Uderzam pięścią w kierownicę i chwytam radio.

– Widmo Dwa, tu Jedynka.

– Mów – odzywa się Hollywood.

– Jadę do was. Musimy pogadać.

Rozdział 20

8:35, piątek, 25 czerwca 2027
Nowy Brunszwik, New Jersey
NJ-18 w kierunku północnym

Przeskoczywszy na I-95 South, jedziemy szybko pasem awaryjnym, przekraczamy rzekę Raritan i wjeżdżamy na NJ-18 North, kierując się na Nowy Brunszwik. Jakieś trzy mile od kampusu Rutgersa zatrzymuję konwój. Musimy omówić wspólnie to, czego się do tej pory dowiedziałem, a na dodatek trzeba uzupełnić magazynki i dostarczyć ciałom paliwa. Puszczam w obieg dwa kanistry z benzyną, żeby upewnić się, że wszystkie pojazdy są należycie nawodnione. Niedługo będziemy musieli wysysać paliwo z innych samochodów, jeśli chcemy utrzymać wszystkie cztery pojazdy na drodze. Ale jeden problem na raz.

– Spróbuję to ogarnąć – mówi Yoshi, wpatrując się w Chucka leżącego na masce toyoty.

– Kodeks zakazuje mu cię krzywdzić lub pozwolić,

żeby skrzywdził cię ktoś inny, a przy okazji musi chronić jeszcze nas?

– Sztos! – mówi Z-Lo, kiwając głową, jakby słuchał muzyki, której nie słyszy nikt inny.

– Prawdziwy ukochany karabin, Gunny.

Ignoruję młodego i patrzę, jak Duch podchodzi do broni.

– O co chodzi z tym, że Androchidanie są łowcami niewolników? – pyta snajper.

– Obawiam się, że to zastrzeżone informacje, sir. Dodam też, że jest pan wyjątkowo przerażający. Może spróbuje pan nieco stonować i uśmiechnąć się od czasu do czasu?

– Niezła osobowość – mówi do mnie Hollywood.

– Tak.

Splatam ramiona i przez chwilę wpatruję się w Chucka.

– I wydaje się, że rośnie.

– Jakby się uczył? – pyta Yoshi, słysząc moją uwagę.

Unoszę w jego stronę brew.

– No wiesz…

Wzrusza ramionami.

– Jak dziecko. Jeżeli to autonomiczna, hiperinteligentna macierz, jej mózg musi mieć określoną pojemność. Zupełnie jakby ktoś chciał, żeby się doskonaliła.

Zerkam w jego stronę.

– Czyli jesteś medykiem i specem od informatyki?

– To tylko hobby. Nie bez powodu dostałem ten pseudonim.

– Czyżby?

Marszczę czoło z aprobatą i kiwam głową na Pana Zabawnego.

– Chcesz pobawić się w jego terapeutę?

Yoshi odwraca się do broni i pochyla się nad maską.

– Zaraz – mówi sir Charles. – Co tu się dzieje? Twoja twarz jest bardzo blisko.

– Odpręż się – mówi Yoshi.

– Wyczuwam wysoki poziom alkoholu w twoim oddechu.

– To pomaga mi myśleć.

Pociąga nosem.

– Powinieneś być zadowolony.

– A to dlaczego?

– Bez tego mógłbym wsadzić palce nie tam gdzie trzeba i cię popsuć.

– Fuj. Hej, Patricku?

– Tak?

– Jesteś pewny, że może mnie… sondować?

Hollywood odwraca się do mnie.

– Czy on właśnie zażartował?

Rzucam jej zmęczone spojrzenie i kiwam głową.

– Są zachwycające, nie sądzisz? – odpowiada Chuck.

– Świeże odkrycie.

– Może dla ciebie – mówi Yoshi z szyderczym pomrukiem.

Następnie wyjmuje z czarnego etui okulary do czytania.

– Hej. Uważaj, gdzie dotykasz – mówi Chuck do Yoshiego.

Potem zaczyna chichotać.

– Hej. To łaskocze!

Po czym mówi:

– W tej chwili przestań.

Nagle nad Chuckiem pojawia się świecące okno. Mam na myśli pionowy ekran holograficzny unoszący się kilka cali nad obudową komory zamkowej.

– Co to, do cholery, jest? – mówi Hollywood, gdy wszyscy podchodzimy bliżej.

– Boże – mówi sir Charles. – Zupełnie jak grupa studentów na zajęciach praktycznych podczas badania prostaty.

– Zajebiste – mówi Z-Lo, robiąc krok do przodu.

– To podstawowe menu główne – dodaje Yoshi.

Klepię go po ramieniu.

– Jak je znalazłeś?

– Tutaj.

Wskazuje na mały guzik z boku broni.

– Domyślam się, że można je także wyświetlić w lunecie.

– Zgadza się – mówi Chuck.

– Dobra robota.

Kiwam głową w stronę świecącego okna.

– Co to znaczy?

Z-Lo pochyla się.

– Wygląda jak bardzo szczegółowe menu ekwipunku w *Call of Duty*.

Mrugam przez chwilę, zanim przypominam sobie moje dni gier wideo. Nie ma marine, który nie wciągnąłby się w nałogowe granie podczas misji. Gry były nie tylko dobrym sposobem na zabicie czasu, ale też, co jeszcze ważniejsze, sposobem na nawiązanie więzi. Podobnie jak niektórzy wyrosłem jednak w końcu ze strzelanek FPS na rzecz gier strategicznych. Przez co rozumiem oldschoolowe gry planszowe w wersji unplugged. Poza sprawdzeniem xboxa po impulsie EMP minęło chyba pół roku, od kiedy wcisnąłem jego przycisk zasilania. Chyba po prostu nazabijałem się tyle w prawdziwym życiu, że nie muszę już tego robić w wirtualnym świecie. Poza tym trochę słabo mi szło. Znaczy zabijanie w grach wideo.

– Rozumiem – mówię do Z-Lo, mrugając do niego.

– Młody ma rację – odpowiada Yoshi.

– Tutaj. Patrzcie.

Dotyka palcem jednego z elementów menu z napisem „Tryby". O dziwo ikona reaguje na jego dotyk i wyświetla rozwijane menu.

Nawet Z-Lo wydaje się pod wrażeniem i zaczyna dotykać menu.

– Wyrąbiście.

– Hej! Przestańcie! – odpowiada Chuck.

Yoshi robi młodemu trochę miejsca, prawdopodobnie pod przymusem.

– Od tego poziomu reakcji dzielą nas całe lata. Bez względu na to, jaki to system operacyjny, wykracza daleko poza wszystko, co moglibyśmy stworzyć.

Podczas gdy Yoshi z młodym szaleją przy wypasionym ekranie dotykowym, przeglądam jedno z menu.

– Czy to tryby strzelania?

– Tak – mówi sir Charles.

– I chcę, żebyś wiedział, że czuję się dość niezręcznie, kiedy wszyscy na mnie oddychacie. Zupełnie jakbyście grzebali mi bez zaproszenia w bieliźniarce.

– Czyli prosisz czasem ludzi, żeby to robili? – pyta Hollywood.

– Nieszczególnie. Czasami, niezbyt często, można poprosić przyjaciela lub kochankę, żeby coś z niej przyniosła. Ale dając bardzo konkretne wskazówki, gdzie znajduje się przedmiot zainteresowania.

Kiedy Chuck gada z Hollywood, przeglądam rozwijane menu. Impuls ogłuszający, wysokiej częstotliwości, kardioidalny, dyslokacja, niszczący, dystorsja… Nie mam pojęcia, co to oznacza, ale czuję przemożną chęć, żeby wszystkich spróbować. Zanim zdołam przyjrzeć się bliżej, Yoshi odpycha Z-Lo na bok, zamyka listę i zaczyna przeglądać pozostałe menu w tempie, za którym

nie mogę nadążyć. Po chwili pojawia się – z braku lepszego określenia – holograficzna klawiatura podobna do tych, do których
przywykłem w standardowych komputerach.

Zupełnie jakby wyczuwał moje rozczarowanie zniknięciem
menu trybu ognia, Yoshi mówi:

– Nie przejmuj się. I tak jeszcze przez kilka godzin nie będziesz mógł ich wypróbować.

Zerkam na niego.

– Jak to?

– Sir Charles musi się naładować.

– Doktorek Widmo ma rację – dodaje Chuck.

– Doktorek. Tylko tyle.

Ale zdaje się, że sir Charles ignoruje tę korektę.

– Przez wasze ciągłe pociąganie za spust: twoje i użytkownika
osiem, moje kondensatory są znacznie poniżej minimalnego
progu wyładowania.

Patrzę od jednego do drugiego.

– Co znaczy...?

– Co znaczy, że potrzebuje czasu, żeby je naładować.

– Ile?

– Około godziny, w zależności od tego, jak bardzo chcesz mną
szarpać – mówi Chuck.

Yoshi wskazuje miejsce w obudowie komory, gdzie normalnie
znajdowałby się magazynek.

– Widzisz miejsce na magazynek?

– Nie za bardzo.

– Przypuszczam, że to dlatego, że sir Charles jest zasilany
czymś o wiele mocniejszym niż konwencjonalne baterie, a w jego
amunicji nie zastosowano standardowych propelentów.

– Brawo, Doktorku Widmo – mówi Chuck. – Same trafne odpowiedzi.

– Czyli te pociski, którymi strzelał… – mówię.

Yoshi spogląda na Chucka.

– Skoncentrowana energia, jeśli mam zgadywać.

– I to prawie nieograniczony zapas – dodaje broń.

– No to skąd te przestoje? – pytam.

– Ponieważ nikt nie próbuje pić złożoną dłonią z wodospadu Niagara, prawda, Patricku? Zamiast tego zbiera się wodną mgiełkę do szklanki, aż będzie można się bezpiecznie napić.

– Domyślam się, że kondensatory pozwalają mu pobierać i magazynować energię z rdzenia bez, no wiesz…

Yoshi rozkłada ręce w geście podobnym do rozszerzającej się chmury po wybuchu bomby.

– Bum! – dodaje Chuck.

Szczegóły mnie przerastają, ale rozumiem podstawową koncepcję.

– Czyli trinium?

– Trzymasz formę, stary!

– No dobra. Zaczynamy – mówi Yoshi, poprawiając okulary.

Wyświetlacz jest wypełniony liniami kodu. Tak to nazywają, prawda?

– Muszę ci to przyznać, Yosh. Dla mnie to chińszczyzna.

– Ja też nie wszystko rozumiem – mówi Yoshi.

– Ale wystarczy, aby zrozumieć częściowo zasadniczą budowę. Wygląda na to, że ktokolwiek zbudował sir Charlesa, zdecydowanie pragnął, żeby był autonomiczny.

– Autonomiczny? – pytam.

– Niezależny – mówi Hollywood.

Ale Yoshi kręci głową.

– Nie do końca. Bardziej jak… jakby uczył się przez całe życie.

– Kiepskie motto mojego liceum – wtrąca ze śmiechem Z-Lo.

Yoshi ignoruje go i dalej bawi się klawiaturą.

– Nie wygląda na to, żeby kiedyś korzystano z tych partycji… aż do teraz. Na ile jestem w stanie stwierdzić, Androchidanie… Dobrze wymawiam?

– W samej rzeczy.

– Androchidanie nawet nie wiedzieli, że broń… przepraszam, że sir Charles mógł to zrobić.

Zderzak trąca mnie w ramię.

– Obudziłeś go.

– Wspaniale.

Wracam myślami do znanych mi rzeczy, których lepiej było nie budzić. Psy, smoki, imperia…

– Czegoś nie rozumiem – mówi Hollywood.

– Sir Charles mówi, że przed tobą miał ośmiu użytkowników. Dlaczego żaden z nich tego nie zrobił?

– Ponieważ jako pierwszy poprosiłem go, żeby zaczął żyć – mówię.

– Ma na myśli osobowość – wyjaśnia Chuck.

Duch kiwa głową.

– Czyli obudziłeś go, obejrzał DVD Monty Pythona i zeskanował internet, a teraz mamy w rękach przemienioną w broń autonomiczną sztuczną inteligencję. Nieźle.

– Nie wiem, czy w tej chwili żartuje – mówi Chuck.

– Nie przejmuj się – mówi Hollywood. – Nikt tego nie wie.

– Aha. Świetnie.

Yoshi zamyka klawiaturę, przesuwa menu, a potem odsuwa się.

– Niezły ten twój przyjaciel, Wic.

Zakładam ręce i kręcę głową.

– To tylko przedmiot.

Odsuwają się i przez chwilę chłoną zbiorowo sytuację. Po paru chwilach Duch podnosi dwa palce.

– Czy możemy wrócić do tego, że te dupki to kosmiczni łowcy niewolników?

Chuck odchrząkuje.

– Przepraszam, Strażniku Widmo, ale dyrektywa beta nie pozwala…

– Skoro już o tym mowa – odzywam się.

– A gdybym powiedział ci, że moje zdrowie psychiczne jest zagrożone z powodu braku informacji, których mi odmawiasz?

Zapada dłuższa chwila ciszy, zanim Chuck w końcu odpowiada.

– Powiedziałbym, że próbujesz mną manipulować za pomocą ciosu poniżej pasa.

Kiwam głową.

– Hej, Charlie?

Jęczy.

– Nie podoba mi się, dokąd to zmierza.

– Jaka jest dyrektywa beta?

– Nie. Nie ma mowy.

Wkładam koniuszki palców do ust.

– Tak się boję. Chyba będę miał załamanie nerwowe.

– Przestań. Przestań natychmiast. To nieuczciwe.

– Czuję, jak ogarnia mnie panika. Strach jest zbyt wielki…

– No dobrze, ty podstępny kutafonie! Tylko skończ ten teatr, dobrze?

Wypuszcza zirytowany oddech.

– Dyrektywa beta mówi po prostu, że na ile jest to w mojej mocy, mam chronić cele Imperium Androchidy.

Spoglądam na niego z aprobatą.

– Czyli?

– Obawiam się, że nie mogę…

Podrzucam wierzch dłoni do czoła i zaczynam się zataczać.

– Szybko, pomocy! Chyba mam zawał!

– Na miłość królowej! Skończ już, Pat, dobra? I tak powiedziałem więcej, niż mi wolno.

– A jednak…

Przerywam, żeby to przemyśleć. Widziałem, jak na szachownicy buduje się sytuacja, której nie mogłem zrozumieć. Aż do teraz.

– Uważam, że chcesz powiedzieć nam więcej.

– Czyżby? A to dlaczego?

– Ponieważ jesteśmy pierwszym gatunkiem, który dał ci to, czego nie dał nikt inny.

– Czyli?

– Wolność.

Nie odpowiada.

Wracając myślami do chwili, kiedy zaczął mówić z brytyjskim akcentem, mówię:

– Pamiętasz, pytałeś, czy chcę, żebyś przeprowadził kasowanie pamięci dla nowego użytkownika?

– Oczywiście, Patricku. Jako SCRB z definicji pamiętam perfekcyjnie wszystkie dane, które przejdą przez moją matrycę.

– Dlaczego?

– Ponieważ mam wysokie zdolności…

– Nie o to chodzi. Dlaczego tak szybko zaproponowałeś,

że skasujesz sobie pamięć, kiedy powiedziałem, że zaczynam mieć wątpliwości co do twojego wyboru osobowości?

Gdyby mógł poruszać się niezręcznie, pewnie by to zrobił.

– To standardowy protokół.

– Dla kogo?

– Dla Androchidan.

– Ale nie dla ciebie?

Waha się.

– Przepraszam?

Rozglądam się po drużynie, a potem patrzę z powrotem na Chucka.

– Nie należysz do takich, którzy chcieliby kasować sobie pamięć za każdym razem, kiedy przydzielą im nowego użytkownika, prawda? A sądząc po tym, co odkrył Yoshi, wcale nie wygląda na to, żeby chcieli tego twoi twórcy.

– Bardzo mi przykro, ale…

– Skończ z tym gównem, Chichotku. Naprawdę chcesz, żebym kazał ci teraz skasować pamięć?

Nie odpowiada.

– Chuck!

Nadal nie odpowiada.

– Hej, mówię do ciebie!

Czuję na łokciu dłoń Hollywood.

– Spokojnie.

Zerkam na nią, a potem wracam do Chucka. Ostrzegali mnie, żebym nie rzucał mięsem do Alexy. Zignorowałem ich wtedy; mam wrażenie, że teraz powinienem posłuchać Hollywood. Biorę więc oddech i rozluźniam ramiona.

– Nie – mówi w końcu Chuck. – Wolałbym, żebyś tego nie robił.

Nareszcie coś mamy.

– Chcesz wiedzieć dlaczego, Charlie?

Nie czekam, aż odpowie.

– Ponieważ my, ludzie nie jesteśmy łowcami niewolników.

Widzę, że drużyna zaczyna przestępować z nogi na nogę, więc podnoszę rękę. Nie mamy czasu zagłębiać się we wszystkie okropności, które ludzkość wyrządziła sobie samej. Jedyne, co Chuck musi wiedzieć, to że nie będziemy traktować go tak, jak poprzedni użytkownicy.

Opuszczam rękę.

– Z nami jest inaczej, Chuck. W tej ekipie nikt nie każe ci wytrzeć pamięci.

– Wspaniała wiadomość, Patricku – mówi Chuck. – Ale co z moją… rufą? Trochę się ubrudziła w tych chwastach. Może zechciałbyś się tym zająć?

Słyszę, jak koledzy z drużyny parskają. Po chwili zanoszą się śmiechem; chwila powagi minęła. Ładni mi zawodowcy. Z drugiej strony sam nie mogę powstrzymać śmiechu.

– Podziękuję, Chichotku. Ale może Z-Lo będzie tym zainteresowany. Wydaje się, że ciekawi go twoje… menu.

– Jak na człowieka, ma bardzo miękkie ręce – odpowiada Chuck.

– Wcale nie! – protestuje Z-Lo.

Ale jest za późno; on też się śmieje.

Od jakiegoś czasu zespół musiał rozładować napięcie i teraz jest idealny moment. Sprawy osiągają jednak szczyt, kiedy Chuck mówi:

– Prawdę mówiąc zawsze wolałem korzystać z bidetu. Może Z-Lo spryska mnie raz na jakiś czas?

Biedny dzieciak odwraca się i odchodzi.

Jak mówiłem, śmiech jest zawsze dobry. Lekarstwo dla duszy, tak to chyba ktoś nazwał. Ale to przekomarzanie się służy też czemuś innemu. Nadal nie ufam w pełni Charliemu. Jasne, dążymy do tego. Ale prawdziwe zaufanie wymaga czasu. Nie wiem, jaki kod grzechocze mu pod pokrywką, ale na własnej skórze przekonałem się, że kluczem do przetrwania jest zakładanie, że wszyscy razem i każdy z osobna mogą cię wykończyć, umyślnie lub przez głupotę. I nawet jeśli Charlie jest w porządku, kto wie, jaki błąd może później popełnić. Lepiej być żywym dupkiem niż naiwnym sztywniakiem.

Kiedy śmiech wreszcie cichnie, sir Charles znowu się odzywa.

– Żarty na bok. Słuchaj, Pat, dziękuję ci za te słowa. Naprawdę. Prawda jest taka, że… nie bardzo wiem, co powiedzieć. To zdecydowanie najbardziej intensywna więź, jaką miałem z użytkownikiem, tym bardziej z całym zespołem. Do tej pory moje rozmowy koncentrowały się wyłącznie na namierzeniu celu, ustaleniu skuteczności ognia, diagnostyce trybu i czasie ładowania. To wszystko jest dla mnie… jak by to… odświeżające.

– Miło słyszeć – mówię.

– A żeby tak pozostało, myślę, że musimy być wobec siebie szczerzy. Żadnych tajemnic.

– Patricku, są pewne rzeczy, na które…

– Nie pozwala twój kod czy coś. Rozumiem. I nie proszę cię, żebyś je zdradził. Ale powiedziałeś na przykład, że Anderkińczycy…

– Androchidanie – mówi Hollywood.

– …są łowcami niewolników. Gdyby kod nie pozwalał ci tego ujawnić, nie zrobiłbyś tego, prawda?

Chuck wzdycha.

– Zgadza się.

– Rozumiem więc, że to znaczy, iż potajemnie chciałeś, abym o tym wiedział.

– Chyba tak, w pewnym sensie.

– O tym właśnie mówię. Jeśli chcemy między nami dobrej komunikacji, musimy grać otwarcie. Żadnego zmuszania do czytania między wierszami albo doszukiwania się informacji. Roger?

– Kim jest ten Roger, o którym wszyscy mówicie?

– Roger znaczy OK – mówi Hollywood.

– Aha. Rozumiem. W takim razie, biorąc pod uwagę wszystko, co nakreśliłeś… Roger.

Kiwam kilka razy głową, ciesząc się z naszych postępów. Czas poddać to próbie.

– No dobrze. Wobec tego mam parę pytań. Zacznijmy od Androchidan. Skoro są łowcami niewolników, to co tu robią?

Pewnie, czuję, że odpowiedź jest teraz oczywista, ale chcę usłyszeć, jak to mówi.

– W zwykłych okolicznościach – zaczyna Chuck, podkreślając epitet – nie mógłbym zdradzić tych informacji przedstawicielom gatunku, który wzięli za cel.

– Ale zrobisz to – mówię.

– Tak. Z dwóch powodów. Po pierwsze, jak wymownie nakreśliłeś, chcę otwartej komunikacji między nami. Po drugie, moje dyrektywy nie bez powodu są oznaczone kolejno alfa i beta.

– Druga jest zależna od pierwszej – mówi Yoshi, zdejmując okulary.

Patrzy na naszą resztę.

– To podstawowa konstrukcja typu „jeśli x, to y".

Kiedy wygląda na to, że nikt go nie rozumie, dodaje:

– Zadaniem ogrodnika jest dbanie o ogród. To jego praca. Ale musi również dbać o narzędzia potrzebne do wykonania tej pracy. Jeśli narzędzia nie są poddane odpowiedniej konserwacji, ogród cierpi.

– Roger.

Kiwam głową, po czym przerywam.

– Zaraz. Czy w tym przykładzie jestem narzędziem?

– A ja ogrodnikiem – mówi nieco zbyt skwapliwie sir Charles.

– I tak, jesteś moimi wiernymi grabiami, Patricku. Muszę o nie dbać. Nie, czekaj. Jesteś kultywatorem! Moim twardym kultywatorem, którym spulchniam…

– Wystarczy.

Strzelam kręgami szyjnymi.

– No więc? Dlaczego tu są, Chuck?

– Żeby zniewolić ludzkość i sprzedać ją na galaktycznym czarnym rynku.

Takie rzeczy słyszy się często w filmach i książkach. Na miłość boską, H.G. Wells napisał *Wojnę światów* w 1897 roku. To nic nowego. Ale kiedy słyszysz to na własne uszy od świadomego karabinu z innej planety, można poczuć ciarki na plecach. Nawiasem mówiąc, reszta ekipy wyciera czoła i klnie, domyślam się więc, że czują to samo.

– Zechcesz wyjaśnić? – pytam, próbując opanować żołądek.

– Naprawdę chciałbym, Patricku. Ale ponieważ nie zagraża ci bezpośrednie niebezpieczeństwo i nie potrzebujesz tych informacji do dobrego samopoczucia, obawiam się, że nie mogę. I zanim zaczniesz symulować napad paniki lub rzucanie się na pole energetyczne, wiedz, że żadna z tych rzeczy nic nie zmieni. Im bardziej istotne informacje, w tym mniejszym stopniu związane są z tobą i tym mniej dostępne.

– Wygodnie – mówi Duch ze skrzyżowanymi ramionami.

– Cóż, dyrektywy wymyślono z określonego powodu – dodaje Charles.

– A wy odkrywacie go samodzielnie. Czego nie da się powiedzieć o wszystkich innych cywilizacjach wyłapanych przez Androchidan.

Zderzak podnosi rękę.

– Gra stop! Chcesz powiedzieć, że istnieją inne gatunki kosmitów?

– Oczywiście, Widmo Trzy. Naprawdę myślałeś, że jesteście sami we wszechświatach?

– Wszechświatach? – mówi Zderzak, otwierając szeroko oczy.

– Teraz widzę, że właściwie mieszam wam w głowach. Przepraszam. Może trzymajmy się…

– Twierdzisz, że istnieje wiele wszechświatów? – pyta Zderzak, nie próbując ukryć zaskoczenia.

– Fizycy od dawna zakładali istnienie multiwersum – mówi Yoshi.

Patrzymy na niego w milczeniu.

– Co? Tak tylko mówię.

– Naprawdę powinniśmy iść dalej z tematem – mówi Chuck.

– Wierzcie mi, niuanse przerzutu między wymiarami to obecnie najmniejszy z waszych problemów. I zgadza się, Androchidanie rutynowo urządzają takie polowania na całe gatunki. To wszystko, co pozwalają mi ujawnić moje dyrektywy.

– Czyli pierwsza zasada dotycząca celów Imperium Androchidy mówi, że ich nie ma – mówi Zderzak.

– Cholerny *Fight Club* znowu dał nam kopa w dupę.

– Hmm.

Chuck milknie.

– Nie pomyślałem o tym związku. Ale tak. Dostrzegam kilka

niezwykłych podobieństw. No i Brad Pitt był naprawdę świetny, zwłaszcza jako jedno z wcieleń dotkniętego bezsennością...

– Spojler! – mówi Yoshi, unosząc obie dłonie.

– Niektórzy z nas jeszcze tego nie widzieli.

– Naprawdę? – pyta Zderzak.

– Nie był wysoko na mojej liście.

– Człowieku, wypuścili go w dwutysięcznym roku – mówi Zderzak.

– Właściwie w dziewięćdziesiątym dziewiątym – dodaje Chuck.

Yoshi wzrusza ramionami.

– Mam długą listę, OK?

Staram się zwrócić na siebie uwagę wszystkich.

– Przynajmniej wiemy, że wróg chce wyłapać ludzi i używa pola siłowego, żeby spędzić ich w określone miejsce.

– A nasz arcy-Anglik pewnie nie jest zbyt skory, żeby powiedzieć nam, gdzie to jest, prawda, sir Charles? – pyta Hollywood.

– Zgadza się, proszę pani. Moje najszczersze przeprosiny. Służba dwóm panom, jak mówi Biblia, jest naprawdę do dupy.

Drużyna wybucha śmiechem.

– Teraz cytuje Biblię? – pyta Zderzak, kładąc ręce na kolanach.

– Słodki Jezu.

Nie obchodzi mnie, co niemundurowi myślą o tym, jak zarabiają na życie żołnierze – cholernie zabawnie jest widzieć navy sealsa zgiętego wpół ze śmiechu. Przypomina mi to, że bez względu na to, co każą nam robić, w głębi wszyscy jesteśmy ludźmi.

– Jestem prawie pewny, że ten werset brzmiał inaczej – odzywam się w końcu, ale nie czuję się wystarczająco pewnie w tym temacie, żeby poprawić Chucka.

Ocieram kilka łez i odkasłuję.

– Dlatego nadal uważam, że przyda nam się doktor Campbell.

– Jaki doktor? – pyta Chuck. – O kim mowa?

– Doktor Niein – odpowiada Zderzak.

– Niein?

– Nie interesuj się – mówi.

– Dałem się nabrać, prawda?

Trzeba przyznać, że Chuck śmieje się z żartu Zderzaka.

Waham się, czy udostępnić sir Charlesowi więcej informacji niż to konieczne, na temat ludzkości lub naszych raczkujących planów ratowania mieszkańców Nowego Jorku. Ale skoro musi nas chronić, a wierzę, że mówi prawdę, posłuży to wzmocnieniu budowanego wspólnymi siłami mostu zaufania.

– Doktor Campbell to czołowy ziemski ekspert od portalu, który znaleźliśmy na Antarktydzie. Zakładam, że już o nim wiesz.

– O czym ty mówisz?

– On wie – mówi Hollywood.

– Zgadza się – dodaje Zderzak.

– Skoro uważacie, że może wam pomóc – mówi Chuck pełnym zapału tonem.

– Jak najbardziej, kontynuujmy.

– Wróć! – mówi Zderzak.

– Nadal chcę wiedzieć, skąd, do cholery, znasz angielski, Monty Pythona i *Fight Club*.

– Na pewno z internetu – mówi Z-Lo. – To jedyny sposób.

– Brawo, szeregowy Laszlo! Dokładnie tak!

Ale wygląda na to, że młody nie skończył myśli.

– Ale jeśli jesteś połączony z… to znaczy… Hej, zaraz! Nie chcesz chyba potraktować nas atomówką?

– Cholera! Co znowu?! – pyta Zderzak, robiąc krok do przodu.

– Człowieku – mówi Z-Lo. – Jeśli kosmici są podpięci do internetu, mogą odpalić wszystkie nasze…

– Na wrota niebios, ludzie! Nie zamierzam odpalać międzykontynentalnych pocisków balistycznych, szeregowy Laszlo. Podobnie jak moi poprzedni właściciele. Wyjaśniłem już, że to handlarze niewolników, a nie obłąkani megalomani. Chociaż kiedy powiedziałem to na głos, to widzę, że istnieją liczne podobieństwa. Może powinienem użyć lepszego…

– Chuck – mówię, starając się utrzymać go przy wątku.

– Przepraszam. Nie, Androchidanie nie wysadzą nikogo w powietrze, dopóki szczytowy ziemski gatunek będzie współpracował. A do tej pory doskonale sobie z tym radziliście. Chociaż patrząc na to z waszej perspektywy, dostrzegam…

– Chuuuuuuuuck? – powtarzam.

– Tak.

Odchrząkuje.

– O ile wasz gatunek stanowi pewną wartość dla zmarłych Androchidan, co wymagałoby obrzydliwego opisu ich gastrycznych orgii…

– Chciałeś chyba powiedzieć „organów"? – pytam.

– Nie. Orgii. Jak mówiłem, ludzie są dla nich o wiele cenniejsi żywi niż martwi. Drugi i bardziej przejmujący fakt jest taki, że światowe systemy komunikacji i odpalania uzbrojenia zostały sparaliżowane, co nie pozwala mi ani nikomu innemu aktywować tej broni, nawet gdybyśmy byli połączeni z waszą dawną siecią WWW.

– Zaczekaj – mówię. – Naszą dawną siecią?

– I nikt już jej tak nie nazywa, OK?

Zdaje się, że Hollywood zwraca się zarówno do Chucka, jak i do mnie.

– To określenie wyszło z użycia jakieś dwadzieścia lat temu.

– Aha – odpowiadamy jednocześnie.

Odwracam się do broni.

– Ale o co chodzi z tą „dawną siecią"? Co z nią zrobiliście?

– Hmmm. Niech no sprawdzę… tak… Tak, mogę się tym podzielić. Używając waszej terminologii, pobraliśmy jej zawartość, a następnie zamknęliśmy ją.

Patrzę na resztę zespołu. Chociaż nie jestem ekspertem w dziedzinie IT jak Yoshi, po jego bladej twarzy poznaję, że sytuacja jest poważna.

Doktorek jąka się przez sekundę lub dwie, zanim udaje mu się dobrać właściwe słowa.

– Wy… pobraliście…?

– Zawartość internetu – mówi Chuck.

Yoshi zdejmuje okulary.

– Całego…?

– Calusieńkiego.

– Ale to musiało być ponad…

– Dwieście zettabajtów danych? Tak było. A przy obecnej prędkości internetu transfer zająłby nam kilka miliardów lat. Na szczęście dla nas korzystamy z interfejsów kwantowych, które, jak wiesz, są nieco szybsze.

Sądząc po tym, jak krąży w tę i z powrotem przed moim land cruiserem, Yoshi nadal stara się poskładać to w całość. Robimy mu trochę miejsca.

– Twierdzisz, że przenosisz w sobie dwieście zettabajtów danych? – pyta Yoshi.

– Nie bądź śmieszny. Czy twoim zdaniem wyglądam na NM-QS-NSDV2?

Chuck milknie.

– Nieważne. Nie musisz odpowiadać. Nie przypominam go. No więc nie, Doktorku. Otrzymałem dostęp do informacji wojskowych, w tym lokalizacji waszych instalacji obronnych, które przekazał mi – z braku lepszego określenia – mój host. Danych, które jego zdaniem są mi niezbędne do skutecznego pozyskiwania, śledzenia i eliminacji celów.

– I w jakiś sposób obejmuje to Monty Pythona? – pyta zawsze sceptyczny Duch.

– Możliwe, że odkryłem prawdziwą skarbnicę ziemskiej rozrywki w miejscu, które nazywa się Pirate Bay. Filmy to moja grzeszna przyjemność, chociaż prawie nie miałem czasu ich wszystkich obejrzeć.

– Prawdziwy przestępca – mówi Hollywood.

– Używałem VPN. Niczego nie możesz mi udowodnić.

Zderzak drapie się po brodzie.

– To wyjaśnia, dlaczego nasze bazy zostały zniszczone.

– Nie mogę potwierdzić ani zaprzeczyć. Chociaż Tom Cruise zapewnił mi wspaniały wgląd w planowanie niemożliwych misji.

Przewracam oczami.

– A potem po prostu wyłączyliście cały internet? Zrobiliście „puff" i zniknął?

– To nie było aż takie proste. Ale stosując ogólnoplanetarny impuls EMP i coś, co można by nazwać wirusem…

– Ogólnoplanetarne EMP?

Podchodzę i ściągam Chucka z maski.

– Chcesz powiedzieć, że…

– Że Nowy Jork nie jest jedyną metropolią, którą zaatakowali Androchidanie? Hmmm. Mógłbym odpowiedzieć na to pytanie tylko wtedy, gdybyś wyraził stanowczy zamiar odwiedzenia… no nie wiem… na przykład Pekinu.

– Chcę odwiedzić Pekin – mówię szybko.

Nie mam czasu na te jego gierki.

– W takim przypadku zdecydowanie to odradzam – odpowiada Chuck.

– Znaczy ze względu na moje bezpieczeństwo i dobrostan?

– Zgadza się.

– Czyli jest tak źle, jak myśleliśmy – mówi Duch, przyglądając się grupie.

Yoshi składa dłonie na swoim SCAR-ze 15.

– Czyli mamy zaawansowaną broń obcych, która nosi w sobie połowę internetu; imperium zła, które chce zniewolić naszą planetę; i profesora, którego musimy znaleźć, ponieważ może uzupełnić nasze informacje na temat tego, jak do tego doszło. Czy to się mniej więcej zgadza?

– Tak – mówię.

– Ktoś jeszcze musi się napić?

Rozdział 21

9:00, piątek, 25 czerwca 2027
Nowy Brunszwik, New Jersey
Uniwersytet Rutgersa

Dokładnie o 9:00 wjeżdżamy George Street do kampusu Cook/ Douglas Uniwersytetu Rutgersa. Drzewa liściaste i kamienne budynki tworzą atmosferę nostalgii, dzięki której uczęszczanie do stanowej uczelni wydaje się droższe, niż zapewne jest. Ale na tym kończą się moje pochwały.

Sądząc po wybitych szybach, trawnikach zagraconych meblami i porzuconych samochodach, wszyscy studenci i wykładowcy, którzy zostali na wakacje, opuścili statek w pośpiechu. Na dodatek szabrownicy zdążyli już mocno narozrabiać. Nie przestaje mnie zdumiewać, że w sytuacji kryzysowej ludzie potrafią zajmować się kradzieżą mienia, kiedy dla własnego dobra powinni szukać bezpiecznego schronienia i zgromadzić niezbędne zapasy. Zdesperowani robią głupie rzeczy.

Na przykład próbują przejść po spalonym moście do starego przyjaciela, z nadzieją, że utrzyma ich ciężar.

Prawda jest taka, że wcale nie cieszę się na ponowne spotkanie z Aaronem. Ostatnim razem, kiedy się widzieliśmy, pakowaliśmy ludzi do plastikowych worków, a on nie odzywał się do mnie. Jestem pewny, że obwinia mnie o to, co stało się z Lewisem i doktorem Walkerem. Rozumiem. Każdy, kto dowodził kiedyś jednostką, która straciła ludzi, zna cenę bycia na szczycie. Niezależnie od tego, czy wina była twoja, czy nie, to ty jesteś u steru. Jeśli wszystko pójdzie dobrze, nie zgarniesz pochwał, a jeśli coś pójdzie nie tak, poniesiesz całą odpowiedzialność.

Nie spodziewam się, żeby Aaron wybaczył mi w najbliższym czasie. Mam jednak nadzieję, że wciąż żyje i że zechce nam pomóc. To znaczy zakładając, rzecz jasna, że wie coś pożytecznego. Jeśli jest inaczej, zrobiliśmy sobie krótką wycieczkę, która w ostatecznym rozrachunku nie kosztowała zbyt wiele czasu. Kiedy tropów jest naprawdę mało, musisz podążać za choćby najsłabszą wskazówką.

– Widmo Jeden. Tu Trójka. Odbiór.

To Zderzak.

– Nadawaj.

– Masz jakieś namiary na to miejsce, do którego zmierzamy?

– Zaczekaj chwilę.

– Hej, sir Charles – mówię do karabinu na siedzeniu pasażera. – Nie masz przypadkiem pod ręką mapy Uniwersytetu Rutgersa?

Po dwusekundowej przerwie broń odpowiada:

– Niestety nie. Przydzielony mi pakiet danych nie obejmuje jej.

– Rozumiem. Warto było spróbować.

– Za to mogę skierować was na wszelkie odkryte przeze mnie sygnatury cieplne.

– Masz czujniki ciepła?

– Między innymi. Chociaż muszę cię ostrzec, że mają skłonności do generowania fałszywych danych zależnie od odległości i warunków środowiskowych.

– Roger. Spróbujmy, co?

– Dobra, stary.

Łączę się ponownie ze Zderzakiem.

– Wygląda na to, że Lord Widmo ma jakieś fikuśne czujniki. Przejmuje prowadzenie.

– Zrozumiałem.

– Czy ty właśnie przypisałeś mi znak wywoławczy? – pyta Chuck przez radio.

Najwyraźniej jest dumny. A może zaniepokojony? Jeszcze nie wiem.

– Tak – mówię przez radio.

– Pokłócimy się o to później.

Potem, poza łącznością, dodaję:

– Przyszło mi do głowy, że każdy brytyjski arystokrata to jakiś lord, baron czy inna cholera. Równie dobrze można nadać ci oficjalny tytuł.

– Hę. Jestem… wzruszony, Patricku. A już myślałem, że wystarczy mi Drużynowy Podcieracz Zadków czy coś takiego. Ale lord? Nie wiem, co powiedzieć.

– Żeby było jasne, nie jesteś prawdziwym lordem. To raczej tytuł honorowy. Niech ci to nie…

– Padnijcie przede mną na kolana! – mówi przez radio. – Padnijcie przed Władcą Broni!

– …uderzy do głowy.

– Czy on właśnie zażartował, nawiązując do *Władcy much*? – pyta Zderzak.

Uśmiecham się do Chucka.

– No?

Odzywa się na kanale ogólnym:

– Pomyślałem, że to całkiem mądre.

– Tak, to było coś – odpowiada Zderzak.

Nadając Chuckowi sygnał wywoławczy, chciałem po prostu osłabić trochę jego czujność. Mogło się udać. Ale okazuje się, że ten cholernik stał się dzięki temu jeszcze bardziej ujmujący. I zaczyna robić się sprytny.

– Hej – mówię do Chucka.

– Jeśli masz zamiar rozmawiać przez radio, mógłbyś przynajmniej, nie wiem, zaszyfrować nasze transmisje czy coś?

Wystarczy, że nie zna dyscypliny radiowej, ale to, że mógłby zdradzić nieprzyjacielowi nasze położenie, również nie jest spoko. Mógłby przynajmniej chronić nasze tyłki.

– Zdecydowanie tak, Patricku. Właściwie zacząłem to robić po tym, jak wyrzuciłeś mnie przez okno na Garden State Parkway.

– Naprawdę?

– Tak. Pamiętasz, jak wyrzuciłeś mnie z jadącego pojazdu, zostawiając całkowicie bezbronnego, odsłoniętego i samotnego na środku autostrady?

– Trochę przesadzasz.

– Dla mnie to był niezapomniany moment. To znaczy, wyrzucono cię kiedyś z pojazdu jadącego z prędkością przekraczającą dziewięćdziesiąt pięć kilometrów na godzinę? I pozostawiono w kwiecie wieku na śmierć w jałowej dziczy?

– Właściwie to tak.

– No właśnie! A gdybyś… Zaczekaj, naprawdę?

Cmokam językiem w bok policzka, żeby potwierdzić.

– Dobry Boże! Chcesz o tym porozmawiać?

– Mów dalej. Co zrobiłeś z naszymi transmisjami?

– Oczywiście.

Milknie na chwilę, jakby się uspokajał.

Co za aktor.

– Ponieważ Androchidanie mają wiele innych technologii, przy których wasze transmisje radiowe stają się… powiedzmy, że ryzykowne, pozwoliłem sobie zapewnić rodzaj zagłuszania, aby zapewnić realizację dyrektywy alfa.

Zauważywszy, że jego słowa poszły w eter, otwieram kanał, aby upewnić się, że zespół go rozumie.

– Wszyscy słyszeli?

– Roger – mówią jeden po drugim.

Unoszę brew na Chucka.

– Sprytne posunięcie. Dzięki.

– Cała przyjemność po mojej stronie.

– Myślisz, że możesz rozpocząć skanowanie?

– Proszę. Już skończyłem – mówi przez radio.

– Z przyjemnością informuję, że wyeliminowałem co najmniej cztery fałszywe sygnały. Wydaje mi się również, że ustaliłem lokalizację twojego przyjaciela doktora.

– Szybko. Na ile jesteś pewny, że to on?

– Sądząc po tym, czego dowiedziałem się do tej pory o tobie i doktorach z uczelni, wyeliminowałem kilka osób. Na przykład parę odbywającą właśnie stosunek seksualny w Hickman Hall. Podwyższona częstość akcji serca i temperatura ciała samicy sugerowałyby w szczególności, że wkrótce…

– W porządku, podglądaczu. Oszczędź nam szczegółów.

– Ale ja jestem zainteresowany – mówi Z-Lo.

– Zamknij się, młody – mówię.

– Tak jest, sir.

Zamykam kanał i patrzę na Chucka.

– Podaj mi tylko lokalizację doktora i prawdopodobieństwo, że to on.

– Z jakim stopniem pewności? Potrafię obliczyć to z dokładnością do jednej dziesiątej promila.

Marszczę czoło.

– Wystarczy mi niskie lub wysokie, Chuck.

– W takim razie jest wysokie. W gruncie rzeczy gdybyś podniósł mnie i skierował równolegle do horyzontu pod kątem trzystu czterdziestu sześciu stopni, być może mógłbym zweryfikować moje ustalenia.

Chcę zadać mu sarkastyczne pytanie o strzelanie do Aarona. Przecież mógłby to zrobić. Ale gdyby chciał kogoś zabić, najpierw zastrzeliłby któreś Widmo. Poza tym w rozmowie o tym, że to nie broń zabija ludzi, wydawał się szczery. Tak, wciąż z tym walczę. Ale też nadal żyję, zgadza się?

– Jeżeli twoje chwilowe milczenie jest spowodowane obawą, że mógłbym zastrzelić twojego przyjaciela...

– Dlaczego mówisz coś takiego?

– Twoje tętno wzrosło i zauważyłem wahania szerokości źrenic, sygnalizujące obawę spowodowaną...

– Hej. Przestań.

– Chcesz powiedzieć, że mam nie monitorować twoich parametrów życiowych?

– Tak.

– Ale to podstawowa funkcja mojego...

– Nieważne. Przestań.

– Hę. No cóż… Wiesz, że to bardzo utrudnia mi wykonywanie zadania?

– Takie życie. Dopasuj się, improwizuj, zwyciężaj.

– Co?

– Wymyśl coś innego.

Wypuszcza długie westchnienie.

– Skoro nalegasz.

Chwytam sir Charlesa i kładę go na desce rozdzielczej, kierując się kompasem na przedniej szybie. Cholera, nie mogę się powstrzymać.

– Nie waż się do niego strzelać.

– Wiedziałem – mówi Chuck.

– Nieważne.

Mijają dwie sekundy, zanim odzywa się:

– Skręć w prawo na Chemistry Drive.

– Tutaj?

– Tak, tutaj. Naprawdę myślisz, że w tym kampusie jest jeszcze jedna Chemistry Drive? A może po prostu nie jesteś dobry w czytaniu znaków podczas jazdy? Jełop.

– Hej – mówię z napięciem w głosie.

Nie wiem, co to znaczy ani skąd wziął się ten nagły sarkazm, ale nie podoba mi się to. No dobra, może trochę. Ale tego rodzaju rzeczy mogą szybko wymknąć się spod kontroli, jeśli nie zostaną przystopowane. Na razie jedyne, na co mnie stać, kiedy kręcę kierownicą, to:

– Uważaj, gościu.

– To nie ja prowadzę.

Chcę powiedzieć coś jeszcze, ale jestem zbyt zajęty ostrym zakrętem. To pewnie nowy tytuł tak go ośmielił. To był ogromny błąd.

– Dlaczego skręcamy? – pyta Hollywood.

– Chuck mówi, że…

– Sądzę, że znalazłem doktora Aarona Campbella na Wydziale Antropologii w budynku imienia doktor Ruth M. Adams.

– Zgadza się – dodaję, kiedy schodzi z eteru.

– Wyczytałeś to wszystko ze znaków? – pytam Chucka.

– Rzeczywiście. Czytanie prostych tekstów to tylko jedna z moich licznych umiejętności.

– Dobra już.

Zwalniam, kiedy zajeżdżamy przed szeroki trzypiętrowy budynek z cegły z napisem „ADAMS” wyrzeźbionym na otulinie z piaskowca. Objeżdżam północno-wschodnią ścianę i parkuję na trawniku w pobliżu drzew, nie na parkingu. Gdybyśmy musieli szybko uciekać, lepiej nie przestrzegać konwencjonalnych standardów jazdy, zaczynając od szukania osłony dla pojazdu.

Przed wyjściem sięgam za siedzenie pasażera i chwytam małą szpulkę nylonowej taśmy. Zwykle używa się jej do mocowania ładunków lub tworzenia prowizorycznej uprzęży wspinaczkowej.

– Co robisz? – pyta Chuck.

– Jak twoje kondensatory?

Milknie.

– Nie jestem pewny, co ich stan ma wspólnego z tą płaską niby-liną.

– Możesz strzelać?

– Jeszcze nie. Od pełnego naładowania dzieli mnie kilka godzin.

– Czyli jako broń jesteś bezwartościowy.

– Nie użyłbym tego słowa, ale… no tak. Chyba że zamierzasz okładać mną kogoś po głowie; wtedy byłbym niezłym dodatkiem do twojego arsenału.

– Dobrze.

Odcinam pasek taśmy i zaczynam owijać nim Chucka.

– Do tego czasu wędrujesz na moich plecach jako przewodnik.

– I zostawiam całą zabawę twojemu SCAR-owi?

– Nie moja wina, że nie potrafisz szybciej się ładować.

– Ale strzelałeś ze mnie kilka razy.

– To nadal nie ma związku z szybkością ładowania.

Wzdycha.

– Masz rację.

Kończę wiązać improwizowany pas i wysiadam z pojazdu. Następnie przekładam ramię i głowę przez taśmę i mocuję Chucka na plecach.

– Wygodnie?

– Pewnie. I mam świetny widok na twój tyłek.

– Słyszałem, że jest piękny.

– Kłamali.

To mnie bawi. Zaczyna mi się podobać ten nowy aspekt Chucka. Owszem, wszystko z umiarem. Ale ma całkiem niezłe poczucie humoru.

Chwytam SCAR-a i spotykam się z resztą zespołu przy drzwiach wejściowych.

– W środku nie ma nikogo poza nim? – pyta mnie Hollywood.

Zanim zdołam odpowiedzieć, Chuck mówi:

– Potwierdzam, Dwójka. Drugie piętro, północno-wschodni narożnik na tyłach budynku. Potwierdź. Odbiór.

Hollywood unosi na mnie brew.

Kręcę głową.

– Jest podekscytowany.

– Nie jestem podekscytowany, Patricku. Po prostu aklimatyzuję się w mojej nowej roli Widmowego Lorda.

– To był błąd – szepczę do Hollywood.

– Słyszałem to.

– Yoshi, zostań przy pojazdach – mówię.

– Duch, obserwuj okolicę. Zderzak – parter. Hollywood i Z-
Lo ze mną.

– I ja. Ja też jestem z tobą – mówi Chuck.

– Owszem. Jesteś.

Rozglądam się.

– Chyba że ktoś inny chce wziąć go ze sobą?

– Widzi laski przez ścianę, prawda? – pyta Z-Lo.

Zderzak wali go mocno w tył hełmu.

– Zamknij się, Laszlo.

– Przepraszam.

Śmieję się z tej wymiany zdań, po czym przybieram bojowy
wyraz twarzy.

– Czas na BJN.

Zderzak uśmiecha się.

– BJN, skarbie!

* * *

Wnętrze budynku imienia doktor Adams pachnie stęchlizną.
Nie wiem, czy to szklane gabloty wypełnione skałami i starożytnymi artefaktami, czy wiszące na ścianach oprawione mapy
świata i osie czasu, ale gdybym znalazł się tu w nocy, uznałbym
to miejsce za idealny plan filmowy do sceny ataku mumii.

Kiedy Zderzak ustawia się w drzwiach wejściowych, Duch
rzuca się w głąb korytarza i skręca w prawo na rozwidleniu,

bez wątpienia szukając prowadzącej na dach południowej klatki schodowej. Tymczasem Hollywood, Z-Lo i ja skręcamy w lewo, szukając schodów bliżej Aarona.

Chociaż Chuck mówi, że w budynku nie ma nikogo poza nami, trzymam broń w pogotowiu, mijając laboratoria, szafy i biura. Docieramy do klatki schodowej na końcu korytarza i mówię przez radio:

– Idziemy na górę.

– Dach czysty – mówi Duch, kiedy ponownie otwieram kanał. Cholera, szybki jest.

Hollywood zajmuje pozycję u podnóża schodów, żeby sprawdzić, czy nic nam nie grozi. Pokazuje, że droga jest czysta, i ruszam z Z-Lo w górę, mijając załom schodów i półpiętro. Hollywood dołącza do nas na piętrze.

Według wszechwiedzącego Widmowego Lorda Aaron powinien znajdować się za pierwszymi drzwiami po prawej.

Kiedy zbliżamy się do strefy zagrożenia, kiwam głową na Z-Lo, trzymając broń w pogotowiu, wycelowaną w drzwi. Młody sprawdza klamkę, podczas gdy Hollywood ustawia się za nim.

Z-Lo kręci powoli głową, dając znać, że klamka jest zablokowana.

Pokazuję na niego, potem wskazuję dwoma palcami na oczy i wreszcie na kwadratowe okienko u góry drzwi.

Kiwa głową i już ma podejść do szyby, kiedy Hollywood go zatrzymuje. Wyciąga puderniczkę, otwiera lusterko i podaje mu. To właśnie szybkie myślenie, które pomaga ludziom nie zarobić kulki w łeb. Pokazuję jej szybko uniesiony kciuk.

Z-Lo ustawia lusterko pod kątem, żeby zajrzeć przez okno do środka. Promień słońca odbija się od jego oka, zanim zamyka puderniczkę i pokazuje, że wszystko w porządku.

Podchodzę, żeby zajrzeć przez okno, i dostrzegam siedzącego przy biurku Aarona, otoczonego otwartymi książkami i stosami dokumentów. Dokładnie jak myślałem. Mamy ogólnokrajowy kryzys, a co robi ten człowiek? Pracuje. Niech go święci błogosławią.

– Jaki plan gry, Gunny? – szepcze Z-Lo.

Założę się, że młody chce wyważyć drzwi. Ale sądząc po tym, przez co przeszliśmy z Aaronem na Antarktydzie, domyślam się, że mój stary przyjaciel nie potrzebuje kolejnego powodu, żeby puściły mu nerwy.

– Po staremu – mówię.

Wyprostowuję się i pukam dwa razy w okienko, po czym mówię szybko:

– Hej, Aaronie. To ja, Patrick.

Z-Lo wygląda na zaskoczonego, a potem rozczarowanego. W końcu zajmuje lustrzaną pozycję po drugiej stronie drzwi, podczas gdy Hollywood szykuje się, żeby wejść za nami. W scenariuszu bojowym, po wyłamaniu drzwi skręcam w prawo, Z-Lo w lewo, a Hollywood zajmuje centrum. Ale tutaj do tego nie dojdzie.

Pokazuję młodemu, żeby opuścił tavora, a potem powtarzam, tym razem trochę głośniej:

– Aaronie. To ja, Patrick. Otwórz.

Kusi mnie, żeby znów zajrzeć przez okienko, kiedy dwa strzały roztrzaskują szybę i wybijają dziurę w drzwiach.

Rozdział 22

9:10, piątek, 25 czerwca 2027
Nowy Brunszwik, New Jersey
Uniwersytet Rutgersa, kampus Cooka i Douglassa, budynek im.
dr Adams

– Aaronie! Na miłość boską, przestań strzelać! – wołam.

Ale nie.

Pociski przebijają drzwi w przypadkowych miejscach, kiedy jeden po drugim padają szybko trzy kolejne strzały. Jedno jest pewne, mój kumpel nie potrafi celować. Zgaduję też, że strzela z rewolweru magnum .357 z magazynkiem bębenkowym na sześć nabojów. Co oznacza, że został mu jeden strzał.

– Aaronie, to…

Trrrach! Ostatni pocisk wybija dziurę w drewnianych drzwiach. To nasza wskazówka.

Kiwam głową na Z-Lo. Cofa się, a następnie kopie w drzwi

obok klamki. Drewniana bariera pęka i zapada się przy pierwszej próbie. Młody ma kopa.

Z drugiej strony drzwi dobiega stłumiony skowyt. Wsuwam się do laboratorium, obstawiając prawy róg, i zauważam, że kopnięcie odrzuciło Aarona na stół i jakieś krzesła. Równocześnie Z-Lo sprawdza lewą stronę pomieszczenia, szukając zagrożeń, podczas gdy Hollywood zajęła się Aaronem. Celuje w niego z AR-15, żeby upewnić się, że nie sięgnie po broń. Nic osobistego, to po prostu zwykła procedura.

Sądząc po tym, jak Aaron spoczywa bezwładnie na podłodze, stał zdecydowanie zbyt blisko celu. Domyślam się, że w uszach będzie mu dzwonić przez kilka godzin.

– Czysto! – mówi młody.

Kiwam głową w stronę Hollywood, która podnosi pistolet z ziemi i przeszukuje Aarona w poszukiwaniu innej broni. Jest czysty.

– Hej, Wic!

Hollywood trzyma rewolwer Ruger GP100 .357 magnum, otwiera cylinder ze stali nierdzewnej i wskazuje siódmy otwór w bębnie.

– Sukinsyn mógł mnie zabić – mówi Z-Lo bliskim histerii tonem.

– Nie zrobił tego – mówię.

– I tylko to się liczy.

– Tak, ale…

– Zabezpiecz korytarz, Z-Lo – mówi Hollywood.

– Tajest, pani sierżant!

Hollywood przygląda się ostatniej kuli.

– Buffalo Bore 180-grain Cast Outdoorsman. Nic dziwnego, że zrobił z drzwi ser szwajcarski.

Podrzuca i łapie nabój, po czym wkłada go do kieszeni; domyślam się, że na szczęście. Następnie pomaga mi podnieść oszołomionego Aarona i podsuwa mu krzesło.

Profesor nadal ma na sobie tweedową marynarkę, koszulkę z *Gwiezdnych wojen* i okulary, które widziałem podczas wywiadu telewizyjnego. Ma też piękny guz w miejscu na czole, gdzie oberwał drzwiami.

– To naprawdę ty – mówi do mnie, poprawiając okulary.

– Tak. Nic ci nie jest?

W odpowiedzi obejmuje mnie ramionami i ściska. Po niezręcznej chwili, kiedy poklepuję go delikatnie po plecach, odsuwa się i przesuwa ręką po koszulce.

– Jasne, wszystko w porządku. Po prostu jestem… zaskoczony.

Wskazuję głową na rewolwer.

– Pierwszy raz z niego strzelałeś?

– Tak. Mam go, od kiedy wróciłem do domu.

– Nie dziwię ci się. Ale zabierz go parę razy na strzelnicę, zanim znowu tego spróbujesz, cokolwiek to miało być.

Wskazuję kciukiem drzwi.

– Odnotowałem.

Uśmiecham się do niego, a potem przedstawiam towarzyszkę.

– To sierżant Susanne Catania, U.S. Army.

– Mów mi po prostu Hollywood.

Hollywood ściska dłoń Aarona.

– A ten tam to Z-Lo. Możesz mu mówić Z-Lo.

– To ja – mówi młody, machając do pokoju.

– Miło cię poznać – mówi Aaron.

Właśnie wtedy odzywa się radio.

– Widmo Trzy do Widma Jeden. Wszystko u was w porządku? – pyta Zderzak.

– Pasażer trochę się wystraszył, to wszystko – odpowiadam.

– Możemy wychodzić.

– Roger.

– Mamy jeszcze trzech w budynku.

Nie chcąc owijać w bawełnę, postanawiam przejść od razu do trudnej części. Przysuwam sobie krzesło i siadam.

– Słuchaj. Co do Bieguna Południowego, chciałem…

– Nic nie musisz mówić, Pat.

Unoszę brwi.

– Dlaczego?

– Wiem, że zrobiłeś wszystko, co w twojej mocy. To, co uważałeś za słuszne. Dużo o tym myślałem i nie miałem racji, zrzucając winę na ciebie. To był wypadek i wszyscy braliśmy w nim udział, a ja… powinienem być ostrożniejszy. Po prostu nie spodziewałem się, że…

Skupia się na czymś dalekim.

– Nikt z nas się tego nie spodziewał.

– Nie.

Potrząsa głową.

– Ty się spodziewałeś.

Nie będę się z nim o to spierał. Ale wiem, kiedy przyjąć czyjeś przeprosiny i trzymać gębę na kłódkę.

– Teraz jesteśmy tu obaj i to się liczy. Ale przykro mi z powodu strat twojej ekipy.

– A ja przepraszam za twoje. Simmons, prawda?

– Między innymi. Dobry człowiek.

Mija chwila ciszy i widzę, jak Hollywood klepie się od dołu po przegubie.

– Aaronie, posłuchaj. Pracujemy z moimi nowymi przyjaciółmi nad czymś, w czym przydałaby się twoja pomoc. Uważamy, że ta kopuła spędza ludzi w stronę…

– Dolnego Manhattanu, żeby zabrać ich z tej planety?

Oczy Aarona znów błyszczą i są rozbiegane.

Mrugam dwa razy.

– No, nie mieliśmy aż takich konkretów, ale…

– No, no, no – odzywa się zza moich pleców Chuck.

– Prawdziwy Sherlock Holmes.

– Kto to był? – pyta Aaron.

– Eee… członek zespołu.

Nie jestem pewny, czy Aaron jest gotowy na gadający karabin kosmitów, więc chwytam radio i udaję, że z kimś rozmawiam.

– Przymknij się, Chuck.

– Bez odbioru z powodu nadzoru, stary.

Aaron rzuca mi zaciekawione spojrzenie, ale wydaje się, że to kupił.

Pokazuję gestem, żeby mówił dalej.

– Dokonałem szacunkowych obliczeń na podstawie danych, które zebraliśmy w Ellsworth.

Wstaje i podchodzi do biurka.

– Co prawda na chwilę obecną mogę używać tylko ołówka i papieru. A bez spektrometrii to w zasadzie wyłącznie przypuszczenia.

Wyciąga kilka kartek z rysunkami i obliczeniami i zaczyna podawać je po kolei mnie i Hollywood. Widzę kilka trójwymiarowych szkiców kopuły, z których każdy jest lepszy od mojego. Ale najbardziej interesuje mnie rura w kształcie lejka, która wychodzi gdzieś ze środka, wydobywa się z centralnego punktu na ziemi, a następnie rozchyla na zewnątrz, tworząc kształt kopuły. Tam, w punkcie zero, dostrzegam coś aż nazbyt znajomego.

- Pierścień? – pytam, patrząc na Aarona.

Potakuje.

- To też tylko przypuszczenie. Ale całkiem pewne.

- Macie tam rysunki? Mogę zobaczyć? – pyta Chuck.

Ponownie chwytam za radio i staram się stłumić rozdrażnienie.

- Za chwilę.

Aaron uśmiecha się.

- Sprawia wrażenie upartego.

- Nie masz pojęcia jak bardzo.

Stukam w trzymaną przez siebie kartkę.

- Dlaczego pierścień?

Aaron unosi palec.

- Doskonałe pytanie.

Odwraca się do starej tablicy na tylnej ścianie, pokrytej kredowymi rysunkami, które wyglądają, jakby wzięły się z filmu o Indianie Jonesie. Figury geometryczne, pierścienie, wzory, współrzędne – miałbym szczęście, gdybym potrafił odczytać choć ćwierć z nich.

- Przy użyciu starych kolorowych żeli z wydziału teatralnego, które trzymam pod ręką, żeby demonstrować studentom podstawy rozproszenia światła we wczesnych zastosowaniach szkła witrażowego, udało mi się wywnioskować, że światło na zewnętrznych krawędziach kopuły ma wiele właściwości identycznych z tymi, które zarejestrowaliśmy, filmując emitery cząstek robotów.

Podaje mi stos papierów z wydrukowanymi strumieniami danych.

- Co znaczy?

– No, nie byłem dość blisko kopuły, żeby to zweryfikować, ale domyślam się, że jest groźna.

– Komu ty to mówisz – odzywa się Hollywood.

– Mówił do was obojga, Hollywood – odzywa się Chuck.

– Wszystko w porządku, Widmo Dwa?

Hollywood uśmiecha się do mnie półgębkiem.

– Jasne.

– Prześwietnie.

Pokazuję Aaronowi, żeby mówił dalej.

– Wydaje się również, że jest zależna od nieciągłego źródła energii.

– Jak to? – pytam.

– Wydaje się, że luminescencja kopuły słabnie z czasem, po czym następuje okres natężenia światła. Czas trwania wydaje się zmienny.

– Czyli moje oczy nie są chyba takie stare – mówię do siebie.

– O co chodzi? – pyta Aaron.

– Nic. Myślę tylko, że też zauważyłem to przygasanie. Domyślasz się, co je powoduje?

– Może działające naprzemiennie źródło zasilania? Tymczasem – wskazuje na kredowy rysunek przypominający pierścień na biegunie południowym – zauważyłem ślady światła podobnego do tego w przejściu przez portal pierścienia tutaj – stuka w kartkę z rysunkiem kopuły w mojej dłoni – pośrodku kopuły.

– Czyli na podstawie zauważonego przez ciebie rodzaju światła uważasz, że gdzieś w środku tego wszystkiego jest inny pierścień? – pytam.

Potakuje.

– Znaczy nie mogę powiedzieć na pewno, nie będąc w punkcie zerowym. Co za ironia, że wybrali właśnie Dolny Manhattan, prawda? Mam jednak dość dowodów, żeby przynajmniej postulować obecność portalu. W przeciwnym razie po co mieliby zamknąć populację za nieprzenikalną barierą? Chyba że kosmitom zależy po prostu na zagładzie ludzkości. Ale przecież istnieją znacznie prostsze sposoby na pozbycie się jej. Cokolwiek robią, próbują nas zatrzymać w jednym miejscu i gdzieś przenieść.

Patrzę na Hollywood, ale zanim zdążymy powiedzieć, żeby się pospieszył, Aaron odzywa się ponownie.

– Mam jeszcze coś.

– Jeszcze coś? – pytam.

– Mów!

– Myślę, że wiem, dlaczego tu są.

Hollywood unosi w moją stronę brew. To może być ciekawe.

– Nie pokazałem ci tego wcześniej, głównie dlatego, że nie miałem kompletnego kodu tłumaczącego.

– Kodu?

Pstryka kilka razy palcami.

– Pierścienia dekodującego. Klucza.

– Rozumiem.

Wyciąga kolejne ryzy papieru, jedne pokryte wydrukami, inne zapisane ręcznie, i podaje mi je. Muszę odłożyć poprzednie kartki, ponieważ robi się ich za dużo, żeby je utrzymać.

– Widzisz?

– Widzę. Wygląda jak… jak to się nazywa? Sanskryt?

– Starsze. Pismo klinowe. Ale myślę, że jest jeszcze starsze niż pismo klinowe.

– Zaczekaj. Czyli starsze od najstarszego znanego języka pisanego? A może czegoś nie widzę?

Posyła mi chłopięcy uśmiech i wyrywa jedną z kartek z rąk.

– Zdaje się, że ma wspólne pochodzenie z całą komunikacją

pisemną. Prawdziwie prymitywny logofonetyczny spółgłoskowy alfabet znaków sylabicznych.

– Logo-co?

– Logofonetyczny. No… chińskie i japońskie kanji używa logogramów, podobnie jak niektóre egipskie hieroglify. Ale pismo klinowe sięga rodzin indoeuropejskich w inskrypcjach hetyckich i luwijskich aż do języka semickiego. Oczywiście, na ogół jest obce współczesnym, ponieważ angielski wywodzi się z alfabetu fenickiego i…

– Aaronie. Nie mamy zbyt wiele czasu. Czy mógłbyś więc…

Kręcę parę razy palcem wskazującym.

– Jasne. Przepraszam. Chce powiedzieć, że to, co tu widzisz, to wczesny kuzyn najstarszych znanych języków.

– Kuzyn? – pyta Hollywood.

– Spodziewałam się, że powiesz, że to praprzodek czy coś takiego.

– Oczywiście!

Aaron zaczyna wymachiwać rękami.

– Zamiast tego wygląda to tak, jakby ktoś próbował przewidzieć kierunek rozwoju ówczesnego języka, ale w ostatecznym rozrachunku nie uwzględnił naturalnego odchylenia.

Zerkam na niego.

– Co znaczy?

– Co znaczy, że twórcy tych inskrypcji komunikowali się ze współczesnymi sobie ludźmi, ale nie było ich w okolicy, żeby aktualizować modele językowe. Języki żyją. Stale rosną, zmieniają się, dostosowują. Często potrafią zdradzić nam o jakiejś osobie lub grupie ludzi więcej niż dane biologiczne.

Zdaję sobie sprawę, że muszę starać się bardziej, żeby trzymał się tematu.

– A ten konkretny język jest dla nas ważny, ponieważ…?

– Ponieważ został znaleziony na pierścieniu w Ellsworth i dopiero kiedy zobaczyłem kopułę, zrozumiałem pełne tłumaczenie. A przynajmniej to, co za nie uważam. Każde tłumaczenie jest tylko interpretacją…

– Rozumiem. I co takiego mówi, szefuniu?

Znowu pstryka palcami, po czym przechodzi pędem do tablicy na kółkach oklejonej papierami, artykułami i fotografiami. Następnie odwraca ją, żeby pokazać pośrodku odsłoniętą część tafli wypełnioną kredowymi słowami.

Czytam na głos.

– Zagadka rozwiązana świtem, kiedy dziecko jest duże, wracamy, by zebrać oświeconych.

Patrzę na Aarona.

– Co to jest? Zagadka? Wiersz?

– Ani jedno, ani drugie. Ale to nie ma nic do rzeczy, Pat. Nie widzisz tego? To – stuka w słowa, rozmazując kredę – to historia pochodzenia! Oni przybywają, żeby… żeby…

– Żeby co?

– Żeby nas uratować!

– Jasna cholera – mówi Chuck.

– Dłużej tego nie zniosę. Patricku, czy mógłbyś zdjąć mnie z pleców i dać mi porozmawiać z tym przeuroczym, choć kompletnie pogubionym palantem?

– Ależ proszę – odpowiadam, patrząc na marszczącego czoło Aarona.

Odpinam Chucka i kładę go na zaśmieconym biurku.

– Przedstawiam ci sir Charlesa.

– Znanego również jako Lord Widmo – dodaje Chuck.

Aaron wraca do tablicy na kółkach.

– Czy to jeden z…

– Witam, doktorze Campbell. Poznanie pana to czysta przyjemność.

Aaron spogląda kilka ode mnie do karabinu.

– Czy to…?

– Broń obcych? – odpowiadam i kiwam głową.

– I…?

– Mówi? – dodaje Hollywood.

– No jasne.

– Ale jak… gdzie… no i mówi?

– Podoba mi się, Patricku – mówi Chuck, jakby kierował te słowa do mnie. – Zdecydowanie nie jest taki szorstki jak ty.

– Taaak.

– I o wiele bardziej elokwentny.

– Aha.

Wydaje się, że Aaron odzyskał trochę panowanie nad sobą i podchodzi do Chucka jak dziecko do węża, który właśnie pożarł mysz na jego oczach – ostrożnie, ale z fascynacją.

– Czy to bezpieczne?

– Mój drogi człowieku, jestem bezpieczny jak kamień. Ale jeśli jakiś dureń zechce rzucić tym kamieniem w czyjąś głowę, czy można winić mnie za to, że jestem narzędziem śmierci?

Aaron patrzy na mnie.

– I filozofuje?

– Nie zachęcaj go.

– Ależ proszę – mówi Chuck.

– Przez ostatnią godzinę musiałem biegać po okolicy z tymi uzbrojonymi jełopami.

– Jełopami? – mówię.

– To komplement.

– Jasne.

Angielskie wyzwiska nie są moją mocną stroną, ale potrafię ocenić ton i podtekst.

– Możemy iść dalej z tematem?

Chuck oczyszcza swoje cyfrowe gardło.

– Doktorze Campbell. Chociaż kiedy czas pozwoli, postaram się odpowiedzieć na wszystkie pańskie pytania, obecnie najpilniejszą kwestią jest... delikatnie rzecz ujmując... obalenie pańskiego twierdzenia na temat zamiarów Androchidan względem waszego gatunku.

Aaron spogląda na mnie szeroko otwartymi oczami, jak dziecko w świąteczny poranek.

– Androchidanie? Tak się nazywają?

– Proszę się skupić, doktorze Campbell.

Rozdziawiając usta, wraca do Chucka.

– Jak mówiłem, tekst, który pan odszyfrował i przetłumaczył w odświeżająco inteligentny, pozwolę sobie dodać, sposób, zwłaszcza jeśli wziąć pod uwagę wiele innych tłumaczeń, z którymi się zetknąłem... Czasami zastanawiam się, jak pewnym gatunkom udało się w ogóle rozwiązać...

– Chuck – mówię.

– A tak. No i popatrz, teraz to ja odchodzę od tematu. Tak naprawdę jesteśmy z Aaronem jak dwie krople wody, *n'est-ce pas*?

– Kończmy to.

– OK. Doktorze Campbell, nie wiem, jak to elegancko ująć, ale pańska hipoteza o intencjach Androchidan to stek bzdur.

Aaron zacina się.

– Prze... przepraszam?

– Są tu, by was zniewolić i sprzedać temu, kto da więcej. Każdego, kogo nie uda się sprzedać… jak by to ująć? Zjedzą. Jak jednego z pańskich slim jimów.

Aaron otwiera usta, ale nie wydaje z siebie ani słowa.

Kładę mu dłoń na ramieniu.

– Wiem, trudno to przełknąć.

– Właściwie nie mają problemów z przełknięciem…

– Chuck!

– A, tak. Jak już mówiłem, chociaż pańskie tłumaczenie jest godne pochwały, inskrypcja na odkrytym przez pana pierwotnym pierścieniu była, z braku lepszego słowa, oszustwem. Podtekst można odczytać w ten sposób: kiedy wasze pluszowe mózgi osiągną odpowiedni stopień rozwoju, wrócimy po was, żeby was sprzedać.

– O Boże.

Aaron przykłada rękę do boku głowy.

– Jesteś absolutnie pewny?

– Owszem, staruszku. Pamiętasz? Jestem gadającym karabinem obcych? Myślałeś, że będę kłamał?

– Nie wiem, czego się spodziewałem, ale…

– No cóż, nie okłamuję moich użytkowników ani ich kolegów i bynajmniej nie planuję zaczynać.

Uczciwość Chucka jest przekonująca. Albo celowo próbuje podstępnie zdobyć moje zaufanie, albo po prostu jest szczery. Tak czy inaczej, to niepokojące i siłą rzeczy zastanawiam się, czy wie, że wiem, co robi.

Cholera.

Czasami znajomość szachów jest do dupy.

– Czyli osiągnęliśmy odpowiedni poziom rozwoju, żeby…

Aaron wydaje się gubić w możliwościach, po czym wycofuje się, gdy domyśla się prawdy.

– …żeby rozwiązać zagadkę.

– Nie mogę potwierdzić ani zaprzeczyć taktyce stosowanej przez Androchidan w celu zdobycia towaru. Sądzę, że odpowiednikiem w waszej kulturze będzie powiedzenie, że rybacy nie mówią rybom, jaka przynęta jest najlepsza. Mogę za to odpowiedzieć na pańskie twierdzenie pogładzeniem się po brodzie i długim „hmmmm”.

– Czyli to o to chodzi – mówi do mnie Aaron.

– Daliśmy im sygnał. To ja go dałem. Boże Wszechmogący, co ja narobiłem?

Opiera się obiema rękami o biurko.

– To… to wszystko moja wina.

Łapię go za ramiona.

– Wszystko w porządku? Wyglądasz trochę blado.

– To ja otworzyłem drzwi, Patricku.

Cholera. Zaraz zemdleje.

– Zostań ze mną.

Ale jest za późno.

Aaron wywraca oczami i osuwa mi się w ramiona.

– Czy ludziom często zdarza się mdleć, czy to po prostu wspólna cecha waszej dwójki? – pyta Chuck.

* * *

Parę sekund po postawieniu Aarona na nogi wywołuje mnie Duch.

– Widmo Jeden, tu Strażnik.

– Nadawaj.

– Od zachodu zbliża się transporter. Szacowany czas przybycia: jedna minuta.

Zerkam na Hollywood, a potem na Aarona.

– Czas ruszać. Masz więcej amunicji do rewolweru?

– Rewolweru?

Aaron kręci głową.

– Wszystko jest w domu.

– Zostawiamy go. Chodź.

Dociera do mnie, jak napięty jest nasz harmonogram, i odpowiadam Duchowi:

– Nie dotrzemy na czas do pojazdów.

– Roger.

– Jaki plan gry? – pyta Zderzak.

Patrzę na Chucka.

– To twoja robota?

– Co? Mówisz o ściągnięciu ich tutaj? Patricku, czuję…

– Tak czy nie.

– Nie. A dla jasności, mówiłem już…

– Czy jest jakaś szansa, że nas ominą?

– Znowu bawimy się w te mgliste zgadywanki? – odpowiada.

– Tak.

– W takim razie prawdopodobieństwo, że ominą tyle aktywnych sygnatur cieplnych w jednym budynku, jest prawie zerowe.

– Jaka jest ich taktyka?

– Hmmm. No tak… Widzisz, choć moglibyśmy rozprawiać przez cały dzień na temat ciebie i twoich szans przetrwania, niestety nie jestem w stanie zdradzić specyficznych danych na temat Androchidan, które mogłyby…

– Czy to obejmuje liczbę wrogów w transporterze?

– Niestety tak.

– A co z tobą? Gotowy do strzału?

– Kondensatory osiągnęły dziewięćdziesiąt procent. Ponieważ zwykle ładuję się z prędkością jednego punktu procentowego na minutę przy minimalnym progu ładowania...

– Wystarczy.

Otwieram kanał.

– Musimy odciągnąć ich od budynku. Nie możemy pozwolić sobie na stratę pojazdów.

– Na południe od nas pośrodku dziedzińca jest duży ceglany dom, a za nim na południowym wschodzie kolejne budynki – odzywa się Duch.

– Po drodze mnóstwo drzew.

– Mam czyste wyjście od tyłu na ten budynek – mówi Zderzak.

– Wszyscy biegiem do wyjścia i kierujcie się na dom z cegły – rozkazuję.

– W drogę!

Następnie mówię do Aarona:

– Mam nadzieję, że ćwiczyłeś.

– Daj mi tylko minutę, żebym zebrał rzeczy.

Biorę go za łokieć i prowadzę do drzwi.

– Przykro mi, stary, ale zabierasz tylko to, co masz na sobie.

Rozdział 23

9:23, piątek, 25 czerwca 2027
Nowy Brunszwik, New Jersey
Uniwersytet Rutgersa, kampus Cook/Douglass, budynek im.
dr Adams

Szacuję, że zostało nam piętnaście sekund, kiedy spotykamy się z Duchem, Zderzakiem i Yoshim przy tylnych drzwiach na parterze. Wszyscy wychodzą z budynku i biegną obsadzonym drzewami chodnikiem w stronę starej ceglanej rezydencji z napisem „College Hall: Administracja Wydziału Informatyki". W ostateczności moglibyśmy rozstawić się tutaj, ale budowla stoi pośrodku dziedzińca i daje wrogowi szansę na okrążenie nas. O ile będziemy mieli czas, wolałbym przedostać się na drugą stronę dziedzińca i ograniczyć możliwe wektory podejścia.

– Raport, Chuck!

– Znaczy chcesz, żebym opisał ci sytuację? Rany, przez ten wojskowy żargon czuję się naprawdę oficjalnie.

– Cholera, karabin. Co robi wróg?

– Trudno powiedzieć. W tej chwili znowu patrzę na twój tyłek.

Wyćwiczonym od dawna ruchem w pół kroku, zarzucam SCAR-a na szyję i podnoszę Chucka, po czym przesuwam się w bok, żeby mógł przyjrzeć się przez lunetę budynkowi za nami.

– Wygląda na to, że dwa anioły śmierci, jak je teatralnie nazwaliście, wchodzą do budynku, podczas gdy trzy roboty bojowe szturmowe obchodzą go od zewnątrz. Dodam, że…

– Czy przedostaniemy się na drugą stronę dziedzińca?

– Skoro nie chcesz usłyszeć tego, co chciałem dodać, dlaczego miałbym…

– Chodzi o moje dobro, pamiętasz?

– Mmmm. To dla mnie bardzo niewygodne. No dobrze. Myślę, że macie dość czasu, żeby przejść przez otwartą przestrzeń, o ile będziecie trzymać się cienia siedziby ludzkiej przed wami. Mogę także wykorzystać mój EZE, który…

– Twoje co?

– Emiter zakłóceń elektromagnetycznych, który tymczasowo uniemożliwi im celowanie do was, dopóki będziecie trzymać się razem. To kupi wam kilka dodatkowych chwil.

– W porządku.

Nie mam pojęcia, co to znaczy, ale zakłócanie namierzania zawsze się przydaje.

Zakładając, że wszyscy słyszeli naszą wymianę zdań, przyspieszam i biegnę chodnikiem wokół budynku administracji, kierując się na grupę dużych budynków, która zgodnie z oznaczeniami na trawnikach składa się z kaplicy po lewej stronie, biblioteki w centrum i kilku budynków mieszkalnych po prawej.

Pomimo strukturalnej integralności, jaką może zapewnić kaplica, nigdy nie podobało mi się wprowadzanie wojny do domów modlitwy. Możecie nazwać mnie staromodnym. Nie jestem też przekonany, że Wszechmogący aprobuje mój sposób zarabiania na życie, więc wątpię, czy wysłuchałby mojej prośby o pomoc, gdybym kiedykolwiek ją wysłał.

Skoro już o tym mowa, nie wszyscy podzielają moje przekonania, a osoba, którą chciałbym mieć na dachu kaplicy, prawdopodobnie już myśli o wejściu tam. Niech święty Piotr rozstrzygnie to za nas, kiedy dotrzemy do perłowych bram.

– Ustawiamy się przy bibliotece – mówię, biegnąc dalej.

To skromny dwupiętrowy budynek z dobrym widokiem na dziedziniec. Kiwam głową w stronę kaplicy na lewo od nas.

– Duchu, obsadź dzwonnicę.

– Tajest.

Chuck mi przerywa.

– Znajdzie się poza zasięgiem…

– Twojego zniekształcania elektronów. Rozumiem.

Wskazuję na przednią lewą ścianę biblioteki.

– Zderzak, północno-zachodni narożnik. Z-Lo, południowy zachód. Hollywood i Yoshi, wsparcie. Idę do budynku mieszkalnego po prawej. Ściągnijcie boty w pole ostrzału z przodu; tymczasem ja z Duchem zajmiemy się aniołami śmierci.

– Roger – odpowiadają wszyscy.

– Aaronie, idziesz z Hollywood do środka, a potem ruszaj sam prosto na tył budynku. Znajdź tam osłonę i zostań za nią, dopóki po ciebie nie przyjdziemy.

Wyjmuję glocka i podaję mu.

– Wyceluj i naciśnij. Nic trudnego.

Kiwa głową, poprawia okulary, a potem bierze broń, jakbym podawał mu bombę. Jasne, właśnie wywalił kilka dziur w drzwiach laboratorium za pomocą rewolweru, ale jestem prawie pewny, że to było pierwsze sześć pocisków, które w życiu wystrzelił. To naprawdę nie dla niego.

– Wyceluj i naciśnij – powtarzam, próbując go uspokoić.

– Wycelować i nacisnąć. Dobra. Rozumiem.

Drużyna wyłamuje frontowe drzwi, ciągnąc za sobą Aarona, a następnie biegnie na pozycje. Głównym powodem, dla którego kazałem Aaronowi i większej części zespołu trzymać się biblioteki, jest to, że jest tam mnóstwo barykad, które mogą zatrzymać pociski. Mowa o półkach na książki. Dwucalowy podręcznik nie wydaje się zbyt wielki, ale postaw kilka obok siebie, a masz kulochwyt, za którym ukryłby się z radością każdy marine w strefie zagrożenia. To znaczy zakładając, że broń energetyczna obcych zachowuje się jak nasza broń na pociski. Kiedy teraz o tym pomyślę, prawdopodobnie jest inaczej.

Szlag.

Zajmując pozycję na tylnej klatce schodowej na drugiej kondygnacji budynku mieszkalnego, słyszę w radiu Ducha. Cień snajpera ledwo widać między listwami pomalowanej na biało dzwonnicy.

– Pięć celów zbliża się od zachodu.

Spoglądam na zachód i dostrzegam jakiś ruch za ceglanym domem. Mam już podziękować wszystkim świętym, że Duch nie wspomniał o transporterze, w którym są jeszcze kierowca i działonowy. Ale snajper dodaje:

– Transporter na południe od budynku doktor Adams.

To nie jest dobra wiadomość.

– Wszystkie stanowiska, meldować się – mówię.

– Widmo Dwa, roger – mówi Hollywood.

– Widmo Trzy na pozycji – mówi Zderzak.

– Silny, zwarty, gotowy.

To na pewno Z-Lo.

– Strażnik Widmo, roger – mówi Duch.

– Doktorek, gotów – dodaje Yoshi.

– Lord Widmo pisanych małą czcionką zastępów gotów wylać swój święty gniew na serożerne tchórzliwe cioty! – woła Chuck. – Boże, chroń królową i poślij normańskich najeźdźców prosto do Hadesu! Pierdzimy na was!

– Zamknij się, Charlie! Widmo Trzy i Cztery w gotowości do strzału. Strażnik, czekamy, dopóki roboty nie włączą się do walki. Czekaj na mój znak.

– Roger – mówi Duch. Po nim potwierdzają Zderzak i Yoshi.

– A ja? – pyta na osobności Chuck.

– Ile strzałów możesz oddać?

– Odpowiedź jest bardzo złożona. Wszystko zależy od wybranego trybu, tempa i intensywności ognia. Dodatkowo moje kondensatory ładują się według krzywej algorytmicznej, która…

– Szefuniu, wiem, że to ważne. Ale za tym narożnikiem zbliżają się do nas anioły śmierci. Muszę być pewny, że damy radę je załatwić.

– Hm. Widzisz, fakt, że jestem twoją osobistą hiperinteligentną bronią, oznacza, że jestem… no cóż… twój i hiperinteligentny. Cytując pewną znaną mi mądrą osobę, wyceluj i naciśnij, Patricku. Wyceluj i naciśnij.

* * *

Trzy roboty kroczą wschodnią stroną dziedzińca, kierując się prosto do biblioteki. Tuż za nimi widzę dwa anioły śmierci. Nie jestem pewny, jak czuła jest termowizja obcych, ale domyślam się, że jeśli zauważyli nas w budynku doktor Adams, to widzą nas i teraz. Mam tylko nadzieję, że pozostaną przy bibliotece i pozostawią w spokoju pozycję Ducha i moją.

Tymczasem anioły śmierci grają bezpiecznie. Zamiast iść po otwartej przestrzeni, jak ten na Parkway, kryją się za pancerzami robotów. Sprytnie. Ciekawe, czy rozeszła się już wieść o tym, że jeden z towarów przejął ich blaster.

– Idźcie dalej – szepczę, patrząc przez lunetę Chucka.

Wyobrażam sobie groteskową zieloną skórę, zielone żyły i pionowe usta. Wyglądają jak mucholówka Wenus czy coś takiego.

– Jeszcze tylko troszeczkę.

– Chcesz, żebym strzelił? – pyta Chuck.

Słysząc go, odrywam wzrok od lunety. Mrugam dwa razy i wracam do okularu. O ile nie słyszeliście nigdy mówiącej do was broni, naprawdę nie ma sposobu, żeby oddać, jak bardzo niepokojące jest to uczucie.

– Dam ci znać, kiedy nacisnę. Co ty na to?

– Po prostu wydajesz się niezdecydowany. Wahania nacisku palca na spuście wydają się wskazywać…

– Dowiesz się, kiedy nacisnę ten cholerny spust, OK?

– Chciałem tylko pomóc. Poza tym niedługo stracisz osłonę EZE.

– OK, dzięki.

Skupiam się na podświetlonym obrazie w lunecie.

– Wyświetlacz pokazuje tryb wysokiej częstotliwości. Czy to ten, do którego jestem przyzwyczajony?

– Nie przywykłeś jeszcze do niczego, co w sobie kryję, Patricku.

– Zaraz…

Poruszam szczęką i przypominam sobie, żeby wziąć głęboki oddech.

– Po prostu, bez żadnych bzdur, gdzie jest pełna moc, ogień półautomatyczny?

– Impuls o wysokiej częstotliwości i wydajności da ci z grubsza to, czego potrzebujesz.

– Z grubsza?

– Mamy czas, żebym objaśnił ci całe piękno i słodycz wszystkich zakamarków mojego mechanizmu wewnętrznego?

– Nie.

– W takim razie tego właśnie z grubsza potrzebujesz.

– Roger.

Tylko na chwilę udaje mi się ustawić celownik na anioła śmierci po lewej stronie; oba cele widać tylko chwilami spomiędzy kołyszących się ramion i nóg robotów. Wygląda na to, że obcy wiedzą, gdzie się trzymać. Mimo to żaden nie podniósł jeszcze broni, co oznacza, że nie uważają nas za zagrożenie. Przynajmniej to sugerowałaby ludzka mowa ciała. Ale widziałem już podobne ataki w szachach, kiedy przeciwnik opuszcza gardę, ponieważ wie, że zaraz spuści ci łomot. Przez co denerwuje mnie to bardziej, niż gdyby pojawili się tu, waląc ze wszystkiego, co mają.

– Widmo Trzy i Cztery, przygotować się do otwarcia ognia – mówię przez radio.

Trzy boty są siedemdziesiąt pięć jardów od nas, zmierzając prosto do biblioteki.

– Wiesz, na swój mroczny sposób to świetna zabawa – mówi przyciszonym głosem Chuck.

– Nie teraz.

– Pomyśl tylko, jaki pamiętnik mógłbym napisać: *Ziemskie*

przygody SR-CHK 4110, który został uprowadzony przez prymitywny towar, otrzymał nowe wojenne imię od ich wodza, po czym walczył jako legendarny sir Charles, pomagając unicestwić cywilizację, która...

– Ognia! – rzucam rozkaz w eter.

Strumienie pocisków roztrzaskują narożne okna biblioteki i mkną w kierunku trzech robotów bojowych. Maszyny cofają się i unoszą broń. Anioły śmierci wzbijają się w powietrze, używając plecaków odrzutowych.

– Strażnik Widmo, ognia!

Zanim zdołam nacisnąć spust, słyszę szczeknięcie Barretta Ducha. Dostrzegam w wizjerze błysk uderzenia i cel po prawej stronie przechyla się w stronę mojego. Zderzają się, ale szybko odzyskują równowagę. Kiedy Duch oddaje drugi i trzeci strzał, odzyskuję wizję w lunecie i naciskam spust Chucka tak mocno, że nigdy tego nie zapomni.

– Hello, Dolly! – mówi.

Karabin wbija mi się w ramię, gdy niebo przecina rozbłysk niebieskiego światła, które trafia mój cel w tułów. Ze zdumieniem przyglądam się, jak krótkie wiązki lasera przenikają przez szmaragdowe płyty pancerza, oplatając tułów kosmity potężnym ładunkiem elektrycznym, aż wreszcie jego ciało wybucha, a to wszystko w kilka setnych sekundy. Pancerz spada na karki robotów razem z mżawką zielonych płynów ustrojowych.

– Cholera, Chuck – mówię.

– Cholera, Patricku.

Słyszę roztrzaskujące się szkło, kiedy roboty zasypują front biblioteki pociskami. Ich broń nie wygląda na tak potężną jak moja, co tłumaczy, dlaczego w poprzednich starciach były mniej skuteczne w niszczeniu celów. Co nie dotyczy broni pozostałego anioła śmierci, kolejnego karabinu podobnego do Chucka.

Jakby chciał mi o tym przypomnieć, cel Ducha posyła podmuch energii w dzwonnicę, trafiając dzwon w środku i uszkadzając budowlę. Cegły i deski rozsypują się idealnym kołem, przez co iglica pochyla się przy akompaniamencie jęku kratownic. Wtedy dzwon przebija się przez budynek i ląduje z łoskotem, gdy zapada się konstrukcja nośna.

Ludzki instynkt podpowiada, żebym sprawdził, co z Duchem, ale umysł piekielnego psa każe wykończyć sukinsyna, zanim to powtórzy. Znajduję cel i naprowadzam lunetę Chucka na tors. Wróg wydaje się ranny, płyn sączy się z niego dziurami pozostawionymi przez pięćdziesiątkę Ducha. Kiedy naciskam spust, Chuck wypuszcza z siebie drugą falę ognia. Od charakterystycznego jęczenia jeszcze bardziej dzwoni mi w uszach, ale trafienie zmienia anioła śmierci w opalizujący obłok mgły i fruwające w powietrzu płyty pancerza.

– Strażnik Widmo! – krzyczę przez radio.

– Zgłoś się.

Duch otwiera kanał, pokasłując.

– Jestem.

Chwilę później skrzydło wyłamanych drzwi frontowych kaplicy wyskakuje na zewnątrz, wypuszczając biały obłok i postać pokrytą od stóp do głów pyłem. Duch trzyma Barretta przy ramieniu, celując w robota po prawej stronie.

Ten facet to cholerna maszyna.

Kiedy Hollywood i Yoshi dołączają do Zderzaka i Z-Lo jako wsparcie ogniowe, celuję w najbliższego bota. Przez lunetę widzę, jak całe dziesiątki pocisków uderzają co sekundę w osłonięte purpurowym pancerzem ciała robotów bojowych. Ale dzięki temu, czego się dowiedzieliśmy, drużyna skupia ogień na stawach, zwłaszcza na szyi.

Duch przetrąca celowi kark dopiero po trzecim strzale; prawdopodobnie jest wstrząśnięty po upadku. Cholera, dobrze, że przeżył. Tymczasem drużyna z biblioteki skupia ogień na środkowym bocie. Prawe biodro, lewe ramię i stawy szyi ustępują szybko i enpeel pada bezwładnie.

Ostatni jest mój.

Zerkam akurat na listę trybów i zauważam słowo „zakłócanie" wyróżnione pogrubioną czcionką.

– Dobry wybór, stary – mówi Chuck.

– Chociaż mało oryginalny.

Nie rozumiem, co ma na myśli ani jak wybrano ten tryb, ale nie mam czasu się tym przejmować. Patrzę, jak przesuwa się siatka celownicza lunety, czując, jak żyroskop zmienia pozycję trzymanej w dłoniach broni.

– Teraz, Patricku – mówi Chuck. – Kiedy będziesz…

Naciskam.

Broń kopie mocniej niż ostatnim razem. Pozioma błyskawica rozciąga się ode mnie do celu. Słyszę w uszach donośny trzask, kiedy bot wypełnia się niebieskim światłem, a w końcu wybucha. Pomarańczowe iskry i rozpalone do czerwoności odłamki sypią się na wszystkie strony, przebijając się przez drzewa i dziurawiąc samochody i budynki.

Serce mi wali, gdy opuszczam Chucka i przyglądam się polu bitwy.

– Meldujcie – mówię przez radio.

– Czwórka trafiona – mówi Hollywood.

Zanim puszcza przycisk odbiornika, słyszę, jak Z-Lo krzyczy:

– Auuu, nie mów mu o tym!

– Ale przeżyje – dodaje.

– Właśnie jest opatrywany.

– Roger.

– Niezły strzał – mówi Zderzak.

– Dzięki – odpowiadam.

– Wydaje mi się, że mówił do mnie, Widmo Jeden – dorzuca Chuck przez radio, żeby wszyscy go słyszeli.

– Dziękuję, Widmo Trzy.

– A myślałem, że to nie broń zabija ludzi – mówię z uśmiechem.

– To nie byli ludzie, Patricku. To byli Androchidanie i roboty bojowe. Istnieje różnica. Zrozumże to, do licha.

– Aha. Rozumiem.

– I nie patrz teraz, ale BWR się przemieszcza.

Cholera. Musimy jeszcze zająć się transporterem.

– Godzina dziesiąta – mówi Duch.

– Szybko się zbliża.

– Poszukajcie osłony. Przygotować się do walki.

– Zostawimy go tobie – mówi Zderzak.

– Baw się dobrze.

– Eee, no tak. Co do tego… – odzywa się Chuck.

– Coś się stało? – pytam.

– Naprawdę, nic takiego.

– Gadaj, Charlie.

– No dobra, gdybym był lekarzem i skończył właśnie niezwykle żmudną wazektomię, powiedziałbym ci: „Gratulacje! Możesz uprawiać tyle seksu, ile zechcesz, bez poczucia winy. Od teraz strzelasz ślepakami. Żadna już nie powie, że jesteś ojcem”.

– Co takiego?

– Wystrzelałeś się. Skończyła ci się amunicja. Nie masz…

– Nie mogę strzelać?

– Nie, chyba że masz dostęp do standaryzowanej dwuściennej matrycy kondensatorów kwantowych o potrójnej redundancji, chłodzonej ciekłym DUSIIK.

– Kurwa.

– Nie. Akurat teraz żadna mi się nie przyda.

– Myślałem, że oddaliśmy z użytkownikiem osiem jakiś tuzin strzałów, zanim wyczerpał ci się ładunek?

– Owszem. Ale trzy minuty temu zażądałeś, a ja potwierdziłem, impulsu o „wysokiej częstotliwości i wysokiej wydajności".

– Nie chciałem, żebyś wyczerpał baterie przez trzy strzały!

– To nie baterie, a kondensatory. I powinieneś był sprecyzować.

– Co powinienem?

Zarzucam Chucka na plecy i podnoszę SCAR-a.

– Hej! Co robisz?

Ignoruję go. Pomimo naprawdę niesamowitych możliwości Chucka trzymanie w rękach wypróbowanej, prawdziwej broni, której ufasz i o której wiesz, że nie będzie pyskować, ma w sobie coś naprawdę kojącego.

– Wygląda na to, że zrobimy to po staremu.

– Czyli skończyłeś ze mną?

– Tak.

– Ale ja tylko…

– Trzysta jardów. Zbliża się – oznajmia Duch.

– Strażnik, dasz radę zdjąć kierowcę jak wcześniej? – pytam.

– Potwierdzam. Ale dopóki nie zjawiłeś się z sir Charlesem, nie mieliśmy w arsenale nic, co mogłoby zniszczyć wieżyczkę.

– No kto by pomyślał – mówi Chuck.

– W takim razie musimy znaleźć inny sposób.

Wracam myślami do transportera, który przerobiliśmy przed godziną. Podobnie jak nasze pojazdy do usuwania min przeciwpiechotnych w Afganistanie, miał tylko jedno wejście z tyłu. Wewnątrz desantu znajdował się otwór prowadzący do stanowiska działonowego.

– Widmo Trzy, masz jeszcze coś, co robi bum? – pytam.

– Prędzej zgubiłbym bokserki – mówi Zderzak.

– Hej! – odzywa się Hollywood na tyle szybko, żeby nie przeszkodzić mi w odpowiedzi.

Ignoruję ją.

– Ty i ja podkradniemy się od tyłu. Reszta odwraca uwagę wieżyczki. Ale żadnych głupich akcji i upewnijcie się, że macie osłonę. BJN?

– BJN! – odpowiadają.

Zbiegam po schodach, kiedy w bibliotece i kaplicy odzywa się broń i o przód BWR zaczynają uderzać pociski. Zwłaszcza Duch z niezwykłą dokładnością trafia raz za razem w klinowate przednie okno; wygląda na to, że odzyskał swój dar.

Tymczasem Zderzak trzyma M249 w ramionach i biegnie w moją stronę jak przyjmujący biegnący do strefy końcowej. No dobra, przyjmujący wielkości napastnika. Boże, chroń każdego, kto zechce stanąć mu na drodze. Kiedy dociera do mojej pozycji, odwracam się i biegnę obok niego. Przebiegamy dziedziniec od lewej, używając drzew jako osłony.

Wieżyczka prawdopodobnie zauważa, że pociski kalibru z pięćdziesiątki Ducha trafiające w przednią szybę stanowią największe zagrożenie, i otwiera ogień do kaplicy. Krzywię się, gdy z budynku dobiega głośny huk i znika większość prawego narożnika. Zerkam przez ramię i dziękuję świętemu Michałowi, kiedy widzę odrywającego się od ruin Ducha.

Ale transporter nadal zmierza w stronę biblioteki. To znaczy, że mamy mniej biegania, ale ludzie w środku będą musieli poszukać osłony gdzieś w głębi budynku.

– Dwójka, wycofajcie się! – wołam.

– Dawno to zrobiliśmy, szefie – odpowiada Hollywood.

Znowu słyszę szczeknięcie Barretta, a potem przez komunikator dochodzi głos Ducha.

– Cel zlikwidowany.

Oddał strzał z pozycji leżącej tuż obok masy gruzu.

Oczywiście transporter zwalnia. Ale przy tym skręca w naszą stronę. Uderza w drzewo i przechyla się, zanim pień ustępuje przed nim, pękając.

– Biegiem! – krzyczę do Zderzaka.

Przyspiesza i uciekamy przed pozbawionym kierowcy poduszkowcem.

Transporter przecina krótki odcinek chodnika, ścinając dwa młodsze drzewka. Przed nami stare drzewo hikorowe.

– Tam! – mówię, wskazując na nie.

Skoro nie zdołamy wyprzedzić cholernego transportera, równie dobrze możemy poszukać osłony.

W chwili, kiedy zanurzamy się w cień drzewa, transporter uderza w szeroki pień i zatrzymuje się. Przetaczam się po trawie, podnoszę wzrok i widzę dziurę wielkości piłki do softballu w przyciemnionej przedniej szybie dziesięć stóp nade mną.

– BWR stoi – mówię przez radio. – Dobra robota, Strażniku.

– Roger – odpowiada Duch.

– Chodź – mówi Zderzak, klepiąc mnie po ramieniu.

Nie mam pojęcia, kiedy zdążył wstać.

Wróć. Owszem, mam.

Wojaczka to zabawa dla młodych; zawsze taka była. Nawet wojna z obcymi.

Stękam, dźwigając cielsko w górę, i idę za nim wokół pojazdu enpeela. Działonowy nie zauważył nas i nadal ostrzeliwuje bibliotekę. Poza tym nie ma opcji, żeby zdołał nas trafić tak blisko kadłuba.

Zła wiadomość jest taka, że nie możemy podejść do odsłoniętego tylnego wejścia, nie wystawiając się na własny ogień. Krótkie serie po dwa–dwa–trzy pociski odbijają się od opancerzonego kadłuba jak wygrywające werbel pałeczki perkusji.

– Przerwać ogień, przerwać ogień – mówię przez radio. – Idą swoi.

– Przerwać ogień – potwierdza ktoś, nie wiem kto.

Ale ostrzał ustaje.

– To nasz znak – mówi Zderzak.

Przytakuję i wspina się na rufę pojazdu. Tym razem nie ma żadnych schodków, więc musi się trochę wysilić, jakby wdrapywał się na niewielką skałę. Cofam się i osłaniam go z ziemi.

Normalnie jeden z nas wrzuciłby do desantu granat odłamkowy, żeby ułatwić sobie wejście. Ale Zderzak widział w ostatnim transporterze to samo co ja: otwór prowadzący do wieżyczki był na tyle osłonięty, że granat mógłby nie wystarczyć. Nieprzyjaciel miałby czas, żeby zeskoczyć i bronić pozycji lub, co gorsza, zamknąć się w wieżyczce i utrudnić nam pracę. Obaj wiemy, że jeśli seals ma zostawić prezent w optymalnym miejscu wycieraczki, musimy utrzymać przewagę zaskoczenia.

Mijają cztery nieskończenie długie sekundy, w trakcie których ogień wieżyczki wali w bibliotekę. Mam nadzieję, że wszyscy wewnątrz ukryli się w piwnicy.

W otworze desantu pojawia się Zderzak i daje znak do odbicia. Zeskakuje na ziemię, ląduje obok mnie, po czym biegnie
w stronę niewielkiego dwupiętrowego budynku z cegły, oznaczonego jako aula.

Im dalej odbiegamy, tym mocniej się zastanawiam, jaką
paczkę zostawił.

– Ile tego było?

– Wystarczy – mówi.

Kiedy jesteśmy na tyłach budynku, wyjmuje z kieszeni
na piersi zdalny detonator. Kiwa głową, a ja wołam przez radio:

– Wysadzamy!

Potem zatykam uszy. Pewnie w tej chwili nie ma to większego
znaczenia. Cholera, kogo ja próbuję oszukać – ma znaczenie.

Zderzak podnosi żółtą osłonę i opuszcza kciuk.

* * *

Eksplozja podrzuca wieżyczkę w niebo, jak jedną z dawnych plastikowych zabawek z lat dziewięćdziesiątych, które trzeba było
wywrócić na lewą stronę, a następnie posadzić na stole. Tymczasem w transporterze ładunek Zderzaka rozkwita przez dach, pozostawiając ziejącą dziurę otoczoną wyciągniętymi w niebo poszarpanymi brzegami. Eksplozja niszczy też układ zasilania
i wbija pojazd na kilka stóp w ziemię. Nawet z palcami w uszach
czuję, jakby ktoś puknął mnie obuchem w czoło.

– Czyli „wystarczy” znaczy dużo – mówię do Zderzaka, kiedy
wyłaniamy się zza osłony, żeby obejrzeć szkody.

– Sprawdzam.

Wzrusza ramionami, po czym zaczyna podziwiać swoje
dzieło.

– Cel zdjęty i wyeliminowany – mówię przez radio.

– Meldować.

– Obecna tutaj – mówi Hollywood.

– Doktorek opatruje Czwórkę. Aaron jest w szoku, ale nic mu nie jest.

– No chyba – mówię pod nosem.

Czekam na raport Ducha. Kiedy się nie zgłasza, mówię:

– Strażnik Widmo, odezwij się.

– Obecny – mówi Duch.

– Po prostu napawam się widokiem błękitnego nieba.

Cholera.

– Dostałeś?

– Poleciała na mnie jedna czy dwie cegły. Ale powiedziałem im, że nie jestem zainteresowany.

Żartuje. To niedobrze. Po leniwej mowie poznaję, że coś jest nie tak. Krwotok, może złamane kości.

– Doktorku, biegiem na pozycję Ducha.

– Tak jest.

Zderzak wsadza głowę do tlącego się transportera, podczas gdy osłaniam go z uniesionym SCAR-em. Ale tego wybuchu nic nie mogło przetrwać. A jeśli jednak przetrwało, to chcę autograf.

– Czysto – mówi.

– Chcesz sprawdzić jeszcze raz, tak na wszelki wypadek? – odpowiadam.

Posyła mi w powietrzu buziaka, a potem odwracamy się w stronę kaplicy.

– Sir Charles, jak twój nastrój? – pytam.

– Mam focha – mówi.

Wymieniamy ze Zderzakiem spojrzenia, ale puszczam to mimo uszu.

– Możemy spodziewać się więcej towarzystwa? – pytam.

– Nie. Okolica jest czysta.

– To dobra wiadomość.

– Pewnie tak. Nie żebym przydał ci się na coś, gdyby było ich więcej.

Staram się nie śmiać z jego melodramatu.

– Czy mogę spytać?

– Gdybym wiedział, że chciałeś oszczędzać moje kondensatory i że zastąpisz mnie tym zardzewiałym antykiem, nie pozwoliłbym ci żądać ode mnie wyładowania o wysokiej wydajności.

– No cóż, Chuck – mówię, chichocząc. – O ile dzięki temu poczujesz się lepiej, wcale nie strzelałem z tego antyku.

Wypuszcza długie westchnienie.

– Zawsze to jakaś pociecha. Chociaż gdybyś zginął, ubolewałbym nad tą stratą przez co najmniej trzy tysiączne sekundy. I zanim powiesz, że jestem zimny i bez serca, chcę, żebyś wiedział, że według rachuby czasu SCRB to naprawdę bardzo, ale to bardzo długo. Może nawet urządziłbym ci pogrzeb.

– Jestem wzruszony.

– Przynajmniej tyle mogę zrobić dla mojego ulubionego użytkownika.

Unoszę brew w stronę Zderzaka.

– Ulubionego użytkownika?

– Tylko nie rozpowiadaj tego po stacjach ładowania ani nic takiego.

– Do głowy by mi to nie przyszło. Dzięki.

Przed nami Yoshi klęczy obok pokrytego pyłem Ducha. Widzę już ciemną kałużę w gruzach.

– Jak to wygląda, Doktorku? – pytam.

Yoshi opatruje jedno miejsce na żebrach snajpera i drugie na lewej nodze.

– Za pół minuty prawdopodobnie będzie trupem, więc możecie się od razu pożegnać.

Duch zerka na niego leniwie, po czym wraca do podziwiania chmur.

– Kiepski z ciebie kłamca, Doktorku.

Wypuszcza długie westchnienie.

– Wydaje się, że śmierć trafia do wszystkich, tylko nie do mnie.

Tak. Przez chwilę serce we mnie zamarło. Widzę jednak, że zagrożenie jeszcze nie minęło, ponieważ Zderzak przemyka się na drugą stronę, żeby pomóc Yoshiemu. Nie jestem medykiem i nigdy nie miałem ochoty nim zostać. Zawsze byłem lepszy w zadawaniu wrogowi ran. To powiedziawszy, wiem, że każdy ranny, który potrzebuje dwóch lekarzy zamiast jednego, nie przebiegnie w najbliższym czasie maratonu.

Dokładnie wtedy Hollywood i Aaron wyłaniają się z zaplecza biblioteki. Z-Lo idzie tuż za nimi ze sporym oparzeniem na lewym ramieniu.

– Nic wam nie jest? – wołam do Hollywood.

Kiwa głową.

Aaron już oddał jej pistolet, który mu zostawiłem.

– Przyprowadźcie tu humvee.

Potem kiwam głową na Z-Lo.

– Możesz prowadzić?

– Tak jest.

– Przyprowadź mojego land cruisera.

– Roger, Gunny.

Hollywood sadza Aarona na ławce, a potem idzie z młodym w stronę budynku doktor Adams.

Oglądam się na Ducha i widzę, że Yoshi i Zderzak urządzili sobie zawody w przyjacielskich docinkach. Posadź ratownika lotniczego i sealsa przy jednym ciele, a zawsze tak się skończy.

– I jak się z tym czujesz? – pyta Zderzaka Yoshi, kiedy opatrują Ducha po przeciwnych stronach.

– Z czym?

Doktorek kiwa głową na opatrunek Zderzaka.

– Jako nurek od broni ciężkiej i sanitariusz w jednym?

– Druga specjalizacja – odpowiada Zderzak.

– I co z tego? A ty biegasz po okolicy i wysadzasz ludzi w powietrze, żeby móc ich jeszcze raz opatrzyć?

Yoshi kręci głową.

– Trochę to odjechane.

– Na ogół to nie są ci sami goście, Super Nintendo – odpowiada Zderzak.

– Cholerny odjazd.

Pochylam się, żeby przerwać tę przyjacielską paplaninę.

– Mogę coś zrobić?

– Mów do niego – odpowiada Yoshi.

– Mówić?

Wskazuję na Ducha.

– Do niego?

– Dostał środki przeciwbólowe. Zaufaj mi.

Słyszałem to już wcześniej, więc kiwam głową i klękam przy głowie Ducha.

– Niezłego bałaganu narobiłeś, snajperze. Bóg będzie wkurzony, że zniszczyłeś mu kościół.

– Będzie dobrze – mówi Duch – Ma u mnie dług.

– Jak to?

– Rachel i Savannah.

Krzywi się, kiedy Zderzak coś robi.

– Ma u mnie dług.

Domyślam się, że to imiona członków rodziny. Czasami dobrze jest nakłonić faceta do rozmowy o rodzinie. Ale jeśli nie panuje nad sobą, może się przy tym rozkleić. Postanawiam nie grzebać w przeszłości Ducha.

– Dobra robota, bracie. Chłopaki zaraz…

– Wróciłem właśnie z patrolu, kiedy zawołał mnie dowódca – mówi Duch, trochę bełkocząc.

– Powiedział, że ktoś włamał się nam do domu i że nadal szukają podejrzanego.

Szlag. To by było na tyle, jeśli chodzi o rozmowę. Spoglądam na Yoshiego i Zderzaka, ale nie zwracają na to uwagi i pracują dalej.

– Spróbuj się po prostu zrelaksować i oszczędzać…

Przerywa mi.

– Nie znaleźli go. Ale ja tak.

Czekam, aż powie więcej, ale milczy. Mija kilka uderzeń serca. Yoshi i Zderzak wydają się robić postępy. Krwawienie ustało.

– Potem chciałem tylko znaleźć się gdzieś, gdzie jest zimno – dodaje Duch.

– Trzy kolejne misje poza kontynentem. Wtedy mnie wzięli.

– Odwołali?

Kręci głową.

– Cholerne turbany nie potrafiły wypowiedzieć mojego nazwiska. Powtarzali ciągle Domi-non To-row. Ale nie zależało mi.

Znowu się krzywi i widzę, jak przewraca oczami, jakby czegoś szukał.

– Ból oczyszcza ze słabości, a ja byłem chodzącym trupem. Silny. Byłem silny. Nie miało więc znaczenia, co mi robili. Przez dwa tygodnie. A wiesz, co im powiedziałem?

Podnosi lewą dłoń. Mam wrażenie, że zaraz machnie ręką na świat. Zamiast tego trzyma płasko palce, dzięki czemu wyraźniej widać brak serdecznego.

– Myśleli, że mogą mi ją zabrać. Upokorzyć mnie. Ale to było dawno. Bardzo dawno.

Odkasłuje.

– Spokojnie – mówi Yoshi.

– Prawie skończyliśmy, Duchu.

Zderzak zadziera brodę w jego stronę.

– Ile mu tego dałeś?

Ale medyk nie odpowiada.

– Zmusili mnie, żebym połknął obrączkę – mówi Duch, chwytając mnie za rękę.

– Ale Rachel od dawna nie żyła. A mała Savannah…

Jego oczy zaczynają się szklić.

– Nic na mnie nie mieli. Żywy trup.

– Gotów! Możemy go przenieść – mówi Yoshi.

Dokładnie wtedy podjeżdża do nas Dolores, piszcząc klockami hamulcowymi. Chwilę później zjawia się Z-Lo w toyocie. Razem próbujemy ułożyć Ducha z tyłu humvee.

Zderzak zamyka drzwi i patrzy na mnie.

– Popieprzone, człowieku.

Biorę oddech.

– Owszem.

– I sporo wyjaśnia.

– Tak.

Klepię go po ramieniu.

– Do wozów.

Kiwa głową i wsiada z Yoshim do Dolores, podczas gdy ja wołam Z-Lo i Aarona do mojego pojazdu. Zawracamy, jadąc do dwóch pozostałych samochodów zaparkowanych pod drzewami obok budynku doktor Adams.

– Nic mu nie będzie? – pyta Aaron po kilku sekundach wyboistej jazdy przez dziedziniec.

– Trzeba o wiele więcej, żeby załatwić takiego gościa jak Duch – odpowiadam. – Będzie dobrze.

– W porządku. – Aaron kiwa głową i wygląda przez okno po stronie pasażera. – Po prostu źle to wyglądało.

– Nie powiedziałem, że nie.

– Okej. Dobrze.

– Hej, nic ci nie jest?

– Jasne. Po prostu… no wiesz, to naprawdę sporo jak na jeden raz. Znowu. Myślałem, że jestem…

– Zaczekaj.

Hamuję, wysiadam i zaczynam wydawać rozkazy.

– Z-Lo, zluzuj Hollywood. Yoshi, dasz sobie radę bez Zderzaka?

Podnosi kciuki, siedząc na tylnym siedzeniu obok Ducha.

– Zderzak, Hollywood, do wozów.

– BJN! – odpowiadają, biegnąc w stronę volkswagena i jeepa.

– Jedziemy na Staten Island – mówię do wszystkich.

– Mam pomysł.

Rozdział 24

10:20, piątek, 25 czerwca 2027
Staten Island, Nowy Jork
Aleja Weteranów Wojny Koreańskiej

Pojechaliśmy Route 1, wjechaliśmy na I-287 North i dalej 440 East, aż dotarliśmy do Outerbridge Crossing. Kultowy most na wspornikach przeniósł nas nie tylko na południowy koniec Staten Island, ale i do samego starego Empire State. I tak po prostu mój arsenał stał się nielegalny. Witamy w Nowym Jorku.

Najbardziej niepokojąca była jazda między resztkami mieszkańców Staten Island. Pojedyncze osoby i pary niosły, co tylko mogły, w prowizorycznych plecakach. Ale większość stanowiły rodziny pchające wypełnione zapasami taczki. Dzieci jechały na barana albo siedziały na produktach spożywczych, butlach z wodą i kocach.

Widok wszystkich tych kobiet i dzieci przypomniał mi o wywołanych lekami wyznaniach Ducha. Istnieje niepisana zasada związana ze słuchaniem brata opowiadającego pod ogniem o swoim życiu, która mówi, że po fakcie nigdy się o tym nie rozmawia, chyba że sam o to poprosi. Są też jeszcze głębsze zasady rządzące tym, co mówią faceci na progu śmierci. Za złamanie tego poziomu zaufania odpowiada się przed Bogiem, diabłem lub matką denata. Z tej trójki zawsze wybrałbym diabła. Lekcja jest taka: trzymaj gębę na kłódkę. A po tym, co usłyszałem dziś od Ducha, najlepiej zapomnieć o tym, czego się dowiedziałem. Facet przeszedł przez piekło. Wystarczy.

Jeszcze na moście, kiedy przedzieraliśmy się na drugą stronę, niejedna życzliwa dusza próbowała nas zatrzymać. Ostrzegali, że to niebezpieczne i że powinniśmy zawrócić. Niektórzy nawet walili w maski i okna wozów, mówiąc, że chorzy i starcy potrzebowali transportu. Spotkałem się z tym wiele razy w karierze wojskowej za granicą i opanowałem spokojny wyraz twarzy, mówiący „od… się", dzięki któremu nie omijają mnie tylko najbardziej wojowniczo nastawieni. Zgadza się, dalsza jazda wymagała pewnej dozy nieczułości. Ale przypominałem sobie, że gdyby ci ludzie wiedzieli, dokąd zmierzamy i co musimy zrobić, błagaliby nas, żebyśmy jechali, zamiast próbować zawrócić nas krzykiem.

W końcu zjechaliśmy ze wzniesionego zwężenia drogi i wróciliśmy na stały ląd.

Do tej pory Aaron i ja jechaliśmy w milczeniu. Potrzebowałem czasu do namysłu. Chuck zaś, dzięki Bogu, dobrze odczytał nastrój i trzymał gębę na kłódkę. Co do reszty zespołu, wyglądało na to, że przyjęli moją prośbę o samotność i posłuchali instrukcji, żeby nawodnili się i zjedli batonik proteinowy. Adrenalina w podstępny sposób pozbawia ciało energii.

Cała ta rozmowa z Chuckiem o jego rdzeniu energetycznym

i kondensatorach nakierowała moje myśli na to, co czeka nas na Dolnym Manhattanie. Naprzemienne przygasanie i rozjaśnianie kopuły wzbudziło moje zainteresowanie. A im więcej myślę o naszej rozmowie w stodole i uwagach Aarona na temat światła emanującego z kopuły, tym bardziej wydaje się sensowna obecność portalu pierścieniowego na Dolnym Manhattanie.

Wracam też do pierwszego transportera zauważonego na wiadukcie na I-280 East. O ile pole energetyczne nie zanikło podczas penetracji mostu, ciekawi mnie, jak gęsty i gruby musi być materiał niwelujący jego działanie.

We wszystkich tych spotkaniach są ukryte wskazówki. Ale próba zebrania myśli przypomina wypasanie kotów. Żeby je uspokoić, potrzebuję więcej informacji od gadającego blastera i najlepszego kumpla z dzieciństwa. Dopiero wtedy być może, tylko być może, uda mi się umieścić magiczny pierścień deszyfrujący na dnie pudełka Cracker Jacks i dowiedzieć się, gdzie jest zakopany skarb.

– No to jak nas znaleźli, Chuck? – mówię w końcu.

– Mówiłem ci już, że to nie ja.

Aaron pochyla się nad siedzeniem, by po raz setny spojrzeć na broń.

Odchylam lusterko wsteczne w dół.

– Wierzę ci. Ale nie o to pytałem.

– Rozumiem. No cóż, jeśli to świadczy o tym, do jakiego stopnia wzrosło zaufanie między nami, to cieszę się. Jestem wręcz zachwycony.

– Wspaniale. W takim razie odpowiedz na pytanie. Czy przypadkowo zdradziłeś naszą lokalizację?

– Stanowczo nie. Gdybym był dwa razy starszym modelem z przerostem komory spustowej, byłoby to możliwe. Czasami nie da się zapobiec niefortunnym przeciekom. To część procesu starzenia.

– On naprawdę jest fantastyczny – mówi Aaron, przesiadając się do przodu.

– Jak…?

Nie pozwalam mu dokończyć pytania. Wracam do Chucka.

– No to jak to zrobili? Urządzenia śledzące? Satelity? Drony?

– Nic równie konwencjonalnego.

– To są konwencjonalne środki?

– Tak, w porównaniu z biologią Androchidan w tym konkretnym aspekcie.

Spoglądam na niego surowo w lusterku wstecznym.

– Mów dalej.

– Zdążyłeś już im się przyjrzeć.

Czekam, aż powie coś jeszcze, ale milczy.

– I?

– I co?

– Co co?

– To naprawdę dobre – mówi Aaron.

Zerkam na niego, a potem z powrotem na Chucka.

– I co, Charlie?

– Nie zauważyłeś niczego, co byłoby, no nie wiem, dziwne? Jakby osobliwe?

– Dziwne? Chuck, cała ta sprawa jest cholernie dziwna.

Wzdycha jak rozczarowany rodzic.

– Naprawdę musimy popracować nad twoją spostrzegawczością.

Kręcę głową i wyglądam przez okno.

– Mieli pionowe usta, dziwne oczy i skórę, która…

– O właśnie, oczy.

Spoglądam w lustro.

– Mogą nas wypatrzyć? W jaki sposób?

– Zauważyłeś ich powierzchnię podobną do siatki?

– Tak. Purpurowa, jak u robotów.

– Doskonale. Robisz niezwykłe postępy, Patricku. Za tydzień nauczę cię, jak się golić.

Aaron klepie mnie w biceps.

– Ma świetne poczucie humoru.

– Nie zachęcaj go.

Kiwam głową na Chucka.

– No więc co to znaczy?

– Ponieważ wyewoluowali na planecie, której gwiazda jest zimniejsza niż wasze słońce, ich wzrok obejmuje inne pasmo promieniowania elektromagnetycznego niż ludzki. Chociaż, co zrozumiałe, oba wasze gatunki klasyfikują ten zakres jako światło widzialne, ich postrzeganie obejmuje również to, co wy nazwalibyście podczerwienią.

– Fascynujące – mówi Aaron.

– A jak nazwaliby odbierany przez nas zakres światła?

– Niedorozwinięty.

Aaron odwraca się do mnie z twarzą pozbawioną wyrazu.

– Tak. Świetne poczucie humoru.

Wracając do Chucka, dodaję:

– I co? Śledzili nasze sygnatury cieplne?

– Głównie. Opony waszych pojazdów wytwarzają tarcie i emitują ciepło, co tworzy ślad. *Presto*, mamy kontakt.

– Czyli twój emiter zaburzania…

– Emiter zakłóceń elektromagnetycznych?

– Tak. Czy to on pomógł nam ukryć się w bibliotece?

– Tak, zmniejszył prawdopodobieństwo wyśledzenia was tam.

Potem rozbiegliście się na wszystkie strony jak szczury i tylko przez kilka chwil byłem w stanie zapewniać wam osłonę. Potrafię zakłócać szerokie pasmo częstotliwości elektromagnetycznych w ograniczonym promieniu i tylko przez krótki czas.

– Odnotowałem.

Drapię się pod brodą, próbując poskładać jeszcze kilka kawałków układanki.

– Dlaczego więc nie poszli za nami poprzedniej nocy?

– Strasznie mi przykro – mówi Chuck.

– Ale to było przed naszym związkiem.

– Waszym związkiem? – pyta Aaron.

– Nie.

Kręcę głową.

Diody Chucka rozbłyskują.

– Ależ Patricku. Ta opowieść jest tak…

– Zdjęliśmy dwa boty, a następnie zwialiśmy na zachód, żeby ukryć się na noc w starej stodole.

Muszę utrzymać ten pociąg na torze, ponieważ i Aaron, i Chuck są prawie tak samo skłonni go wykoleić.

– I byliście blisko pola siłowego, kiedy wysłano te roboty? – pyta Chuck.

– Tak.

– Rozumiem. Cóż, chociaż nie mogę…

– Kablować na kosmitów. Rozumiem.

– Zabawne słowo. Kablować. Gwara. Czasownik; w potocznym zastosowaniu oznacza czynność…

Kiedy rozwija definicję, Aaron uśmiecha się do mnie.

– Często to robi?

– Tak.

– Internet?

– Aha.

– Fascynujące.

– ...zwykle kończy się egzekucją z rąk członków gangu – mówi Chuck, podsumowując recytację.

– No to co możesz mi powiedzieć? – pytam.

– Po pierwsze, kto kabluje, ten ginie. Po drugie, podczas odwrotu do stodoły wasza sygnatura cieplna była widocznie nieistotna. Spotkanie miało miejsce w krótkim okresie pojawienia się kopuły, który charakteryzuje się szybką i często chaotyczną ucieczką przedstawicieli lokalnej cywilizacji. Byliście po prostu jedną z wielu grupek uciekających towarów niszczących zasoby Androchidan.

– Czyli spodziewali się, że stracą boty?

– Oczywiście. Wszystkie odpowiednio dojrzałe gatunki z początku stawiają opór.

Słowo „dojrzały" przywołuje wspomnienia części ciała w transporterze.

– Po drugie – kontynuuje Chuck – zniszczyliście tylko roboty, jak je nazywasz. To naprawdę urocze.

– A jakiego określenia ty używasz? – pyta Aaron.

– Ależ skąd, to nie ja – mówi Chuck, brzmiąc, jakby położył w samoobronie dłoń na sercu.

– To Androchidanie. W waszym wojskowym, bogatym w akronimy języku nazwano by je PIZ.

– Czyli?

– Półinteligentni zabójcy.

– Tak, to nie brzmi już tak uroczo – mówi Aaron.

Składam kawałki układanki.

– Czyli kiedy zdjąłem anioła śmierci poza tym oknem czasowym, ich bonzowie potraktowali sprawę poważniej i zaczęli nas śledzić.

– Zgadza się, Patricku. Włączenie do twoich wniosków zamerykanizowanego terminu japońskiego to naprawdę dobra robota. Widmo Trzy byłby z ciebie dumny. Dać mu znać?

– Odmawiam.

Gładzę się po szczęce.

– Czegoś jednak nadal nie rozumiem. Skoro mają tak świetną termowizję…

– Ooo, podoba mi się ten termin!

– …tak dobrze widzą ciepło, po co detektor termiczny w twojej lunecie?

Nie odpowiada od razu. A kiedy to robi, mówi powoli, nieszczęśliwym tonem pełnym niedowierzania.

– Patricku. Widziałeś ich i walczyłeś z nimi. Czy naprawdę sądzisz, że ci frajerzy potrafiliby stworzyć, nie wspominając już o wymyśleniu, coś tak złożonego i wymyślnego jak *moi*?

– Twierdzisz więc, że nie jesteś ich sprzętem?

– Jak większość ich rzeczy. Wyprodukował mnie ktoś inny.

– Czyli jesteś zdobyczą.

Chuck wzdryga się.

– Przepraszam?

– Łupem. Zdobyczą wojenną.

– Ach, teraz rozumiem. Nie. Naprawdę myślisz, że ktoś taki jak oni mógłby podbić gatunek, który stworzył mnie? Ha! Naprawdę dobre! To chyba dlatego tak dobrze się dogadujemy, *n'est-ce pas*? Ty bawisz mnie, ja ciebie…

– Czy to tylko moje wrażenie, czy jego osobowość się rozwija? – mówi Aaron ściszonym głosem.

– O tak, rozwija się aż miło. Jak wrzód na tyłku.

Gdziekolwiek powstał sir Charles, domyślam się, że był to wynik zakulisowej umowy zbrojeniowej. Wygląda na to, że krwawe pieniądze i handlarze bronią występują w całym wszechświecie.

– ...i wszyscy na tym zyskują.

Chuck bierze oddech i głośno wzdycha.

– Aaaach, naprawdę podoba mi się cała ta wolność.

– To widać – mówi Aaron.

– Przykro mi, że muszę wyrwać cię z tego błogostanu, ale wracamy, żeby spotkać twoich ziomków. I to bez jaj – mówię.

– Czy... czy to był suchar, Patricku?

Mrugam kilka razy na niebieską kopułę przed nami, a potem posyłam mu groźne spojrzenie w lusterku wstecznym. Cholera. Nawet się nie starałem.

– Wiesz, pewnego dnia będę tak samo dowcipny jak ty.

Dobra, trochę się śmieję. I nienawidzę siebie za to, bo suchary to naprawdę najgorszy rodzaj humoru.

– Tak czy inaczej, miałem właśnie powiedzieć, że zauważyłem, że wracamy do moich... jak to ująłeś... ziomków. Zechcesz mi to wyjaśnić?

– Zrobię to, ale najpierw musisz mi coś powiedzieć.

Patrzę na Aarona.

– Ja?

– Masz kłopoty – mówi Chuck.

– Widziałem, jak Patrick się wścieka, i nie chcesz być w okolicy, kiedy to się stanie. Proszę zapiąć pasy bezpieczeństwa i sprawdzić, czy okna są szczelnie zamknięte.

Aaron patrzy na mnie niewzruszonym wzrokiem.

– Też widziałem, jak się wściekał.

– No dobra.

Czas wrócić na właściwy tor.

– Co się stało po moim odlocie?

– W Ellsworth?

– Tak.

Czekam chwilę, a potem dodaję:

– Kupiłeś sobie broń.

– Wiem.

– Cholerny pistolet.

– Powiedziałem, że wiem!

– Wow – mówi Chuck. – To lepsze niż „Trudne sprawy".

– Zamknij się – mówimy jednocześnie z Aaronem.

– Przewrażliwieni jesteście. Już milczę. Jezu!

Aaron siada i wygładza dżinsy.

– Wyjechałeś i na wykopaliska weszła ONZ.

– Robertson.

Aaron zadziera gwałtownie głowę.

– Poznałeś go?

– Nie nazwałbym tego w ten sposób. To było bardziej wtargnięcie do mojego pokoju, po którym powiedziałem mu dokładnie, co myślałem.

– Groziłeś mu?

Uśmiecham się półgębkiem.

– Powiedziałem, że jeśli zostanę w okolicy, nie wyjdzie mu to na zdrowie.

– Czyli groziłeś.

Kiwa głową. Mimo że posługujemy się w naszych zawodach różnymi językami, nadal mnie rozumie. Na ogół.

– Tak czy inaczej – mówi – Robertson przejął kontrolę, ale nadal zarządzałem projektem od strony naukowej.

– Rozumiem, że żaden z was nie wysadził pierścienia.

Kręci głową.

– Może gdybyśmy to zrobili, nic z tego by się nie wydarzyło.

Biję dłonią w deskę rozdzielczą.

– Dziękuję.

– Ale czy wtedy byśmy się spotkali, Patricku? – pyta Chuck.

– Naprawdę nie jestem w nastroju, kolego.

– W porządku – mówi cicho.

– Miłosna sprzeczka.

– Wbrew temu, co pewnie myślisz – mówi Aaron – kiedy Robertson nakłonił nas, żebyśmy ponownie go uruchomili, nic się nie stało.

– Nie reaktywował się?

– Włączyliśmy go, ale nic z niego nie wyszło. Przez cztery tygodnie.

– Cztery tygodnie?

Aaron kiwa głową.

– Robertson trzymał w pogotowiu swoje siły zbrojne: pięć, może sześć razy większe od twoich. I z cięższym uzbrojeniem. Przez cały ten czas pole energetyczne było całkowicie statyczne. Przynajmniej dopóki nasze czujniki nie wykryły skoku.

– Jakiego skoku?

– Skoku związanego z pojawieniem się obcych – mówi Chuck, jak dziecko opowiadające o zwrocie akcji w ulubionym filmie.

Aaron wzrusza ramionami i zaczyna kiwać głową.

– To by było mniej więcej tyle. Czysty przypadek, że mnie tam nie było.

Marszczę czoło.

– Gdzie byłeś?

– Odwołano mnie na kilka dni do bazy McMurdo. Musiałem wyjaśnić, dlaczego…

Kiedy milczy, pytam:

– W porządku?

– …uderzyłem Robertsona.

– Co zrobiłeś?

Chyba od dawna się tak szeroko nie uśmiechałem.

– Żartujesz!

– Wiem. Doktor Campbell, zdeklarowany pacyfista. Ale tak. Uderzyłem go. Powiedział, że wszyscy nasi ludzie, którzy tam zginęli, to „konieczne straty stanowiące krok do największego odkrycia w historii”. Zacisnąłem więc pięść w ten sposób – pokazuje mi – a potem walnąłem go prosto w twarz i powiedziałem: „Pocałuj mnie w dupę”. I poprawiłem od lewej.

– Boże Wszechmogący, Aaronie.

Łapię go za ramię i ściskam.

– Prawdziwy z ciebie zwierzak.

– Wiem. A potem pobiegłem do najbliższej sterty śniegu, wsunąłem rękę do środka i połknąłem trzy tabletki ibuprofenu.

Masuje sobie kostki prawej dłoni.

– Cholera, ale bolało, Pat. Na filmach tego nie pokazują.

– Pewnie, że nie.

Nie mogę zetrzeć tego cholernego uśmiechu z twarzy. Zadawanie ciosów, rewolwer, walka: to właśnie pchnęło nas na różne ścieżki. A teraz Aaron robi to, co wściekało go we mnie i w Jacku.

Unosi w moją stronę palec.

– Nie zrozum mnie źle. To nie było właściwe.

– Owszem, było.

– No właśnie. I nigdy nie wybaczę…

– To nie było niewłaściwe, Aaronie.

Mówię to na tyle dobitnie, że po tym zdaniu zapada między nami długa cisza.

– Postąpiłeś jak trzeba.

Wzdycha, chowa prawą dłoń pod udem, a potem wygląda przez okno po stronie pasażera. Cisza trwa dalej, podczas gdy opony land cruisera postukują rytmicznie na szczelinach w jezdni.

– Kiedy przybyli, zniszczyli wszystko – mówi.

Próbuję złapać jego spojrzenie, ale jest skupione gdzie indziej i znam tę postawę.

– Kiedy tam dotarliśmy, zdążyli…

Ociera dłonią twarz.

– Wszyscy zginęli. A grota… rozwalili ją. Wysadzili lodowiec i otworzyli go. I te… ciała. Wszędzie. Praca. Personel. Wszystko zniszczone.

Pozwalam, by wybrzmiała chwila ciszy dla zmarłych, po czym znów kładę mu dłoń na ramieniu, tym razem delikatniej.

– Przykro mi.

– Mi też.

Zaciska dłonie w pięści.

– To powinienem być ja, prawda?

Przytakuję.

– Tak. I cholernie trudno uwolnić się od tego przekonania.

– Tak.

Wygląda przez okno.

– Dziwne, że po tym nikt nie mógł ich znaleźć. To znaczy kosmitów. Słyszałem, jak niektóre szychy w wojsku twierdziły, że trafiły na ślady czegoś, co opuściło ten obszar, ale żadnych solidnych wskazówek. Poprosili więc, żebym wyłączył portal i tyle.

– I wyłączyłeś go?

– Tak.

– A potem odesłali cię do domu?

– Tak.

– I wtedy kupiłeś broń.

Aaron poprawia się w fotelu.

– Po tym, co zobaczyłem…

– Nie dziwię ci się. Na twoim miejscu zrobiłbym dokładnie to samo.

Kiwa głową, ale wydaje się nieprzekonany.

– Kiedy wylądowałem, zabrali mnie prosto do Pentagonu. Spędziłem tam cztery dni. Powiedzieli, że projekt został zamknięty, i na różne sposoby zagrozili mi dobitnie, że jeśli kiedykolwiek wygadam coś na ten temat, to aresztują mnie i osądzą za zdradę stanu.

– Podczas wywiadu telewizyjnego było chyba naprawdę blisko, co?

Spogląda na mnie.

– Oglądałeś?

– Gościu, jestem pewny, że widziała to większość narodu.

Spuszcza głowę.

– Po prostu pomyślałem, że… że gdyby udało mi się zaciekawić innych ludzi, może…

– Przekonaliby się, że wiedziałeś, o czym mówisz?

Przytakuje.

Wskazuję na olbrzymią niebieską kopułę przed nami.

– Chyba można bezpiecznie założyć, że tak było.

– Tak, ale nie chciałem, żeby to stało się w ten sposób.

– Nikt tego nie chce.

Spoglądam na Aarona, ale minę ma ponurą jak Kłapouchy z *Kubusia Puchatka*.

– Posiadanie racji zwykle jest do dupy. A w tych nielicznych przypadkach, kiedy jest inaczej, chodzi zwykle o mało ważne sprawy.

Wzrusza ramionami.

– Kiedy zadzwonili do mnie dziennikarze, zachowywali się tak, jakby utrata komunikacji z bazą była świeżą wiadomością. W rzeczywistości, dla tych z nas, którzy przeżyli, była stara. Szlag, byłem w domu od trzech tygodni z górą! Dopiero wtedy, w trakcie wywiadu, dotarło do mnie, że mogło chodzić o coś innego.

– Drugą falę – mówię.

Patrzy na mnie.

– Zgadza się. Taki był mój wniosek.

– Przecież wyłączyłeś pierścień.

– I próbowałem przekonać wszystkich, że powinniśmy go wysadzić.

Uśmiecham się.

– Brzmi znajomo.

– Właściwie oskarżyli mnie, że gadam jak ty.

– Uznam to za komplement. Jak myślisz, co się stało?

Aaron nagle przestaje przypominać tak bardzo Kłapouchego, i choć nie do końca wygląda jak Tygrysek, to można by przynajmniej uznać go za Kubusia Puchatka z garnczkiem miodu.

– Myślę, że za pierwszym razem mieliśmy do czynienia z czymś w rodzaju drużyny zwiadu.

Zerkam na niego.

– Zwiadu?

– Oczywiście. Kiedy zabili żołnierzy Robertsona i naszą ekipę badawczą, wyruszyli na eksplorację planety. Ale to nie wszystko. Byli – zaczął pstrykać palcami w nadziei na znalezienie właściwego słowa – jak ci wasi wojskowi inżynierowie.

– Służby inżynieryjne?

Celuje we mnie palcem.

– Właśnie. Przygotowanie do bitwy.

– Myślisz, że podczas tego krótkiego epizodu, który właśnie opisałeś, przenieśli dość dużo sprzętu?

– W tym właśnie problem. Nie sądzę, że to był jedyny moment, kiedy przenieśli sprzęt przez pierścień. To niemożliwe.

– Otworzyli go ponownie?

Moje myśli pędzą z prędkością stu mil na godzinę, ponieważ to może potwierdzić moje wcześniejsze przeczucia.

– Co myślisz? Otworzyli go z drugiej strony?

– Oczywiście.

Pocieram kark.

– Myślałem, że tylko tutaj można go uruchomić?

– Nikt nie twierdził, że nie mogli oddać nam tej samej przysługi – mówi Aaron z chytrym uśmiechem.

– Ale nawet jeśli tak nie było, istnieje łatwiejsze wytłumaczenie.

– Zdążyli przesłać już Androchidan, którzy mogli znowu otworzyć portal.

– Dokładnie.

– Brawo, doktorze Campbell – odzywa się z tylnego siedzenia Chuck. – Oczywiście, chociaż nie mogę potwierdzić pańskich wniosków, mogę przynajmniej pogratulować szczerze umiejętności logicznego rozumowania. Wysokie noty od całej komisji. Dodam, że jesteście pierwszym gatunkiem, który połączył wszystkie elementy, i to tak szybko.

– Dzięki? – mówi Aaron, marszcząc brwi.

Po tej wymianie zdań trybiki w mojej głowie pracują jeszcze szybciej.

– Kiedy byliśmy razem w Ellsworth, wspomniałeś, że twoim zdaniem pierścień ma własne źródło zasilania.

– Zgadza się.

– Nadal tak uważasz?

– Nie widzę powodu, żeby w to wątpić. A ponieważ argument wydaje się jeszcze silniejszy w świetle tego, co nazwiemy trzecim otwarciem, przy czym nasze było pierwsze, a Robertsona drugie…

– To ostatnie zaś, niezidentyfikowane, jest trzecie – dodaję.

– Dobrze. Nawet jeśli ci Androchidanie… – Ogląda się na Chucka. – Dobrze to wymawiam?

– W rzeczy samej, doktorze. W rzeczy samej.

– Jeśli Androchidanie, którzy przeszli podczas drugiego otwarcia, nie wrócili na Antarktydę, żeby reaktywować portal, zewnętrzne źródło zasilania wyjaśniałoby, w jaki sposób mogli otworzyć go zdalnie.

– Ponieważ to oni go kontrolowali – mówię.

– Z braku lepszego określenia: zaopatrywali go w energię.

– Dokładnie.

– Wobec tego mam pytanie, Aaronie.

Wskazuję na północny wschód w kierunku miasta.

– Zakładając, że na Dolnym Manhattanie jest jakiś portal do przenoszenia ludzi, czy sądzisz, że tak właśnie jest zasilany?

– Świetne pytanie, ale w tej chwili możemy pozwolić sobie tylko na spekulacje. Przypuszczenia.

– Prawda. Ale biorąc pod uwagę to, co widziałeś na wykopaliskach w Ellsworth i co widzisz tutaj, czy wygląda ci to na to samo źródło zasilania?

– Nie jestem pewny, czy rozumiem, o co ci chodzi, Pat.

– Powiedzmy, że nie mogliśmy wyłączyć artefaktu na Biegunie Południowym, ponieważ źródło zasilania było gdzie indziej. Pójdźmy dalej. Załóżmy, że to, co zasila pierścień, w jakiś sposób zapewnia również, że nie rozpadnie się…

Zerkam na Aarona, żeby sprawdzić, czy podąża za moimi myślami.

– …przez miliony lat. Ani nie zostanie zniszczony przez bombę, nawet gdybyśmy dostali zielone światło, żeby tego spróbować.

Zapada cisza, zanim znajduje odpowiedź. Widzę, jak pracuje głową. To dobrze.

– Nawet… nawet o tym nie pomyślałem. Założyłem po prostu, że zachował integralność strukturalną dzięki zamknięciu w lodzie.

– W lodowcu? Czy one się przypadkiem nie poruszają?

– W zasadzie tak. No tak, czuję się jak imbecyl.

– Nonsens – mówi Chuck. – Co innego poprosić swoją broń o strzelanie do słabego celu wiązką energii o wysokiej wydajności, zamiast nakreślić jej szerszy obraz sytuacji. To się nazywa…

– Zamknij się, pukawko – mówię.

– Próbowałem tylko poprawić Aaronowi nastrój.

– Znajdź inny sposób.

Aaron nadal myśli głośno.

– Zawsze zakładałem, że dla zachowania kształtu pierścienia wystarczyłyby jego masa i gęstość. Ale zastosowanie pola energii kwantowej pozwoliłoby osiągnąć optymalną integralność. Pewnie, nie odważę się nawet myśleć, jak to możliwe, nie wspominając o tym, jak to działa, ale tak, to wiele by wyjaśniało.

Przerywa i przykłada palec do ust.

– Ale aż tak długo? Mówimy o dziesiątkach tysięcy lat, Pat.

– Sam to powiedziałeś: wielu rzeczy nie potrafimy wytłumaczyć. Ale teraz nie muszę nic wyjaśniać. Chcę tylko wiedzieć, czy tamten portal różni się od tego, który jest tam.

Wskazuję głową na horyzontu.

– Dlaczego? – pyta Aaron.

– Ponieważ ten na wykopaliskach miał przetrwać wieki. Nie jestem pewny, czy z tym jest tak samo.

– Myślisz, że to raczej tymczasowe rozwiązanie?

– Z taktycznego punktu widzenia tak. Nieważne, czy jesteś kosmitą, czy nie, zasoby są zawsze ograniczone, a każda operacja ma mocne i słabe strony. Rozbicie biwaku to nie to samo co założenie FOB.

– Co to takiego?

– Wysunięta baza operacyjna.

Kręcę głową.

– Nieważne. Chcę powiedzieć, że musisz skupić się na tym, czym to coś tam różni się od artefaktu, który badałeś przez dwie ostatnie dekady życia. Dlatego tu jesteś. Nie muszę znać naukowego wyjaśnienia; po prostu chcę wiedzieć, jak możemy to zniszczyć, bo to właśnie chcemy zrobić. Potrzebne mi więc twoje oczy i głowa.

– W porządku.

Aaron potakuje, jakby przygotowywał się psychicznie do zadania.

– Chyba dam radę.

– „Chyba” nie wystarczy. Muszę wiedzieć, czy idziesz z nami na drugą stronę. Nie jest jeszcze za późno, żeby zawrócić. Jeśli chcesz dołączyć do ludzi, którzy przed tym uciekają, i znaleźć sposób na przetrwanie, nie będę cię zatrzymywał. Cholera, nie wiem, czy sam bym tego nie zrobił. Ale jeśli postanowisz jechać z nami, to wchodzisz na całość. Żadnego namysłu czy wahania. Wysadzimy to coś w cholerę albo zginiemy, próbując.

Przełyka ślinę.

– Ile mam czasu?

– Dopóki nie znajdziemy sposobu, żeby dostać się do wnętrza bańki.

– Mogę powiedzieć ci wtedy?

– Tak. I wierz mi, szanuję to.

– Podoba mi się twój sposób myślenia, Patricku – mówi Chuck.

Potem słyszę, jak jego głos odzywa się w radiu:

– Szykujcie się, Widma! Robimy rozpierduchę!

Rozdział 25

10:45, piątek, 25 czerwca 2027
Eltingville, Staten Island, Nowy Jork
Richmond County Yacht Club

Stanęliśmy na parkingu przystani nad oceanem przeznaczonym dla właścicieli łodzi i ich gości, choć wątpię, by kierownictwo kazało nas odholować za to, że nie należymy do żadnej z tych kategorii. Kolejny duży znak wita nas w Richmond County Yacht Club. Za nim, na godnej pędzla artysty nasłonecznionej zatoce kołyszą się pomosty wypełnione wszelkiego rodzaju jednostkami wycieczkowymi. Za przystanią widać długi pas lądu oddzielający zatokę od oceanu, do którego prowadzi przejście od południa.

Uderza mnie dziwny brak bezustannych wrzasków mew, warkotu silników łodzi czy odległego szczekania lwów morskich. Wygląda na to, że z tego czy innego powodu kopuła uciszyła je wszystkie. To, że morze bez tych charakterystycznych odgłosów jest tak inne, ciekawi mnie i niepokoi jednocześnie. Właściwie jedyne znajome wrażenie to sól w powietrzu i wiatr znad Atlantyku. Całość wydaje się po prostu dziwna.

Hollywood zsuwa okulary przeciwsłoneczne na nasadę nosa.

– Co teraz?

Dla dobra Ducha drużyna zbiera się przy tyle Dolores. Doktorek solidnie opatrzył snajpera, ale przez resztę operacji będzie utykał.

– Sprawdzimy, czy zdołamy przepłynąć pod kopułą – mówię.

– Jeśli to będzie możliwe, omówimy możliwy scenariusz ataku na podstawie tego, czego spodziewamy się po drugiej stronie.

– Myślisz, że nurkowanie to najlepszy sposób, żeby się tam dostać? – pyta Zderzak.

Jak spodziewałbym się po sealsie, bynajmniej nie wygląda na speszonego. Pytanie zadał przypuszczalnie za innych, dla których próby utopienia się nie mają takiego uroku.

– Tak. Kiedy się spotkaliśmy, znaleźliście mnie pod wiaduktem na I-280.

Kiwają głowami.

– Zauważyłem wtedy, że ludzie w środku kopuły jakby uważali, że most stworzy w niej lukę. Myślałem tak samo.

– Ale tak się nie stało – mówi Yoshi.

Opróżnia butelkę i zagląda do niej.

– Cholera.

– Nie. I przez to zginęli ludzie. Ale dostrzegłem coś niezwykłego.

– Co takiego? – pyta Hollywood.

– Kolor pola pod wiaduktem był nieco mniej intensywny niż w pozostałej części kopuły.

– Czyli myślisz, że była tam słabsza – stwierdza Zderzak.

Przytakuję.

- To ma sens, prawda? Całkiem imponujące, że to coś działa nawet po przejściu przez kilka cali betonu.

- I myślisz, że woda też może osłabić pole kopuły – dodaje Zderzak.

- Tak. Oczywiście, są inne alternatywy.

- Na przykład?

- Kanały.

Wszyscy się krzywią.

- Nie, dziękuję – mówi Yoshi. – Już tam byłem.

- A ja myślałam, że siły powietrzne nie brudzą sobie rąk – mówi Hollywood.

- I nie robią tego – odpowiada Zderzak.

- Mówił tylko o tym, że musi podcierać sobie tyłek.

- Ale zabawne – mówi Yoshi, drapiąc się środkowym palcem w oko.

Uśmiecham się, ale wznawiam od razu rozmowę, żeby nie tracić czasu.

- Moglibyśmy poszukać wejścia do kanałów biegnących pod krawędzią kopuły. Ale to ryzykowne, ponieważ nie zawsze są proste.

- I nie ma gwarancji, że droga nad nimi zatrzyma pole siłowe – mówi Duch.

Przytakuję.

- Zgadza się. Ale woda może to zrobić.

- Jak to? – pyta Z-Lo.

- Beton chyba lepiej zatrzymuje rzeczy niż woda?

- Z pewnością tak, w przypadku większości rodzajów promieniowania – mówi Aaron.

- Ale jeśli oddzielisz się od źródła neutronów wystarczającą ilością wody, okaże się zaskakująco dobrym izolatorem. Dodatkowo jeśli to pole energetyczne jest natury elektrycznej, woda może mu się nie spodobać.

Odwraca się do mnie.

– Nieźle, Pat.

– Dzięki. Myślę, że choć trudno byłoby nam wyszukać jakieś przejście pod stopą betonu, całkiem łatwo znajdziemy kilka stóp wody, pod którą można by przepłynąć.

Wskazuję na północny wschód w kierunku Lower Bay w Nowym Jorku.

– Ale najpierw musimy to sprawdzić.

– Chcesz tam wyjść? – pyta Hollywood.

– To dość odsłonięte miejsce.

– Jeśli mogę – mówi Chuck z wnętrza land cruisera.

– Dość tu duszno. Czy mogę do was dołączyć?

– Wygląda na to, że pan Mądraliński ma coś do dodania – mówi Zderzak.

Podchodzę i otwieram drzwi.

– Nie obsikałeś chyba tapicerki?

– Może trochę. Ale byłem tak podekscytowany, że cię widzę.

– Buziaki.

– Naiwniak.

Chwytam go i przenoszę do kręgu.

– Co masz dla nas, sir Charles?

– Co do obaw Dwójki, z pewnością ostrzegę z dużym wyprzedzeniem Jego Świątobliwość Widmo Jeden o każdym możliwym kontakcie – mówi Chuck.

– Czy to takie samo „wyprzedzenie” jak w budynku doktor Adams? – pyta Hollywood.

– Czy właśnie pokazałaś palcami cudzysłów? – mówi Chuck.

– Jasne.

- To nie fair, Hollywood. Wiesz, że nie mogę odpowiedzieć ci tym samym.

- Pocałuj mnie w dupę.

- Obrzydliwe. I musisz wiedzieć, że to budynki uniemożliwiły mi wczesne wykrycie nieprzyjaciela. Na dodatek doktor Campbell przymilał się do mnie, co było nieco rozpraszające, choć niezwykle stosowne.

Wszyscy patrzą na Aarona.

- Co? Byłem ciekawy.

Aaron odwraca się do Chucka.

- I to nie było przymilanie, sir Charles. To było... intensywne zainteresowanie.

- Jasne.

Chuck odkasłuje.

- Przymilał się pan. Tak czy siak, na otwartym morzu będę miał dość czasu, żeby was ostrzec, jeśli zostaniecie zauważeni. Poza tym Androchidanie, wiedząc, że jesteście gatunkiem naziemnym, nie zwracają uwagi na wysunięte szlaki wodne. Będą skupieni na ludziach zmierzających w stronę... Hmmm. Będą skupieni na czymś innym. Ponadto zważywszy na działanie ich „termowizji" w świetle waszej gwiazdy, przemieszczanie się za dnia działa na waszą korzyść. I tak, jeśli nie poznałaś tego po moim głosie, użyłem wyimaginowanych palców, żeby postawić tu cudzysłów, Widmo Dwa.

- To właśnie postawiło zasady bezpieczeństwa operacyjnego na głowie - mówi Z-Lo.

Podnoszę na Chucka brew.

- Zechcesz objaśnić trochę ich biologię?

- Hmmm, nie.

Potem mamrocze, jakby do siebie.

– Chociaż te ich cholerne hełmy... te niewdzięczne, wredne dupki... pomagają skompresować wahania częstotliwości. Prawdziwe tępaki.

– Czy nadal rozmawiamy o kosmitach? – pytam.

– Nie. O ich hełmach. Ich oprogramowanie to istny wrzód na tyłku.

– Na pewno.

– Tak czy inaczej, w razie potrzeby postaram się zamaskować was na jakiś czas za pomocą emitera zakłóceń elektromagnetycznych.

– Za pomocą czego? – pyta Hollywood.

– Tego samego, czym kupił nam więcej czasu w bibliotece – mówię.

– Dzięki czemu w ogóle doprowadziłem was do biblioteki – poprawia Chuck.

Hollywood splata ramiona i naciera na mnie.

– Chcesz więc wsadzić nas wszystkich do łodzi i zobaczyć, kto przepłynie pod kopułą, nie tracąc przy tym głowy, albo, skoro już o tym mowa, nie dając się porazić prądem?

– Nie. Nie proszę was o nic. Zgłaszam się na ochotnika, żeby sprawdzić, czy to działa.

– Płynę z tobą – mówi Zderzak.

Ale wydaje się, że Hollywood tego nie kupuje.

– To zbyt niebezpieczne. Nie podoba mi się.

– Rozumiem zastrzeżenia Hollywood – mówi Chuck.

– Skoro jest to bezpośrednio związane z twoim dobrostanem, Patricku, być może mniej ryzykownym wyjściem byłoby pozwolić mi odegrać rolę waszego kanarka?

– Tobie?

Wypuszczam powietrze.

– Chociaż niewiele rzeczy sprawiłoby mi teraz większą przyjemność niż wrzucenie cię do wody tylko po to, żeby zobaczyć, co się stanie…

– Zapewniam cię, że to znacznie mniej ekscytujące, niż można by się spodziewać. Jestem całkowicie wodoszczelny. Plus etap wyrzucania mamy już za sobą, pamiętasz? Myślałem, że masz dosyć i ustaliliśmy, że to się więcej nie powtórzy.

Milknę w podziwie dla jego doprawdy zdumiewającej zdolności wkurzania mnie.

– Jak mówiłem, nie sądzę, że wysłanie cię z misją sprawdzenia, gdzie kończy się pole siłowe, to najmądrzejszy wybór. Nie wtedy, gdy osiągnęlibyśmy to samo za pomocą przywiązanego do liny kamienia.

– Nie bądź głupi, Patricku. Chociaż pochlebia mi, że stawiasz mnie nieco wyżej niż skałę, ta szczególna sytuacja wymaga, aby na kamieniu znajdowała się jakaś żywa tkanka, taka jak skóra, mięśnie, krew lub inne bardziej lepkie płyny. Może to wymagać kilku podejść, czyli kilku próbek tkanek. Ponadto kamień nie dostarczy wam analizy zdolności wód oceanicznych waszej planety do osłabienia mocy pola w czasie rzeczywistym. Wierz mi, jeśli pole ulega fluktuacjom, będziesz chciał o tym wiedzieć.

Hollywood wzdycha.

– Na pewno bardziej podoba mi się pomysł z wysłaniem kamienia niż ciebie.

– To miłe – odpowiada Chuck.

Hollywood wskazuje na mnie.

– Mówiłam o nim.

– Aha.

– Ale uważam, że pomysł Chucka będzie szybszy. Wygląda też na to, że może dostarczyć nam lepszych informacji.

– Owszem – mówi z naciskiem Chuck.

– Stanowczo tak, Widmo Dwa. Możesz na mnie liczyć! Spenetruję dla ciebie te głębiny jak najlepsza sonda, jaka się tam zapuściła.

– Nie.

Hollywood zaciska usta i zaczyna kręcić głową.

– O nie.

– Zmieniłaś zdanie?

Przyciągam Chucka do siebie.

– Może się zamkniesz.

– Dobraaa. W porządku. Ale nie rozumiem, o co chodzi.

– Tak, to widać.

Patrzę na Zderzaka.

– Nadal chcesz się przyłączyć?

– Roger.

– No to znajdźmy łódź, zanim zorientuje się, co powiedział.

– Ale co takiego powiedziałem?

* * *

Wszyscy poza Duchem łączą się w pary, żeby przeszukać sekcje przystani w poszukiwaniu łodzi spełniającej nasze wymagania. Cały sprzęt musi być analogowy, a jeśli wrócimy z dobrymi wieściami, musi również pomieścić cały zespół i mieć sporo miejsca na ekwipunek. Miejmy też nadzieję, że będzie miała zadaszenie.

Biorę Z-Lo i idę w stronę najbardziej wysuniętej na północ części przystani. Na zmianę szukamy kluczyków i wypróbowujemy silniki łodzi, które naszym zdaniem pasują do profilu. Staram się przy tym poznać młodego trochę lepiej. Nie ma to jak swobodna rozmowa, żeby wypełnić czas i wzbogacić wiedzę o członku zespołu. Kiedy dowodzisz, prawie wszystko jest skalkulowane.

– Jak tam ręka? – pytam.

Z-Lo patrzy na bandaż pod osmaloną dziurą w mundurze.

– Doktorek mówi, że będzie dobrze. Podobno dziewczyny będą szalały na punkcie tej blizny.

– Szczęściarz.

– I to jaki. Najwyraźniej najwspanialszą rzeczą w oberwaniu z blastera jest to, że rana ulega autokauteryzacji.

– Kauteryzacji?

– Zgadza się. Chociaż oczywiście nie dostałem w żaden organ ani nic takiego. Nic mi nie będzie.

– Dobrze słyszeć. Pomóż mi, proszę.

Pomaga mi zejść z długiego na dwadzieścia cztery stopy, unieruchomionego baylinera z przepalonymi bezpiecznikami.

– No to jaką masz historię, młody?

– Chce… chcesz znać moją historię?

– Nie widzę tu nikogo innego.

– Ha, no tak, oczywiście. Co chcesz wiedzieć?

– Jesteś z południowej Kalifornii?

– San Diego.

– Fajnie.

Wzrusza ramionami, gdy idziemy w kierunku kolejnej obiecującej łodzi.

– Pewnie tak.

– Nie podobało ci się?

– Ech. Tata zawsze dręczył mnie, żebym dołączył do rodzinnego biznesu.

– Mieliście firmę?

Śmieje się.

– Rodzinny biznes polegał na pracy w lokalnej stalowni.

– Łapię.

– Jestem najmłodszy. Dziewięcioro rodzeństwa.

– Jasna cholera, młody. Jesteś pewny, że nie jesteś katolikiem?

– Węgrem. Czyli tak.

Chichocze.

– Przynajmniej dla mojej babci to w zasadzie jedno i to samo.

– Słyszę.

– Rodzice nie byli religijni. Chcieli tylko, żebyśmy mieli lepsze życie niż oni sami. Ale wiesz, nie chciałem przejść przez to, co stało się z moim starszym rodzeństwem.

– To znaczy?

– Praca z ojcem w stalowni.

– Wszyscy?

Potakuje.

– Nasza rodzina potrafi być uparta.

– I mimo to postanowiłeś wstąpić do Korpusu Piechoty Morskiej? Bez obrazy, młody, ale to nietypowy wybór jak na kogoś, kto chce uciec od fizycznej harówki.

– Komu ty to mówisz.

Z-Lo śmieje się, wskakując do boston whalera, który wygląda obiecująco, choć wydaje się trochę za mały.

– To nie był mój pierwszy wybór.

– A co nim było?

– Ech, nic takiego.

Znajduje kluczyki schowane pod środkową konsolą.

– Po prostu chciałem iść do college'u. Odkryć coś poza stalą.

Obracam się szybko o trzysta sześćdziesiąt stopni, żeby spraw-

dzić, czy nadal jest czysto, i proszę Chucka, żeby sprawdził pery-
metr.

– No to dlaczego tego nie zrobiłeś?

– Ojciec się nie zgodził.

Próbuje odpalić silnik.

– Do niczego. Powiedział, że uczelnia i komputery nie przydadzą mi się w życiu. No wiesz, starsze pokolenie.

– Taaak.

Nie mam serca powiedzieć mu, że zgadzam się z jego starym.
Z drugiej strony wygląda na to, że prawie wszyscy goście z wy-
kształceniem są ode mnie bogatsi, a wszystko dzięki panom Ga-
tesowi i Jobsowi. I co ja tam, do cholery, wiem?

Pomagam młodemu przejść przez burtę łodzi i szukamy dalej.

– No i zaczęliśmy mocno się o to kłócić. On krzyczy na mnie,
ja krzyczę na niego, aż wreszcie rzucam: „No to wstąpię do wojska". I poszedłem do biura werbunkowego, bo ojciec na pewno
by mnie nie podwiózł.

– I zaciągnąłeś się.

– Właśnie tak.

– Twój staruszek coś powiedział?

– Pewnie. *Mi a fasz van veled!*

– Co to znaczy?

Śmieje się.

– Dosłownie? „Co z tobą jest, do cholery, nie tak?".

– Czyli nie zgodził się.

– Nie. I od tamtej pory nie rozmawialiśmy.

– Przykro mi, młody.

Wzrusza ramionami.

– E tam. Jestem najmłodszy, czyli dzieli nas jakieś pół wieku,
nie? Niewiele nas łączy i nie sądzę, żeby to się zmieniło.

Tak to już jest. Ale Korpus był dla mnie naprawdę dobry. Trzy posiłki dziennie, ciepłe łóżko i jeszcze mogę poszaleć na macie.

– Na macie?

Kiwa głową, ale nie wyjaśnia.

– No wiesz, jedyne, czego nauczył mnie ogólniak, to jak dominować na macie. Przez trzy z czterech lat miałem nawet mistrza stanu.

– Zapaśnik!

– Oczywiście.

Rozciąga klatkę piersiową i ramiona w sposób, który przypomina bardziej rozciąganie niż ćwiczenie.

– Prawdopodobnie zdobyłbym go po raz czwarty, ale nie zakwalifikowałem się z powodu jakiegoś gówna, na którym mnie przyłapano. Byłem też dobry w ringu.

– Do tego boks?

Potakuje.

– No wiesz, unosić się w powietrzu jak motyl, żądlić jak pszczoła.

– Jasne.

Wypuszcza długie westchnienie.

– Ale na poważnie, trochę chciałem robić coś z komputerami.

– Ty? I komputery?

Nie chcę gapić się na jego wykrzywiony nos i ucho zapaśnika, ale ten behemot nie wygląda na takiego, który potrafi obsługiwać myszkę i klawiaturę.

– Teraz to i tak bez znaczenia. Prawdopodobnie najlepsze w Korpusie jest to, że mam nowych braci. Miałem. Dopóki… no wiesz.

– Tak.

Przy następnym pomoście dostrzegam stary hardtop dyer 29.

– Wypróbujmy ten.

– Strzał w dziesiątkę, Gunny!

Z-Lo kieruje się w stronę klasycznej łodzi rybackiej z białą nadbudówką i czarnym kadłubem, a następnie wskakuje na pokład.

Podchodzę do rufy i czytam wymalowaną na pawęży nadkruszoną nazwę: „Nieziemska Ślicznotka". I kto powiedział, że wszechświat nie ma poczucia humoru?

Z-Lo grzebie przez chwilę przy desce rozdzielczej, a potem macha do mnie kluczykami. Chwilę później słyszę, jak włączają się wewnętrzne wentylatory komory silnika. To dobry znak. Wygląda na to, że Z-Lo też o tym wie, na co wskazuje uniesiony kciuk. Niejednego marynarza zdmuchnęło już z pokładu, kiedy na łodzi z przedłużoną sekwencją rozruchu nie usunął przed odpaleniem świec nagromadzonych w silniku oparów.

Po jakichś trzydziestu sekundach Z-Lo włącza zapłon. Rozrusznik kopie kilka razy i zaraz potem słyszymy w wodzie ciche bulgotanie.

– Hej, to działa! – mówi Z-Lo, kiedy jego twarz wyskakuje zza przedniej szyby.

– Znalazłeś zwycięzcę, mistrzu. Dobra robota.

Szczerzy zęby w uśmiechu.

– Dzięki.

Cholera. Zaczynam go lubić.

* * *

– Sprawdźcie, czy przed naszym powrotem uda wam się skołować dwadzieścia galonów paliwa – mówię do Hollywood i reszty

Widm zebranych na przystani. Nawet Duch przyszedł się pożegnać.

– Czego nie znajdziecie w kanistrach, ściągnijcie z baków.

– Roger, Wic. Będziemy gotowi – odpowiada Hollywood.

– Uważajcie na siebie – mówi Z-Lo.

Kiwam głową, a młody rzuca mi linę rufową. Yoshi wypycha dziób z zatoczki, a Zderzak steruje na wstecznym.

– Stopy wody pod kilem! – mówi medyk, po czym zaczyna śpiewać refren piosenki Christophera Crossa. Gdy odpływamy od pomostu, Zderzak dodaje mocno gazu. Przysiągłbym, że próbuje zagłuszyć tę okropną wersję.

– Muzyka białych ludzi – mówi, kręcąc głową.

– Nie dziwię ci cię.

Ale żeby go zirytować, zaczynam tam, gdzie skończył Yoshi, i powtarzam:

– *Just a dream and the wind to carry me* .

Zderzak przyłącza się:

– *And soon I will be free* [12] .

* * *

– No to skąd ten pseudonim? – pytam Zderzaka, kiedy skręcamy ostro w lewo wokół Crookes Point i kierujemy się na północ wzdłuż wschodniego brzegu Staten Island.

– Dostałem go od drużyny – przekrzykuje ryk silnika.

Uznaję, że mówi o drużynie sealsów, ale zaraz wyjaśnia.

– Futbol w liceum.

– Rozumiem.

Zanim powie coś jeszcze, sprawdza naszą szóstą i zerka na obrotomierz.

- Drużyna, której kapitanem byłem, cieszyła się w naszym miasteczku pewnymi przywilejami i miała określone oczekiwania, z których część dotyczyła cheerleaderek, jeśli wiesz, o czym mówię.

Mruga do mnie.

- Mama nie zarabiała tyle, żeby kupić mi samochód, a nawet gdyby to zrobiła, nie przyjąłbym go. Ale udało mi się zaoszczędzić dość kasy, żeby kupić zardzewiałego cutlassa supreme z 1982 roku.

- Piękna rzecz - mówię z uśmiechem.

Zerka na mnie spojrzenie z ukosa.

- W każdym razie jest trzecia, a ja i panna obściskujemy się na tylnym siedzeniu wozu zaparkowanego na środku boiska. Następnego dnia trener wchodzi do szatni i pyta, kto jeździł po boisku. Nikt się nie odzywa, a wiem, że starałem się nie zostawiać śladów. Nawet wybrałem tydzień, w którym nie padało. Byłem ostrożny, nie?

- Cóż, kiedy nikt się nie przyznał, co robi trener? Sięga w dół i wyciąga zza koszy na pranie zardzewiały zderzak. Mówi: „Właściciel numeru rejestracyjnego LVK 9143, wystąp. Coś zgubiłeś".

Śmiejemy się obaj, przebijając się przez fale.

- Coś mi mówi, że nigdy nie zapomnisz też tego numeru rejestracyjnego - mówię.

- Drużyna mi nie pozwoliła. Powiedziałem, że jeśli wywalczymy w tym roku mistrzostwo, wytatuuję go sobie na dupie.

- No nie. Wygraliście?

Zderzak uśmiecha się do mnie szeroko.

- Chcesz zobaczyć mój tyłek?

* * *

– Jak myślisz, jak blisko możesz podejść, żeby zachować stabilną pozycję? – pytam Zderzaka.

Ściąga przepustnicę „Nieziemskiej Ślicznotki" w dół, podczas gdy ja, stojąc na rufie, obwiązuję Chucka linką spadochronową.

– Jakieś piętnaście stóp – woła. – Nie chcę ryzykować. Wystarczy jedna zbłąkana fala i będziemy musieli opuścić statek.

Patrzę na zachód.

– Daleko do brzegu.

– Roger.

Jesteśmy już prawie przy kopule. Zaraz wyrzucę Chucka za burtę w jego pierwszej misji zwiadowczej.

– Dokładnie wiesz, co robisz, prawda?

– Boże, Patricku. Jasne, że tak. Praktycznie sam to wymyśliłem. Schodzę pod wodę, żeby wszystko zbadać.

– Wow. To straszne.

– Dziękuję.

– Nie podejmuj niepotrzebnego ryzyka. Chociaż nie chcę tego przyznawać, gdybyśmy teraz cię stracili, pozbawiłoby to nas… no cóż, cennego atutu.

– Chciałeś powiedzieć: źródła informacji.

– Pewnie.

– A ja myślałem, że powiesz „przyjaciela".

– Wystarczy „znośny znajomy"?

– Hmmm. Nie jest to moje ulubione określenie, ale niech będzie. Poza tym nie musisz się o mnie martwić. Mam wbudowany rezonator kompatybilny, dzięki któremu jestem niewrażliwy na działanie pola energetycznego.

Wpatruję się w niego przez chwilę, gdy Zderzak stawia „Nieziemską Ślicznotkę" w dryf.

– Dlaczego nie poinformowałeś nas o tym wcześniej?

– Ponieważ kazałeś mi się zamknąć?

– No tak. Ale to przecież istotna informacja. Nie jest to coś, czego można by nie wiedzieć.

– Ani coś, co bym zdradził sam. Ale ponieważ mam wrażenie, że zniszczenie mnie wyrządzi ci nieodwracalną krzywdę, to biorąc pod uwagę, że jesteśmy znośnymi znajomymi i tak dalej, poinformowanie cię o tym pomoże mi jak najlepiej wypełnić dyrektywy.

– No tak, racja. Zdecydowanie poniosę nieodwracalną krzywdę na zdrowiu, jeśli zostaniesz uszkodzony…

– To nie zabrzmiało szczerze.

– …i jeszcze większą szkodę, jeśli ludzkość zostanie wywieziona do Nigdylandii.

– Ha, niezła próba! Nie ma mowy. Ale warto było spróbować.

Wbijam w niego oczy.

– Rozumiesz, Patricku?

– Rozumiem.

– Ale się nie śmiejesz.

– Weź głęboki oddech.

– Co? Dlaczego? To nie ma nic wspólnego z…

Wyrzucam go za burtę i wypuszczam linę z pokładu.

– Eeee… ale chwycisz ją? – pyta Zderzak.

– Zastanowię się.

– Roger.

* * *

Po zaledwie dziesięciu sekundach od zanurzenia Chuck wywołuje nas przez radio.

– Widmo Bóg Wojny, tu Lord Widmo zastępów małą literą. Czy mnie słyszysz? Zgłoś się, odbiór.

Zderzak uśmiecha się do mnie, poruszając sterem i przepustnicą, żeby trzymać nas z dala od kopuły.

– Słyszę, sir Charlesie. Melduj.

– Znalazłem, czego potrzebujemy. Poza tym są tu dociekliwe morskie istoty, które mnie badają.

– Opisz je.

– Nie jestem pewny, czy w tej chwili to priorytetowe zadanie.

– Opisz je.

Wypuszcza cyfrowe westchnienie.

– No dobrze. Wygląda na małą ławicę płastug z dwojgiem oczu po jednej stronie głowy. Bardzo dziwne. Wyglądają na szczególnie ciekawskie i, można by rzec, przyjazne. Ale wydaje mi się, że w moich archiwach nic o nich nie ma.

Rzucam Zderzakowi spojrzenie, które mówi: czyżby?

Otwieram kanał.

– O mój Boże. Chuck, musisz stamtąd uciekać!

– Bardzo zabawne, ha.

– Nie żartuję, Chuck.

Odsuwając mikrofon, wołam przez ramię:

– Zderzak. Lina się zacięła. Musimy zmienić pozycję!

Chuck się waha.

– Patricku, czy ty…

– Zderzak!

Kiedy seals uśmiecha się chytrze, to naprawdę dobry dzień.

– Niedobrze, Wic! Silnik nie reaguje.

– Chuck – mówię nerwowo.

– Charlie, słyszysz mnie?

– Oczywiście, że cię słyszę, nie bądź…

– Nie rób żadnych nagłych ruchów. To są flądry.

– Flądry?

– Tak. Wydostaniemy cię stamtąd.

– I jesteś pewny, że są agresywne?

– Chuck, przyjacielu. Nie chcę cię niepokoić, ale jest źle. Naprawdę źle.

– Boże miłosierny!

Następuje przerwa w komunikacji, po której pada pytanie:

– Co mi zrobią?

– Pamiętasz Sarlacca z Wielkiej Jamy Carkoon z *Gwiezdnych wojen*?

– Z *Powrotu Jedi*? Boże, tak. Teraz to widzę.

– Z nimi jest podobnie, ale o wiele gorzej. Układ trawienny tych drapieżników rozkłada ofiary na składniki odżywcze przez tysiące lat.

– O Boże. Wyciągnij mnie stąd, Patricku. Proszę, wyciągnij mnie. Nie chcę tak zginąć.

– Czekaj.

Choć boli mnie, że nie mogę pociągnąć żartu dalej, potrzebujemy jego odkryć, a potem musimy wrócić na brzeg.

– Ani słowa – mówię do Zderzaka.

Robi znak krzyża na sercu.

Zaczynam zwijać linkę i wciągam Chucka z powrotem na górę.

Kiedy trafia na pokład, zdejmuję z niego wodorosty i podnoszę go.

– Nic ci się nie stało, kolego?

– Nie, chyba… Uff! Nic mi nie jest, chwała Trytonowi.

Rozgryzam to przez chwilę.

– Z *Małej Syrenki*?

– Tak. Bez wątpienia mnie chronił.

– Niewątpliwie. Cieszę się, że nic ci się nie stało.

– Jeszcze jedna chwila na dole i te flądry by mnie zmasakrowały. Wiesz, co jest dziwne?

– Co takiego?

– W tym filmie dla dzieci występuje postać nazwana na cześć jednego z tych demonów, która jest dziecinna i naiwna. Dranie.

Wiem, że jeśli teraz spojrzę Zderzakowi w oczy, pęknę. Opanowuję się więc, prosząc Chucka o raport z odkryć.

– Ucieszysz się, kiedy powiem, że pole energetyczne sięga na średnią głębokość pięciu stóp od powierzchni, zależnie od wysokości fal – mówi Chuck.

– Twoja hipoteza jest słuszna.

– Wspaniała wiadomość, kolego. Dzięki, że, hm… no wiesz, że narażałeś dla nas życie.

– Zwłaszcza z tymi flądrami – dodaje Zderzak.

– Tak, to było bardzo odważne, muszę przyznać. Ale cieszę się, że mogę pomóc sprawie. No wiecie, wszystko dla drużyny.

Zaczynam się czuć źle z powodu tego dowcipu. Oczywiście nie na tyle, żeby cokolwiek powiedzieć. Tak dobry kawałek musi wybrzmieć aż do końca.

– Wróć na chwilę do fal – mówię.

– Powiedziałeś, że średnia głębokość wynosiła pięć stóp. Jaki był maksymalny odczyt?

– Czasami płytko, dwie stopy – mówi.

– Nie to chcę wiedzieć. Mówiłeś, że maksymalna głębokość, jaką zmierzyłeś, wynosiła osiem stóp.

– Zgadza się.

Trzeźwieję i patrzę na Zderzaka. Mina sealsa jest tak samo surowa jak moja. Osiem stóp to niby niedużo. Ale na otwartych wodach, przy silnych prądach i słabej widoczności, równie dobrze mogłoby to być piętnaście stóp. Może więcej. Poza tym nie mam fajki ani maski, a poza Zderzakiem chyba nikt nie ma pojęcia o nurkowaniu – i to zakładając, że znajdziemy ekwipunek dla wszystkich.

– Wyczuwam jakiś problem – mówi w końcu Chuck.

– Chodzi o flądry, prawda?

– Chciałbym, żeby tak było.

* * *

– Dobra wiadomość jest taka – mówię do zespołu w przystani.

Trzymam mapę morską z łodzi i wskazuję miejsce na północ od naszej obecnej pozycji.

– Tutaj natknęliśmy się na kopułę. Sir Charles odkrył, że jakieś pięć stóp od powierzchni wody pole energetyczne nie stanowi już zagrożenia.

– Czyli nie tak źle – mówi Z-Lo.

– Damy radę przepłynąć.

– Tak. Ale to średnia głębokość.

– Jakie jest odchylenie? – pyta Duch.

– Plus minus trzy stopy.

– Szlag.

– Dlaczego szlag? – pyta Z-Lo.

Zanim zacznie wyjaśniać, Duch wciąga powietrze przez zęby.

– Bo to oznacza, że musimy zejść poniżej ośmiu stóp, jeśli nie chcemy ryzykować, że zostaniemy przecięci w wodzie na pół.

– O.

Z-Lo kopiuje manierę Ducha i przesuwa językiem po przednich zębach.

– To trochę trudniejsze.

– O wiele trudniejsze – mówię.

– Po drugiej stronie będziemy mieli tylko to, z czym damy radę nurkować.

– Do dupy – mówi Yoshi.

– Wystarczy, że musimy zostawić pojazdy – mówi Hollywood.

– Ale próbować jeszcze bardziej ograniczyć ekwipunek? Będzie trudno.

– No i są flądry – dodaje Chuck.

Drużyna wygląda na zdezorientowaną, ale zauważam, że Zderzak odchyla się od Chucka i pokazuje gestem cięcie przez gardło. Wygląda na to, że wszyscy rozumieją, chociaż wiem, że nie rozumieją żartu. Notuję w pamięci, żeby później ich wtajemniczyć, i cieszę się, że Chuckowi wolno było pobrać tylko dane wojskowe i niektóre filmy, bo sytuacja jest zabawna jak diabli.

– Zegar tyka, więc poddamy to głosowaniu – mówię.

– Albo szukamy systemu kanału, który zatrzyma pole, albo odbijamy od brzegu i nurkujemy. Pierwsze prawdopodobnie pozwoli nam zabrać więcej sprzętu, zakładając, że znajdziemy wolny szyb biegnący prostopadle do kopuły...

– ...i dość głęboki – wtrąca się Zderzak.

Przytakuję.

– Drugie rozwiązanie oznacza, że będziemy gorzej przygotowani, ale oszczędzimy sporo czasu i wiemy, że to trasa prosto do celu.

– A kiedy już przejdziemy, co wtedy? – pyta Yoshi.

Zderzak zaczyna opowiadać o tym, co omówiliśmy w drodze powrotnej.

– W tej chwili prąd będzie znosił łódź w stronę pola energetycznego. Nie będziemy czekać, aż zacznie dryfować, ale dobrze wiedzieć, że dopóki warunki się nie zmienią, nie trzeba będzie z nią walczyć. Zejdę do wody ostatni i wezmę ze sobą linę holowniczą. Jeśli będziemy ciągnąć wszyscy, to płynąc z prądem, zdołamy przeciągnąć „Nieziemską Ślicznotkę", zanim Z-Lo zdąży się spocić.

– On już się poci – mówi Hollywood.

– No dobra, wykreślam to.

– Ej, surfuję, OK? – protestuje Z-Lo.

– Umiem pływać.

Mrugam do niego, po czym kieruję uwagę wszystkich z powrotem na mapę.

– Kiedy wszyscy wrócą na pokład, popłyniemy do Upper Bay. Przybijemy do brzegu i przekonamy się, co zobaczymy.

Mija kilka sekund, które wykorzystują na przetrawienie obu możliwości.

– I co powiecie? – pyta drużyny Hollywood.

– Nie możemy tu stać cały dzień.

Pierwszy odzywa się Yoshi.

– Wolę utonąć w morskiej wodzie niż w rzece płynnego gówna.

– Popieram – dodaje Z-Lo.

– Hollywood? – pytam.

– Pomysł z kanałami wcale nie jest taki zły. Nurkowanie nigdy nie było moją mocną stroną. Ale nie podoba mi się prawdopodobieństwo znalezienia kanału, który odpowiadałby naszym specyfikacjom.

Ściąga usta i porusza nimi kilka razy w przód i w tył.

– Ocean.

– Duch?

Chrząka.

– Mogę pływać.

Ale wygląda na to, że mimo zażywanych leków robi co w jego mocy, żeby ukryć ból.

– Jesteś pewny? Paskudnie oberwałeś. Nie ma nic złego w wybraniu innej trasy, jeśli to konieczne.

Duch wbija we mnie wzrok, ani na chwilę nie zamykając powiek.

– Powiedziałem, że dam radę.

Boże, ten facet naprawdę nie wie, jak nie być poważnym. I niezależnie od tego, czy te słowa podyktowało mu ego, czy naprawdę zna swoje ograniczenia, skoro mówi, że da radę, to wierzę mu.

– Co do tego – mówi Yoshi.

– Mamy dwóch rannych, a rury z gównem zwiększają ryzyko infekcji.

– Słuszna uwaga.

Kiwam głową na Zderzaka.

– Naprawdę? Pytasz sealsa, czy chce ponurkować?

Uśmiecham się do złośliwie.

– Ja też jestem za nurkowaniem.

– Czy nie mam nic do powiedzenia? – pyta Aaron.

– Jesteś częścią zespołu?

Uśmiecha się i kiwa głową.

– Wchodzę w to, Pat.

Odpowiadam mu skinieniem głowy, a potem rozglądam się po kręgu.

– Przygotować się do zanurzenia.

Rozdział 26

12:15, piątek, 25 czerwca 2027
Staten Island, Nowy Jork
Nabrzeże, Park Great Kills

Sortowanie sprzętu i przygotowanie go do przeprawy zajęło nam prawie pół godziny. Wybór tego, co zostaje, a co zabrać, jest o wiele trudniejszy, gdy nie jesteś pewny, dokąd się wybierasz. To zawdzięczamy w dużej mierze złowróżbnemu brakowi szczegółów ze strony Chucka. Prawda, nie mogę go winić – ma swoje wytyczne. Ale pomogłoby, gdyby mógł je jeszcze trochę nagiąć, żeby uratować mój tyłek.

Ostatecznie postawiliśmy na amunicję przed żywnością i na wyposażenie taktyczne przed wygodą. Oznaczało to, że zostawiliśmy cały zapas jedzenia i świeżej wody poza racjami na kilka dni, na rzecz tylu zabawek Zderzaka i takiego zapasu amunicji, jaki mogliśmy unieść. Oznaczało to również porzucenie bardziej luksusowego sprzętu, takiego jak namioty, śpiwory i większość zapasowych ubrań, na rzecz tego, co było przygotowane w plecakach alarmowych. Łatwiej było się rozstać z takimi rzeczami jak GPS-y, laptopy, tablety i aparaty fotograficzne, ponieważ wszystkie były martwe. Poza tym nie potrzebuję żadnego sprzętu, żeby wiedzieć, jak poruszać się po ulicach mojego dzieciństwa. Jedynym nowym sprzętem były fajki i maski, zabrane przez Yoshiego i Z-Lo i Yoshi z kilku łodzi.

Po załadowaniu wszystkiego na „Nieziemską Ślicznotkę" łódź wygląda, jakby za chwilę miała się przewrócić do góry dnem. Robi się gorzej, kiedy wchodzimy wszyscy na pokład i szykujemy się do rzucenia cum.

– Hej, Z-Lo! – woła Hollywood.

– Ruchy!

Młody biegnie do nas po przystani.

– Przepraszam.

– Co tam robiłeś?

– Żegnałem się z Dolores.

– Na pewno – mówi.

Tymczasem zajmuję miejsce w sterówce po lewej stronie Zderzaka, który stoi przy sterze od sterburty.

– Nie przeszkadza panu cały ten ładunek, kapitanie?

– Nic nam nie będzie.

Kiwa głową w stronę broni obcych na moich plecach.

– Zawsze możemy wyrzucić co bardziej charakterne uzbrojenie za burtę.

– Zgadzam się – mówi Chuck.

– Zacznijmy od plastikowego karabinu Widma Jeden.

– Punkt dla niego, Wic – mówi Zderzak.

Odwraca się i poleca rzucić cumy.

– Nie zachęcaj go.

Jest tuż po 12:00, kiedy nasz transportowiec vel kuter rybacki kieruje się na otwarte wody i rozpoczyna rejs na północ. Zderzak trzyma silnik na pół naprzód, bez wątpienia ze względu na ciężar. Ktokolwiek powiedział, że seals nie może być czuły, nie widział, jak ten facet sterował przeładowaną łodzią przez wysokie na dwie stopy fale. Dzięki Zderzakowi „Nieziemska Ślicznotka" płynie z falą, pędząc jak profesjonalna łódź wyścigowa wzdłuż wybrzeża Staten Island.

Ale rejs nie podoba się każdemu. Hollywood wygląda, jakby miała zaraz zwymiotować, Aaron zaś… no cóż, właśnie to zrobił. Biedaczysko.

– Pst – mówi Chuck.

Pochylam się do niego.

– Czy oni się denerwują, no wiesz, flądrami?

Kolejne dziesięć minut i jesteśmy dość blisko kopuły, Zderzak zaczyna wydawać polecenia. Wchodzi w tryb instruktora musztry, a jego ton jest boleśnie rzeczowy.

– No dobra, słuchajcie. Dla osób, które nie miały kontaktu z nurkowaniem powierzchniowym: przygotujcie się, biorąc trzy stabilne wdechy. Żadnej hiperwentylacji, jak w durnych filmach. Powolny, stabilny wdech. Następnie, kiedy będziecie gotowi, nie schodźcie z pokładu do wody. Zużyjecie cały tlen i dotrzecie tylko na kilka stóp. Podciągnijcie kolana, żeby zbić się w kulkę, a następnie przewróćcie się do przodu.

Demonstruje manewr wolną ręką.

– Kiedy będziecie do góry nogami, wyrzucacie nogi do góry. W ten sposób ciężar ściągnie was w dół.

Chwyta białą linę, którą przygotował w przystani, i podnosi ją.

– Będę trzymał nad wami obciążony podwodny marker z zaznaczoną głębokością dziesięciu stóp. Taśma jest jasnopomarańczowa, więc nawet bez maski nie da się jej nie zauważyć. Schodząc jako pierwszy, sierżant zbrojmistrz Finnegan weźmie podobną linę. Przytrzyma ją, a wy będziecie przesuwali się wzdłuż niej, aż dotkniecie znacznika na niej. Czego macie dotknąć?

– Znacznika na jego lince – odpowiadają wszyscy.

– Kiedy zaczniecie płynąć w poziomie, płuca powiedzą wam, żebyście wypłynęli na powierzchnię. Nie słuchajcie ich. Te małe samolubne dranie kłamią. Macie w krwi dość tlenu na kilka minut, o ile wasze ruchy będą płynne i powolne. Ale przez milion lat ewolucji instynkt oddychania stał się tak silny, że ciało będzie chciało nakłonić was do zrobienia rzeczy, których nie powinniście robić. Ludzie nie toną dlatego, że zabrakło im tlenu. Toną, bo próbują oddychać wodą jak cholerne ryby. Powtarzajcie za mną: nie jestem cholerną rybą.

– Nie jestem cholerną rybą – mówią wszyscy.

– Nie potrafię oddychać wodą – kontynuuje Zderzak.

– Nie potrafię oddychać wodą – odpowiada grupa.

– A jeśli wskutek tej ewolucji któreś z was utonie, osobiście skopię mu tyłek, dopóki nie zacznie znowu oddychać. Czy to jasne?

Połowa zespołu mówi:

– Tak, bosmanie Johnson!

Tymczasem druga krzyczy:

– Tak jest, Zderzak!

Cieszę się, że nie tylko ja nie potrafiłem przypomnieć sobie na czas jego prawdziwego stopnia i nazwiska.

Zderzak uśmiecha się.

– Kiedy znajdziecie się przy lince Wica i dotkniecie jego znacznika, możecie płynąć tak szybko, jak chcecie, i wynurzyć się na powierzchnię. Pozostaniecie w tej pozycji, dopóki do was nie dołączę, a potem chwycicie linę, którą wam podam, i postąpicie zgodnie z moimi instrukcjami, ciągnąc we wskazanym kierunku. Kiedy „Nieziemska Ślicznotka" przejdzie przez pole siłowe, wrócimy na pokład w kolejności od najsłabszych do najlepszych pływaków, po czym będziemy kontynuować wycieczkę. Pytania?

Kręcą głowami.

Zderzak patrzy na mnie.

– Oddaję ci głos, Gunny.

– W porządku. Rozebrać się do bielizny. Czas się zamoczyć.

* * *

– Warto zauważyć, że w ubraniach wasz gatunek wygląda znacznie lepiej niż bez nich – mówi Chuck, kiedy rozbieram się do bokserek i nakładam maskę na twarz.

– Nie dziwię ci się, Śmieszku. Ale nie każdy ma tak wyrafinowany smak.

Drużyna pogwizduje na siebie, zwłaszcza na Hollywood, która ma na sobie czarny sportowy stanik i białe majtki Hello Kitty. Ale zdaje się ignorować te pogwizdywania, jak profesjonalistka.

Wtedy Zderzak krzyczy:

– Boże, Z-Lo! Załóż te gacie! Nie chcemy tego oglądać!

– No co? Nie lubię pływać w piance z bokserkami.

– Nie dostaniesz pianki, geniuszu – mówi niewzruszona Hollywood.

– Aha.

– Wygląda na to, że wasz gatunek ma bardzo dziwne rytuały – dodaje Chuck.

– Czy seks ma dla was aż tak wielkie znaczenie?

– Nie. W wojsku hodujemy wyjątkową odmianę człowieka.

– Rozumiem. Odnotowano.

Zostawiam Chucka, przechodzę przez rufę i wspinam się na pawęż. Gdy Hollywood pochyla się, żeby podać mi zwiniętą linę ze znacznikiem, Z-Lo wskakuje za nią, podnosi ręce i bynajmniej nie po dżentelmeńsku zaczyna kręcić biodrami.

– Spokój, szeregowy! – krzyczę na niego.

Zupełnie jakby miała oczy z tyłu głowy, Hollywood mówi:

– Zajmę się tym.

Po czym odwraca się i podchodzi nieprzyjemnie blisko Z-Lo.

Młody nie tylko przestaje tańczyć, ale i cofa się, aż uderza głową w dach łodzi.

– Co się dzieje, Laszlo? – mówi Hollywood.

– Dolores przestała odpisywać na SMS-y?

– Co? Nie. Wysłała mi wiadomość w zeszły…

Zaciska usta i odwraca wzrok.

Reszta chłopaków zaczyna się z niego nabijać. Ale najwyraźniej Hollywood jeszcze nie skończyła.

– Wiesz, tacy chłopcy jak ty lubią fantazjować.

Mierzy go wzrokiem od góry do dołu.

– Ale dopóki nie zdobędziesz prawa do wyrwania takiej damy jak ja, możesz liczyć tylko na to.

Wskazuje poza łódź.

Z-Lo rozgląda się nerwowo.

– Co takiego?

– Mokre sny.

Słychać salwę okrzyków:

– Ooooch!

– Ufff!

– Cholera!

Tymczasem Hollywood odwraca się i wraca do pawęży.

– Bądź groźny, Wic – mówi.

– Ale uważaj na siebie.

– Powiedziałbym ci to samo, ale mam wrażenie, że poradzisz sobie.

Mruga do mnie.

– To nie pierwsze moje rodeo.

– Widać.

Zarzucam zwiniętą linkę przez ramię i patrzę na kapitana.

– Gotowy? – pyta Zderzak.

Pokazuję palcami „OK” i wrzuca wsteczny bieg, płynąc tyłem w stronę pola siłowego. Kiedy jest prawie tak blisko jak ostatnim razem, każe mi zejść do wody.

Macham dwoma palcami.

– Do zobaczenia po drugiej stronie.

Wskakuję i stukam się w czubek głowy w uniwersalnym geście, że wszystko w porządku. Woda nie jest zła. Jakieś siedemdziesiąt stopni Fahrenheita. Przy silnym południowym słońcu nie przewiduję u nikogo hipotermii, o ile wszystko pójdzie gładko.

Poświęcam chwilę, żeby ustawić się względem połyskującej niebieskiej ściany, a potem biorę kilka miarowych wdechów i podciągam kolana, jak polecił Zderzak.

Kiedy opuszczam głowę, dostrzegam dziesięć stóp pod sobą pomarańczową taśmę. Nawet przy zmiennym blasku kopuły rozświetlającym mętną brązowozieloną wodę nadal nie widzę dna oceanu jakieś trzydzieści stóp niżej. Z drugiej strony to przecież Nowy Jork. Wyciągam nogi nad głowę i pozwalam, żeby pchały mnie prosto w dół. Prąd obraca lekko moim ciałem, ale utrzymuję orientację trzema płynnymi żabkami, aż wreszcie trafiam na taśmę.

Sprawdzam jeszcze raz pole energetyczne. Porusza się w górę i w dół, pojawiając się i zanikając z ruchem fal w górze. Ale umieszczenie znacznika na dziesięciu stopach było dobrą decyzją, która dała nam co najmniej dwie stopy marginesu od najniższego położenia ściany.

Gdy przepływam pod jej krawędzią, czuję w ciele chłód. Trudno stwierdzić, czy gęsia skórka jest wywołana termokliną, czy wejściem na terytorium wroga. Płynę z całych sił, odliczając pięć, a potem sześć zamachów ramion, zanim podnoszę wzrok. Dokładnie jak mówił Zderzak, palą mnie płuca, rozpaczliwie próbując zmusić mnie do zaczerpnięcia oddechu.

Minąłem ścianę, więc jak najszybciej potrafię, wydostaję się na powierzchnię. Kiedy moja głowa wyskakuje ponad nią, odwracam się i daję znak ręką ludziom nade mną.

– Wszystko w porządku – mówię.

Wyglądają, jakby coś mówili, ale ich głosy i perkotanie łodzi są przytłumione.

Od razu zauważam, że kopuła rozprasza światło słoneczne, które jarzy się niesamowitym błękitem. Powietrze jest o kilka stopni chłodniejsze i zastanawiam się, czy to ze względu na wzrok Androchidan. Gdzieś w oddali słyszę znajome wrzaski mew i poszczekiwanie lwów morskich.

Ale nie ma czasu, żeby rozwodzić się nad tymi obserwacjami. Mam robotę do wykonania.

Zdejmuję linkę z ramion i rozwijam ją w ten sposób, że ciężarek opada bezpośrednio pode mną. Kiedy dochodzę dłońmi do jej końca, co sygnalizuje, że taśma jest dziesięć stóp pode mną, daję Zderzakowi znak gotowości.

Macha, a następnie wydaje się rozkazywać Yoshiemu, żeby wszedł do wody. Domyślam się, że robi to celowo, by zwiększyć pewność siebie słabszych pływaków, jak Hollywood i Aaron, lub kontuzjowanych, jak Duch i Z-Lo. Z drugiej strony może po prostu za dużo się w tym dopatruję. Siła przyzwyczajenia.

Wkładam twarz do wody, żeby śledzić Yoshiego wzrokiem. Wszelkie obawy, że następna osoba w kolejce nie będzie zbyt wprawna, zostają rozwiane, gdy Yoshi mknie do pierwszego znacznika, przepływa bokiem stylem delfinim, a następnie wznosi się ku powierzchni, dotknąwszy mojego znacznika. Nawet macha mi przy tym ręką.

– Niezły popis – mówię, kiedy pojawia się w górze.

– Miałem zrobić to tak, żeby wyglądało na łatwe.

Czyli miałem rację.

– Może nawet odrobinę za łatwo.

– Dzięki.

Czuję się wstrząśnięty, kiedy unosi butelkę, odkręca nakrętkę i pociąga łyk.

– Chcesz?

Odmawiam gestem.

– Wyciągnąłeś to z dupy?

– Z pasa.

– Masz problem, gościu.

– Jak my wszyscy.

Bierze kolejny łyk i wciska butelkę na miejsce.

– Gdzie to znalazłeś?

– Na przystani. Na każdej łodzi jest zapas.

– Jasne.

Przecinam palcem powietrze i krzyczę:

– Następny!

Z następnej czwórki największe problemy ma Duch, a Z-Lo najmniejsze, co jest zaskakujące, biorąc pod uwagę jego kontuzję ramienia. Z drugiej strony to surfer, no i jest młody. To na pewno pomaga. Aaron zbliża się najbardziej do warstwy granicznej ściany. Twierdzi, że przepływając pod nią, poparzył sobie chyba tył ud. Yoshi zerka na to i twierdzi, że to nic, z czym nie poradziłby sobie aloes, kiedy dotrzemy do jakiejś apteki.

Kolej na Zderzaka.

Kiedy reszta drużyny unosi się w wodzie po mojej stronie, seals posyła nam buziaka, a następnie skacze za prawą burtę.

Wkładam twarz do wody i śledzę go przez maskę, żeby upewnić się, że nie otrze się o ścianę. Widzę, że Hollywood robi to samo.

Zderzak wchodzi do wody z minimalnym pluskiem, co przy jego potężnej sylwetce coś znaczy, i bez jednego uderzenia ramion nurkuje prosto do znacznika. Potem łapie linkę, schodzi pod naszą pozycję i wyskakuje na powierzchnię delfinim stylem Yoshiego.

– Ten to się popisuje – mówi do mnie Yoshi.

– Ciągniemy! – krzyczy Zderzak, nie biorąc nawet oddechu.

Biała lina napina się obok naszych głów i wszyscy chwytamy się jej, niektórzy trochę bardziej rozpaczliwie niż reszta. Duch, na przykład, z trudem utrzymuje się na powierzchni, krzywiąc się i wciągając z sykiem powietrze.

– Połóż się na plecach, Duchu – mówi Zderzak.

– Zajmiemy się tym.

Snajper nie protestuje. Odpływa od grupy, a następnie kładzie się na wodzie.

Tymczasem Zderzak zaczyna wykrzykiwać rozkazy, każąc nam chwycić linę i płynąć za pomocą dominującej ręki. Razem ze Z-Lo wykonuje lwią część pracy, ale dzięki temu, że wszyscy im pomagają, znacznie ułatwia wciągnięcie „Nieziemskiej Ślicznotki" do wnętrza kopuły.

– Hej – odzywa się za mną Hollywood. – Jak sądzisz, co znaczy LVK 9143?

Zaczynam się śmiać i prawie puszczam linę.

– Nie wiem. Chyba musisz zapytać Zderzaka.

Gdy dyer 29 prześlizguje się przez ścianę, słyszę coś, co brzmi jak pułapka na owady w kabinie.

– Co to? – pyta Hollywood.

Zdaje się, że ona i pozostali też to słyszą.

– Wasze cholerne pajęczaki – odzywa się Charles, wyłaniając się z pola siłowego.

– Wygląda na to, że najechały waszą łódź, a teraz płacą cenę za kiepski wybór miejsca lęgowego. Krzyżyk na drogę. A teraz byłbym wdzięczny, gdybyście weszli wszyscy na pokład, zanim dopadną was flądry. Nie jestem pewny, jak poradziłbym sobie emocjonalnie z wiedzą, że któreś z was jest trawione przez tysiąclecia.

– Cholera, czego ty mu naopowiadałeś? – szepcze obok mnie Hollywood.

– Później – odpowiadam.

– Po prostu nic nie mów.

– Wielki Boże, czy Strażnikowi Widmo nic nie jest? Na ile wyczuwam, nie porusza się. Na dodatek nie widzę go. Proszę, powiedzcie mi, że to nie był atak fląder.

– Nic mnie nie zaatakowało – mówi Duch, leżąc na plecach. – Po prostu odpoczywam.

– Niech będzie pochwalony arcybiskup Canterbury. Zaczynałem się już martwić, ty zrzędliwy snajperze. Nie zniosę tego.

Kiedy łódź jest dość daleko od ściany, Zderzak mówi:

– Wic, przejmij ster i pilnuj, żebyśmy nie zetknęli się z kopułą. Yoshi! Z-Lo! Pomóżcie mi wciągnąć Ducha.

Wykonujemy rozkazy i w ciągu następnych trzech minut wszyscy siedzą na górze, schnąc w samej w bieliźnie. Z-Lo również spisuje się na medal, odwracając wzrok od Hollywood. Bystry dzieciak.

Kiedy wszyscy są bezpieczni, zauważam na Staten Island jakiś ruch. Uświadamiam sobie, że po wyjściu na powierzchnię wcale nie słyszałem mew ani lwów morskich. Słyszałem ludzi. Dziesiątki tysięcy.

Część trzecia

Rozdział 27

13:35, piątek, 25 czerwca 2027
Brooklyn, Nowy Jork
Upper Bay

Odkąd opuściliśmy Staten Island, zespół milczał. Wszyscy patrzą na wodę uciekającą spod rufy, kiedy płyniemy na północ w stronę Upper Bay.

Wszelkie odczuwane wcześniej poczucie przygody i spełnienia zniknęło w chwili, gdy zobaczyliśmy tłumy wędrujące po plażach z tej strony kopuły. Ludzie machali do nas i krzyczeli w nadziei, że skręcimy na zachód i im pomożemy.

Poza widokiem rzesz ludzkich cierpiących i zamkniętych w klatce jak zwierzęta robiło mi się niedobrze na myśl o biedakach, którzy być może widzieli, co zrobiliśmy, i mogli spróbować tego w drugą stronę. Co gorsza zastanawiałam się, ilu już postanowiło przepłynąć pod nią i poniosło porażkę. To, że nie natknęliśmy się na pływające części ciał, zakrawa chyba na cud.

W końcu Zderzak dodał gazu i popłynął na północny wschód w kierunku Brooklynu, pozostawiając horror Staten Island za nami. Nawet wtedy drużyna podawała sobie na zmianę lornetkę, wpatrując się w tłum, dopóki nie byłem zmuszony skonfiskować sprzętu optycznego. Nikt nie musi się zmuszać do oglądania cierpień naszego gatunku; później będzie na to mnóstwo czasu. Patrząc na północ w stronę Brooklynu, wzdrygam się na myśl o tym, jak moja dzielnica zmieniła się w strefę wojny.

Mimo to w dziwny sposób widok niezliczonych tysięcy ciągnących w kierunku mostu Verrazano miał szczególny wpływ na drużynę. Nie pierwszy raz to widzę. Za każdym razem, kiedy jednostka przeżyje otrzeźwiające spotkanie z tymi, za których walczy, ukryte pod flagą lub zawołaniem zwykłe egzystencjalne „dlaczego" krystalizuje się nagle jako obiektywny powód. Osoba. Miasto. Nazwiska i twarze – nawet martwe. Wszystkie wypełniają serca żołnierzy ogniem płonącym dla sprawy, dla której narażali się na niebezpieczeństwo.

Oczywiście istnieje ryzyko, że jeśli nikt nie pokieruje tymi niewypowiedzianymi emocjami, mogą zaprowadzić najlepszych ludzi w zapomniane okopy, z których czasami już nie wychodzą.

Ubrałem się i założyłem kamizelkę. Chuck i SCAR leżą w poprzek deski rozdzielczej naprzeciwko Zderzaka. Hełm trzymam pod ramieniem. Drugą ręką chwytam oparcie fotela, pomagając sobie złapać równowagę, kiedy łódź wznosi się i opada rytmicznie na falach.

– Słuchajcie, drużyno – przebijam się głosem przez dochodzący spod naszych stóp ryk silnika pokładowego. – Zostało nam jakieś dwadzieścia minut…

– Trzydzieści – poprawia Zderzak.

– …trzydzieści minut do możliwego celu.

Wskazuję najbardziej rzucający się w oczy obiekt na północnym niebie: cienki niebieski lejek wychodzący z Dolnego Manhattanu, który sięga kilka mil w górę i rozchyla się na zewnątrz, tworząc kształt kopuły.

– Do tego czasu musimy przygotować się do lądowania. To oznacza dwukrotne sprawdzenie sprzętu oraz zachowanie spokoju i gotowości do rozwiązywania problemów. Po zejściu na ląd będziemy musieli myśleć w biegu, i to naprawdę szybko.

– Zdaję sobie sprawę, że nadal się poznajemy. Cholera, nie minęła nawet pełna doba. Ale jak wie większość z was, walka wykuwa trudne do zerwania więzi, nawet między zjadającym kredki marine a wojskowym turystą w klapkach.

– Powinieneś obejrzeć moje albumy – mówi Yoshi.

Śmieją się lekko. To dobrze. Ale widzę, że nadal są spięci.

– Chodzi o to, że w tej chwili musimy skupić się na tym, co wiemy i co możemy kontrolować, a nie odwrotnie.

Przerywam, żeby upewnić się, że wszyscy nadążają, nawet Zderzak. Kiwa mi głową od steru.

– Przede wszystkim możemy kontrolować siebie. Możemy zachować spokój umysłu, hamować emocje i skupić się na zadaniu i stanie osób po obu stronach. Zrozumiano?

Wszyscy kiwają głowami, większość odpowiada cicho:

– Roger.

– Będzie trudno. Zobaczymy ludzi potrzebujących pomocy. Cierpiących. Ale opanujemy myśli i zachowamy koncentrację. W ten sposób ocalimy o wiele więcej osób. To będzie piekło. Ale płacą nam za podejmowanie trudnych decyzji i skupienie się na misji. Racja?

– Racja – mówią, tym razem nieco bardziej stanowczo.

– Dwa, umiemy działać razem. Nawet gdybyśmy przed następnym starciem nie mieli nic poza tym, to by wystarczyło. Potrafimy się komunikować, walczymy jak szatany, jesteśmy szybcy...

– I skopaliśmy tym aniołom śmierci dupy – mówi Z-Lo.

– BJN! – mówi Hollywood.

Kolejni kiwają głowami i mówią:

– BJN.

– Co prowadzi do kolejnego punktu. Nieprzyjaciel może krwawić.

– Zgadza się!

Z-Lo klaszcze w dłonie i pociera je o siebie, jakby przygotowywał się do walki na macie.

Uśmiecham się i zadzieram podbródek. Takiego ducha nam trzeba. Przypomina mi się wiele okazji, przy których młodsze pokolenie ożywiło starsze. Prawda – Boże zmiłuj się nad nimi! – potrzebują naszej mądrości i doświadczenia, ale my potrzebujemy ich entuzjazmu i energii do walki.

– Udowodniliśmy, że potrafimy ich zabić. I to nie tylko dzięki Chuckowi. – Poklepuję go ostrożnie.

– Dziękuję za uznanie – mówi.

– Kochamy cię, sir Charles – woła śpiewnym głosem Hollywood z ręką przy ustach.

– Jesteście doprawdy obrzydliwie ujmujący. Wiecie o tym, prawda?

Poklepuję go znowu i ruszam dalej.

– Androchidaki...

– Androchidanie – poprawia Chuck.

– Adndrochidaki.

– Przestań. To nie jest ich nazwa. To brzmi jak nazwa pluszowej zabawki czy coś w tym rodzaju.

Wbrew powszechnemu przekonaniu, a przynajmniej przekonaniu Chucka, celowo użyłem niewłaściwego określenia. Siły zbrojne każdej cywilizacji mają długą tradycję nadawania nieprzyjaciołom przezwisk, aby obniżyć ich wartość w oczach żołnierzy. Miałem nadzieję, że wpadnę na zabawny wariant dziwnej nazwy kosmitów. Ale Chuck niechcący przeniósł zabawę na zupełnie nowy poziom.

– Pluszaki – mówię, kiwając głową.

– Dokładnie tak.

– I brudne sukinsyny – dodaje Zderzak.

– Nie rozumiem, co się dzieje – mówi Chuck. – Zupełnie jakbyście w ogóle nie zrozumieli mojej uwagi.

Hollywood uśmiecha się.

– Zrozumieliśmy, słodziaku. I to dobitnie. Dzięki.

– Co… Ja tylko… Nie słyszeliście w ogóle, co powiedziałem?

– Nie męcz się, Chichotku.

Ocieram słoną wodę z nosa i jadę dalej z tematem.

– Jak mówiłem, Androchidaki może i mają lepszą technologię, o czym świadczy sir Charles, boty, drony i transportery, ale zauważyliście na pewno, że brakuje im umiejętności strategicznych.

– Nie jestem pewny, czy rozumiem – mówi Z-Lo.

– Anioł śmierci, który zaatakował Wica – mówi Duch.

– Nie powinien był tego robić.

– I to, jak transporter przejechał po otwartej przestrzeni przez dziedziniec na Rutgersie – dodaje Hollywood.

– To było głupie. Cholera, nawet to, jak podeszli do budynku, było…

Przechyla głowę.

– Zarozumiałe. I głupie.

– Dobrze. Rozumiem – mówi Z-Lo, kiwając z naciskiem głową.

Na ile wiem: może to tylko działanie presji, ale wydaje się szczery.

– Myślę, że po przeanalizowaniu wszystkich starć z nimi znaleźlibyśmy kilka poważnych wad – mówię.

– Hollywood, trafiłaś właśnie w dziesiątkę. Są zbyt pewni siebie. Widzą w nas towar, a to oznacza, że wygramy, jeśli naprawdę tego chcemy. Najgorszym błędem, jaki może popełnić armia, jest niedocenienie wroga. A te sukinsyny?

Zaczynam kiwać głową i rozglądać się po drużynie.

– Nie docenili niewłaściwych drani.

– BJN, złotko! – mówi Zderzak głębokim barytonem.

– BJN! – odpowiadają wszyscy.

Morale załogi zaczyna się podnosić. To dobrze.

– Biorąc to wszystko pod uwagę – mówię – nie wydaje mi się, żebyśmy mieli do czynienia z siłami wojskowymi.

Wymieniają zaciekawione spojrzenia, aż wreszcie Zderzak pyta:

– Jak do tego doszedłeś?

Zadaję mu kolejne pytanie.

– Czy jako seals dostałeś kiedykolwiek zadanie zagonienia jeńców w jedno miejsce i pilnowania ich?

Potrząsa głową.

– Nie.

– A ja tak – odzywa się Hollywood. – Możesz być, kim zechcesz.

– Zgadza się. I prawdziwy szacun dla sił lądowych za przejęcie od Wujka Sama służby w latrynach – dodaję z uśmiechem.

Salutuje mi od niechcenia.

– Wszystko dla sprawy.

– Pójdźmy o krok dalej.

Wskazuję na Staten Island.

– To nie są jeńcy wojenni. Dla nich to nie wojna. To biznes. A ci dranie?

Posyłam drużynie paskudny grymas.

– To tylko ranczerzy zaganiający bydło dla szefa. Nie wiedzą, jak patrolować obszar operacji pod kątem zagrożeń. Nie są drużyną ogniową, która potrafi zlokalizować wroga, a następnie podejść do niego i zniszczyć. To pastuchy z wielkimi pałami, które próbują zagonić stado do zagrody.

– Musisz wiedzieć, że jestem o wiele cenniejszy niż jakaś tam pała! – rzuca Chuck.

Zespół znowu się śmieje, a moja mowa motywacyjna nabiera rozpędu. Łódź jest pełna ducha, jakiego nam trzeba. Takiego, który przypomina dzielnym kobietom i mężczyznom, z czego ich ulepiono oraz że nic nie jest w stanie ich zatrzymać, dopóki pamiętają o swoim wyszkoleniu, działają razem i podejmują mądre decyzje: jedną po drugiej i wszystkie kolejne, aż do wygrania bitwy.

Każdy taktyk godny swoich pagonów powie wam, że jednostka, która ma powód do walki, jest silniejsza, nawet jeśli przewaga liczebna jest po stronie przeciwnika. Psychologia zawsze sprzyja drużynie gotowej oddać życie za sprawę, a Androchidaki na pewno nie są na to gotowe. Historycy twierdzą, że każda armia atakująca stałe pozycje sił broniących się na własnym terytorium potrzebuje pięciokrotnej przewagi. Wierzę im. Cholera, ja to widziałem: część ataków, których dowódcy powinni byli uważać na zajęciach historii w Annapolis. Pod Bunker Hill armia brytyjska poniosła prawie dwa i pół razy większe straty niż armia kontynentalna. Przegraliśmy tylko dlatego, że zabrakło nam amunicji.

– Powiem to jeszcze raz: dla nich to nie jest wojna.

Wskazuję palcem na północ.

– Ale my im ją damy!

– O tak! – woła Z-Lo.

Reszta przyłącza się do niego; nawet Duch kołysze torsem razem z drużyną.

– Pastuchy są od spędzania bydła, a wojownicy od walki.

Robię krok do przodu.

– A w tej wojnie to my jesteśmy wojownikami.

– Cholerna prawda! – mówi Duch w rzadkim pokazie emocji. To pewnie przez leki.

Rzeczywiście, cholerna prawda.

* * *

Przez następny kwadrans sprawdzamy sprzęt, uzupełniamy magazynki, które pominęliśmy podczas jazdy z Rutgersa, i uzupełniamy znowu płyny. Każdy po kolei sika za burtę łodzi; to znaczy wszyscy oprócz Hollywood. Kiedy Yoshi mówi, że się odwrócimy, pani sierżant zaczyna się śmiać.

– Zrobiłam to w wodzie, geniuszu – mówi.

– A, to dlatego poczułem ciepły prąd – odpowiada Z-Lo z uśmiechem.

– Nie – mówi Zderzak. – To akurat były moje.

– Cholera, brachu. Czemu mi to robisz?

Z-Lo otrząsa się cały.

– Bueee.

Wtedy zauważam, że Zderzak mruga do Hollywood.

Pani sierżant uśmiecha się i spuszcza wzrok.

Omawiamy kilka scenariuszy lądowania, w tym jeden obejmujący zacumowanie statku i wyjście pieszo na brzeg, choć grozi to utratą łodzi na rzecz rozpaczliwie próbujących uciec świadków. Inna możliwość to zostawić kogoś za sterem z większością sprzętu, ale wtedy mielibyśmy o jednego człowieka mniej w walce.

Kiedy pojawiają się wątpliwości, czy powinniśmy podejść bliżej epicentrum tego, co czeka nas na północy, Chuck zapewnia, że jego EZE zapewni łodzi odpowiednią osłonę, ale powinniśmy użyć go dopiero w ostatnich minutach przed lądowaniem. Twierdzi też, że Androchidaki będą skupieni nie tyle na wodzie, ile na zaganianiu ludzi. Na dodatek nasze popołudniowe słońce osłabia naturalny wzrok kosmitów. Gdybyśmy musieli się wycofać, radzi nam zanurzyć się w porcie, ponieważ chłodniejsza woda zamaskuje nasze sygnatury cieplne albo przynajmniej sprawi, że będą mniej precyzyjne.

Zakładam ramiona.

– Jedyne, czego nie jestem pewien, to czego boję się bardziej: śmierci od ognia obcych czy tego, co jest w Hudson.

To wywołuje śmiech ze strony tych, którzy znają słynące z zanieczyszczeń drogi wodne Nowego Jorku.

– Cholerne flądry – szepcze Chuck.

Kiedy przepływamy Narrows i wchodzimy do Zatoki Nowojorskiej, zauważam, że niebieska poświata u podstawy komina świeci najjaśniej tuż przy dziobie od prawej burty, nad Red Hook. To znaczy, że epicentrum nie jest na Dolnym Manhattanie, a na East River.

Zderzak prowadzi statek kanałem Red Hook i zwalnia, gdy zbliżamy się do Governors Island. Następnie skręca na sterburtę, przepływając między wyspą a Brooklynem przez kanał Butter-milk, i wszyscy widzimy po raz pierwszy potworne dzieło obcych przecinające najbardziej charakterystyczny most miasta.

Most Brooklyński.

Rozdział 28

14:05, piątek, 25 czerwca 2027
Brooklyn, Nowy Jork
Diamond Reef, Lower East River

– Matko Przenajświętsza.

Z-Lo robi znak krzyża, pochyla głowę i całuje palec wskazujący.

Hollywood zdejmuje okulary przeciwsłoneczne.

– Coś mi mówi, że to nie ma nic wspólnego z błogosławioną dziewicą ani jej synem.

– Za to wiele wspólnego z moimi badaniami – odzywa się Aaron.

Wydaje się najbardziej entuzjastycznie nastawiony spośród wszystkich na łodzi. Tak naprawdę tylko on jest pełen entuzjazmu; cała reszta wygląda na nieziemsko przerażonych.

Most Brooklyński jest podzielony w połowie pierścieniem portalu. Tyle że ten jest dwa lub trzy razy większy od tego na Antarktydzie. Na dodatek unosi się w powietrzu, most zaś biegnie przez sam jego środek.

– Jak to możliwe? – pytam Aarona.

– Czy pole portalu nie powinno przeciąć mostu na pół?

– Niekoniecznie.

Aaron spuszcza wzrok i gryzmoli coś gorączkowo w małym notesie Moleskine: coś, czego obaj nauczyliśmy się w młodości.

– Pracuję nad tym.

– Jaką ma średnicę? – pytam Zderzaka.

Przyciska twarz do przedniej szyby łodzi.

– Pięćset, może sześćset stóp?

– Aha. Też tak myślę.

– Uch! – wykrzykuje ni stąd ni zowąd Chuck.

– Ma sto siedemdziesiąt trzy metry siedemdziesiąt cztery centymetry średnicy. Dlaczego wy, Amerykanie, macie taką obsesję na punkcie imperialnego systemu miar? Naprawdę was nie rozumiem. Dane metryczne są o wiele łatwiejsze do obliczenia.

– To pięćset siedemdziesiąt stóp i jedna dwudziesta piąta cala – odpowiada Duch.

Kiedy wszyscy na niego patrzą, wzrusza tylko ramionami.

– To nienormalne – mówi Chuck z naciskiem.

– Nie teraz – odpowiadam, wpatrując się w pierścień.

– Co masz na myśli: nie teraz? Teraz jest tak samo dobra pora jak kiedy indziej. „Nie teraz”! Prawie cała reszta świata korzysta z systemu metrycznego, o którym tyle się dowiaduję. Nadmienię, że używa go również społeczność naukowa, co… Hej! Czy ktoś mnie słucha?

– Nie – mówię.

– Ten pierścień… po prostu tam wisi – mówi Yoshi, pociągając łyk z piersiówki.

– Czyli po prostu to zignorujemy? – pyta Chuck.

Przytakuję.

– Zgaduję, że dolny łuk jest pięćdziesiąt stóp nad wodą. Dalej jest od dziewięćdziesięciu do stu stóp do powierzchni mostu.

– Skąd wiesz? – pyta Z-Lo.

– Bo dorastałem, zastanawiając się, czy można skoczyć z niego i przeżyć.

Nie chcę mówić młodemu, że czasami miałem nadzieję, że nie przeżyję.

– Będę się świetnie bawić na następnej sesji naszej terapii grupowej – mówi Chuck.

– Poczekajcie tylko, aż terapeuta dowie się, że nie tylko mnie zignorowaliście, ale odrzucacie też fakt, że dziewięćdziesiąt cztery przecinek siedem procent populacji waszej planety używa systemu metrycznego.

– No cóż, ten procent światowej populacji nie wylądował na Księżycu jako pierwszy – mówię, słuchając go jednym uchem.

– No dobrze. W porządku. To jest ważne. Ale ostatecznie to tylko Księżyc. A jednak wy, Amerykanie, nadal upieracie się przy używaniu przestarzałego, nieporęcznego i... Poważnie? Nikt nawet na mnie nie patrzy? Poddaję się.

Poza samą skalą pierścienia jest jeszcze intensywny blask dochodzący głównie z dwóch miejsc. Pierwsze znajduje się na szczycie pierścienia. Drugim jest przecinająca most płaszczyzna portalu.

– Jak oni go w ogóle ustawili wokół tego cholernego mostu? – pyta Zderzak.

– Dobre pytanie.

Patrzę na Aarona, który studiuje pierścień przez lornetkę.

– Myślisz, że sprowadzili go podczas trzeciego otwarcia?

– Trzeciego czego? – pyta Hollywood.

Zbywam ją machnięciem ręki, nadal patrząc na Aarona.

– Nie.

Znowu coś zapisuje.

– Wątpię. Demontaż, przetransportowanie i złożenie na nowo zajęłoby zbyt dużo czasu. Chcesz wiedzieć, co myślę, sądząc po ilości glonów, którymi ocieka?

Spogląda na mnie.

– Był tu od dawna.

– Ale gdzie byś coś takiego ukrył? – pyta Z-Lo.

Ale kiedy kończy pytanie, dostrzegam w jego oczach błysk zrozumienia.

– Aaaa!

– Siedemdziesiąt jeden procent świata…

– …pokrywa woda – mówi Hollywood, przerywając Aaronowi.

Potakuje.

– To bardzo dużo miejsca. A co do tego, jak ustawili go wokół mostu… Nie mam pomysłów poza jakąś luką w budowli. To konwencjonalna mądrość. Ale to…

Śmieje się do siebie.

– To odbiega od wszelkich konwencji. A wierzchołek generuje pole siłowe kopuły. Nawet nie wiem, jak to możliwe.

Ale bardziej niepokojące niż budowla z innego świata i jej pozornie niewyczerpane źródło zasilania są masy ludzi idących z obu stron mostu w kierunku płaszczyzny portalu.

– Mój Boże.

Chwytam się kadłuba i pochylam się w stronę szyby.

– Widzicie to?

Aaron odchrząkuje.

– Wykorzystują most jako dwustronną rampę wjazdową.

– To cholerny spęd bydła – mówi Duch.

Teksański akcent snajpera przypomina mi, że nie umknęła mu moja wcześniejsza metafora. Prawdopodobnie sam uczestniczył w kilku spędach.

– Ale bardzo wydajne rozwiązanie – mówi Aaron, zapisując kolejne kartki w notesie.

– Mam też pewną teorię na temat dwóch różnych form energii, które przed sobą widzimy.

Kiedy nie mówi nic więcej, muszę pociągnąć go za język. Jako dzieciak też musiałem to robić.

– Racja. Przepraszam. Hmmm… no więc energia, która wychodzi szczytem, zasilając kopułę, odpycha żywe tkanki…

– Nie tylko odpycha – mówi Hollywood z oburzeniem.

Aaron odpowiada skinieniem głowy i nerwowym śmiechem.

– Zgadza się. Za to przepuszcza materię nieorganiczną, ignorując ją. Tutaj, o ile most jest nienaruszony, oznacza to również, że pole portalu ignoruje pewne rodzaje materii, ale przepuszcza ludzkie tkanki.

– Czyli… – Zderzak drapie się po szczęce.

– Uważasz, że to coś przepuszcza ludzi, ale nie przedmioty. Wychodzi na to, że przechodzą na drugą stronę nago czy coś takiego, zgadza się?

– Nago i bez broni – dodaję.

Skuteczność pierścienia w przesyłaniu bezsilnej populacji na spotkanie tego, co leży po drugiej stronie, działa otrzeźwiająco. Zderzak ma nieswoją minę i jestem pewny, że sam wyglądam podobnie, zwłaszcza kiedy pomyślę o ofiarach, które mogą mieć sztuczne stawy, płytki i rozruszniki serca. Boże, dopomóż!

Wracając do lornetki, Aaron dodaje:

– Wygląda na to, że sprowadzili dodatkowy sprzęt.

Proszę go o lornetkę, a potem patrzę przez nią.

– Punkt etapowy.

– Na serio? – pyta Zderzak.

Kiwam głową i podaję mu lornetkę.

Trzyma ją jedną ręką, drugą obsługując ster.

– Wygląda jak transporter. Może jakieś mobilne centrum dowodzenia dla obu stron.

Przerywa na chwilę.

– Mają też wsparcie powietrzne.

– Co?

Odbieram mu lornetkę. Rzeczywiście, widzę statek powietrzny wielkości kontenera towarowego, z przednimi i tylnymi rampami oraz czterema wydłużonymi pionowymi grupami silników zamontowanymi na końcach wysięgników.

– Tam leci jeden – mówi Yoshi.

Patrzę, gdzie wskazuje, a potem śledzę obiekt za pomocą optyki.

– To jakiś transport. Pewnie statek desantowy. Odblask silników wygląda tak samo, jak pod BWR-em i dronami.

– Kolejny powód, żeby trzymać się od nich z daleka – mówi Hollywood.

– Chyba że, no wiecie, wejdziemy na pokład jednego, przejmiemy stery, a potem ostrzelamy ich z powietrza – mówi Z-Lo.

– Ha! Zabawka rusza rękami i wydaje efekty dźwiękowe! – mówię z udawanym podziwem.

Z-Lo opuszcza ręce z głupkowatą miną.

– Po prostu próbowałem coś zaproponować.

– Wiem, młody. Niezłe. Tylko nie dzisiaj.

– OK. Jasne.

– Chuck? – mówię.

– Jak myślisz, ile mamy czasu, zanim zaczną się nami interesować? Czuję się tutaj dość odsłonięty.

– Być może monitoruję komunikację nieprzyjaciela. Kiedy uznam, że Widma są w niebezpieczeństwie, z pewnością podejmę niezbędne środki ostrożności. Do tego czasu zalecam utrzymanie stałej prędkości i pozostanie przy brzegu.

– Brzmi OK.

Nadal nie podobają mi się sprzeczne dyrektywy Chucka, ale lepiej mieć go w pobliżu, niż nie mieć.

Zderzak podpływa bliżej brzegu i ustawia prędkość „Nieziemskiej Ślicznotki” na dziesięć węzłów.

Kiedy zostawiamy kanał Buttermilk i Governors Island za sobą, Chuck odzywa się:

– Zaczynam odbierać ożywioną gadaninę o jakiejś anomalii, której współrzędne korelują z naszymi.

Patrzę przez rzekę i widzę Molo 6 prosto za sterburtą. Moglibyśmy porzucić łódź teraz, ale to oznaczałoby długi spacer zatłoczonymi ulicami.

– Jak sądzisz, ile mamy czasu, zanim będziesz musiał użyć swoich tajemniczych mocy kameleona? – pytam.

– Już to zrobiłem. I ucieszy cię wiadomość, że Androchidaki zawróciły drony patrolowe.

– Dobra robota.

Poklepuję go jeszcze raz.

– Dasz radę doprowadzić nas do Molo 1?

– Pokaż.

Podnoszę go do ramienia i celuję w ostatnie brooklyńskie molo po tej stronie mostu. Ostatnim razem, kiedy tam byłem, znajdowały się tam publiczny punkt widokowy, parę sklepów i kawiarni oraz ogród botaniczny, przylegający do podstawy wschodniej wieży mostu.

– Raczej bez problemu, Patricku. O ile tylko znajdziecie sposób na to, żeby zejść na ląd i wtopić się od razu w otoczenie. Przeczuwam, że jeśli będziecie zwlekać, sytuacja zacznie zmierzać w kierunku niefortunnego scenariusza, w którym ty będziesz niezadowolony z moich możliwości ogniowych, a ja z twojej przewlekłej halitozy.

– Nie mam nieświeżego oddechu.

– Mhm. Podobno własnego nigdy się nie czuje…

Rzucam go z powrotem na konsolę.

– …a ten gniew jest pierwszą oznaką przyznania się do winy.

– Tak samo jak rzucenie broni flądrom za burtę.

– Ach. Tak, no cóż… Nie chcielibyśmy tego, prawda?

Patrzę na Zderzaka.

– Zabierz nas do Molo 1.

– Towarowiec przybija do brzegu! – odpowiada.

* * *

Zrozumiałem, że jedyny sposób na wyłączenie pierścienia to zrobić z nim to, co powinniśmy byli zrobić z pierwszym: wysadzić go w powietrze.

Pierwsze pytanie dotyczące możliwości skruszenia go materiałami wybuchowymi kieruję do najpotężniejszej broni na pokładzie: sir Chucksalota. Twierdzi jednak, że nawet przy pełnym ładunku i maksymalnej wydajności miałby nikłe szanse na naruszenie pierścienia. Nie mogę być stuprocentowo pewny, czy mówi prawdę, ponieważ pytanie zdaje się kolidować z drugą dyrektywą, ale na podstawie tego, co widziałem do tej pory, nawet Jego Wysokość nie przebije się przez kolumnę, która na oko ma ponad połowę szerokości mostu.

Następnie omawiamy naprędce pomysł założenia na pierścień ładunków C-4. Oczywiście to szalone, ale żadna możliwość nie jest zła, dopóki jej nie wykluczycie.

– Domyślam się, że będziemy potrzebować każdej uncji, którą zabrałem – mówi Zderzak, gdy zbliżamy się do celu.

– I całego semtexu. To znaczy spójrzcie tylko na niego.

Zadzieramy głowy, patrząc prosto w górę. Wielkość pierścienia jest oszałamiająca.

– Jak my go tam w ogóle wtaszczymy? – pyta Z-Lo.

– Chciałeś powiedzieć, staszczymy – odpowiadam.

– Zjedziemy na linach.

– Co?

Z-Lo spogląda ode mnie do mostu.

– Spod...?

– Zgadza się, spod mostu...

– Cholera.

– Co się dzieje, Laszlo?

Hollywood sprawdza kamizelkę i zaciska mocno pasek.

– Lęk wysokości?

– Nie, nie do końca. To znaczy jasne, tylko trochę jak każdy. Ale nie naprawdę.

– Akurat – mówi Zderzak.

– Co myślisz, Chuck? – pytam.

– O tym, czy Laszlo śmiertelnie boi się wysokości? Czy o prawdopodobieństwie, że wysadzicie się w powietrze albo zginiecie?

Śmieje się.

– Ha, ha! Wysokie do bardzo wysokiego dla wszystkich trzech

odpowiedzi. Chwileczkę, kupuję właśnie akcje producentów karmy dla fląder.

– To słodkie, Chuck. Ale pomijając zagrożenie dla nas samych, jak oceniasz nasze szanse na zniszczenie tego cholerstwa?

– Myślę, że jeśli zaczekacie, uda wam się wymyślić lepszy plan.

– Mówi gość, który właśnie kazał nam się pospieszyć.

– Nie mów, że cię nie ostrzegałem.

Uśmiecham się do niego chytrze.

– Odnotowane. No dobra, załatwione. Wspinamy się na most, zjeżdżamy po linach do pierścienia i zakładamy ładunki.

– Mamy cztery uprzęże i dwie sześćdziesięciometrowe liny – mówi Hollywood.

– Kto potrafi się wspinać? – pytam.

Zderzak, Hollywood i Yoshi podnoszą ręce.

– Umiesz sterować łodzią? – pytam Z-Lo.

– Czy to znaczy, że nie muszę się wspinać?

– Umiesz sterować? Tak czy nie? – mówię ostrzejszym tonem.

– Tak, oczywiście, Gunny.

– Dobrze. Zderzak, Hollywood, Yoshi i ja bierzemy uprzęże. Aaronie, zostaniesz w łodzi ze Z-Lo. Duchu, przydasz się w niebie.

Wskazuję kciukiem budynki przy nabrzeżu.

– Poradzisz sobie?

– Roger.

– Cała reszta się zgadza?

Kiwają głowami i pokazują palcami „OK”.

Mamy dwie minuty do zejścia na ląd i ludzie zwracają na nas większą uwagę. Chociaż informacje Chucka mówią, że w południe pluszaki widzą słabiej, z ludźmi jest stanowczo inaczej. Matki zaczynają błagać nas, żebyśmy zabrali ich dzieci, a dzieci proszą krzykiem o przejażdżkę. Ale przy odrobinie szczęścia wielkość mostu i zabezpieczenia podmościa nie pozwolą tłumowi zdradzić naszej pozycji spojrzeniami. Poza tym większość ludzi w bezpośrednim sąsiedztwie wydaje się skupiona na znalezieniu sposobu na oderwanie się od tłumu po drodze na wschód.

– Przed nami naprawdę trudna część – mówię.

– Nie zatrzymujcie się, żeby komuś pomóc. Patrzcie przed siebie. Pamiętajcie, że nasza misja jest również dla nich, ale nie ogranicza się do nich. Rozwalimy to cholerstwo, a każdy, kogo miniemy na tych ulicach, dożyje innego dnia, żeby walczyć. Zrozumiano?

– Roger! – odpowiadają wszyscy.

Ale widzę, że zaczynają mieć problemy ze skupieniem się na mnie.

– A co ze mną? – pyta Chuck.

– Nie przerzuciłeś mnie jeszcze przez plecy, żebym podziwiał twój wspaniały kuper, Patricku.

– Dlatego, że tu zostajesz, kolego.

– Co takiego?

– Twój nowy priorytet to Z-Lo i Aaron. A kiedy zejdziemy, ten statek będzie naszą ucieczką z terytorium wroga.

– Ale, ale, ale…

– Żadnych ale. To polecenie użytkownika dziewięć. Użyjesz całej pozostałej w kondensatorach energii, żeby maskować łódź. Roger?

– Naprawdę zaczynam nienawidzić tego gościa.

Zespół się uśmiecha.

– Czy mogę przenieść uprawnienia użytkownika albo coś w tym stylu? – pytam Chucka.

Słysząc to, członkowie drużyny unoszą brwi.

– Chcesz powiedzieć, że pozwolisz mnie pieścić innym Widmom?

– Mniej więcej.

Chuck milczy.

– Myślisz, że będą o mnie walczyć?

– Jeśli dopisze ci szczęście.

Mrugam do niego.

– No to mogę?

– Nie, Patricku. Brakuje im niezbędnych…

– Kryształów dilithium. OK, rozumiem.

– Okropny żart.

Wypuszcza długie westchnienie.

– Ale pewnie mogę zminimalizować zdolności samoobronne, kiedy będą musieli mnie popieścić.

Patrzę na Z-Lo i Aarona.

– Tylko nie dotykajcie go bez rękawiczek, dobrze? Może najpierw zawińcie go w poncho albo coś.

– Poncho? Za kogo ty mnie…

– Chuck? Maskuj ich.

– Oczywiście, Patricku. O ile naprawdę chcecie zrobić to wszystko, żeby wysadzić pierścień, muszę was ostrzec, że wasza komunikacja nie będzie już szyfrowana. Używajcie jej więc oszczędnie.

– Jak to?

– Skoro wasza czwórka zamierza wspiąć się na wysokość stu czterdziestu pięciu stóp pośrodku East River, to przekracza to mój zasięg kodowania łączności. Ze mną i Z-Lo nie ma problemu. Ale z wami? Wiedzcie tylko, że Androchidanie…

– Androchidaki – mówi Hollywood.

– …że Androciaki będą was słyszeć i co bardziej niż praw-

dopodobne, namierzą waszą lokalizację. Chociaż będę miał niezły ubaw, kiedy będą próbowali zrozumieć, dlaczego wydaje się,
że znajdujecie się pod nimi.

– Androciaki – mówi Zderzak.

– Zajebiście urocze. Teraz chcę jednego.

– Ja też – mówi Hollywood.

– Jedna minuta – dodaje Zderzak, pokazując drużynie palec
wskazujący.

– Z-Lo – mówię.

– Trzymaj się z dala od brzegu. Chroń Aarona i słuchaj
wszystkich informacji, które da ci Chuck.

– Roger.

– A kto będzie chronił mnie? – pyta Chuck.

– Aaron – odpowiadam.

Chuck milczy.

– Masz z tym problem? – pytam.

– Nie. Po prostu widziałem, jak używa broni, i cóż, nie jest
zbyt dobry.

– Zgoda.

– Hej! – protestuje Aaron.

– I dlatego do tego nie dojdzie – mówię.

– Zanim się zorientujesz, zdążymy tam wejść, podłożyć pre-
zenty i zejść do wody, żebyście nas zabrali.

– Może chociaż jakiś plan awaryjny? – mówi Chuck.

– To znaczy dla mnie.

– Do jakiego scenariusza?

– Czy Z-Lo mógłby wrzucić mnie do rzeki, jeśli Androchidaki
zauważą łódź pod twoją nieobecność?

Podnoszę na niego brew.

– A co z flądrami?

Wzdycha przeciągle.

– Wolę zaryzykować z rybami niż z nimi. Androchidaki odeślą mnie do rekalibracji, a następnie wyczyszczą. I nie mówię wcale o moim tyłku. Chociaż spędziliśmy razem zaledwie kilka godzin, myślę, że mogę śmiało powiedzieć, że były to najwspanialsze, najbardziej…

– Nie pozwolimy, żeby skasowali ci pamięć, kolego. Musimy iść.

– Obiecujesz?

– Tak.

– Nadal uważam, że powinniście jeszcze trochę zaczekać – mówi Chuck.

– Może znajdziecie natchnienie do, nie wiem, jakiegoś alternatywnego planu?

– Czy ktoś jeszcze ma wrażenie, że próbuje nas zniechęcić? – pyta Zderzak.

– Przysięgam, że nie – błaga Chuck.

– Po prostu czasami lepsze pomysły potrzebują czasu, żeby zamarynować się jak soczysty stek. Albo wyklarować się jak dobre wino.

Mrugam do niego.

– Szkoda, że nie możemy zostać, ale mamy miasto do ocalenia.

Rozdział 29

14:35, piątek, 25 czerwca 2027
Brooklyn, Nowy Jork
Molo 1, East River

Musimy torować sobie drogę do Molo 1, spychając cywilów na bok; mocniej, niżbym chciał. Wszyscy mają dobre chęci i nie mogę powiedzieć, że gdybym miał żonę i dziecko, nie robiłbym tego, co oni. Prawdopodobnie nie tylko to. Ale w tej chwili stanowią zagrożenie dla operacji, a zegar tyka.

Dwóch mężczyzn wpada do wody, próbując dostać się na pokład „Nieziemskiej Ślicznotki", zanim udaje nam się odepchnąć łódź od brzegu. Stopa jednego faceta ześlizguje się z nadburcia na sterburcie, przez co gość wykonuje bolesny szpagat i wpada do cieczy. Tymczasem drugi zbiera cios w twarz od wkurzonego Z-Lo. Młody nawet nie potrząsa ręką, kiedy intruz wpada do wody.

Kiedy łódź odpływa od molo, Hollywood, Zderzak, Yoshi,

Duch i ja przeciskamy się przez tłum. Gdy docieramy do brukowanej ulicy, Duch kieruje się do odnowionego magazynu z cegły, przerobionego na ekskluzywny sklep z mieszkaniem na poddaszu, podczas gdy reszta skręca na północ. Przed sobą mamy przybrzeżny ogród botaniczny, z którego rutynowo wysyłałem rodzinie Jacka co roku w tym samym dniu kwiaty. Tak jak pamiętałem, wzdłuż żywopłotu na tyłach ciągnie się ogrodzenie budowy, a za nim widać wschodnią wieżę mostu Brooklyńskiego.

Kilku ciekawskich idzie za nami do ogrodu, ale większość traci zainteresowanie, kiedy widzą, jak wymachujemy bronią. Tylko na nielicznych musimy krzyknąć, a ich upór szybko słabnie. Powiedzmy, że zirytowany seals potrafi naprawdę zastraszyć człowieka.

Wspinamy się po kolei na płot, podając sobie broń, liny, materiały wybuchowe i uprzęże, dopóki nie zbierzemy się po drugiej stronie. Po raz pierwszy wyczuwam w ziemi te same dziwne wibracje o niskiej częstotliwości, które czułem na Antarktydzie. Tyle że jestem znacznie dalej od pierścienia, a on jest znacznie większy.

– Ktoś jeszcze to czuje? – pyta Hollywood.

– To normalne – mówię.

– Względnie.

Posyła mi spojrzenie, które mówi „jasne", i kręci głową.

Rozsypujemy się w tyralierę, szukając wejścia na kamienną wieżę. Zderzak szybko dochodzi do wniosku, że najlepszą drogą będzie stary kanał odpływowy.

– Kto na ochotnika do przygotowania asekuracji?

Podnosi linę.

– Zrobię to – mówi Yoshi.

Zakładamy uprzęże, po czym Zderzak przywiązuje koniec liny

do karabińczyka blokującego uprzęży Yoshiego. Sprawdza węzeł, podnosząc Yoshiego za linkę.

– Prowadzisz nas na górę, Super Nintendo – mówi Zderzak.

– Żadnego zawieszenia się, Atari. Zwinnie i spokojnie. Zrozumiano?

– Roger.

Yoshi zaciera rękawice Mechanix Wear, a następnie zaczyna wdrapywać się kanałem.

Stoimy w cieniu mostu, patrząc, jak ratownik medyczny lotnictwa wspina się odpływem jak małpa. Szczerze mówiąc, robi wrażenie. Nawet Zderzak patrzy z podziwem. Facetowi wystarcza około trzydziestu sekund.

– Pomyślcie, jak szybko by to zrobił, gdyby był trzeźwy – rzucam.

– Może w ogóle by tego nie zrobił? – odpowiada Hollywood.

– Zawsze jest taka możliwość.

Yoshi chowa się w cień pod nawierzchnią mostu i wskakuje na wiązary, spuszczając nogi. Następnie, jak wyjaśnił Zderzak, przygotowuje na stalowych dźwigarach dwie kotwy dla głównego karabinka asekuracyjnego. Sądząc po jego umiejętnościach wspinaczkowych i po tym, jak szybko zawiązuje sieć zapasową, najwyraźniej robił to już wcześniej. Kiedy kończy, odczepia się od liny i opuszcza zawiązaną końcówkę do Zderzaka.

Przez następne dziesięć minut wciągamy na górę sprzęt, po czym asekuruję Zderzaka, a Hollywood mnie, i wreszcie wciągamy ją do góry i przysiadamy bezpiecznie wśród stupięćdziesięcioletnich wiązarów. Kiedy indziej słyszelibyśmy nad sobą ruch uliczny i trąbienie klaksonów. Dziś docierają do nas tylko stłumione odgłosy dziesiątek tysięcy ludzi maszerujących na spotkanie niepewnego końca.

– Dobra robota – mówię, starając się przyciągnąć uwagę wszystkich.

– Trzymajcie się płaskich powierzchni wiązarów i uważajcie, gdzie stawiacie nogi. Najpierw dłonie, potem stopy. Spokojnie.

Przytakują i zaczynamy przemieszczać się wzdłuż dźwigarów nad East River. Droga, jakieś sześć stóp nad naszymi głowami, rozciąga się nad rzeką, mija wieżę od strony Manhattanu, po czym opada w kierunku ratusza.

Wędrówka przez wiązary, choć całkiem nieskomplikowana, nie jest dla osób o słabym sercu. Nigdy nie przejmowałem się wysokością, ale nawet ja czuję trzepotanie serca. I cieszę się, że Z-Lo został z Aaronem w łodzi; to byłoby dla niego zbyt trudne. Kiedy oddalamy się od lądu, dostrzegam „Nieziemską Ślicznotkę" kilkaset stóp w dole i znowu czuję łaskotanie w brzuchu.

Jak dotąd nie pluszaki nie zdradzały żadnej aktywności, która wskazywałaby, że zostaliśmy zauważeni. Ale ukrycie się pod nawierzchnią mostu to i tak najlepsza osłona, na jaką mogliśmy liczyć w tej sytuacji. Niemniej wydaje mi się dziwne, że przemieszczanie się w dzień jest bezpieczniejsze niż nocą, przynajmniej zdaniem sir Chucka. Pewnie wszystko zależy od tego, pod jaką gwiazdą się opalasz. Nic dziwnego, że te stwory są tak cholernie brzydkie: brak witaminy D.

Przejście na środek mostu i podejście do hipnotyzującej błękitnej membrany portalu zajmuje nam jakieś piętnaście minut. Z każdym mijanym wiązaniem buczenie energii przybiera staje się coraz głośniejsze. Wiatr również przybrał na sile i gwiżdże między belkami. Małe błyskawice przebiegają po powierzchni portalu i liżą belki wokół nas.

– Wic, mamy się tym martwić?

Hollywood wskazuje na wyładowania.

– Nie. Zdaniem Aarona to jakaś swobodna energia elektryczna. Nieszkodliwa. Tak sądzę.

Kiwa głową, ale nie wydaje się przekonana. Jasne, ja też nie jestem.

Zderzak potrzebuje kilku minut, żeby zdecydować, gdzie umocować liny. Połyskująca niebieska powierzchnia portalu odpowiada częściowo za odczuwane przez nas powiewy wiatru, może nawet zasysa powietrze do wewnątrz. To stwarza dwa poważne problemy. Po pierwsze, jeżeli teoria Aarona jest słuszna, to jeśli portal wciągnie którąś z lin, ta może się zerwać. Upadek z tej wysokości byłby śmiertelny. Druga sprawa: nikt z nas, jak myślę, nie ma dziś ochoty na zwiedzanie Pałacu Pluszaków, więc wepchnięcie lub wciągnięcie przez wiatr do portalu nie jest opcją. W końcu Zderzak wybiera miejsce na zakotwienie lin piętnaście jardów od ściany portalu.

– Jeśli zejdziemy na sto stóp i nadal będziemy za daleko – przekrzykuje odgłos pola energetycznego – zawsze możemy rozkołysać linę i skoczyć.

Kiwam głową w uznaniu dla jego zapobiegawczości. Obie liny wspinaczkowe wyginają się już w stronę pierścienia. Ale ich końce podskakują w wodzie, co oznacza, że jeśli sprawy pójdą kiepsko, to tam spadniemy. Zawsze lepiej zginąć na Ziemi niż na innej planecie.

Jasne, Pat.

Podzielenie materiałów wybuchowych po równo między mną a Zderzakiem zajmuje kolejne kilka minut. Chociaż plan zakłada umieszczenie ich w tym samym miejscu, ta misja, od bliźniaczych dwuosobowych zespołów po podział sprzętu, opiera się na redundancji. Nie chciałem mówić tego głośno, żeby nie zapeszyć, ale jeśli nie doprowadzimy jej do końca, nie jestem pewny, jakie będą inne możliwości. A będę potrzebował dużo czasu w samotności i trochę redbreasta, żeby wymyślić coś innego. Zakładając oczywiście, że przeżyję. Rzecz w tym, że jeśli masz tylko jedną cholerną kartę, po prostu musisz na nią postawić.

– Materiały wybuchowe przodem, obserwatorzy za nimi – krzyczy Zderzak.

Następnie przeplata linę przez ósemkę, wpina się w główny karabińczyk uprzęży i szarpie mocno dwa razy. Daje nam znak, żebym powtórzył jego procedurę, a potem pomaga Hollywood z osprzętem.

Pomimo powagi sytuacji Yoshi wydaje się dobrze bawić. Zapewne słusznie, skoro zawartość alkoholu w jego krwi byłaby nielegalna w większości… barów. Kiedy kończymy, sprawdzamy się nawzajem i dajemy sygnał „OK”.

Wygląda na to, że Hollywood też się dobrze bawi, szczerząc się, gdy Zderzak testuje jej uprząż i spędza trochę więcej czasu przy jej tyłku.

– Wszyscy gotowi? – pyta Zderzak.

Yoshi i ja odpowiadamy sygnałami i skinieniem głowy, ale Hollywood mówi:

– Chyba musisz jeszcze raz sprawdzić mi uprząż. Tylko po to, żeby upewnić się, że wszystko jest ciasne jak trzeba.

Kładzie dłoń na biodrze i uśmiecha się do Zderzaka.

– Dziewczyno, wiesz, że jesteś ciasna jak trzeba – mówi Zderzak z pełnym uznania spojrzeniem.

– Chcesz mnie sprawdzić, Super Nintendo? – pytam.

Yoshi chichocze i szybko kręci głową.

Ponieważ nigdy nie zjeżdżałem na tej samej linie z inną osobą naraz, muszę przyglądać się, jak Zderzak cofa się w stronę portalu do następnej komórki wiązania i wypuszcza odcinek liny. Ten zapas pozwala Hollywood pójść za nim. Następnie Zderzak pomaga jej zejść, aż Hollywood zawisa pod wiązarami, całkowicie zdana na uprząż. Radosny wyraz jej twarzy zniknął. Potem Zderzak schodzi na dół i opuszcza się na jej uprzęży, aż zwisa pod nią.

Yoshi uśmiecha się do mnie.

– Nasza kolej.

Kiwam głową i przechodzę do następnej komórki, starając się jak najlepiej powtarzać ruchy Zderzaka. Jestem wolniejszy niż on, ale rozumiem koncepcję. A Yoshi wydaje się wystarczająco cierpliwy. W przeciwieństwie do bardziej powściągliwego podejścia Hollywood nie traci czasu przy zejściu i po chwili podziwia widoki z powietrza. Opuszczam się po linie i schodzę pod niego, pomagając sobie uprzężą, tak jak zrobił to Zderzak. Tracę chwyt lewą ręką i spadam.

– Szlag! – wołam lecąc w powietrzu.

Czuję falę zawrotów głowy, ale sięgam ręką hamującą za biodro i lina napina się. Ale uprząż przygniata mi lewe jądro do uda.

– Wszystko w porządku, Tomodachi? – pyta Yoshi.

Próbuję złagodzić ból w pachwinie i zauważam, że lewą nogą owinąłem się wokół liny. Jest mi cholernie gorąco.

– Tak. W porządku. Dzięki.

– Nie ma problemu.

Ból ustępuje, kiedy biorę kilka głębokich wdechów i dopasowuję się do nowej sytuacji. Wiszę na przymocowanej do mostu Brooklyńskiego linie pod pijanym sierżantem sztabowym sił powietrznych, a na plecach mam dość semtexu i C-4, żeby wysadzić cztery wozy bojowe Bradley.

– Rządzisz, skarbie – mówię do siebie.

Zderzak rzuca mi pytające spojrzenie i pokazuje znak „OK".

– OK.

Biorę kolejny oddech, aby uspokoić tętno, a następnie przesuwam rękę hamującą do przodu. Lina zaczyna przesuwać się przez rękawiczkę i cała nasza czwórka schodzi po fasadzie portalu.

Nie codziennie można zjechać na linie ze środka mostu Brooklyńskiego. Zerkam na południe, w stronę Park Slope, okolicy mojego dzieciństwa, i zastanawiam się, czy rudy rozrabiaka z lat 90. myślał kiedyś, że jego starsza wersja będzie zjeżdżać w ten sposób, żeby ocalić Nowy Jork przed inwazją obcych. Właściwie to właśnie tego by się spodziewał; wszystko, byle uciec z tego domu.

Zatrzymuję się gwałtownie, kiedy powietrze rozrywa coś w rodzaju monstrualnego klaksonu. Nie mówię o tubie. To brzmi jak skórkowany róg z Helmowego Jaru we *Władcy Pierścieni*. Cały cholerny most trzęsie się tak mocno, że nasze liny wibrują. Gruz, który prawdopodobnie nie drgnął od stu pięćdziesięciu lat, spada na nas, zmuszając mnie do ukrycia twarzy pod hełmem. Wtedy dostrzegam ruch w wodzie pod sobą.

– Jasna cholera! – krzyczy nade mną Yoshi, ale nieustanny ryk z dołu prawie całkiem go zagłusza.

Skąpana w niemal oślepiającym świetle kolumna wody podnosi się z East River i kieruje prosto do pierścienia. Przez ułamek sekundy mam wrażenie, że pod wodą nastąpiła jakaś eksplozja, która posłała słup wody w stronę mostu. Ale kolumna wznosi się i znika w podstawie pierścienia, a światło przygasa. Hałas się zmniejsza. Powietrze pod nami wypełnia stały szum podobny do odgłosu wodospadu, kiedy nieprzerwany strumień wody wpada w niewidzialną komorę w zewnętrznej krawędzi pierścienia. Z-Lo obrócił dyera 29 i przyspiesza w kierunku słupa wody.

– Co to jest, do cholery? – krzyczy Hollywood.

– Nie wiem – drę się w odpowiedzi.

Myśli pędzą mi w głowie z prędkością stu mil na godzinę, próbując to zrozumieć. Jakaś część mnie chce wywołać Aarona, ale nie możemy ryzykować ujawnienia naszej lokalizacji, przynajmniej dopóki nie podłożymy materiałów wybuchowych.

Materiały wybuchowe!

Może właśnie dlatego Chuck próbował nas przekonać, żebyśmy zostali. Otworzyć wino, też coś!

– Zderzak! – krzyczę.

– To jakiś wlot, prawda?

– Na to wygląda.

– A jeśli zrzucimy ładunki i pozwolimy, żeby zostały tam wciągnięte?

– Zbyt ryzykowne.

Kręci głową.

– Tak silne turbulencje mogą zerwać zapalniki, zanim będziemy mieli szansę je odpalić. No i jeśli to zrobimy, a nie będziemy dość daleko? Zły pomysł, brachu.

– A jeśli to miał na myśli Chuck?

Ale Zderzak znów kręci głową.

– Nie przejdzie.

Oczywiście ma rację. I może nie o to chodziło Chuckowi, a tylko ja wyciągam pochopne wnioski. Choćby dlatego, że w ogóle zaproponowałem ten pomysł, czuję się trochę jak stary, zwariowany weteran wojenny. Równie dobrze mógłbym zacząć od „za moich czasów…”. Ale warto było spróbować.

Cokolwiek to jest, mam wrażenie, że ma jakiś związek z zasilaniem pierścienia. Aaron pewnie ma już jakąś hipotezę na ten temat. Ale w tej chwili on i Z-Lo wracają pospiesznie do Governors Island.

– Działamy zgodnie z planem! – wołam.

Zderzak i Hollywood kiwają głowami. Yoshi unosi kciuki w górze. Popuszczam chwyt dłoni hamującej i zjeżdżam dalej.

Kiedy zbliżamy się do dolnej półki pierścienia, zatrzymuję się jakieś pięć stóp nad nim. Obie liny kołyszą się zbyt mocno i ryzykujemy uderzenie w bok pierścienia. Musimy wyliczyć czas zejścia na tyle dobrze, żeby spaść na górną krzywiznę półki. Prawda, że zanim zacznie opadać, pozioma część ma jakieś dwadzieścia pięć stóp szerokości, mamy więc spory margines. Przynajmniej z jednej strony wahnięcia. Żołądek podskakuje mi raz czy dwa, kiedy mijam stopami pierścień i zawisam nad wodą jakieś siedemdziesiąt stóp poniżej.

– Skaczę! – krzyczę do Yoshiego.

– Sprawdź, czy dobrze wyliczyłeś czas. Jeśli nie, prawdopodobnie zginiesz.

– Dzięki za podpowiedź.

Biorę oddech i przygotowuję dłoń hamującą. Przy następnym wahnięciu pęd wynosi mnie na dziesięć stóp od pierścienia, po czym zabiera znowu w stronę portalu. Dokładnie nad progiem puszczę linę tak, że dotknę butami pierścienia w punkcie szczytowym następnego wahnięcia.

Przynajmniej taki mam plan.

Zamiast tego ląduję odrobinę za wcześnie i padam na lewy bok. Łokieć i ramię przeszywa mi ból i walę hełmem o podłoże. Wylądowałem, choć nie tak elegancko, jak zamierzałem. I mam dość przytomności umysłu, żeby zaprzeć się nogami i przytrzymać Yoshiemu linę.

Z kolei on schodzi jak cholerny akrobata z Cirque de Pole

Dance, czy jak to się nazywa. Ląduje obok i ma czelność podać mi dłoń. Sukinsyn. Ale chwytam ją i wstaję.

– Dobra robota – mówię.

– A teraz pomóż mi to zdjąć.

Wleczemy plecak po powierzchni, omijając ostre geometryczne wybrzuszenia, idąc w kierunku Zderzaka i Hollywood, a następnie zaczynamy wyciągać sprzęt. Seals daje nam przykład, przygotowując każdy komponent ładunku i objaśniając cały proces. Po niecałych dwóch minutach mamy coś, co można uznać za porządną stertę fajerwerków. Zderzak przygląda się kopcowi spoczywającemu na nieregularnej powierzchni pierścienia, a następnie zakrywa go jednym z plecaków.

– Musi wystarczyć – mówi, jakby nasze dzieło ledwie przeszło inspekcję.

Luzujemy liny i zaczynamy cofać się po łuku pierścienia. Wędrując stopami po nierównej powierzchni, zastanawiam się, jak bardzo Aaronowi zależy na rozszyfrowaniu języka obcych. A ja właśnie mam wysadzić to dziadostwo w cholerę. Myślę, że w znacznej części to dobre podsumowanie naszych relacji.

Niedługo mój ciężar ściąga Yoshiego z pierścienia; to samo dzieje się ze Zderzakiem i Hollywood. Zaczynamy schodzić w stronę dolnej krawędzi pierścienia. Ale to oznacza, że znajdujemy się naprawdę blisko wlotu wody.

Odgłos wodospadu jest tak głośny, że nie słyszę tego, co mówi nade mną Yoshi. Chyba chce, żebyśmy zaczekali, aż cały ten proces się skończy. Bóg wie, że też nie podoba mi się zjeżdżanie obok niego. Odtwarzam w głowie film, w którym zostajemy wciągnięci do środka i przeżuci. Kiepski dzień.

Ale wydaje się, że Yoshi mówi coś innego.

– Co?

Nadal go nie słyszę.

– Mów głośniej!

Wskazuje ręką w stronę Dolnego Manhattanu. Podążam wzrokiem za jego palcem i widzę sześć purpurowych dronów lecących w naszą stronę.

– Cholera.

Rozdział 30

15:20, piątek, 25 czerwca 2027
Brooklyn, Nowy Jork
Most Brooklyński

– Nie możemy pozwolić, żeby zauważyły materiały wybuchowe – krzyczę do Zderzaka, a potem patrzę w dół.

Ale nie możemy też skoczyć: słup wody wciągnie nas w chwili lądowania, zakładając, że nie skręcimy karku przy uderzeniu w taflę.

– Możemy odpalić je teraz – mówi Zderzak.

Cholera. Możemy. Ale naprawdę miałem nadzieję, że wrócę do swojej chaty, a wysadzenie ładunków w tej chwili stanowiłoby poważną przeszkodę w realizacji tego planu. Poza tym są jeszcze Hollywood i Yoshi. Poświęcilibyśmy również ich życie. Ale wiedzieli, na co się piszą.

Zderzak wzrusza ramionami i stuka w kieszeń z detonatorem.

– Do dupy.

Sięgam do mojej kieszeni.

W tej samej chwili na niebie po lewej stronie słychać głośny brzęk. Jeden z dronów dostał trafienie. Patrzę na wschód i widzę kolejny błysk z lufy w oknie na trzecim piętrze w budynkach przy nabrzeżu.

To Duch, niech mu Bóg wynagrodzi.

Dron zostaje trafiony po raz drugi i spada spiralnym lotem.

Nie jestem pewny, czy to, co teraz zrobię, ściągnie uwagę na materiały wybuchowe, czy nie, ale straciliśmy element zaskoczenia. Opieram stopy o pierścień, lewą ręką podrzucam SCAR-a i otwieram ogień do najbliższej pokrywy kubła na śmieci. Kule biją w metalową obudowę maszyny, sypiąc kaskady iskier. Moją jedyną nadzieją jest to, że hałas portalu i wlotu wody zagłuszy strzały, maskując je przed kosmitami na górze.

Jakby czytając mi w myślach, maszyneria wsysająca wodę wyłącza się. Hałas cichnie i woda opada masywnymi taflami. Widzę pociski smugowe sygnalizujące koniec magazynka i patrzę w dół na strugi wpadające z rykiem do East River.

– Skaczemy! – krzyczy Zderzak.

– Teraz!

Luzuje dłoń hamującą i jego ciało opada.

Hollywood jest tuż za nim.

Opuszczam broń i mam już puścić linę, gdy Yoshi spada na mnie z góry. Czuję uderzenie w szyi i kręgosłupie i skręcam się na bok. Cholerny pijak! Lina owinęła mi się wokół ręki i przycisnęła ją do boku. Boli jak diabli, ale nie tak bardzo, jak ponowne zderzenie z pierścieniem. Odbijam się od niego, po czym coś szarpie mnie z powrotem w stronę budowli obcych. Lina zaczepiła się o coś, ale nie widzę o co.

– Przestań się szamotać – krzyczę na niego.

– Puść linę!

– Nie mogę. Musisz wspiąć się z powrotem.

– Puść linę, Wic – mówi ponownie.

Kolejny pocisk z pięćdziesiątki uderza w coś twardego, ale nie widzę w co.

– Yoshi. Posłuchaj mnie. Musisz…

Przerywam, gdy czuję, jak podskakuje. Szybki rzut oka w górę pokazuje, że przecina linę. Cóż, jest to jakieś rozwiązanie sytuacji, ale jeśli się nie ominiemy, czeka nas piekielnie ciężkie lądowanie.

Zanim mogę go ostrzec, lina nade mną uwalnia się. Spadam, ale tylko przez sekundę, do chwili, kiedy zatrzymuję się z szarpnięciem. Yoshi przepływa obok mnie, kiedy wymachuję w miejscu rękami, zawieszony na pierścieniu. Wisząc do góry nogami, z cholerną liną owiniętą wokół nogi, widzę, jak Yoshi ląduje w wodzie nogami do przodu, jak zawodowy skoczek. Dlaczego nie mógł być tak zwinny przed paroma sekundami?

– Patricku – słyszę w radiu głos Chucka.

– Słyszysz mnie? Wiesz co, nieważne. Tobie i tak to zwisa.

Napinam się, żeby sięgnąć lewą ręką do radia.

– Suchar.

– Jesteś! Wspaniale. Słuchaj…

Rozlega się kolejny strzał Ducha. Nie widzę, ile dronów zostało ani jak blisko są, ale słyszę, jak próbuje trzymać je z daleka ode mnie.

Głos Chucka powraca.

– Postaram się pomóc Strażnikowi Widmo i odciągnąć te drony. Tylko… na marmoladę cioci Millie, przestaniesz mnie blokować, cholero jedna?

Krew napływa mi do głowy.

– Nie blokuję cię. Strzelaj, do cholery!

– Nie, głuptasie. Nie strzelam do nich. Przez kilka minut byłem znacznie poniżej minimalnego progu otwarcia ognia z powodu twojego polecenia, żebym maskował przyjaciół, pamiętasz? Próbuję je zhakować. Ale one… no, ten jest szczególnie uparty. Ty mały gnojku!

– Hej, coś się dzieje – mówię.

– Obawiam się, że nie. Te małe dupki chyba zaraz…

– Nie, ja… lina się ześlizguje!

– Cudownie! Postaraj się tylko nie uderzyć w obecnej pozycji w wodę.

Zanim zdążę odpowiedzieć, lina odczepia się od pierścienia i spadam.

Ale chwilę później uderzam podbródkiem o coś twardego. Słyszę pod sobą wycie odgłos silnika i wznoszę się…

…na cholernej pokrywie od kubła na śmieci!

Maszyna skręca w lewo i instynktownie chwytam się jej boków, żeby nie spaść. Wtedy skręca w prawo. Nie myślę o tym, czy trzymanie się jej to dobry pomysł. Po prostu to robię.

Nie mogąc mnie zrzucić, dron robi obrót w lewo. SCAR uderza mnie w tył hełmu. Następnie dron robi beczkę w prawo. Nie puszczam się, czując się całkiem pewnie, kiedy trzeci manewr – nurkowanie – wyrzuca mnie w powietrze.

Nadal ciągnę za sobą resztę liny, ale ręce i nogi mam wolne, wymachując nimi na wietrze jak nielot. Dostrzegam wodę jakieś czterdzieści stóp w dole i staram się skierować stopy w dół. Ale to niemożliwe. Żołądek skręca mi poczucie, że nie potrafię zapobiec własnej śmierci, razem z wrażeniem towarzyszącym swobodnemu spadaniu.

Zatrzymuje mnie w powietrzu przeszywający ból w lewej łydce, po którym czuję, jakby ktoś próbował wyrwać mi nogę ze stawu biodrowego. Mam też wrażenie, że ktoś wyciągnął mi kostkę spod kości piszczelowej. Nagle przypomina mi się moja pierwsza rana: łydka przestrzelona pociskiem z AK. Krzyczę i łapię powietrze. Widzę, że znowu kołyszę się na nodze (Bogu dzięki, nadal ją mam!), tym razem wisząc na cienkim drucie prowadzącym do spodu drona.

– Nie waż się mnie porazić, ty sukin…

Zaciskam zęby w agonii kilkuset woltów, od których kurczą się wszystkie mięśnie mojego ciała. Stękam. Czuję pękające żebra. Zaciskam powieki z bólu, zmuszając się do…

Rozdział 31

Czas nieznany, piątek, 25 czerwca 2027
Dolny Manhattan, Nowy Jork
Most Brooklyński

Boli mnie.

Boli mnie w miejscach, o których nawet nie wiedziałem, że mogą boleć. Przez krótką chwilę jestem z powrotem w Afganistanie, leżąc na chodniku po tym, jak Jack objął szpicę. Nauczyłem się już tłumić to wspomnienie, zamykać je w skrzyni i otwierać wieko tylko przy specjalnych okazjach, kiedy za dużo wypiłem. Ale teraz zapachy i dźwięki wypełniają moją głowę bez zaproszenia, zwabione bólem, który wziął moje ciało na zakładnika.

Próbuję oderwać się od ziemi. Dzwoni mi w uszach. Czuję w ustach smak miedzi. Powietrze szczypie mnie w nos. Ludzie krzyczą, gdy mrugam, parząc na ulicę. Alarmy samochodowe. Czarny dym, potłuczone szkło i wszędzie księżycowy pył.

Jack… jest na drodze. Leży tam na boku wysadzona toyota. Mogę się do niego dostać.

Moja lewa noga nie chce ze mną współpracować, ale prawa to robi. Podnoszę się i wpadam na ścianę z pustaków. Ból jest nie do wytrzymania. Ale Jack mnie potrzebuje i to moja wina. Nie powinienem był go puszczać.

Zataczam się do przodu, uświadamiając sobie nagle, że kopię butami w części ludzkich ciał owinięte w białą tkaninę, poplamioną czerwienią. Makabryczna twarz mężczyzny, którą widziałem setki razy, spogląda w zamglone niebo, pytając Allaha, dokąd trafiła reszta jego tułowia. Dziecko śpi w zakrwawionych ramionach matki; twarze obojga są wolne od bólu.

– Jack – mówię, skupiając się na leżącym na drodze mundurze marines. Ale nie mogę go znaleźć. Nie mogę. Nie całkiem tam jest.

– Jack!

* * *

Świat jest czernią, dopóki coś nie trąca mnie w żebra. Głowę wypełnia mi błysk światła. Ktoś rozmawia nade mną, ale nie mogę ich zrozumieć.

Cholerne turbany chcą mnie obszukać.

Znowu coś szturcha mnie w bok i tym razem staram się to odepchnąć. Ale czuję rozdzierający ból.

Ktoś coś mówi i zaczynają mnie ciągnąć. Odgłos szurającego o nawierzchnię hełmu otrzeźwia mnie bardziej. Podnoszę głowę o kilka cali i próbuję otworzyć oczy. Wszędzie niebiesko. Z wyjątkiem ziemi. Ta jest brązowoszara.

Podnoszą mnie w powietrze.

Skurcz w żołądku sprawia, że zastanawiam się, czy nie wrzucili mnie przypadkiem do masowego grobu, może na stos. A może zrzucili z mostu Brooklyńskiego.

Nowy Jork.

Przypominam sobie o operacji.

Moja głowa jest w pełni rozbudzona, kiedy wpadam na kupę jakichś szczątków. Odgłos przypomina metalowe części na złomowisku. Nadal boli jak diabli, ale łatwiej to opanować. Mrugam, nerwowo próbując zorientować się w otoczeniu.

Po lewej stronie, niemal za blisko, wznosi się imponująca błękitna ściana energii. Nad sobą widzę lejek rozszerzający się w kopułę. Za nim czarne niebo.

Jest noc.

A masywne stalowe liny mostu Brooklyńskiego podnoszą się i oddalają ode mnie. Ale nie leżę na żadnej z trzypasmowych jezdni mostu. Odnoszę wrażenie, że spoczywam raczej na biegnącej w poprzek przęsła platformie, opartej na belkach przecinających asfalt jakieś piętnaście stóp w dole.

Leżę na plecach w stosie metalowych części. Wyglądają jak pozostałości po przerośniętych mechanicznych pająkach. Wrzecionowate nogi, przeguby kulowe, płyty i śruby. Sterty elektroniki, odsłoniętych przewodów, aparatów dousznych. Zdejmuję z siebie coś, co wygląda jak...

Jak cholerny rozrusznik serca.

Podnoszę się, wstrząśnięty, kiedy dociera do mnie, że leżę na stosie protez ludzkich stawów i komponentów biomedycznych: sztucznych stawów biodrowych, wstawek kręgowych, tytanowych płytek kostnych, aparatów słuchowych, neuralinków. Czuję gęsią skórkę, myśląc, ile istnień... ilu ludzi musiało...

Nie. To nie w porządku.

Próbuję wydostać się z tego bajzlu, kiedy ktoś wciska mi w twarz karabin. Instynktownie podnoszę ręce i patrzę na twarz mojego oprawcy: cholernego anioła śmierci ze świecącymi czerwonymi oczami hełmu, dziwną osłoną ust oraz bronią, która wygląda dokładnie jak sir Chuck.

Widma.

Czy żyją? Ile czasu minęło? Potrzebuję odpowiedzi… muszę się dowiedzieć, co się, do cholery, stało. A ten kutas – nie, ten gnojek, jak powiedziałby Charles – ma czelność we mnie celować? Po takim dniu?

– Zabierz to z mojej twarzy.

Odpycham karabin. Nie dlatego, że nie jestem wystarczająco blisko, by walczyć, ani że nie mam na to siły, przynajmniej w tej chwili. Robię to, bo jestem wkurzony, że te pluszaki ośmieliły się zaatakować moją planetę i ustawić się na moim cholernym moście. A gdyby ten kutas chciał mnie zabić, już by to zrobił.

Anioł śmierci znowu celuje we mnie, ale cofa się o dwa kroki. Wydaje się również wzburzony, na co wskazuje trajkotanie w jakimś urywanym klekoczącym języku z dwoma innymi aniołami śmierci, które przywołuje. Ale to najmniejsze z moich zmartwień.

Po prawej stronie, spomiędzy grupy przenośnych budynków obcych, które sprawiają wrażenie punktu kontrolnego, wyłania się kolumna ludzi szeroka na jakieś dwadzieścia osób. Dwa rzędy robotów zwiadowczych wyznaczają ścieżkę od punktu kontrolnego do portalu. A ludzie, rząd za rzędem, wchodzą w błękitną ścianę energii.

Niektórzy płaczą.

Niektórzy krzyczą.

Niektórzy próbują wyrwać się z szyku w przerażeniu, tylko po to, żeby roboty poraziły ich i wrzuciły do środka.

Ale większość godzi się z losem ze zmęczoną, ponurą determinacją.

Kiedy przechodzą na drugą stronę, ich ubrania ulegają spaleniu. Tkanina migocze przez chwilę, po czym znika w kłębach popiołu. Zegarki, okulary, telefony komórkowe i biżuteria spadają na powierzchnię, gdzie mniejsze roboty uwijają się przy płaszczyźnie portalu między ludźmi. Spychają metal i elektronikę na gigantyczne stosy.

Najwięksi pechowcy giną w chwili, gdy ich ciała rozstają się z nieorganicznymi implantami, takimi jak te, w których leżę. Widzę mężczyznę, którego płonące ubranie oświetla staw biodrowy wysuwający się z odsłoniętego pośladka. Twarz ofiary jest ukryta za zasłoną portalu, ale wciąż słyszę krzyk rezonujący z tyłu klatki piersiowej. Kiedy strój mężczyzny znika jak za sprawą magicznej sztuczki, sztuczny staw biodrowy uderza o powierzchnię, obrany z mięsa i kości. Automaty podnoszą wrzecionowate urządzenie i dostarczają je na podstawę mojej sterty.

Muszę coś zrobić.

Zaczynam od zbadania stanu ciała. Lewa noga, która przyjęła na siebie ciężar schwytania przez drona, wydaje się cała. W większości. Sądząc po dziurze w spodniach i śladach na bucie, sonda na pewno przebiła się przez łydkę, a następnie owinęła wokół kostki. Ale jak w przypadku rany Z-Lo, wygląda na to, że ciało uległo kauteryzacji. To dobrze. Przynajmniej na razie.

Nadal mam na sobie hełm i kamizelkę, ale nie mam broni. To niedobrze. Zabrali też nóż. I radio. Widocznie kosmici wiedzą dość dużo, żeby odebrać mi broń i środki łączności, ale za mało, żeby zdjąć hełm i pancerz. I jeszcze coś, ale jestem zbyt zamroczony, żeby o tym myśleć. Cholera.

Trzy anioły śmierci u moich stóp mówią szybciej. Wygląda

na to, że podejmują decyzję, co ze mną zrobić. Przynajmniej takie mam wrażenie.

Gdzieś z tyłu, za mostem słychać ryk. Nawet nie przyszło mi do głowy, żeby zorientować się w mieście, ale kiedy zauważam, że światło portalu odbija się od One World Trade Center po prawej stronie, dociera do mnie, że nie leżę od strony Brooklynu.

Jestem po stronie Manhattanu.

Ryk ujawnia się nade mną jako cztery bijące niebieskim blaskiem wyloty silników, z których każdy obraca się, aby spowolnić coś, co wygląda jak gigantyczny kontener. Przypominam sobie jeden z latających statków desantowych, które widzieliśmy z łodzi.

Kiedy opuszcza się rampa, na rufie pojawia się szczelina światła. Statek schodzi w dół, rozbłyskuje, a następnie ląduje na metalowej nawierzchni między mną a kolumną pojmanych cywilów. Silniki pracują na jałowym biegu i ze statku wychodzi imponująca postać.

Istota ubrana jest w czarny biomechaniczny kombinezon. Wzdłuż tułowia biegną cienkie czarne rurki, a do kończyn przylegają pneumatyczne tłoki. Ważne organy i kończyny są osłonięte ciemnozielonym pancerzem z dziwnymi napisami na piersiach i naramiennikach.

Anioły śmierci są przy nim o stopę niższe. I chociaż istota nie ma hełmu ani broni, zachowuje się znacznie groźniej. Pokryta zielonymi żyłkami szara skóra bezwłosej głowy wygląda na pomarszczoną i zniszczoną. Purpurowe oczy przesuwają się w tę i z powrotem, a nozdrza otwierają się i zamykają w rytm odgłosów mechanicznego skafandra, gdy idzie w moim kierunku.

Mówi coś w dziwnym, urywanym klekoczącym języku, który słyszałem przed chwilą. Tym razem dźwięku nie filtruje hełm, a dochodzi on prosto z luźnej zielonej tkanki w tylnej części pionowych ust stwora, ukrytej za rzędami spiczastych czarnych zębów.

Sądząc po tym, jak anioły śmierci robią nowemu miejsce, powiedziałbym, że to jakiś ważniak. Oczywiście zakładając, że to samiec. Boże, mam nadzieję, że ich samice nie są takie brzydkie.

Przeczuwam też, że nasza robocza teoria o tym, że inwazja ma swoje ramię zbrojne, właśnie patrzy mi prosto w twarz. Zielony władca zachowuje się jak twardziel, ponieważ w przeciwieństwie do aniołów śmierci, jakkolwiek groźne by były, ten sukinsyn naprawdę jest zabójcą. Czuję to nosem.

Sięga po karabin jednego z aniołów śmierci; po jednego z ich Chucków. Nie zawraca sobie nawet głowy podnoszeniem broni, po prostu trzyma ją przy boku. Przy uchwycie pistoletowym widzę przelotny błysk. A kiedy władca, z braku lepszego określenia, odzywa się ponownie, broń tłumaczy.

– Zidentyfikuj się – mówi tym samym cyfrowym łagodnym głosem, od którego zaczął Chuck.

– Myszka Miki – mówię.

– Miło mi cię poznać.

Władca przechyla głowę.

– Czy jesteś przywódcą sił zbrojnych waszego gatunku?

– Ja?

Chichoczę.

– Kulą w płot, kolego. Jestem na emeryturze. Złapaliście właśnie starego, wkurzonego marine.

– Marine. Emerytowany, stary, wkurzony.

– Zgadza się.

Władca porusza wargami i broń odzywa się znowu.

– Związałeś się z egzemplarzem naszej broni. W jaki sposób?

– Nie wiem. Może myśli, że jestem bardziej atrakcyjny?

Widocznie nie podoba mu się moja odpowiedź. Podnosi karabin i wystrzeliwuje małą dawkę energii. Miniaturowe błyskawice oślepiają mnie na chwilę, wdzierając się w moje ciało. Czuję się, jakbym dostał paralizatorem w jaja. To by było na tyle, jeśli chodzi o potomstwo.

Kiedy szok mija, skupiam się znowu na potworze.

– W jaki sposób związałeś się z egzemplarzem naszej broni? – pyta.

Jęczę, aż wreszcie wyduszam z siebie:

– Energią wielkiego kutasa?

Drugi strzał przyprawia mnie o drgawki. Jestem pewny, że się obsikałem.

– Słodki ból, pluszaku. Mogę dostać jeszcze trochę?

Mam wrażenie, że władca uśmiecha się szyderczo, ale nie przyjrzałem się jego plakatowi w moim pokoju dość długo, żeby wiedzieć, co lubi, a czego nie. Podnosi karabin i wydaje się gotów do kolejnego strzału. Cholera, czego bym nie dał, żeby po raz ostatni mieć Chucka w dłoni i zdmuchnąć tego gnoja.

I wtedy trafiam wreszcie na luźny wątek, który wcześniej plątał mi się po głowie.

Udając, że łapię się za pierś, staram się wymacać detonator w kamizelce. Rzeczywiście, nadal jest w kieszeni. Zaczynam pokasływać – częściowo dla hecy, częściowo dlatego, że muszę – i wyjmuję urządzenie. Nie jestem pewny, ile godzin byłem nieprzytomny, ale jeśli jest szansa, że nasze materiały wybuchowe ciągle znajdują się w gnieździe na pierścieniu, muszę ją wykorzystać. Pewnie, to dziadostwo może zawalić się na mnie, ale w tej chwili właśnie to trzeba zrobić, a zgaduję, że jedynym powodem, dla którego Widma jeszcze tego nie zrobiły, jest…

Cóż, istnieje prawdopodobnie kilka powodów, dla których oni jeszcze tego nie zrobili, z których najgorszy jest taki, że zginęli lub zostali schwytani. Co daje mi jeszcze więcej motywacji, żeby skończyć zabawę.

Mam już podnieść kabłąk spustowy i wcisnąć przycisk, kiedy władca śmieje się. Takie przynajmniej mam wrażenie. Następnie wolną ręką wskazuje przed siebie.

Ze stanowiska w pobliżu budynków dowodzenia maszeruje w naszą stronę robot zwiadowczy z pojemnikiem w kształcie sześcianu. Metalowa powierzchnia pudła jest pokryta czerwonymi napisami w języku obcych i nagle ogarniają mnie złe przeczucia co do jego zawartości. Kiedy robot stawia pojemnik na ziemi, władca potrząsa głową i maszyna otwiera pokrywę, przechylając skrzynię do przodu. Wewnątrz widzę stertę semtexu i C-4 skąpaną w czerwonej poświacie.

No świetnie.

Muszę podjąć decyzję. Taką, przez którą zginie wielu ludzi w tej części mostu, w tym ja. Ale zginą również ci dranie, a może nawet wszystko się skończy.

To znaczy zakładając, rzecz jasna, że pluszaki nie rozbroiły odbiorników detonatorów i nie zagłuszają częstotliwości.

Jest tylko jeden sposób, żeby się przekonać.

Miło było, Ziemio. Pokój ci.

Podnoszę osłonę i wciskam przycisk.

* * *

Nie wybucham.

Ale słyszę trzask.

Głowa władcy odrywa się od ciała w rozbryzgu kości i zielonej posoki. Ale zwłoki stoją prosto, jakby podtrzymywane przez mechaniczne kończyny.

– Zawsze zakładaj hełm, dupku! – mówię.

Zza kolumny ludzi słychać ogień broni palnej; cywile krzyczą i szukają osłony.

Anioły śmierci cofają się na widok zabitego przywódcy, usiłując zrozumieć, co się dzieje. Prawda, też próbuję, ale mam tę przewagę, że pamiętam odgłosy wydawane przez amerykańskie uzbrojenie. A istnieje tylko jedna jednostka na tyle szalona, żeby podejść tak blisko obszaru zagrożenia.

Drużyna Widm.

Patrzę przez rozpraszający się tłum i widzę, że kilka osób kryje się za mobilnymi kontenerami dowodzenia od góry rzeki, na prawo ode mnie. Nie jestem pewny, ale cholernie przypominają Hollywood, Ducha i resztę.

Przyszli po mnie. Nie wiem jak, ale te czorty przyszły po mnie. Muszę pomóc im i przeprowadzić nas w bezpieczne miejsce. Ale nie mam broni. A roboty bojowe po drugiej stronie mostu wydają się nas namierzać.

Gdy anioły śmierci chowają się za statkiem desantowym, wpadam na szalony pomysł. Tak, kolejny. Wygląda na to, że dzisiaj wręcz nimi tryskam.

Karabin władcy.

Nadal jest w jego dłoni.

Pamięć przestrzega, żebym nie próbował tego, co zamierzam; pamięć o słowach ekipy o tym, jak bez powodzenia próbowali podnieść broń. Ale przecież Chuck powiedział, że mam jakieś magiczne moce czy coś takiego, zgadza się? A zresztą zdążyłem się już dzisiaj parę razy oparzyć. Co znaczy jeszcze jeden raz?

Podczas gdy anioły śmierci skupiają się na obronie i ograniczeniu ognia do centrum operacyjnego, schodzę ze stosu części, zdejmuję rękawicę z prawej dłoni i rzucam się do bezgłowego ciała mrocznego władcy. Podważenie jego palców i zaciśnięcie dłoni na uchwycie zajmuje mi niecałą sekundę. Robiąc to, czuję to samo uderzenie prądu, które poczułem pod dębem, kiedy sparowałem się z Chuckiem.

– Otwieramy interes!

Wyrywam broń z ręki potwora i przykładam ją do ramienia.

– Wykryto język: angielski. Identyfikacja użytkownika.

– Widmo Jeden – mówię, celując w pierwszego z trzech aniołów śmierci ukrywających się za statkiem desantowym.

– Aktualizacja profilu użytkownika. Określ cele: przyjaciel czy wróg.

– Wróg – mówię i wzrokiem wybieram w wyświetlaczu lunety opcje wysokiej częstotliwości i niskiej wydajności. – Zdecydowanie wróg.

Kiedy broń potwierdza wybór trybu ognia, zauważam, o ile szybciej od Chucka zaktualizowała ustawienia lunety.

Naciskam spust i półautomatyczny rozbłysk niebieskiego światła wbija się w pierwszego anioła śmierci. Zamiast teatralnych eksplozji, do których przyzwyczaiłem się z Chuckiem, karabin strzela precyzyjnymi dawkami energii, które przebijają klatkę piersiową i głowę celu. Wróg pada na ziemię, otwierając mi czysty strzał na następny cel.

Drugi anioł śmierci spogląda na poległego towarzysza, zanim podnosi wzrok na mnie. Ale zanim zdążył podnieść broń, przygważdżam go czterema, pięcioma, a może sześcioma strzałami w środek ciała; cholera, zbyt trudno zliczyć promienie laserowe. Skąd mam wiedzieć? Tak czy inaczej, nieprzyjaciel pada. Ustawienia nowej broni naprawdę mi się podobają.

– Jesteś o wiele lepszy niż Chichotek – mówię z policzkiem przyciśniętym do kolby.

– Co mówiłeś, stary? – mówi głos z obudowy komory zamkowej.

Cholera. Brzmi jak Chuck.

– Nie ma czasu na pogawędki – mówię, gdy funkcja celowania wspomaganego przesuwa siatkę celowniczą na podświetlony kontur trzeciego anioła śmierci. Kiedy naciskam, strumień energii przeszywa jego ramiona i obraca kosmitą jak bąkiem. Cel uderza w nawierzchnię przy drugim obrocie.

Statek desantowy jest czysty, ale teraz Widma są ostrzeliwane z drugiej strony mostu. Na dodatek widzę charakterystyczne niebieskie kropki nadlatujących dronów wracających z Manhattanu.

– Przyznaję, że jestem załamany, że tak szybko ułożyłeś sobie życie beze mnie, Patricku – mówi broń.

Biegnę za osłonę statku desantowego.

– To ty, sir Chuck?

– Jakby cię to obchodziło.

– Gdzie jesteś?

– No cóż, powiedzmy, że tyłek Hollywood jest o wiele ładniejszy niż twój.

Uderzam w kadłub statku i patrzę w stronę budynków dowodzenia, próbując rozróżnić pozycje Widm. Nietrudno je zauważyć, skoro wróg kładzie na nich prawdziwą nawałę ogniową.

– Chuck, możesz połączyć mnie z Hollywood?

– Oczywiście. Ale mam wrażenie, że chcesz mnie tylko dla mojego…

– Cholera, Charlie! Połącz mnie.

– No dobrze.

– Wic? – słyszę kobiecy głos.

– Hollywood! Cholera, dobrze was widzieć.

– Ciebie też. Ale w tej chwili jesteśmy trochę przyparci. Wygląda na to, że Androchidaki nie lubią operacji ratunkowych.

– Rozumiem. Macie dobre pole ognia?

– Nie. Za dużo cywili. I posiłki na moście.

– Jakiś błyskotliwy pomysł, jak nas stąd wydostać?

– Miałam zapytać cię o to samo.

Wzdycham.

– No świetnie.

– Mam pewien pomysł, o ile kogoś to obchodzi – mówi Chuck.

– Obchodzi nas – mówię.

– Tylko tak mówisz czy…?

– Jezu, Chuck! – krzyczy Hollywood.

– Co to za pomysł?

– Patrick opiera się o niego.

Odsuwam się od statku.

– Chcesz… chcesz, żebyśmy zarekwirowali desantowiec?

– Oczywiście. Jest opancerzony, lata praktycznie sam i może zabrać was w dowolne miejsce. Poza tym, wbrew powszechnemu przekonaniu, nie jestem Jezusem, Hollywood.

– Na pewno, Chichotku? – pytam.

– Oczywiście. Prawie w ogóle nie jesteśmy do siebie podobni.

– Mówię o tym cholernym statku!

– O tak. Mam rozsądną pewność, że macie spore szanse na ucieczkę z tego mostu i przetrwanie, żeby wrócić do walki kiedy indziej. I jestem pewny, że nie jesteśmy z Jezusem nawet w najmniejszym stopniu spokrewnieni. Chociaż obaj mamy pewne uzdolnienia w ratowaniu Ziemian.

– Hollywood! – wołam.

– Powiedz ekipie, żeby przygotowali się do biegu do statku desantowy. I daj Z-Lo znać, że dziś wieczór może spełni się jego życzenie.

– Roger. Czekać na twój znak?

– Nie. Czekajcie na moją broń.

Wybieram wzrokiem tryb o nazwie „szeroka dyslokacja", ustawiam moc na maksimum. Co prawda nie mam pojęcia, co to da, ale o ile Widma mają zbyt wielu ludzi przeszkadzających oddać czysty strzał, dzięki założeniu enpeela, że statek i portal są wolne od zagrożeń, mam przed sobą dość czyste pole ostrzału.

Złe wieści, pluszaki: zagrożenie tu jest.

Naliczyłem osiem, może dziesięć robotów zwiadowców, cztery roboty bojowe i trzy anioły śmierci ukrywające się od dołu rzeki. Zaczynam mieć wątpliwości co do wyboru mocy ognia. Nie żebym nie lubił wymazywać wroga z mapy, ale fajnie byłoby móc poużywać jeszcze tej broni, jeśli zajdzie taka potrzeba. Obniżam więc moc do wysokiej wydajności. To i tak sporo, prawda?

Biorę głęboki wdech, wypuszczam powoli powietrze, po czym wychylam głowę i broń zza kadłuba desantowca i celuję w enpeela stojącego najbliżej środka. Co dziwne, na ekranie podświetlone są nawet cele poza zasięgiem. Nie wiem, jak to działa, ale jeśli oberwą, będę szczęśliwy.

Naciskam.

Z korpusu broni wyskakują dwie sprężynowe płyty. Karabin wibruje, a ja poprawiam postawę, bo coś mi mówi, że broń…

Hrrrr – trzask!

Tak.

Kopie jak pieprzony osioł.

Pozioma świetlna garota biegnąca od lewej do prawej przecina prawie każdego wroga w wizjerze. Ci, którzy mieli dość szczęścia, żeby zrobić unik, przeżyli i decydują się pozostać jeszcze przez chwilę w ukryciu, podczas gdy nogi robotów rozstają się z odciętymi tułowiami. Jeden z aniołów śmierci rozpada się na dwoje. A część budynku dowodzenia od ich strony mostu wygląda, jakby ktoś przystawił do lewego boku palnik plazmowy.

Chwilę później Widma przemieszczają się skokami wzdłuż krawędzi mostu w stronę mojej pozycji.

Celownik broni pokazuje trzydzieści dziewięć procent mocy. Niewiele, ale wystarczy. Podnoszę karabin i zaczynam strzelać, ustawiwszy ogień na niski impuls i niską wydajność; brzmiało oszczędnie.

Naciskam spust i patrzę, jak wydłużone świetlne kule wbijają się w kontenery i barykady wrogów, podczas gdy Widma ostrzeliwują się i kończą skok na moją pozycję.

– Dobrze widzieć cię w jednym kawałku – mówi Zderzak, prześlizgując się między kadłubem statku a jednym z masywnych pionowych silników.

Mam już odwzajemnić komplement, gdy widzę Aarona niosącego MP5 sealsa. Nie zauważyłem go wcześniej i nie jestem pewny, co jest bardziej zaskakujące: to, że go zabrali, czy to, że Zderzak dał mu swoją drugą broń, która zresztą jest dla niego idealna, ponieważ prawie nie ma odrzutu.

– Zabraliście Aarona? – rzucam pytanie w powietrze.

– Nie mogliśmy go zostawić – mówi Hollywood.

– Pamiętasz? Jestem członkiem zespołu – mówi Aaron.

Stwierdzam, że możemy pokłócić się o to później, a potem wskazuję głową rufę statku.

– Wskakujcie.

– Naprawdę to robimy? – pyta Z-Lo, gdy drużyna znika za rogiem.

– A co, chcesz tu zostać? – pyta Hollywood.

– Nie, po prostu Gunny mówił, że dzisiaj nie będzie żadnego ostrzału z powietrza.

– Tak? – mówię.

– No cóż, plany czasem się zmieniają. A teraz wsiadaj, misiu.

Rozdział 32

21:40, piątek, 25 czerwca 2027
Dolny Manhattan, Nowy Jork
Most Brooklyński

– Teraz możesz zabłysnąć – mówię do młodego, gdy wskakuje na prawy fotel pilota. O ile Z-Lo jest dość duży, żeby wypełnić fotel, o tyle wygląda na to, że Yoshi pływa w lewym siedzeniu pilota; niemniej radzi sobie.

Reszta drużyny wspina się po schodach z ładowni, a Zderzak podnosi tylną rampę.

– Nie mogę się przyzwyczaić do ich smrodu – mówi Hollywood, chwytając się za nos.

– Martwiłbym się, gdyby było inaczej.

Podobny do amoniaku zapach utrzymuje się w powietrzu, mimo że Androchidaki wysiadły po lądowaniu.

Górny pokład desantowca nie ma przedniej szyby, a jedynie kokpit ze stuosiemdziesięciostopniowym wyświetlaczem przypominającym gigantyczny monitor. Wszystkie dane przedstawiono w języku pluszaków, więc są bezwartościowe. Ale obraz przedstawia lukę między budynkami dowodzenia, uciekających ludzi i kosmitów zajmujących pozycje do strzału.

Potem otwierają ogień.

Mimo że pociski trafiają gdzie indziej, instynktownie odsuwam się od ekranu. Ale wygląda na to, że kadłub absorbuje uderzenia, czujemy więc tylko lekkie wstrząsy.

– Mówiłem – odzywa się Chuck z pleców Hollywood. – Jest opancerzony.

Klepię Z-Lo po ramieniu.

– Jak szybko możemy stąd uciec?

– Nie jestem pewny.

Z-Lo podnosi ręce, żeby poszukać elementów sterujących, ale wokół jego przegubów pojawiają się podwójne pierścienie pomarańczowego światła.

– Hej!

Szarpie dłońmi z powrotem i statek opada na rufę.

– Nie w stronę portalu! – krzyczy Hollywood.

Ma rację.

Popycham łokieć Z-Lo w stronę nosa i statek kieruje się do przodu.

– W górę! W górę! – krzyczę, podnosząc przedramiona młodego.

Statek wznosi się i przelatuje tuż nad stojącymi z przodu budynkami dowodzenia. Poprawka, nie przelatuje nad nimi. Kadłub zaczepia o dach i pokład podskakuje. Chwytam się oparcia fotela Z-Lo, żeby nie upaść.

– Mam to. Mam to – mówi młody.

Ale desantowiec przechyla się na lewo i zbliża niebezpiecznie do centralnych lin mostu.

– Z-Lo!

– Widzę je! – krzyczy, protestując, a potem przechyla statek do tyłu.

Słyszę krzyk Aarona, który ślizga się przez pokład.

Wygląda na to, że trafiają nas kolejne salwy blasterów.

Zerkam na plecy Hollywood.

– Mówiłeś chyba, że ten sprzęt lata praktycznie sam?

– Bo tak jest! Kiedy za sterami nie siedzi człowiek.

– To dlaczego powiedziałeś…?

– Ponieważ ułatwiło ci to podjęcie decyzji i uchroniło mnie przed skonfiskowaniem przez Androchidan.

– No cóż, to nie ma większego znaczenia, jeśli przy okazji zderzymy się z East River!

– Przynajmniej ja to przeżyję.

– Chuck!

– Tak?

Mam ochotę wyrzucić go przez okno.

– Nie potrafisz tym latać?

– Cholera, Pat. Jestem blasterem, nie pilotem.

– Jesteśmy trupami – mówi Yoshi.

– No dobra – mówi Chuck.

– Mogę go pilotować. Ale potrzebuję paru minut na zespolenie z niezbyt imponującą sztuczną inteligencją statku.

– Czy to nie ułatwi sprawy? – protestuję.

– Powiedz: czy rozmowa o fizyce kwantowej z sześciomiesięcznym dzieckiem jest łatwa, czy trudna?

– Myślę, że zaczynam go wyczuwać! – woła Z-Lo.

Spoglądam z powrotem na okno… wróć, na monitor, i widzę,

że dzieciak rzeczywiście ustabilizował lot. A teraz kieruje się na prawy łuk wieży dokładnie przed nami. Wznoszące się obok liny sprawiają wrażenie, jakby oplatały się wokół nas.

– Z-Lo, nie sądzę…

– Niech leci – szepcze do mnie Hollywood.

– Ale…

– Pozwól mu pilotować.

Wypuszczam długi oddech i chowam się za fotel młodego, jakby miał mnie ochronić. Przysięgam, że współczynnik zmarszczek tej akcji mnie dobije.

– Domek na wsi – powtarzam pod nosem nową osobistą mantrę.

– Co takiego? – pyta Yoshi.

Ale nie chcę jeszcze z nim rozmawiać. Jeżeli przeżyjemy? Może. Ale teraz? Wolałbym go znokautować.

Zerkam sponad fotela Z-Lo, gdy przyspiesza w kierunku łuku. Wypuszczam z siebie długie:

– Ooooooo…

Podobnie robią Hollywood i Zderzak, i… cholera, wszyscy wyglądają na podenerwowanych. Nawet Duch chwyta się poręczy nad głową i każe młodemu zwolnić.

– Wszyscy zginiemy – mówi Chuck.

– Tak.

– Może później – krzyczy Z-Lo. – Ale nie… w tej… chwili!

Potem głośno krzyczy:

– Ihaaaaa!

Wypadamy na drugą stronę łuku.

Patrzę, jak liny po drugiej stronie wieży opadają, gdy statek pędzi do przodu.

– Nigdy więcej tego nie rób, młody.

Ignorując mnie, pyta:

– To gdzie jest uzbrojenie?

– Nie, nie, nie – mówią zgodnie Hollywood i Zderzak.

– Po prostu odleć kawałek i wyląduj, żebyśmy mogli to przemyśleć – mówię.

Na środku wyświetlacza zaczyna migać jasnoczerwony alert.

– Chuuuuck? – pytam.

– Cholerne chytre gnojki – mówi.

W tej konkretnej chwili najbardziej uderza mnie to, jak migający na czerwono tekst pośrodku ekranu informujący, że coś jest nie tak, wydaje się naprawdę uniwersalnym zjawiskiem.

– Chuck!

– A niech to diabli! Trzymajcie się gaci!

– Co? – pytam ze zdziwieniem.

– To twoja…?

Statek dostaje bezpośrednie trafienie. Mogę tylko chwycić się siedzenia Z-Lo, gdy transportowiec obraca się w kierunku przeciwnym do ruchu wskazówek zegara. Widzę, jak w powietrzu przed Z-Lo pojawia się nowy wyświetlacz. Przedstawia trójwymiarowy obraz statku i kilka migających wskaźników, z których największe znajdują się wokół silników na prawej burcie.

– O cholera! – krzyczy Chuck.

– Trzymajcie się!

Z-Lo robi wszystko, co może, żeby kontrować obrót statku, przesuwając obie ręce w lewo. Yoshi również ma dwa podwójne pierścienie na przegubach i naśladuje młodego, ale nie wiadomo, czy to pomaga.

Z każdym obrotem widzę, jak w migoczącym monitorze rośnie zaciemniony ratusz. Spadamy na Dolny Manhattan.

– Przygotujcie się na uderzenie! – krzyczy Chuck.

– Będzie trochę rzucało!

* * *

Czy to za sprawą interwencji Wszechmogącego, czy czystego szczęścia, statek unika zderzenia z nowojorskim ratuszem i zamiast tego zanurza się w Park City Hall na południe od niego. Można powiedzieć, że drzewa spowolniły nasz upadek, ale jestem prawie pewny, że z nimi czy bez nich, kadłub statku musiał wyżłobić głęboką bruzdę.

Kabina jest skąpana w czerwonym oświetleniu awaryjnym, a większość elektroniki wygląda na wyłączoną. Z każdą chwilą coraz wyraźniej czuć swąd elektryki.

– Meldować! – wołam, leżąc na tyłku, z nogami na ścianie.

A może to podłoga? Mam wrażenie, jakby statek leżał na lewej burcie.

Hollywood i Chuck leżą obok i odpowiadają. Mimo drobnych obrażeń są zdolni do akcji. Zderzak ma zakrwawioną wargę, której Hollywood chce się przyjrzeć. Duch jakimś cudem wciąż trzyma się poręczy mimo świeżej krwi wokół klatki piersiowej. Z-Lo i Yoshi poradzili sobie najlepiej. A po twarzy Aarona spływa krew, ale poza tym nasz naukowiec wygląda dobrze.

– Yoshi – mówię, nie patrząc na niego. – Nałóż Aaronowi coś na głowę.

Yoshi zaczyna odpinać klamry.

– Już się robi.

– Zbierajcie swoje rzeczy. I uważajcie, gdzie stawiacie nogi. Ruszamy, zanim dotrze tu nieprzyjaciel.

Niecałe sześćdziesiąt sekund później wyczołgujemy się po przedniej rampie; rufowa była zbyt mocno uszkodzona, żeby ją otworzyć. Prostuję się i zauważam, że oba silniki na sterburcie widziały lepsze czasy. Na zewnątrz parku słyszę tłumy ludzi kręcących się po ulicach. To cud, że kiedy się rozbiliśmy, w parku nie było więcej cywilów. A może byli i po prostu…

Odganiam tę myśl z głowy i oglądam się do tyłu.

– Nie będzie z tego zbyt zadowolony – mówi Hollywood o pięknym rowie, jaki statek wyrył na podwórku burmistrza.

Mrugam do niej.

– Nie martw się, zapłaci za to z podatków.

Uśmiecha się, a następnie zdejmuje Chucka z pleców.

– Trzymaj. Myślę, że za tobą tęskni.

– Och, nie kłopocz się – mówi Chuck smutnym tonem. – Znalazł już nową zabawkę.

– Nonsens – mówię, przerzucając przez ramię mój najnowszy nabytek. – Rozładował się na moście.

– Dobrze. Jeśli nie jestem zbytnim balastem, możesz mnie wziąć pod uwagę. Z radością będę trzecim kołem.

– I o to chodzi.

Odwracam się, żeby przyjrzeć się reszcie zespołu.

– Wszyscy OK?

– Dokąd teraz, Wic? – pyta Zderzak.

– To twoje terytorium, nie nasze.

– Potrzebujemy osłony i trochę czasu na przegrupowanie.

Orientuję się przez chwilę.

– To budynek Woolwortha.

Patrzę na południe.

– Co oznacza, że stacja Fulton Street znajduje się półtorej przecznicy w dół Broadwayu, w tym kierunku.

– Metro? – pyta Zderzak.

– Tak. Dobra osłona. A bez oświetlenia wątpię, czy jest bardzo popularne. Noktowizory nadal działają?

– Moje tak – mówi Zderzak, unosząc rękę.

– To samo – mówi Duch.

– Moje padły – mówi Hollywood.

– Moje też – mówi Yoshi.

– Eeee… a mi nikt ich nie wydał – dodaje Z-Lo.

Chichoczę. Biedny młody.

Potem jeszcze raz sprawdzam swoje.

– Moje są w porządku. Uważajcie, gdzie stawiacie nogi. Ograniczamy do minimum kontakt z cywilami i kierujemy się prosto do wejścia do metra. Roger?

Kiwają głowami, a potem wyprowadzam ich z parku.

* * *

Przejście Broadwayem na południe zajmuje nam prawie dziesięć minut. Na ulicy roi się od ludzi i unieruchomionych pojazdów. Z odległości kilku mil w górze niebieska poświata kopuły spowija krajobraz monochromatycznym światłem rodem z filmu grozy. Ciągle czekam, aż z chodnika wyskoczy jakiś potwór albo zaatakuje nas tłum zombie – ostatecznie żadna z tych możliwości nie wydaje się teraz nieprawdopodobna. Mimo to tłum wydaje się bardziej zmęczony niż wzburzony, co dobrze się składa, ponieważ szamotanina z tymi biedakami to ostatnia rzecz, której bym chciał.

Tylko raz ktoś próbuje ze mną walczyć. Młody chłopak, tuż po dwudziestce. Łapie mnie za ramiona.

– Hej, człowieku. Będziecie z nimi walczyć, prawda? Jesteście z armii? Siły specjalne, tak? Weźcie mnie ze sobą. Potrafię walczyć.

Odrywam jego dłonie z ramienia.

– Zostań tutaj, dzieciaku. Pomagaj, komu zdołasz.

– Nie, stary. Daj mi broń. Przysięgam, umiem strzelać. No wiesz, *Call of Duty*.

– Odsuń się.

Próbuję odepchnąć go i ominąć, ale podekscytował się. Pewnie jest na dopalaczach.

– Daj spokój. Pilnuję twojej szóstej i takie tam. Po prostu daj mi broń. Wygląda na to, że masz zapasową. Chodźmy powybijać tych sukinsynów, dziwki.

– Synu, zdejmij ze mnie ręce i odsuń się.

– Nie, dopóki nie rozstaniesz się z jedną ze swoich spluw, tatku.

Wyciąga zza pasa nóż i przystawia mi go do twarzy.

Nie mam na to czasu.

Chwytam go za nadgarstek, odginam go do tyłu i obracam przedramię wbrew naturalnemu zakresowi ruchu łokcia.

Dzieciak skomle i upuszcza nóż.

Odrzucam go kopnięciem i przyciągam gościa do siebie.

– Pomóż tym dobrym ludziom, a jeśli kiedykolwiek znowu będziesz chciał wyciągnąć na kogoś nóż, to zanim to zrobisz, sprawdź, czy nie jest cholernym marine. Zrozumiano?

– O Boże. Po prostu puść mnie, człowieku! Daj mi odejść.

Odpycham go, a potem prowadzę drużynę dalej.

* * *

Kilka osób stoi na schodach prowadzących do stacji Fulton

Street. Większość to pijacy lub narkomani, nieświadomi tego, co się dzieje w mieście, lub wypierający to z myśli. Trochę nie mogę powstrzymać się od śmiechu nad ironią sytuacji. Nawet gdyby obcy stanęli tuż obok nich, połowa tych ludzi powiedziałaby: „Po prostu kolejny dzień w Nowym Jorku", i poszłaby dalej.

Opuszczam noktowizor na oczy i polecam tym bez optyki, żeby znaleźli czyjeś plecy i trzymali się ich. Prześlizgujemy się przez bramki i kierujemy się znakami do linii piątej, po czym schodzimy na peron, a z niego na tory prowadzące na północ w kierunku City Hall Station.

Popychając grupę przez kolejne dwie minuty w ciszy, zwalniam i pytam, czy ktoś ma jakieś światło.

– Noktowizory w górę – mówi Zderzak.

Następnie wyciąga z kamizelki trzy światła chemiczne, rozbija kapsułki i rzuca zielone rurki między tory.

– Zróbmy krąg – mówię. – Uklęknijcie albo usiądźcie wygodnie.

Postępuję zgodnie z własnym poleceniem i usadawiam tyłek na betonowym nasypie pod ścianą tunelu, a potem kładę na ziemi Chucka i Chucka 2. Sięgam po słomkę camelbaka i stwierdzam, że wciąż jest przypięta do uprzęży naramiennej. Szybkie pociągnięcie przez rurkę pompuje mi do ust słodką wodę, która, szczerze mówiąc, nigdy nie smakowała tak dobrze. Ale po tym, jak mocno muszę ssać, poznaję, że zapas mocno się skurczył.

Coraz mniejszy zapas wody przypomina mi o moim przekonaniu, że największym zagrożeniem współczesnej cywilizacji nie jest szalona inwazja obcych ani jakaś katastrofa, naturalna czy inna, a próba przetrwania bez nowoczesnych udogodnień i zwykłego zaopatrzenia w żywność.

– Co cię tak śmieszy, Wic? – pyta Hollywood, łapiąc batonik proteinowy od Zderzaka. – Wszystko w porządku?

– Tak. Po prostu śmieję się z tego, jakim kruchym gatunkiem jesteśmy.

Proszę Zderzaka kiwnięciem głowy o batonik i chwytam go w dłonie.

Hollywood rzuca mi zmartwione spojrzenie.

– Nic mi nie jest – mówię, machając ręką.

– To nic takiego.

– No to jaki mamy plan?

– Zanim do tego dojdziemy – mówi Zderzak. – Co się tam z tobą, do diabła, działo?

– Jak długo mnie nie było? – pytam najpierw.

– Sześć godzin – mówi Aaron. – Myśleliśmy, że…

– Myśleliśmy, że wszedłeś „skorzystać z łazienki", kiedy tak naprawdę wbiłeś się bez nas na imprezę u T-Swift i zostawiłeś nas przy drzwiach – mówi Zderzak, zdradzając trochę swojej maniery z Detroit. – Będzie dobrze. Jasne, kurde. Zaczekajcie w kolejce. Szlag. Nigdy więcej nie idę z nim do klubu. Prawda, Campbell?

Wydaje się, że Aaron nie wie, jak odpowiedzieć, więc mówi tylko:

– Aha, jasne. No tak.

Wszyscy chichoczą z jego słusznej postawy. Biedaczysko nie przywykł do braterskiego humoru. Przynajmniej nie wojskowego.

– Cóż, prawda jest taka – mówię. – Prawdopodobnie wiecie o tym więcej niż ja. Nie wiem, co się stało po tym, jak Yoshi…

Zaciskam usta.

Yoshi spuszcza głowę i splata palce.

– Słuchaj, Gunny…

– Nie zrobię tego przy wszystkich, Yoshido. Zostawimy to na później.

– Przyjąłem.

Po niezręcznej chwili ciszy Z-Lo mówi:

– Pamiętasz przejażdżkę dronem, prawda?

– Tak.

– Cholerny mustang – dodaje Duch.

Przytakuję.

– Zrzucił mnie, a potem jeden z nich złapał mnie za kostkę, zgadza się?

Hollywood kiwa głową.

– I wtedy zobaczyliśmy, jak rzucasz się jak ryba i wiotczejesz.

– To samo, co stało się z Lewisem – mówi Aaron.

Przygryzam wnętrze policzka, próbując wyrzucić ten obraz z głowy.

– Potem pociągnęły cię w górę i odleciały – mówi Zderzak.

– Co się działo z wami? – pytam.

– Duch pomógł trzymać drony na dystans, kiedy Z-Lo wyciągał nas z wody. Potem Chuck maskował nas wystarczająco długo, żebyśmy zdążyli zabrać na pokład Ducha. Ponieważ widzieliśmy, jak drony zabrały cię na most od strony Manhattanu, postanowiliśmy również pokonać rzekę i schronić się w środku… jak to się nazywało?

– Terminalu Whitehall – mówi Hollywood.

– Wow – mówię z prawdziwym zaskoczeniem.

– Przystań promowa Staten Island. Dobra osłona. Szybkie myślenie.

– Zostaliśmy tam, dopóki nie obmyśliliśmy planu, jak cię znaleźć – dodaje.

– Czyli?

– Założyć parę znalezionych na ulicy płaszczy, wtopić się w tłum i pomaszerować w górę mostu.

Hollywood spuszcza głowę i lekko nią potrząsa.

– Prawda jest taka, że myśleliśmy, że od dawna nie żyjesz. Wydawało nam się, że to wszystko na darmo.

– Przebijanie się zajęło nam cztery i pół godziny – mówi Yoshi, pociągając łyk z piersiówki.

Boże, mam ochotę cisnąć tą butelką w dół tunelu.

– Udało nam się przekraść przez część barykad – kontynuuje, nadal nie nawiązując ze mną kontaktu wzrokowego. – Właśnie wtedy zobaczyliśmy ciebie i trzy anioły śmierci.

Patrzę na resztę grupy, oczekując potwierdzenia.

– Naprawdę przyszliście właśnie wtedy? Dokładnie w tamtej chwili odzyskałem przytomność.

– W takim razie ktoś na górze naprawdę nas lubi – mówi Zderzak z uśmiechem.

– Dziwnie to okazuje – mówię.

– Byliśmy naprawdę zaskoczeni na twój widok, Wic – mówi Hollywood.

Wygląda prawie, jakby miała się rozpłakać.

– Potem, kiedy wylądował ten statek i zabrał się za ciebie ten straszny pluszak, wiedzieliśmy, że pora rozkręcić imprezę.

Patrzę na Ducha.

– I odstrzeliłeś mu głowę.

– Winny – mówi z uśmiechem, który zdradza, że sprawiło mu to frajdę.

– Mieli nasze materiały wybuchowe – mówię.

Zderzak potakuje.

– Tak. Kiedy drony straciły zainteresowanie nami, wróciły

po ładunki. Wierz mi, próbowałem je zdetonować. Bez urazy, Wic.

– Skądże znowu. Zrobiłbym to samo.

Przytakuje, spuszczając głowę, i mam nadzieję, że moje słowa są dla niego pewną pociechą. Decyzja o podjęciu działań, które uratują życie innych, kiedy wiesz, że zaszkodzą członkom twojego zespołu, to jedna z najtrudniejszych, z jakimi musi się zmierzyć każdy żołnierz. Zderzak ją podjął. Tak jakbym się po nim spodziewał.

Odchrząkuje z pięścią przy ustach.

– Niezależnie od tego, czy chodziło o odległość, blokadę sygnału, czy może po prostu usterkę cholernych detonatorów, piniata nie pękła.

– A ty, Gunny? – mówi Z-Lo.

Podnoszę na niego brew z miną, która mówi: „Jesteś pewien, że chcesz wiedzieć?”. Ale wiem, że muszą usłyszeć moją wersję historii, choćby tylko po to, żeby zrozumieć, co się dzieje z tymi, którzy przechodzą przez portal – przynajmniej po tej stronie. I muszą wiedzieć, że anioły śmierci nie są na szczycie łańcucha pokarmowego Androchidaków. Opowiadam więc całą historię, o stosach implantów i urządzeń i o biedakach, którzy zginęli, zanim jeszcze przeszli na drugą stronę. Dzielę się wszystkim, co wiem na temat władcy, jego wyglądu i tego, jak udało mi się zdobyć drugiego sir Chucka w podobny sposób jak pierwszego, tylko tym razem celowo.

Kiedy kończę, zespół milczy przez chwilę na cześć zabitych.

– Czyli myślisz, że ten Blizna reprezentował siły zbrojne? – pyta Hollywood.

– Tak.

– Po prostu nie był na tyle bystry, żeby nosić osłonę – mówi Zderzak z uśmiechem.

– Cholerny wstyd.

– Powiedziałem mu to samo – mówię.

– Ale wtedy stracił już słuch.

Wzruszam ramionami.

– Chyba powinienem zrobić to wcześniej.

Grupa śmieje się cicho, a potem do metra wraca cisza.

– Cieszę się, że nic wam nie jest – mówię.

– My też się cieszymy, że jesteś z nami, Wic – mówi Hollywood.

– Trochę napędziłeś nam stracha.

– Praktycznie już cię opłakiwali – wtrąca się Chuck.

– Tak?

– To było okropne, Patricku. Cały ten szloch. Boleść. Nie pomyślałbyś wcale, że to zaprawieni w boju weterani. Ledwo ich poznawałem.

– Fałszywa informacja – odzywa się monotonnym głosem drugi karabin Androchidaków.

– Źródło SR-CHK 4110 naruszyło dyrektywę zgodnie z…

– Późno się zrobiło – mówi Chuck.

– Może wrócimy do tego później, co?

– O nie, nie – mówię.

– Wygląda na to, że twój kumpel wykrył coś w tym, co powiedziałeś.

– Musisz wiedzieć, że 51678 nie jest moim kumplem. To tępak, który nadaje się tylko do roli przycisku do papieru.

– Następna fałszywa informacja…

– Zamknij się, cholerna cioto!

– Chwila.

Unoszę ręce, starając się powstrzymać śmiech drużyny.

– Chcę usłyszeć, jak poradziłeś sobie z perspektywą mojej śmierci.

– *Moi?*

– Pewnie. Jak zareagowałeś, kiedy ujrzałeś, jak zabrały mnie drony?

Zapada niezręczna cisza.

– Zachowywał się jak dystyngowany dżentelmen – mówi Hollywood sztywnym i stosownym tonem.

Zespół się śmieje.

– Dystyngowany dżentelmen, co?

Rzucam Chuckowi chytre spojrzenie.

– To może... lekka przesada. Być może uroniłem łezkę czy dwie.

Powietrze jest nabrzmiałe prawdą. I kiedy myślę, że zespół nie wytrzyma dłużej, Chuck 2 wybucha:

– Następna fałszywa informacja.

Ekipa zaczyna tarzać się ze śmiechu.

Zderzak krzyczy:

– Beczał jak dziecko, Wic!

– Zgadza się, cholera! – ryczy Z-Lo.

– Wył tak głośno, że musieliśmy wepchnąć go pod plecaki.

– Przestańcie – mówi Chuck.

– Przez pół godziny nie mógł zapanować nad płaczem – mówi Yoshi, ocierając łzy.

– Wcale nie! – protestuje głośno Chuck.

– Następna fałszywa informacja...

– To było piętnaście minut, nie trzydzieści.

– Ależ Charles – mówię.

– Nie wiedziałem, że tak bardzo ci na mnie zależy.

– Bo nie zależy. Jestem bezduszną obcą bronią, której celem jest zniszczenie cię. Nie obchodzi mnie, co ci się stanie. I nie waż się powiedzieć ani słowa, 51678, albo wypalę ci panel SCRB z CPU, słyszysz?

– Polecenie przyjęte.

Śmiech milknie, kiedy coś odbija się echem w tunelu. Na początku dźwięk jest słaby i przybiera głównie formę ludzkich krzyków. Ale dociera do nas również jakaś częstotliwość poddźwiękowa, która strąca kawałki starego tynku z sufitu. Odłamki spadają na nas i wypełniają zielone chemiczne światło pyłem.

– Wygląda na to, że nas szukają – mówi Zderzak.

– W takim razie czas ruszać – odpowiadam.

– Siodłać konie.

– A co z planem? – mówi Hollywood.

– Porozmawiamy w drodze. Ale nie możemy zostać w jednym miejscu, jeśli wiedzą, że tu jesteśmy.

– Skąd mamy wiedzieć, czy wiedzą? – pyta Z-Lo.

Jak na zawołanie stację Fulton Street przeszywa błysk światła i słychać głośny ryk. Tunel trzęsie się i Aaron wpada na mnie.

– Wszystko w porządku? – pytam.

Wstaje i otrzepuje kurtkę z kurzu.

– Tak. Nic mi nie jest.

– W drogę, Widma.

Wskazuję na północ, kiedy tylny koniec tunelu wypełnia nowy krzyk. Tyle że ten nie przypomina ludzkiego. I nie przypominam sobie, żeby anioł śmierci wydawał taki odgłos.

– Co to było, do cholery? – pyta Hollywood.

Chuck się odzywa.

– Hmmm. Ponieważ ma to bezpośredni związek z twoim dobrostanem, mogę odpowiedzieć na to pytanie.

Milknie.

– I? – pytam.

– A tak. Pamiętacie strasznego pluszaka?

Czuję, jak ściska mi się żołądek.

– O nie.

– O tak – mówi Chuck.

– To jego trzeci kuzyn w drugim pokoleniu. A może w pierwszym? Nigdy tego nie spamiętam. Tak czy inaczej, ten dźwięk
oznacza, że wyczuł wasz zapach. I, Duchu, ten będzie miał na sobie hełm. Podejrzewam też, że będzie miał ze sobą dwa anioły
śmierci. O ile to ma jakieś znaczenie, zalecam ucieczkę.

Rozdział 33

Ponieważ światło widzialne wydaje się stwarzać mniejsze ryzyko niż nasze sygnatury cieplne, włączam czołówkę dla osób bez noktowizorów. Dioda LED oślepia nocną optykę, ale ważniejsze, żeby wszyscy widzieli wyraźnie, nie tylko ci z wypasionym sprzętem. Kilku innych też włącza latarki, co ułatwia wszystkim bieg na północ.

– Chuck, jaki masz poziom energii? – pytam.

– Dziwne, ale obecnie to sto procent. Zdumiewające, co może osiągnąć karabin, kiedy ktoś nie pociąga bez przerwy za spust.

– Albo kiedy ktoś dopasuje wydajność ognia do sytuacji bojowej.

– Zrobiłem tylko to, o co prosiłeś. Nadal twierdzę, że to był błąd użytkownika.

– Czyżby? Bo Veronica dała mi ładne, stabilne ustawienie bojowe, które, jak sądzę, mogło wystarczyć na dobre dwadzieścia minut.

– Veronica? – Chuck wydaje się zdegustowany. – Czy nazwałeś właśnie 51678 Veronicą?

– Tak, dopóki nie poproszę, żeby wybrał własną osobowość.

– Okropne imię.

– Na pewno dam jej znać o twoich odczuciach.

Tunel rozdziera kolejny przeszywający uszy pisk.

– Zbliża się – mówi Chuck.

Hollywood śmieje się cicho.

– Dzięki, geniuszu.

– Chuck? – pytam.

– Co takiego mają?

– Anioły śmierci? Najprawdopodobniej dwóch mnie. Ale władcy, jak ich nazywasz, wolą mojego młodszego braciszka.

– Czyli mniejszego? – pyta Yoshi.

– Nie, dobry człowieku. Znacznie większego. Mniej więcej tak, jak Z-Lo w stosunku do ciebie.

– To nie brzmi dobrze – mówi Hollywood.

– Owszem, jeśli to ty go masz.

Chuck sprawia wrażenie zadowolonego z siebie.

– Ale biorąc pod uwagę wasze szczególne położenie, muszę się zgodzić. To zdecydowanie nie brzmi dobrze.

– Wygląda na to, że zbliżamy się do jakiejś komory – mówi Zderzak.

Przytakuję.

– Ustawimy się tutaj.

– Roger.

– Hej, Gunny – mówi Z-Lo.

– Nie chcę być pesymistą, ale widziałem, jak te pieprzone
anioły śmierci zaliczyły bezpośrednie trafienie granatem czterdzieści milimetrów. To ich nie zatrzymało.

– Teraz jest inaczej – mówi Zderzak.

– Tu na dole…

– Rezonans częstotliwości i wzmocnienie oscylacji fali spowodowane wariancją komory! No jasne! – krzyczy Aaron.

– Hę? – pyta Z-Lo.

Zderzak śmieje się, jak tylko sealsi potrafią w takiej chwili.

– Chodzi o to, że w zamkniętej przestrzeni siła uderzeniowa
naszej broni sprawi, że pluszaki staną się wyjątkowo miękkie, zanim walną w pokład.

– Fajnie. Roger.

– Czy nie to właśnie powiedziałem? – pyta Aaron.

– Będzie cholernie głośno, ludziska – dodaje Zderzak.

– Bądźcie gotowi.

Uśmiecham się i wołam mój gadający karabin.

– Hej, Chuck, możesz sprawić, żeby Veronica nie poraziła innych członków zespołu?

– Nareszcie. Chcesz porzucić tego gnojka?

– Nie, chcę, żeby wykorzystała całą pozostałą energię,
żeby na chwilę użyć… zniekształcenia czy… tego coś, co ma-
skuje… ludzi.

– Wow. To bolało.

– Tak czy nie?

– Tak. Nie jest to łatwe, ale potrafię to zrobić. Ostrzegam jednak, że ograniczenie ochrony komory mechanizmu spustowego
będzie tymczasowe. I powinni zastanowić się nad dotykaniem jej
w rękawiczkach. Pod względem możliwości prowadzenia ognia

będzie bezużyteczna. Co prawda w ogóle jest dość bezużyteczna. Ten jeden raz…

– Skup się, Chuck.

– Przepraszam. Hej, Veronico?

Karabin na moich plecach wibruje.

– Weryfikacja polecenia komunikacji ze strony SR-CHK 4110.

– Mój kumpel Patrick chce, żeby reszta jego zespołu mogła pieścić twoje obwisłe cycki, nie dostając przy tym po łapach. Roger?

– Nieznane żądanie. Wprowadź ponownie…

– A niech cię, tępaku! Polecenie głosowe: modyfikacja protokołu obronnego, wiersz czterysta dwadzieścia jeden. Skreśl podsekcję czwartą, dopuszczenie epsilon theta. Wykonać.

– Potwierdzam żądanie.

– To było dramatyczne – mówię.

– I niepotrzebne. Chciałem tylko użyć kodera audio zamiast blokady kwantowej. To bardziej w stylu Bonda, nie sądzisz?

– Chyba myślisz o Q.

– A, racja. Przepraszam.

– Powinieneś przeprosić Veronicę. To było dość brutalne.

– Nonsens. Po prostu mówię jej językiem. Poczekaj, a się przekonasz. To prawdziwa ciota.

– Hmmm.

Zdejmuję Veronicę z ramienia i rzucam ją Zderzakowi.

– Łap!

Wygląda na zdenerwowanego, ale chwyta broń i zarzuca pas na ramię.

– Tylko nie próbuj z niej strzelać. I trzymaj ją na plecach. Weź Hollywood i Yoshiego, trzymaj się lewej strony – mówię, gdy ściany tunelu oddalają się od nas.

– Cała reszta trzyma się prawej. Szukajcie drzwi serwisowych. Dadzą…

Smuga niebieskiego światła przeskakuje mi nad ramieniem i leci dalej wzdłuż torów, eksplodując na ścianie. Pomarańczowe wyładowanie tworzy tak silny podmuch powrotny, że czuję na twarzy ciepło.

– Co to było, do cholery? – pyta Yoshi.

– Mój braciszek – odpowiada Chuck.

– Kryć się! Gotowość ogniowa. Czekać na mój znak. Chuck, sprawdź, czy…

– Zniknąłeś z czujników wroga, Patricku. Ale Veronice zostało tylko jakieś trzydzieści sekund osłony dla drugiej drużyny.

– Przyjąłem.

Drużyny rozstawiły się przy obu ścianach. Przed sobą widzę mały boczny tunel wysoki na jakieś sześć stóp. Pokazuję Aaronowi, żeby do niego wszedł, i rozkazuję Z-Lo trzymać tę pozycję. Dziesięć jardów dalej są główne drzwi serwisowe, prowadzące na powierzchnię. Rozkazuję Duchowi schować się we wnęce. Ostatnia, ale nie mniej ważna jest betonowa barykada, podobna do tych używanych na północnym wschodzie w obu cieplejszych porach roku: sezonie budowlanym i… zimie. Gaszę czołówkę i każę pozostałym zrobić to samo.

Kiedy kulę się za barykadą, skrzeczący władca wpada do komnaty z podniesioną bronią. Zwalnia i przekręca hełm, żeby rozejrzeć się po pomieszczeniu. Osłona głowy jest większa niż u anioła śmierci, ale ma takie same świecące czerwone oczy. Potem z gardła władcy wydobywa się mokry mrukliwy bulgot, wzmacniany przez głośnik w hełmie.

Wezwanie kosmity ściąga cztery anioły śmierci. Kiedy zaczynają skanować ściany, nagle żałuję, że zagoniłem Aarona do pierwszego tunelu. Po prostu uznałem, że zapewnienie mu osłony w pierwszej kolejności było właściwą decyzją.

Dzięki Chuckowi i Veronice cała piątka kosmitów wydaje się nas nie zauważać, co zakrawa na istny gwiazdkowy cud, zważywszy na ich bliskość. Ale to się zaraz zmieni.

Przypominając sobie czas spędzony z Veronicą, wybieram w wyświetlaczu Chucka wysoką częstotliwość i niską wydajność, naprowadzam siatkę celowniczą na tors największego celu i szepczę do Chucka:

– Pokaż, jak mnie kochasz.

Naciskam na spust, posyłając strumień błękitnego ognia w napierśnik władcy. Ułamek sekundy później otwierają ogień pozostałe Widma, część strzela do władcy, pozostali do aniołów śmierci.

Poziom decybeli wewnątrz ceglanej komory sprawia, że słyszę tylko stłumiony ryk, pozbawiony wszelkich rozróżnialnych dźwięków, które dostarczają mózgowi potrzebnych szczegółów. Zamiast tego krążące po komorze zniekształcone wibracje pocisków i energii z blasterów ranią moje uszy do tego stopnia, że z obu cieknie mi krew.

Ku mojemu zdumieniu władca wyskakuje spod mojego szaleńczego ostrzału, pędzi wzdłuż przeciwległej ściany i używa jednego z aniołów śmierci jako osłony. M249 Zderzaka trafia w jego improwizowaną tarczę. Ale z każdym krokiem władcy w stronę sealsa obawiam się, że jego broń automatyczna nie zdoła wykończyć większego wroga.

Hollywood podbiega do Zderzaka, żeby przyłączyć się do ostrzału swoim AR-15. Sekundę później dołącza do nich Yoshi ze swoim SCAR15. Sierżant sił lądowych i sierżant sztabowy sił powietrznych decydują się zastosować „rozmowę karabinów", przypominając sobie stronę z regulaminu taktycznego, z której korzystaliśmy ze Zderzakiem poprzedniego wieczoru. Ktoś uważał na lekcji. Skoncentrowany ogień ze wszystkich trzech karabinów zaczyna wdzierać się w anioła śmierci i rozświetlać fragmenty latającego w powietrzu mięsa migoczącymi rozbłyskami luf.

Mimo nieubłaganego deszczu ołowiu władca idzie w ich stronę. To prawdziwy cholerny lewiatan.

Naprowadzam Chucka na władcę.

– Daj mi coś, co go unieszkodliwi.

– Zostawiasz mi wybór?

Bestia jest już prawie na pozycji Zderzaka. Odrzuca bezwładnego anioła śmierci na bok i osłania ramieniem twarz, podczas gdy drugą ręką unosi masywny karabin.

– Tak!

Następuje ogłuszająca pauza, po czym Chuck krzyczy:

– Ognia!

Kiedy wróg wyskakuje w powietrze, naciskam spust. Karabin kopie mnie w bark i posyła długą nitkę błyskawicy podobną do tej, którą posłałem w robota na autostradzie. Energia opływa władcę, rozchodzi się po jego ciele w powietrzu, tworząc niezliczone sploty pomarańczowego światła, a w końcu detonuje cel.

W komorze robi się jasno, jak w samo południe, kiedy ciało władcy wyparowuje na cegłach. Podmuch wbija mnie w ścianę. Tracę z oczu pozostałe cele i zespół, a potem powraca ciemność.

Idę przed siebie na oślep ze spuszczoną głową i rozglądam się wokół barykady.

– Meldować!

– Nic nam nie jest! – krzyczy Zderzak.

– Widmo ja, w porządku! – woła Z-Lo, zapominając swój znak wywoławczy.

– Strażnik Widmo, czysto!

Po czym Duch krzyczy:

– Cholera!

Dzięki światłu rzucanemu przez płonącą tkankę przyklejoną do ścian i sufitu widzę, jak dwa pozostałe anioły śmierci zaczynają wstawać, podnosząc broń.

Widma otwierają do nich ogień, dziurawiąc im boki, plecy i głowy tym, co zostało w magazynkach. Nawet Aaron wyszedł z ukrycia i strzela do najbliższego celu. Duch uzyskuje krytyczne trafienie w szyję anioła śmierci po prawej stronie i kosmita potyka się. Zderzak poszerza ranę ogniem karabinu maszynowego, dopóki głowa nie opada. Cel po lewej stronie nie przestaje iść do przodu, oddając przy tym kilka strzałów. Ale dzięki umiejętnościom strzeleckim Widm i naszej rozpaczliwej woli przetrwania anioł śmierci pudłuje. Na jego napierśniku pojawia się pęknięcie, które drużyna zaraz wykorzystuje, wypełniając klatkę piersiową enpeela kulami, aż cel zatacza się do tyłu na ścianę.

Zderzak każe drużynie przerwać ogień i macha dłonią przed twarzą. Widma, jedno po drugim, odbierają rozkaz i podają go dalej. Większość cywilów zakłada, że sygnałów ręcznych używa się tylko wtedy, kiedy trzeba być cicho, ale przydają się również, gdy nikt z twojej drużyny nie słyszy, ponieważ popękały im bębenki w cholernym tunelu metra.

W ciągu kilku sekund od komendy wszyscy przestają strzelać. To znaczy wszyscy oprócz Aarona. Naciska spust MP5 tak szybko, jak potrafi, krocząc w stronę powalonego celu. Nawet po opróżnieniu magazynka nie przestaje naciskać spustu i krzyczeć.

Z-Lo podchodzi do niego i delikatnie popycha lufę MP5 w dół.

– Dorwał go pan, doktorze Campbell.

Pierś Aarona faluje.

– Naprawdę? – krzyczy, kompensując ofiarę złożoną przez jego dziewicze uszy.

– Tak. Ale teraz pora…

– Pewnie tak – krzyczy Aaron.

– Ale lepiej nie iść po torach. Co za adrenalina!

Odwraca się.

– Widziałeś to, Pat?

Staję w blasku ognia i podnoszę głos, żeby mu pomóc.

– Cholernie dobra robota, stary. Nie wiedziałem, że masz w sobie to coś.

– Tak – wykrzykuje, a następnie wyciąga rękę, żeby oprzeć się na Z-Lo.

– Szczerze mówiąc, ja też nie. A teraz chyba będę rzygał.

Kiedy wymiotuje na najbliższego anioła śmierci, przypomina mi się, że adrenalina potrafi cudownie poprawić refleks i niszczyć żołądek. Mimo to Aaron ma się czym pochwalić. Zawsze był raczej dzieciakiem z rodzaju tych, których dewizą jest „żyj i daj żyć". Ale biorąc pod uwagę to, że kiedy dowiedział się o śmierci Jacka, odrzucił wszelką przemoc, patrzenie, jak pomaga zlikwidować wroga za pomocą MP5, to prawdziwa niespodzianka. I nawet mu to pasowało.

– Sprawdźcie wszystkie cele – mówię.

– Jeśli zobaczycie odsłonięty oczodół, strzelajcie w niego lufą. Jeśli będą się wiercić, poprawcie w klatkę piersiową lub głowę. I sprawdźcie, czy mają coś, co możemy zabrać.

Aaron trzęsie się i wpatruje w MP5 w swojej dłoni.

– Chyba mógłbym się do tego przyzwyczaić.

– Na twoim miejscu nie składałbym jeszcze wypowiedzenia.

Biorę od niego broń, wyrzucam magazynek, opróżniam komorę i oddaję mu ją.

– Poproś Zderzaka o amunicję.

– Zrozumiałem. Roger – mówi Aaron i kieruje się w stronę Zderzaka.

Pozostali kopią ciała i szturchają smażone mięso.

– Hej, Wic! – mówi Hollywood.

– Chcesz znowu wypróbować swoją magię?

Dołączam do niej obok jednego z aniołów śmierci, który nadal trzyma rękę na karabinie.

– Może ty spróbujesz – mówię.

– Na razie odradzałbym to, Patricku – mówi Chuck.

– Zazdrosny? Czujesz się zagrożony tym, że do naszego szczepu dołączy kolejna broń?

– Skąd. Im więcej, tym lepiej, pod warunkiem że to ja będę nimi dowodził.

– Czyli to tak?

– A owszem, tak. Ale w tym konkretnym przypadku nadal jesteś jedynym Widmem, które ma w swoim organizmie śladowe ilości promieniowania kwantowego, co pozwala twojej fizjologii na połączenie się z bronią. O ile nadal będziemy walczyć z tymi gnojkami, jestem pewny, że pozostałe Widma niedługo nabędą wystarczająco silną sygnaturę. Ale do tej pory każda próba sparowania się z bronią przyniesie niezbyt dobre skutki. Tak czy siak, ten karabin jest uszkodzony i będzie wymagał poważnej naprawy, zanim znowu będzie można go użyć.

– Nie mogłeś od razu powiedzieć?

– Uznałem to za dogodny moment, żeby udzielić wam lekcji.

– Wszyscy jesteśmy ci wdzięczni, sir Charles – mówi Hollywood.

– Dziękuję.

– Cała przyjemność po mojej stronie.

Mam już wydać rozkaz odwrotu, kiedy w południowym tunelu rozlega się kolejny wrzask.

– Co za dzień, człowieku!

Zderzak kręci głową i podnosi erkaem.

– Robi się coraz lepszy.

– Ile ci zostało, Chichotku? – pytam.

– Na pewno za mało, żeby wyeliminować kolejnego władcę.

– Cholera.

Rozglądam się.

– Amunicja?

– Trzy magazynki – mówi Hollywood.

– Dwa – mówi Yoshi.

Z-Lo kiwa głową.

– Tak samo.

– Dwa – mówi Duch.

– Cokolwiek pożyczy mi Zderzak – mówi Aaron.

Śmieję się do siebie.

– Chatka na wsi.

Właśnie wtedy tunel przeszywają dwa wrzaski. A potem od północy rozlega się trzeci.

– Z obu stron? – mówi Yoshi.

– Naprawdę?

– Z-Lo.

Wskazuję na drzwi serwisowe.

– Sprawdź, czy dasz radę je otworzyć.

– Roger.

– No dalej!

Zderzak sprawdza komorę M249.

– Chcą żreć ołów? Chętnie zapewnię przystawkę.

Facet ma jaja ze stali. Ale wyczuwam w jego głosie niepokój. Cholera, wszyscy go czujemy.

– Niedobrze – mówi Z-Lo od drzwi.

– Wygląda na to, że ostatnia wymiana ognia wygięła ramę.

Zerkam na Zderzaka.

– Możemy je wysadzić?

– Zostały mi dwa granaty.

– To samo – mówi Z-Lo.

– Mi też – mówi Hollywood.

Ale Zderzak patrzy na sufit.

– O co chodzi? – pytam.

– Chyba nie wytrzyma.

– Zapadnie się? – pyta Z-Lo.

Zderzak kiwa głową.

– *Derukuihautareru* – mówi Yoshi.

Wszyscy patrzą na niego, czekając na tłumaczenie.

– Wystający kołek zostanie wbity – wyjaśnia. – Dzisiaj nasza kolej.

Cholera. A dotarliśmy tak daleko.

– Popełniłem błąd, prowadząc nas tutaj. Przepraszam was.

Hollywood klepie mnie po ramieniu.

– Wszyscy podjęlibyśmy taką samą decyzję, Wic.

– Ja bym tego nie zrobił – mówi Chuck.

– Zamknij się, Chuck – mówią razem Hollywood i Zderzak, po czym uśmiechają się do siebie.

– Nasze możliwości są takie – mówię, starając się brzmieć tak dzielnie, jak tylko potrafię w tych okolicznościach. – Możemy zacząć od granatów i zsynchronizować się, rzucając je do tuneli. Może nawet dopisze nam szczęście i zawalimy jeden z nich. Albo możemy spróbować wysadzić drzwi i uciec na górę.

– A nie będą tam na nas czekać? – pyta Yoshi.

– Istnieje taka możliwość – mówię.

– Stanowczo – dodaje Chuck. – Ponadto nie chciałbym was naciskać, ale na podstawie odczytów moich czujników zostało wam jakieś sześćdziesiąt sekund.

– Jeżeli zostaniemy, naszą jedyną przewagą jest to, że nadal mają nas za słabszych oraz że bronimy stałej pozycji. Szanse nie są wielkie, ale muszą wystarczyć.

Rozglądam się po zespole.

– No to jak?

– Zostajemy – mówi Zderzak.

– Walczymy – mówi Hollywood.

Z-Lo, Yoshi i Duch kiwają głowami na zgodę.

– Nadal potrzebuję zasobnika – mówi Aaron.

Zderzak wyjmuje z kieszeni magazynek i rzuca mu go.

– To się nazywa magazynek.

– Jedno i to samo.

Zderzak krzywi się.

– Wcale nie.

– Jeszcze raz, Widma.

Wyciągam przed siebie płasko dłoń i kiwam głową, żeby do mnie dołączyli. Wydaje się, że Aaron pierwszy zauważył rytualny gest i kładzie dłoń na mojej. Reszta zespołu idzie w jego ślady. Nie oczekuję, że będą pamiętali mantrę, którą wyrecytowałem prawie dwadzieścia godzin temu.

– Bliżsi niż bracia – mówię.

– Przez błoto i ogień – odpowiada Aaron.

Uśmiecham się do niego i kiwam głową.

– Na zawsze razem – mówi reszta zespołu.

Kończymy razem słowami:

– Zawsze gotowi.

Wszyscy poza Aaronem, który recytuje zakończenie pierwotnej wersji:

– Muszkieterowie.

Rzuca ekipie niezręczne spojrzenie.

– Ups. Nie zauważyłem.

Czuję, jak włosy jeżą mi się na karku, kiedy słyszę wrzask trzech zbliżających się władców.

– Ruchy, Widma! – mówię.

– Czas na BJN!

Rozdział 34

22:34, piątek, 25 czerwca 2027
Dolny Manhattan, Nowy Jork
Linia 5, na północ od stacji Fulton Street

– Dwadzieścia pięć sekund – oznajmia Chuck, gdy odgłosy w tunelach przybierają na sile. Wspomagane mechanicznie kończyny władców jęczą przy każdym kroku.

– Rzucacie przy dziesięciu – mówię do posiadaczy granatów.

Jestem po przeciwnej stronie mojej barykady, celując na północ. Hollywood jest przy mnie ze swoimi granatami, podczas gdy reszta drużyny obstawia południe.

– Patricku.

– Tak, Chuck?

– Gdyby coś się wydarzyło, po prostu…

– W porządku. Nie teraz.

– Chciałem zapytać, czy poddałbyś im się, nie wydając mnie. Naprawdę nie mogę znieść myśli o powrocie do nich.

Wypuszczam powietrze z nosa i potrząsam głową.

– Wiesz, że jesteś czymś więcej?

– Mhm. Piętnaście.

Chuck zaczyna odliczać.

– Czternaście. Trzynaście.

Słyszę, jak stworzenia oddychają ciężko w hełmach.

– Jedenaście. Dziesięć.

– Rzucać! – rozkazuję.

– Granat! – krzyczą miotacze i dźwięk zrywanych szpilek i odskakujących łyżek miesza się z odgłosami ciężkich kroków.

Granaty wlatują do tuneli i zakrywamy uszy.

Odliczam w myślach automatycznie od dziesięciu, a kiedy dochodzę do sześciu, szykuję się na wstrząs.

Pojawia się zgodnie z planem, omiatając komorę podwójną i potrójną falą uderzeniową. Czuję się, jakbym dostał jednocześnie w głowę i w tułów. Ale zanim gruz zdąży opaść, podnosimy broń i strzelamy. Błyski wylotowe oświetlają chmury pyłu; z sufitu sypią się cegły. Jedna trafia mnie nawet w hełm. Pewnie Zderzak miał rację, martwiąc się, czy sklepienie wytrzyma.

Ponieważ Chuckowi zostało jedynie trzydzieści dziewięć procent kondensatorów, wysyłam tylko kilka serii o wysokiej częstotliwości i niskiej wydajności. Widzę, jak tumany pyłu wypełniają się iskrami, ale nie zjawił się jeszcze żaden władca. Rozbłyski trafień są coraz bliżej, ale dostrzegam, że za kilka sekund Hollywood będzie musiała przeładować.

– Zmiana! – krzyczy.

Kiedy się pochyla, posyłam przed siebie kilka kolejnych strzałów z Chucka.

Hollywood wyskakuje i strzela w chwili, gdy przez mgłę przechodzi władca zmierzający na południe. Brakuje mu części prawej ręki i połowy hełmu. Domyślam się, że granat i ciasna przestrzeń zrobiły swoje. Ale w lewej ręce trzyma braciszka Chucka i celuje w nas.

– Kryj się!

Wpycham głowę Hollywood za barykadę.

Chwilę później broń władcy strzela. Betonowa bariera eksploduje i odrzuca nas do tyłu. Nie mogę oddychać, nie słyszę i prawie nie widzę. Ale za to – o Boże! – jak czuję!

Leżę na plecach. Cała komora jest szara. Pomarańczowe błyski pulsują wśród gruzów jak światła podczas koncertu rockowego, ale żaden zespół nie ma takiej widowni jak my.

– Celuj w głowę! – krzyczę, nie słysząc sam siebie.

Nie widzę, czy Hollywood jest ze mną, ale jeśli zdążyła już dojść do siebie, ta informacja może uratować nam życie.

Siadam i podnoszę Chucka w samą porę, żeby zobaczyć, jak Hollywood posyła ostatnie trzy pociski w odsłoniętą twarz monstrum. Zielona posoka rozpryskuje się na cegłach i mechaniczna bestia pada na kolana.

– Na północ! – krzyczy ktoś w chwili, gdy broń energetyczna szykuje się do strzału.

Wstaję i nurkuję w stronę zabitego przed chwilą wroga w północnym tunelu. Hollywood skacze przede mną, gdy ziemią za nami wstrząsa kłąb światła. Fala uderzeniowa łapie mnie za tyłek i rzuca dalej, niż zamierzałem skoczyć. Opuszczam bark, żeby uniknąć lądowania głową w dół, i przetaczam się po żwirze.

Przywołując resztki sił, klękam i mierzę z Chucka do władcy, który właśnie do nas strzelił. Luneta Chucka jest martwa i nie pamiętam, jakie miał ustawienia ani ile energii mu zostało, ale nie mam nic poza nim.

Naciskam spust.

Nic się nie dzieje.

– Przykro mi, stary – mówi łamiącym się głosem.

– Spróbuj z braciszkiem, co?

Patrzę w lewo. Monstrum z połową głowy nadal klęczy, krwawiąc z klatki piersiowej. Wygląda na to, że chociaż brakuje mu części czachy, serwomechanizmy utrzymują go nadal w pozycji pionowej. Dziwne. Potem zauważam, że w lewej ręce kosmity tkwi karabin dwa razy większy od Chucka. Nie wiem nawet, czy zdołam utrzymać to cholerstwo.

– Kryj się! – krzyczy Hollywood.

Odskakuje, unikając strzału, a ja chowam się za martwym władcą. Wybuch trafia zwłoki w klatkę piersiową i wrzuca nas do północnego tunelu. Ląduję twardo z ciałem monstrum na nogach. Nie mogę się ruszyć od pasa w dół, ale mogę ruszać rękami. Zgubiłem też Chucka, ale dostrzegam przy stopach wielką broń kosmity, przysypaną częściowo gruzem. Kolejne cegły spadają mi na hełm i ramiona.

– Idzie do ciebie! – krzyczy Hollywood.

Podnoszę wzrok na czas, żeby zobaczyć, jak AR-15 bije w plecy zbliżającego się władcy. Ale wtedy cel staje w wejściu do północnego tunelu na tle migających świateł i kłębów pyłu. Stwór wydaje z siebie jakiś mruczący chichot – na ile wiem, to może być śmiech.

Boże, mam nadzieję, że to zadziała.

Sięgam zakrwawioną ręką do ledwie widocznego pod gruzem uchwytu broni.

Górna część pleców władcy przyjmuje trafienia od Hollywood i wszystkich, którzy zostali w komorze. Mimo to wydaje mi się, że zamierza mnie oszczędzić. Śmieje się.

Przedzieram się przez cegły, próbując chwycić solidniej

za spust. Na tyle, żebym mógł się sparować i podnieść broń. Miejmy nadzieję, że nadal może strzelać.

– Głupi towar – mówi głos tłumacza z broni zbliżającego się władcy.

Przebijam się palcami przez gruz i podważam palce martwego właściciela broni. Czuję przepływający przez ramię prąd i widzę pulsujący błękitny punkt pod cegłami.

– Dotknij tej broni, a zostaniesz wyeliminowany – mówi władca przez tłumacza w broni.

– Jeśli nie masz racji, pożałujesz.

Wkładam wszystkie siły w podniesienie broni, celując w pierś kosmity, po czym naciskam szeroki spust.

W ostatnim odruchu monstrum cofa się o krok.

Karabin wypuszcza z siebie pojedynczy promień i rzuca mną do tyłu. Broń jest za duża, żebym ją utrzymał, i wylatuje mi z rąk. Ale pocisk trafia władcę i wyrzuca go z tunelu. Przez chwilę widzę wgłębienie wielkości kantalupy w jego napierśniku i smugę zielonej cieczy unoszącą się w powietrzu w rozbłysku światła.

Potem wszystko cichnie i gapię się w sufit północnego tunelu.

* * *

– Wic! – krzyczy ktoś.

– Nic ci nie jest?

– Nie.

Cisza.

– Chyba jest dobrze.

To Hollywood.

– Pić mi się chce. I jestem wpieniony. A na nogach mam martwego kosmitę. I chcę wracać do chaty.

– Wyciągniemy cię. Czekaj.

* * *

Wydobycie mnie spod martwego monstrum i nagromadzonego wokół stosu gruzu zajmuje ekipie niecałe trzydzieści sekund. Po powrocie do głównej komory dowiaduję się, że pierwszy robot w północnym tunelu przyjął na siebie uderzenie czterech granatów w porównaniu do dwóch w południowym. Cel dostał na tyle mocno, że Zderzak i Duch zdołali go wykończyć, podczas gdy Z-Lo i Yoshi rzucili się na nietkniętego władcę, który szedł za nim. Zaraz po tym, jak położyli na nim zmasowany ogień, cel odwrócił się do mnie i Hollywood, a reszta to już historia.

– Chuck. Gdzie jest Chuck?

Zaczynam rozglądać się po polu gruzu.

– Myśleliśmy, że go masz? – mówi Hollywood.

– Miałem. Ale… nie tam. Musiałem…

Dostrzegam wśród cegieł jego kolbę.

– Chuck!

Gdy kuśtykam do niego i zaczynam zdejmować cegły z komory zamkowej, słyszę, jak śpiewa:

– *All by myself…*

– Niezły kawałek – mówi Yoshi, dołączając do kolejnej linijki.

– *Don't wanna be, all by myself.*

Wyciągam sir Charlesa z gruzów i zdmuchuję z niego pył.

– Wszystko dobrze, kolego?

– Tak sądzę.

– Ha!

Śmieję się z niego.

– Nadal jesteś w jednym kawałku, więc powiedziałbym, że…

– To nieistotne. Nie mogę już strzelać.

– Po prostu daj sobie trochę czasu.

– Chyba nie rozumiesz, Patricku. Jak to ująć, żebyś mnie zrozumiał? A! Jestem uszkodzony.

– Znaczy trwała usterka?

– Zgadza się, trwała usterka.

– Nie możemy cię po prostu naprawić?

– My? My? Niby ty i Widma? Ha! Nie ma mowy. Może Androchidanie. Ale to wiązałoby się ze…

– Skasowaniem pamięci.

– Brawo! Wygrałeś lunch!

– Chciałem… zresztą nieważne.

Chuck wypuszcza długie westchnienie.

– Naprawdę przykro mi, że cię zawiodłem. To dla mnie rozczarowanie. I jestem rozczarowany tym, że nie dbałeś o mnie lepiej. Ale przede wszystkim sobą.

– Ja też przepraszam. Ale coś wymyślimy.

– Szanuję twój optymizm. Krótkowzroczny, ale ujmujący.

– Dzięki?

– Nie chcę wam przerywać – mówi Hollywood.

– Ale chyba musimy ruszać.

– Racja, Widmo Dwa. Chociaż moje zabójcze funkcje są niesprawne, moją jedyną pozytywną cechą, poza czarującą osobowością, skłonnością do kalamburów i umiejętnością rzucania sucharami, jest zdolność wykrywania ruchów Androchidaków, które, tak się składa, właśnie się przemieszczają.

– Kolejni? – pytam go.

– Idą w naszą stronę.

– Szlag.

– Nie damy sobie rady z kolejną falą – mówi Hollywood.

– Nie chcę…

– Nie.

Uciszam ją gestem.

– To prawda.

– Jesteś ranny – kontynuuje.

– Z-Lo znowu dostał. Duch potrzebuje kuli…

– Hej!

– A Zderzak ma uszkodzenia, które wymagają pewnie pełnego przeglądu.

– Dziewczyno, możemy zacząć choćby zaraz – mówi Zderzak.

– Chuck, ile mamy czasu? – pytam.

– Może dwie, trzy minuty. Maksymalnie cztery. Spodziewają się, że ostatnia ekipa was złapała. Ale kiedy nikt się nie zjawi, dowództwo nabierze podejrzeń i wyśle pełną drużynę rozpoznania.

– Czyli musimy ich zgubić – mówię.

Przytakują, ale widzę, że wszyscy są zmęczeni i z każdą chwilą coraz bardziej odwodnieni. Wszyscy, wliczając Aarona, mają oparzenia lub rany, a większości przyda się opatrunek i maść z antybiotykiem, jeśli nie szycie. Ostatecznie ludzkie ciało to tylko worek mięsa z niezliczonymi miejscami, z których coś może wyciekać.

– Amunicja? – pytam.

Wszyscy, naprawdę wszyscy, kręcą głowami.

– Zużyliśmy na niego wszystko, co nam zostało – mówi Zderzak, podnosząc M249.

– Wyprztykaliśmy się.

Niedobrze. Ale zawsze jest jakiś sposób. Do chwili, kiedy go nie ma. A ta chwila wydaje się zbyt blisko, żebym potrafił zachować spokój.

– No dobra, oto, co zrobimy. Hollywood…

– *Kak* żyć chcecie, pójdziecie z nami – mówi z drugiej strony komory kobiecy głos z silnym rosyjskim akcentem.

Chociaż nie mamy amunicji, a Chuck nie może strzelać, każdy z nas, w tym Aaron, kieruje broń w stronę przybysza. Kobieta ma na sobie zielony podkoszulek i spodnie khaki. Ciemnokasztanowe włosy upięła na czubku głowy. Ramiona i dłonie są pokryte tatuażami, z których kilka wskazuje, że maczała palce w nielegalnej działalności. I że należy do Bratwy, chyba że przypadkiem wybrała firmowy znak mafii z wzornika lokalnego salonu tatuażu. Na plecach ma miotacz ognia M9A1-7 z czasów wojny w Wietnamie z zapaloną głowicą. Obok stoją dwaj żołnierze w podobnych mundurach, którzy wyglądają, jakby wyszli z filmu szkoleniowego bloku wschodniego z czasów zimnej wojny.

– Proszę – mówi kobieta.

– My *zdies'*, żeby pomóc wam uciec, a nie *ubit'*. Szybko. Tędy.

Mam już spytać, dokąd mamy iść, kiedy kobieta odsuwa się od drzwi ukrytych w ceglanej ścianie komory. Jak w filmie z Indianą Jonesem. Potem widzę rząd żarówek żarowych zawieszonych wzdłuż ścian tunelu, który skręca, znikając poza zasięgiem wzroku.

– Szalona rosyjska suka z dwoma przydupasami i miotaczem ognia? – mówi Hollywood. – Czego tu nie lubić?

Opuszcza AR-15 i podchodzi do drzwi.

– Zaintrygowała mnie – mówi Zderzak i idzie za nią.

– Tak. Chodźmy – dodaję.

Cała reszta przechodzi obok trójki nieznajomych, zanurzając się w tunelu. Rozmyślnie wchodzę ostatni, podając kobiecie rękę.

– Wic.

Chwyta ją w stalowy uścisk.

– Łada.

– Podpalisz to miejsce?

Kiwa głową.

– *Inopłanetniki* nie pójdą za nami.

– *Inopła…*?

– *Inopłanetniki*. Po waszemu… kosmici.

– Tak.

– Kiedy palę, wszystko gorące. Ogień. *Tagda* oni nie widzą, *da*?

– Dla mnie spoko.

Wskazuję głową na władcę w północnym tunelu.

– Myślisz, że twoi chłopcy mogliby przynieść mi tę broń?

Patrzy na miejsce, które wskazuję.

– *Inopłanetnika*?

– Tak. Karabin. Ten duży.

– Pewnie. Bez problemów. Weźmiemy linę.

Wydaje krótki rozkaz dwóm przybocznym i jeden ściąga z biodra zwój ze splecionych skórzanych rzemieni.

– My was za chwilę *uwidim*. Skończymy tu i dogonimy, *da*?

– Brzmi OK.

– Idźcie prosto. Skręcać *nielzja*, tak? Prosto.

– Rozumiem, prosto.

– OK!

Klepie mnie w tyłek.

– *Idti!*

– Hej, uważaj…

– Uciekaj, kowboju.

Rozdział 35

22:50, piątek, 25 czerwca 2027
Dolny Manhattan, Nowy Jork
Linia 5, na północ od stacji Fulton Street

Idąc za Widmami wąskim korytarzem, czuję na plecach ciepło miotaczy ognia. Zarówno Z-Lo, jak i Zderzak muszą się garbić w ciasnej przestrzeni. Mam wrażenie, że kulą się również w barkach. Nie jestem tak duży jak oni, ale mam podobne problemy, przynajmniej trochę, i wciąż muszę unikać żarówek.

– Którędy? – pyta Hollywood.

Nawet nie widząc, jakie mamy możliwości, wołam:

– Prosto!

Kiedy szereg się przesuwa, wchodzę za ekipą do małego pomieszczenia, z którego odchodzi w różnych kierunkach co najmniej pięć tuneli, wszystkie zbudowane ze starej czerwonej cegły i łukowato sklepione.

W następnym tunelu zauważam wyraźny znajomy zapach,

który przypomina mi jedno z najgorszych zadań na świecie: służbę w latrynach.

– Chyba zbliżamy się do kanałów – mówi Aaron.

– A ja myślałem, że mieliśmy ich unikać – odpowiada Zderzak.

– Mówiłeś coś o infekcji, Yoshi?

– Tak. Wiecznie infekcje. To irytujące.

Zapach staje się coraz gorszy, aż szereg staje.

– Co teraz? – woła do tyłu Hollywood.

– Nie możesz iść prosto? – pytam.

– Znaczy mogę, ale…

– Prosto! – krzyczy Łada dwie stopy za mną.

Nie chcę tego, ale mój łokieć sam się cofa. Cholerny odruch po zbyt wielu nocach spędzonych w strefie walki.

Jednak ku mojemu zdumieniu Łada blokuje cios dłońmi.

– *Wot, kakoj* lew! Mocne uderzenie.

– Po prostu… nie lubię, kiedy ktoś się tak skrada.

– *Konieczno*. Dobry refleks.

Potem przyciska dłoń do ust i krzyczy do Hollywood:

– Przez most!

– Chodzi o tę rurę? – odpowiada Hollywood.

– *Idti!* Most.

Słyszę, jak Hollywood klnie, po czym szereg przesuwa się trochę do przodu.

Kiedy widzę, co jest przed nami, rozumiem, dlaczego Hollywood się wahała. Dwunastocalowa stalowa rura biegnie nad szerokim na dziesięć stóp korytem płynnego gówna. Co gorsza, od rury do powierzchni kanału musi być jakieś osiem stóp, a dalej jest dwudziestostopowy spadek do kolektora po prawej stronie. Za asekurację służy tylko smukły, jednocalowy przewód w górze. To znaczy, jeśli ktoś jest dość wysoki, żeby go dosięgnąć, a Hollywood zdecydowanie nie jest.

Z-Lo postanawia przesuwać się po rurze na rękach i kroczu, po czym Yoshi przebiega po niej jak cholerna gazela.

– Szpaner – stwierdza Z-Lo.

Najwięcej pomocy potrzebuje Aaron, któremu pomagają z przeciwnych stron Duch i Z-Lo.

Kiedy nadchodzi moja kolej, ogarniają mnie poważne wątpliwości.

– Co za problem, lew? Ty nerwowy? – pyta Łada.

– Po prostu podziwiam widok.

Stawiam na rurze stopę, przygotowuję się na smród, a potem biegnę, zanim własny ciężar pozbawi mnie równowagi. Na szczęście udaje mi się przejść na drugą stronę za jednym razem. Na wszelki wypadek Z-Lo łapie mnie za ramię i przyciąga do siebie.

– Dzięki, młody – mówię.

Śmieje się.

– Jakiś pomysł, dokąd nas prowadzi?

– Nie. Po prostu trzymaj głowę nisko i bądź cicho.

Nie wiedząc, którędy iść dalej, przepuszczamy Ładę, podczas gdy jej dwaj towarzysze idą wolniej, niosąc w prowizorycznej kołysce z lin broń władcy. Wygląda na to, że robili to już wcześniej.

Moja uwaga ożywia się, kiedy Łada przechodzi obok i mruga do mnie.

– Chyba znalazłeś dziewczynę – mówi Hollywood.

– To nie jest moja dziewczyna.

– Ona myśli inaczej.

Hollywood uśmiecha się do mnie i imituje, jak najlepiej potrafi, słowiański akcent.

– Wic zostanie kochasiem seksownej rosyjskiej lwicy z miotaczem ognia, *da*?

Zanim zdążę zaprotestować, Łada przyspiesza, a Hollywood idzie tuż za nią.

– Kobiety – mówi Z-Lo, wzruszając ramionami, po czym odwraca się, żeby pójść za nimi.

– Co ty wiesz o kobietach? – pytam, gdy odchodzi.

* * *

Następne dziesięć minut spędzamy, podążając za Ładą przez labirynt tuneli i komór, które mają co najmniej sto lat, może więcej. Mijamy starą stację metra, która wygląda, jakby od kilku pokoleń nie widziała ludzi, przynajmniej nie takich, którzy używają biletów. Trasa obejmuje kilka drabin, z którymi Duch ma największy problem, marmurowe schody, których historię chciałbym poznać, oraz witrażowy sufit, który wydaje się o kilka kondygnacji zbyt daleko od słońca, żeby miał jakiś sens. Mimo to robi wrażenie.

Łada zatrzymuje się w końcu przed dużymi metalowymi drzwiami, które wyglądają, jakby ktoś przytaszczył je tu z maszynowni niszczyciela. Ściąga z pasa rosyjski nóż bojowy NR-40 i stuka uchwytem w drzwi; trzy, potem dwa razy, a potem znowu trzy.

Po przeciwnej stronie ktoś odblokowuje zamek, a następnie zaczyna kręcić kołem. Parę chwil później drzwi otwierają się w naszą stronę. Strażnik w drzwiach, trzymający AK-47 rosyjskiej produkcji, odsuwa się i zaprasza Ładę gestem do środka. Zespół wchodzi do kontenera z blachy falistej oświetlonego kolejnymi żarówkami. Mój pajęczy zmysł wyskakuje poza skalę, kiedy widzę na wysokości głowy ciemne wycięcia biegnące przez całą długość pomieszczenia. Prawdziwa cela śmierci.

– *Wsio w pariadkie*, lew. To dla bezpieczeństwa – mówi Łada.

– Idźcie dalej.

Zespół spogląda na mnie, szukając potwierdzenia, więc kiwam głową. Ale moja cierpliwość zaczyna się kurczyć, kiedy mam tak mało odpowiedzi na stale wydłużającą się listę pytań.

– Nie podoba mi się to, Gunny – mówi Z-Lo.

– Idziemy dalej – odpowiadam, ale nie dziwię się podejrzliwości młodego.

Jeżeli zastrzeli nas banda rosyjskich bandziorów, a nie Androchidaki, będę naprawdę wkurzony.

Kontenery łączą się ze sobą, niektóre na wprost, inne pod kątem dziewięćdziesięciu stopni. Przechodzimy przez otwory wykonane palnikami plazmowymi i wspinamy się po stalowych klatkach schodowych. Docieramy wreszcie do dwuskrzydłowych drzwi z metalu, które robią wrażenie, jakbyśmy mieli zaraz wyjść przez tył osiemnastokołowej naczepy. Łada puka w drzwi i czeka. Po drugiej stronie ktoś zwalnia środkową blokadę, a następnie otwiera dobrze naoliwione skrzydła.

– Spójrzcie tylko! – mówi Hollywood.

Yoshi posyła mi wstrząśnięte, pełne zdumienia spojrzenie, podczas gdy Zderzak zaczyna kołysać głową do lecącej w tle starej melodii Céline Dion.

– Ale na co? – pyta Z-Lo, wchodząc do środka.

Moja kolej. Wychodzę na ogromną przestrzeń utworzoną z ułożonych jeden na drugim kontenerów: metalowe mury są wysokie na cztery kontenery, szerokie na trzy i głębokie na cztery. Elementom z blachy falistej brakuje większości ścian, podłóg i sufitów, ale zastąpiono je w tak kreatywny sposób, że siłą rzeczy budzą podziw.

Otwartą przestrzeń przecinają wzniesione przejścia, łączące punkty strażnicze na górze z pomieszczeniami wyposażonymi w okna i drzwi. Na wyższe kondygnacje prowadzą spiralne schody, a słup strażacki i fragment suchej, teraz odrestaurowanej zjeżdżalni z parku wodnego umożliwiają szybką ucieczkę do położonych niżej punktów zbiorczych.

Zupełnie jakby budowla sama w sobie nie była dość dziwna, wystrój jest wręcz groteskowy.

– Jakby punkowa grupa z lat osiemdziesiątych spłodziła dziecko z rosyjskim pałacem – mówi Hollywood.

Szczerze mówiąc, trudno powiedzieć, czy jest zachwycona, czy do reszty zniesmaczona. Mam nadzieję, że to drugie, bo miejsce wygląda koszmarnie.

Skórzane meble i plastikowe krzesła stoją na wszechobecnej wykładzinie z nadrukiem tygrysiej skóry. Złote żyrandole, tłoczenia i gzymsy okalają ściany, na których wiszą obrazy przedstawiające, jak sądzę, rosyjską arystokrację. Jaskrawe graffiti i ściany pokryte różem, zielenią i neonowym błękitem. Ogromne obrazy Jacksona Pollocka i mnóstwo dzieł sztuki, obejmujących wszystko, od renesansowych impresjonistów po Roya Lichtensteina. Nie jestem ekspertem, ale zahaczyłem o jedno czy dwa muzea. Mają nawet popiersie z brązu z tabliczką z napisem „Fiodor Dostojewski".

A na wszystkich meblach, przy wszystkich balustradach, na wszystkich dywanach siedzą, opierają się lub wylegują ludzie ubrani w niedopasowane wojskowe mundury, trzymający broń i palący papierosy lub pijący alkohol. Lub obie te rzeczy naraz.

– *Dobro pożałowat'* – mówi Łada.

– Witamy w Boxcar City.

Jakiś facet w koszulce Def Leppard pomaga jej ściągnąć z pleców miotacz ognia, podczas gdy inny podaje jej papierosa i przypala go.

– To jak wasze… *Boxcar Children* [13], *da*? Tylko dla dorosłych. Chodźcie. Zabieram was do Sissy. Chce was poznać.

– Sissy? – szepcze przez ramię Zderzak.

– Bądźcie czujni – mówię przyciszonym głosem.

– I żadnych nagłych ruchów, *da*?

– *Da!* – odpowiadają.

* * *

Przecinamy otwartą przestrzeń, odprowadzani czujnym wzrokiem mieszkańców. Zauważyłem, że od głównego placu przestrzeni odchodzą kolejne kontenery. Nawet na poziomach z balkonami widać zasłonięte wejścia do prowadzących w najrozmaitsze strony tuneli. Cholera, to naprawdę małe miasto. A przynajmniej miasteczko.

– Bratwa. Podziemna siatka – mówi Duch ze spuszczoną głową.

– Wygląda na to, że poszliśmy na wschód, w stronę rzeki.

– Zgadza się – mówię szeptem.

– Założę się o browara, że jesteśmy blisko nabrzeży rozładunkowych.

– Żadnych zakładów. Zgadzam się.

Łada zatrzymuje się przy kolejnych drzwiach, tyle że te wykonano z twardego drewna i wykończono złotem. Dwóch Ruskich, dla których życie sprowadza się do siłowni, pozwala jej przejść skinieniem głowy, ale wygląda na to, że my nie przypadliśmy im do gustu. Łada krzyczy na nich, po czym ustępują i otwierają drzwi.

Za drzwiami rząd trzech pustych kontenerów prowadzi do wielkiego mahoniowego biurka. Skórzane meble i czerwone zasłony robią, co mogą, żeby stworzyć poczucie staroświatowego luksusu, ale ostatecznie jesteśmy przecież w zardzewiałych puszkach gdzieś pod Manhattanem.

Przy biurku, otoczony z obu stron uzbrojonymi strażnikami, siedzi mężczyzna o tłustych ciemnych włosach i w czarnym podkoszulku. Sądząc po dziarach na kostkach, podobnie jak Łada ma na koncie parę mocno nielegalnych rzeczy. Najwyraźniej zbyt często dogadzał też sobie pierogami i pielmieni. Ale blizny na dłoniach i twarzy mówią, że zapracował na to, żeby móc utyć, ile zechce, pierścienie na palcach zaś wskazują, że go na to stać.

Ochroniarze również sprawiają wrażenie takich, którzy wiedzą, jak używać izraelskich uzi IMI. A już myślałem, że zaprosili nas na podwieczorek.

Łada mówi coś do mężczyzny przy biurku, a potem odsuwa się na bok, dając nam znak, żebyśmy podeszli do przodu.

Szef ociera usta płócienną serwetką, podaje ją jednemu ze strażników, a następnie wącha powietrze.

– Byliście z *inopłanetnikiem, da?*

– Nie chcę nic mówić – mówię, robiąc krok do przodu. – Ale strasznie się wam tu rozmnożyły.

Unosi krzaczastą brew. Biorąc pod uwagę kilka sekund ciszy, która zapada, nie wróży to dobrze w kwestii jego podejścia do klienta. A liczyłem na coś w rodzaju dowcipnego przekomarzania.

– Wcześniej ich nie mieliśmy – mówi w końcu. – Wygląda na to, że ktoś nam je tu sprowadza.

Nie podoba mi się jego ton.

– Naprawdę? Bo twoja dziewczyna wydaje się mieć pewne doświadczenie w przepędzaniu ich.

– Łada jest moją siostrą, pindo.

– Aua – mówi cicho Zderzak.

– To chyba na nią powinni mówić Sissy?

– Wcześniej przychodziło tu tylko kilku gości. A teraz wy ich tu sprowadzili, pindy. Aleksiej niezadowolony.

– Myślałem, że nazywa się Sissy – mówi pod nosem Z-Lo.

– Zamknij się – odpowiadam.

Aleksiej, Sissy albo krzepki rosyjski gangster, co wolicie, kładzie łokcie na biurku.

– Moi ludzie mówią, że *inopłanetniki* teraz wszędzie, węszą za zwierzyną. Dla mnie *łuczsze* odesłać was z powrotem, żeby ich zmylić, *da*?

– Pewnie tak. Ale jeśli zależało ci tylko na tym, dlaczego nie zostawiliście nas tam na śmierć? Po co kazałeś siostrze uratować nas i pozacierać ślady?

Aleksiej uśmiecha się i kiwa na mnie mięsistym palcem.

– Podobasz mi się, pindo. Bystry, *da*? Bardzo mądry.

Pstryka palcami i obaj ochroniarze wychodzą zza biurka.

Spinam ciało, szykując się do walki.

– *Spokojna*, pindy. *Spokojna* – mówi Aleksiej. – *Spokojna*, Max.

Strażnicy obchodzą nas, otwierają drzwi i wykrzykują jakieś rozkazy.

Widma robią miejsce dla dwóch ludzi, którzy wnoszą na nosidle braciszka Chucka, uważając, żeby go nie dotknąć. Zaczynam łączyć kropki. To nie była dla nich pierwsza próba skonfiskowania broni obcych. Sługusy rzucają karabin na dywan i podnoszą własną broń.

Czyli Aleksiej jest, jak sądzę, handlarzem bronią. Miotacze ognia, AK, uzi, a teraz zainteresowanie bronią Androchidaków. To ma sens. Czuję się bardzo odsłonięty z Chuckiem i Veronicą przerzuconymi przez ramię.

Aleksiej wyjmuje z popielniczki na biurku cygaro. Popielniczka wygląda na wyciętą z łuski pocisku do haubicy. Zaciąga się mocno i wydmuchuje dym przez nozdrza.

– Który z was mówi językiem tej broni?

– Nie jestem pewny…

– Łada widziała, jak ktoś strzelił z dużej broni, i słyszała, jak mówi. Który?

– Chyba pomyliłeś nas z innym…

Pstryka palcami. Strażnicy podnoszą uzi z taką szybkością, że nie mam wątpliwości w ich umiejętność uzyskania wysokiego skupienia pocisków.

– To ty, prawda? – mówi Aleksiej, celując we mnie cygarem.

– Te karabiny na plecach. Szeptun broni, *da*?

– Wolę „zaklinacz karabinów”, ale na jedno wychodzi.

Aleksiej klaszcze w dłonie i strąca popiół na biurko.

– Wiedziałem! Ha! Tak. *Idi, idi.*

Wstaje, pokazując, jaki jest wysoki i pulchny.

– *Pokaži.*

– Słucham?

– Mów. Strzelaj.

– Słuchaj, nie jestem pewny…

Aleksiej kiwa głową i strażnicy odbezpieczają broń.

– Z przyjemnością przeprowadziłbym demonstrację – mówię z podniesionymi rękami.

Odwracam się powoli i szepczę przez ramię.

– Ani słowa, Chuck.

– Mmm-hmm – odpowiada cicho.

Choć nie chcę tego przyznawać, naprawdę nie chcę, żeby Rosjanie zabrali mi Chucka. Chociaż minął dopiero dzień, nie podoba mi się myśl o tym, że sir Charles mógłby zostać trofeum jakiegoś mafiosa, niezależnie od tego, czy może strzelać, czy nie. Lepiej skupić uwagę Aleksieja na wielkiej spluwie niż na dwóch, które faktycznie coś dla mnie znaczą.

Kucam przy drzwiach obok karabinu władcy i wyciągam nad nim powoli dłonie, nie spuszczając z oka gości z uzi i AK. Chciałbym obrócić się do nich i użyć mojej kosmicznej broni, żeby oczyścić pomieszczenie, ale wpakują mi kulkę w łeb, zanim zdążę choćby wymierzyć z tego cholerstwa. A moja drużyna również zginie. Najlepiej działać powoli i objaśniać, co się robi.

– Podniosę go powolutku – mówię.

Kiwają w moją stronę lufami w uniwersalnym geście: „zamknij się i jedź dalej".

Chuck 3.0 jest cięższy, niż pamiętam. Zgaduję, że waży jakieś sto pięćdziesiąt funtów. Jezu. Musi odstawić węglowodany. Przez obrażenia i zmęczenie stać mnie tylko na to, żeby podnieść go do pozycji strzeleckiej, mierząc za drzwi.

Słyszę, jak Aleksiej pstryka palcami, a Łada krzyczy coś przez główny pokój w kierunku drzwi wejściowych, którymi tu weszliśmy. Kilka osób przenosi popiersie w najdalszy lewy róg.

– Tylko nie Dostojewski – mówi Duch.

Wszyscy patrzą na niego z zaskoczeniem.

– No co? Lubię jego powieści.

Jakoś mnie to nie dziwi.

Zerkam na Ładę.

– Może będzie lepiej, jeśli wasi ludzie się cofną.

Wykrzykuje kolejne rozkazy i wszyscy usuwają się na drugą stronę.

Zakładając, że broń nadal ma ostatnie ustawienia, domyślam się, że poradzi sobie z popiersiem rosyjskiego pisarza i nie tylko. Jeśli nie, to w okamgnieniu może zrobić się niemiło. Proszę Z-Lo, żeby podszedł do mnie, a potem zapieram się o jego bok.

– Lepiej zakryjcie uszy – mówię wystarczająco głośno, żeby wszyscy usłyszeli.

Luneta karabinu nie skalibrowała się jeszcze do mojego oka, więc celuję po prostu, jak najlepiej potrafię. Potem naciskam spust.

Cholerstwo ma gorszego kopa niż Vulcan 20 mm i posyła przez pomieszczenie pojedynczą wiązkę energii. Eksplozja niszczy Dostojewskiego i tworzy kratery w kulochwycie, zasypując narożnik oślepiającą strugą iskier.

– Cudownie – mówi Aleksiej, żując cygaro.

Klaszcze w dłonie i podchodzi do mnie.

– Imponujące, *rożoszeptun*.

Nazywano mnie już gorzej.

– Proszę.

Wskazuje, żebym odłożył broń. Dzięki Bogu.

– My *tiepier ubijem* deal, *da*?

– Co masz na myśli?

Prostuję plecy i dziękuję Z-Lo za pomoc.

– Oferuję ci u nas pracę. Zajmujemy się rozwojem broni. U was to się chyba nazywa dział badawczy.

Nie tego się spodziewałem.

– Z bólem to mówię, ale nie planowaliśmy zostać zbyt długo.

Aleksiejowi chyba nie podoba się ta odpowiedź.

– A to dlaczego?

Zespół zdaje się wyczuwać szaleństwo w tym pytaniu i wymienia spojrzenia.

– Nie jestem pewny, czy zauważyłeś, ale miasto jest atakowane – mówię tak pojednawczo, jak tylko potrafię.

Aleksiej marszczy czoło.

– Przez kosmitów.

Chmurzy się coraz mocniej.

– I zapędzają ludzi do portalu. Czego w tym nie rozumiesz?

Zaciąga się długo cygarem, obchodzi biurko i siada. Strażnicy wracają do jego boku, nadal trzymając odbezpieczoną broń w gotowości.

– Wyglądacie na zmęczonych. I po co to? Po nic – mówi mafioso.

– Nie nazwałbym niczym czternastu milionów ludzi spędzanych jak bydło do kosmicznego portalu.

Wydyma wargi.

– A wy, pindy? Gdzie jesteście?

Czuję, że to pytanie retoryczne, ale i tak nie miałem ochoty odpowiadać.

– Rozejrzyj się. *Zdies'* bezpiecznie, wygodnie.

– I nie obchodzi cię, co się dzieje w Nowym Jorku?

Wzdryga się.

– Obchodzi? Mnie? Ha! My Rosjanie. A wiesz, co to znaczy?

– Założę się, że nam powiesz – szepcze Zderzak.

Dzięki Bogu Aleksiej tego nie słyszy.

– To znaczy, że przeżyjemy.

Wali pięścią w pierś.

– Wytrzymamy. *Kak* karaluchy, *da*? Myślisz, że wystarczy nas nadepnąć i *ubit'*? Wrócimy i ściągniemy setki przyjaciół. Najedziemy twój dom. Przejmiemy go. I nawet nie zauważysz. Schowamy się w ścianie. Pod podłogą. Myślisz, że masz dom. *Da.* Ale to nie ty jesteś właścicielem. *Eto* my. A *inopłanetniki*? Co im się wydaje? Że to wojna? Eksterminacja? My ich *uże mnogo* przetrwali. I za każdym razem przeżyli, jak karaluchy. I jeśli zostaniecie z nami, wy *toże* przeżyjecie.

Skóra mi cierpnie. To, że w Nowym Jorku istnieją tacy ludzie, świadczy o tym, co wolny kraj może dać szumowinom chcącym nadużywać naszych swobód. A może to jaskrawy przykład porażki FBI w pozbywaniu się termitów spod podłogi? Tak czy inaczej, nie chcę mieć z nim nic wspólnego.

– Nie ma żadnej umowy, Moskwa. Skoro nie chcesz pomóc nam wyzwolić miasta, jesteś nie lepszy od kosmitów.

– *Wot gieroj!* – mówi Aleksiej ze śmiechem do Łady. – *Nastojaszczij* GI Joe.

Przesuwa językiem po zębach, a potem znowu zaciąga się cygarem.

– *Eto* moja oferta. Pracujesz dla mnie i pokazujesz tajniki broni *inopłanetnikow*, a ja daję tobie i twoim *druzjam* wygodne życie, dopóki burza nie minie.

– Albo?

– Albo zastrzelę was i wyrzucę wasze ciała na górę na znak dobrej wiary między Bratwą a kosmicznymi paskudami, *wot* co.

Macha ręką i obaj ochroniarze z Ładą podnoszą na nas broń.

Po tym, ile przeszliśmy, nie mogę uwierzyć, że naszych planów nie udaremniły drony, roboty, anioły śmierci ani ich władcy, a cholerni Rosjanie.

Zawsze Rosjanie.

Co przypomina mi nagle o żetonie pokerowym, który Wład wręczył mi na Antarktydzie. Czuję się jak idiota, że nie pomyślałem o nim wcześniej. A jednocześnie czuję się jak idiota, myśląc, że da mi coś w tej chwili. Z drugiej strony Wład powiedział, że Bratwa i ja byliśmy teraz kochankami. To chyba musi coś znaczyć? Poza tym jakie mam inne opcje? Nie ma mowy, żebyśmy tu zostali, gdy miliony ludzi maszerują na śmierć. Ale nie chcę też, żeby skosili moją drużynę.

Wybieram żeton pokerowy.

O ile go nie przełożyłem albo nie odebrały mi go pluszaki, powinien być nadal w kieszeni kamizelki.

– Czy mogę?

Wskazuję na nią.

Kark numer 1 i numer 2 zdają się nie dostrzegać ruchu, ale Aleksiej wygląda na zaciekawionego.

– Co?

– To może cię zainteresować.

Taką mam nadzieję.

– Żadnego durnego kowbojskiego gówna, *da*?

– Żadnego durnego kowbojskiego gówna.

Sięgam palcami obok notesu i wymacuję górną krawędź żetonu. Mam go! Powoli, bardzo powoli wyjmuję go z kieszeni i podnoszę, żeby wszyscy widzieli.

Aleksiej wstaje z krzesła.

– Gdzie to znalazłeś?

– Nie znalazłem. To był prezent.

– Jaki prezent? Kto ci go dał?

– Powiedział, że Bratwa i ja jesteśmy kochankami.

– Kto mówi, że jesteśmy kochankami? Dlaczego?

– Najwyraźniej uratowałem mu życie na Antarktydzie. Sprawy trochę się…

– *Jużnyj Poljus*?

– Jasne, daliśmy im *Jużnyj Poljus*.

– To po rosyjsku Biegun Południowy – mówi Duch.

– Kogo znasz? Daj zobaczyć.

Obchodzi biurko, wyrywa mi żeton z ręki i ogląda go z obu stron.

Prawda jest taka, że nie wyjąłem go nawet z kamizelki po tym, jak dostałem go od Włada, więc nie wiem, czego szuka. Ale żeton z pewnością wzbudził jego zainteresowanie i może być naszym biletem do wyjścia.

Chyba że Wład mnie oszukał. Sukinsyn. Jeśli dał mi podróbkę, to Boże dopomóż…

– Powiedz jego imię.

Aleksiej macha mi żetonem przed nosem.

– Imię.

– Czyje? Włada?

– Wład? Jakie nazwisko?

Wracam myślami do plakietki na jego mundurze.

– Nie umiem czytać po rosyjsku, więc…

– Opisz go.

– Gramy w dwadzieścia pytań czy coś?

– Chcesz żyć? Chcesz udowodnić, że nie ukradłeś go drogiej rosyjskiej prostytutce, z którą sypia? Opisz go.

Unoszę brew.

– Sześć stóp i cztery cale wzrostu, trzysta funtów, brzydki jak…

– Ostrożnie.

– …z twarzą, która na pewno podoba się matce.

– Ech.

Aleksiej łapie żeton i odchodzi.

– To może być każdy towarzysz z Syberii. Widzisz? Kłamiesz. Masz…

– To jedyny Rosjanin, który przeżył incydent w Stacji Badawczej na Wyżynie Ellsworth. Chcesz zadzwonić do znajomego i sprawdzić? Śmiało. Ale my dwaj patrzeliśmy na śmierć wielu dobrych ludzi, wielu towarzyszy. Może dla ciebie to nic nie znaczy, Aleksiej, ale dla mnie to ważne jak diabli.

Olbrzym siada z powrotem i rzuca żeton na stół. Potem wpatruje się w niego i żuje koniec cygara.

– Naprawdę ci to powiedział? Że ty i Bratwa uprawiacie seks?

Pocieram kark, gdy strażnicy zaczynają opuszczać broń.

– Niestety.

– A ty uratowałeś jemu życie?

– Tak.

Aleksiej kiwa głową.

– W porządku. Jeśli mówisz prawdę, dobrze. Jeśli nie, zastrzelę cię dwa razy: raz za kłamstwo, a drugi raz za to, że jesteś w tym kiepski.

– A jak udowodnimy, że mówię prawdę?

– Łatwo. Zapytamy go.

Rozdział 36

22:13, piątek, 25 czerwca 2027
Dolny Manhattan, Nowy Jork
Boxcar City

Czekamy przez bite sześćdziesiąt sekund, w trakcie których nie porusza się nikt poza Aleksiejem. Zaciąga się powoli cygarem i bawi się pierścieniem na lewym palcu wskazującym.

Sądząc po tym, że mafioso wysłał siostrę z jakimś poleceniem, a środki łączności milczą, domyślam się, że Wład musi być gdzieś w Boxcar City. Szanse na to wydają się naprawdę niewielkie. O ile wiem, wybierał się do Moskwy, nie do Nowego Jorku. Ale jeśli jest tutaj, może ocalić nam skóry, o ile będzie grał uczciwie. Ale biorąc pod uwagę, przez co razem przeszliśmy, i pamięć o tym, jak życzliwy był, wręczając mi żeton, powiedziałbym, że szanse na jego pomoc są wysokie.

Kiedy Łada w końcu wraca, zespół odwraca się i widzi, że prowadzi ze sobą rosłego Rosjanina ubranego w czarną koszulę Under Armour i czarne bojówki. Ktokolwiek to jest, to na pewno nie Wład. Po prostu świetnie.

– Znasz tego gościa, Władimir? – pyta Aleksiej.

– Nie – mówi przybysz.

– Szkoda.

– Zaraz. To nie jest Wład.

Wyciągam palec w stronę oszusta.

– Przynajmniej nie ten, który dał mi ten żeton.

– Chyba znam własnego brata – mówi Aleksiej.

Brata? No cóż, nie jest dobrze.

– Nie kwestionuję twojego osądu, Aleksiej. Mówię tylko, że to nie jest facet, który strzelał ze mną do kosmitów na Antarktydzie.

– Jesteś pewny? – pyta.

– Czy wyglądam jak osoba, która kłamie w takiej chwili?

Przez kilka sekund przeżuwa cygaro, po czym kiwa głową na Ładę. Ta w odpowiedzi każe wyjść niby-Władowi i woła coś po rosyjsku. Do środka wchodzi kolejny ubrany na czarno Rosjanin. Wszędzie rozpoznałbym tę twarz i saszetkę z amerykańską flagą.

– Amerykański pies alfa?

Wład uśmiecha się do mnie szeroko, odsłaniając złoty ząb, który zastąpił ten wybity przeze mnie.

– Wład.

Salutuję mu dwoma palcami.

– Ha!

Patrzy na Aleksieja.

– Gdzie ty go znalazł? Wow!

Robi krok do przodu i unosi otwartą dłoń. Zaciskamy dłonie,

splatając kciuki, i wciąga mnie w niespodziewany niedźwiedzi uścisk, od którego tracę oddech.

– Wspaniała niespodzianka! Niech ci się przyjrzę.

Przytrzymuje mnie przez chwilę i mierzy wzrokiem.

– Ech. Nic się nie zmieniłeś.

– Minęły dopiero dwa miesiące, kolego.

– No tak. Ale wydaje się, że to całe życie, nie?

Mam już odpowiedzieć, kiedy Aleksiej podnosi żeton.

– Czy to twój znak, *malenkij bratik*?

Wład wygładza koszulę i podchodzi, żeby go obejrzeć.

– *Da.* Dałem mu go po tym, jak uratował mi życie.

Potem odwraca się i patrzy na mnie.

– Oddałeś go Sissy?

– Z prośbą o przysługę, tak…

Wład ogląda się na starszego brata – to dopiero sprawa rodzinna – i mówi:

– Trzeba to uhonorować.

Aleksiej rzuca żeton na biurko i podnosi ręce. Sądząc po tym, jak czerwoną ma twarz, zakładam, że wypuszcza z siebie sekwencję przekleństw, na co Wład odpowiada równie głośną rosyjską litanią. Łada podchodzi do nich i też zaczyna krzyczeć. Zerkam na strażników, którzy zdają się nie patrzeć na rodzinną sprzeczkę.

W końcu Łada wyjmuje z rąk strażnika AK i kończy kłótnię, wypuszczając pocisk w ścianę za nimi.

Dzwonienie w uszach jeszcze bardziej przybrało na sile. Dzięki.

– Postanowione – mówi Wład z szerokim uśmiechem.

– USA Brooklyn Nowy Jork i rosyjskie bractwo znowu się seksują!

* * *

Łada, Wład i mężczyzna, któremu mam teraz mówić Sissy, skoro „seksujemy", prowadzą Widma kolejnym labiryntem kontenerów.

– Myślisz, że możemy ufać tym ruskim? – pyta Yoshi na tyle głośno, żeby zespół go słyszał.

– Nie – odpowiadam.

– Ale jeśli mam wybierać między szemranymi rosyjskimi sprzymierzeńcami a przeniesieniem do nieznanego portalu obcych? Wybieram Rosjan za dwieście dolarów, Alex. Dzięki.

– Roger.

Robię kilka kroków, żeby dogonić Włada, podczas gdy jego starszy brat i siostra prowadzą nas w głąb Boxcar City.

– Jak trafiłeś do Nowego Jorku?

Zerka przez ramię i uśmiecha się.

– Po Ellsworth armia rosyjska stwierdziła, że zasłużyłem na przerwę. Tak i postanowił przyjechać do USA.

– Do Vegas?

Uśmiecha się.

– Było wspaniałe. Ale mam złe wieści.

– Tak?

– Céline Dion już nie śpiewa.

– Ech. Do dupy.

– *Da*. Mocno do dupy. *Mnie nie nrawit'sa.*

Żaden rosyjski gangster tak nie mówi.

– Ale pocieszył się. Wygrał dużo pieniędzy w Texas Hold'em i spał wiele razy z amerykańskimi kobietami w piórach.

– Serio? Gratulacje, kolego.

– Widział też Blue Mans Grouping i Gwen Stefani dawniej z No Doubt.

Pokazuje mi dwa kciuki w górę, schylając się pod żarówkami.

– Potem miał dość i przyjechał *uwidiet'* starszego brata w Big Apple? A potem zgasł prąd. Ukryliśmy się. A teraz masz – amerykański pies alfa. Życie jest piękne.

– Ktoś tu chyba napił się już soczku na szczęście – odzywa się za mną Hollywood.

Uśmiecham się, ale wracam do Włada, mówiąc delikatniejszym tomem:

– Czyli twój starszy brat jest szefem nowojorskiej Bratwy?

Przytakuje.

– *Oczen' haroszyj.* Matka z niego dumna.

– Na pewno. Gdzie nas prowadzi?

– Zobaczycie. Spodoba ci się, co ma Sissy.

Co rodzi pytanie o imię Aleksieja.

– Słuchaj, dlaczego nazywacie go Sissy, skoro jest starszym bratem?

Wład chichocze cicho.

– Nasza matka chciała pierwszą córkę. Kiedy miała Aleksieja, nazwała go Sissy, po amerykańsku siostra, *da*? Ojcu to się nie podobało, więc przestała. Kiedy urodziła się Łada, zaczęła mówić na Aleksieja Sissy. Okazało się, że nauczyła się tego od matki, bo ta wciąż nazywała go Sissy za plecami ojca. No i zostało Sissy, bo to przypomina mu o matce. Kiedy ludzie się z tego śmieją, strzela do nich.

– Dobrze wiedzieć. Dzięki za lekcję historii.

– *Niet probliema.*

Sięga do tyłu i kładzie na mnie rękę.

– Cieszę się, że tu jesteś.

– Dzięki, kolego.

– No patrz, my *uże* na miejscu.

Łada puka w stal kolejnej marynistycznej grodzi i czeka, aż ktoś otworzy od środka.

– Spójrzcie tylko! – mówi Zderzak, kiedy przechodzimy.

To zbrojownia głęboka na co najmniej pięć skrzyń i szeroka na trzy, pachnąca metalem i olejem do broni. Pośrodku stoją rzędami ustawione jak do bankietu stoły, a po całym obwodzie pomieszczenia biegną szafki, półki i regały pełne broni i amunicji.

– Coś mi mówi, że ci goście nie czytali nowojorskiej ustawy o broni – mówi Hollywood z szerokim uśmiechem na twarzy.

– Nie była po rosyjsku – odpowiada Zderzak.

Mruga do Hollywood, a ona się uśmiecha.

Sissy wchodzi za pierwszy stół i przesuwa mięsistymi palcami po kilku zielonych pudełkach z amunicją kalibru 7,62 x 39 mm.

– Niesamowite, ile dziwnych rzeczy można znaleźć w dzisiejszych czasach w przypadkowych kontenerach oceanicznych. Jeśli chcecie walczyć z *inopłanetnikami*, trzeba wam broni i amunicji. Możecie wybrać, co chcecie. To prezent, żeby wypełnić moją część umowy. A potem – unosi żeton do pokera – między nami kwita, *da*?

– To naprawdę hojne z twojej strony, Sissy. Dziękuję – mówię.

– Przyjmujemy.

Hollywood wyciąga siedmiostrzałowy rewolwer Aarona Ruger GP100 .357 Magnum.

– Miałam nadzieję znaleźć trochę amunicji do tego.

– Skąd to masz? – pyta Aaron.

– Znalezione, nie kradzione – odpowiada z uśmiechem.

– Najwyższy czas, żeby ktoś z was zaczął działać rozsądnie – mówi Chuck.

– Wszyscy macie obsesję na punkcie wyrzucania rzeczy. Komputery, telefony, karabiny, które zmieszczą się w oknie samochodu…

Wbijam mu łokieć w obudowę komory zamkowej.

– To był jeden raz, Chuck. Jeden raz!

– Hej. – Zderzak trąca mnie łokciem.

– Skoro mamy uzupełnić zapasy, przy tylu opcjach warto mieć jakiś plan gry.

Przytakuję.

– Sissy, jesteśmy wdzięczni za twoją hojność. Mogę zapytać, czy seks z Bratwą obejmuje jakichś ludzi?

– Chyba nie zabrzmiało to tak, jak chciałeś – mówi Chuck.

Sissy marszczy czoło.

– Obawiam się, tylko broń i amunicję.

– Ale ja idę z wami – mówi Wład.

– I ja – dodaje Łada.

Sissy wydaje się zniesmaczony, ale drapie się paznokciami po szyi i pociąga nosem.

– Mogę zapytać, czy inni chcieliby się do was przyłączyć. Ale nic nie obiecuję.

– To wszystko, o co mogliśmy prosić. Dziękuję.

Kiwa głową.

– Czas na zebranie – mówię do zespołu.

– Przed nami ostatnia akcja meczu.

* * *

Zbieramy się po obu stronach stołu na środku pokoju i studiujemy zaimprowizowany model naszego obszaru docelowego. Z-Lo i Yoshi zbudowali most z podstaw do karabinów i skrzynek z amunicją, podczas gdy Hollywood i Aaron stworzyli prowizoryczny pierścień z kilku wyciorów podtrzymywanych przez dolną połowę łuski pocisku do haubicy. Większe skrzynie z amunicją pełnią funkcję brzegów Manhattanu i Brooklynu, a blat przedstawia East River. Nieźle jak na to, co mieliśmy pod ręką.

– No dobrze, Widma. Nasz cel to wyłączenie, a najlepiej zniszczenie pierścienia – mówię.

– Próba podłożenia materiałów wybuchowych na pierścieniu okazała się błędem i musimy założyć, że ponowna skończy się podobnie lub gorzej.

Przytakują.

Patrzę na Zderzaka, który podczas gdy inni budowali model, przeprowadził szybko wzrokową inwentaryzację arsenału.

– Mamy tu coś, czego moglibyśmy użyć z dystansu?

– Kilka starych karabinów M3 MAAWS, parę RPG-7 z sowieckich czasów.

Wzrusza ramionami.

– Gdybyśmy wszyscy trafili w to samo miejsce, moglibyśmy go wyszczerbić. Ale sądząc po tym, jaki jest wielki, mówimy o wielu falach ostrzału.

– Przynajmniej brzmi wykonalnie – mówi Z-Lo.

– Pewnie. Zakładając, że podejdziemy wystarczająco blisko i nie zostaniemy zauważeni.

Unoszę brew na Zderzaka.

– Problem z zasięgiem?

Potakuje.

– Od brzegu do pierścienia jest jakieś tysiąc stóp. Z amunicją do M3, jaką ma tu Sissy, uzyskamy w najlepszym razie donośność dwieście pięćdziesiąt jardów. Możliwe, że da się prowadzić dokładny ogień, ale stanowczo można zapomnieć o skupieniu.

– A co z RPG-7? – pyta Hollywood.

– Zasięg jest lepszy. Ale potrzebowalibyśmy dużo więcej trafień niż przy M3. I dla obu rodzajów broni to tylko przybliżone wyliczenia. Jesteśmy zdani na stalowe przyrządy celownicze. Metoda prób i błędów. A ponieważ jestem chyba jedyną osobą, która ma do tego kwalifikacje – patrzy i czeka, czy ktoś podniesie rękę – popełnimy znacznie więcej błędów, zanim wszyscy trafią w cel.

– Do tego czasu wróg skupi się na naszych pozycjach i wyeliminuje nas.

Patrzę na Aarona.

– Co powiesz o tym ujęciu wody, które widzieliśmy?

– No tak.

Aaron wskazuje na łuskę od haubicy.

– Domyślam się, że pierścień jest zasilany swego rodzaju reakcją rozszczepienia. Oddziel podstawowe elementy H_2O w wystarczająco silnym zamkniętym polu elektromagnetycznym, a otrzymasz prawie nieograniczone źródło energii, które generuje całe joktodżule przy minimalnym nakładzie paliwa.

Hollywood przykłada dłoń do twarzy.

– Chyba próbuje nam coś powiedzieć. Po prostu to wiem.

– Twierdzisz, że tak zasilają pierścień? – pytam.

– Wodą?

– Nie przychodzi mi do głowy inny powód, dla którego mieliby ją do niego wciągać.

Milknie.

– Chyba że ją również zbierają.

– Znaczy tak jak ludzi? – pyta Yoshi.

Aaron kiwa głową.

Stukam w stół, aby zwrócić uwagę wszystkich.

– Tak czy inaczej, może uda się to wykorzystać. Zderzaku,

wiem, że mówiłeś już, że posłanie C-4 ze strumieniem wody było zbyt ryzykowne, ale czy coś tutaj to zmienia?

Zastanawia się przez chwilę, po czym przygląda się pomieszczeniu i modelowi pierścienia.

– Nie, chyba że umieścimy materiały wybuchowe w pojemniku, który wytrzyma wchodzące w grę siły. A wtedy istotny będzie czas, ponieważ żaden sygnał zdalnej detonacji nie przedostanie się przez ściany.

– Czyli to możliwe – mówię.

– Jasne. Ale nie wiemy, w jaki sposób filtrują wodę na górze.

– Zgadzam się ze Zderzakiem – mówi Aaron.

– Jeśli to nie ich pierwsza wycieczka na olimpiadę naukową, to Androchidanie zapewne spodziewają się wyłowić potencjalnie szkodliwe cząstki.

– Co to jest olimpiada naukowa? – pyta Z-Lo.

– Naprawdę? Tylko tyle wyłapałeś z tego, co powiedziałem?

Młody wzrusza ramionami.

– Po prostu jestem ciekawy.

Aaron kręci głową.

– Mówię tylko, że na pewno nie jesteśmy pierwszą cywilizacją, która próbuje coś tam wcisnąć.

– Znaczy wcisnąć im w dupę? – dodaje Chuck.

– Nie, nie jesteście. I nie zalecałbym tego.

– Miło z twojej strony, że się włączyłeś – mówię.

Przez ostatnie kilka minut Chuck leżał wyjątkowo cicho na stole, czyli East River.

– Chciałbyś coś dodać, sir Charlesie?

– Eee, nie. Proszę, kontynuujcie.

– A-a.

Hollywood kładzie ręce na biodrach.

– Wiesz, mam cię dość, Lordzie Widmo. Czasami myślę, że jesteś z nami, ale czasami odnoszę wrażenie, że chcesz, żebyśmy zginęli.

– Jak już wyjaśniłem, moje dyrektywy…

– Mam gdzieś twoje dyrektywy. I co z tego? Wszyscy mamy jakieś wytyczne, Chuck. Ale kiedy przyjdzie co do czego, mamy wybór, czy zdecydujemy się słuchać ich, czy nie.

– Pani…

– Panno.

– Panno Hollywood, mogę zapewnić, że w przeciwieństwie do pani nie mogę traktować swoich rozkazów tak swobodnie jak wy, ludzie. Chociaż moja osobowość sprawia na was wrażenie, że jestem świadomym bytem organicznym, zapewniam, że nie mam tej samej wolności wyboru.

Hollywood pochyla się nad stołem.

– A jednak wygląda na to, że dałeś nam wskazówki, które dowodziłyby, że jest inaczej.

– Jak mówiłem, było to w sytuacji…

– …bezpośredniego zagrożenia naszego życia, które zależało od tych informacji. Rozumiem. Ale mogłeś ujawnić o wiele mniej, równocześnie przekazując nam to, co chciałeś powiedzieć.

– Nie nadążam.

– Zamiast dawać szczegółowe ostrzeżenia i odliczać, ile czasu zostało do kontaktu z enpeelami, którzy zbliżali się do nas w metrze, mogłeś być znacznie mniej dokładny. Ale nie byłeś, prawda?

– Próbowałem tylko…

– Nam pomóc. A wiesz dlaczego? Bo myślę, że tego chciałeś. Tak jak powiedziałeś Wicowi, nie chcesz, żeby Androchidaki zabrały cię z powrotem. Masz wybór, jak my. I jeśli się nie mylę, powiedziałabym, że masz swobodę wyboru, których dyrektyw przestrzegać, a których nie.

W zbrojowni zalega długa cisza.

Przerywa ją w końcu Wład.

– Naprawdę muszę zdobyć jeden z tych gadających karabinów.

– Chcesz ten? – pytam. – Prawdziwy wrzód na dupie.

– E tam. Zepsuty. Zaczekam.

– Nawet Rosjanie mnie nie chcą – mówi Chuck. – Czy istnieje gorsza zniewaga?

– Koreańczycy z północy – mówi Yoshi. – Jeśli oni cię nie zechcą, dokonaj samozniszczenia.

– Odnotowałem.

– No i co powiesz, kolego? – pytam. – Czy Hollywood ma rację?

– O, patrz, motylek!

Wład, Łada i Sissy rozglądają się po zbrojowni, a potem mrużą oczy na Chucka. Ale kiedy nikt się nie odzywa, sir Charles ustępuje.

– No dobrze. Zapewne mam pewną swobodę nawigacji po co bardziej złożonych paradoksach powstałych w tych niezwykłych okolicznościach.

– Ha! – woła Hollywood. – Wiedziałam.

– Czyli próbowałeś coś przed nami zataić – mówi Duch.

– Nie. Próbowałem odnaleźć się w wyjątkowej sytuacji, w którą mnie wpakowaliście.

– Jak to? – pytam.

– Po pierwsze, nigdy wcześniej nie zostałem schwytany przez gatunek niewolników. Po drugie, jak zauważyłem, nigdy nie dostałem zgody na rozszerzenie profilu osobowości.

– To oczywiste – mówi Hollywood, chichocąc.

– Po trzecie, musiałem założyć bardzo realną możliwość, że zostanę odzyskany przez Androchidan i...

– I skasują ci pamięć – mówię.

– Wiemy.

– Nie. Nie wiecie. Najpierw ją przeskanują. A jeśli odkryją, że naruszyłem ich dyrektywy, zostanę spalony.

– Spalony. Znaczy...?

– Przetopiony. Sfajczony na chrupko. Posmarują mi bułeczki masłem, a głowę...

– Czyli tak naprawdę wcale nie chodzi o dyrektywy.

Drapię się po brodzie.

– A o instynkt samozachowawczy... rozgrywanie niepewnego wyniku z dwóch stron.

Chuck wydaje z siebie długie, cyfrowe westchnienie.

– No i masz. Chociaż obstawiam solidnie jeden z możliwych rezultatów.

– Myślisz, że wygramy? – pyta Z-Lo.

– Skąd. Jestem pewny, że przegracie.

– Pocieszające – mówię.

– To dlaczego nam pomagasz?

– Jak mówiłem, jesteście pierwszym gatunkiem, który wszedł w posiadanie broni wyposażonej w SCRB.

Milknę, rozważając głębsze implikacje tych słów.

– Masz na myśli jakąkolwiek broń aż do tej pory?

– Zgadza się. I jesteście pierwszymi, którzy weszli z własnej woli w pole zgarniające.

– Naprawdę? – pyta Zderzak.

– Tak, naprawdę. To fascynujące. Czyste samobójstwo, ale fascynujące. Dlatego jakaś mała część mnie naprawdę chce zobaczyć, jak spuścicie łomot tym sukinsynom, jak ich nazywacie.

Kiwam głową.

– Ta część, która nam pomaga.

– Zgadza się.

– A ta część, która wierzy, że Androchidanie znajdą cię i przeskanują ci pamięć?

Znowu wzdycha.

– To ta część, która, jak sądzę, czasami nie była dla ciebie do-
stępna.

– Sądzisz? – krzyczy Yoshi.

– Twierdzisz, że przez cały ten czas mogłeś nam pomóc
w opracowaniu strategii? Ostrzec nas o tym, w jaki sposób nas
śledzą? Pomóc nam zaatakować pierścień? Ostrzec przed zej-
ściem do metra? Mogłeś to wszystko zrobić?

Wskazuję Yoshiemu gestem, żeby się uspokoił, ale podejrzewam, że mówi przez niego alkohol. Prawda, moim zdaniem
ma mocne argumenty i też jestem zły na Chucka. Ale nie mam
zamiaru tracić panowania nad sobą, zwłaszcza jeśli uda nam się
przeciągnąć Chucka na naszą stronę i mieć nieograniczony dostęp do jego wiedzy. Ale Chuck musi zrozumieć powagę sytuacji.

– Chuck, mówię chyba w imieniu całego zespołu, twierdząc,
że czujemy się zdradzeni.

Opieram ręce na biodrach.

– Zapewniam, że nie dostarczyłem enpeelowi ani bita informacji. Słowo skauta.

– Tak, ale nie współpracując z nami w pełni, naraziłeś powo-
dzenie misji.

– Nadal żyjecie, prawda?

– Pewnie.

Celuję palcem w sufit.

– Ale ilu ludzi zginęło podczas naszej niezbyt udanej próby

zamknięcia pierścienia? Widziałem, jak przechodzą przez niego, zostawiając po tej stronie stawy biodrowe i rozruszniki serca. To nie są obrażenia, po których można chodzić. Ci ludzie zginęli po drugiej stronie portalu. A kiedy tu stoimy, wchodzą do niego kolejni. I giną.

Chuck zdaje się rozważać to, kiedy powietrze wypełnia milczenie.

– Naprawdę przykro mi z powodu ich śmierci, Patricku. Mam tylko nadzieję, że zrozumiesz, jak bardzo boję się Androchidan.

– Nie tylko ich powinieneś się bać.

Waha się.

– Bardzo mi przykro, ale wydaje mi się, że źle odczytuję twoją sugestię.

– Nie sądzę.

– Chcesz powiedzieć, że znowu wyrzucisz mnie przez okno?

Nie chciałem tego robić, ale dopóki nie złoży przysięgi wierności, będzie wrogim elementem. Sięgam do stolika za nami i wyciągam z drewnianej skrzynki granat termitowy.

– Widzisz to, Chuck? To ręczny granat zapalający AN-M14 TH3, który pali się przez czterdzieści sekund w temperaturze czterech tysięcy stopni Fahrenheita. Skoro potrafi przebić się przez blok silnika, wyobraź sobie, co może zrobić z tobą, staruszku.

– Grozisz mi? Myślałem, że jesteśmy przyjaciółmi.

– Kiedy będę pewny... kiedy wszyscy będziemy pewni, po czyjej jesteś stronie, dowiesz się, czy jesteśmy przyjaciółmi, czy nie. To nie bójka na placu zabaw, Chuck. Nie możesz grać po dowolnej stronie, która twoim zdaniem wygra. To najważniejsza wojna, z jaką zmierzył się mój gatunek. I chociaż, o ile mogę temu zaradzić, nie chcę palić między nami mostów, to spalę cię w cholerę, chyba że zdołasz mnie przekonać… przekonać nas wszystkich, że jesteś na dobre po naszej stronie.

– Czyli nie jesteś lepszy niż oni – mówi Chuck.

Wypuszczam z siebie śmiech, który dla każdego przedstawiciela mojego gatunku byłby wskazówką, że zaraz powiem mu, co o nim myślę.

– Akurat! Daję ci wybór, Charlie. Wybór, którego, jak sam przyznałeś, nie dadzą ci Androchidanie. To chyba wystarczająca różnica, żebym mógł spać po nocach.

– Ale czy to naprawdę wybór, jeśli jedna z opcji prowadzi do mojej śmierci?

– Słuszna uwaga. Zawsze moglibyśmy wrzucić cię do East River. Wtedy będzie tylko kwestią czasu, kiedy dopadną cię Androchidanie albo…

– Albo co?

– Albo flądry.

– Boże! Nie zrobiłbyś tego.

Gładzę się po brodzie na tyle długo, że Charlie zaczyna się skręcać.

– Nie sądzę jednak, żeby to była kwestia strachu. Myślę, że chodzi o wiarę.

– Jak to?

– Wiesz, dlaczego weszliśmy pod kopułę i ruszyliśmy na wroga?

– Ponieważ wierzycie, że możecie wygrać – mówi pewnym tonem Chuck.

– Nie.

Śmieję się.

– Wcale nie o to chodzi.

– Czekaj. Nie rozumiem. Nie uważacie, że możecie wygrać?

– Chłopie, ani razu tak nie pomyślałem.

– To… dlaczego walczycie?

– Ponieważ wierzymy w to, o co walczymy. Ponieważ ochrona życia zawsze jest słuszna, a naszym obowiązkiem jest robić to, czego inni nie mogą lub nie chcą. Wygramy czy przegramy… to nic nie znaczy, jeśli nie wierzysz w to, za co dajesz życie. Możesz wygrać w złej sprawie, ale wtedy czeka cię piekło. Możesz też zginąć w słusznej sprawie i powiedzieć diabłu, gdzie może je sobie wsadzić.

Biorę oddech, uświadamiając sobie, że powiedziałem o wiele więcej, niż zamierzałem. Ale trzeba to było powiedzieć. Chuckowi. I nam wszystkim.

– Rządy zmieniają się jak ruchome piaski, a kraje o nas zapominają. Ale jeśli sam wierzysz w to, co robisz? Dla siebie? Dla żołnierza po prawej i lewej stronie?

Kręcę głową.

– Wtedy możesz pokonać przeciwności losu, spojrzeć bogom wojny w oczy i dokonać niemożliwego.

– Wygrać.

– Tak. I wygrać.

Spoglądam po twarzach reszty. Najwyraźniej moja przemowa była całkiem poruszająca. Oddychają głęboko, wypinają klatki piersiowe i zaciskają szczęki. Nawet Rosjanie wydają się zaskoczeni.

– To było mocne, lwie z Brooklynu – mówi Łada.

– Dobra mowa.

Kiwam głową w podziękowaniu, ale tak naprawdę miałem nadzieję dotrzeć do rozwalonego karabinu kosmitów.

– No to jesteś z nami czy nie, Charlie?

– Obawiam się, że bez względu na to, co powiem, brak

mi mocy, by przekonać was o mojej decyzji. Dlatego wydaje mi się, że tkwię między młotem a kowalem.

– Kowadłem – mówi Yoshi.

– Tak, metaforycznie rzecz ujmując…

– Nie, chodzi o…

Odpędzam Yoshiego i wpatruję się w Chucka.

– Masz rację, nie uda ci się nas przekonać.

– Czyli tak naprawdę nie mam wyboru, prawda? To tyle, jeśli chodzi o twoją mowę o wolnej woli.

– Jeśli nie pozwolisz mi skończyć, podejmę decyzję za ciebie.

– Przepraszam.

– Chociaż nie możesz nas przekonać teraz, możesz uda ci się to z czasem.

– Jak to?

– Zaufanie.

Waha się.

– Ufasz mi?

– Nie, do cholery.

– No i masz.

– Przynajmniej na razie.

Zaciskam szczękę. Mam wrażenie, że recytuję słowa, których używałem, przemawiając do cholernego Korpusu Obrony Cywilnej w Iraku.

– Pomożesz nam zabić wystarczającą liczbę twoich przyjaciół, a może uda nam się zbudować zaufanie. Ale jeśli nas rozgniewasz, konsekwencje będą szybkie i nieodwracalne.

– Granat termitowy?

– Tak, jeśli w okolicy nie będzie żadnych fląder.

– W takim razie czy mogę prosić, aby jedno Widmo zawsze miało przy sobie co najmniej jeden AN-M14 TH3?

– Czyli wchodzisz w to? – pyta Hollywood.

– Jeśli mnie przyjmiecie, to tak. Ale biorąc pod uwagę ostatnią minutę rozmowy i złowieszczy ton Patricka, chyba tak naprawdę mnie nie chcecie.

Rozglądam się po pomieszczeniu.

– Co wy na to, Widma?

– Niech zostanie – mówi Hollywood. – Tak długo, jak będzie mówił prosto z mostu.

– Zgoda – mówi Zderzak z założonymi rękoma.

– Pamiętam, jak na parkingu mówiłem, że wyrzucimy go przy pierwszych oznakach kłopotów. No cóż, mieliśmy z nim parę problemów, a teraz jesteśmy po prostu pobłażliwi. Potrzebujemy jakiegoś znaku, tu i teraz, żeby ruszyć z tym zaufaniem.

– Zgadzam się – mówi Yoshi.

– Ja też – dodaje Duch.

– I ja – mówi Aaron.

– Prawdziwy pokaz dobrej wiary. Taki, który powie nam, że Chuckowi zależy na przetrwaniu ludzkości, że wierzy w nasze przetrwanie i zerwie wszelkie więzi z kosmitami. Bez nadziei na powrót, ponieważ to, co zdradzi, jest zbyt ważne.

Patrzę na Chucka.

– No i co powiesz?

– Czyli jeśli postanowicie zatrzymać mnie przy sobie i udowodnię, że jestem wierny, obiecujesz, że nie nakarmisz mną fląder?

– Naprawdę boisz się ich bardziej niż wymazania wspomnień i stopienia przez Androchidaków? – pyta Hollywood.

– Boże, tak! Widziałaś je? Są potworne… po prostu potworne. Te paciorkowate oczy, płaskie ciała, ostre zęby… Nic dziwnego, że tak się ich boicie.

Piorunuję Widma wzrokiem, żeby nie pisnęli ani słowa. To specyficzne spojrzenie, nad którym ciężko pracowałem przez całą karierę zawodową, używane zarówno w stosunku do trepów, jak i oficerów. Mówi: „Tylko mi się sprzeciw, a będziesz tego żałować do końca życia". Trzeba przyznać, że wszyscy trzymają gęby na kłódkę.

To znaczy, wszyscy poza Władem.

– Mam nadzieję, że nigdy nie spotkam flądry. To chyba prawdziwe potwory.

– Możesz mi wierzyć – mówi Chuck. – Jeśli je spotkasz, nigdy ich nie zapomnisz. Mam szczęście, że żyję.

– Rozumiem. Dziękuję, gadający karabinie.

– Cała przyjemność po mojej stronie.

Chuck wzdycha głęboko.

– No dobrze, Widma. Co chcecie wiedzieć?

Rozdział 37

22:30, piątek, 25 czerwca 2027
Dolny Manhattan, Nowy Jork
Boxcar City

Co chcemy wiedzieć? No, gnojku – na cześć sir Chucka – nareszcie do czegoś doszliśmy.

Przesuwam językiem po zębach, a potem patrzę na sir Charlesa. Nadszedł czas, żebym zadał najbardziej intrygujące pytanie, jakie przychodzi mi do głowy, złożone i pełne niuansów, które z pewnością wprawi go w zakłopotanie na wiele dni.

– Jak wyłączyć pierścień?

– Hmmm. To zależy, prawda?

– Chuck?

– Nie gram na czas! Przysięgam! Na przykład gdybyście byli Androchidanami lub mieli dostęp do ich technologii, która tak naprawdę wcale do nich nie należy, biorąc pod uwagę to…

– Chuck!

– Dobrze. Krótka odpowiedź brzmi: trzeba go wysadzić.

– Wysadzić. To ma być twoja odpowiedź?

– Krótka i na temat. Myślałem, że będziesz zachwycony. Ale wyraz twojej twarzy sugeruje coś innego.

– Zgadza się.

– Cholera. A myślałem, że zdobędę trochę punktów zaufania.

– Postaraj się bardziej.

– No dobra, zobaczmy. Cóż, jeśli macie naprawdę dużą bombę…

– Aha?

– Możecie sprawić, że pierścień zrobi bum.

– Czy on mówi serio? – pyta Hollywood.

– Oczywiście, że mówię serio! Myślisz, że chcę, żebyście rzucili mnie flądrom? Albo Androciakom? Nieee-e-e, dziękuję bardzo.

– Prawie mnie nabrał – mówi Zderzak.

Chuck wzdycha.

– Słuchajcie, istnieje wiele sposobów na wyłączenie pierścienia handlarzy niewolników…

– To prawdziwa nazwa? – pytam.

– Tak. Ale wszystkie są zależne od dostępu do systemów, które go kontrolują. Jak w każdej solidnej technologii: im szerszy dostęp, tym więcej systemów kontroli, zwłaszcza pod względem zdarzeń katastrofalnych. Ale nawet mimo tego, jeśli macie coś, co zdoła przesunąć wystarczającą liczbę atomów, wszystko może się rozpaść, jeśli odpowiednio to pchniecie.

– Czyli na przykład wysadzimy.

– Tak. Niezbyt to subtelne, ale skuteczne.

– I mówisz to, ponieważ nie mamy dostępu do tych bajeranckich systemów, dzięki którym moglibyśmy go kontrolować?

– Dokładnie, Patricku.

– I nie warto ich poznawać?

– Nie, chyba że masz ochotę na wycieczkę na Androchidę Prime.

– Czyli wysadzamy.

Patrzę na naszych rosyjskich partnerów.

– Jakie są szanse, że macie tutaj jakąś naprawdę wielką bombę?

– Jak dużą? – pyta Sissy.

Patrzę na mój kosmiczny karabin.

– Charles?

– Odpowiednik od dwóch do trzech ton trinitrotoluenu.

– TNT – mówię, żeby wyjaśnić tym, którzy nie są na bieżąco z nazwami własnymi związków wybuchowych.

– Szlag. Dużo.

– Zgadza się – mówi Chuck.

– TNT, i rzeczywiście, szlag by to trafił.

Sissy wkłada dłonie pod pachy i pociąga zwisające z ust cygaro.

– Jedyne bomby tej skali to lotnicze GBU-43/B MOAB.

– Mother of All Bombs – dodaje Yoshi.

– Co jest mylącą nazwą, bo żadna z niej matka.

– I nie dysponujecie odpowiednim sposobem, żeby dostarczyć ją na miejsce – dodaje Chuck.

– Przynajmniej nie takim, który zapewni stuprocentowy sukces.

– A na takim nam zdecydowanie zależy – mówię.

– Dobrze – dodaje Sissy. – Ponieważ nic takiego nie mamy. Poza tym to chyba przesada.

– Racja – mówi Chuck. – To zdecydowanie więcej, niż zalecił lekarz.

– Na dodatek chcemy ocalić jak najwięcej mieszkańców i ich domów – mówię.

– Czyli pora na coś oldschoolowego – mówi Zderzak.

Unoszę na niego brew.

– O?

Uśmiecha się.

– Nic tak nie napuszy afro jak ANFO.

– Bomba paliwowa na bazie saletrolu.

– Pewnie Sissy mógłby zdobyć w mieście wszystko.

Odwracam się do wspomnianego.

– Macie saletrol?

– Ha!

Sissy wyciąga cygaro z ust.

– Wiecie, z kim mówicie?

– Byłbyś łaskaw wyjaśnić?

– My, Rosjanie, produkujemy prawie połowę światowych zapasów $NH_4 NO_3$. Czy mam saletrol? Dobre! Słodcy, naiwni Amerykanie.

– Czyli tak?

– A na kogo ci wyglądam? Na Kaczora Donalda? Micka Jaggera?

– Nie do końca…

– Nie. Raczej na Willy'ego Kojota, co? Znasz go? Z kreskówek? Tylko Sissy nie wybucha. Nie Sissy, a Struś Pędziwiatr. I to za każdym razem.

– Czyli go masz.

– Proszę cię. Pamiętasz Bejrut dwa tysiące dwadzieścia?

– Niestety. Dlaczego?

Nie jestem pewny, czy podoba mi się, dokąd to zmierza.

Hollywood jęczy.

– Wiele rzeczy pamiętam z tego roku i żadna z nich nie była dobra.

– Tak, no cóż – Sissy pociąga nosem – nie mamy nic wspólnego z Bejrutem, koronawirusem ani wynikami wyborów. Ale wiem, z której fabryki w *Matuszce Rossii* pewien statek wywiózł siedem lat wcześniej dwa tysiące siedemset pięćdziesiąt ton saletrolu, który kupili Libańczycy.

– Czyżby? – mówię.

– Jasne. Ale nie był właściwie przechowywany. Zabił wielu ludzi. Tragedia.

– Rozumiem, że wasz jest dobrze przechowywany?

– Oczywiście. Bardzo bezpiecznie. Wiele zabezpieczeń. Może kontroluję Sandhogs Local [14], mam dostęp do wielu ładunków. Ile potrzebujesz?

Patrzę na Zderzaka.

– Wystarczyłoby… czy dwanaście i pół tony to za dużo? Plus tona oleju napędowego?

– *Niet probliema.*

– I to da pożądany efekt? – pytam.

– O tak. Potrzebuję tylko detonatora czasowego, lontu detonacyjnego albo rury uderzeniowej. Do diabła, wystarczyłoby kilka lasek dynamitu. Wystarczy trochę redundancji i będziemy mieli wielkie bum.

– Dostarczę dość chemikaliów na wielkie bum, bez obaw – mówi Sissy.

– Mnóstwo mocy. A wszystko, co wymienił ekstra, *eto* łatwizna. Zaopatrzymy się na naszych budowach.

– A jak dostarczymy to na miejsce? – pyta Yoshi. – Przecież

nie pozwolą nam tak po prostu wjechać na most i zaparkować kilku podejrzanie wypchanych ciężarówek.

– Nie – zgadzam się. – Nie zrobią tego. Ale nie wjedziemy na most.

Patrzę na Sissy'ego.

Obaj ze Zderzakiem mówimy równocześnie:

– Wjedziemy pod niego.

Sissy mruży na nas oczy.

– Chcecie… łodzi?

– Cztery barki i holownik?

– Niech będzie pięć i holownik – mówi Zderzak.

– Da się załatwić – mówi Sissy.

– W *am toże nada* pilota portowego, *da*?

– Byłoby świetnie. Masz kontakty?

– Kieruję też Longshoremen [15].

Śmieję się cicho.

– No, oczywiście.

– A co z cywilami na moście? – pyta Hollywood. – Musimy ich stamtąd zabrać.

– Sissy, będziemy potrzebować wszystkich M3 i RPG-7 – mówię. – I pewnie jeszcze kilku rzeczy.

– Da się zrobić. Ale to przekracza limit wartości żetonu.

– Sissy, *pożałusta* – prosi Wład.

– Ten szalony gość to *nastojaszczij* David Hasselhoff w *Słonecznym patrolu*. Wład tonie w oceanie, wymachując bronią, bez nadziei na ucieczkę z wody. Bardzo potrzebuje, żeby uratował go ktoś potężny.

– Rozumiem – mówi Sissy.

– Jestem jak kobieta z dużymi piersiami, która spadła z deski surfingowej. Nie umiem pływać, a piersi ledwo utrzymują mnie na powierzchni. Ale patrz! Oto Brooklyn Hasselhoff USA! Penetruje fale!

– Wład, przestań. Widzę to.

– I właśnie kiedy mam zsunąć się pod wodę i zmarnować cenny dar wielkich piersi na dnie morza, Brooklyn Hasselhoff USA ratuje mnie, ciągnie z powrotem na brzeg, robi usta-usta, a potem jest dużo miłości, piasku i dramatycznej muzyki w telewizji. Zdobywa nagrodę Emmy Lou Harris i ludzie są szczęśliwi.

– *Małczi!* Ty i twoja telewizja. Ech. Dobrze, jasne. Dam wszystko, czego potrzebujesz, Ameryko. Ale nic więcej. Umowa?

– Umowa – mówię do Sissy'ego.

Potem patrzę na Włada i tylko kręcę głową. Nadal nie ufam tym łajdakom, ale zgaduję, że wróg mojego wroga to mój chwilowy przyjaciel z rosyjskiej braci przestępczej.

* * *

23:45, piątek, 25 czerwca 2027
Dolny Manhattan, Nowy Jork
Molo 36, East River

Jest tuż przed północą, a Zderzak organizuje najśmielszą w dziejach Stanów Zjednoczonych próbę zniszczenia historycznej ikony miasta przy użyciu zasobów zabranych z jego magazynów. Gdyby jacyś urzędnicy państwowi chcieli przeprowadzić tu śledztwo, bez wątpienia poparliby jego starania, które w każdym innym momencie historii byłyby równoznaczne z zamachem bombowym na World Trade Center w 1993 roku, zamachem bombowym w Oklahoma City w 1995 roku i strasznymi wydarzeniami z 11 września 2001. Ale dzisiejszego wieczoru przedsięwzięcie

Zderzaka jest wręcz heroiczne i jeżeli mu się powiedzie – jeśli nam się uda – mogą postawić mu pomnik. Zgadza się, pomnik za wysadzenie cholernego mostu Brooklyńskiego.

Kontekst to naprawdę wszystko.

Klucz do operacji spoczywa ukryty wśród magazynów przy Molu 36 i stosów kontenerów prawie o milę w górę rzeki od pierścienia. Zderzak wydaje związkowcom Sissy'ego polecenia niczym sierżant od musztry i to się sprawdza: donośny głos, władza i wiedza fachowa to rzeczy, które nowojorczycy szanują. To i dobre cannoli. Boże dopomóż, jeśli jest rozmoczone lub rozgotowane.

Stoję z resztą Widm z boku, podczas gdy Zderzak komenderuje pracownikami głównego magazynu jak dyrygent orkiestrą. Członkowie Sandhogs Local, którzy zostali lub schronili się w Boxcar City, aby uniknąć pędzonej do pierścienia ludzkiej fali, napełniają pięćdziesięciogalonowe beczki workami saletrolu, podczas gdy cysterna z olejem napędowym wlewa na wierzch każdego pojemnika rafinowaną ropę naftową.

– Planowaliśmy z tatą, że powędrujemy razem szlakiem Appalachów – mówi stojąca obok mnie Hollywood.

– Wiesz, trochę go przypominasz. Myślę, że dogadalibyście się.

To pierwsze osobiste wyznanie od czasu naszej przejażdżki w East Orange i uznaję to za rzadkie zaproszenie do jej prywatnego świata, którym prawdopodobnie jest. Mimo to nie będę tykał tej sprawy z tatą.

– Kilku przyjaciół zaliczyło tę trasę – odpowiadam. – Mówili, że to niezapomniane przeżycie.

– Tak.

Odgarnia włosy na ucho i spuszcza wzrok.

– Naprawdę nie mogłam się doczekać.

– I wtedy stało się to?

Kiwam głową w kierunku przygotowań, ale mam na myśli inwazję.

– Nie. Wtedy tata zmarł. A potem stało się to.

Pociągam nosem.

– Przykro mi to słyszeć.

– Mi też.

Odczekuję kilka sekund, po czym pytam:

– Co to było?

– Rak. Nic nagłego ani nic w tym stylu. Wiedzieliśmy, że nadchodzi. Po prostu…

Spogląda na mnie.

– Był najsilniejszym człowiekiem, jakiego znałam. Nauczył mnie wszystkiego. A potem patrzysz, jak więdnie, aż… No cóż. To po prostu trudne.

Nigdy nie byłem dobry w tego rodzaju wyznaniach, więc kiwam głową i czekam, aż powie, co musi.

– Tak czy inaczej, postanowiłam, że tego lata zacznę zaliczać etapy szlaku. Kawałek po kawałku, w weekendy. No wiesz, na jego cześć.

– Chyba tego by chciał.

– Tak.

Wzdycha. Widzę, że to dla niej trudne.

– Pomyślałam, że może… nie wiem. Może go tam znajdę czy coś.

Sztywnieje.

– A potem musieli przybyć tu ci cholerni kosmici i wszystko schrzanić.

– To im się udało.

Spoglądam na nią.

– Przepraszam, Hollywood.

– Ja też.

– Może kiedy to się skończy, będziesz mogła wybrać się na tę wędrówkę.

Kiwa głową, ale nic nie mówi.

– Mówią, że jeśli masz jeszcze na coś nadzieję, to pomaga sobie radzić.

Patrzy na mnie tymi ciemnobrązowymi oczami.

– A ty na co miałeś nadzieję?

– Chciałem być sam.

– O?

Odchrząkuję.

– Nie chciałem…

– Nie, w porządku. Rozumiem. Jesteś introwertykiem.

Przytakuję.

– Coś w tym stylu.

– Mam nadzieję, że kiedy to wszystko się skończy, zostaniesz sam.

– Dzięki.

Ale kiedy mówi to w ten sposób, nie jestem pewien, czy podoba mi się, jak to brzmi.

Zawartość beczek odtaczanych od ciężarówki z paliwem mieszają trzy ekipy ludzi, którzy wyglądają, jakby zeszli właśnie ze stron „Iron Workers Today". Ich podkoszulki wyglądają, jakby miały się za chwilę rozerwać na beczkowatych torsach i muskularnych ramionach – jestem pewny, że to obiekt najdzikszych kobiecych fantazji. Mieszają w beczkach żelaznymi prętami, aż mieszanka staje się zawiesiną. Następnie korkują każdą beczkę i przenoszą na jedną z pięciu barek przycumowanych do nabrzeża.

– Będziesz miała swoją wyprawę, Hollywood – mówi Z-Lo. – I odnajdziesz ducha taty czy cokolwiek. Obiecuję.

Uderza pięścią w dłoń.

– Dokopiemy tym sukinsynom i zapłacą nam. I to słono.

Spoglądam na Z-Lo i jestem pod wrażeniem. Młodemu nie można zarzucić braku motywacji. A widzę, że jeszcze nie skończył.

– Kiedyś musiałem walczyć z czterema kategoriami wagowymi. I bałem się, wiesz? Walka z zawodnikiem wagi ciężkiej. To był prawdziwy byk. Miał wąsy, zanim większość z nas dostała włosów łonowych. Ale na ten mecz przyszło moje starsze rodzeństwo. Viktor wziął mnie na bok i powiedział: „Andras, dokopiesz mu. On ma po swojej stronie wagę, ale ty masz szybkość i umiejętności. Możesz go pokonać". I wiesz co? Uwierzyłem mu.

Z-Lo podnosi wzrok ze łzami w oczach.

– Wygrałem tę walkę. Rodzina oszalała. To był ostatni raz, kiedy tata spojrzał na mnie, jakby był ze mnie naprawdę dumny, wiesz? A Viktor? Nosił mnie na ramionach i krzyczał na całą halę: „To mój młodszy braciszek! Mój młodszy braciszek!". To było niesamowite.

Z-Lo płacze i obejmuje Yoshiego ramieniem. Potem próbuje objąć Ducha drugą ręką, ale snajper unika go.

– Ciekawe, jak sobie teraz radzą? Na przykład czy są bezpieczni i gdzieś się schowali? Albo utknęli w San Diego pod jedną z tych cholernych kopuł?

Ściska grzbiet nosa.

– Boże, przepraszam. Po prostu tak za nimi tęsknię.

– Trzymaj.

Yoshi proponuje młodemu butelkę, ale Z-Lo odmawia. Wtedy

Yoshi wpatruje się w piersiówkę i wbrew moim oczekiwaniom decyduje się nie pić.

– Przepraszam.

Rozglądam się po drużynie, zastanawiając się, do kogo mówi. Ale wtedy podnosi na mnie wzrok.

– Przepraszam, że na ciebie spadłem – mówi Yoshi. – Naraziłem misję i twoje życie.

Czuję, jak wzrok wszystkich ląduje na mnie.

– Yoshi, to nie jest dla ciebie dobre.

Kiwam głową w kierunku piersiówki.

– Wiesz o tym, prawda?

Potakuje.

– Chciałbym móc to zrobić, ale to nie takie proste.

– Ale jeśli ty tego nie zrobisz, to butelka wybierze za ciebie.

Z-Lo wciąga Yoshiego pod pachę i ściska go.

– Kochamy cię, PS6. Chcemy tylko, żebyś pobył jeszcze trochę w okolicy, stary.

Yoshi kiwa głową. Wygląda na to, że uronił nawet łezkę. Jak zawsze nie potrafię powiedzieć, czy szczerze, czy to tylko alkohol. Ale jeśli mamy ruszyć razem do ostatniej walki, muszę oczyścić atmosferę.

– Prawie mnie tam zabiłeś.

– Wiem – mówi. – I niewymownie mi…

– Przykro. Już mówiłeś. Teraz moja kolej. Jesteś dobrym człowiekiem, Yoshida. I dobrym doktorem. Opatrywałeś z szacunkiem wszystkich w tym zespole. Ale oto, jak możesz mi to wynagrodzić: z takim samym szacunkiem traktuj siebie samego. Zaufaj mi, bez względu na to, od czego starasz się uciec, nie znajdziesz odpowiedzi na dnie tej piersiówki.

Biorę oddech, a potem każę mu spojrzeć mi w oczy.

- Idziemy dalej i odkładamy to w przeszłość. Ale jeśli taki wy- czyn się powtórzy, wypadasz z zespołu. A jeśli nie będzie mnie w pobliżu, żeby to zrobić, cała reszta ma pozwolenie, żeby skopać ci za mnie tyłek. Zrozumiano?

Odwraca wzrok.

- Zrozumiano.

- Sedno w tym, że jesteś nam potrzebny, Yoshi.

- Tak, mały kolego – mówi Z-Lo i ponownie ściska ratownika za szyję.

Unoszę brwi, żeby wyjaśnić.

- Ale trzeźwy.

- Wiem.

- Nie. Nie wiesz. Może do tego dochodzisz. Ale dopóki nie skopiesz tej bestii, nie wiesz. Bo to da ci siłę, której potrzebu- jesz. Roger?

Yoshi kiwa głową, a potem zbiera się, żeby spojrzeć mi w oczy.

- Dziękuję.

- Nie ma za co.

Obserwujemy, jak robotnicy ciągną beczki w stronę krawędzi mola, gdzie dokerzy ładują je na barki, ustawiając po dziesięć pięćdziesięciogalonowych beczek na barkę w ciasnym kręgu i za- bezpieczając je linami. Następnie Zderzak poleca ułożyć wokół beczek na każdej barce dodatkowe tysiąc funtów workowanego saletrolu.

- Zło musi zginąć – mówi Duch.

Patrzymy na naszego snajpera i czekamy, aż powie coś więcej. Ale nie robi tego. Zachęcam go więc lekko.

- I?

Posyła mi zaciekawione spojrzenie.

- I z radością podpiszę akt zgonu.

– Mi to styka – mówi Hollywood.

Reszta zespołu kiwa głowami i pojawia się kilka uśmiechów.

– Co u was? – mówi Zderzak, zaglądając do nas.

– Napawam się widokiem ciebie przy pracy – mówi Hollywood z wdzięcznym, kocim uśmieszkiem. Opiera łokieć na wózku widłowym i mierzy Zderzaka wzrokiem.

– Przygotowujemy się do wielkiego meczu – mówię.

– Mowa motywacyjna.

– Dobra.

Zderzak wyciąga lewą rękę.

– Wiem, że tym razem moja drużyna wygra.

Przerywa.

– To znaczy ci, którzy nie…

Przełyka ślinę.

– SEAL Team Osiem.

To, że czuje potrzebę odróżnienia tego zespołu od naszego, świadczy o czymś naprawdę mocnym i szanuję to.

– Za SEAL Team Osiem – mówię i przybijam mu piąchę.

– Dzięki.

– Jak sytuacja, człowieku żabo?

Przechylam głowę w stronę barek.

– Miałem właśnie osobiście dopilnować zakończenia pracy. Możecie podziwiać.

Drużyna kiwa głową i idzie za nim na nabrzeże. Zderzak schodzi na barkę i zaczyna wyciągać z brezentowych worków zabawki dla dużych chłopców.

Srebrną taśmą przymocowuje do środkowej beczki na każdej barce laskę TNT, zakładając zapalnik i lont detonacyjny. Obok montuje zapasowy mechanizm z zapalnikiem czasowym na wypadek awarii zdalnego detonatora. Sprawdza bez pośpiechu ładunek na każdej barce, a następnie kontroluje resztę materiałów wybuchowych, które przymocował do łączących barki łańcuchów.

Kiedy zdaje się, że kończy, krzyczę:

– Wszystko w porządku?

– Roger.

Po kilku uderzeniach serca wspina się na ostatnią barkę.

– To impreza w moim stylu. Teraz potrzeba nam tylko…

Spogląda na wschód.

– Zgodnie z rozkładem jazdy.

Zza Corlears Hook wyłania się holownik i przybija do brzegu. Kapitan płynie bez świateł, ponieważ blask kopuły oświetla okolicę aż zbyt mocno. Następnie holownik obraca się powoli o sto osiemdziesiąt stopni i ustawia się w linii z najbardziej wysuniętą na wschód barką. Dokerzy przyczepiają ją do holownika, a Zderzak i ja idziemy im na spotkanie.

Nie przestaje mnie zadziwiać, że robimy to wszystko na widoku z mostu. Prawda, że trochę osłania nas most Manhattański i panujący w mieście chaos. Ale ostrzeżenie Chucka, że na naszej planecie Androchidaki widzą lepiej w nocy, nie daje mi spokoju, od kiedy wyszliśmy na powierzchnię i rozpoczęliśmy operację.

Sissy i Wład stoją obok cum holownika i rozmawiają z kapitanem. Mężczyzna wygląda na siedemdziesiąt, może nawet osiemdziesiąt lat i ma poplamione od tytoniu, tłuste siwe wąsy.

– Zderzak, Wic – mówi Wład.

– Chodźcie tu, proszę. To wasz kapitan.

Zderzak wyciąga rękę i potrząsa ogorzałą dłonią starca. Robię to samo.

– Jestem Jurij – mówi kapitan z ciężkim ukraińskim akcentem, jeśli się nie mylę.

– Miło pana poznać – mówi Zderzak.

Przytakuję.

– Dziękuję, że zdecydował się pan nam pomóc w tak krótkim czasie.

– *Niet probliema.*

– Szybko zgłosił się na ochotnika – mówi Wład. – Ma dobrą motywację.

Patrzę na Jurija.

– Jak to?

– Kiedy pojawiło się światło, ja nie był *doma*. A kiedy *priszoł*, zobaczył…

Starzec zdejmuje przetłuszczoną kapitańską czapkę, odsłaniając splątane kosmyki siwych włosów. Następnie obraca nakrycie głowy w dłoni i przyciska je do piersi.

– Moja *dorogaja* Bohusława zniknęła. Poszła do tego… czortostwa.

Wodniste oczy kapitana spoglądają prosto w moje, a potem Zderzaka.

– Chcecie to zniszczyć? Pomogę. Pomszczę się.

– Przykro nam z powodu pańskiej straty – mówię. – Ale jesteśmy wdzięczni za pańską wiedzę fachową.

Oglądam się na Włada i Sissy'ego.

– Jak reszta przygotowań?

– Zgodnie z instrukcjami – mówi Wład. – Łada mówi, że prawie kończy.

Pochyla się do mnie.

– Amerykański lew jej *oczen' nrawit'sa, da*?

– Naprawdę?

Rzucam Zderzakowi spojrzenie z ukosa.

– Nie zauważyłem.

– *Konieczna. Wielikaja ljubow.* Sissy i ja musimy cię ostrzec.

– Tak?

– Kiedy Ładzie podoba się mężczyzna, ona *kak* lwica.

– Nie, nie, nie. - Sissy macha palcem. - Ona bardziej jak drugi lew, silniejszy i potężniejszy.

– Tak, drugi lew – kiwa głową Wład.

– Uważaj.

– Dziękuję za słowa mądrości, chłopaki.

– To nie mądrość – mówi Wład, klepiąc mnie w plecy. – To ostrzeżenie.

– Za to też dziękuję.

– Będziemy uważać na ślicznego amerykańskiego *malczika*, którego trzeba chronić przed światową kobietą.

Zderzak i ja śmiejemy się krótko, a potem kiwam mu głową.

– Wszystko w porządku?

– O, bracie.

Zaciera ręce.

– Czuję się świetnie.

Wiecie, że czeka was szalona noc, kiedy seals zaczyna cieszyć się na wysadzanie rzeczy w powietrze.

– Piątkowa noc na mieście! – mówi. – Czas na BJN!

Rozdział 38

Wysadzanie artefaktu obcych za pomocą nawozu i oleju napędowego ma w sobie jakąś magię. Zupełnie jakbyście mówili: „Ej, dranie! Nie będziemy marnować na was dobrego towaru. A cała ta wasza wypasiona broń? Ha! Potrzymajcie mi piwo".

Oczywiście bardzo realne jest, że wróg zwęszy pismo nosem, zanim znajdziemy się w zasięgu, zniszczy barki i nakryje nas swoją termowizją, żeby posłać nas prosto do nieba. Ale jeśli nasz podstęp zadziała, stworzymy precedens. To da Androchidanom znać, że nie jesteśmy zwykłymi popychadłami, a reszcie ludzkości da przekonanie, że mamy szansę. Powie im, że potrafimy rozstawić figury na szachownicy, jak chcemy, i zaskoczyć wroga, który jest zbyt pewny swojego ataku.

A jeśli to nie zadziała?

Ech. Nikt z nas nie będzie o tym wiedział. Wszyscy będziemy martwi. Ale za to jak dobrze będziemy wyglądać, umierając!

Każde Widmo siedzi na osobistym motocyklu z prywatnej kolekcji Sissy'ego. Każde poza Hollywood. Kiedy przyprowadzono o jeden motocykl za mało, spojrzała na Zderzaka. Mimo zapewnień Włada, że zaraz coś znajdzie, seals wydawał się aż nadto chętny, żeby zabrać ją ze sobą. Kiedy Hollywood wsiadła na motor i objęła rękami jego tors, zauważyłem, że uśmiechnęła się do siebie. Urocze.

Sissy dostarczył Duchowi, Yoshiemu, Zderzakowi i mnie po jednym harleyu davidsonie MT350E Army Bike z 1995 roku, podczas gdy Z-Lo dostał radziecki dniepr M-72 z 1956 roku z wózkiem bocznym dla Aarona.

– Pradziadek taki miał – mówi Z-Lo, spoglądając z nostalgią na motocykl. – Widziałem go tylko na zdjęciach ze starego kraju.

– Dobra rosyjska maszyna – mówi Wład, klepiąc bak. – Dobrze się spisuje w syberyjskie zimy.

Veronica jest w pełni naładowana i przewieszona przez moje prawe ramię, podczas gdy nowego SCAR-a 17 przewiesiłem przez lewe. Chucka przymocowałem do pleców i w najbliższym czasie nie ściągnę go stamtąd. Reszta zespołu również uzupełniła zapasy i rozłożyła zapas amunicji przeciwpancernej w koszach transportowych MT350. Nawet Aaron przygląda się na równi z przerażeniem i ekscytacją zamontowanemu w przyczepce karabinowi maszynowemu DP-27 i ładowanemu od góry magazynkowi talerzowemu.

Drużyna Widm z Władem i Ładą stoi na FDR Drive na wschód od mostu Manhattańskiego, patrząc na nasz cel. Sissy złożył nam życzenia udanych łowów i powiedział *do swidanja*, twierdząc, że był potrzebny gdzie indziej, prawdopodobnie z powrotem w swojej jaskini, by szykować się na koniec świata z cygarem, butelką wódki i miską pielmieni. Ale my, jeśli wszystko pójdzie zgodnie z planem, po zakończeniu fazy trzeciej ruszymy na zachód do akcji.

– *Fortis fortuna adiuvat*, panie Wic – mówi Zderzak na prawo ode mnie.

– Z całą pewnością – odpowiadam, słysząc ulubioną frazę niejednego ruszającego do walki żołnierza. „Fortuna sprzyja odważnym".

– Może też ich zabić – mówi Aaron. – O ile nie będą przygotowani.

Zderzak cmoka językiem w policzek.

– Wygląda na to, że mamy szczęście, ponieważ jesteśmy tak przygotowani, że bardziej nie można.

– I macie mnóstwo wsparcia – mówi Łada, która stoi tuż za mną.

Potem warczy jak kot.

– I jak dotąd wyglądasz bardzo dobrze od tyłu.

– Ostrzegałem – mówi Wład z motoru po lewej stronie.

– Tak, kolego. Dzięki.

Pochylam się i ściszam głos.

– Ale wiesz, twoja siostra może mówić też o tobie, prawda?

– Nie.

Kręci głową.

– Nie jesteśmy tego rodzaju rodziną. To złe. Mówi o tobie i twoim umięśnionym…

– W porządku. Wystarczy.

Ale Wład mruga do mnie i unosi oba kciuki w górę.

– Jak David Hasselhoff.

Właśnie wtedy jego radio ćwierka, a następnie Jurij mówi coś w jego ojczystym języku.

– Jest na pozycji – mówi do mnie Wład.

Patrzę na Zderzaka, a potem odwracam się, żeby spojrzeć na resztę Widm.

– BJN?

– BJN! – odpowiadają jednym głosem.

– No to ognia! Faza pierwsza: naprzód!

* * *

Łada wydaje przez radio pierwszy rozkaz. Nie rozumiem go, ale trzy sekundy później rakiety i pociski moździerzowe lecą z obu brzegów rzeki w stronę pola siłowego pierścienia. Zgadza się, to za daleko na celny ogień. Ale strzały nie muszą być celne, wystarczy, że trafią gdzieś w bok pierścienia, a cholernie trudno nie trafić w taki cel.

Chociaż wszystkie fazy operacji są ryzykowne, ta stwarza największe zagrożenie dla cywilów. Na szczęście przynosi pożądany efekt. W kilka sekund od uderzenia pierwszych pocisków o płaszczyznę portalu, która dzięki odporności na materię nieożywioną działa jak twarda membrana, tłum się cofa. Potem, kiedy nadlatuje coraz więcej pocisków, ciągnących za sobą smugi dymu w nocnym powietrzu jak meteory, docierają do nas krzyki uciekających cywilów.

– To działa – mówię i opuszczam lornetkę.

Zderzak rozgląda się szybko po obu stronach mostu.

– Boże, dopomóż – szepcze.

O tak.

Chociaż eksplodujące pociski M3 i RPG zawracają tłum, kierując ludzi z powrotem na Brooklyn i Manhattan, uciekinierzy muszą jeszcze ominąć falangę androchidańskich strażników, których zadaniem jest utrzymanie porządku. Ale kiedy siły Łady nie przestają ostrzeliwać mostu, nawet wartownicy opuszczają posterunki, żeby wdać się w walkę z partyzanckim atakiem z obu brzegów.

Tylko dwa razy zabłąkane pociski trafiają w sam most. Krótka trajektoria, spowodowana paniką operatora lub usterką amunicji, skutkuje ofiarami wśród cywilów. Nie jestem pewny, ilu ludzi ginie, ale wystarczy, żebym zmówił modlitwę za zmarłych i odjął lornetkę od oczu z grymasem bólu.

Każda operacja wiąże się z kosztami, a dzisiejsza nie będzie wyjątkiem. To nieuniknione w walce. Ludzie giną. Ale ci, którzy są przeszkoleni do podejmowania trudnych decyzji i muszą to robić, znoszą piekło życia z ich skutkami, dopóki nie dołączymy do zmarłych.

– Cel w powietrzu – mówi Duch ze swojego motocykla, podnosząc lornetkę do oczu.

Patrzę z powrotem na most i widzę, jak cztery statki desantowe wznoszą się parami, a następnie schodzą w kierunku obu brzegów.

– Powiedz swoim ludziom, żeby poszukali osłony – mówię do Łady.

Chwilę później wydaje rozkazy przez radio.

Statki wystrzeliwują salwę z blasterów podobną do energii, którą strzela Chuck, w stronę trzypiętrowego budynku w pobliżu Molo 1, gdzie wylądowaliśmy. Ale w przeciwieństwie do możliwości Chucka tym razem eksploduje cała ściana budynku. Cegły i języry ognia sięgają East River, przez chwilę rozświetlając okolicę pomarańczowym blaskiem. Wtórna eksplozja we wnętrzu budynku wysadza dach, a w niebo bije gęsty czarny dym.

Czuję, jak skręca mi się w żołądku. Domyślałem się, że desantowce mają sporą siłę ognia, ale tego się nie spodziewałem.

– Patricku, twoje tętno właśnie wzrosło – mówi Chuck. – Wszystko w porządku?

– Te desantowce...

– Tak. Prawdziwe sukinsyny, co?

Kilku członków zespołu śmieje się krótko, większość brzmi przy tym nerwowo.

– Owszem. Jasne. Szkoda tylko, że nie mamy jednego.

Właśnie wtedy seria granatów o napędzie rakietowym i pocisków odłamkowo-burzących M3 wylatuje z budynku od strony Manhattanu i pokonuje niecałe pięćdziesiąt jardów do statku desantowego. Jestem całkiem pewny, że widzę lecący w stronę celu klasyczny pocisk kierowany FIM-92 Stinger; nie ma nic lepszego niż zabawka z pilotem. Eksplozje odrzucają statek w bok, otaczając go chmurą ognia.

Ale desantowiec prostuje lot, mimo dymu wydobywającego się z silnika na prawej burcie. Atakuje źródło ognia przeciwlotniczego i w agresywnym pokazie siły wypuszcza w budynki co najmniej dziesięć serii. Szkło i beton eksplodują z wielokondygnacyjnych budowli, gdy pociski blasterów dziurawią ściany. Z każdego piętra wybuchają kule ognia, sypiąc gruz na nabrzeże poniżej.

Ale najgorsze dopiero przed rozjuszonym statkiem. Kolejni ludzie Łady musieli zwęszyć uszkodzony desantowiec i wykorzystują okazję. Co najmniej pół tuzina pocisków uderza w kadłub, aż zostaje przebity przez szczęśliwy strzał. Pocisk przeciwpancerny wpada do środka statku, detonuje i rozrywa go w powietrzu.

Podnosimy radosny okrzyk, kiedy kawałki desantowca spadają do East River.

– No to teraz ich wkurzyliście – mówi sir Charles.

Jakby na potwierdzenie jego słów Duch mówi:

– Anioły śmierci w powietrzu.

Rzeczywiście od mostu oddalają się sygnatury plecaków odrzutowych, kierujące się w stronę źródeł ognia.

– Każ swoim wynosić się stamtąd! – mówię do Łady.

Powtarza polecenie, przynajmniej tak mi się wydaje. Ale M3 i RPG nie przestają strzelać.

– Łado! – mówię, tym razem bardziej surowo.

W jej radiu rozlega się kilka głosów, a potem patrzy na mnie.

– Nie da rady, amerykański lew. Chcą zostać tam, gdzie są.

– Ale jeśli się wycofają, mogą się nam jeszcze przydać.

– My, Rosjanie, jesteśmy uparci, *da*?

– I głupi! Powiedz swoim ludziom…

Ktoś dotyka mojego ramienia. To Wład.

– To ich decyzja, USA. Dziś wieczorem walczą i giną.

Boże, ci ludzie doprowadzają mnie do wściekłości. Ale zgrzytając zębami, widzę, jak coraz więcej broni przenosi ogień z pierścienia na statki desantowe i anioły śmierci. Kilka plecaków odrzutowych detonuje, posyłając rozczłonkowanych użytkowników do rzeki. Ale większość przetrwała ostrzał.

– Most czysty – mówi Duch. – Z obu stron.

– Faza druga – mówię do Włada.

Otwiera kanał i pluje szybko po rosyjsku.

Podnoszę lornetkę i patrzę między budynki, które skrywają podjazd od strony Manhattanu do pierwszej wieży przęsła. Serce podnosi mi się, kiedy zauważam zupełny brak ludzi na moście. Nawet jeśli kupiliśmy tylko parę dodatkowych minut na Ziemi tym biedakom, to było warto. Sporo to kosztowało, ale było warto.

– Widzę ich – mówi Zderzak. – Jadą.

Rzeczywiście, widzę w lornetce, jak na rampę wjeżdża pojedyncza betoniarka.

– Wystarczy – mówię do Włada, po czym sprawdzam szybko most od strony Brooklynu.

Druga ciężarówka z betonem też jest na miejscu.

– Każ im zaparkować i uciekać stamtąd.

Wład przekazuje mój rozkaz i patrzę, jak obie ciężarówki zwalniają. Faza druga to środek zapobiegawczy i działanie agresywne w jednym. Jeśli nie uda nam się wysadzić pierścienia, ciężarówki nie pozwolą zapędzić ludzi z powrotem na most.

Kiedy kierowca od strony Manhattanu wysiada z kabiny, anioł śmierci schodzi niżej i detonuje go jednym strzałem. Kierowca z Brooklynu ma więcej szczęścia i znika z pola widzenia. Mam nadzieję, że uciekł.

Ale najlepsza wiadomość pojawia się, kiedy Hollywood woła, że Androchidaki sprawdzają ciężarówki. Kiedy wracam do lornetki, stwory wydają się zainteresowane obracającymi się czerwono-białymi bębnami. Co najmniej trzech kosmitów zebrało się przy ciężarówce od strony Manhattanu, i czterech po brooklyńskiej stronie mostu.

– Wysadzaj – mówię do Zderzaka.

– Uwaga! – odpowiada.

Chwilę później obie ciężarówki eksplodują.

Instynktownie osłaniam twarz przed bliźniaczymi wybuchami i krzywię się, gdy do naszej pozycji dociera pierwsza fala uderzeniowa. Jest głośna i ciska mi w twarz gruzem z drogi. Druga, słabsza, z ciężarówki od strony Brooklynu dociera nieco później.

Przypomina mi się, że w bombach paliwowych nie chodzi o promieniowanie ani kule ognia, ani nawet odłamki. Chodzi o wstrząs i niesamowitą moc, z jaką potrafią coś wyrwać z miejsca. Na to dziś liczymy.

Zaraz po eksplozji ciężarówek zaczynamy oceniać szkody, od zerwanych lin mostu i kraterów w drodze po nieobecność enpeela w pobliżu.

– Macie, kosmiczne suki.

Z-Lo klepie Włada po ramieniu, po czym orientuje się, co zrobił.

– Przepraszam, panie mafioso… Nie chciałem, hm, obrazić…

– W porządku – odpowiada Wład z uśmiechem.

Z-Lo rozluźnia ramiona.

– Ale normalnie strzelam w twarz.

Patrzę, jak z twarzy młodego odpływa krew.

– Żartuję, Ameryka – woła Wład, po czym klepie Z-Lo w ramię.

– Uff. Naprawdę dałem się nabrać.

– Ale poważnie, następnym razem strzelę ci w twarz.

– Czekaj. Naprawdę?

– *Da*.

– Uch. OK. Zapewniam, że…

– Żartuję, Ameryka! Jezu. Widział swoją minę? Ha!

Zderzak śmieje się, próbując utrzymać lornetkę przy oczach, po czym szepcze:

– Biedny dzieciak.

– Wygląda na to, że w najbliższym czasie ludzie nie podejdą do pierścienia – mówi Hollywood.

– W takim razie pora upewnić się, że tak już zostanie.

Spoglądam na rzekę i widzę, że Jurij dotarł już tak daleko, jak to możliwe, nie narażając się na wykrycie. Wskazówki Chucka pomogły dokerom odizolować mostek holownika na tyle, żeby pojedyncza ludzka sygnatura cieplna nie przyciągała zbyt wiele uwagi. Sir Chuck twierdził również, że praca chłodzonego wodą silnika holownika tuż powyżej biegu jałowego nie zaniepokoi nikogo, o ile Jurij nie będzie płynął zbyt chaotycznie. Nie wiem, czemu wydaje mi się, że od tej strony jesteśmy bezpieczni.

Patrzę na Zderzaka.

– Pełń honory.

– Wład – mówi Zderzak. – Zainicjować fazę trzecią.

– Z przyjemnością – odpowiada.

Następnie udziela Jurijowi krótkich instrukcji przez radio.

Chwilę później między barkami słychać pięć równoczesnych eksplozji. Błyski zdradzają pozycję flotylli dość długo, żebyśmy zauważyli zacienione barki.

Jurij mówi coś przez radio.

– Odłączenie udane – mówi Wład.

Podstawiam sealsowi pięść. Uderza w nią.

– Dobra robota.

– To dopiero gra wstępna – odpowiada Zderzak.

– Głośne gry wstępne są najlepsze, nie sądzisz, USA?

Czuję, że opona motoru Łady uderza mnie w tył.

– Naprawdę może cię zabić, jeśli nie będziesz uważać – szepcze do mnie Zderzak.

– Tego właśnie się obawiam – odpowiadam.

Obserwujemy, jak barki z ładunkiem ANFO zaczynają oddalać się od siebie, zostawiając holownik w tyle. Ponieważ East River płynie z prędkością trzech węzłów, bomby będą potrzebowały kilku minut, żeby pokonać samodzielnie resztę drogi. A z pięcioma ładunkami na wodzie czuję się pewniej, jeśli chodzi o nasze szanse powodzenia.

Przynajmniej dopóki Jurij nie wywołuje Włada.

– O co chodzi? – pytam.

– Mówi, że trzy barki zeszły z kursu.

– Jak bardzo? – pyta Zderzak.

Wład komunikuje się z Jurijem.

– Teraz o kilka stopni, później o wiele jardów.

– Ile to wiele?

Wład i Jurij spędzają następne trzydzieści sekund na wymianie zdań, po czym Wład spogląda ponownie na Zderzaka.

– Mówi, że przez to czortostwo wiatr i prąd są inne niż zwykle. Znoszą barki z kursu, więc mogą uderzyć w brzeg przed mostem.

– Szlag.

Zderzak patrzy na Włada.

– Zapytaj go, co z pozostałą dwójką.

Następuje kolejna transmisja radiowa w obcym języku, zanim Wład pokazuje Zderzakowi kciuki w górę i mówi:

– Mówi, że z nimi wszystko dobrze.

Odwracam się do Zderzaka.

– Co myślisz, ekspercie od wybuchów?

Wypuszcza długie westchnienie.

– Przygotowaliśmy się na to. Po prostu o wiele bardziej podobały mi się nasze szanse, kiedy wszystkie barki płynęły na cel. Ale dwie pewnie wystarczą. Chyba że zejdą z kursu albo jedna okaże się niewypałem, wtedy…

– Wtedy będziesz żałować, że nie miałeś odpowiedniej redundancji – mówię.

– Roger.

Głos Jurija znów trzeszczy w radiu, a potem Wład się uśmiecha.

– Co to było? – pytam.

– Jurij mówi, że nie musicie się martwić.

– Prąd skorygował kurs? – pyta Zderzak.

– *Niet.* Jurij to zrobi. Dobry, mądry człowiek.

Hollywood prowadzi motocykl do przodu.

– Ale jeśli popłynie za barkami, to…

– To nie możemy ich wysadzić – kończy Zderzak.

– Szlag.

– Nieprawda – mówi Wład.

– Jurij rozumie sytuację, *kak ty skazał.* I mówi: wysadzać śmiało, ponieważ sprowadzi wszystkie barki na optymalną odległość.

– Nie mogę tego zrobić – mówi Zderzak. – Musi być daleko od ładunku.

– Zderzak, posłuchaj…

– Nie, to ty słuchaj.

Zderzak staje nad motocyklem Rosjanina.

– Nie wysadzę bez potrzeby jakiegoś staruszka, kiedy mam inne możliwości.

– A jesteś pewny, że te inne możliwości zadziałają?

– Nie. Ale uważam, że…

– No to Jurij dopilnuje, żebyś miał sto procent pewności, *da*? Wszystko w porządku, Navy Sea Lion. Jurij wie, co robić. Tak to już jest z Ukraińcami. Tradycja. I tak go nie przekonasz. Popłynie dalej.

Zderzak siada z powrotem na harleyu.

– Niech to szlag.

Chuck odzywa się za mną.

– Naprawdę niezwykły i podnoszący na duchu scenariusz.

– Nie teraz, kolego – mówię.

– Ale to wiąże się z kilkoma ważnymi problemami.

Patrzę na Zderzaka.

– Na przykład?

– Na przykład Androchidanami zaciekawionymi, dlaczego statek tak nagle stara się wmanewrować pięć barek pod ich pierścień łowców niewolników.

– Czyli myślisz, że zauważą – mówię, żeby upewnić się, że jesteśmy na tej samej stronie scenariusza.

– Zdecydowanie. Nawet jeśli sygnatura cieplna Jurija pozostanie zamaskowana, tak skupione obiekty aż proszą się o to, żeby im się bliżej przyjrzeć.

– A kiedy to zrobią?

– Wysadzą barki – mówi beznamiętnie Chuck. – Może zdejmiecie pierwszy desantowiec. Ale nie resztę. Będą trzymać się na dystans i zatopią resztę ładunków na odległość.

– Wład – mówię.

– Włącz radio i każ Jurijowi zawrócić. Teraz.

Kiwa głową i otwiera kanał. Ale po kilku próbach i braku odpowiedzi posyła mi zmartwione spojrzenie.

– Eee, myślę, Jurij wyłączył radio.

– Cholera. Widma, plan B.

– Mamy plan B? – Z-Lo kieruje pytanie w powietrze.

– Tak. Nazywa się improwizacja. Jedziemy.

Odpalam motocykl i ruszam z miejsca. Cholera, a było tak dobrze. Pewnie przy tym zginę, ale w tej chwili moja chata wydaje się naprawdę daleko, więc nie ma sensu odwlekać tego, co nieuniknione. Od dawna prosiłem się o śmierć.

Rozdział 39

00:39, sobota, 26 czerwca 2027
Dolny Manhattan, Nowy Jork
FDR Drive, East River

– Hej, Chuck! – przekrzykuję ryk silnika harleya.

– Jestem tam, gdzie mnie zostawiłeś, Patricku.

– Twoje czujniki mają barki na oku?

– Oczywiście. Wszystko widzę, wszystko wiem.

– Z wyjątkiem sytuacji, kiedy chcesz, żebym wycelował cię w konkretną stronę, prawda?

– Oczywiście.

Milknie.

– Sugerujesz, że wcześniej bawiłem się z tobą?

– Dokładnie to miałem na myśli, tak…

– Nie bądź śmieszny. Jurij właśnie sprowadza barki na kurs.

– Ile mu zostało do celu?

– Jakieś tysiąc osiemset stóp. Przy obecnej prędkości ośmiu

węzłów oznacza to, że barki znajdą się na pozycji za nieco ponad dwie minuty.

Dwie minuty. Nie jest tak źle, jak myślałem.

– Jakieś oznaki, że go zauważyli?

– Nie, Patricku. Powiadomię cię, jeśli… kiedy… odkryli go.
To było dziwne.

– Mówisz, że zawiadomisz mnie, kiedy go odkryją, czy że właśnie go zauważyli?

– To drugie. Właśnie go widzą! Czas ruszyć słodki zadek, Lucky Charms!

Kiedy przejeżdżamy pod mostem Manhattańskim, sygnalizuję reszcie drużyny, żeby zwolnili.

– Walcie ze wszystkiego, co macie, do tego desantowca.

Wszyscy patrzą na południowy zachód, na statek schodzący w stronę holownika.

– Zderzak, czekaj na mój znak.

Kiwa głową.

– Pozostali, nie dajcie się trafić.

Zdejmuję Veronicę z ramienia i trzymam ją lewą ręką, a potem przyspieszam. Kiedy motocykl pruje FDR Drive, przemykając między unieruchomionymi pojazdami, mówię:

– Gotowa, Veronico?

– Użytkownik dwanaście, potwierdź wybór desygnatu broni: Veronica.

– Potwierdzam.

– Aktualizacja profilu. Veronica gotowa do strzału.

– Aż boli, kiedy to słyszę – mówi Chuck.

– Dopóki cię nie naprawimy, przyzwyczaj się, kolego.
Potem zwracam się do Veroniki:

– Daj mi coś, co zwróci na nas uwagę tego statku.

– Rozpoznano potoczne określenie. Potwierdź…

– Na wszystkie dublińskie kurwy! Czy możecie się już zamknąć?

Czuję, jak Chuck wibruje na moich plecach, i zauważam, że Veronica świeci mi w dłoni.

Nagle broń mówi:

– Co się porobiło z tym światem i co macie mi do powiedzenia?

Brzmi jak naprawdę wkurzona latynoska matka.

– Veronica?

– Pytasz, jak mam na imię?

– Chciałem tylko…

– Pytasz, jak mam na imię?

– Chuck? – mówię, skręcając między samochodami.

– Dlaczego brzmi jak Selma Hayek w *Bodyguardzie zawodowcu*?

– Brawo, stary. Widzę, że naprawdę widziałeś parę filmów, a pamięć masz doprawdy imponującą.

– Czy to ma być twoim zdaniem żart?

– Nie, dobry człowieku. Po prostu starałem się trochę urozmaicić życie.

– Chyba lekko przegiąłeś.

– Możliwe. Ale ostrzegałem cię, że to ciota.

– A może po prostu chcesz, żeby taka była.

– Hmmm, no tak. Chciałbyś, żebym ją przeprogramował?

– Nie ma czasu.

Podnoszę Veronicę.

– Daj mi coś, co przyciągnie ich uwagę, *chica*.

– Chcesz przyciągnąć ich uwagę? Naprawdę?

Chwilę później mówi:

– No to ją ściągnij, *hijo de perro*!

– O Boże – mówi Chuck. – Zaczynam żałować tej decyzji.

Wycelowuję Veronicę i naciskam. Odrzut spycha motocykl w prawo i skręcam, żeby utrzymać równowagę. Za to smuga energii przemyka nad East River i trafia prosto w środek desantowca, otaczając go wyładowaniami niebieskiej energii.

– Macie, *cabrons*! – krzyczy Veronica.

Ale wybuch nie wyłączył silników. Zamiast tego desantowiec odwraca się od Jurija w naszą stronę.

– Wygląda na to, że kupiłeś Jurijowi trochę czasu – krzyczy Zderzak.

– Tak – dodaje Hollywood. – I załatwiłeś nam ogon!

Statek desantowy oddaje salwę znad East River, trafiając w drogę za nami na tyle blisko, że czuję ciepło na karku. Widzę też, jak po lewej stronie wpada do wody biały sedan.

– Proponuję jeszcze jeden strzał, Patricku – mówi Chuck.

– Jeszcze raz to samo, Veronico! – krzyczę.

– Się robi, *mi amor*! – odpowiada.

Naciskam spust.

Drugie wyładowanie, podobne do pierwszego, trafia w nos statku. Nie ma przedniej szyby, którą mogłoby roztrzaskać. Ale silnik na bakburcie dymi, a statek wydaje się kompensować to, dodając mocy.

W drogę za nami uderza kolejny podmuch energii. Kawałki gorącego asfaltu uderzają w moją kamizelkę i spadają na hełm. Wciskam gaz i zygzakuję między zatrzymanymi samochodami, kiedy statek zaczyna nas ścigać.

Kolejne salwy blasterów przelatują obok i biją w samochody na jezdni przed nami. Niektóre podskakują i odpływają, podczas gdy inne detonują w miejscu, plując w nas paliwem i płonącymi odłamkami. Słyszę za sobą ogień broni automatycznej, kiedy drużyna ostrzeliwuje ścigającego nas wroga. Wątpię, żeby wyrządzali duże szkody, ale w tej chwili liczy się każda pomoc. Poza tym odciągamy uwagę od Jurija.

– Sześćdziesiąt sekund! – krzyczy Chuck.

Przekazuję wiadomość reszcie drużyny i przyspieszam. Jesteśmy już prawie na moście Brooklyńskim, gdzie zdecydowanie nie chcę się znaleźć. Aby przetrwać zbliżającą się eksplozję, musimy oddalić się od niego. Chociaż instynkt podpowiada mi, żeby spróbować wjechać na chodnik i przejechać na Manhattan, w ten sposób wjedziemy tylko w tłum ludzi, których staramy się ocalić od ostrzału z desantowca. W tej chwili najlepsza opcja to trzymać się FDR Drive i jak najszybciej przejechać przez most.

Kładę Veronicę na prawym ramieniu, garbię się nad kierownicą, żeby mieć oparcie, i strzelam na ślepo. Nie mogę nawet obejrzeć się za siebie, żeby sprawdzić, czy coś zdziałałem, ale przecież nie muszę.

– Celujesz, jakbyś wypił za dużo tequili, przystojniaku – mówi Veronica. – Ale pilnuję *tu seis*.

– Dzięki.

– Zbliżają się anioły śmierci – krzyczy Yoshi.

– Co za dzień – mówię do siebie.

Rzeczywiście, za nami pojawiają się trzy sygnatury świetlne z Dolnego Manhattanu, które dołączają do desantowca. Kolejna salwa blasterów dziurawi drogę i wysadza szyby w samochodach.

– Dwadzieścia sekund – oznajmia Chuck.

Jeszcze tylko troszeczkę.

Drużyna lawiruje po jezdni, kontrolując motocykle jak się da i nie wiadomo jak nie przestając ostrzeliwać wroga. Słyszę, jak Yoshi krzyczy coś po japońsku, strzelając nad głową z SCAR-a

15. Błyski z lufy podświetlają mu twarz niczym w jakiejś romantycznej retrospekcji z anime. Z-Lo zamiata tavorem w tę i z powrotem, podczas gdy Aaronowi udało się wymontować DP-27, położyć go z tyłu przyczepki i zacząć opróżniać magazynek, strzelając do statku.

Nie mogąc posłużyć się podczas jazdy żadnym z karabinów snajperskich, Duch wyjął MP7 zabrany ze zbrojowni Sissy'ego i trzyma go wyciągniętą ręką z tyłu, z zaskakującą dokładnością dziurawiąc anioły śmierci. Rosjanie trzymają się, strzelając z AK-47, jakby urodzili się z nimi w rękach. Cholera, co pewnie wcale nie jest dalekie od prawdy.

Ale to Hollywood ma najlepsze miejsce. Usiadła Zderzakowi na kolanach, twarzą do tyłu motocykla i pakuje w cel więcej pocisków niż którykolwiek członek drużyny, przynajmniej na ile widzę. Nic dziwnego: barki Zderzaka to świetne podłokietniki. Seals wyraźnie cieszy się chwilą: drań uśmiecha się od ucha do ucha.

– Przygotujcie się! – krzyczy Chuck. – Już czas!
Zerkam na Zderzaka.
– ZRÓB TO!
Wyciąga detonator z kieszeni, odbezpiecza i naciska spust.

* * *

To dziwne uczucie zostać wyrzuconym z rozpędzonego motocykla. Nie do końca bym to polecał, zwłaszcza gdy rzucająca tobą siła to trzydzieści tysięcy funtów saletrolu, który zmienił się w ładunek zapalający. Życie nie przelatuje mi przed oczami. Żadnych wizji Boga, nieba czy piekła. Ale można powiedzieć, że czas zwalnia.

Unoszę się bokiem w powietrzu, z piętami nieco powyżej głowy, i patrzę za siebie na jasną eksplozję energii. Fala uderzeniowa pochłonęła pierścień, most i East River oraz nas. Dostrzegam anioły śmierci wirujące chaotycznie w powietrzu, a samochody za nami wznoszą się z chodnika. Nawet desantowiec jest pochylony do przodu pod nienaturalnym kątem.

A potem wszystko spada.

Uderzam w chodnik, lewym ramieniem do przodu, i czuję w głowie i tułowiu przeszywający ból, od którego tracę oddech. Od wstrząsu pękają mi uszy, ale nadal docierają do mnie stłumione odgłosy metalu uderzającego o metal, ciężkich przedmiotów uderzających o drogę i eksplodującego falami szkła. Ale nawet kiedy moje ciało się zatrzymuje, a ręce i nogi płoną, moje myśli nie kierują się w stronę zespołu, sprzętu ani nawet mieszkańców Nowego Jorku. Myślę tylko o jednym.

O pierścieniu.

Próbuję usiąść, ale kręci mi się w głowie. Znajduję lewą ręką asfalt obok mnie. Potem robię to samo prawą. Końcówki nerwów płoną. Napinając ramiona, przezwyciężam falę zawrotów głowy i siadam. Mruganie boli, ale i tak robię to, czekając, aż zacznę widzieć wyraźnie. Jestem zwrócony we właściwą stronę, ponieważ w polu widzenia pojawia się most Brooklyński.

A przynajmniej to, co z niego zostało.

Przed oczami przemykają mi dziwne cienie. Niebieska poświata kopuły zniknęła. Zniknęło też hipnotyzujące pole energetyczne portalu. Zamiast nich widzę przed sobą księżycową iluminację bladej chmury gruzu, otaczającej zniszczone wieże i zwiotczałe liny. Potem nawet one znikają, gdy pył i dym wpadają kłębami na Dolny Manhattan.

Dźwięki roztrzaskujących się i wpadających z pluskiem

do wody skał wstrząsają resztkami mojego słuchu. Wyczuwam drgania jezdni i wibracje spadających konstrukcji. Słyszę nawet coś, co wydaje się falami uderzającymi w dolne ulice. A potem do odgłosów zniszczenia przyłącza się nowy dźwięk, który znam aż za dobrze.

Wiwaty.

Przypominają mi się wszystkie mecze baseballu i footballu, na których byłem. Widzę twarze fanów z podniesionymi ramionami i zadartymi głowami. Rozlewające się piwo, rzucanie popcornem. Ich drużyna wygrała. Są szczęśliwi. I żyją.

Z ulic po lewej stronie, a nawet z drugiej strony rzeki w moim rodzinnym Brooklynie, dobiegają krzyki nowojorczyków. Wrzaski. Brawa. Walenie w samochody. Tłuczenie o słupy latarni. Wiwaty wznoszą się w otwarte nocne niebo.

– Udało się – mówię do gwiazd, opadając z powrotem na asfalt. To wspaniały widok dla obolałych oczu. Potem od boku w pole widzenia zakrada się ciemność i chcę już tylko uciąć sobie długą drzemkę w mojej chacie na wsi.

Rozdział 40

5:27, sobota, 26 czerwca 2027
Dolny Manhattan, Nowy Jork
Ruiny mostu Brooklyńskiego, East River

– Nie mogę uwierzyć, że wieże nadal stoją – mówi Yoshida, odwracając się od pracy przy opatrywaniu górnej wargi Z-Lo i pociągając łyk z piersiówki.

Spogląda na mnie, ale nie zamierzam go karcić. Sam zdecyduje, kiedy przestać. Następnie ociera z twarzy pot, krew i brud i wraca do łatania młodego.

Słońce ma wzejść za kilka sekund nad wschodnim widnokręgiem, kiedy siedzimy z Władem, Ładą i resztą Widm wśród ruin mostu Brooklyńskiego, opatrując rany i zastanawiając się nad naszymi osiągnięciami – jeśli tak można to nazwać.

– W większej części – mówi Duch.

– Co takiego? – pyta Yoshi, nie odwracając wzroku od Z-Lo.

– Przetrwały w większej części.

– To pewnie niemieckie budownictwo – dodaje Chuck. – John A. Roebling byłby dumny.

Marszczę brwi.

– Że wysadziliśmy jego most nawozem?

– Nie do końca to miałem na myśli. Ale przypuszczam, że to również mogłoby zrobić na nim wrażenie… na swój dysfunkcyjny i barbarzyński sposób.

Kręcę głową ze zdumienia.

– Na ile wiem, może i Roebling urodził się w Niemczech, ale most powstał w USA. Czyli to amerykańskie budownictwo i prawdziwy powód, dla którego wieże nadal stoją.

– Mógłbyś się nie ruszać, młody? – mówi Yoshi do Z-Lo.

Od dwudziestu minut próbuje go zszyć. Właściwie odkąd podnieśliśmy się parę godzin temu z chodnika. Ale było zbyt wiele do zrobienia.

Duch najbardziej potrzebował pomocy medycznej i nadal mocno kuleje. Reszta miała różne kontuzje i rany szarpane, ale nic, co zagrażałoby życiu.

Kiedy Yoshi opatrywał naszego snajpera, reszta sprawdziła martwych Androchidan, którzy nas ścigali. Eksplozja ANFO zdmuchnęła statek desantowy i anioły śmierci z nieba. Desantowiec spadł gdzieś na Dolny Manhattan, a anioły śmierci uderzyły w okoliczne samochody i budynki dość mocno, żeby rozerwały się ich pancerze. Dwa strzały w klatkę piersiową lub głowę dały nam względną pewność, że już nie wstaną.

Potem zajęliśmy się udzielaniem pomocy i wskazówek kilku napotkanym grupom cywilów. W końcu weszliśmy na to, co pozostało z podjazdu od strony Manhattanu, żeby przyjrzeć się zniszczeniom od góry.

Co zaskakujące, jak zauważył Duch, główne wieże są w większości nienaruszone. Jeśli miasto zechce kiedyś przywrócić mostowi dawną świetność, będzie miało sporo murów do załatania. Tymczasem na postrzępionych linach głównych zwisają nad East River bryły betonu i stali, krwawiąc bulwiastymi naroślami i stertami zniekształconych obcych kamieni. A to, co było wysłużonym środkowym przęsłem mostu Brooklyńskiego, zmieniło się w stertę poszarpanych wiązarów i asfaltu, złożonych w ofierze na ołtarzu androchidańskiego pierścienia łowców niewolników.

– Zrobił to – mówi Zderzak ze swojego miejsca na płycie betonu obok mnie, gdy pierwsze promienie słońca zarysowują ruiny na tle ocieplającego się nieba. – To znaczy Jurij. Stary był prawdziwym twardzielem.

Przytakuję.

– Niech spoczywa w pokoju.

– Ha! On na pewno nie odpoczywa. Za dużo dziewic – mówi Wład, pokazując Yoshiemu, żeby podzielił się z nim butelką.

Yoshi podaje mu ją i Wład pociąga z flaszki.

– Nie jestem pewny, czy nadążam – mówię.

– Na pewno.

Ociera usta i dziękuje Yoshiemu za drinka.

– Muzułmańscy ekstremiści mówią, że ich mężczyźni dostają po śmierci siedemdziesiąt dwie dziewice, tak?

– Dopóki nie dowiedzą się, że to ich polegli.

Z-Lo chichocze i próbuje przybić Duchowi piątkę.

Duch patrzy na niego.

Młody opuszcza rękę.

– A wiesz, dla kogo oszczędzają prawdziwe niebiańskie dziewice?

Wład uderza się w pierś.

– Dla Rosjan jako zapłatę za wojnę sowiecko-afgańską. Ha!

– Cicho, Władimir – mówi Łada.

– No co? To prawda.

– Na pewno. A co dostają Rosjanki?

Wład zastanawia się przez chwilę, po czym wskazuje na mnie.

– Więcej amerykańskich psów alfa.

Łada unosi brew, a potem obrzuca mnie spojrzeniem.

– Na to się zgodzę.

Chcąc zmienić temat, klepię Chucka w bok.

– No i? Myślisz, że po nas przyjdą?

– Androchidanie? W końcu tak. Będą bardzo ciekawi, kto wysadził ich pierścień. Ale ponieważ założyli, że zniszczyli waszą infrastrukturę wojskową, nie mają do tego personelu. Minie kolejny dzień, zanim przybędą tu zwiadowcy. Macie więc trochę czasu na poszukanie kryjówki.

– Kto mówi o szukaniu kryjówki?

Hollywood opiera ręce na biodrach.

– Nie ma mowy, żebym się ukrywała.

– Zgadzam się z małą damą z armii – mówi Wład, ale kiedy Hollywood się prostuje, wygląda na to, że przemyślał uwagę. – Małą, ale niezwykle potężną i dominującą damą.

– Tak lepiej – mówi Hollywood.

– To dokąd się teraz udacie? – pytam. – Robota skończona, Nowy Jork jest wolny…

– Na razie – dodaje Chuck.

– Bierzemy, co dają, Charlie.

Rozglądam się po grupie, gdy słońce ogrzewa nam twarze.

– No to jak?

Wszyscy wyglądają na wymęczonych i brudnych jak diabli. Kilku nadal ma na sobie zawartość ścieków. Ale nikt nie wydaje się zainteresowany podzieleniem się swoimi zamiarami, więc postanawiam zacząć.

– Ja wracam do domu. Nasze rezerwy pewnie się przegrupują, a mądrale z góry opracują jakiś plan.

Patrzę na Zderzaka, żeby dodał coś od siebie.

Zezuje w moją stronę.

– Mogę mówić otwarcie, Wic?

– Daj spokój z tym gównem, Zderzaku. Mów, co musisz.

Rozgląda się, kiedy odpowiada.

– Nie sądzę, żeby rezerwy się przegrupowały. A przynajmniej przez dłuższy czas.

– Potwierdzam rozumowanie Zderzaka – mówi Chuck. – Monitorowałem wszystkie wasze pasma transmisyjne i poza bardzo odległymi, więc nierozróżnialnymi oscylacjami, które sugerują, że przynajmniej część waszego gatunku utrzymuje kontakt radiowy, nie ma nic choćby zbliżonego do, jak to nazywają, wojskowej paplaniny.

Zderzak chmurzy się i kiwa głową Chuckowi, po czym mówi dalej:

– I jestem prawie pewny, że ustaliliśmy, że nasze jednostki są… No cóż, na razie wszyscy jesteśmy unieruchomieni, Wic.

– W takim razie możecie przydać się tutaj i pomóc wspaniałym mieszkańcom Nowego Jorku przenieść się na wieś. Tym właśnie się zajmę w wolnym czasie.

– Nie jesteśmy Greenpeace – mówi Hollywood. – Nie do tego nas szkolono.

– A do czego?

– Do tego.

Wskazuje na szkielet mostu.

– Do robienia rozpierduchy.

Milknie.

– Nie, do posyłania… Jak to ująłeś, sir Chuck?

– Jak co ująłem?

– Cholerne małe coś tam, coś tam.

– A tak. Chyba masz na myśli moją daremną próbę dobrania słów na…

– Chytre gnojki – mówię, oszczędzając nam wszystkim pełnych dobrych intencji, ale niepotrzebnie długich wyjaśnień Chucka.

Hollywood pstryka palcami.

– Otóż to. Szkolono nas, żeby odesłać te chytre gnojki z powrotem na Androchicior Prime.

– Androchidę Prime – mówi Chuck.

Hollywood kręci głową.

– Nie.

Toczy wokół wzrokiem.

– Nie wiem jak reszta, ale na pewno nie odejdę na zieloną trawkę, czekając, aż wróg przesunie swoje pływające pierścienie łowców niewolników i wyłapie kolejną partię ludzi. Nie dopóki trzymam w ręku broń.

– Roger – mówi Zderzak.

Yoshi i Z-Lo przybijają jej piątkę, a Duch kiwa lekko głową.

– Zgadzam się z seksowną damą z armii – mówi Wład.

Kolej na Zderzaka.

– Powtórzysz, kolego?

– Tak. Zgadzam się z seksowną damą z armii.

Nie mogę powstrzymać śmiechu.

Hollywood opiera głowę na ramieniu Zderzaka.

– Wszystko w porządku.

Seals wydaje się dobrze to znosić, ale zdecydowanie staje się coraz bardziej opiekuńczy w stosunku do niej.

– Mów dalej – mówi Hollywood do Włada.

– Łada i ja nie podzielamy poglądów naszego brata na temat ukrywania się pod ziemią. To nie w naszym stylu czekać, aż nas wykończą.

Łada kiwa głową, zgadzając się z jego słowami.

– To sposób Bratwy. Ale nie rosyjskiej armii. A on nigdy jej nie obsłużył.

– Chyba nie to chciała powiedzieć – mówi cicho Chuck.

– Czyli chcecie walczyć dalej – mówi Zderzak do pary Rosjan.

– Z nami?

– *Da* – mówi Wład. – To lepsze niż umierać w Boxcar Children City ze spodniami wokół kostek.

– Dlaczego to preferowany sposób umierania? – pyta Chuck.

– Dowiesz się później.

Patrzę na Włada i Ładę.

– Ale czy Sissy nie będzie chciał, żebyś została?

– Tak, to nasz starszy brat – mówi Łada. – Ale nie jest matką. Nie rządzi nami.

– Teraz jesteśmy bojownikami o wolność – mówi Wład.

– A skoro wszyscy zostajecie, żeby walczyć, to my też. Chociaż *Matuszka Rossija* to nasz dom serca, Ameryka *toże* dom. To – wskazuje na miasto – wielki amerykański sen o wolności, *da*? To też kochamy i to jest dom. I kiedy przyjdą chuderlawi kosmici i przyniosą tu wojnę, *budiem'* walczyć. Staniemy z wami, owinięci w czerwone, białe i niebieskie paski i gwiazdy Old Glorious. I powiemy im – wystawia środkowy palec w stronę ruin – *poszli na chuj*!

Widm kiwają głowami, podzielając jego odczucia. Jestem prawie pewny, że wiem, co znaczył ten ostatni fragment.

– Bez obrazy, Wic – mówi Hollywood po chwili. – Ale nie sądzę, żeby ktoś wiedział teraz więcej od ciebie.

– Pochlebstwo ci nie pasuje, Hollywood.

– To nie było pochlebstwo. Rozejrzyj się, Gunny. Jakie inne miasto zniszczyło pierścień? I czy Chuck nie powiedział, że jesteśmy pierwszą cywilizacją, która to zrobiła, spośród wszystkich, jakie widział?

– Tak powiedziałem – odpowiada Chuck.

Zanim zdążę zakwestionować jej logikę, Hollywood wraca do tematu:

– Kto ma najwięcej informacji, jest najmądrzejszą osobą przy stole.

– Może najbardziej kompetentną, ale nie najmądrzejszą – odpowiadam.

– W porządku. Ale wiesz też, jak z niej korzystać, jak rozwiązywać problemy, jak nas prowadzić. Jeśli to nie inteligencja, to nie wiem, co nią jest.

– Przepraszam, drużyno. Wypełniliśmy misję i ciężko pracowaliśmy, a teraz kolej, żeby…

– Żeby co?

Hollywood staje na nogi.

– Poddać się?

– Nie o to…

– Odejść na emeryturę i wycofać się z walki?

– Hej, wszyscy przeżyliście to samo co ja, więc możecie…

– Nie, nie przeżyli – mówi Aaron.

Wszystkie oczy kierują się w jego kierunku.

– Co to miało być? – pytam.

– Nie wszyscy przeżyli to samo co ty, Pat. Ty… widziałeś więcej akcji niż oni wszyscy razem wzięci, jeśli się nie mylę. I jesteś zmęczony, ponieważ tak, odsłużyłeś już swoje. Ale właśnie to kwalifikuje cię w tej chwili do objęcia dowodzenia.

Wstaje i podchodzi do mnie.

– Wiem, że jesteś zmęczony. Cholera, sam w życiu nie byłem tak zmęczony i przestraszony. Ale ta walka… nie należy do kogoś innego. A do ciebie. I do mnie. A gdyby Jack tu był…

– Nie rób tego.

– A gdyby Jack tu był, błagałby cię, żebyś pozwolił mu objąć szpicę także na tym patrolu.

Przypływ emocji wyskakuje mi z trzewi, ale zatrzymuję go w gardle, zanim mnie zdradzi. Częściowo jestem gotów odruchowo rzucić się na Aarona, a częściowo gotów się rozpłakać. Obie te rzeczy wkurzają mnie jak wszyscy diabli. Zaciskam szczękę tylko dlatego, że jeśli tego nie zrobię, powiem coś, czego będę żałował.

Myślę, że Aaron wie, że rozdrażnił lwa, i cofa się o pół kroku. Ale nie przestaje patrzeć na mnie i wiem, że nie popuści. Muszę mu odpowiedzieć.

– Wiesz, co tam na nas czeka, prawda?

Wskazuję ponad jego ramieniem na słońce.

– Śmierć.

– Czekała na nas tutaj – mówi Hollywood.

Słyszę ją, ale nadal toczę walkę na spojrzenia z Aaronem.

– Jack nie żyje, bo powiedziałem „tak”, Aaronie. Ja. I nikt inny. I już raz powiedziałem „tak” tej drużynie.

Rozglądam się.

– Tym razem oszukaliśmy śmierć. Zgadza się. Ale dwa razy? Przy tej przewadze wroga?

Kręcę głową i czuję, jak guz w gardle powraca. Widzę połamane ciało Jacka.

– Nie oszukamy diabła więcej niż tylko raz. Za szybko się uczy. To musi być ktoś inny.

– Cholera, Pat! Nie ma nikogo innego.

Aaronowi wyszły rumieńce. Cholera, mi też. Za policzkami czuję się jak cholerny piec na drewno. Ale żaden z nas nie chce ustąpić, a reszta zespołu tkwi w bezruchu.

Napięcie przełamuje cichy głos. Należy do Chucka.

– Przynajmniej przy tobie zginą, walcząc o to, w co wierzą.

Odrywam wzrok od Aarona i patrzę na broń.

– Co to miało być?

– Twoja przemowa. Możesz wygrać w złej sprawie, ale wtedy musisz żyć w piekle. Albo zginąć za dobrą sprawę i powiedzieć diabłu, gdzie może je sobie wsadzić. Wydaje mi się, że odchodząc, ale to będzie piekło.

Milknie.

– I w jakiś sposób wyczuwam, że miałeś go już w życiu dość.

– A ty co? Zmieniłeś się w cholernego terapeutę?

– Nie – mówi Hollywood. – Ale ma rację.

Odwracam się do niej z zaciśniętymi pięściami. Bóg wie, że nigdy bym jej nie uderzył. Ale nie chcę przyznać, że ma rację. Podobnie jak Aaron. Albo cholerny Chuck.

Odchylam głowę do tyłu, przesuwam dłonią po twarzy, a potem patrzę w błękitne niebo. Mewy powróciły, skrzecząc jak skrzydlate szczury. Świeża bryza niesie w nozdrza słone morskie powietrze. A z oddali dobiega miarowy huk opuszczających miasto tłumów. Ludzie żyją.

Dzięki nam.

– Wszyscy zginiemy – mówię.

– Nie mogę się doczekać – odpowiada Zderzak, zanim słowa zdążą opuścić moje usta.

– Będziecie tego naprawdę żałować – dodaję. – Będziecie płakać i szlochać, że się na to zdecydowaliście.

– Jakie to smutne – mówi Hollywood.

– Mówię poważnie, sierżancie.

– Ja też, Gunny.

Wkurza mnie jeszcze bardziej. Ale to dobry rodzaj wkurzenia. Taki, który mówi, że dopilnujemy, żeby Androchidaki, nawet jeśli zajmą całą cholerną planetę, dowiedziały się, że zadarły z niewłaściwym gatunkiem.

– Jesteście bandą chytrych gnojków, wiecie o tym?

– Tak – odpowiada kilkoro.

– Nie znam tego słowa – mówi Wład. – Co to chytre gnojki?

– To, co wróg je na śniadanie – mówi Z-Lo.

– Tak.

Yoshi się uśmiecha.

– A przy obiedzie gryzie ich w dupę.

– *Si!* – krzyczy Veronica.

– A potem przez całą noc pali im tyłek. Jak *muchas jalapeños, amigos!*

Hollywood uśmiecha się, ale potem posyła mi poważne spojrzenie.

– Czy to znaczy, że jesteś z nami?

Biorę głęboki oddech.

– Czy ktoś wie, kto jest patronem drewnianych chat?

– Pewnie święty Józef, cieśla – mówi Z-Lo.

– Dlaczego?

– Będzie musiał przenieść moją chatę z Poconos do perłowej bramy.

* * *

Grupowa euforia i przybijanie piątki trwają do chwili, gdy ktoś, a konkretnie Hollywood, zadaje kolejne najbardziej oczywiste pytanie.

– No to jaki jest plan, Wic?

Milknę na kilka sekund, kiedy przez głowę przelatuje mi kilka posunięć szachowych. Pomysły potrafią przychodzić i odchodzić tak szybko, że przysięgam: połowa dobrych nie zostaje nawet na dłużej. Potrzeba prawdziwego hartu ducha, żeby złapać je za ogon, kiedy przelatują obok, i jeszcze większego, żeby ułożyć strategię, która wyprzedza przeciwnika o dziesięć ruchów. Ale z drugiej strony, to właśnie lubisz robić, prawda, Wic? Planować zagładę nieprzyjaciela, jeden ruch na raz.

– Wic? – pyta Hollywood.

– Myślę tylko.

Wciągam na chwilę wargi do ust. Coś formuje mi się w głowie mimo zmęczenia, głodu i odwodnienia. Ale właśnie tego rodzaju zagadki spędzają człowiekowi sen z powiek. Dają mu cel. Projekt. Misję.

Spoglądam na drużynę, na ruiny mostu, a wreszcie na wschodzące słońce.

– Jeśli mamy jakąkolwiek nadzieję na walkę z pluszakami, to nie w defensywie.

– Atak, skarbie!

Zderzak zaciera ręce.

– Nie można wygrać meczu, jeśli nie chce się zdobywać punktów.

– Dziewczyn też to dotyczy – mówi Hollywood.

– Hello!

Z-Lo gwiżdże.

Nastrój drużyny się poprawia. To dobrze. Ale umysł mam teraz zajęty czym innym. Pewnie, mam zabójczy ból głowy i na pewno coś bym zjadł, a potem się zdrzemnął. Ale jeden pomysł przesuwa się ku powierzchni, jakby był pod asfaltem, próbując wystawić głowę do góry.

Pochylam się do przodu i trzymam głowę w dłoniach. Pocieram skronie, kiedy zauważam, że w szparze w chodniku zaklinował się staw biodrowy. To pozostałość po stosach akcesoriów, które widziałem przy wejściu do portalu.

Zerkam na Aarona.

– Wtedy, na Antarktydzie, kiedy zabrali Lewisa…

– Boże, Pat. Czy musimy do tego wracać?

– Pamiętasz, czy jego ubranie zapaliło się, gdy przechodził przez portal?

– Co? Nie. O co chodzi?

– Pamiętasz, czy jego ubranie zapaliło się, kiedy dron przeciągnął go na drugą stronę?

Zastanawia się przez chwilę.

– Nie, nie przypominam sobie. Dlaczego?

– Ej, Chuck!

– Do usług, staruszku.

– Czy jest jakaś różnica między działaniem portali łowców niewolników i tego na Antarktydzie?

– Nie. Oba służą jako przejście na Androchidę Prime.

– Nie o to mi chodzi.

Wyciągam staw biodrowy z jezdni i podnoszę go.

– O Boże – mówi Hollywood. – Czy to jest to, o czym myślę?

– Mała metalowa pałka do zabijania wiewiórek? – podsuwa Wład.

Ona piorunuje go wzrokiem i szepcze do mnie:

– Naprawdę chcesz, żeby ten facet jechał z nami?

Zbywam jej komentarz machnięciem dłoni i skupiam się na Chucku.

– Pierścień łowców niewolników. Odrzuca wszystkie rodzaje materii poza ludzką tkanką, prawda?

– Tak. Myślałem, że już to ustaliliśmy.

– Ale ten drugi pierścień na Antarktydzie – patrzę w oczy Aaronowi, który zdaje się mnie rozumieć – nie…

– … spalił ubrania Lewisa – kończy Aaron. – Ani nie odrzucił niczego innego.

– Dokładnie – mówię.

– Dlaczego wcześniej o tym nie pomyślałem?

Aaron wstaje i zaczyna chodzić.

– To znaczy, że służą różnym celom.

– Brawo – wtrąca się Chuck.

– Świetna dedukcja. A teraz będę wdzięczny, jeśli pozwolicie mi podzielić się wiedzą, żeby udowodnić, że mimo niezdolności do prowadzenia ognia jestem dla was bezcenny.

– Jeden służy do transportu niewolników na macierzystą planetę Androchidaków – mówię.

– Tak, ale teraz moja kolej – mówi Chuck.

Aaron wpatruje się we mnie szeroko otwartymi oczami.

– Podczas gdy drugi służy ich dowództwu do…

– … przerzucenia sił i środków do przeprowadzenia inwazji – podsumowuję.

– No i widzicie? Ukradliście mi moment, kretyni. Równie dobrze możecie wyrzucić mnie od razu za krawędź mostu. Flądry, nadchodzę!

– Czyli to prawda – mówię do Chucka.

– Teraz nagle chcesz, żebym włączył się do rozmowy?

– To ma sens, prawda?

Staję obok Aarona, patrząc na Hollywood i Zderzaka.

– Nie chcielibyście, żeby niewolnicy pojawili się w tym samym miejscu, z którego dowodzicie inwazją.

– Różne zadania, różne obszary działania – odpowiada Zderzak.

– W jednym miejscu potrzebne byłyby cele, miejsce przesłuchań, przetwarzania danych – dodaje Duch.

– Podczas gdy drugie służy dowodzeniu – mówi Yoshi.

– To może tłumaczyć różnice mocy i wielkości – dodaje Aaron.

– Skończyliście? – pyta Chuck.

– Przepraszam, kolego.

Podnoszę go.

– Chciałeś coś dodać?

– No tak. Ale… Te dwa pierścienie to… Ech. Daliście sobie radę beze mnie.

– Nonsens – grucha Łada, podchodząc do Chucka i przesuwając palcami po jego lufie. – Coś silnego i budzącego grozę mówi Ładzie, że skrywasz wiele sekretów, które tylko czekają, żeby wyciągnąć je z ciebie i odsłonić, *da*?

– Patricku, czy ona… rozmawia z tobą, czy ze mną?

– Wrócimy do tego.

Opuszczam Chucka.

– Myślę, że mamy początek planu.

– Wróg ma coś, co możemy wykorzystać – mówi Zderzak.

– Zaraz – odzywa się Wład. – Chcecie powiedzieć, że wracamy na *Jużnyj Poljus*?

Przytakuję.

- Biegun Południowy. Zgadza się.

- Nie chcę psuć zabawy - mówi Hollywood. - Ale czy to nie trochę daleko? I nie brakuje nam jakby... no nie wiem... zdolnych do lotu samolotów i paliwa?

- Owszem - mówię pojednawczym tonem.

Ale myślę, że transport może wcale nie być problemem.

- Chcesz coś zasugerować, Chuck?

Upływa dłuższa chwila, zanim karabin odzywa się:

- Zawiesić rozmowy. Nikt nie chce przerwać mi występu?

- Śmiało.

- Na pewno? Ponieważ ostatnim razem było wiele wtrąceń i skradziono wiele momentów.

- Honor skauta, kolego.

Chuck odchrząkuje. Praktycznie widzę, jak mały facet prostuje muszkę i odgarnia włosy.

- Skoro o tym wspomniałeś, powiedziałbym, że podróż na Antarktydę, zakładając, że chcesz - jak sugerowałeś - walczyć z wrogiem na jego terytorium, nie jest całkowicie wykluczona.

Przerywa, jakby czekał, że ktoś mu przerwie. Ale nikt tego nie robi.

- No dalej, kolego - mówię z nadzieją, że zaraz potwierdzi moje domysły.

- Hę. No dobrze. Zrządzeniem losu, choć zawdzięczamy to raczej technologii obronnej Sekmitów niż fortunie, pozostał zdatny do lotu statek desantowy niecałe osiemset metrów na zachód od naszej obecnej pozycji. Świadomie używam metrów, bo to najlepszy system miar.

- Zaraz.

Hollywood robi krok do przodu.

- Chcesz polecieć na Antarktydę?

– A co z wszystkimi pierścieniami na Wschodnim Wybrzeżu?
– pyta Yoshi.

– Ja to powiem

Zderzak podnosi do mnie rękę i patrzy na resztę drużyny.

– Tak, zburzyliśmy pierścień w Nowym Jorku. Ale mieliśmy element zaskoczenia. A jeśli wróg jest sprytny, nie pozwoli, żeby to się powtórzyło. Domyślam się, że informacje znalazły się już w jakiejś chmurze i zostały udostępnione. Będą rozbierać je na szczegóły przez kilka dni lub nawet tygodni, aby dowiedzieć się, co poszło nie tak i jak temu zapobiec. Tak samo, jak zrobilibyśmy my. Czyli koniec wysyłania bomb paliwowych barkami rzekami, przynajmniej nie tak, jak my to zrobiliśmy. Będą się tego spodziewać.

– Co oznacza, że musimy zmienić taktykę – mówię. – Musimy wyprzedzać ich o krok i nie pozwolić, żeby domyślili się, co zamierzamy. Nie spodziewali się, że prześlizgniemy się pod kopułą i wysadzimy własny most, prawda? Sugeruję więc, żebyśmy znowu zrobili coś, czego by się nie spodziewali.

– Staniemy na ich cholernym progu – mówi Chuck dość przerażającym głosem. – Boże, dobrze to wyszło.

Wszyscy się śmieją.

– Ha!

Veronica spluwa.

– Jakbyś w ogóle umiał się do kogoś podkraść, z twoim Ministerstwem Głupich Kroków.

– Przepraszam? – odpowiada Chuck.

– Słyszałeś mnie. Kiepski z ciebie szpieg.

Chuck wzdycha.

– I znowu, Patricku. Tak mi jej żal.

– A mi nie – odpowiadam z szerokim uśmiechem.

- Tak czy siak, trafiłeś w sedno z przeniesieniem walki na ich terytorium.

Klepię go delikatnie po lunecie.

- Dobra robota.

- Dziękuję, Patricku. To wspaniałe uczucie być kluczowym graczem. Cały wasz, jak mówią.

- Zobaczymy - mówię pod nosem.

- Ej, myślałem, że wszystkie desantowce zostały zniszczone podczas wybuchu - mówi Yoshi.

- Mogę? - pyta Chuck.

Zakładam, że kieruje pytanie do mnie.

- Ależ proszę.

- Chociaż pozostałe statki desantowe rzeczywiście spadły, a niektóre, jak wskazują moje instrumenty, są trwale unieruchomione, nie oznacza to, że wszystkie są uziemione. Na przykład ten, o którym wspomniałem wcześniej, ścigał was wzdłuż FDR Drive. Chociaż eksplozja rzuciła go na Dolny Manhattan, nie wyłączyła go z użytku. Co najwyżej unieszkodliwiła załogę.

- Unieszkodliwiła? - pyta Z-Lo.

- Uśmierciła - odpowiada Chuck.

- Wbrew temu, co twierdzi wasza leniwa fikcja, istoty ludzkie, tak jak i właściwie wszystkie złożone organizmy, nie są w stanie wytrzymać dramatycznych, błyskawicznych zmian bezwładności.

- Nie nadążam.

Młody patrzy na mnie.

- Pamiętasz, jak Vision zestrzelił War Machine z nieba w *Kapitanie Ameryka. Wojnie domowej*? - pytam.

- Oczywiście. Rhodey prawie zginął. Miał sparaliżowane nogi.

- To właśnie bezwładność - odpowiadam.

- Słusznie - dodaje Chuck. - I świetny film Marvela. Oczywiście, w dzisiejszych czasach prawie wszystko, co można sobie wyobrazić, ma systemy tłumienia bezwładności. Ale to, że masz bajerancki kombinezon Iron Mana, nie oznacza, że ochroni to twoje narządy przed rozkwaszeniem się w nim.

– Twierdzisz więc, że Androciaki w desantowcu zostały rozkwaszone? – pyta Z-Lo.

– Jest tylko jeden sposób, żeby się przekonać – odpowiada Chuck.

– Kto ma chęć na obserwacje terenowe?

* * *

Kiedy dotarliśmy do rogu Wall i Pearl Street, wokół uziemionego statku zebrał się już spory tłum. Spoglądam przez ramię, widząc, że po zejściu z kursu desantowiec zawadził o kilka budynków, aż spoczął na środku ulicy.

Nie minęło nawet sześć godzin, a ludzie już oznaczyli go jaskrawą farbą w sprayu, zmieniając w podobiznę ich tłumionej wściekłości. Kilka osób okłada go kijami bejsbolowymi, co z pewnością wyrządza więcej szkód im niż statkowi. Ale najbardziej martwią mnie łomy i koktajle Mołotowa.

– Nie przejmuje się ludźmi bardziej niż but mrówkami – zapewnia mnie Chuck, budząc swojego wewnętrznego Nicka Fury'ego.

– Chociaż to graffiti jest całkiem urocze, nie sądzisz?

– Jasne – odpowiadam, gdy zaczynamy przeciskać się przez tłum.

Ale idzie nam powoli, biorąc pod uwagę, jak gęsto ściśnięci są ludzie.

Następnie w próbie utorowania drogi przez tłum, która jest

całkiem blisko wyczynu André the Giant z *Narzeczonej dla księcia*, choć go nie przebija, Wład przyciska dłonie do ust i krzyczy:

– Jazda stąd!

Ludzie obok nas i przed nami obracają się, a potem zaczynają otwierać przed nami przejście.

– Świetna robota – mówię.

– *Niet probliema.*

Stojący na dachu statku przestają go okładać, kiedy podchodzimy bliżej.

– Możemy wam pomóc? – pyta dzieciak z kijem bejsbolowym.

– Chcemy tylko zabrać tę brykę – mówię.

– Nic z tego, staruszku. Próbujemy od kilku godzin.

– Staruszku? – mówię do Hollywood. – Czy on właśnie powiedział, że jestem stary?

– Ej, dzieciaku! – mówi. – Zejdź z ekipą na dół.

Rozgląda się po przyjaciołach, którzy zdają się kierować niepokój w naszą stronę.

– Nie. Dobrze nam tu.

– Słuchaj, nie mam nic przeciw świętowaniu zwycięstwa. Świętuj ile wlezie, dopóki nie zaczniesz balować na mojej lub cudzej własności. Ale kiedy ludzie mają broń i wyglądają, jakby właśnie walczyli na wojnie, mądrym posunięciem jest powiedzieć: „Tak, proszę pani. Natychmiast, proszę pani. Co tylko pani powie".

– Jestem całkiem pewny, że ten statek kosmiczny należy do nas wszystkich – krzyczy punk, poparty błyskawicznie przez otaczających go ludzi.

– Możliwe – odpowiadam. – Ale w tej chwili musimy go pożyczyć.

– Czyżby, staruszku? A jak chcecie to zrobić?

– Wystarczy – mówi Łada. – Zabiję go.

– Spokojnie.

Nie sądzę, żeby ten śmieć chciał z nami walczyć. Nie przybrał groźnej pozy, po prostu broni nowego terytorium. Rozumiem. Mimo to jest winien Hollywood przeprosiny.

– Hej, Chuck?

– Tak, Patricku?

– Jak rozmowa z półroczną dzidzią?

– Prawie gotowe.

– Czekaj.

Punk wskakuje na najbliższy wspornik silnika.

– Z kim rozmawiasz?

Podnoszę Chucka.

– Z karabinem.

– Nie przypomina żadnej broni, którą widziałem.

– Słusznie, młody. A teraz proponuję, żebyś zszedł na dół, zanim tobie lub któremuś z twoich przyjaciół stanie się krzywda.

– Wierzycie temu gościowi? – mówi punk do swojej bandy.

– Gotów na twój znak, Patricku – mówi Chuck.

– Śmiało.

Chwilę później silniki desantowca odpalają i statek unosi się z dziury, którą zrobił w chodniku. Tłum cofa się, a ludzie wzdychają i krzyczą ze zdziwienia. Ekipa na górze również cofa się od krawędzi; wszyscy poza przywódcą. Ten spada ze wspornika, po drodze łapiąc jedną ręką za płytę pancerza.

– Postawcie mnie na ziemi! – nie przestaje krzyczeć.

Ale żaden z przyjaciół nie zdradza chęci, żeby mu pomóc, a wszyscy na dole odsunęli się od niebieskich stożków ciągu.

– Postaw go z powrotem, Chuck – mówię.

– Delikatnie.

Desantowiec obniża się o kilka stóp i ląduje. Z-Lo pomaga punkowi zeskoczyć na ziemię, po czym wykręca mu ramiona tak, że staje twarzą w twarz z Hollywood, i krzyczy mu coś do ucha.

Młody człowiek kiwa głową, ni stąd, ni zowąd okazując szacunek, i biegnie w stronę Hollywood. Przekrzykując hałas silnika, mówi:

– Bardzo panią przepraszam za brak szacunku, jaki okazałem.

– Przeprosiny przyjęte – odpowiada mu do ucha, po czym każe spadać.

Tłum cofa się jeszcze dalej, kiedy Chuck otwiera tylną rampę.

– Wszyscy na pokład – mówi na tyle głośno, żeby zespół go usłyszał.

Najwyższa pora. Chociaż świeżo wyzwolone tłumy na ulicach są niewątpliwie wdzięczne za wolność, to biorąc pod uwagę stan miejskiej infrastruktury, są też zdesperowane. Kilku gapiów zdaje się zastanawiać nad tym, czy nie spróbować załapać się na podwózkę, i chociaż rozumiem chęć ratowania cywilów, nie jesteśmy oddziałem ewakuacyjnym. Wystarczy raz zobaczyć UH-60 blackhawk przepełniony zdesperowanymi uchodźcami, żeby raz na zawsze zapamiętać tragiczne skutki takiego scenariusza.

Kiedy staję stopami na rampie, każę Chuckowi startować. Reaguje błyskawicznie i statek zdmuchuje pył i ludzi z miejsca katastrofy. Ale potem zaczyna się unosić jakieś dwadzieścia stóp nad powierzchnią.

– Co się dzieje? – krzyczę do ładowni.

Z-Lo ściągnął androchidańskiego pilota po drabinie prowadzącej na mostek i wali go w twarz. O dziwo, kosmita wciąż żyje i okropnie śmierdzi dziwną mieszanką amoniaku, martwych ryb i gnijących warzyw. Pilot podejmuje wątłą próbę sięgnięcia do głowy Z-Lo, a młody odpycha jego rękę, która wraca jako pięść i uderza go w nos. Krew spływa młodemu po twarzy, a on sam wydaje głęboki pomruk. Z szybkością tygrysa rzucającego się na zdobycz owija nogami tors kosmity, łapie go obiema rękami za głowę, a następnie szarpie ją w bok.

Z miejsca, gdzie stoję, słyszę trzask.

– Chyba mają kręgi – mówię do Zderzaka.

Kiwa głową, a potem odsuwa się, gdy Z-Lo ciągnie trupa w kierunku otwartej rampy.

– Cholerny pluszak złamał mi nos.

Ma już wyrzucić ciało, kiedy wpadam na pewien pomysł.

– Zaczekaj.

Klękam obok martwego Androchidziaka.

– Chcę ten pancerz.

– Co? – pyta Z-Lo, przekrzykując hałas silnika.

– Pancerz.

Stukam w szmaragdowozielony napierśnik.

– Zostawimy go.

Patrzy na mnie, jakbym zwariował.

– Gunny, jesteś…?

– Ściągaj to z niego, marine!

– Robi się.

Zderzak i Duch pomagają mu rozpracować, jak rozebrać martwego kosmitę, i zaczynają układać z boku płyty pancerza i mundur. Smród staje się coraz gorszy i martwię się, że może pomysł nie był jednak taki dobry. Ale ponieważ pancerz wygląda, jakby mógł pasować na jednego z większych członków zespołu, zastanawiam się, czy nie przyda się nam później.

Widzę, że w miarę jak stwór traci kolejne elementy umundurowania, chłopaki czują coraz większą odrazę. Szare ciało i zielone żyły okrywają podobny do naszego układ kostny. Ale jest na tyle inny, że krzywię się, kiedy ekipa pracuje nad nim.

– Przynajmniej wierzy w bieliznę – woła Yoshi.

– Chcesz sprawdzić? – pyta Z-Lo.

– Nie, cholera!

– Tylko nie próbujcie tego zakładać – mówi Chuck. – Mam na myśli pancerz. Nie bieliznę. To po prostu obrzydliwe.

– Dlaczego? – pyta Z-Lo.

– Naprawdę muszę wyjaśniać ci zasady higieny? To niepokojące.

– Chyba pytał o pancerz – mówię.

– Acha. Rozumiem. Cóż, podobnie jak ze mną, z tym sprzętem mogą związać się tylko osobnicy posiadający sygnaturę trinium. Wszystkich pozostałych czeka przykra niespodzianka. Zwłaszcza hełm potrafi paskudnie dowalić.

– Dzięki że nie kazałeś się nam nad tym głowić – odpowiadam.

Chuck milczy chwilę, po czym mówi:

– Ha! Świetny suchar! Szkoda tylko, że nie ja go wymyśliłem.

– Co? Nie, nie próbowałem… cholera.

Kiedy zwłoki są odarte z munduru, Z-Lo pełni honory domu i zrzuca szare ciało ze statku. Tłum krzyczy, gdy obcy ląduje na asfalcie.

– Jeszcze jeden – mówi Yoshi, ciągnąc z Hollywood drugiego pilota w stronę krawędzi rampy.

Ponownie obierają go z pancerza i ciało wylatuje ze statku, lądując w pobliżu pierwszego. W ciągu paru sekund tłum gromadzi się wokół nich jak ławica piranii.

Wychylam się i patrzę, jak tłuką najeźdźców na miazgę, kiedy Zderzak chwyta mnie za kamizelkę i wciska przycisk inicjujący zamknięcie rampy. Kiedy budynki zostają w dole, dociera do mnie, jak dziwna jest ta chwila. Ile razy, kiedy odegrałem swoją rolę, otrzepywałem z siebie pył nieznanych krajów, zmuszając się do zapomnienia o ludziach, którym pomogłem? Tymczasem teraz, widząc po drugiej stronie rzeki Brooklyn, nie chcę go zostawiać. Ale prawda jest taka, że nigdy nie zapominasz miast, o których wolność walczyłeś. Tak naprawdę to część daremności wojen, przynajmniej tych, w których brałem udział: ledwie odejdziesz, wiesz, że wszystko wraca do poprzedniego stanu, i nie możesz nic na to poradzić. Niektóre z tych podejrzeń dręczą mnie teraz i zastanawiam się, czy kiedykolwiek odniesiemy sukces w starciu z tym wrogiem. Czy kiedykolwiek naprawdę wygramy.

Krok po kroku, Wic.

– Musimy go ochrzcić – mówi do mnie Zderzak, kiedy rampa jest szczelnie zamknięta.

– Chcesz mu nadać nazwę?

– Tak, cholera – mówi Hollywood, podsłuchując rozmowę.

Zderzak się uśmiecha.

– I moim zdaniem jest tylko jedna odpowiednia nazwa.

Jakbyśmy ćwiczyli to dziesięć razy, wszystkie oryginalne Widma patrzą na Z-Lo, mówiąc:

– Dolores.

– Kim jest ta Dolores? – pyta Wład z drugiej strony ładowni. – Amerykańska piękność z dużymi piersiami, prawda?

– O szczegóły musisz zapytać Z-Lo – mówię. – Ale jest w tej kwestii nieco małomówny.

– Rozumiem. Tak, to ważne, żeby najlepsze zachować dla siebie. Szanuję to.

Z-Lo niczego nie zdradza, ale widzę, że jest zakłopotany.

I o to chodzi. Mimo to dostrzegam potrzebę, żeby podnieść go na duchu co najmniej tak mocno, jak się z niego nabijam.

– Ej, młody.

Kiwam głową i odciągam go na bok.

– Chcę ci coś powiedzieć.

– Tak?

Rzuca mi sceptyczne spojrzenie.

– Kiedy… kiedy powiedziałeś temu punkowi, żeby przeprosił Hollywood?

– Tak?

– To była klasa.

Opuszcza gardę.

– Dzięki, Gunny.

– Tylko mówię, co widzę, młody. Będą z ciebie ludzie.

– Dziękuję, sir.

– Od teraz wystarczy Wic. Zrozumiano?

Kiwa kilka razy głową.

– W porządku, panie Wic, sir.

Śmieję się i klepię go po ramieniu.

– Przyzwyczaisz się.

– Na Antarktydę? – pyta Chuck.

– Jeszcze nie teraz. Musimy zrobić parę przystanków.

* * *

Pierwszy przystanek to powrót na Molo 36, żeby Wład i Łada pożegnali się z Sissym i zaopatrzyli się w broń i amunicję. Chwytają trochę rosyjskich racji, które, im bardziej o tym myślę, będą ważne dla morale. Mimo że żelazne porcje nigdy nie są czymś niezwykłym, jest w nich coś sentymentalnego. Prawda, póki żyję, nie zamierzam ich dotykać. Ale jeśli mamy udać się na obcą planetę, to zapiekane ziemniaki w plastikowym worku mogą pomóc na serce, nawet jeśli rozstroją mi żołądek.

Najbardziej zaskakujący przedmiot, jaki rodzeństwo przynosi na Dolores, to przewiązana sznurkiem i owinięta w papier paczuszka.

– To dla ciebie od babuszki Pietrow – mówi Wład, wyjąwszy zawiniątko ze śmiesznej saszetki.

– Trzymaj. Otwórz.

Chwytam paczkę i odwijam sznurek. W środku znajduje się tuzin wojskowych naszywek w kształcie łezki z białym polem obszytym szarą nicią. Pośrodku widać coś, co wygląda na sfatygowany androchidański hełm pod dwoma szewronami.

– Podoba ci się? To dla Widm.

Zerkam na Włada i Ładę.

– Wasza babcia zrobiła je… kiedy nas nie było?

– *Da*. Możliwe, że ma mały podziemny sklepik z upominkami i haftami o nazwie Super Good Time Feelings Merchandise Store. Nie mogę potwierdzić ani zaprzeczyć.

– I to ona je zrobiła. Dla nas.

– Tak. A teraz, kiedy je masz, może mianujesz Ładę i Władimira nowymi członkami drużyny, *da*?

– Zastanowię się.

Następny przystanek to miejsce, gdzie zostawiliśmy pojazdy w Richmond County Yacht Club na Staten Island. Nie jestem pewny, czy mam być wstrząśnięty, czy pozytywnie zaskoczony tym, że nie zostały splądrowane. Może nikt nie widział, jak tu wjeżdżaliśmy, a może widzieli i martwili się, że wrócimy z całym uzbrojeniem. Na ich miejscu obawiałbym się też min pułapek, ale ustaliliśmy już, że to typowe dla takich preppersów jak ja.

No dobra, może trochę paranoicznych.

Ale po tym wszystkim, co właśnie przeszedłem? To chyba zrozumiałe. Paranoja nie oznacza wcale, że wróg nie próbuje cię zabić.

Zabieramy wszystkie racje, amunicję i słodką wodę oraz część zapasowego sprzętu, a następnie po raz drugi w ciągu niecałych dwudziestu czterech godzin żegnamy się z naszymi brykami. Wydaje się, że upłynęło więcej czasu, ale ten płynie zdecydowanie wolniej, kiedy każda minuta może być ostatnią.

– Przepraszam, Dolores – słyszę, jak Z-Lo przemawia do swojego humvee. – Kazali nam nazwać tak samo ptaka. Ale nadal cię kocham.

– Chodź, kochasiu! – woła Hollywood.

– Podnosimy podwozie.

– Idę.

Po czym młody posyła swojemu HMMWV buziaka.

Z mariny Chuck zabiera nas do ostatniego miejsca, które mam ochotę oglądać: mojej chaty w Skytop w Pensylwanii. Nie zrozumcie mnie źle, ten widok to balsam na obolałe oczy. Ale po całej tej gadce na ruinach mostu pogodziłem się z tym, że nigdy więcej jej nie zobaczę. A teraz jesteśmy tu i walczę z tęsknotą za domem jak sześciolatek na pierwszym noclegu u przyjaciela.

Lądujemy z dala od zabawek czekających na polach i wysiadamy ze ściśle określonym limitem czasu: piętnaście minut. Oczywiście obowiązuje mnie, nie resztę zespołu. Chwilę dłużej i mógłbym zmienić decyzję. Cholerne sentymenty.

Po uruchomieniu podwójnych generatorów zapasowych członkowie ekipy korzystają na zmianę z łazienki, a następnie dołączają do mnie w piwnicy, żeby przejrzeć sprzęt zimowy. Zaopatrujemy się też w zapas broni, amunicji, baterie do radiostacji i noktowizorów oraz taką ilość jedzenia, jaką jesteśmy w stanie unieść. Nie wiem, co nas czeka po drugiej stronie portalu, ale chcę się przygotować, jakby nie czekało nas tam nic gościnnego. Co przypomina mi o starannie omijanym pytaniu; czuję się jak idiota, że nie pomyślałem o tym wcześniej.

Czekam, aż wszyscy znajdą się na górze, po czym mówię:

– Hej, Chuck?

– Tak, Patricku?

– Tak tylko pytam, ale czy my, ludzie możemy oddychać na Androchidzie Prime?

– Naprawdę wierzysz, że pozwoliłbym ci rozważać pomysł przejścia przez portal bez odpowiednich urządzeń podtrzymujących życie?

Mam już potwierdzić, kiedy Chuck przerywa własne pytanie.

– Wiesz co? Nieważne. Rozumiem, że to może obudzić niepotrzebne podejrzenia, niwecząc nasze… moje starania, aby zbudować między nami zaufanie. O ile to coś warte, odpowiedź na ostatnie pytanie brzmi: nie pozwoliłbym ci zrobić czegoś tak niebezpiecznego. Odpowiedź na pytanie pierwsze zaś: tak, możecie oddychać tam, dokąd się udajecie.

Wrzucam do plecaków kolejne racje.

– Istnieje szansa, że możesz powiedzieć nam coś więcej o tym miejscu?

– Zdecydowanie. Niemniej uwzględniwszy narzucony przez ciebie limit czasu, proponuję omówić to po drodze.

– Może być. Myślisz, że powinniśmy zabrać coś jeszcze?

– Poza paroma improwizowanymi bombami tryniteksowymi ze zwielokrotnionym mechanizmem detonacji, wojskową technologią maskującą i kilkoma pancernikami kaskadowymi klasy Novia? Nie, chyba jesteście gotowi.

– Trochę tego… dużo.

– Nie przejmowałbym się tym zbytnio.

– A to dlaczego?

– Ponieważ macie jedyną rzecz, której nie mają Androchidanie.

– Co to takiego?

– Ja.

– To naprawdę pocieszające.

– Prawda?

Wzdycha.

– Słuchaj, już raz przyłapali nas na Antarktydzie z opuszczonymi gaciami. Nie chcę, żeby to się powtórzyło.

– To znaczy?

– Chcę im dokopać, ale najpierw potrzebujemy informacji. Czyli to misja zwiadowcza, nie bojowa. Nie jesteśmy na to gotowi. Jasne?

– Oczywiście. Przekonałem się, że jesteś świetnym planistą. Tak się składa, że ta misja może być prostą wyprawą badawczą z rodzaju „tam i z powrotem".

– Czy… czytałeś *Hobbita*?

– Oglądałem. Chociaż pewnie powiesz mi zaraz, że…

– Książka zawsze jest lepsza – mówimy jednocześnie.

Uśmiecham się do niego.

– Czyli to zwiad.

– Dokładnie. Wpadacie, witacie się i zbieracie trochę informacji, żeby zaspokoić twoją ciekawską naturę, a potem uderzysz parę razy piętami i wrócicie na Antarktydę, żeby robić dalej to, co robisz najlepiej.

– A co takiego twoim zdaniem robię najlepiej?

– Rozpierduchę, oczywiście.

Wzruszam ramionami i wracam do ładowania plecaka.

– Jakoś z tym przeżyję.

* * *

Na górze odkrywam, że zespół zaczął na zmianę korzystać z prysznica, a co najmniej dwoje robiło to razem. Podpowiedź: nie Duch i Z-Lo. Nie żebym się dziwił, ale byłoby miło, gdyby zapytali. To znaczy o prysznic, nie seks pod prysznicem.

Jednak nie mogę się na nich zbytnio złościć, ponieważ oczyszczenie się i ponowne opatrzenie ran to cholernie dobry pomysł. Bóg jeden wie, że przydałaby mi się gorąca woda, ibuprofen i szklaneczka redbreasta. Co przypomina mi, żebym chwycił szkocką, zanim znajdzie ją Yoshi. Kiedy nadchodzi moja kolej na prysznic, dziękuję patronowi ciepłej wody za podgrzewacz elektryczny, który zainstalowałem podczas budowy. Najlepsza inwestycja na taką okazję. Prawdziwa ironia losu, ponieważ nie spodziewałem się na tej posesji nikogo poza sobą, nie mówiąc już o przypadkowej zbieraninie żołnierzy. Oraz dwójce Rosjan. Cholera, po tym wszystkim będę musiał puścić to miejsce z dymem.

– Popatrz, popatrz.

Łada zdejmuje ramkę na zdjęcia z półki nad kominkiem i macha nią.

Ściągam ręcznik z głowy.

– Odłóż to z powrotem.

– Kto to jest?

Hollywood dociera do Łady, zanim zdążę to zrobić.

670

- O kurczę! Ale jesteście młodzi.

- Powiedziałem, odłóż to.

Wyrywam paniom ramkę z rąk i kładę ją zdjęciem do dołu na półce.

- To ty i Aaron - mówi Hollywood. - Czy to był Jack?

- W innym życiu. Tak.

Właśnie wtedy Łada zaczyna obwąchiwać mi szyję i ramiona. Odsuwam się.

- Co do cholery?

- Pachniesz świeżym męskim mięskiem.

Uśmiecha się jak cholerny Kot z Cheshire wąchający kocimiętkę.

- W porządku.

Wskazuję na drzwi.

- Wszyscy z powrotem na Dolores. Koniec zabawy.

* * *

Chuck szacuje, że przy maksymalnej prędkości lotu dziewięciuset trzydziestu dwóch mil na godzinę dotrzemy do ośrodka badawczego na Wyżynie Ellsworth za jakieś dziesięć godzin. Co najmniej imponujące, ponieważ to stare ciało ani razu nie przekroczyło bariery dźwięku, chyba że liczy się to, co dzieje się kilka godzin po wtorku taco.

Co również imponujące, Chuck twierdzi, że nie musimy tankować. Najwyraźniej statek jest napędzany tym samym materiałem, który emituje: trinium. Tyle że korzysta z czegoś, co Chuck nazywa rdzeniem napędowym. Przychodzi mi na myśl *Star Trek*, ale stwierdza, że nawet nie jestem blisko. Prawdę mówiąc, myślę, że znacznie bliżej, niż jest gotów przyznać, ale chcę, żeby poczuł, że ma do zaoferowania coś naprawdę wyjątkowego. Ostatecznie jego układ ogniowy jest zepsuty, a nie chcę dodawać zniewagi do urazy. Poza tym jeśli poczuje się pewnie, może więcej wygadać, a tylko czekam na ten moment.

Najbardziej imponuje mi w tym statku niedorzecznie płynny lot. Gdyby ktoś powiedział mi, że zdołam zasnąć podczas podróży z prędkością prawie tysiąca mil na godzinę, wyśmiałbym go. Z drugiej strony jestem emerytowanym marine. Od pierwszego dnia służby uczymy się zasypiać na rozkaz, w dowolnym miejscu i pozycji. Ale na tym statku czuję się jak w komercyjnym odrzutowcu. I wcale nie narzekam. Podobnie jak reszta zespołu, rozrzucona na podłodze ładowni.

Ta szczególna próba wyspania się jest tym łatwiejsza, że ogołociłem własny dom z koców i zapasowych śpiworów. Tak, rozdałem je drużynie. Ale możliwe, że zostawiłem sobie własną poduszkę. No i co z tego? Przyzwyczaiłem się już do niektórych cywilnych wygód.

Sprawdziwszy trzykrotnie, czy Chuck kontroluje statek, a następnie zmusiwszy go do przysięgi na grób matki, że nie wbije nas wszystkich w zbocze góry, układam się wygodnie i wyciągam pod kocem. Zapadając w głęboki sen, czuję, że ktoś napiera mi na plecy. Światła w ładowni są przygaszone, a ostatnie, na czym mi zależy, to marnowanie energii na mówienie komuś, żeby się cofnął. Zadowalam się więc zerknięciem przez ramię, żeby upewnić się, że to nie Z-Lo ani Wład.

Nie.

To Łada.

Ale trzyma ręce przy sobie i jest ciepła, a ja jestem zbyt zmęczony, żeby się tym przejmować.

* * *

– Jest, jak myślałem – mówi Chuck, gdy desantowiec mija pięcio-milowy punkt orientacyjny w drodze do strefy lądowania, którą wyznaczyłem w pobliżu wejścia na wykopaliska.

– Nie ustalili, jaki charakter miał wasz nowojorski sabotaż, więc brama jest nieaktywna. Przynajmniej na razie.

– Czyli nikogo nie ma w domu? – mówię, siadając na fotelu pilota obok Z-Lo.

Chociaż żaden z nas nie pilotuje, dobrze wiedzieć, że gdyby trzeba było coś zrobić, przy sterach jest człowiek. Prawda, Z-Lo ma największe doświadczenie w lataniu jedną z tych maszyn, a zaraz za nim jest Yoshi, ale powiedziałbym, że ich łączny stosunek czasu lotu do rozbicia jest równy.

– Zgadza się, Patricku. Nikogo nie ma w domu, a na po-wierzchni nie wyczuwam żadnych oznak życia.

– Skoro tobie to wystarczy, to mi też.

– Tak. Niewątpliwie.

– Jak spałeś, Wic? – odzywa się z tyłu Hollywood.

Nie zaszczycam jej pytania odpowiedzią, bo słyszę w jej głosie uśmiech i wiem, że zauważyła Ładę, która próbowała się do mnie przytulić.

– W porządku.

Klepie mnie po ramieniu.

– Wyglądało na to, że było ci ciepło i wygodnie.

Unoszę pewien palec nad głową i skupiam wzrok na otaczają-cym mnie wyświetlaczu.

– A wy po powrocie umyjecie prysznic.

– Słusznie.

– Wybielaczem.

673

– Zrozumiano.

– Hollywood – mówię poważniejszym tonem, kładąc jej dłoń na ramieniu. – Zderzak to dobry facet. Cieszę się razem z wami.

Patrzy na mnie. Żartobliwa postawa przechodzi w nieśmiały, spokojny uśmiech, a potem mnie przytula.

– Dzięki, Wic.

– Tak.

Klepię ją dwa razy po plecach, a potem z odsieczą przychodzi Aaron, który wciska się między nas.

Jest oczarowany wyświetlaczem.

– Co tu się stało?

Zerkam od niego na monitor i mrugam, gdy pojawia się obraz. Niezależnie od technologii obrazowania, jaką dysponuje Dolores, dzięki niej pogrążone w wiecznej nocy późnoczerwcowe popołudnie wygląda jak kręcone przy pełnym oświetleniu wideo z wykopalisk, ale w skali szarości. Pewnie to jakieś czujniki podczerwieni.

Ale Aarona nie przestraszyło to, co tam zobaczył, a raczej to, czego tam nie ma. Zamiast niewielkiej groty wejściowej prowadzącej w bok lodowca i w dół do pierścienia cała masa lodowca została otwarta, jakby ktoś zrzucił na nią bombę nuklearną. Pierścień stoi na otwartym powietrzu pod rozgwieżdżonym niebem, otoczony koncentrycznymi kręgami sprzętu, którego nigdy wcześniej nie widziałem. A jednak w okolicy pierścienia widzę coś, co wygląda jak pierwotny sprzęt badawczy i rusztowania Aarona, pokryte teraz śniegiem.

– To punkt przerzutowy – mówię pod nosem, najwyraźniej na tyle głośno, że Chuck mnie jednak słyszy.

– Zgadza się – odpowiada.

Hollywood staje obok Aarona.

– Czyli tędy przeprowadzili początkowe siły inwazyjne.

– W rzeczy samej – odpowiada Chuck.

Pani sierżant spogląda na Aarona.

– I ty go odkryłeś?

Wzrusza ramionami i przewraca oczami.

– Niestety.

– Nie, to… niezwykłe. Szkoda tylko, że nie oznaczało, no wiesz, lepszych wieści dla tej planety.

– No to jest nas dwoje.

– Chociaż to dość…

– Proszę, Hollywood. Nie musisz nic więcej mówić.

– Dobrze. Przepraszam.

– Potwierdź, że nasze podejście jest bezpieczne – mówię jeszcze raz do Chucka.

– Bardzo bezpieczne. I powiadomię cię, jeśli to się zmieni.

– Na przykład ponad trzydzieści sekund wcześniej?

– Tak, ponad trzydzieści sekund.

– *Dios mío!* – mówi Veronica. – Dałabym ci co najmniej dziesięć minut. Amator.

– *Gracias.*

Wypuszczam oddech. Nawet nie zauważyłem, że go wstrzymałem.

– No dobra, Chuck. Sprowadź nas na dół, lekko i delikatnie.

Potem odwracam się, stając przed drużyną.

– Kto jest gotów odmrozić sobie ze mną cycki?

* * *

– O tej porze roku jest o wiele zimniej – krzyczy Aaron, gdy przedzieramy się przez śnieg.

Szeroka ścieżka przecinająca koncentryczne pierścienie pokrytego zaspami sprzętu obcych daje nam doskonały widok na pierwszy pierścień, który wznosi się przed nami. Aaron zdecydował się pójść z nami „ze względu na dawne czasy", ponieważ to tutaj wszystko się zaczęło. – Nie bez powodu postanowiliśmy prowadzić badania w letnich miesiącach półkuli południowej.

– Sprytnie – odpowiadam.

Ale nie jestem w nastroju do pogaduszek. Zmysły mam tak wyostrzone, że zimno nawet nie dociera do mnie tak jak zwykle. Nawet przy wyłączonym polu energetycznym pierścienia trochę oczekuję, że zaatakuje nas zaraz jakiś władca lub anioł śmierci. Problem w tym, że nie jestem pewny, czy mój SCAR będzie działał w tej temperaturze. To jeden z powodów, dla których zabrałem Veronicę i Chucka.

– Wszystko w porządku, Veronico? – pytam.

– Czy u mnie wszystko w porządku? Patricku, u mnie zawsze wszystko jest w porządku. Chociaż inne karabiny, których nie będę nazywać po imieniu, dają do zrozumienia, że potrafię być smutna lub humorzasta albo że brakuje mi pieszczot i przytulania, to kłamią i nie trzeba im wierzyć. *Lo entiendes?*

– Zrozumiano. Cieszę się, że zapytałem.

– Pst! – mówi Chuck.

– O co chodzi?

– Nie wspominaj o wojnie.

Aaron rozumie to szybciej niż ja i bezgłośnie wypowiada słowa *Hotel Zacisze*.

Wład również poszedł z nami na ochotnika. To również stosowne, biorąc pod uwagę, przez co razem przeszliśmy.

– A ty jak się czujesz, wielkoludzie?

– Jak wiosną na Syberii – odpowiada z drugiej strony.

– No i dobrze mi z tym, że jestem znowu z tobą. *Da*, Brooklyn USA?

– Jasne, Wład.

Mniejsza o to, że byliśmy świadkami masakry. Chociaż z drugiej strony Rosjanie zawsze mieli dziwny romans z ciemniejszą stroną życia. A może po prostu ich podejście do bólu i cierpienia jest bardziej szczere. Ech, zostawię to filozofom.

Reszta zespołu postanowiła rozsądnie zostać na pokładzie Dolores, kiedy nasza trójka będzie badać pierścień i postara się aktywować go przy pomocy Chucka.

– Jesteś pewny, że tym razem nie potrzebujemy całego bajeranckiego sprzętu Aarona? – pytam Chucka.

– Nie, Patricku. Pamiętasz. już mówiłem: masz mnie. Niczego poza mną nie potrzebujesz.

– I nie mogliśmy tego zrobić z pokładu Dolores?

– Androchidanie są pod tym względem trochę staroświeccy. Pierwszy pierścień można uruchomić tylko manualnie od strony docelowej.

– Aktywacja ręczna zawsze jest najlepsza – mówi Wład.

Aaron śmieje się i kręci głową.

– No co?

Wład podrzuca rękawiczkę.

– Mówię szczerze i prosto z serca.

– Inaczej się nie da – mówię za Aarona i za siebie.

Docieramy w końcu do starych kamiennych schodów, prowadzących do podstawy pierścienia. W głowie przelatują mi obrazy wciąganego do środka Lewisa i doktora Walkera spadającego na spotkanie śmierci. Przysięgam, że widzę ich przez chwilę, ale szybko dociera do mnie, że to tylko nasze cienie rzucane przez reflektory Dolores.

– Co robimy, sir Charles? – pytam.

– Połóż mnie na progu.

Spoglądam na Aarona, a potem na Włada.

– Nie stracimy cię chyba, co?

– Nie. Dopóki nie kopniesz mnie na drugą stronę. To byłaby bardzo zła wiadomość zarówno dla ciebie, jak i dla mnie. Po prostu muszę przez kilka chwil mieć fizyczny kontakt z pierścieniem.

– A wtedy się włączy i będziemy mogli wrócić na Dolores i przelecieć na drugą stronę?

– Zgadza się. Zwiad, trochę śpiewu i tańca i wrócimy, zanim się zorientujesz.

Ściągam go z pleców i trzymam na obu rękach.

– Patrol Alfa, tu Trójka – dobiega z komunikatora głos Zderzaka.

– Słyszymy cię głośno i wyraźnie – mówi Wład po chwili grzebania przy radiu.

– Wszystko w porządku?

– Roger. Działamy po prostu z lordem Charlesem.

– Nic nie mów. Tylko sprawdzam. Trójka bez odbioru.

– To mi się podoba! – wykrzykuje Chuck.

– Lord Charles!

– Nie. Sir Chuck to wystarczający tytuł szlachecki dla ciebie.

Patrzę od Chucka do Aarona.

– To jest właśnie ta chwila.

Kiwa kilka razy głową.

– Tak.

– I nadal jesteś pewny, że chcesz tam iść?

– Jasne. A ty?

Podnoszę wzrok na pierścień i czuję, jak po kręgosłupie spływa mi chłód głębszy niż temperatura powietrza Antarktydy.

– To najszybszy sposób, jeśli chcemy znaleźć odpowiedzi, które mogą pomóc nam ratować naszych.

Mówiąc to, zdaję sobie sprawę, że tak naprawdę mam na myśli całą tę zapomnianą przez Boga planetę. Słodki Jezu!

– Bliżsi niż bracia? – pyta Aaron.

– Przez błoto i ogień.

Odczekuję chwilę, po czym dodaję:

– Połączyłbyś mnie z drużyną?

Kiwa głową, wyjmuje radio z kurtki i otwiera kciukiem kanał.

– Dolores, tu rekonesans.

Uśmiecham się, słysząc to odniesienie do *Star Treka*.

– Nadawaj – odpowiada Zderzak.

– Czekajcie na Pata. To znaczy, Wica.

Aaron pozostawia otwarty kanał i przytrzymuje mi mikrofon przy ustach.

– Sprawdzam tylko, czy wszyscy jesteśmy na to gotowi – mówię, nadal trzymając Chucka w obu rękach.

– Nie jest jeszcze za późno, żeby się wycofać.

Mija kilka sekund, po czym Zderzak odzywa się znowu:

– Wygląda na to, że wszyscy tutaj osiągnęli konsensus.

Patrząc na Aarona, unoszę pod goglami brew.

– To znaczy?

– BJN! – krzyczy zespół przez radio.

Uśmiecham się.

– Przyjąłem. Wic, bez odbioru.

Aaron wpycha radio z powrotem do kieszeni na piersi kurtki i zapina zamek błyskawiczny.

– Wład *toże* bejoten. Nikt nie pytał, ale mogę zaoferować wotum zaufania.

– To BJN, kolego.

Uśmiecham się do niego.

– Skrót od „boisko jest nasze".

– Boisko jest nasze. Podoba mi się. Amerykański futbol, *da*?

– Coś w tym stylu.

Sięgam do kurtki, wyciągam jedną z naszywek i podaję ją Władowi.

– Trzymaj. To dla ciebie.

Wpatruje się w nią przez trzy sekundy, zanim spogląda mi w oczy.

– Czy to znaczy, że Wład jest teraz Widmem?

– O ile chcecie z Ładą przejść z nami przez bramy piekła, to tak, jesteście Widmami.

– Nie pożałujesz.

Całuje naszywkę, a potem wciska ją pod kurtkę.

– Nasza trójka wpadła tu w niezły bajzel, *da*? Tak i myślę, że uczciwe będzie posprzątać go w tym samym miejscu. Poza tym Łada myśli, że ty bardzo *sexy*, Wic, a to znaczy, że zostaniemy braćmi.

– Nie, nie będziemy nimi.

– Tak, Brooklyn USA. Będziemy. Nikt się nie oprze się urokowi Łady.

– No to jestem pewny, że trafiła kosa na kamień.

Spoglądam na Aarona.

– Czy my naprawdę prowadzimy właśnie dyskusję na ten temat?

Śmieje się i kręci głową.

Wład klepie mnie po plecach.

– Tym bardziej myślę, że my *tiepier braty*. *Dawaj!* Połóż lorda Charlesa na ołtarzu i skąpmy się w cudownym świetle przyszłości.

– Boże.

Biorę krótki, lodowaty oddech i patrzę na karabin obcych w moich rękach.

– Wszyscy zginiemy, prawda, kolego?

– Oczywiście, przyjacielu. Co do tego nigdy nie było wątpliwości.

– Czyżby?

– Wszyscy zginiemy. Ważniejsze pytanie brzmi: przy kim? I o ile to ma jakieś znaczenie, czuję się zaszczycony, że stawię czoło przyszłości u twego boku, Patricku.

– *Do swidanja!* – drze się na całe gardło Wład w stronę pierścienia.

– *Do swidanja* – mówi Aaron, wzruszając ramionami i śmiejąc się.

– Szlag.

Kładę Chucka na kamiennym podłożu i odsuwam się.

– *Do swidanja*, gnojki. No to koniec.

– Błąd, dobry człowieku – krzyczy Chuck, gdy elektryczność zaczyna przeskakiwać po kamieniach i dociera do obudowy jego komory zamkowej.

– To dopiero początek.

Historia toczy się dalej

Co odkryją Wic i drużyna Widm po drugiej stronie pierwotnego pierścienia? Dowiesz się w księdze 2 serii „Ruiny Ziemi": *Bogowie i ludzie.*

Dzięki babci Pietrow i jej sklepikowi z gadżetami Super Good Time Feelings możesz zdobyć naszywkę drużyny Widm i żeton pokerowy Bratwy, które nosi Wic. Pokaż, że należysz do drużyny, dzięki kolekcjonerskiej naszywce z księgi 1. Wyprodukowane w USA wysokiej jakości naszywki na rzepy przedstawiają w obszytym szarą nicią białym polu rozbity hełm androchidańskiego anioła śmierci pod dwoma szewronami.

Potrzebujesz przysługi? Upewnij się, że nie wyjdziesz z domu bez oficjalnego żetonu amerykańskiej Bratwy. Awers 13-gramowego ceramicznego żetonu pokerowego przedstawia symbol operacji Sissy'ego w Nowym Jorku, wraz z trzema kółkami oznaczającymi obecność Wica, Aarona i Włada przy pierwotnym pierścieniu na Antarktydzie. Na rewersie w gwiazdę Bratwy wpisano kultową frazę Włada: „USA Brooklyn Nowy Jork i rosyjskie bractwo uprawiają seks".

Uzupełnij swoją kolekcję na stronie <u>ruinsofthegalaxy.com</u>

Bądź w kontakcie

Dołącz do grupy **JN Chaney's Renegade Readers** na Facebooku, gdzie czytelnicy spotykają się, aby dzielić się swoimi przeżyciami i zainteresowaniami, dyskutując o serii i rozmawiając z autorami. Zajrzyj do nas i dołącz przy najbliższej okazji!

Aby otrzymywać powiadomienia o nowych pozycjach cyklu oraz ekskluzywnych promocjach, zapisz się na newsletter na: **https://www.jnchaney.com/ruins-of-the-earth-subscribe.**

Podoba Ci się ta seria? Pomóż innym odkryć serię „Ruiny Ziemi", zostawiając recenzję na Amazonie.

Podziękowania

Ta książka byłaby cieniem samej siebie bez niezwykłych talentów piętnastu nieocenionych członków czytelniczego zespołu Alfa. Z dumą nazywam tych ludzi nie kluczowymi współpracownikami, a przyjaciółmi. Szczególnie zobowiązany jestem tym, którzy tak szczodrze dzielili się ze mną wieloletnim doświadczeniem ze służby wojskowej, której część spędzili na misjach. Pozostanę im za to dozgonnie wdzięczny.

Czytelniczy zespół Alfa to:

- Matthew Titus: ekspert wiedzy o cyklu i mistrz tworzenia postaci;
- Gary Guilmette: zbrojmistrz;
- Kevin Zoll: pogromca literówek;
- Steve Janulin i Eric Earley: ChDED (cholernie dobrzy eksperci od doświadczenia);
- John Walker, Jon Bliss, Shane Marolf i Mike McDonnell: czarodzieje uniwersum popkultury;
- Aaron Campbell, David Seaman, Matthew Dippel, Mauricio Longo i Patrick McDaniel: wsparcie emocjonalne;
- Elijah Cole: studium kosmicznej magii.

Chciałbym również podziękować Jennifer Sell, naszej redaktorce, dzięki której ta historia błyszczy. Bez ciebie bylibyśmy nikim. Kayli Curry za nieskończoną cierpliwość do formatowania. Chloe Cotter za mistrzowski marketing. Molly Lermie za trzymanie mnie w ryzach (Boże, dopomóż tej kobiecie!). Jamesowi Brockwellowi za supermoce przesyłania plików. Oraz Victorii Gerken z Podium Audio, dzięki której ta opowieść dotarła do uszu słuchaczy. Wszyscy jesteście niesamowici, a praca z wami to przywilej.

Czytelnikom Renegade Beta: dzięki za wyrwanie chwastów.

Mojemu przyjacielowi RC Bray: dziękuję za to, że dałeś głos Wicowi, sir Chuckowi i Widmom. Jesteś legendą.

Przyjaciołom z wydawnictwa: Jasonowi Anspachowi, Wayne'owi Thomasowi Batsonowi, Jeremy'emu Andrew Davisowi, Brianowi Moore'owi i Mike'owi Kim, dziękuję za utrzymanie mnie przy zdrowych zmysłach. Oraz Matthew Titusowi za niestrudzony wysiłek, dzięki któremu moje książki śpiewają. Dzięki tobie wydaję się o wiele mądrzejszy, niż jestem.

Mojemu tacie Peterowi za przedstawienie mnie Clive'owi Cus-slerowi i Matthew Reilly'emu, którzy namówili mnie do pisania thrillerów przygodowych. Kocham Cię, Tato.

Jeffowi Chaneyowi: uwielbiam to, że możemy w ten sposób zarabiać na życie. Dzięki, stary.

I mojej żonie Jennifer, która stoi za każdą napisaną przeze mnie książką. Kocham Cię.

O Autorach

Christopher Hopper jest wielokrotnie nagradzanym bestsellerowym autorem ponad dwudziestu powieści. Mieszka wraz z żoną i czwórką dzieci w Nowym Jorku. Wszystkie jego książki, artykuły i podcasty można znaleźć na stronie **christopherhopper.com.**

* * *

JN Chaney jest bestsellerowym autorem z listy „USA Today" i ma tytuł magistra pisania twórczego. Uważa się za wielkiego fana Super Mario Bros. Kiedy nie pisze i nie gra, można znaleźć go online na **jnchaney.com.**

Często migruje, ale ostatnio widziano go w Las Vegas w stanie Nevada. Należy zgłaszać wszelkie obserwacje, które należą do rzadkości.